⊙ 2013 年 11 月 2 日部分校友大兴天兆聚会。从左至右，前排：刘兰平、李怡荃、郭娜嘉、孙兰芝、张从；后排：丁广举、杨闯、王智钧、刘广明、林建初、张振祀

⊙ 2014 年 3 月 18 日部分校友与高放老师大兴天兆聚会。从左至右，前排：康家林、丁广举、高放老师、奚学瑶、张从；后排：孙兰芝、礼庆贵、王智钧、丁向阳、朱伟利、孙雨南、卢晓林、吴根耀、刘兰平、陶令煌、罗贤佑

告别未名湖

陈佳洱敬题

北大老五届行迹 2

孙兰芝 张 从 奚学瑶 丁广举 主编
刘广明 孙丕任 王智钧 副主编

九州出版社 JIUZHOUPRESS | 全国百佳图书出版单位

图书在版编目（CIP）数据

告别未名湖. 2 / 孙兰芝等主编. -- 北京 : 九州出版社, 2014.5（2015.11重印）
ISBN 978-7-5108-3006-8

Ⅰ. ①告… Ⅱ. ①孙… Ⅲ. ①回忆录—作品集—中国—当代 Ⅳ. ①I251

中国版本图书馆CIP数据核字(2014)第114632号

告别未名湖. 2

作　　者	孙兰芝等 主编
出版发行	九州出版社
出 版 人	黄宪华
地　　址	北京市西城区阜外大街甲35号(100037)
发行电话	(010)68992190/3/5/6
网　　址	www.jiuzhoupress.com
电子信箱	jiuzhou@jiuzhoupress.com
印　　刷	北京九州迅驰传媒文化有限公司
开　　本	787毫米×1092毫米　16开
印　　张	36
字　　数	727千字
版　　次	2014年9月第1版
印　　次	2015年11月第2次印刷
书　　号	ISBN 978-7-5108-3006-8
定　　价	68.00元

目　录

第三辑　厂矿纪事

第四辑　军垦忆往

第五辑　杏坛耕耘

第六辑 流年履踪

第七辑 碎影散记

第八辑 师友情深

序　必须牢记的历史

——我读《告别未名湖——北大老五届行迹 2》

高　放

一、我答应为本书作序的经过和设想

我一生与北京大学很有缘分，说起来是三段机缘：首先，我也曾经是北大的学生。我于 1946 年从家乡福州到上海，考入北大，在校一年多，积极参加学生民主运动和地下党领导的民主青年同盟[①]，这是我成为共青团员的起点。1948 年初，我险奔解放区。从 1950 年初加入中国共产党后长期在中国人民大学执教马列主义政治理论课。其次，1973—1978 年中国人民大学停办期间，我转到北京大学国际政治系执教，1978 年秋后人大复校，我又回到人民大学。1997 年我 70 岁时，人民大学令我离休。这时，北大国际关系学院（原国际政治系）却给我发出“讲座教授”聘书，请我到北大给博士生讲课。2008 年北大 110 周年校庆来临之际，北大校党委宣传部约我撰写纪念文章。我以《我与北大三段情缘》为题，追述了我对母校北大的感激之情。

去年 9 月 3 日，丁广举、孙兰芝夫妇来看我，送给我《告别未名湖》——他们参与编辑的北大老五届校友们的自述文集。我很高兴，很感兴趣，感到特别亲切。我看了书中多篇很感人的文章和钱理群教授写得很好的长序——《不可遗忘的历史》。今年 3 月 2 日，丁广举、孙兰芝夫妇又来看我，告知他们正在牵头编辑《告别未名湖》第 2 集，并请我作序。自 1983 年起我为他人论著作序，迄今已写过 30 多篇。现在，我已年至耄耋，精力不济，力不从心，难以承担，但我还是答应了。

孙兰芝同志称她是我的“编外学生”。这其中有一段故事。茫茫人海，奔流不息，人与人之间的相识相知总有些特别的机缘。1976 年 10 月，粉碎了“四人帮”，历时十年的“文革”结束了，1978 年教育部决定恢复研究生招生制度。1979 年孙兰芝考上了中国人民大学国际共运史专业硕士研究生，我是这个专业的指导教师。当年这

---

① 民主青年同盟：简称“民青”，是我国抗日战争后期和解放战争时期国民党统治区先进青年的地下组织。新中国成立后，大部分盟员转入中国新民主主义青年团（1949 年 4 月正式成立该组织，1957 年 5 月改名为中国共产主义青年团）。

个专业共录取 8 人，有好几位是北大毕业的；其中李景治就是北大国政系 1963 级学生。他 1982 年获得硕士学位留校执教，后来破格提升为教授和博导，2000 年后还担任了人民大学国际关系学院首任院长。我们 1979 年录取的研究生中，只有孙兰芝一个女生。这批研究生多是老五届，一般都已结婚成家，生儿育女。考虑她有家庭和孩子，许多事情需要提前安排，我特地给她写了信，让她早做入学准备。原来她在辽宁一个县委党校工作，终因孩子和老人需要照顾，加上她刚刚调到省教育学院工作，学院主要领导也不甚同意放行，她就放弃了这次读研究生的机会。她曾在《生命的远行》一书中以“未遂研究生”为题，写了自己的这段经历，表达了她的遗憾。她说：“没有做成高放老师的学生，实为终生遗憾。”她虽然没有念成研究生，但是一直在自己的岗位上埋头苦学，以期弥补。1983 年暑假全国国际共运史学会在青岛举办讲习班，约我去讲课，孙兰芝参加学习，那是我们第一次见面。她勤于思考，学习期间敢于提出问题，给我留下深刻印象。以后，全国国际共运史学会的有关会议，她经常参加。1987 年他们夫妇调到北京（在国家教育行政学院）工作以后，我们联系就更多了，我写的书送给他们，他们写的书也送给我，互相交流，彼此受益。

去年，我应中国工人出版社之邀主编《世界社会主义五百年历史人物传略》丛书，我约他们夫妇参加，他们写了两个人物：国际工人运动活动家、德国共产党创始人卢森堡；苏联社会主义革命家、教育家克鲁普斯卡娅。现在，他们又诚意邀我为《告别未名湖 2》作序。他们这么支持我负责主编的丛书，我们之间又有多年交往的情谊，我也就难以推辞了。今年 3 月 18 日，他们组织参与《告别未名湖 2》的一些北大校友在大兴天兆食府聚会，请我出席，我亲身感受到了大家对出版这部文集的热情和期待。我在会上也谈了我与北大的三段情缘和愿意尽量写好序言的情愫。我在会上还说明我将要写出的序言定名为《必须牢记的历史》，这将可以与钱理群教授写的《不可遗忘的历史》相呼应。我希望并深信这本书和我写的序言一定能散发出正能量，激励人们汲取历史的教训，避免重犯“左”的错误。聚会后，几位同志送我回家，几天后我收到与会者王智钧同志（曾任华夏出版社社长兼总编辑）写的五首诗。这些诗抒发了他反思历史的感悟，也表达了对我的情意和期待。其中两首如下：

困　惑

困惑人生路，迷茫时代中。
痴心跟领袖，骄子做农工。
理想成虚梦，雄鹰入雀笼。
春来清“左”毒，岁月转头空。

高放先生为《告别未名湖2》题序

历史须牢记，大师修道深。
忘年交友谊，清“左”遇知音。
五届未名忆，三缘博雅心。
序文能量正，米寿杜康斟。

我愿意为本书写序，还有一个深层的原因：老五届大学生是我国历史上非常特殊的一代知识分子群体，值得一书。他们一般是从1949年至1953年上小学，随后上中学，1960年至1965年考上大学的优秀青年，接受了12年完整、系统的中小学教育。至于大学教育，在那个“运动”多发的年代，能在大学安静地读上两三年书就不易了。在他们之前的大学生，又有谁在课堂上完整地完成了学业呢？这代老五届大学生是新中国、执政党自己培养的大学生，他们是同代人中的佼佼者。他们绝大多数是平民子弟和一部分干部子弟（那时家庭出身阶级成分不好的是很难上大学的），几乎是国家提供全部经费培养了他们。他们对国家怀有感恩之心、报效之情。但同时，后来愈演愈烈的“左”的流毒也不能不对他们的思想产生影响。他们激情似火，勇于为国为民献身；由于引导不当，“文革”之初，他们和中小学生一起被当成“点火”工具，使“文革”凶焰迅速烧向全国。应该说，这代大学生大多数本来已经从书本等渠道接触到关于民主、科学的价值和其他多方面的人类文明的知识，他们已经或正在学会用审视的眼光看世界。事实上，随着“文革”运动的展开，除极少数人之外，大学生中的绝大多数逐渐清醒，继而反思：为什么“文革”中一方面高喊坚持马克思主义、辩证唯物主义，另一方面却大搞形而上学唯心论、“思想顶峰论”？为什么一边高喊为民、为公，另一边却大搞以权谋私、拉帮结派、封妻荫子？有的大学生当时就对“文革”采取了批判态度，因此而被批判、被整肃，甚至惨遭迫害。“文革”对于国家、民族、百姓来说，都是一场灾难：国民经济到了崩溃的边缘，人们生活在动乱之中，无安定可言，甚至被挑动相互斗争。对于发动“文革”的执政者来说，也是一场灾难：它打乱了正常的国家秩序，使大批无辜党员、各级干部受到冲击，甚至摧残；在一定程度上也揭示了专制特权的弊端，暴露出腐败的真相。对于一度被宠为“小将”的青年学生来说，更是一场灾难：他们不仅被迫中断了学业，而且离开学校、城市，下放社会底层；然而，他们中的绝大多数人被分配到农村、军垦农场、边疆和厂矿后，也从社会底层认识了中国的国情，对工农大众的疾苦、思想和愿望有了真切的体会，改革开放以来他们都在各条战线上做出了自己的贡献。

据我了解，老五届这批知识分子虽然大多沉寂于社会基层，但他们大多保持了中国传统知识分子的特点：达则兼济天下，穷则独善其身。当我国改革开放时，他们正年富力强，他们大多在自己未必理想的岗位上尽己所能，努力工作，成为骨干。他们心甘情愿为国家、为百姓奉献，同时又有清醒的头脑。当他们看到“文革”中暴露的官僚特权在后来愈发肆无忌惮、愈演愈烈时，他们逐渐以冷峻的眼光来反思自身、反思时代、反思酿成“文革”之祸的体制和意识形态的根源。进入本世纪后，他们虽心忧天下却都逐步成为身处草泽的“赤子”了。我在这里称他们为“赤子”，有三重含义：其一，他们退休后成为不承担正式法定工作任务的一无所负的赤身之人；其二，依然对国家、民族、社会怀有真诚的忧国忧民的情怀；其三，对故土、母校和祖国依然纯真眷恋。他们多为“海内赤子”，少数是“海外赤子”。

简而言之，“文革”前老五届大学生有过五段必须牢记的历史：即“文革”前所受的教育；“文革”中的被驱使 ；发配后受到的磨砺；工作后的经验体会；退休后的感悟。这五段历史，我概括为：“文革”前的骄子；“文革”中被作为“棍子”；被“发配”后的“弃子”；改革开放后的才子；退休后的赤子。这里还要解释一下“弃子”。当时老五届被下放基层，说的是“接受工农兵再教育”，实际上是因为“文革”三年之后国家陷入严重经济困境，给上千万大中学生在城市安排工作已难于办到。当然，他们下基层几年也有收获，受到锻炼，改革开放后充分显示出他们的才干和能力。一个人一生历经骄子、“棍子”、“弃子”、才子、赤子的五重奏，可谓蓝、黑、白、红、黄五彩人生，历史奇观。老五届大学生要正确对待这五段历史，认真分析、归纳、提炼、整合，既不怨天尤人，又要深刻思索，理性地从中总结出宝贵的经验、教训。这样，对于自己和后人都是难得的有益的精神财富和文化遗产。为此，我很愿意拜读他们撰写的回忆录，并为之作序。

二、本书的特色和价值

书写老五届大学生的真实而非凡的人生经历，这一重任历史地落到老五届[①]的肩上；由北大老五届承担开山重任，可以说具有得天独厚的条件。因为北大当时是文理兼具，文理兼善，有无可比拟的优势。1951—1953 年院系调整后的清华，只剩理工科一条腿了，新中国创立的中国人民大学又只有文科。北大老五届学子，虽多数人没有完成大学学业，但也曾亲炙大师，深受熏陶，养成了好学深思、不随波逐流的品格。这是受用一辈子的丰厚精神资源。此书即体现了这方面的优势。北大又是“文化大革命”的策源地，这里深受“左”毒之害。北大老五届学生在校 4—7 年，所受“左”害的经历和告别未名湖后的深刻感受都能切实道出。

《告别未名湖 2》的大部分文稿，我都看了，可以说文章都写得有血性，有真情，

① 根据《中国教育年鉴》（1949—1981）查得：1966 年全国大学生总数 533766 人；当时北大、清华各有学生万人左右；据 1970 年 4 月 3 日驻北京大学清华大学工人解放军毛泽东思想宣传队给中央的报告，1970 年 3 月（即最后一次）分配的老五届学生是：北大 3821 人，清华 3307 人。——编者

见性灵，见人格。他们所述说的经历和感受，我并不陌生，多有同感，因为我也是那个特殊年代的亲历者。这部书，可以说是一代“北大人”以心血与智慧书写的历史篇章，展现了一代“北大人”努力追求“身心自由，不为物役”的高尚人生境界。他们在逆境、挫折、艰辛甚至折磨与屈辱面前，那种不屈与坚守、乐观与顽强、求真与奋进，是超乎寻常的。这些文章也表达了他们对母校北大真挚的热爱和无限的感恩之情。这种自述体的文章，要比小说家们精心塑造的人物形象更加真实、生动、感人。

《告别未名湖 2》是一本具有历史价值和认知价值的好书，此时面世，适逢其时。这些年来，反映知青的书刊、影视剧那么多！反映老五届大学生的作品却极其短缺。看了此书，我深感：这不是一两个人的经历，而是老五届大学生一代人共同的经历。这是一种奇特的史无前例的历史现象。北大的老五届学生经历最曲折、最复杂，可以说更具代表性，这或许与当年北大格外受到高层领导人的“垂青”有关。我还记得：1966 年 6 月 1 日中央人民广播电台广播了聂元梓等人抛出的大字报，当时的领导人称之为“第一张马列主义大字报”，比喻为当代的“巴黎公社宣言”。这样，就在北大、北京以至全国引起轰动。那时我住在人民大学校内，时常骑自行车到北大看大字报，观察各种批斗会，了解观测“文革”的动向。回首当年，更感到《告别未名湖》是北大老五届学生用血泪写成的深刻反思历史的书，令人感动、震撼的书。

从本书内容主要反映北大老五届学生告别北大后的艰苦奋斗的“必须牢记的历史”这个角度看，更是一部激励年青人奋进的书。正如李习彬在《逆境中的另类生活与奋斗》一文中所说：“作为‘文化大革命’期间毕业、被扫地出门（不发毕业证）的大学生，许多人都经历了先是发配到农村、农场从事体力劳动，再分配当中学教员，‘文革’终结后再逐步回归到本来应该从事的高等教育或科研岗位的过程。因此，关于毕业头七八年的回忆，最多的是苦楚、特殊环境中的奇特经历与趣闻。但是，在那种逆境中，北大人还有另外的一面——另类的生活、不甘沉沦的奋斗抗争以及在平凡岗位上的闪光发亮，而这些更凸现了北大人的特色。”

恕我在这里引述几篇读后给我留下深刻印象的佳作的片断，读者从中可以领略这一批“北大人”处境的特色和这一代中国知识分子的遭遇和品格。

王明美在《井冈山下北大连》中写道：“19 个月的农场生活连同‘文革’岁月，耽搁了北大人珍爱的学业，荒废了他们的宝贵青春，于国于己，都是一个劫难、一种悲哀。”“然而，在这有悔的已逝青春里，确有我们抹不去的记忆，有我们被动得来的、却也让我们终生受益的精神财富。……这就是写作此文的起意：为有悔青春而作！”

徐印州在《未名之路》中写道：“回首自己的一生，虽无太大的成就，但是面对不能预测的未来，在‘未名’之路上总算没有懈怠，我总会不断地适应并努力去驾驭，在力所能及的范围之内尽最大的努力。我喝过未名湖畔博雅塔流出的水，受过北大人文传统的熏陶，我的努力和成果总算没有辱没北大学子的声誉。”

罗贤佑在《岁月留痕》中写道："……今天我又来到这里，碧草依旧，亭榭犹新，只是物是人非。我的旧日同窗早已荡若云烟，有的分散在祖国的南北各地，有的远走高飞，到西欧、北非或大洋彼岸去了。年少时的梦想与轻狂、活力与张扬，许多东西都跟着我们的青春一起远去了，这些东西不仅是难忘的回忆，也是一个时代的标杆与象征。凝视着那间我们曾经上过课的教室，已逝的岁月如云影般从心底飘拂而过。一刹那间，人生的跌宕起伏，历史的沉浮兴衰，竟一齐涌上脑际。是啊，'人世有代谢，往来成古今'，每一件事、每一个物也包括我们每一个人，都得经过从青春年少到终老垂荒的春秋演绎，将生命的气息散发到缥缈的岁月之中，最终在苍茫的宇宙里凝结为永恒。"

老五届学子不仅有以上对母校北大的回忆、眷恋和反思，而且还有对离校后发配基层锻炼与工农群众交往的深切体会。

武思敏在《那么远　那么近》中讲到她上北大中文系本想将来毕业后从事新闻出版或文艺理论研究工作，可是中央文革小组组长陈伯达居然到北大中文系说："中国人学什么中文？"这种荒诞的言论当时怎么能不把她的梦想打得粉碎？！后来她被分配到山西运城一家盐厂当第一代女盐工。那里的老盐工绝大多数都是解放前从河南或安徽逃荒而来的农民，已经孤身一人在这里干了二三十年。产盐季节早5点下盐池，夏天高温都在40摄氏度上下，老工人干活一般是赤膊上阵，只穿一条裤衩，干到下午两三点收工。这些老盐工"不搞派性，不搞武斗，日出而作，日落而息，嘴里从无时髦的政治说教"；"他们判断人不以流行的'阶级成分'画线，而是看你是否肯干"。这让我们蓦然感受到：中国底层还有这样一群人！了解了他们几近原生态的生活和为人处事，看到他们未曾污染的纯朴善良，懂得了他们作为人的内心需求，由此也拉近了我们和普通百姓，尤其是弱势群体的距离。当时那些盐工实际上是新中国第一代农民工，他们从事最艰苦的劳动，过着最艰苦的生活，现在他们的处境谅必得到很多改善，我心中一直还无限牵挂！

1963年考入北大数学力学系的吴喜之于1970年3月被分配到四川甘孜藏族自治州得荣县（与云南和西藏交界）。他们从成都坐长途汽车和步行，历经10天才到达得荣县城。这个县当时才有1万多人口，除了县城有少量汉族干部（包括教师和医生）外，全是藏族人。县城没有街道和门牌号，最高学府是一所城关小学。与外界没有公路相通，只靠毛驴驮运一些物品；报纸都是相隔十天半月才能驮来一大包，平时只能靠半导体收音机了解外界信息。吴喜之等人下放到这里劳动锻炼和做基层工作，要自己种菜、养鸡、挑水、做饭，等等。他在这里几年，深感"得荣县的藏族人淳朴、知足和虔诚"。藏族妇女特别艰苦卓绝。一个怀孕的妇女队长临产前还上山砍柴，在山上生了孩子，最后自己抱着孩子，背着她砍的一百多斤重的木柴回到家中。藏族同胞对吴喜之等下放大学生非常关心和关照，常常悄悄地帮他们擦洗鞋子和衣服，还煮鸡蛋和鸡肉请他们吃。他在文中这样说："如果还能够投胎，我愿意投胎成为一个藏族人，生活在大自然的神圣与和谐之中。”吴喜之后来成为著名的数学教授。他在文末还这样深情地写道：“我记得在即将离开得荣县境时，经过一群民工，他们对我们说：‘叔叔，回来时在这里喝茶啊！’‘好的，一定！’我心酸地允诺着，不无犯罪感。我后来多少年做得最多的梦有两种：离开得荣县和回到得荣县。什么时候还会有北京大学的毕业生再来这里长期工作呢？”这是多么感人和富有启迪意义的心里话啊！

全书大多数篇章都是北大老五届大学生下放边疆、农村、厂矿和农场的呕心沥血、艰险奋斗岁月的真实写照。从中他们也体察到我国70年代以来广大基层社会的真实状况，许多文章不啻是对我国当时社会史的真实写照。

北大老五届众多学子中我有幸从改革开放以来先后结识了好几位。除了前面提到的我招收的第一届硕士生李景治和本书主编丁广举、孙兰芝伉俪之外，还有80年代在全国人大法工委和山东社科院工作的鲁仁同志。他在《山高水寒忆当年》中记述了他于1969年被分配到青海西宁，经受了部队操练、农场劳动、当助理泥瓦匠和炊事员的多种锻炼。同时还讲到两件性命攸关的悲惨事件：一件是年轻力壮、家有妻儿的战友曹万芝，在一次暴雨引发洪水之时勇于跳进黄河抢捞木材准备盖房用，竟被大水冲走身亡。噩耗传到他的山东老家，其老母哭死，其妻几乎哭瞎了双眼。另一件是北大地球物理系一位女生，因女厕所中出现“反革命”标语，她被误认为作案人，误判八年徒刑，直到改革开放后才获平反。她于1978年考上研究生，并到美国工作。鲁仁在文章中还讲到农场曾开展“划清站”活动，即要求下放学生与有问题的家庭划清思想界限，站到毛主席革命路线上来。他竟被人诬告写过“反动诗词”、“炮打过无产阶级司令部”。好在查无实据，而且他出身“红五类”，才幸免横祸。鲁仁1978年考上北大国政系我的大师兄赵宝煦教授的研究生后才有了出头之日。

我还同北大国际政治系1968年毕业的张玉良同志有过交往。80年代他在国防大学执教时经常参加中国国际共产主义运动史学会年会。他思想解放，思考深入，每每发表独到见解。记得1992年10月17日在石家庄召开的学会年会上重点讨论苏联东欧剧变问题。我在主题报告中从方法论和外因与内因、远因与近因、客观与主观、宏观与微观、上层与下层、深层与浅层这样12个方面作了全面分析，得到热烈反响。在会议结束的晚宴上，张玉良教授等人特地向我敬酒。他这样说：“我们是一般的教师，更高层次是学者，最高层次是理论家、思想家。您是当之无愧的理论家、思想家。”这是他自谦而对我的过奖之词。2011年11月6日，我到北大参加赵宝煦教授90大寿庆典时又见到他，我们交谈甚欢。在本书中有他写的《愧对母亲　未愧对母校》。他1968年底离开北大被分配到沈阳军区中朝边境的一个部队农场。农场完全按照劳改犯一样对待他们，冬天伐木，春天插秧，只吃粗粮、白菜、土豆。有的同学提出要改善伙食的意见，竟遭到连长的训斥：“你们还想造反哪！这里不是大学校园，不是北京、不是上海，这里是劳改农场，是解放军的地盘。”还说：“你们知道不知道你们是什么人？你们都是刘少奇的人。”可见当时“左”的思想在部队也很严重。“左”的思想竟使一位从哈尔滨工业大学来的女生丧命。她在例假高峰期不愿向男连长请假，坚忍着下稻田浸水插秧，连续5天，大量出血不止。师部送她一张“一不怕苦二不怕死先进人物”奖状，她被送到8公里以外的公社卫生院抢救，还是不治而亡。她父母从苏州赶来捧着独生女儿的骨灰泣不成声，悲痛而归。师长最后对师政委说：“咱们作孽啊！”张玉良幸运的是他在1973年秋到北京参加军政大学举办的学习列宁《帝国主义论》研讨班时，他有独到心得体会的发言得到时任军政大学校长萧克将军的赏识。这样，他于1978年春被调到北京军事学院（现国防大学）当教员。他报到后与萧克院长初次见面的深刻交谈，对人很有启发，从中可以了解萧克将军的博学深思和远见卓识。我在这里不拟转述，务请读者翻书细读。张玉良的文章还谈到他后来因忙于教学工作未能在1983年母亲病重时回长春探望并为她送终，所以他深感愧对母亲。但他认为自己未愧对母校，他说：“并非指我取得了什么成绩或名望，而是说自己未失北大学子的人格操守和精神风骨，从未当过政治应声虫。”这才是真正的北大人应有的思想品质。

我于2011年12月24日在北京召开的一次研讨会上，还有幸结识了胡德平同志（他是北大历史系1962级学生）。他是胡耀邦总书记的长子。那天他与我都坐在主席台正当中。今年2月我们还在一次新春联谊会上见面，我谈到海峡两岸的统一问题，他很关注。《告别未名湖2》收入了胡德平撰写的《成立中国残疾人福利基金会的片断回忆》一文。文中记述了他在“文革”前后与邓小平长子邓朴方交往的亲切生动往事，坦陈了他在“文革”初期曾在校组织“无产阶级革命纵火队”，投身“文革”，看管过北大副校长、著名历史学家翦伯赞，但是极力反对武斗，反对侮辱人格的种种恶行。他在文中还谈到，他父亲在1979年对人权还持一种警觉、批判的态度，认为“这是资产阶级向我们进攻的一个口号”。可是到1985年，他父亲对“人权”有了新说法：“至于讲到人权问题，我们确实要保护99.9%的遵守国家法律的公民由宪法所赋予的权利。”到2004年全国人大会议以2863张的赞成票通过了我国宪法修正案，把“国家尊重和保护人权”条文写入宪法。“此时此刻，会场报以长时间的热烈掌声。”胡德平当时是全国人大代表，亲历了这个非凡的场面。从以上所述可见，胡德平同志这篇回忆文章具有重要的历史价值与现实意义。

我在这里还要特别提到一位老五届学子改革开放以来从事历史研究的感悟。赵世超在《一个史学工作者的求索之路》中写了一节“重拾知识分子的社会责任”，其中谈到：我们至少应该看到，在“天下事无大小，皆决于上”的高度集权统一下，会出现扼杀个性、扼杀学术自由的局面。“物极必反”，这是一个简单的哲学道理。我们中国历史上存在周期性的循环，原因就在于我们只有高度的集权，从而使事物走向了反面。该文还谈到关于“等级制”问题，认为：我们既要批判身份等级，又不能否定由管理和社会分工而形成的层级结构。这个尺度很不好把握。但是有一点应当认识到：中国古代十分强调划分等级的必要性，只重视“以财物为用，以贵贱为文，以多少为异，以隆杀为要”来体现和强化这种等级，从来没有出台过限制、削弱等级特权的措施，更没有出现去等级化的历史过程，所以合理的社会分工和层级结构往往会固化为身份等级，成为阻碍社会进步的痼疾。由于等级和财物的多少、待遇的隆杀是紧密地联系在一起的，上一个台阶就是一个新天地，这样的诱惑力一般人挡不住。正因为有社会分工和管理层面的层级结构固化为身份等级的问题，所以才有“官二代”这种说法的出现。我们即便是还不能完全消除等级，也要限制等级，而不是肯定和赞赏等级。他最后谈道：“不管做什么，北大的精神不能丢，科学、民主的传统不能丢。不然，就太对不起母校的培养了。”由此可见，当今弘扬北大自由、民主、科学、爱国和马克思主义认定的人的解放的优良传统，对于推进我国的改革开放、清除官本位、切实落实以人为本的治国理念是何等重要、何等迫切啊！

在本书中，我还看到了收录的图书馆学系李永长 1965 年 12 月 27 日发表在《北京大学》校报上的批判姚文元的文章。李永长的文章再次刊登在《北大人》2013 年第 4 期上。这也引起我的深思：在“文革”前夜万马齐喑、文痞逞凶、一片肃杀的情势下，李永长不避生死，敢写此文，说明他有正气，有胆识，勇于为真理而献身；他能够写出这样有理有据、分析深刻的文章，说明他具备一定的理论基础和知识功底。应该说：这也是老五届大学生的共同点——他们具备良好的素质。这也使我们看到：即使在“文革”初期，多数大学生受到蒙蔽，也还有极少数清醒者。

总之，这是一部可以作为史料来读的书；其中美文佳作、宏文力作甚多，恕我不能更多评介。我以为：全书就像个聚宝盆，珠玑充盈，琳琅满目，美不胜收，富有启迪，令人赏心悦情，深受教益。

三、我亲历必须牢记的历史进程和刻骨铭心的大彻大悟

我从 1949 年 1 月北京和平解放后两个月起，就提前结束了在华北解放区华北大学的研究生学习，3 月 5 日随华大队伍迁入北京后即开始从事政治理论教学工作（我于 1948 年到解放区投身革命时，本想到前线担任随军记者，报道人民解放战争的胜绩，没有料到却被华北大学吸收为历史研究室研究生）。我是终生从事社会主义历史、理论和实践的教研工作的。我所受极“左”思想理论之害远比老五届大学生更深。1956 年之前，我在课堂和文坛上发表过不少美化苏联模式的言论和文稿。1956 年 2 月，苏共二十大揭发了斯大林个人专断和个人崇拜的严重错误之后，我才开始觉醒，发表过赞同赫鲁晓夫批判斯大林的言论和当今资本主义国家可能和平过渡到社会主义的文章。这时，我敢于独立思考，就 1956 年发生的匈牙利事件和南斯拉夫工人自治、

建立科学社会主义理论体系等问题发表过自己的新见解。

1957年整风鸣放中，我对教研室主任阻碍学术争鸣的不民主作风提出意见，当即遭到打击报复，在教研室内部遭到严厉批判，险些被错划为资产阶级右派分子和开除党籍。随后被贬斥到系资料室工作和下放劳动改造，直到1960年才恢复教研工作。经受1957年的大挫折后，不敢独立思考了，只好惟上是从。从1960年至1966年，我在国际共产主义运动史课堂上对老五届大学生散布很多反对现代修正主义、鼓吹极“左”路线和个人崇拜的言论，还发表过几篇批判历史上修正主义的文稿。即便这样，万万没有想到：1966年“文革”开始不久，我即被本系老五届学生作为反动学术权威、反革命修正主义分子和漏网右派分子揪出来反复批斗。校内两派内斗加剧之时，我成为逍遥派，开始认真重读马列著作，深思“文革”和“左”祸的根源，初步认识到个人专断和个人崇拜从苏联延续到中国的祸水轨迹。到1969年老五届大学生分配离校，我恢复了党组织生活后，从1970年至1972年又下放到人民大学设在江西的“五七干校”劳动改造3年。1971年“九一三”林彪事件后，我进而认清了个人专断和个人崇拜之祸害。1973年初，我们系合并到北大国际政治系之前，本来我已决定转到人民大学清史研究所，与我在清史所工作的北大老同学韦庆远合写《清末宪政史》，但是北大国政系已给我排定秋后给工农兵学员开讲国际共运史课程。出于无奈，只好服从组织分配。

1973—1978年我在北大国际政治系从教这5年，心情最复杂，内心时常矛盾重重：一方面出于无奈要反复琢磨如何巧妙应对在课堂上和编写的教材中不得不依然大讲国际共运史上的两条路线斗争，这是对工农兵学员散布极“左”错误思想，实在是罪过深重；另一方面，我毕竟40年代在福州英华中学和老北大先后受到过自由、民主、科学、爱国以及马克思主义关于人的解放理论的启蒙教育，50—60年代又经受过反右和“文革”的磨难，我思想深处是有自己的考量和认知的。在这5年里，我并没有盲目跟着“梁效”（“两校”的谐音，指清华、北大）写作班子的“左”调走，而是在课堂上尽可能巧妙地阐发自己的一些独立见解。粉碎“四人帮”后，有的学生幡然大悟，原来我讲的有些问题是以古喻今。

1976年10月6日“四人帮”被隔离审查，第二天我就从《人民日报》知友处得知这个重大喜讯。8日我在北大校园内遇到我中学老同学岑铆华（北大东语系教师），当即悄悄告诉她这个令人惊喜的快讯。从此，我即在课堂上深入批判“四人帮”的极“左”路线。1978年五四青年节时，北大举行粉碎“四人帮”后第一次科学讨论会。我第一次提交了个人署名的文章《巴黎公社的原则和“四人帮”的篡改》，广受好评。这是我自1966年相隔12年之后第一次以个人署名印发的文稿。1978年7月11日，中国人民大学复办，我也告别未名湖，重回人大执教。这时告别未名湖也就是告别极“左”路线、极权体制和个人崇拜，我也卸下了历史包袱，消除了愧疚心情，重新轻装上阵，迎接新的教研任务。

1978年底，党的十一届三中全会端正了指导思想和基本路线，这时我已过“知天命”之年（51岁）。我痛定思痛，痛定思改，以燃烧的激情和沸腾的思想迎来了第二个教研青春。1979年教育部责成我主持编写供全日制文科院校使用的《国际共产主义运动史教学大纲》。这一年人大举办五四运动60周年全校科学讨论会，我提交了题为《反对个人迷信是国际共运的优良传统》的论文，指出马克思、恩格斯和列宁都反对个人迷信，从斯大林起大搞个人迷信，给社会主义国家造成深重危害，分析了个人崇拜（当时还使用“个人迷信”的译法）的社会、经济、政治、文化和思想根源，在思想理论界引起震动。全文发表于《世界历史》同年第4期，并收入《新华月报》（文摘版）第10期。1980年在全校科学讨论会上我进而发表《社会主义国家政体问题研究》的报告，指出斯大林带头实行个人集权制、领导职务终身制和指定接班人制，这“三制”实际上是沙皇君主专制在社会主义条件下的变种，根本背离社会主义民主共和原则。这两篇总结历史经验、拨乱反正的论文，在社会上大有影响，使我于1981年以副教授身份被国务院学位委员会破格评定为全国第一批、国际共运史专业唯一的博士生导师（当时博导是由各重点大学从教授中遴选最优者报请国务院学位委员会学科评议组评定，人民大学由于1978年才复校，校内尚未评出教授，1983年我才由国家教委批转为教授）。

改革开放以来，我开设过国际共运史、科学社会主义、当代世界社会主义、社会主义思想史等多门新课，主编过多部教材和辞典，出版过10部专著，被全国34所党政军民院校聘请为兼职教授、讲座教授，到港台地区、美国、澳大利亚等处讲学和参加国际学术研讨会。我认为：社会主义在20世纪遇到重大挫折的根本原因在于社会主义未能按照马克思、恩格斯设想首先在英、法、德、美等发达国家胜利，而在俄、中等东欧、东亚的落后国家首先取得胜利。这些国家少有资本主义文明成果，而富有封建专制主义遗产。落后国家首先实现社会主义的特殊规律理应是着重铲除封建主义余毒，善于吸收资本主义文明成果，不能急于过渡到社会主义，更不能急于过渡到共产主义。可是，这些国家的共产党领导人却将封建专制主义余毒渗透到社会主义体制中来，又拒不吸纳资本主义文明成果，更急于过渡到“一大、二公、三高、四纯”的社会主义和共产主义。专制主义和教条主义严重危害了社会主义。苏联共产党自己培植了高薪官僚特权集团，终于成为苏联模式社会主义的掘墓人。专制主义和教条主义则是社会主义国家过急路线、极权体制和个人崇拜等“左”病之源，“左”祸之根，“左”毒之基。改革开放促使我们正本清源，拨乱反正。看来只有着力清除根深蒂固的“左”，又切实防止倒向西方资本主义的右，全面革除苏联模式的弊病，大力弘扬中华文明优秀遗产，充分汲取世界各国的文明成果，才能真正建成中国特色社会主义。

我自1997年70岁离休以来，依然活跃在北大等多所高校讲坛和多家文坛上，不断呼吁推进改革开放。2005年中国人民大学继续延聘我招收博士研究生。至今又培养出5名，目前还继续指导3名在校生。唐朝李商隐的名诗“春蚕到死丝方尽，蜡炬成灰泪始干”，指引我为社会主义教研工作鞠躬尽瘁，奋斗到底。

我比北大老五届学子约年长20岁，当今属于“老一代”。如果说老五届学子是“五子”变幻的五彩人生，我则是“七子”变幻的七彩人生。我在“骄子、棍子、弃子、才子、赤子”之外，又多了“靶子”和“黑子”。1957年反右和“文革”初期我险些作为“靶子”被击毙，改革开放以来又被人视为“黑子”。我想：即便是太阳上的黑子，人们也是无法把它除掉的。实际上，我是极其微小的质子，虽然难以为太阳增辉，但是绝不会为太阳添黑。现在我和北大老五届学子一样，都已经成为“赤子”。我竭诚希望大家不要仅满足于老有所养，老有所乐，还要老有所学，老有所为，力所能及，奉献社会，活出精彩人生。应该充分认识到：普通个人也能在历史上起到一定推动作用。所谓聚沙成塔、集腋成裘、滴水成川，就暗含这个哲理。无数个人的绵力，也会形成历史的巨大合力。愿与大家共勉之。谨此为序。

序末我愿赋七言律诗一首，为北大老五届学子平生纪实写照。

青春惊喜耀金榜，矢志兴邦拜杏坛。
博雅塔边聆教诲，未名湖畔理疑团。
腥风血雨从天降，剑影刀光遍地寒。
五彩人生堪细绘，根除“左”祸万民安。

2014年6月4日初稿
6月11日修订

（作者为中国人民大学荣誉一级教授、博士生导师，中国国际共产主义运动史学会顾问、中国科学社会主义学会顾问）

第一辑

边塞风霜

严冬过去是春天

郭娜嘉

1968年11月突然传出要毕业分配的消息。据说原本的分配方案让驻校工、军宣队（工人、解放军毛泽东思想宣传队）退了回去，新分配方案除了在大山深处的三线工厂（符合机密和保密条件的）之外，不分是什么专业，通通下去劳动锻炼接受再教育，大西南，大西北，大东北……我自愿报名去最远的新疆。

伤感离校

去新疆前自有割舍不下的牵挂和无奈。1949年以后党领导的政治运动从没间断过，可没有一次像“文化大革命”这样波及到每一个家庭，牵动了每一个人的神经，触动了每一个人的灵魂。我的家也不例外。我父亲是老北大，当年投师于中国地质界泰斗谢家荣门下，毕业后留校在北大地质地理系担任助教。抗日战争爆发后，父母随西南联大辗转途经遵义时生下了我。抗战结束后，父亲公派留学美国。1948年底父亲回到祖国，全身心投入新中国的地质事业。“文革”中，他被扣了五六顶大帽子，关进了地下室。

北京的生活让我感到压抑，我想走得远远的。工宣队在二十几个报名去新疆的同学中指定了我，并当众宣称“对其他好同志的积极性和热情要保护”，言外之意……于是，新疆的两个名额由我和卢环承担。卢环不顾工宣队师傅的劝阻，为了我去了新疆。临行前我们去地下室看爸爸，就像在监狱探监一样，旁边始终站着看守。听说我就要去新疆，爸爸眼里含着泪花。我什么也不敢说，甚至没敢告诉他我和卢环结婚了，怕他受不了。我只说了一句：“相信群众相信党，保重。”我在眼泪喷涌之前跑了出来。

离校前，想起汪静瑜同学遇难之事，也好一阵难过。听说物理系同学曾自发组成小分队，回四川去调查她在参加眉山“四清”运动（社会主义教育运动）时的所谓“自杀”身亡事件。我和汪静瑜是北京师大女附中的同班同学。她才华横溢，性格平和，乐于助人，我们都叫她汪汪。1962年我们师大女附中是全国的高考冠军，仅我们一个班就考上了清华六人，但报考北大的只有三人，我和汪汪考上了。她录取到物理系，我录取到无线电系。听说物理系老师对当年招收的学生评价极高，说不愁培养不出一两个居里夫人式的科学家。汪汪就是被看中的之一。1964 年，北大师生被作为中央派出的“四清”工作队去农村搞社教，物理系和其他 3 个系被派往四川乐山专区。我们每个工作队的女队员，除了负责一个生产小队的社教运动以外，还负责整个大队的青年妇女活动。每天夜里开完会，翻山越岭独自走夜路，可以说这是二十几岁的女孩子天天都在经历的危险。直到有一天，汪汪失踪了。几天后，在河流的下游发现一具泡胀的女尸，手被反绑着，脖子上套了一个装有大石头的大网袋，可见她是被沉尸河底的。但是，四川省成都市公安局给北大校方的最后结论竟然是“自杀”身亡，公安局还特地解说了如何可以自己捆绑自己。没有一个人能接受这样一个荒唐的结论！北大校方一直上诉和成都公安局交涉，直到“文化大革命”爆发。后来，也就没人再去顾及一个女大学生的离奇死亡。汪汪就这样不明不白地死了。“岷水眉山未了情，校花殒落令人惊。征鸿自缚成谜案，浪打江堤似哭声。”（摘自礼庆贵诗作）

⊙ 前排中为郭娜嘉，后排右二为汪静瑜

想到自己毕竟还可以远走新疆，而汪汪连这样的机会都没有了！

农场严冬

我们到新疆后，再次被分配到距乌鲁木齐市几百公里远的奇台解放军农场。零下三十多度的严寒天气，我们十几个同学被装上了一辆无篷的解放牌卡车送往奇台。大家衣服单薄，有两个南方来的男同学甚至连顶棉帽子都没有。我们女同学把围巾解下来给他们围上，凡是能找到绳子的把腰系上，然后紧紧簇拥地缩在一起，把所有能披的都披在身上。这样也无法抵御寒冷刺骨的疾风。我们的手脚很快麻木了，嘴唇青紫，连话都说不清楚。我们开始拼命地喊叫“停车，停车！”……最后用拳头敲打着驾驶楼后窗玻璃，用缸子和水壶敲砸着驾驶楼顶，车才终于停了。我们下车在路上跑一段，然后，再上车，车再开一段。就这样，开车走一段，下车跑一段，于掌灯时分我们到了农场。这是一个永远忘不了的 1969 年的新年除夕。十几个装束奇特的怪物在公路上狂奔的情景，如今还历历在目。

我们所在的解放军农场有两个学生连队，一连全部是新疆本地毕业的大学生，我们二连的学生则全部来自内地，分三个排，九个班。排长班长由解放军担任，班副则由他们指定的根红苗正的同学担当。场部坚持贯彻“以阶级斗争为纲”，对我们实行教育、改造的政策。农场的解放军战士们都不愿意接近我们，有一种明显的歧视和提防。倒是排长和班长在和同学们朝夕相处的相互了解中，关系还不错。那时，我们天天要在毛主席像前早请示晚汇报。顿顿中饭前跳忠字舞，然后乌烟瘴气尘土飞扬地开始吃饭。白天劳动，我干过扛麻包、打井砸夯、浇水、割麦子、拔苦豆、掏大粪等各种脏活累活。我和体院体操系毕业的黄哲林（资本家出身）是班里的一等劳力。晚上则开会斗私批修。只有一位来自湖南的小个子男生，每会必发言，每发言必痛批自己的反动地主阶级家庭出身的烙印和表达坚决革命、脱胎换骨的决心。绝大多数学生以沉默来抵制。1962 届和 1963 届是“文革”中最活跃和最有能量的两届。因为“文革”爆发时，新生对学校还不太了解，而毕业班就要离校了，对运动也不够积极，在校的三、四年级学生自然成了运动的主力。一腔热血洒完了，被人当枪使过了，就被一脚踢开了，成为“文化大革命”最大的牺牲品。有这种想法的人，不在少数。因此，连里决定树靶子批“反动学生”。最后由于拖拉机翻车事件和西瓜地开枪事件的发生，批反动学生的安排就搁浅了。后来班副透露，我曾是连里内定的“反动学生”之一。

当时每到星期天休息日，奇台县城是同学们购物的唯一去处。有时碰上场部的拖拉机就顺便拉拉脚。一天，在从奇台回场部的路上，一帮同学看见场部的拖拉机开来就喊停，拖拉机的拖斗上仅坐了几个人，完全有空地，可是解放军司机非但不停，还加速行驶，企图绕过拦车的同学逃跑，结果拖斗车翻了，司机还不知道，以致坐在车上的一连一位女生被压在车斗下拖了十几米，拖拉机才被愤怒的同学给拦截下来。这是我们在农场期间发生的一次大事故——拖拉机翻车事件。

在新疆戈壁滩，只要有水是可以耕种的。农场在我们两个连同学的辛勤劳动汗水付出下，打了好几眼机井，扩大了耕地。除了种植粮食作物外，我们还种了几亩地的西瓜。按理说我们有权利享受自己的劳动成果。但是场部就没有分给我们学生连队一点瓜。对于场部的不适宜作法，同学们心中有气，因此经常有人去偷瓜。这也就是二十几岁青年人的恶作剧，可是竟遭遇看瓜地解放军荷枪实弹的射击。幸运的是，子弹擦耳而过，没酿成人亡的大悲剧。这就是西瓜地开枪事件。

在这之后，同学们不分曾经的“天派”、“地派”，也不管家庭出身和所谓左派、右派，齐心拒绝批斗“反动学生”，齐心为翻车致残的女生讨取公道，齐心收集整理材料上告。那是个天高皇帝远的边疆小镇，又在那个年代，但最终我们还是胜利了，原部队被调防。1970 年春节前，我们在新换防部队不打击报复的允诺下被再次分配。我再次由于那该死的档案，不具备分到新疆无线电厂工作的资格。我和卢环又被发配到南疆库尔勒，等待再次分配。分配方案公布下来后的那个春节，我们连的男生，个个都喝得酩酊大醉。我却很清醒，甚至做好了被分配到农村去挣工分吃饭的最坏打算。

春天临近

春节过后，我们向南疆进发。这次坐的是一辆带篷的解放牌卡车，路经达坂城，翻越天山。一路穿越寸草不生的戈壁！当汽车转过铁门关，眼前则是一片桃红柳绿，孔雀河水清清，这正是我曾经梦想过的新疆！那突然转换、鲜明对比的一瞬间，牢牢地留在了我的脑海中。随即，迎接我们的是尘土飞扬的库尔勒。那会儿的库尔勒县只有一条大“马路”，是有约十公分浮尘的土路，晴天尘土飞扬，雨天坑洼泥泞。后来的柏油路还是全县城职工义务劳动修建的。

到库尔勒，我再次被告知，我没资格去广播站，因为这是县革命委员会的喉舌机关。我被分到了库尔勒县中学。卢环分到了县广播站。不管怎样，有工资，好过我的最坏预期。我们高高兴兴地在广播站安了家。一间约十平方米的土房，一张床；把包装的木条箱翻过来，铺上报纸，就是我们的餐桌；包裹上报纸的两块土坯，是我们的凳子。很长一段时间，这就是我们的全部家当。那时巴州（巴音郭楞蒙古自治州）各县广播站的技术员都是全国各名牌大学毕业生担任。仅库尔勒就积聚了几十个来自内地的大学毕业生，我们都成了好朋友。我家成了大家最经常聚会的地方。我们在一起天南地北高谈阔论，我模仿巴州某一罐头厂流水线上一式的女大学生女工从事贴商标、扣瓶盖的简单重复劳动的演示，让大家捧腹大笑……那种苦中作乐的场景至今记忆犹新。

一晃就到了 1975 年，邓小平二次上台。1976 年 10 月，“四人帮”被粉碎。我一直坚信国家培养我们不是用来丢弃在荒漠里的。我感觉到对这种人才浪费错误的纠偏就要到来了。那时我已是两个孩子的妈妈，为了调动四处活动，有时不得不将两个孩子锁在家里。同时，为重返科研岗位，我也开始做业务上的准备。我意识到十年“文革”使原本就落后的中国科学技术水平与世界先进水平的差距更拉大了，而吸取国外先进技术的能力首先取决于对语言工具的掌握。在北大上学时，作为第二外语，我曾学过两年英语（第一外语是俄语）。于是我翻出了所有的中英对照科普（电子、化工、天文、地理……）读物学起来。背单词，大声朗读练发音，然后把英文翻译成中文与原作对照，以这种学习方式，我坚持自学英语两年。正是这两年对英语的“恶补”大大派上了用场。

我“活动”来的商调函曾被拒绝和退回几次。我甚至给当年的邓小平办公室写过信，陈述我们所学非所用的状况和要求学以致用、报效国家的决心。终于在 1977 年年底，入疆整整九年之后，全家调到了地质部地质勘探技术研究院。

郭娜嘉，曾用名郭洪，女，1944年冬生于贵州遵义，1962年入学北大无线电电子学系。1968—1977年在新疆奇台解放军农场劳动锻炼、库尔勒县中学任教师、巴州电影维修站当技术员。1977—1983年在地质部地质勘查技术研究院，任电子工程师，获地质部科技成果二等奖，多篇论文在中国科学院《微型计算机》杂志和中国地质勘查技术杂志上发表。1983—1985年为加拿大UNB（新布伦瑞克大学）访问学者，UNB中国学生会主席，一首诗曾在《人民日报》海外版《游子吟》栏目发表。1986—1988年为加拿大审计公署中加交换学者，荣获计算机审计师证书。1990—2005年在加拿大温哥华自创奇妙计算机公司，是温哥华中国留学生中创业计算机公司的先驱之一，并是全加拿大第一个大陆商会的发起人之一。2005年退休。

从达坂城到克孜勒苏

乔 彬

一

1968年夏天，就全国1966—1968届高校毕业生的分配问题，中共中央、国务院、中央军委和中央文革联合下发通知，明确提出“四个面向”（面向农村，面向边疆，面向工矿，面向基层）的分配方案。北大法律系1967届实际毕业生只有19人，分配去向大多是边疆，天津有3个中学教师名额，新疆2个名额未定具体单位。想想我们相处多年且可亲可敬的老师，在“文革”中因各种“罪名”被整得那么惨，学生心疼，却无法减轻他们精神和肉体的痛苦。我身体不好，如按毛主席所说，过七八年又来一次运动，身体多半会吃不消。于是，我暗下决心，宁愿去新疆，也不要组织照顾，并且5个分配志愿都填“新疆”，没留一点余地。为此，还受到主持分配工作的工宣队的表扬。当时不谈什么专业对口，“为人民服务”就是专业。同年9月4日，我离开了学习生活6年的首都，乘火车经家乡去新疆报到。10月初，在上海开往乌鲁木齐的火车上，从广播里听到毛主席关于“知识青年接受再教育”的最新“最高指示”，情不自禁对号入座，当然也就成了接受再教育的对象。用当今时髦的话来说，无缝对接，非常自然。

1968年10月底，我接到自治区革委会大中专毕业生分配办公室通知，让我到8026部队军垦农场劳动锻炼。两天后，我离开临时住所新疆军区第二招待所，乘火车到乌鲁木齐东南80公里外的达坂城，次日上午，坐军垦农场的马车，到了达坂城东北方向20多公里的军垦农场，开始了7个多月的军营生活。

达坂城位于天山东段最高峰博格达峰南部，属中温带大陆干旱气候区，温差大，寒暑变化剧烈，降水量少，冬季时间长，春秋多大风。站在戈壁滩上遥望博格达峰，只见白雪皑皑。新疆北部地区9月份开始下雪，我到农场时已是严冬，北风呼啸，大雪纷飞，天寒地冻。在那个远近闻名的大风口，冬天正常冷到零下20—30度，寒气逼人。

8026部队是解放军总后勤部所辖团级建制的工程兵部队，团部在100公里外的吐鲁番。军垦农场建在茫茫戈壁滩上，生活条件较差。因人员多，原有平房紧张，就搭了一些帐篷居住。灌溉和洗涤用天山上流下来的雪水。生活用水全靠水车从达坂城拉回。农场接收那么多大学毕业生，就是通过接受解放军的再教育，战天斗地，将戈壁滩改造成良田，让沉睡千年的不毛之地献出粮食、棉花和蔬菜，做到自给有余，从而实现精神物质双丰收。

农场为连级建制，连长、指导员和排长、班长以及汽车班、医务室、炊事班、马厩等管理人员，都是现役军人，班长是入伍一两年的战士。大学生来自北京、西安和乌鲁木齐等地，共100多人。北京大学和中国人民大学的较少，陕西、甘肃高校和当地新疆大学、新疆医学院以及八一农学院等院校的较多。在专业上，学法律的40人（北京大学法律系2人，西北政法学院38人）占大头。完全实行军事化管理，比较文明规范，相互之间相处较好。我们也自觉摆正位置，遵守各项规章制度，清晨出操、“早请示”、“晚汇报”，向毛主席表忠心，军训、劳动、学习严格考勤不含糊。为迎接党的九大胜利召开，集体学跳“忠字舞”；利用业余时间，争分夺秒，一针一线精心绣出各种图案，上半幅都是伟大领袖毛主席画像，下半幅则是一个非常醒目的“忠”字。军事课主要是队列训练，练习打靶和内务整理，组织评比，争夺流动红旗。男同志夜间还要在营区轮流站岗放哨。每星期都安排专门时间，由班长组织政治学习，汇报思想改造收获，开展批评和自我批评，“斗私批修”，狠斗私字一闪念，然后将收获写到日记里。平常安排最多的是体力劳动。早饭后，我们拿上十字镐、铁锹、锤子、钢钎、扁担、编筐、钢丝筛子等工具，跟着排长走向戈壁滩采石子。各班开展劳动竞赛，干得热火朝天。附近石子采完了，就以班为单位，带上当午饭的干粮和水，班长和我们一起乘卡车到较远的戈壁滩选石子。按照水渠工地施工需要，用钢丝筛子过滤，将石子分出大小后，装上卡车运往工地备用。我们大多数人等于粗壮工，都是干的力气活。严冬的戈壁滩上，天气变化无常，一会阳光普照，给人一丝暖意，一会刺骨寒风夹着鹅毛大雪，冷到心窝。为驱寒取暖，我们就地取材，拖来戈壁滩上自生自灭的野生胡杨、红柳及骆驼刺等腐烂躯干和树枝，点燃后，熊熊大火将我们的脸蛋烤得红红的，浑身上下暖烘烘的，一时疲劳消失得无影无踪。

经过一个冬春的苦战，戈壁滩上出现了灌溉总渠、干渠和支渠，纵横交错，甚是壮观。拖拉机在平整过的成片田地里来回穿梭，深耕、细耙、播种，接下来就是管理，等着收获劳动成果了。对于付出辛勤汗水的人们来说，心里别提有多高兴了。

在军垦农场的时间是有限的，与军人相处大体是融洽的。总的讲，他们对待这些知识分子是友好的，真诚的。团首长常到农场看望，作报告，鞭策鼓励。有一次，炊事班将马肉放锅里时间长变质了，吃后引起食物中毒。本来劳动一天就很累，结果夜间上吐下泻，排队上厕所，川流不息。多数人被折腾了一夜，第二天不得不停工一天。团首长及时赶到农场慰问，大家很受感动。但是，正如一个人的手指长短不一，解放军队伍里人员素质也是参差不齐。有些军人动辄以训人的口气说话，常听到的就是："臭老九有什么了不起？！"还有的值班军人趁我们去戈壁滩劳动时，翻看我们的日记。当看到西北政法学院的一位同学在日记里流露出不满情绪，如获至宝；而指导员不够冷静，方法简单，在全连大会上进行不点名批评。

二

1969年6月，结束了军垦农场的劳动锻炼，区革委会大中专毕业生分配办公室对我们进行再分配，我被分到距乌鲁木齐1400多公里的克孜勒苏柯尔克孜自治州。我到克州时，"文革"风暴正如火如荼，在"文革"中应运而生的新疆"三新"、"三促"两大派群众组织鏖战激烈，克州的反应也很明显。日常的生产生活及社会事务全由军管会代管，州革命委员会正在筹建之中，还不能分配我正式工作，需继续接受再教育。于是，凭军管会大中专毕业生分配办公室介绍信，我到阿图什东南7公里外的州苗圃报到上班。苗圃已有了革命领导小组，报到后分给我两间新建平房，安顿了小家庭，生活翻开了新的一页。自那时开始，到调回家乡为止，我在克州工作生活了13个年头，将人生中最美好的年华献给了祖国西部边陲的各族人民。

苗圃系国营农场性质的全民事业单位，主产粮食、棉花、瓜果、蔬菜等农副产品，粮棉卖给国家，瓜果蔬菜等主要供应本场职工，剩余进入市场。经费自收自支，不足由国家财政补贴。有公职身份的各类管理人员和分配去的大中专毕业生，按月拿固定工资，职工凭出工情况评工记分，按月取酬。与城镇职工一样，每月定量供应成品粮28斤，食油2两5钱，发肉票1.5公斤，一年发布票1米，节假日还发各种计划供应的票证。那个"革命"年代，一边宣传形势大好，越来越好，一边是货架上没什么商品，有限的物资只好限量平均分配。

苗圃已办了多年，当时有100多人，老职工较多，不少是从内地自由流入的汉人。少数民族职工中，有些是附近农村大队进场较早的社员，有些属内部控制、防止里通外国或有潜逃国外危险、从边境一带被强行举家迁入的人员。"文革"开始后，为适应当时形势，分去不少新疆当地和内地的大中专毕业生以及州上一些因"文革"不能继续读书的知识青年。这些人（包括我在内）的共同任务，就是接受贫下中农再教育。还有一种对象，就是"文革"前的州领导成员和部门、单位的"当权派"，因叛徒、特务、走资派等"罪名"受冲击、被打倒、靠边站。州革委会成立后，少数领导干部被宣布"解放"，以"三结合"（工人、军人、干部）形式进了革委会，多数人则需要组织专门力量，查清问题，逐步"解放"，恢复工作。在此之前，就将他们陆续送到苗圃劳动，如需批判或谈话，经批准随时叫走。

苗圃建在盐碱滩上，经多年开发，建成了一片片高产稳产粮田、果园、蔬菜地和树林。用水渠引进雪水灌溉田地，生活用水则由机井提供，水质好，长流不断。劳动工具主要是铁锹、扁担、编筐和麻袋。大田耕作收割靠拖拉机，职工干些辅助性农活。全场灌溉水渠及大小排碱沟横竖相连，需常年保持畅通。开挖和维护水渠、排碱沟成了重活。果园和菜地的活较轻，有时就像绣花一样。全场人员除了参加政治学习、听农业生产方面的技术讲座，绝大部分时间都与农村人民公社社员一样，成天有干不完的各种农活。大家觉得安排得很紧，一天下来确实很累，但没人叫苦叫累，谁也不甘落后掉队。尽管如此，生活还是安排得不错的。因为新疆少数民族信奉伊斯兰教，只吃牛羊肉，忌讳“猪”字，汉人和他们都称猪肉为“大肉”、猪油为“大油”。当时定量供应，州上发的肉票太少，解不了馋。为此，场内养了不少猪、牛、羊，逢年过节杀猪宰羊，卖给职工，汉族职工就可以吃到猪肉。平时每天有牛奶卖，每碗一毛钱。所有瓜果、蔬菜卖给本场职工，都是每公斤一毛钱。不少职工自家还养鸡、鸭、兔子等，以改善生活。因为在少数民族地区工作，我学会了一些维吾尔族日常用语，平时能进行简单的交流。星期天骑车上街“赶巴扎”（内地称赶集），向老乡买东西时也会讨价还价。说实话，要不是戴着“臭老九”的帽子和接受再教育的身份，倒觉得通过自己劳动，自给自足，心里很坦然。

刚到苗圃时，大家客客气气。班组调整时，我还当上了副业组长。时间久了，有的职工就与大中专毕业生疏远了，甚至攀比待遇。他（她）们觉得都干一样的活，为什么收入那么悬殊？当时我每月见习工资 62.40 元，中专生每月 40 多元；职工评工记分，一个月也就拿到 30 元左右。因为他（她）们头脑里有极“左”思想余毒，认为我毕业于我国最高学府，知识越多越反动，不应该拿那么多钱。殊不知这些毕业生有苦说不出。按政策规定，那时国家培养的大学生是包分配的。由于“文革”，毕业没工作不说，还要接受工农兵再教育，不合逻辑。什么叫再教育？难道要彻底否定我国解放后的高等教育吗？若不是“文革”，我们按时走上工作岗位并享受相应的工资待遇，收入比当时还高。可是，我们推迟一年分配，又拖了五年才转正定级。一些人有看法，甚至有抵触情绪，只是迫于当时的高压态势，我们敢怒而不敢言罢了。联想起这桩桩件件，这些糊涂账该不该算？又由谁来算？真是天晓得！如果大家都去当农工，都评工记分生活，国家还要创办那么多大中专学校干什么？可惜，在那个自我否定教育事业、知识贬值、人为地搞臭知识分子的年代，偌大的中华大地上没有讲这个理的地方。

⊙ 在未名湖边留影

为了解决一批在“文革”中被打倒的老干部问题，州革委会组建清理阶级队伍办公室（简称“清队办公室”），人员主要从军分区和革委会的人民保卫组（简称“人保组”）抽调。1971年5月初，我被调到人保组，具体分在治安组，正式转入人员工资关系，直接到州清队办公室报到上班。小家庭从苗圃搬到了州看守所家属院。被抽调人员分成若干组，军队与地方同志混合编组，每组分10个左右对象材料，结果，历时一年完成外调任务，于次年8月回到克孜勒苏柯尔克孜州。很快写好调查报告，供领导决策，有关老干部相继被解放、恢复工作。

一年的外调工作虽辛苦，但也苦中有乐。我们的足迹留在了河南、山西、内蒙古、北京、天津、辽宁、上海、浙江、陕西、甘肃、青海等16个省、市、自治区。无固定作息时间，也不可能按时吃三餐。有时为了赶车，顾不上吃饭，带着干粮，水壶灌上开水就出发，肚子饿了就喝点水吃干粮。在上海，经火车站外调介绍处介绍，我们住进当时算是高档酒店的国际饭店，5个人的房间每人每天收2元5毛房费，伙食7毛钱一天，凭住宿证一天还可买一包7毛钱的中华牌香烟。在浙江省湖州地区一个小镇，到饭店吃饭竟然可以不收全国粮票，两分钱就可抵一两粮票，令人兴奋不已，真想在那里多住些日子。从兰州去庆阳，车在黄土高原上颠簸，全身落了许多黄土。当住进地区新建的招待所时，我们眼前一亮，房间、床铺、被褥、枕头全是新的。在食堂吃过晚饭，回到房间洗了个热水澡，说不出有多舒服，一觉睡到大天亮。有一次还闹了个笑话：在西安结束外调去渭南，刚买不久的皮鞋舍不得穿，上了火车就换上平时常穿的解放鞋，顺手将皮鞋放在座位上。车到渭南站时，紧紧抓住随身带的外调材料，很快下了车。火车开走了，才想起皮鞋还在车上。

清队办公室的工作进入扫尾阶段，我又到“批林批孔”办公室这个临时机构。这时已是1973年，人保组已分成公安局和中级法院两家，我被分在中级法院民事审判庭。因为州委党校刚恢复，急需教员，于是，1973年秋天我就当起了州党委党校理论教员，专门给参加县处级领导干部培训班的学员讲国家与法和无产阶级专政的理论。

三

一年的时间匆匆过去。我又遇上从各单位抽调大批人员到阿图什所辖阿克陶县，开展为期10个月的党的基本路线教育运动。

1974年深秋，在县城集训后，工作队很快进驻有关公社。我担任工作队的秘书，负责起草工作计划、编简报、写各阶段工作小结和运动总结；管理队部人员的伙食和其他一些行政事务。有时白天骑车到大队了解情况，晚饭后挑灯夜战爬格子。

阿克陶县经济发展条件很好，又是大蒜之乡，各种果树都有。玉麦公社还盛产胡麻，榨出的油品质很好，远超计划供应的葵花籽油。农民在自留地上种的胡麻、大蒜等经济作物，眼看快到成熟期了，硬是被逼着当作资本主义尾巴铲掉；果树已经挂

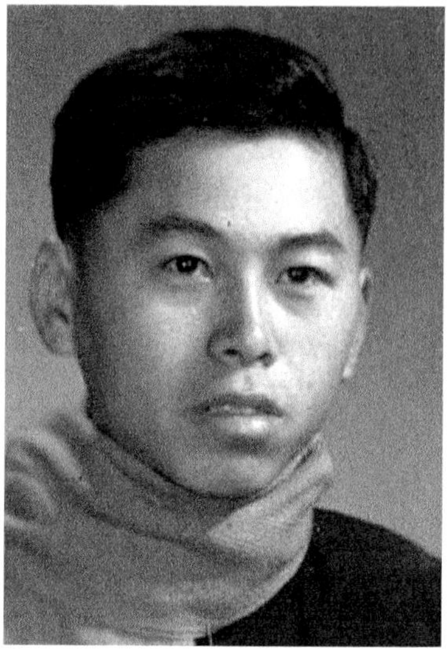
⊙ 1962 年冬摄于北京海淀照相馆

果，也要连根刨掉，以这种所谓实际行动表明与资本主义彻底决裂。农民在亲手摧毁这些快到手的劳动果实时，眼里在流泪，心里在滴血。这是“四人帮”在作孽啊！

一天下午，在州公安局大院里的花园南侧，几个同事工间休息闲聊，我无意发现右眼看东西有重影，同事们催我快去医院看看。次日上午，局领导派车送我到喀什南边的解放军陆军第十二医院，眼科检查为右眼腺癌待排除，建议到内地大城市复查。局里与区公安厅联系，帮我买了去上海的飞机票。在上海五官科医院，检查取样化验，复诊时排除腺癌，便做了手术，如释重负。

1981 年 3 月，我调到江苏盐城，到中共盐城地委政法委员会工作。

乔彬，曾用名乔振法，1941 年 9 月出生，江苏建湖县人，副研究员，律师。

1962 年考入北京大学法律系。1968 年 9 月到部队军垦农场劳动锻炼。1971 年 5 月—1981 年 3 月先后在克孜勒苏克尔克孜州革委会人保组、州党校、州公安局工作。1981 年 3 月调回江苏，曾任盐城市司法局党委书记、局长；盐城市人大常委会委员、法制委员会主任等。2001 年 12 月退休。

遥远而又真实的地方

吴喜之

四川省甘孜藏族自治州得荣县，可能是北京大学老五届被分配到的最遥远的地方。当年，正常情况下，如果没有塌方及大雪封山，从成都到得荣，需先坐两天的汽车，翻越危险的二郎山，沿土石公路经泸定到康定；再坐一周只有一次的长途汽车，在高原颠簸四天（途经雅江、理塘、稻城的桑堆）到乡城县；然后，等待不确定的时间，看你的运气，可能要一两周，找到愿意为你驮行李的马帮（以毛驴为主），步行四天，翻越两座大山，经过当时属于巴塘县的白松乡，穿过风景绝美的原始森林和峡谷，风餐露宿，才能到达得荣。这是当时全国仅有的两个不通公路的县份之一（另一个是西藏的墨脱）。

一

我们是 1970 年 3 月在北大汉中分校（653 分校）被分配的。沈琴婉和我被分配到四川省甘孜州，到了甘孜州首府康定，继续往下分配。历史系的陈积俊、丁秋云和我俩去了得荣县。晚报到的物理系马庆智和瞿定也来到得荣县。

得荣县城所在的松麦镇位于横断山的一个南北向山沟中，中间是一条湍急的河流，称为定曲[①]，枯水期的流量大约每秒二十五立方米。由于山坡较陡，一般早上 10 点钟才看见太阳，下午 4 点钟就日落了。和其他横断山类似，这里山体破碎，很容易有滑坡和泥石流。河谷地区比较干旱，原始森林都在高山顶上，在河谷看不到。由于海拔高，天蓝得让人心里发痒；夜晚，满天星斗密密麻麻，似乎没有空隙。得荣县西面是金沙江，定曲在得荣境内与两条支流（玛依河及硕曲）会合，然后流入金沙江。得荣县北面和东北与甘孜州的巴塘县和乡城县相邻，西南和东南则与云南德钦县及中甸县（现在称为香格里拉）接壤。我们从得荣县回家有两条路可选：一条是从得荣向北，经乡城、理塘、康定到成都，再坐火车至北京，回到天津，一般要半个月左右；另一条是从得荣县向南，经过得荣的两个乡，沿着当年红二方面军走过的横断山路（山下面先是定曲，最后是金沙江），步行两天半，坐铁索拉着的小船横过金沙江，到

① “曲”是藏语“河”的意思，如“藏布”也是“江”或“河”的意思。

达云南中甸县奔子栏，等待乘坐只要下雪就停运的长途客车，两天到丽江，再坐两天长途客车到昆明，再坐火车到北京回天津，一般要十二天以上。

得荣县全县城乡共有一万多人，乡下全部是藏族，汉族只有外来的干部（包括教师和医生）。县城规模还不如北方一个中等村庄，人们都互相认识。松麦没有道路，有一条自然的水沟贯穿其中。这里没有商店，买东西到商业局（即一个十来米长的门脸）去。每逢商业局的马帮运来货物，大家都不上班而挤到商业局去买东西，如同一个盛大节日。没有市场，藏民也没有种菜习惯。想吃蔬菜得自己种，但在到处是石头的谷底找到可以开垦种菜的土地谈何容易。不过后来我们实在厌倦了吃食堂，也在河岸边用石头垒出来一小块梯田。旱季时天天从河里挑水浇灌，种了莴笋、韭菜、四季豆、黄瓜、西红柿、茄子、菠菜、小白菜等。一旦自力更生，菜就丰富了。人们除了自己种菜之外，还自己养鸡。我们也自己孵小鸡，有一次十二个鸡蛋竟然孵出十三只小鸡，原来是母鸡最后又下了一个蛋。冬天冷，为了不让刚孵出的小鸡冻死，我用纸盒装上小鸡放在被窝里。到处都可以看到鸡，有时一棵树上栖满了乱叫的鸡，颇为壮观。没有自来水，在枯水季节到河里挑水；而在夏天雨季，由于河水暴涨，充满泥沙及山上冲下来的树木，吃水得到上面只有夏天才有的泉眼接水。没有电力，只能点煤油灯。这里没有饭馆，只有一个机关食堂，基本菜谱就是辣椒炒海带粉条以及清炒泡胀的干豌豆。由于海拔关系，饭和馒头都做不熟。住宿只有一个县招待所，招待所主要客人是在乡下工作的过路地质队员。县城的最高学府是一所城关小学。小地方当然有小地方的好处，比如，给我打电报的地址就是“得荣县吴喜之”即可。但必须费口舌让内地邮电局的人相信中国还存在一个没有街道和门牌号的县城。由于不通公路，种类不多的土特产品很便宜，比如虫草一分钱一根，黄芪一毛多一斤，新鲜松茸几分钱到一毛一斤，一个麝香（名义上獐子是保护动物）也就十块钱左右，鸡蛋五分钱一个（乡下四分）。一些基层干部不希望通公路，以保持物价便宜。

由于不通公路，对外没有电话线，得荣县和外界的最快联系是邮电局不时会出故障的无线电报。信件和报纸杂志靠邮电局马帮和民间马帮驮运，每次报纸一大摞，都是十天半个月之前的。由于交通不便，很多干部出去开会都是开完一个会，就接到电报要求再开一次会。几个月后回来，除了极重要的事情，一般会议的内容就都过期了。一些信息来自半导体短波收音机，但中央台的信号很弱，远远不如频率相近的苏联广播电台的信号强大。县区有手摇电话相通，有些地方是靠专职通讯员跑路传递信息，远的村庄，几天才能走到。

得荣县的藏族人淳朴、知足和虔诚，和巴塘、中甸等地的彪悍康巴群体①形成鲜明对照。得荣是当时甘孜州关外最安全的地区之一。虽然如此，各级领导干部外出，

① 甘孜州及西藏的昌都地区以及周围的云南甘肃等地的藏族称为“康巴人”，以聪明、彪悍著称，是藏族中最自豪的一群，很多宗教界上层，包括拉萨、青海、甘肃等大寺庙的上层人士都是康巴人。

都喜欢佩戴手枪。一般老百姓也喜欢到处背着 17 世纪到 19 世纪初欧洲军队用过的明火枪（前膛枪）。一般男性都带有一尺长的具有美丽花纹银（或铜）外壳的藏刀[①]。但这些武器主要不是为了防身，枪是为了打猎用，刀除了装饰之外可以在野外生火做饭时砍柴切肉用。

来到得荣县之后不久，我就来到古学区乡下搞“中心工作”，宣传“大联合”[②]。古学区在定曲及硕曲的会合处附近山上，从县上自天亮到傍晚要走一整天（领两天路途补助）。途中，人们看到定曲对面山上有四头盘羊，于是工作组组长、武装部干部扎西却培[③]拿出佩戴的五四式手枪，第一枪就打中一只。但是盘羊在河对面，取回是个问题。于是我自告奋勇，拖了一条长绳子从水流平缓的河段游过河去，爬上山坡找到那只死羊。把它推到山下河边，用拖过来的绳子拴上，让对面的人拉过河去。然后，我又游回去。这是我仅有的一次在定曲中游泳。因为河水很急，河中充满石头暗礁，很难找到安全的游泳地段。在剩下的旅途，我得到了奖赏，骑上了武装部的马，这在最后一段登山的路上特别有帮助。我们还得到一只羊，羊很大，我们吃了好几天。由于羊很老，一直到吃完，肉还没有煮烂。

那时，一切都没有走上正轨。后来，县里一些领导乘赵国俊书记外出开会之机，以大学生应该到最基层锻炼为借口，把我们分到各个乡当乡文书。我们觉得，这和需要我们搞技术的初衷不符合，但可以得到锻炼。于是我们北大六人，加上四川美院附中的余志强[④]等五人，决定到我曾经去过的古学区所在的村子参加劳动。[⑤]傍晚我们秘密出发了。第一天在奔都乡的小学教室住了一夜，第二天到了古学，四个男生住在藏族老乡家里，女生在银行借了间屋子。县里领导听说我们不辞而别，十分震怒，但我们已经在最底层的乡下了，他们拿我们没有办法。我们住在老乡房子的地板上，第一天马庆智一晚上没有睡着觉，抓了一百多个臭虫，后来用了敌敌畏，才解决了臭虫问题。在藏族农村的劳动相当艰苦，每天从早到晚下地干活，用很短的锄头锄地[⑥]。高原的紫外线很强烈，我们都晒得黢黑。由于干燥，出汗没有感觉，见到衣服上的一层白的汗渍，才意识到我们在出汗。但是这些劳动不是没有回报的，那些在地里劳动的藏族姑娘天生会唱歌。一边劳动，她们有时就会随意唱起来。没有伴奏，没有扩音器。我觉得这些衣衫破烂的藏族姑娘比国家大剧院任何光彩照人戴满勋章的“著名”

---

① 巴塘、理塘一带的北方藏族当时都习惯带有两尺以上的藏刀，这种随身带刀枪的习惯现在似乎被禁止了。

② 和全国其他地方一样，得荣县也在“文革”中分成两派，而且还发生了武斗，死了一些人。

③ 扎西却培曾经是 1964 年全军大比武的优秀人物，得荣县人，不久前在得荣县去世。

④ 余志强后来读了研究生，并当上四川美术学院教授，雕塑系主任，现已退休。

⑤ 去古学的一个原因是我在古学呆过，比较熟悉，此外，区里的领导是参加过淮海战役的老兵，不怕事儿。

⑥ 藏族喜欢短把儿工具，即使买了长把儿的，也要锯短了用。

歌唱家唱得都美。因为这歌声完全发自内心，没有丝毫的名利和世俗的铜臭。夏天晴雨不定，有时大晴天炎热非凡时，突然一片云带来的冰冷透顶的雨水淋将下来。我还像在内地农村时那样，每天总是把房东老乡的方形石头水柜灌满。在藏族农村没有扁担和水桶，只有木制的很矮但直径很大的水桶，背着很重的水桶走路本身就不易[①]，而背着水沿着一根用圆木刻出台阶的能够滚动的“楼梯”上楼[②]就更难，一不小心就会把水倒进脖子。当然，天天背，也就很熟练了。后来，县领导又把我们这些人一个一个地调回县上，分配了具体的工作单位，去当乡文书的事情再也不提了。在得荣县，沈琴婉分到广播站；陈积俊被分到机关；丁秋云分到城关小学；马庆智分在农牧局，后来又去了水利队；瞿定先在机关，后来又去了城关小学；我的任务是去建水电站。

藏族的生活方式及思维方式非常独特。他们绝对不惯孩子，大冬天，刚会爬的孩子，光着脏乎乎的身子，在生了火、四处漏风的屋地上爬来爬去。有时妈妈用手指头沾一些酥油在孩子嘴上一抹，就算是奖赏。我在古学时，一同劳动的有一个觉母[③]。她还是剃着光头，披着长袍，但却有两个孩子。孩子的父亲是谁并不重要，重要的是这些孩子肯定会爱她，会为她养老，她肯定会因此感到幸福和安慰。对于这种现象，没有任何人指手画脚，评头品足。藏族妇女不像一些汉族妇女那样自怜自爱、弱不禁风。古学有一个妇女生产队长，怀了孩子，上山砍柴，自己在山上就生了孩子，抱着孩子，背着一百多斤柴火，回到家中。在藏区，所有人都非常热爱他们的母亲，因为是母亲把他们抚养大。得荣县是半农半牧区，女性一般在农田劳动而且带孩子，而男性则到山上牧场放牧，在农田劳动的男性都是些老年人。人们对于父亲的尊重远远不如母亲，有很多人不知道父亲是谁，也就是所谓的“私生子”。私生子在藏民中不受歧视。他们聪明能干，我甚至还感觉到他们有一丝自豪。我没有发现藏族为了分家和争遗产、争房子而闹矛盾。藏族的房子都很结实厚重，都是干打垒的房子。如果一家有几个儿子，会讨一个老婆。同样，有几姊妹的家庭也会招进一个丈夫，共同生活。这种婚姻鲜有嫉妒和争斗。在藏房住人的一层，火塘靠着房子的一面墙，火塘两边，一边地板是这家的所有妇女睡（垂直于四方形火塘边），而另一边是这家所有男性并包括男性客人睡，而第三边则是老年人睡。那里没有作为私有财产标志的私人卧室和床铺。我所在的小单位曾经有一个藏族年轻人，兄弟俩共有一个老婆，相当恩爱，但总是被组织做工作，要求他和老婆离婚。原因是参加了工作，就不能一妻多夫，这使得他非常苦恼。藏族大多是虔诚的佛教徒，当时，所有的喇嘛寺都遭到破坏，宗教遭

---

① 水桶上面的绳子勒在胸前，而水桶底部仅仅有一个点支撑在腰部，水面要一直水平。因此身子要基本保持一个角度不变。

② 藏房一般一楼圈牲口，二楼以上才住人。

③ 觉母为藏语尼姑的意思。

到批判，但人们心中的虔诚信仰一直在持续。我曾经多次说过，如果还能够投胎，我愿意投胎成为一个藏族人，生活在大自然的神圣与和谐之中。

二

得荣县没有公路，一切都靠牲口驮入，建水电站谈何容易！我所在的单位称为“水电厂”，有一个厂长。作为技术员的大学毕业生，除了我之外，还有成都工学院电机系的周子俊。周子俊厚道正直，非常认真负责。没有他的努力，就不可能有后来建成的水电站。此外还有四个学徒，一个会计。在水电厂正式成立之前，我已经把所有可以找到的关于水利、电力方面的理论和施工方面的书籍都认真看了，而且还从物探队学会了使用水准仪来做大地测量。要建水电站，首先要进行多次测量，选择落差大、能修引水渠及建厂房的地方，离县城还不能太远。厂址选定后就动工，包括修水渠，盖厂房，到外面抬水轮泵（一开始没有水轮机，用水轮泵代替）、发电机和变压器。还要安装和调试机器，竖电线杆子，架线，安装变压器和室内布线，等等。做起来困难很多：机器必须很多人才抬得动；得荣县的山路很窄，要把近百公里的山路拓宽；修水渠、烧石灰都需要石头，需要开石工具和炸药，而炸药必须县里自己做。好在县里有个农机厂，可以打铁。他们也学着用锯末炒成木炭，和硝酸铵化肥混合制成了炸药（雷管还需购入）。烧石灰的燃料、电线杆子、建厂房等都需要木头，就去山上伐木，山上有限的原始森林资源就这样被不可再生地消耗了。当然，还有极其麻烦的管理民工的问题。整个建水电站的过程经过几年，最终可以发电了。这样，四川省最后一个“无电县”就被官方宣布消失了。其实，每天晚上只发几个小时的电，电力一开始就不足。后来又耗费几年，在外面运进水轮机，建新厂房，新机组一直到我离开得荣县之后一两年才开始发电。为了这个水电站，我多次出差，包括去工厂提取和运输水轮机。有一次在四川阿坝州的雷波参加全省小水电会议，在中甸（香格里拉）差点冻死。全程来回四次穿过金沙江（穿越方式包括渡船、钢索桥、水泥桥、铁路桥），仅仅徒步就约300公里，棉袄曾经被雨淋透。千辛万苦回县之后，除了报账的会计外，没有任何人对这个会议感兴趣。但这次出差却是我永远难忘的一次挑战。

沈琴婉所在的广播站，一开始什么也没有。在广播站的人出差或者下乡时，我就在广播站帮忙。一般我早上听中央台为边远地区播放的慢速“记录新闻”，把内容逐字逐句抄下来，然后用毛笔写成大字报贴在外面。1970年12月昆明军区政委谭甫仁去世[①]的简短消息就是我记录并张贴的。后来广播站用马帮驮入了扩大机的部件以及一个2千瓦便携式汽油发电机。播音设备组装起来后，每天清晨大家都在睡觉时，沈

① 实际上谭甫仁是遇刺身亡，但新闻并没有说。由于昆明军区和得荣县关系密切，赵国俊政委看了我张贴的新闻之后有些郁闷。

⊙ 1975 年底于金沙江畔，从左至右为：陈积俊、余志强、吴喜之、沈琴婉

琴婉就起来发电，然后开机转播中央台节目。但中央台的信号很弱，很容易跳转到频率相近的强大的苏联电台。甘孜州另一县的广播站就发生过在转播时跳到苏联台的事故，结果是武装部军人包围广播站，当事人被立即逮捕。所以沈琴婉在转播中央台节目时精力高度集中，以免跳台。当然也有比较随意的时候，那就是用发条动力的电唱机放唱片，主要是放样板戏和各种歌曲。广播站的站长是一位从军队转业的藏族人降巴[①]，非常淳朴厚道。在沈琴婉调离得荣时他还一再叮嘱马帮，不能把阿孃（即沈琴婉）摔了，所以只要沈琴婉一骑上驴子，马帮一定牵着。

沈琴婉、陈积俊、马庆智和我都参加了乡下的"整建社"，为期半年。藏族地区只有合作社，没有人民公社，后来上面觉得应该建立人民公社，于是就把合作社合并成人民公社，并且把那些不准入合作社并一直单干的"地富分子"的土地也合并进来。虽然当时所有人都知道，长得绿油油的地是单干户的，而长着很糟糕庄稼的地是集体的，但必须集体化。在整建社时，又要重新登记成分。我们一直努力想使更多的地富分子摘掉"帽子"，没有成功。在整建社期间，我还去了遥远的鱼波村，那里很少有外人去。有外人去时，他们就说："布斯来了，布斯来了。""布斯"是女婿的意思。我们去了之后，进屋坐下，几乎全村男女老幼都来观看。那里都烧松柴，每个人的脸都黑黢黢的，露着灿烂笑容。虽然那里非常偏僻，却出了一个藏族"高级知识分子"。村里有一个老学者，在拉萨得到了"格西"的学位——佛学最高的学位，后来

① 降巴有严重的肺结核，但非常乐观豁达，最后英年早逝。

在拉萨著名的色拉拉空[1]附近为他修了一个小庙。整建社时恰逢全国搞“批林批孔”，动员那些不懂汉语、更不认识孔老二的藏族老乡都来参加批判会，这使那些文化一般的藏族翻译大伤脑筋。比如“党委一元化领导”，翻译成半藏半汉文就成为“党委大巴既领导”，“大巴既”是“一元钱”的意思[2]。

由于整建社所在的乡是在金沙江和定曲分水岭的金沙江一侧，我每次来往于县乡之间都必须翻越海拔 4000 米的山脊，在经过几个小时持续心律在 150 次 / 秒的努力之后，登上山脊。看到梅里雪山的美丽的卡瓦格博峰[3]及其姊妹山（太子十三峰）突出于波浪般的层层横断山脉之中，每每感到无比兴奋而忘记了自我。

由于农村的需要及水利队人员欠缺，我还被多次抽调去多个乡村测量灌溉水渠。有时我睡在树林里，有时睡在老乡房顶上。在一个只有两栋房子的村子里，非常缺水，只有从石缝中一滴一滴的渗水。我大约两个星期没有做过任何洗涤行动。藏族老乡对我（下乡测量时只有我一个汉人）非常友好。一次他们煮了一只鸡，商量好了谁也不吃，一定要看着我吃完。还有一次，我发现鞋不见了，原来老乡悄悄拿去给我尽力擦洗了。由于测量一般沿着等高线附近进行，没有路，荆棘丛生，我的衣服损耗严重。一次回县时，我的新的确良咔叽裤子已经变成一条一条的了。后来找乡下医生讨了许多胶布贴上，才较“体面”地回去了。测量水渠又危险又艰苦。但在峡谷、峭壁、森林所组成的大自然的怀抱中，在夏天的阳光雨露下和冬天的风雪中，为急需的藏族百姓做些有直接意义的工作，我感到非常荣幸，觉得这可能是我一生最快活的时候。

我还代过小学第一个初中班的物理课，当我讲到学好物理可以搞氢弹原子弹时，学生们非常惊喜。我却觉得骗了他们，因为我都出不去，他们又如何能够走出这个山沟呢？事实上，多数得荣县孩子连汽车都没有见过，画画都只有山和牛羊这种简单主题。其实，我错了，不但我出去了，我教过的这个班里的学生还出了一位甘孜州副州长，一位甘孜州的科技局长。

得荣县远离现代文明，除了听到从短波收音机里面传来的充满噪声的信息，以及晚上不时看到星空中飞过的人造天体之外，我们经常忘记了这是人类登月的时代。但我没有忘记我受到的教育以及曾经有过的为科学奋斗的理想。在得荣县的日子里，我一直在自学我觉得应该学习的课程，学习了许多没有学过的大学课程。我找木匠做了个书架，成为得荣县家中有书架的第一人。晚上，在油灯下做英文剑桥课本的习题，

---

① 色拉拉空就是色拉寺，拉空是藏语“寺”的意思。

② “大巴”是汉语量词“块钱”之意，“既”是“一”的意思，按照藏语语序，“大巴既”就是“一元钱”。

③ 云南最高峰，海拔 6740 米，是藏族的神山，有我国纬度最南冰舌下延最低的现代冰川。曾经有人登顶，全部丧生，后来没有人再试过。

同时听着窗外马帮骡马的铃铛响。到现在我还不能完全理解这种巨大差异共存的现实和心理环境。我原先学的是俄语，为了给自己展开更大的知识窗口，开始自学英语。在藏族地区，在完全不知道未来的情况下，为未来打下了英语阅读和其他专业知识的基础。

在得荣县的北大学生中，丁秋云走得最早，嫁给德阳一个在三线研究所的老同学，后来就没有联系。陈积俊后来和新疆的一个支边天津青年结婚，最后在伊犁州党校时得了癌症，我在2009年去伊宁试图打听其下落，但没有结果。瞿定先到湖南教书，后来到北京钢铁学院念研究生，毕业后在北大出版社工作直到退休。马庆智在“回炉”时回到北京，后来在北京信息工程学院教书直到退休，于2012年3月因心脏病突然去世。沈琴婉和我后来调到天津。沈琴婉退休时是天津南开大学信息学院的教授。

在得荣县的经历对我的影响一直持续到现在，我永远忘不了在那里奋斗过的各族干部和当地的藏族父老乡亲以及那神奇美丽的土地。我记得在即将离开得荣县境时，经过一群民工，他们对我们说：“叔叔，回来时在这里喝茶啊！”“好的，一定！”我心酸地允诺着，不无犯罪感。我后来多少年做得最多的梦有两种：离开得荣县和回到得荣县。

什么时候还会有北京大学的毕业生再来这里长期工作呢？

⊙ 2013年吴喜之、沈琴婉夫妇及女儿女婿外孙

吴喜之，1963 年考入北大数学力学系。1970 年春分配到四川甘孜藏族自治州得荣县工作。1976 年调入南开大学数学系。1982 年底—1987 年在美国北卡罗来纳大学教堂山分校（UNC-Chapel Hill）读统计博士。1987 年秋—1989 年春在美国加利福尼亚大学戴维斯分校（UC-Davis）统计系教书。1989 年 4 月回国，在南开大学数学系（数学学院）任教。1999 年调入中国人民大学统计系（统计学院）任教，直到 2010 年春退休。

山高水寒忆当年

鲁　仁

我在北大上了两年课，搞了一年“四清”，闹了两年半“无产阶级文化大革命”，到1968年12月，按当时“无产阶级司令部”的命令，接受毕业分配。我打内心很想趁年轻深入了解中国社会的方方面面，到最艰苦的环境中去锤炼自己，便毅然报名去青海。我回到山东，偎着缺吃少穿的父母待了十几天，12月24日辞亲西行。

抵达西宁

抵西宁时已近岁尾。西宁海拔二千三百来米，比东岳泰山还高一半，氧气不够吸，走平路稍快就喘大气，像在北大东操场跑八百米似的。青海省民政厅的同志相当热情，报到手续瞬间办妥。安排到解放军农场接受再教育的大学生来自全国二十多所大专院校，年轻人相会，很快就熟悉起来，成群结队地上街游逛。

那时的西宁基本上只有一条街道，三四千米长，用不了多少时间就能步行走一遭。一打听，藏传佛教主流黄教的始祖，亦即北京雍和宫供奉的那尊头号大佛宗喀巴，其故乡就在西宁西南方二十五六公里处的塔尔寺。该寺鼎盛时期有喇嘛三千来人，煮粥的大锅深度和直径均近两米，曾有正在做饭的小阿喀（藏语“小喇嘛”）不小心掉进去被煮死。过去，班禅、达赖一旦涅槃，托生为谁，亦即他们的接班人为谁，一般由塔尔寺的活佛定夺，故而该寺号称“前藏”，班禅、达赖也多为青海人。既然如此，似应早睹为快，也权当进部队之前的适应性训练。

到青海第三天早饭后，我和北京师范大学天文系的马庆保，借上中央财经学院院高凤阳刚运到的一辆半新自行车，喘着粗气，冒着严寒，踏上旅途去参观塔尔寺。塔尔寺的佛像雕得生动，画得精彩。有一个殿里的佛像是用酥油做的，五颜六色，很好看。游客很少，完全可以近前仔细欣赏，但虑及深冬日短，人生地疏，不敢流连，只匆匆走了一圈，便打道回府。

进部队

很快，近二百一十名大学生都到齐了，其中有北大学生十四人。一天，一大串黄色的军用卡车将我们拉到西宁西郊一个山坡下的营房里。这是一个汽车团。学生被分为两个连。解放军为每个连配备连长、指导员各一人，司务长一人，每排配排长一人；他们都是在部队表现较好、文化水平较高的基层军官或志愿兵。每连又从学生中任命文书一人，食堂采办一人，每排副排长一人。女生五十一位，编在一连三排，有学生副排长二人。我分在二连三排。

⊙ 1969 年春摄于达米滩农场

“先务虚，后务实”是当时一种比较普遍的工作流程。加之天寒地冻，没有农活可干，1969 年最初的四十来天，我们都是在团部接受再教育。每天出操，“天天读”，念“老三篇”，反复学习关于接受工农兵再教育的最高指示以及不断发布的最新最高指示。眼看到了春节，周围单位和农村的人们不时排着队伍，喊着口号，打着小旗，敲着锣鼓，到部队进行拥军活动。学生们听见动静往往就去看热闹，多少分散了背诵老三篇和最高指示的精力。我们的指导员告诫大家“要专心学习，别受外界干‘尤’”。他念了“扰”字的半边。有学生没憋住，哧哧地笑出了声。指导员很敏感，一问，得念 rao，不念 you，他谦虚地承认自己学上得少。这样一来，大家反而挺尊重他，发笑的同学也觉得不好意思了。一连的指导员就很强势。他在讲到“千里迢迢”时，念成“千里召召”，学生文书悄悄告诉他：是 tiaotiao，不是 zhaozhao。指导员很恼火，愤愤地说：“你们臭老九念 tiaotiao，我们工农兵就是念 zhaozhao！”他有时还用西北农村的粗话骂女生。礼尚往来，与他同乡的大学生也用西北农村的粗话背后叫他“二 qiu 货”。他跟接受他再教育的大学生差不多同一年高中毕业，没考上大学，当了兵，很快提了干，想必也有过人之处。

这个团的英模人物也曾现身说法，不止一次对我们讲他们“读毛主席的书，听毛主席的话，照毛主席的指示办事，做毛主席的好战士”的先进事迹，让我们跟着学。一位副团长曾在朝鲜战场上开夜车而不打灯。一提他的驾驶技术和勇敢精神，大家都竖大拇指。他的报告让人感动，虽然有些口头语比较刺耳。

到农场

春节后，一排军用卡车浩浩荡荡送我们去农场。天那么冷，坐敞车也还禁得住，因为年轻人火力旺，搁冻，而且，一到青海就给每人发了一顶皮帽子，一双大头鞋和一件吊小帆布面的老羊皮大衣。车队走西川，过湟源，翻越文成公主当年进藏走过的日月山，擦过碧如翡翠的青海湖东岸，夜宿海南藏族自治州革委会驻地恰卜恰。青藏高原人稀气清，野旷天低，夜空的繁星每一颗都亮晶晶的，犹如挂在天幕上的电灯。

第二天，吃罢早饭，旭日东升，车队继续南行。坐在车上，环顾四周，荒原接天、雪山腾浪的奇景像放电影似的连续奔来眼底，令人颇觉新鲜。过了兴海县，太阳偏西时，车队驶入该汽车团自己修筑的简易盘山道，左面是悬崖，右面是深涧，车子颠簸其间，险象环生，让人不时惊叫。转过几个山头，见谷底一条飘带般的湛蓝大河蜿蜒流淌，排长告诉大家，那就是黄河！我家在下游的黄河岸边，总见它泥沙俱下，灰黄浑浊，没想到它的源头竟然如此清澈。

一下山就到了该团的达米滩农场。“达米”是藏语的音译，据说其意为“鬼”。为贯彻毛主席的“五七指示”，这个团在“七山二水一分田”的世界屋脊上，在接近巴颜喀拉山的河滩中，找到了这块可种庄稼的好地方。农场南北长约五六百米，东西最宽处二三百米，最窄处不过几十米。它的西面是高约百米的峭壁，东面和北面是四五十米深的河谷，南面是盘山路，可谓一夫当关，万夫莫开，固若金汤。不过，一个农场似乎用不着这么险固。

两个连相距大约一公里。我们二连到了驻地，只看到一片轧平了的空场子，却不见房舍。心中正纳闷，连长宣布了分给各班的“地窝子”。所谓地窝子，就是在地上挖一个长宽各约五米的方坑，坑的南面中间挖一条宽约七八十厘米的斜坡作为进出通道，就地取材弄一些棍棒、草秆和泥土将坑口盖上，正对通道的坑中挖掘两米多深作为公共活动空间，公共空间两旁留下四五十厘米高的土台子不挖而当床，再在门口挂一个布帘子，大功就告成了。每班十人住在一个窝中的两个土台上，倒也亲密无间。睡觉得戴着皮帽子。早晨醒来，有时胡子、眉毛、睫毛及帽檐羊毛上都是冰凌，像是刚从北极腾云驾雾而来的圣诞老人一般。

住进地窝子两三天后的一个中午，我正站在公共活动空间跟坐在台上（站起来会碰头）的同学闲聊，觉得腿上有物簌簌蠕动。低头一看，只见一只两耳挺立、形似兔子的动物已循着裤腿爬到膝头。我一巴掌将它扇到地上，才看清是一只首尾足有一尺多长的大老鼠；它不怕人，不慌不忙地沿着斜坡跑到别处逛去了。草原上老鼠成群，祸害牧草。靠吃老鼠为生的旱獭真是享福，有时在血足肉饱之后，洋洋得意地用后腿站在窝边，摇晃着前爪，转动着脑袋哇啦哇啦地唱歌。有些牧民兄弟吃这种老鼠，吃旱獭的人就更多了。

助理泥瓦匠

我们一到农场就投入了疏通渠道、浇水施肥、播种小麦和胡麻的紧张“战斗”。种庄稼没水不成，农谚说：“庄稼一枝花，水肥来当家。”高原天旱少雨，部队突出政治，不算经济账，发扬愚公移山的精神，从几公里外的一条黄河支流上筑坝架管，凿山开渠，引水灌溉这几百亩生土薄田。我们到农场时，水渠尚未全线贯通，一处取水口亦未修好。二连的主要任务就是修渠引水。农场请来一位河南农民泥瓦匠作大工。或许是看着山东大学中文系毕业的七班班长曹万芝和我干活还算踏实，领导派我俩去给大工打下手。早春融雪而成的河水冰凉刺骨，穿着防水皮裤站在水中干活也冻得两腿麻木，我们仍然尽力将活计干得无可挑剔。

修水口虽然挨点儿冻，倒也安全，疏通山洞中的渠道则有危险。有一天，四个同学正齐声喊着劳动号子从山洞中往外抬一块三四百斤重的大石头，洞顶一块数吨重的巨石冷不防砸了下来，离后面那个同学的脚后跟只有四指远！大家吓出一身冷汗，连呼：“命大！”这四人后来都成了各自单位的骨干，至少一人当了州长。

修好水口，我们又随大工到场部盖房子。站在脚手架上，左手抓砖，右手握刀，啪啪啪地砌墙，眼看着墙壁节节长高，心里觉得挺爽。曹万芝很有干技术话的天分，大工多次夸他干活“像样儿”。我在这一点上也有自知之明，无论怎么努力，也难臻化境。

炊事员

泥瓦匠的活儿个把月就干完了。刚回连里干农活，又让我去干新工种。

原来，农场海拔三四千米，空气稀薄，气压低，水烧到八十来度就滚开了。发面馒头大火蒸上个把小时，一出笼还是一戳成坑，一捏成扁，咬到嘴里黏糊糊的净粘牙，仿佛是没蒸熟的死面疙瘩；炒出锅的猪肉也又硬又艮。有北大同学知道我“文革”中曾在食堂干过四个月的帮厨炊事员，便向连里推荐，我被任命为炊事班的副班长，掌“白案”，做主食。我们炊事班商量，下力气将面揉好，笼屉上锅后尽可能用布将缝隙堵严，最上面压一块十来斤重的石头，猛拉风箱将柴火烧旺，估计能产生较好的效果。将蒸汽密闭紧锁乃是关键。如此一试，果然灵验。全连一百零七人，做米饭一锅要下七八十斤大米，用点儿心，也能焖得很好。

我们的粮、油定量与军人一样，虽然干体力活能吃，完全管饱。团部每隔半个来月就派车从西宁往农场送一些粮、油、肉、青菜以及报纸、邮件，既有“物质食粮”，也有“精神食粮”。连里牧养了一群牛羊，炊事班喂了几头肥壮健美的乌克兰白猪，自宰自食，有机，环保，味美，卫生，吃着很香。更兼当地藏胞不吃鱼，黄河里尺把长的无鳞鱼三三两两地翕然游动，不知避人，用筛子就能端上来；但因难以大规模操作，没有向全连提供过。吃的是黄河水；在河岸峭壁上开辟了一条曲折小路，几个炊事员接力式往上挑，每天要挑十多担。至于洗漱，各自到河边解决。

一天凌晨，寒风袭人，全连还沉睡在梦乡，山野还笼罩在黎明前的黑暗中，起早做饭的炊事员忽听外面站岗放哨的同学急切吼叫：“地窝子塌啦，快来救人！”大家赶紧起来抢险，只见四班的地窝子顶盖儿整个塌陷下去，呈“V”字形，显然是“大梁”中断，窝顶中央陷入公共活动空间，两端还搭在坑壁上。而大家睡觉都是头冲着墙，看样子四班诸贤的脑袋也许问题不大，脚丫子可就难说啦。大家小心翼翼地从地窝子角上扒开两个洞，呼唤窝中还能自己动弹的人赶紧往外爬。结果，他们穿着小裤衩，嘴里冒着白烟，上牙磕着下牙，一个接一个地全都爬了出来，居然谁都毫发无损，还都嘚嘚嘚地笑着哆嗦着跑到别人被窝儿里去取暖。这些人后来都成了专家、教授或官员，其中一人成了证监会的方面大吏。

曹万芝之死

5 月中旬以后，虽然周围的山头还是白雪皑皑，草原上的绿色渐渐浓厚起来，我们播下的种子也渐渐长成了青苗。偶尔会从草原深处传来牧羊女的歌声，清亮，悠扬，疑似远处有大喇叭在放才旦卓玛的唱片。当此际，大家都不约而同地放下手中的活计，踮起脚尖儿，伸长脖子，循声眺望，想要一睹歌者的芳容。然而，往往只闻其声，不见其影，天籁之音似从地平线外飘来。人们不禁思忖，高原上肯定还有不少才旦卓玛，只是没被发现或者发现了却未启用而已。

不料，在这凉爽宜人的夏天，曹万芝却遭遇了灭顶之灾。

1969 年 6 月 24 日，黄河源头地区下了一场暴雨，河水陡涨，挟泥带沙汹涌奔流，真正变成了一条黄色的河。河面比平素宽了许多。上游漂来一些原木，每根都有七八米长，数百斤或上千斤重。那是另一个军种为了贯彻伟大统帅“备战、备荒、为人民”的最高指示和副统帅的“一号命令”，从原始森林砍伐下来，在黄河涨水时往下冲运，用于修建一个军事设施的。该设施就在我们农场下游数百公里处。那天中午，同学们刚撂下饭碗，我们炊事班还忙着拾掇锅灶炊具，连里的领导招呼学生们下河捞木头，说是用来盖房。大家觉得，木料也是军队的，国有资产，捞它几根没什么。连里自然先找那些水性好的。曹万芝曾说，他在济南参加过为纪念毛主席畅游长江而举行的横渡黄河的活动；他首当其冲。他又非常诚实，非常豪放，一听号召，立即报名，一马当先，冲下河滩。当其他人还在岸边做预备活动时，他已扑进水里，游到河中央，抓住了一根巨大的木头。水流湍急，木料又长又重，凭他一人之力根本无法稍微改变木料的走向。他扒着木头飞也似的顺流而下。岸上的人似已意识到情况有些不妙，喊他，追他，但喊不应，追不上。雪山流下来的水实在太凉，难道是他已被冻僵，四肢不听支配，连话也说不出来了？他当时的心情想必万分悲苦和无奈。

从我们连往北大约二三公里处，整条黄河直撞到崖壁上，然后折向东流。拐弯处，形成大大小小的许多漩涡，整根木料也往往被旋得打着转儿直立起来。待人们从岸上赶到那里，曹万芝早已无影无踪了。悲痛和忧愤撞击着同学们的胸膛，连里的领导也焦灼不安。部队派出军人和二连一位藏民同学（一位副国级领导人的儿子）沿河去找，费时二十来天，在那家军事设施拦截木料的篱笆前捞起不止一具尸体，却没有曹万芝。那一带的黄河两岸荒无人烟，野兽出没，即便曹万芝侥幸爬到岸上或被冲到岸上，怕也是难以存活的。一个那么好的曹万芝就这么突然走了，再也回不来了。

曹万芝是山东枣庄人，其父解放前去世，寡母含辛茹苦将他拉扯成人，又上了大学，他就是母亲的一切。因母亲体弱，他高中毕业后即在家乡“秘密”结了婚，育有两个女儿。据说，他溺亡的噩耗传回家中，其母很快哭死，其妻几乎哭瞎了双眼。

冤　狱

北大地球物理系一位女同学，端庄，正派，在一连三排当班长以身作则，口碑颇佳，谁也没想到厄运会落到她的头上。

原来，1969 年 1 月初，我们刚到部队不几天，女厕所里发现一条“反动标语”。那个时候，这可是一件了不得的事情。有关方面只对着女生使劲，对笔迹，查背景，看表现，几个月下来，因这位女同学的父亲是老一代知识分子，尚未“解放”，笔迹依稀相似，便在农场将她扣了起来。威胁、利诱，逼、供、信，使尽手段让她招供。此事不是她干的，她也不会干，她不承认。有人认为，这样的政治案件不破怎么能行？终究在西宁的一个公审大会上将她判刑八年，投入铁窗。她的委屈、愤怒、悲伤和困惑难以言状。好在她精神坚强，心理健全，不相信乌云会永远遮住太阳。她不仅活了下来，还在监狱劳改期间学会了裁剪服装、修理缝纫机，且当了监狱里的赤脚医生。

在她即将服完刑期时，其父“解放”，赶往青海探监，问明了情况。据传回京后向复出不久的邓小平反映，她很快昭雪出狱，到青海省气象局工作。补发工资时，还扣除了她在监狱里的伙食费。

我们看到，蹲了五六年监狱之后，她仍然心态平和，对未来充满希望。她给我的女儿做了一件黑平绒小马甲，上绣着一群憨态可掬的小企鹅，孩子很喜欢，一直穿到穿不上为止。

1978年她考取了研究生，毕业后出国深造，一直留在那里工作和生活，不知她可一切安好。

划·清·站

到8、9月份，农场的庄稼成熟收割。抓革命，讲政治，没有人公开谈论投入与产出之间的比率如何。

农活减轻，“划、清、站”活动开始，要求学生清理思想，跟有问题的家庭划清界限，站到毛主席的无产阶级革命路线上来。为此，农场有针对性地办了一些学习班。有人告我写过“反动诗词”，“炮打过无产阶级司令部”。连里找我谈过话，但没有让我参加专门的学习班，只是不让我再当副班长了，回去干农活。大概是我的“红五类”家庭出身救了驾。

深秋的农活主要是打场。脱粒机不甚先进，它的大嘴可以轻松吞进一人。脱粒时需有人用一只脚斜踩住它的嘴角，挥动双臂一刻不停地将传送带上源源送过来的庄稼填进嘴里，由飞转的轮子打下粮食。如果填庄稼者精神涣散或动作失误，那是相当危险的，此类实例不少。我和另外两个同学就被派作填庄稼者，轮流上岗。还好，脱粒完毕，平安无事。一连有个女同学，并不是填庄稼者，只是用杈往传送带上挑麦子，一不小心杈头碰到传送带，杈把猛地撅起，一下子打掉她两颗门牙，鲜血迸流，整个牙床都松动了，脸肿得像馒头，挺长时间只能吃流食，很受了些苦楚。

再分配

再教育之后势必再分配。

春种，夏长，秋收，冬藏，庄稼度过一个周期，我们接受再教育也到了结束的时候。各方面的总结材料自然都是说收获不小，形势大好，决心在毛主席无产阶级革命路线的指引下继续奋勇前进。不过，平心而论，这一年也的确增加了不少人生阅历，深化了对社会的认识。

进行再分配时，说是“为人民服务就是对口，不能跟组织讨价还价”。高压之下，听之任之。1970年2月，我和北京师范大学的李玉春分到同一所乡村学校，先教小学五年级，他教语文，我教数学，后来都升为初中教师。几年后，我俩的工作都有变动。在我事先毫无所知的情况下，先后被调到县级和市级革委会的一个部门工作，因经常被派下乡，有人称我是机关里的“下乡专业户”。1978年我考取赵宝煦先生的研究生，再回北大补课。在全国人大工作一段时间后，携全家到山东社科院工作，直至退休。

鲁仁，原名司道修，山东东阿人，生于1942年11月4日。1963年进北大国政系，1968年12月到青海驻军某汽车团接受再教育。1970年2月至1972年6月，在青海一乡村学校先后教小学数学和初中政治、地理、历史，做教职员工食堂管理员。1972年7月至1978年9月先后被调至县级和市级革委会一业务部门工作。1978年10月至1981年10月在北大亚非所跟赵宝煦先生读研究生。1981年11月至1984年1月在全国人大法工委工作。1984年后在山东社科院工作，研究员。

三进云南

丁向阳

我是上海人，在上海读的小学、中学，1964 年考入北京大学数学力学系力学专业。几十年却与云南结下了不解之缘。

一进云南　三线工厂献青春

1970 年 3 月，北大汉中 653 分校毕业分配，我和女朋友技术物理系 1965 级北京籍的王明珊被分到云南省国防工办。和我们一起分到云南的还有无线电系 1963 级上海籍的黄品良。我们乘大卡车去陕西略阳火车站，天刚蒙蒙亮就出发了。车沿着盘山公路开了三个多小时才到火车站。略阳是一个三等小站，几百个北大学生把火车站前的一条小街挤得满满的。大家排着长队买火车票、托运行李，挤在小饭馆吃饭。来一趟车就涌上去一批学生，和“文革”大串联的情景差不多。我们和黄品良直到晚上才等到一列南下成都的列车。车上十分拥挤，我在车厢过道上站了一夜。看着车顶昏暗的灯光，甚感前途茫茫。在最高学府六年，最后落得发配云南的下场，不禁悲从心来……

匆忙赶到昆明，好不容易找到国防工办，哪知他们还没有收到关于我们分配的文件和档案材料。等候了一个多星期得知：我们并不是分在国防工办机关工作，而是下属的军工厂。分到国防工办的还有从北京来的物理系 1965 级朱维怡同学。黄品良和朱维怡被分到了云南跃进机械厂，我和明珊被分到了陆良的云南燃料一厂。燃料一厂的一辆到昆明拉货的解放牌卡车顺便来接我们，卡车上装满了劳保用品，我们就坐在大包的劳保用品上。昆明到陆良一百六十公里，全是沙石土路，开了六个多小时才到厂，一路上尘土飞扬，下车时浑身上下都是灰尘，像一个土人。

到厂部，接待我们的是驻厂姓刘的军代表。他问我们学什么专业，我说:“力学。”他说:“407 车间（检验科）的试验站有拉力机做拉力试验。”于是我就被分配到了试验站。明珊学化学，被分配到了 402 车间（制药车间）。当时我们对工厂一无所知，也不知道干什么好，分到哪里就去哪里，后来才知道，402 车间是厂里有毒、最苦、最危险的车间。

燃料一厂是生产火工品的军工厂，所谓火工品就是炸药雷管、枪弹底火、炮弹引信、手榴弹拉火等十分敏感的起爆品，它们的触发爆炸引起炸药的爆炸。该厂建在一条山沟里，厂周围的景色还不错。生活区分布在几个小山丘上，中间有一个湖，叫“大马塘”。湖的东面顺着小山坡是一排排的平房，房子是土坯房，泥地，房顶是筒板瓦，一排八间，大约有十几排，这是单身宿舍，每间房大约十五平方米，放四张双层床，住四到五个单身职工。单身宿舍的北面就是食堂，湖的西面和食堂的北面还有两大片家属宿舍，也是平房。云南气候好，雨水也多，山坡上长着高高的云南松（马尾松），宿舍之间的草地上开满了各色鲜艳的野花。我们各自搬进了单身宿舍。明珊的女生宿舍比较挤，有五个人，明珊只能睡上铺了。

第二天发了劳动布的工作服和白线手套，穿上工作服就像个工人了。在北大汉中分校的时候，我们成天穿着自己的破旧衣服，干着抬石头、修护坡的重体力活。白天劳动，晚上还要斗私批修。到了工厂，尽管有种种不如意，但觉得比在分校好多了，起码当工人每个月有四十二斤粮票，大米饭能吃饱。有四十六元工资，也不用伸手向家里要钱了。

试验站的工作是对火工品做例行试验，如雷管要做震动和起爆试验，枪弹底火要做震动和击打试验，以保证产品的运输安全和性能达标。几个月前厂里刚发生过一起严重事故，一位分配来不久的北京商学院的大学生在处理雷管废品时，在山坡上挖了个坑，把废雷管埋好，插上了一根导火索，点燃后走开，由于他在点燃导火索前没有用石头把导火索压住，导火索迅速回弹，直接点燃了废雷管引起爆炸，他还没走远，被炸得血肉模糊，送到医院后当天晚上不治身亡。我们到厂时，老同志谈起这件事还心有余悸，要我们一定要注意安全。

我的工作是做雷管起爆试验，整天乒乒乓乓地点雷管放炮。几个月后，他们把去外厂做枪弹底火实弹试验的工作也交给了我。我带上枪弹底火的样品，到几十公里外的云南模具二厂（子弹厂）去做实弹试验。先到技术科办手续，再到子弹车间用我们厂生产的枪弹底火装配一千零七十发步枪子弹，然后拿着子弹到他们的靶场用半自动步枪、自动步枪、轻机枪把一千零七十发子弹打完，打完后检查底火是否合格，如果没有问题，填好合格证就完成任务了。有时候还要到更远的云南铸造二厂（手榴弹厂）去试验手榴弹雷管和拉火。那就更辛苦了，要带上产品坐汽车到曲靖，然后坐火车到宣威，再换汽车到铸造二厂。公路上班车很少，有时要自己在路边招手搭顺风车。出差辛苦，随身携带着火工品有很大的风险（按现在的标准是绝对不允许携带危险物品乘坐公共交通工具的，但在那个年代没人管）。

火雷管的起爆试验是比较危险的。一个人要在五个起爆器里装上雷管，放好铅板，然后用燃香把五个雷管依次点着，在它们爆炸前跑出起爆室。导火索要装得长一点，否则还没等人离开，第一个雷管就炸了。轻则会把耳朵震得很难受，重则可能炸伤人。怎样才能减少危险提高工作效率呢？我想搞一个电点火雷管起爆器。人在起爆室外，用电点火，电闸一合，雷管就起爆了。这样既安全，又能节省导火索。做这种起爆器，要加工一些金属零部件。这就需要机械制图，先画出图纸，然后送到金属加工车间去加工。我原来在大学里没有学过机械制图，只能现学现用，借了本书看看，按规矩画出机械加工图纸。车间按我设计的图纸做出零部件，自己安装调试了一下，成功了。这个小发明项目，为工厂节约了导火索等试验材料，缩短了试验时间，减少了危险，得到了众人好评。因为这个项目，当年我被评为厂先进工作者。

大马塘的生活是平淡的，单调的。明珊在制药车间的工作是起爆药的干燥，整天在高温、高湿、有毒的环境中工作，我在试验站虽然受“重用”，但试验站的工作本身没有什么技术含量。干了一年，我就想调动工作。时逢“文革”中被打倒的前云南燃料一厂的辛书记获得“解放”，受命国防工办筹建新厂，他同意我们两个一起去筹建新厂。

新厂叫云南旭东机械厂，位于离昆明一百公里的寻甸县（当时寻甸县归曲靖地区管辖，现在已属于昆明市）。新厂三面环山，中间有一大块平地，1958 年这里曾经办过一个农校，后来关闭了，只留下几间破旧的牛棚。我们把牛棚打扫一下，用石灰刷了墙，用草席把牛棚分割成几间，在房顶的瓦片上加了几片亮瓦（玻璃瓦），就当临时宿舍了。厂区东面的山比较高，山脚下有一汪清澈的泉水，当地人把它称作“白龙潭”。洗衣、做饭，都用白龙潭的水。我们到这里是白手起家，从“三通一平”即通路、通水、通电、平整地基干起。建厂过程中，我们修过道路，盖过房子，编过计划，当过采购。几年后厂房和生活区都建好了，厂里“军转民”开始试制晶体管电视机。我作为技术骨干去上海参加过晶体管电视机全国联合设计。

机械厂离最近的集市寻甸羊街有十公里远，星期天才能坐着卡车去买一次粮食和蔬菜，生活很不方便。我们在住房前面开了一小块荒地，种上了黄瓜、扁豆、西红柿、小白菜、胡萝卜、土豆等蔬菜。自己动手在厨房里砌了个灶，可以烧饭、烧水、炒菜，过起日子来。即使在艰苦的物质生活条件下，我们始终相信知识总有一天会有用。1977 年，我在北京花了当时一个多月的工资，买了一台电唱机和一套内部发行的“灵格风”英语教学唱片，回厂后自己动手装了一台晶体管音响，开始在业余时间复习英语。

70 年代末，根据国家的政策，云南省国防工办的小三线厂纷纷下马，寻甸县的几家三线电子厂先后全部关、停、并、转。1978 年底，我们被安排到位于昆明北郊黑龙潭的云南电子管厂。这个厂之所以要我们，是因为我会英语，当时厂里的大学生都是学俄语的。我分在厂技术科。厂里生产的 6H1 型电子管是用于米格 21 型喷气式飞机上的军用品，要出口巴基斯坦，但没有英文的说明书。我到技术科的第一件工作就是编写 6H1 电子管的英文说明书和合格证。厂里只有一台旧的英文打字机，我就用这台打字机打出了 6H1 电子管的英文说明书和产品合格证。

技术科的工作虽然轻松但很无聊，我对电真空技术没有什么兴趣。一次偶然的机会，我在昆明遇到了北大数力系计算数学专业1964级上海籍的周德元同学，他在云南电子设备厂搞了多年的数字电路，计算机基础比较好，1979年考上了南京航空学院计算机系研究生。临走前他送给我一本《AGLOL 60语言程序设计入门》，留下了一句话："去考嘛！"凭着他的一本书、一句话，我走上了艰难的考研之路。我从床底下翻出大学的教科书和习题集，一题一题做着数学分析和高等代数习题，我自学程序设计，但没有见过计算机。

前两年，电子管厂曾有不少老大学生和年轻的工农兵学员踌躇满志地去考研，但全部铩羽而归。我经过五个月业余时间的复习，1980年5月参加了研究生入学考试，一举成功。两个多月后收到复旦大学的正式录取通知。凭着十五年前在北大学的数学、英语基础课和自学的程序设计，离开大学校园十年后，我又开始了新的学习生活。

二进云南　计算机管理献才智

1980年我在复旦大学计算机科学系师从施伯乐教授研究数据库和软件工程。1983年我的硕士论文《实时JCY语言的设计与实现》通过答辩，获硕士学位。研究生毕业后，根据国家关于西部地区考来的研究生"哪里来、回哪里去"的政策，我又被分配回了云南省。本来我考研究生就是为了考户口，希望能到上海或北京工作。现在希望落空了。1983年暑假，明珊带着两个孩子来上海探亲，在复旦大学住了一个月，最后全家一起坐火车卧铺回了云南。

比我早一年读研的周德元也比我早一年回云南，而且我们还在同一个单位（云南省计委电子计算站）成了同事。当时正在落实知识分子政策，领导对我比较重视，没有住房，就在省政府招待所（原省华侨补校）包租了一间房间给我当临时的住处，孩子进城上了学，明珊也从昆明郊区的电子管厂调到了省级机关工作。一切都比三年前好多了，真是"知识改变命运"。1985年全国搞工业普查，我负责云南省工业普查的数据处理工作。我们单位从美国引进IBM大型计算机，我到美国洛杉矶IBM公司去学习了三个月，这是我第一次出国。

1988年完成全国工业普查数据处理后，单位由计委计算站改名成云南省经济信息中心，我当上了副主任，分到了三室一厅的房子，家里给安了电话，生活条件大大改善。但是考虑到云南比较闭塞、孩子们今后的发展前途，我开始动向北京或上海调动工作的念头。1990年，听说原数力系1964级的赵瑞康同学已从辽宁调回上海，我到浙江杭州开会路过上海，专门拜访了他。他在辽宁已经当上了省经济信息中心主任，但还是选择了离开，他考虑的不是当时的安逸，而是今后的发展，这对我启发很大。

1992年10月的一天，我打开每周一期的《计算机世界》报，无意中发现一则招聘广告，是国家国有资产管理局信息中心要招聘技术干部，要求年龄四十五岁以下，有计算机软件开发经验，有引进国外计算机系统的经验、有管理经验的优先。我一看，这则招聘启事简直是为我量身定做的，我当时四十五岁，各项条件完全符合要求。于是给国有资产管理局发了一封求职信，寄去了简历。根据我的学历和这些年的工作经历，他们答应接收我。经过将近一年冗长的审批过程，1993年10月国家人事部的调令来了，我们终于离开了云南。明珊调回北京可以侍奉老母亲，小儿子到北京读高三最后一个学期课程，半年后考上了他心仪的北京大学，我到北京后也有了更大的发展空间，两年后当上了国资局信息中心副主任，1999年进财政部信息网络中心任总工程师。

三进云南　保山扶贫奔小康

1997年，国有资产管理局对口扶贫云南省保山地区（现已改为保山市），要派干部挂职一年扶贫。当时全国国有企业清产核资数据处理已近尾声，我负责的日元贷款项目也暂告一段落。我曾在云南工作了二十多年，觉得云南人特别淳朴、善良，对云南还是很有感情的。那年我正好五十岁，两边的老人这两年都已先后去世，孩子上了大学，家里没有负担，是为云南老百姓做点事情的时候了，于是自告奋勇报了名。

1997年2月底，国资局的扶贫干部一行五人乘飞机到了云南保山。我被云南省

⊙ 丁向阳、王明珊2011年在莫斯科大学主楼前

人民政府任命为保山地区行署副专员，并颁发了由省长和志强签发的任命书。我还常驻保山地区的昌宁县，被县人大常委会选举为副县长。

昌宁县在保山西面，离保山市大约一百多公里，公路路面不好，是沙石路，汽车要开三个小时。在县里，我的工作主要是调查研究、安排扶贫项目，把财政部下发的扶贫资金用好。县里让我挂钩扶贫大田坝乡。大田坝乡位于山区，离县城比较远，路也很不好走，开车要两三个小时。去了那里才知道山区老百姓的生活是多么困难，一些山村没有自来水，要到很远的地方去挑水喝。乡村小学的学生宿舍破烂不堪，小学生中午要自己做饭吃。

在保山、昌宁的一年里，我搞了几个扶贫项目：建起了乡镇饮水工程，落实了一所希望小学，建起了卫星接收站，使当地农民能看上电视。在扶贫工作中，我特别关注中、小学教育，走访了一些山区中、小学，专门从北京募集了一些资金，“一对一”地扶助了当地一批贫困小学生。

回想北大老五届在云南的足迹，不禁感慨万分。非云南籍的同学都先后离开了云南，云南籍的同学本来就不多，也有的调离了云南；留在云南的同学大部分在高校教书，技术物理系 1963 级的洪品杰后来担任了云南大学副校长；技术物理系 1965 级的秦绍高，1970 年被分配到云南大理白族自治州的一个炼铁厂，踏踏实实地从基层干起，到 80 年代担任了大理州副州长。

在云南几十年，经历了许多事，认识了很多人，希望看到这篇文章和我有类似经历的朋友与我联系，共同回忆过去的时光。

⊙ 摄于 1964 年

丁向阳（丁洋洋），1947 年出生于上海。1964 年考入北京大学数学力学系力学专业。1970 年毕业分配至云南燃料一厂。1980 年考入复旦大学计算机科学系读研究生。1983 年研究生毕业，获硕士学位，被分配回云南省计委电子计算站。1985 年去美国 IBM 公司学习。1988 年任云南省经济信息中心副主任。1993 年调北京，任国家国有资产管理局信息中心副主任。1997 年去云南省挂职扶贫一年，任云南保山地区行署副专员。1999 年国家机构调整，任财政部信息网络中心总工程师。2007 年退休。

北大，我一生的加油站

陈龙山

如今，我已年逾古稀。屈指算来，告别未名湖已满四十四年。回顾过去，虽然没有做过什么轰轰烈烈的大事，取得什么令人称羡的宏伟业绩，却也没有犯过什么大错，留下什么悔恨。经历虽然有些坎坷，人生却也相当丰富和充实。

骗放边疆

我 1964 年考入北京大学东语系，分配在朝鲜语专业学习。本应 1969 年 7 月毕业，可直到 1970 年 3 月才被当时驻校的军宣队、工宣队宣布毕业。大学毕业本来是一件值得高兴的事情，可对我来讲，毕业前后却是我人生中最灰暗、心情最纠结的一段日子。

现在回过头来看，当时的所谓毕业分配，对于大多数学生来说，其实就是被清仓甩货。2 月 17 日驻校军宣队召开全校毕业分配动员大会，时任 8341 部队政委杨德忠做动员报告，核心思想就是要求北大全体学生到最艰苦的地方去，到祖国最需要的地方去。紧接着就是一连串的洗脑活动：办毕业学习班，批判读书做官论，召开忆苦思甜大会，请下乡知识青年、活学活用毛著积极分子做报告，请农村党支部书记做报告。核心意图只有一个，即要求学生人人表态，要表示绝对服从党的分配，党叫干啥就干啥，党和毛主席的安排就是我们的志愿。接着就由军宣队、工宣队完全背着学生制订分配方案，方案制定之后立即公布，并限期（七天以内）走人。

东语系的分配方案是 3 月 11 日公布的，可早在一周前，大部分同学就陆续得知了自己的去向。3 月 4 日，驻系工宣队的一位师傅悄悄告诉我，我被分配到了海军总司令部。要知道，在那个“全国人民学解放军”的年代，参军是一件多么荣耀的事情，何况还分到了海军总司令部！可是，正当我喜不自胜的时候，一盆冷水兜头泼来。3 月 9 日，军宣队的崔副指导员找我谈话，告诉我海军的名额改派我班另一位同学，我被分配到吉林省通化市，要求我不要背包袱，要想到革命需要。听到这一消息，我心里十分难过，但想到自己既已明确表态坚决服从分配，就要给自己的话做主。当时，有些同学在会上慷慨激昂地表示：“党的安排就是我的志愿，坚决要求到祖国最需要的地方去，到最艰苦的地方去！”可会后却想方设法做军宣队、工宣队的工作，千方百计地争取弄个好去处。对于这种言行不一、口是心非的人，我打心眼儿里鄙视，自己当然不会去干那种勾当。几天后，军宣队的臧排长又找我谈话说："吉林省通化市是中朝边防重镇，你是以机密条件分配到那里的，是那里点名要你的。"对此，我虽然有些疑惑，但转念一想，来自毛主席身边的亲人解放军总不至于扯谎吧。于是，我就怀着半信半疑的心情登上了开往通化的火车。

3 月 19 日，当我手捧报到证到通化市委组织部报到并告知我的所学专业时，接待我的同志十分诧异地问我："你一个学朝鲜语的到我们通化市来干什么？"闻此问话，我更诧异："不是你们这里点名要我的吗？"见我如此反问，接待同志用一种十分不屑的眼神瞟了我一眼，冷冷地说："我们怎么会知道北大有一个你，又怎么会点名要你呢？"至此，我一下子全明白了。原来，军宣队对我所说的一切，除了把我打发到通化这一点是真的以外，其余的全是他妈的欺骗！此时此刻，那种被欺骗和捉弄的屈辱、愤怒一下子涌上心头，我真想立刻返回北大当面质问一下军宣队的那两个家伙为什么蓄意骗人。可是，我回得去吗？姑且不说手里根本没钱买火车票，就是有钱买车票，回去还有意义吗？他们既然铁了心要骗你，你就是回去当面质问，又怎么可能会有好些的结果呢？就这样，我被分配到了地方国营通化市棉织厂，做了一名"打包工"，就是把检验后的成品布按所定等级包装成每二百米一包的布件，然后用手推车运送到仓库码垛。

面对这样的结果，我内心的愤懑真是难以用语言表达。我孤独地躺在棉织厂独身职工宿舍的土炕上，辗转反侧，思前想后，却怎么也想不通。我们班共十五名同学，除一名精神病患者未予分配外，多数同学都去向不错。光分到海军、空军的就有七名，还有三四名被作为外语干部安置到唐山解放军农场储备。和那些参军的、留校的、储备的相比，即便完全从客观上比较，我也丝毫不比他们差，甚至在学习成绩和思想觉悟方面还略胜一筹。我自小生长在一个家教十分严厉的家庭，小时候，每天上学都要向父母鞠躬告别，放学回家也必须第一时间到父母面前行礼请安。在我的心目中，父母、师长、领导的话就是圣旨，必须毫无保留地听从和照办。正因为如此，我从小学到大学一直都是个好学生，不仅学习好，而且一直当学生干部。小学时是少先队大队长，中学时是班长，大学一年级即当选系学生会生活部长，二年级即当选系学生会主席，毕业前夕还被评为"五好战士"。可是，现实竟是如此残酷。我一直认为自己是一名好学生，好学生一定会得到好报。可事实却并非如此。全班只有三人被发配地方，而我居然名列其中。我相信组织、相信领导，可换来的竟是这样一个结果。回想刚考入北大时，我们这些人是何等兴奋，何等壮志凌云，豪情满怀！记得当时，我们最爱唱的一首歌的歌词是："我们这一代，豪情满胸怀，脚下踩着山和水，怀里揣着全世界，火红的年华，火红的时代……"然而，现实的落差竟是如此巨大，我竟然被自己最信任的人用欺骗的手法当作处理品发落掉了。此时的我，真是进退维谷，欲哭无泪。

务工十年

愤怒有用吗？抱怨有用吗？俗话说，到什么山砍什么柴。命运之神既然把我抛到这个地方，我就只能在这个地方生存下去。与其悲叹自己的命运，不如相信自己的力量。我想，我是北大毕业生，“天生我才必有用”，就是当工人也要当一名业务过硬的技术工人，这样才不会辜负母校的培养，才不至辱没母校的名声。虽然我是文科毕业生，所学专业与纺织技术风马牛不相及，要掌握纺织专业技术必须从头学起，难度一定不小，但我坚信，“天下无难事，只要肯登攀”。在北大所学的专业虽然用不上了，但北大所给予我的自信、自尊、自强精神却成了我蔑视困难勇于攀登的强大精神力量。于是，在本职工作（打包）之余，我开始自学与织布相关的各种技术。纺织厂是三班倒行业，全天二十四小时生产。我是独身职工，吃住都在工厂院子里。利用这个便利条件，一有空我就去织布车间观察挡车工的操作。这是一项熟练工种，没有什么高难的技术，多数人用不上一个星期就可以掌握。果然，没几天工夫我就学会了织布挡车。于是，我下班后更加频繁地往织布车间跑，帮助挡车工接线头、拆窟窿、换梭子。我的目的不是做挡车工，而是想通过挡车熟悉织机的工作状态，掌握织机的性能，为日后从事技术工作打下坚实的基础。与此同时，我千方百计地搜集各种与织布技术相关的专业书籍认真研读。我首先搞到一本《1511 织机保全》，从头至尾一页不落地反复研读，遇到不懂的地方，就到车间里对照机器仔细观察、琢磨，或虚心向工人师傅请教。见我如此热心学习技术，到厂刚半年厂领导就安排我到织布车间保全班当上了织机保全工，还安排一名技术最好的老工人做我的师傅。大约半年后，厂里又安排我到东北著名纺织企业——大连纺织厂技术培训一个月。由此，我的织机修理、保全、保养技术得到迅速提高，在织机大修、小修质量方面甚至超越了具有多年工作经验的老工人。1511 织机有近九百个零部件，每一个零件都有一个中文名称和英文字母编号，我不仅全部熟记于心，而且对于每个部件的形状、用途、功能，整台织机的工作原理以及安装、维修方法都了如指掌。全车间共一百多台织机，机声轰鸣，震耳欲聋，但我只要在车间逐行逐台巡视一遍，就能听出哪台织机的哪个部位有故障，并能做到手到病除，因此，很受车间领导的赏识和工友们的欢迎。

此后，我随着工作岗位的变动又陆续研读了《机织工艺与设备》、《机织学》、《织物组织学》、《印染工艺学》等专业书籍，较系统地学习了色织布整个流程（漂纱、染纱、浆纱—络筒、整经、穿结经、纬纱准备—织造—织物后整理）所有工序的工艺技术，并将所学知识用于指导生产实践，亲自动手进行漂纱、染纱、浆纱等工艺改革，解决了生产中出现的棉纱着色不匀、色差较大、断头率高等多项技术难题，为提高产量、质量和降低成本做出了较大贡献。我的综合技术水平，不仅超越了老工人，而且超越了由纺织工学院毕业来厂的专业技术人员，真正成了织布行业的行家里手。

随着我的技术水平和管理能力迅速提高，我的职务也发生了相应的变动，很快由保全工提升为织布车间工艺技术员，不久又晋升为车间副主任，两年后又先后晋升为技术科长、生产科长，担起了全厂技术管理和生产调度的重担，用实际行动证明了自己的实力，同时也证明了北大的毕业生绝不仅仅有一块金色招牌。

就这样，我在工厂一干就是九年。在工作上，可以说我干得风生水起，有声有色，可在精神上，我却陷入了极度痛苦的深渊。当年，生活条件的艰苦程度是现今的年轻人无论如何也想象不出的。工资低下，没有住房，粮食不够吃，食用油每人每月仅供三两，经常饿着肚子上班，棉布凭票供应，做了单衣就别想做棉衣。可这一切并没有让我觉得特别痛苦，最让我难以忍受的痛苦是政治上不被信任，个人前途渺茫。在那个政治挂帅和以阶级斗争为纲的年代，年轻人都积极要求入党，我当然也不例外。经过一个时期的严格考察，厂党委认为我已经具备加入中国共产党的条件，让我填写入党志愿书，并讨论通过了我的入党志愿。我所在的工厂在当地算是中型企业，有本厂的中共党委。通常情况下，工人入党本厂党委即有权批准，干部入党则要报市轻工业局党委批准。我是正式干部编制，自然要报上级局党委批准。可是，我的材料报上去之后却迟迟不见批复。经询问，答复是我的情况特殊，须报市委组织部批准。几个月后，市委组织部批复下来，结果竟然是“不予批准”，理由是“知识分子需要长期考验”。面对这一结果，我虽然十分难过，但并没有气馁。我想，只要我严格按照党章规定的党员标准严格要求自己，经受住考验，就一定会实现自己的愿望。由于我积极肯干，工作成绩突出，在群众中口碑也好，厂党委此后又两次上报我的入党志愿，但结果仍然是“不予批准”。我怎么也想不明白，为什么我一心一意拥护党的领导，全心全意跟着党干革命，严格按照党员标准要求自己，却不被党组织信任，难道我多读了几年书，多掌握一些科学知识，就真的成了一名罪人吗？难道我在大学接受的不是共产党的教育和培养吗？我百思不得其解，内心无比痛苦。直到打倒“四人帮”两年之后的 1978 年秋，党组织才让我再次填写入党志愿书。也许是我的一贯表现感动了党组织，也许是当时的政治气候已开始发生变化，反正这次上报后没多久，市委组织部就批准了我的入党志愿。

人的情感真是一种奇怪的东西，怪到有时自己都难以理解。刚考入北大时，我曾因自己被分配到朝鲜语专业而懊丧了好一阵子。可是，毕业分配时却又因没有专业对口而悲伤不已。虽然当初我并不喜欢这个专业，虽然我只学了两年的专业课程，可那毕竟是我上大学期间所学的唯一专业呀！现在就这样弃之如敝屣，内心深处的伤痛还真是难以平复。到工厂以后，我的工作可以说干得顺风顺水，得心应手，可内心深处却总是顽固地认为自己不过是个过客，不应该在此终了一生。可是，出路何在？我看不到一丝的光亮和希望。尤其是当我得知同班、同届或者上下届的一些同学已经通过不同途径走上了与所学专业有关的工作岗位，而自己却看不到一点点这样的希望时，内心更是无比焦躁。白天，繁重的工作让我无暇多想，可到了晚上，我常常会从睡梦中突然坐起，瞪着布满血丝的双眼，用双手拼命拍打自己的胸膛。我心中曾无数次地诘问：我读大学的意义究竟何在？我人生的黄金时期到底是过去了还是没有到来？然而，答案却不得而知。越是没有答案，内心就越纠结。于是，内心就在这种郁闷、焦躁、挣扎中一天天地煎熬。

专业归队

记得有位哲人说过："机遇总是垂青有准备之人。"尽管我看不到专业归队的希望，却从来没有放弃这一希望。我借住的房子是本厂家属宿舍，左邻右舍都是同厂工友，大家下班后经常是三五成群聚在一起打牌、下棋、聊闲天，而我却从不参与，一有时间就会捧起朝文书籍或日语（日语基础是在"文革"期间通过自学打下的）教科书用心研读。对于我的这种行为，邻居们十分不解，甚至挖苦说："你都被发配到这山沟里了，还学那洋文有啥用？"是啊，还有用吗？我无法给出明确的答案，只好说："看着玩呗。"但说实在的，在我内心深处总有一种感觉，即说不定哪一天命运之神会安排我重新走上使用外语的岗位。因此，不管别人怎么说，在工厂工作的九年期间，我从来没有间断过外语学习。因此，我的朝语和日语水平同刚毕业时相比，不仅没有降低，反而有了明显提高。

机会终于来了。1978 年初秋时节，我从北大同学处得知，吉林省社会科学院刚刚建立，该院设有朝鲜（含南朝鲜）研究所，而且正在招聘科研人员。这可真是天大的喜讯！我立即找个借口前往长春打探消息。当我找到吉林省社会科学院朝鲜研究所向所长表示想来此工作的意向时，所长对于我是北大毕业生很感兴趣，但得知我在北大只读满两年，而且毕业已经九年，加上"文革"期间的耽误，我脱离专业已经长达十二年之久，脸上就流露出了疑惑的表情。我看出了所长的心思，就诚恳地说："您可能担心我的外语早就荒废了，不过，这不要紧，您可以对我的外语水平进行一次考试。如果合格，希望您给我一次机会。"见我如此表态，所长说："好吧，那你就翻译点东西给我们看看吧。"

告别所长回到通化家中，我立即着手翻译。刚好不久前北大同学给我寄来一本朝鲜出版的朝文版的电影文学剧本集，我就从中选了一部名为《妻子的岗位》的电影脚本开始翻译。由于调动工作的事能否成功还完全没有把握，我不敢透露半点风声，更不敢向单位请假，只能在下班之后利用晚上休息时间偷偷地进行翻译。为了加快翻译速度，妻子不仅承担了全部家务和照看孩子的任务，在把两个孩子哄睡之后还帮我誊抄译稿。就这样，我们每天晚上都忙到午夜 12 点以后才休息。十天之后，译稿完成，我带着译稿和原文再次北上长春。省社会科学院朝鲜研究所副所长蔡文智学长（北大东语系朝语专业 1958 级毕业生）看了我准确而流畅的译文颇感意外，他疑惑地问我："这是你自己译的？""是的，是我自己译的，不信，您随便翻到哪一页当场考问。"听到我如此坦然而自信满满的回答，蔡学长还是有些不放心，他打开我带去的朝文原版电影剧本集，随机问了几段，我当场进行了准确的翻译。蔡学长这才露出满意的笑容，对我说："嗯，你的朝语水平不错，其他条件也可以，我们欢迎你来。不过，我们研究所只能表示同意接收你，其他一切调转、审批手续你要自己办理。"

回到通化市，我立马向厂领导提交了调转工作的申请，幸运的是厂党委书记王清来同志是一位非常通情达理的领导，对于我的调离，他十分不舍，并以提我任副厂长为条件极力挽留，但见我去意已决，最后还是同意了我的请求。其后，又经历了一年的种种艰难曲折，终于在 1979 年 8 月调入了吉林省社会科学院朝鲜研究所，开始了长达二十五年的科研生涯。

奋发前行

调入社会科学院意味着我必须放弃已经干了近十年的相当熟悉的工作，而进入一个全新的领域从事一项十分生疏的工作，意味着我必须放弃已经积累了十年的社会资本，放弃已经取得的（包括将要取得的）企业领导职务。但能够干自己喜欢的工作，乃人生之一大幸，所以，我还是义无反顾地选择了工作调动。我这个人天性喜欢思考，喜欢琢磨，爱问为什么，据说这种人最适合干研究性工作，因为研究工作需要仰观俯察，爬梳剔抉，深稽博考，穷源究委，而这正是我的兴趣和快乐所在。

⊙ 陈龙山夫妇宝石婚

调入省社会科学院以后，所长安排我先到本所资料室工作。在科研单位，这是一项地位低下，不受重视甚至被人瞧不起的工作。可我认为，人生的许多事情，不在于你所处的境遇如何，而在于你观察境遇的角度。对于某些人，当资料员可能是一项没有出息的工作，可对于我却是个难得的好机会。众所周知，搞科学研究必须拥有广博的专业知识和扎实的专业基础理论功底，必须掌握大量的研究资料，熟悉研究对象，掌握多种研究方法。我在北大所学的外语，对于朝鲜半岛问题研究来讲，仅仅是一个工具，而我毕业后所干、所学的一套更与朝鲜半岛问题研究毫不搭界，所以我必须一切从零开始。当资料员恰恰为我学习专业知识和专业基础理论，学习研究方法提供了充裕的时间和丰富的资料，同时也为我确定研究方向，确立研究课题提供了难得的有利条件。所以进入资料室，我如鱼得水，喜不自禁。我伏下身子，在完成所长下达的资料翻译任务之余，如饥似渴地阅读了大量关于韩国政治、经济、社会、文化方面的书籍和文章，自学了许多世界经济、国际贸易、农业经济方面的理论书籍，从而很快具备了从事课题研究的能力。半年后，所领导安排我到经济研究室从事韩国农业经济研究。在资料室工作时，我注意到韩国的"新村运动"搞得不错。它初步改变了农村的落后面貌，缩小了城乡差距，并在一定程度上促进了工业生产和全社会文化素质的提高，从而引起了国际社会特别是发展中国家首脑和学者们的关注。我认为它的许多经验都可为我国提供有益的借鉴。于是，我就把它作为我从事韩国经济研究的切入点。1980 年 6 月，我完成了平生第一篇学术论文《南朝鲜的新村运动》，对该运动的背景、发展情况及其取得的成果进行了介绍，并对其取得成功的原因及发展前景进行了分析。文章一经发表立即得到本所领导和吉林大学经济学院学者的肯定和好评。这使我备受鼓舞，信心大增。从此，我埋头苦读经济学理论，潜心研究韩国经济，决心把失去的十年再夺回来。我要求自己，一定要发扬北大人崇尚独立思考，严谨治学的精神，求真求是，决不人云亦云，更不作应景文章。经过不懈努力，终于取得了诸多聊以自慰的成绩。

1984—1986 年，我被公派赴朝鲜金日成综合大学经济系留学，用朝鲜文撰写并出版了专著《朝鲜国民经济计划化发展研究》，被朝鲜国家学位职称委员会授予经济学准博士学位。1987 年，我承担国务院农村发展研究中心的课题，写出《南朝鲜的农业与农村发展》专题研究系列报告，其中《南朝鲜农村金融基本情况与政策》被国务院采用，在同年 11 月召开的全国农村工作会议上作为会议资料印发。1990 年，我牵头承担全国人大常委会法律委员会项目，主持编译了《外国经济法·南朝鲜卷》（全 3 卷，共 800 万字，由时任全国人大常委会副委员长的习仲勋、彭冲、陈慕华、王汉斌任顾问，顾明任主编），在国内首次全面、系统地编译出版了韩国经济法，为我国的经济法律建设提供了重要参考文献。1995 年，我牵头承担国家社会科学基金重点项目"韩国经济发展研究"，于 1997 年出版了《韩国经济发展论》（合著，第一作者，

53 万字），为国内第一部全面系统介绍和评论韩国经济发展战略与发展历程的专著。1998 年我牵头承担了国家社会科学基金重点项目“韩国现代企业制度与市场经济研究”，于 2001 年出版了专著《韩国现代企业制度与市场经济》（合著，第一作者），首次向国内系统地介绍评论了韩国的相关情况，为我国现代企业制度与市场经济的建立提供了理论参考和实际参照。1997—2002 年，连续 5 年主持编写《吉林蓝皮书·东北亚经济形势分析与预测》（共 5 卷，约 130 万字）。2001—2003 年，我牵头承担了国家重点项目“东北工程”中的多项课题，写出多篇调研报告，均被国家有关部门采用。与此同时，还在国内外刊物上用中文、韩文、日文发表有关朝鲜、韩国、蒙古国的经济、政治、社会、文化以及东北亚地区政治、经济、安全、国际关系等方面的论文百余篇，向国家或本省有关部门提交内部调研报告数十篇。调研报告曾先后多次被《人民日报》内参、新华社内参、《中国社会科学院简报》等采用。1988 年，在本人未出席会议的情况下当选为中国世界经济学会理事，其后又连续三次当选为中国亚洲太平洋学会副会长，并长期担任中国朝鲜半岛问题研究委员会副主任、吉林省朝鲜·韩国研究会会长、中国社会科学院朝鲜半岛问题研究中心特约研究员、北京大学韩国学研究所特约研究员、吉林省社会科学院决策咨询委员和学术委员。1994 年入选英国剑桥大学出版的《世界知识名人录》。1998 年当选“吉林省有突出贡献的中青年专业技术人才”，2008 年 9 月，获吉林省社会科学院（社科联）突出贡献荣誉奖，同年，入选《蒙古贞赤子》，2014 年入选《中国蒙古族名人录》。

回首往事，内心的感受可谓五味杂陈，但更多的还是知足、幸福和对母校的感恩。我这一生不管走到何处，不管从事什么工作，都会笼罩在“北大毕业生”的光环之下，因此，“莫以北大人自居，要以北大人自砺”是我一生的座右铭。北大永远是我心中的圣殿，她让我骄傲，让我自豪，她总是给我勇气，给我力量，是我一生的加油站。

陈龙山，男，蒙古族，1943 年生，辽宁省阜新县人，北京大学东语系朝鲜语专业 1964 级，1970 年 3 月分配至吉林省通化市棉织厂工作。1979 年 8 月调入吉林省社会科学院朝鲜研究所从事韩国经济研究；1984 年 10 月—1986 年 10 月赴朝鲜金日成综合大学经济系留学，获经济学准博士学位；1987—1989 年 8 月任吉林省社会科学院朝鲜研究所副所长；1989 年 9 月—2003 年 10 月任吉林省东北亚研究中心秘书长（法人代表），《东北亚研究》杂志主编，研究员；2003 年 10 月—2007 年 12 月任延边大学科技学院经济学部教授。

⊙ 大二时的陈龙山

康巴藏区十三年

郑　辉

1970 年春节过后一个多月，身处“文革”动乱的北京大学开始集体发配老五届的学生。我是 1964 年 9 月入学、本应 1969 年毕业的国际政治系学生。对于考上北大，我引以自豪，曾有“一步登天”的感觉，因为它让我学到了知识，学到了做人的道理，彻底改变了我人生的命运。但对于“文革”动乱以后学校的复杂斗争，我感到很不适应，很想早点离开这是非之地。当时，迟群、谢敬宜之流，在毕业分配上推行极“左”路线，反对“专业对口”，强调“枪口对枪口，炮口对炮口，一切专业只对阶级斗争这个口”，把北大几千名学生作为“臭老九”一律发配到工厂、农村、边疆、基层。那时我对军（工）宣队搞的分配方案毫不知情。他们宣布要我去的甘孜藏族自治州，只在教科书上听说红军长征曾经路过，且靠近西藏。他们说是为了照顾我和女朋友的关系，可谁知康定距离女朋友所在的西藏山南地区加查县，有千里之遥，就是坐公共汽车也要六七天时间。

3 月中旬，我和北大十多位同学，带着“文革”的创伤，怀着困惑、迷惘的情绪，离开了首都北京，离开了魂牵梦绕的未名湖。我们坐火车从北京出发，两天两夜才到达成都，住进了已经荒芜的杜甫草堂，等待去甘孜州的汽车，并接受四川省分配办公室组织的民族政策教育。几天之后，大约在 3 月底，省分配办找到两辆敞篷大货车，像运输货物一样，将北大、清华二十几位同学和四川音乐学院附中的十几名同学一同运往康定。途经工农红军曾经战斗过的天全县、泸定县。中间翻越海拔三千多米，作为康藏高原与成都平原的分水岭、分界线的二郎山，第二天傍晚才到达康定。一路上，山势陡峭险峻，公路狭窄溜滑，气候变幻莫测，一些人因晕车而搜肠刮肚地呕吐，给我们上了通往雪域高原的第一课。

4 月初，经过同学们据理力争，反复申辩，几经周折后，北大学生的分配方案终于敲定，即十一名同学分在康定周边的农机厂、石棉矿、制药厂、骨粉厂、水电厂、洗毛厂、地震站、甘孜报社等单位，八名同学分到了雅江、石渠、炉霍、稻城、得荣等县。这些北大学子，多数在名为工厂的简陋作坊里做工，接受工人阶级再教育；也有的在县乡修公路、架电线、当文书、教小学等等。我和哲学系的陈焕仁、中文系的向荣华被分配到了甘孜报社。尽管康定（旧名打箭炉，简称炉城）是一个由郭达山、阿拉木公山、跑马山三山环抱，折多河雅拉河二水夹流的高原小镇，人们戏称它为开门见山的“夹皮沟”，一年四季寒冷干燥，冬季漫长，一到飘雪天，刺骨的寒风夹着雪花满天呼啸，令人喘不过气来；但它毕竟是甘孜州的州府，并因一曲《康定情歌》而闻名海内外，相比分配到关外各县的北大同学，我们还算是幸运的。

报社接受再教育

1970 年 4 月到甘孜报社报到后，我们三位同学被安排在一个十几平方米的集体宿舍里住，并被分到报社印刷厂装订车间劳动锻炼，接受工人师傅的再教育。《甘孜报》是甘孜州委机关报，1964 年创刊，是藏、汉文版的四开版，每周出三次。那时报社有几十名职工，内部机构有：藏文编辑部、汉文编辑部，排字车间、印刷车间、装订车间、医务室等。因时值“文革”期间，报纸的地方版尚未恢复，只有一些中央电传的文稿。在装订车间，我们三个大学生在一位刘姓女师傅的带领下劳动，从折纸、装订到制作成品，工人师傅耐心地教，我们用心地学，没多久就入了门。那时我们虽然不甘心，不情愿做这份简单的活，但天天按时上下班，不多言不多语，老老实实地干活。有时班组学习，班组长还让我们给大家读读报纸，谈谈形势。装订车间多数为女工，我们与这些大婶大姐们相处得很好，大家边干活边聊天，有说有笑，接受再教育的日子很快就混过去了。以致后来有的工人师傅还请我们到她们家里做客，成了无话不说的好朋友。

分在康定的十来位同学，因刚到康巴藏区，人生地不熟，举目无亲，怀有北大情结的这批北大学子，不管原来是“天派”还是“地派”，是“聂元梓派”还是“井冈山派”，大家相处十分融洽。虽然在学校时并不认识，但共同的处境共同的命运把大家联系起来了，成为分配到甘孜州上千名大学生中最为团结友爱的群体。平时我们相互照应，亲如兄弟，一到节假日就聚在一起，谈天说地，谈古论今。从国内谈到国外，从北大谈到四川，从每个人的生活谈到社会上的物资供应。一到吃饭时节，不论在哪个同学那里，都是就煮一碗清汤面，放一点猪油，加上点儿盐巴或酱油，就美美地吃起来。有时几个北大的同学还相邀步行到城北四公里的二道桥温泉洗澡。这个温泉当时有十三个小池、两个大池，水温因池而异，多在四十度左右，泉水含有质量不一的矿物质，而以硫磺为多。大家泡一个池子，脱光衣服跳进池子里，泡个把小时，真是舒服极了。不仅可以除污去垢，还能治疗某些皮肤病。这在当时的康定来说算是一种高档享受了。

世界上最平等的关系莫过于同学关系，它很少沾染功名利禄的俗气。同学见面无话不谈，不需遮拦，没有顾忌。不管你官大官小，钱多钱少，同学永远是同学。对于这段美好记忆，很有文学才华的中文系向荣华同学曾作七律《进州两周年感怀》：“二郎冰雪天下闻，一路欢歌到炉城。燕园数载久不识，康区一面初闻名。时光荏苒增两岁，少年意气减八分。海角天涯各奔命，到底同学是知音。”

难忘的炉霍地震

1972年3月，甘孜州委恢复组织活动，急需工作人员，我被调到州委办公室从事文秘工作。在军队领导主政时期，我平时从事秘书科的日常工作，有时还跟随一位州委、军分区领导下乡调查研究。

1973年2月6日（农历正月初四）18时37分，炉霍发生了7.9级强烈地震。由于通讯中断，震中的情况是经过阿坝州报到省上，省里再通知甘孜州的。州委连夜召开紧急会议，决定派州委副书记、军分区副司令员和一位女副州长作为先遣队前往灾区。我作为州委办公室工作人员也随同前往。我们一行5人乘坐一辆北京牌吉普车，在当晚10点钟，即震后不到4个小时就出发了。康定距炉霍297公里，我们的车开得很快，边开边绕过公路边塌方的石头泥土，冒着不断袭来的余震，在夜色中飞速向震中行进。经过六七个小时的星夜兼程，在第二天凌晨到达了距炉霍县城17公里的虾拉沱区。眼前的灾情把我们惊呆了，到处房倒屋塌，一片狼藉，已经看不出原来哪里是房屋，哪里是道路。该区的藏族书记见到州里的领导，就抱头痛哭。我们在区上稍作停留，进行慰问后，又驱车前往县城，县城的灾情更加严重，城内的建筑几乎全部倒塌，人员伤亡无数，一个平静祥和的高原小城已被夷为平地。县委领导见到

⊙ 2006年4月于黄河壶口瀑布

州委、军分区首长，激动万分，冲上去紧紧拥抱，酣畅淋漓地痛哭一场。他泣不成声地说："地震发生后，电停了，电话断了，四面八方升起滚滚浓烟。人们能听到的是地震的轰响声、房屋的倒塌声和大人小孩的呼喊声，能感到的是冲天而起的尘土。回过神来的人们扶老携幼，惊慌失措地奔向大街，奔向空旷地带。""在震后废墟上，目光呆滞、行色匆匆的人们有的忙着搬运尸体，有的歇斯底里用沾满尘土和鲜血的双手拼命刨土寻找被掩埋的亲人，有的匍匐在死亡的亲人身上声泪俱下，痛不欲生。"当时我亲耳听到和亲眼看到的那种画面、场景，刻骨铭心，终身难忘。和县里领导交谈后，负责指挥救灾的军分区领导火速调兵遣将，并带领部队官兵和地方干部在片片瓦砾上，在坍塌的堡坎裂缝的地面上，用最有力的身躯，最简单的设备，在幅员 5796 平方公里、海拔 3250 米至 3800 米的雪域高原上，展开了一场声势浩大、气壮山河的救援行动。我一边收集汇总人员伤亡情况，一边搭建帐篷，架设电话，火速向省、州报告灾情。那时我们五个人住在一个帐篷里，因出发太急，没有带吃饭喝水的用具，加上县城周边的水渠全是黄泥水，无法饮用，一些藏族同胞也陆续开始用牦牛驮着遇难亲人的尸体，到鲜水河水葬；因此，到达灾区的头几天，几乎没吃什么东西，连水也难喝上一口。后来，中央派飞机空投救灾物资，包括食品、药品、帐篷、棉被等，我们就全靠吃飞机空投的饼干、馒头等才坚持下来。

炉霍，史称霍尔章谷，藏语中的"章谷"，有"岩顶"、"岩石之上"、"岩石部落之主"等意思。炉霍之闻名于世缘于地震，该县处于鲜水河断裂带，是个地震多发区。历史上曾发生过 1816 年的 7.5 级地震，1923 年的 7.25 级地震。时隔 50 年后，1973 年又发生了 7.9 级地震。这次地震震源深度 17 公里，造成的地面裂缝长达 90 公里。地震以炉霍县为中心，波及色达、甘孜、新龙、道孚等县，突如其来的大地震给灾区人民带来了巨大的灾难。后经调查核实，炉霍县共造成 2204 人死亡，2732 人受伤，绝户 80 户，遗留孤儿 43 名。房屋倒塌 1.57 万幢，损失牲畜 40427 头，粮食 201 万公斤。川藏公路及通讯线路遭严重破坏。灾情造成的经济损失高达上亿元。这对一个仅有 2 万多人口的少数民族县来说，的确是无法承受的。

党中央、国务院十分重视炉霍的抗震救灾工作，作出了"奋发图强，自力更生，发展生产，重建家园"的指示，并派出了中央慰问团。"灾难无情人有情，危难又见子弟兵。"康巴地区驻军一个师和 7854 部队一个师第一时间奔赴灾区。他们把抢救生命放在第一位，缺乏大型设备，就徒手挖人刨人，即使双手鲜血淋漓，也没有人停下。他们不辞长途跋涉的劳累，不畏余震频发的危险，不顾水米未进的饥饿，争分夺秒、没日没夜地抢险救人，与死神展开着殊死的地搏斗。他们为灾区农牧民搭建帐篷，建立临时"战地医院"，为各族群众疗伤治病，在抢险救灾中立了大功。至今我还记得，在虾拉沱区空投物资的时候，地面设有标志，高原风向不断变化，空投物资的落点很不准确，致使担任空投警卫任务的两名战士为此而献出了年轻的生命。各兄弟省市也从人力、物力、财力和医疗救护等方面给予了大力支援。那时全国各地派往灾区的医疗队 49 个，医务人员 668 名，参加抢险救灾的总人数达到 1.1 万余人。这充分体现了祖国大家庭的温暖，体现了中华民族“一方有难、八方支援”的崇高精神。

在巨大灾难面前，灾区人民没有被吓倒。县委书记在地震中有 4 位亲属遇难，但他强忍着悲痛，坚持在第一线指挥抢险斗争；县委一位副书记（藏族）因房塌导致脚部受伤，他不顾剧烈疼痛，不顾抢救自己被压伤的亲人，拄着棍子，在现场各处奔走，指挥抢险救人；另一位县委副书记在地震时被埋在房下，被救出后立即逐户查看灾情。虾拉沱区委书记（藏族）怀着女儿及三个亲属不幸遇难、母亲妻子受伤的巨大悲痛，在自己也受了伤的情况下，步行到县里汇报灾情，并迅速部署该区的抗震救灾工作。有个生产队长，两个孩子被压死，但他不顾自己的家庭，积极抢救集体财产。他曾动情地说，“死的已经死了，我们活着的人，要把家园建设好。”还有个大队党支部书记在地震中受重伤，在他临死前还不忘叮嘱：“今年一定要交公粮。”这一幕幕可歌可泣的抗灾救灾事迹深深地教育感染了我，至今令我难以忘怀！

地震发生后，我们州级机关在第一时间派出 170 多名干部奔赴灾区，并分成 6 个片区慰问受灾群众，组织抗震救灾工作。没有住房，干部们只能住在临时搭建的帐篷里，女同志在中间搭铺，男同志在靠外边地方搭铺。头几个月，天寒地冻，他们一直坚持在岗位上。后来，天气热了，雨水多了，睡在潮湿的帐篷里，常常睡一夜，第二天棉被上全是露水。遇到下雨天，用木板搭起的床铺下还淌着雨水。白天在田间劳动，收工后还要生火做饭，晚上有时还要安排藏族同胞学文化。在那无数个日日夜夜，在基本生活条件都不具备的情况下，他们首先组织灾区人民自救，修建临时住房。其次恢复生产，特别是打好春耕生产这一仗。那年该县克服了很多难以想象的困难，取得了当年受灾、当年基本恢复生产并上交当年应交公粮的成绩。这是在那个特殊年代，又遭遇特大天灾的情况下的特别壮举。

我开始在抗震救灾指挥部工作。一方面值守电话，了解灾情，并帮助解决困难群众的吃住问题；一方面协助州委、军分区领导慰问救灾人员和部队官兵，并做好接待中央、省慰问团的服务工作。几个月后又参加州、县工作队，包村包队，开展整顿人民公社的工作，地点就在新都镇的一个队。那时，仍然住帐篷，喝牛油茶，吃糌粑，一直搞到 1973 年年底。由于能吃苦，肯卖力，任务完成得好，受到了炉霍县委表彰。

就在炉霍地震期间，我妻子从西藏加查县调到甘孜州民族干部学校工作。因我还在抗震救灾，她到康定后，没有家人接待。州委办公室的同事把我住的房门打开，她暂住了下来。不久，她也作为州级机关工作队队员赶赴炉霍救灾，长达 8 个多月，为炉霍的抗震救灾、重建家园做出了贡献。

艰辛的藏区调研

从 1974 年到 1983 年的十年间，我除完成州委办公室秘书科的日常工作外，还侧重为州委书记（藏族）服务。主要是跟随州委主要领导外出开会、下乡调查研究和草拟文件、报告、讲话等。那时每年都有六七次到关外各县出差调研，六七次到成都开会，而到关外各县下乡的时间一般都在半年以上。甘孜州所辖 18 个县和半数的乡镇我都跑到了，下农村牧区调研成为在康巴藏区的主要工作。当时调研多是围绕藏区的稳定和建设、民族政策的落实、冤假错案的平反以及确定生产方针、实施联产承包责任制等全局性工作进行。调研的方式多是访贫问苦、政策宣讲、开座谈会、汇报会等。在高原上进行调研，遇到的困难、经受的考验是多方面的，有的甚至是常人难以想象的。重点是要过好这几关：

一是气候关。康巴藏区地处康藏高原，平均海拔 3500 米以上，高寒缺氧。特别是石渠、色达、理塘等牧业县，都在海拔 4000 米以上，冬天极为寒冷，有时可达到零下 40 多度；高原空气中的含氧量很低，只有平原的 60% 至 70%。人到这些地方，头昏眼花，稍一活动，就上气不接下气。我们在县上住的房间，都装有一个烧牛粪的大炉子，白天晚上全靠烧牛粪取暖。长期在这种恶劣环境下工作，高血压、心脏病等几乎成了干部的职业病。突发疾病只是一个方面，高原气候对人的损害隐性而致命。一位来州视察的省领导说过这样的话："干部能在这里坐住，就已经是莫大的贡献了。"对于这一点我感同身受。难怪有的干部开玩笑说，他们是"献了青春献终身，献了终身献子孙"。

二是交通关。甘孜州辖区面积 15 万平方公里，人口那时只有 76 万，平均每平方公里 5.1 人。地广人稀，交通通讯十分落后。我们到县上出差，坐汽车也要用一两天时间，若跑遍所辖各县，要花一个多月的时间；若要再下到乡里，还要骑马或步行。同时，已修的国道、省道全是泥土路，还经常垮方。1980 年前，到县上出差，只能坐北京牌吉普车，这种车密封度差，车在前边跑，灰尘在车后扬，跑一天下来，人都弄得灰头土脸。冬天到牧业县出差，早上发动汽车要灌开水，并用手柄摇动才能发动起来。有时汽车陷在雪地里了，还要脱下皮大衣放在车轮下，以增加摩擦力。1980 年后，换乘日本产的越野车，情况要好一些。但交通事故频发，我几乎每次到州内县乡出差，都会在公路上看到翻车撞车的事故。原因是州内的公路窄，弯道多，视野差，且冰雪很大，有时驾驶员分不出哪里是雪坑，哪里是路基，一不小心就开到雪沟里去了。每年都有不少车祸威胁着州内的干部，成为干部因公死亡的第一杀手。

三是饮食关。在高原上，我们吃的主食是糌粑和酥油茶，开始大多不习惯，感到味道难闻，难以下咽。日子长了，也就慢慢适应了。那时长年吃不到新鲜猪肉和新鲜蔬菜，要吃大米饭面条也得用高压锅煮，否则只能吃夹生饭面。当时物资十分匮乏，干部清苦清廉，没有大吃大喝、陪吃陪喝这一说。我跟随州委领导下县乡调研，每到一地，县上的同志让机关食堂炒两个菜，一般一荤一素，弄一个汤，放一瓶江津白干酒，就算招待了。住宿全是在县招待所，两个人一间。若下到牧区，还要睡在牧民灶前用柴草铺的地铺上。到夜晚牧民帐篷里既无灯又无火，半夜起来上厕所，还要小心防着牧民为看家养的狗。

四是语言关，甘孜藏族自治州是以藏族为主的少数民族聚居区，少数民族人口占72%以上，下基层调研要会说藏话，不会说藏话，就要配翻译。否则，就不容易与藏族同胞沟通，不容易了解到基层的真实情况。然而，这一关我一直未能闯过，还是通过藏族同志给翻译，这不得不说是一个遗憾。

记得甘孜州第一任政府主席、藏族老红军天宝同志在解放初期曾对进藏干部说：你们来康巴藏区工作，必须学会三件事：“一是学会吃饭，二是学会走路，三是学会说话。”意思是要学会吃糌粑、喝酥油茶；学会骑马；学会说藏话。那时人们听了还哈哈大笑。但实践证明，此话一点不错，既通俗易懂，又切中进藏汉族干部的要害。

我在康巴藏区工作了13年5个月，跑遍了甘孜州的山山水水，在雪域高原逐渐熟悉社会，熟悉群众，熟悉民族地区的工作，与少数民族干部群众建立起深厚的感情。同时，也养成了能吃苦、能忍耐、能奉献的老黄牛精神，这为以后的成长、进步打下了坚实基础。

1983年8月，我调离康巴藏区，落户成都。先后在四川省政府办公厅、省人事厅、四川行政学院、省委党校工作。回首往事，要感谢母校——北京大学，给了我知识和力量，增强了我以天下兴亡为己任的使命感；更要感谢我的第二故乡——甘孜藏族自治州，给了我底层体验和实践磨炼，使我懂得了，人是要有一点精神的。一个人有理想、有目标，才能有激情，有激情再加上脚踏实地、苦干实干，才能到达胜利的彼岸；才能在人生有限的生命里，为人民、为国家、为社会做出一些有益的事情和贡献。

郑辉，曾用名郑小香，男，汉族，1944年生，河北省行唐县人，行政管理学研究员。1964年考入北京大学国际政治系。曾任甘孜州委办公室副主任，四川省编制委员会办公室主任，四川省人事厅副厅长，四川行政学院党委书记、常务副院长，中共四川省委党校副校长，九届四川省政协常委、教育委员会副主任等职。

公开出版《国家公务员职业道德》、《乡镇政府管理与改革研究》、《地方政府突发公共事件应急管理》、《政府改革与管理创新》、《岁月流金》等著作，发表论文调研报告80余篇，获省部级优秀科研成果奖7项。

情忆海西

张振昶

青海省的海西州，是我告别学生生涯，踏进社会的人生第一站。在那里六年的工作和生活，给我留下了不可磨灭的记忆，虽然这些记忆有些苦涩。想当年：

情真气盛举毛旌，忆昔年轻事未更。
海跃空翔自暗许，西出大漠献忠诚。

海西六月雪如席

1970 年 3 月 5 日晚上，我带着简单的行囊独自登上了开往青海的列车。从北京到西宁，火车行驶近两夜两天。列车上和我挨着坐的是一位在西宁工作的四十多岁的男子，腰中挎着手枪，当时觉得他应该是公检法的工作人员。他得知我是刚毕业分配去海西、且对海西一无所知的大学生，就善意地吓唬我，说德令哈是海西州的首府，从西宁再往西还有一千多里，接着就大讲海西的原始和荒凉，什么“汽车过县城，一按喇叭，声音还没响完，县城就过去了”，什么“当地女人一辈子洗三次澡：出生、结婚、死后殡葬前”，什么“人死天葬，用斧头砍碎尸体让兀鹰来吃”，什么“在牧野上，藏族姑娘会把你拉进帐篷，不放你走”，什么“走一天见不到一个人，风能把石头吹跑”等等。看着我惊愕的样子，他哈哈大笑，说：“别害怕，现在不那样了，好多了。”他虽说不那样了、好多了，我却油然想起了唐代诗人岑参脍炙人口的边塞诗：“君不见，走马川行雪海边，平沙莽莽黄入天，轮台九月风夜吼，一川碎石大如斗，随风满地石乱走。”吟诗是一种美的享受，但一旦进入诗中描述的真实境界，恐怕就不一定是美的享受了。

经过了近两夜两天的颠簸，终于到了西北古城西宁。一下火车，老天爷就给了我一个下马威：呼啸的西北风（我在此时根本就不知道东西南北，只不过觉得应该是西北风）吹得我浑身打战。第一个感觉是：这里太冷了，如果再西行一千多里，不知会冷成什么样子！当晚辗转来到了海西州驻西宁办事处，这是去海西报到的一个联络点。我要在这儿等着买去德令哈的长途汽车票，领进高寒地区的保暖装备。在“革命的大串联”中，走到哪儿都受到“革命派的战友们”热烈欢迎、热情接待的我，到了办事处，不仅没有热情的接待和问候，甚至没人愿理睬我。我当时就想，我们虽然不认识，算不上“战友”，但现在起码已经是同事了，怎么这么冷淡呢？

⊙ 张振昶在钻研无线电维修

在西宁待了五天的时间，这期间我知道了分配到德令哈的有三个人：北大的我和西语系的叶崴葳，还有一位清华的司马锡生。我们领到了保暖装备：一件老羊皮大衣、一顶皮帽子和一双毛皮鞋。穿着这身装备，我们坐上了开往德令哈的汽车，心中是激动还是忐忑，是期待还是憧憬，连我自己也弄不清楚。汽车离开了西宁，映入眼帘的是萧索、贫瘠的土地，汽车经过湟中、倒淌河，开上了日月山。日月山的山顶处公路旁有两个光秃秃的土黄色大山包，一个是“日”，一个是“月”，据说是文成公主进藏时，在此使用过的两面镜子所化。当地谚语有“过了日月山，两眼泪不干”之说，意思是日月山之西的荒凉，惹人掉泪了。果不其然，车过日月山到了江西沟，右侧，我看到了浩瀚的青海湖，湖水碧绿，水天相接，甚是壮观，但左侧却是一望无际、一无所有的高原荒地，偶尔见到几株干枯的伏地而生的骆驼草。汽车沿青海湖边走了近四个小时，过黑马河、橡皮山，进入了海西州的地界。远望，高原无边无际、坦平如砥，但却空空荡荡，公路就像一条丝带，直入天际。左右两边都是光秃秃的平地，好像天地间只有我们这一辆车在动弹。天黑下来的时候，汽车在茶卡的公路边停下来。茶卡是海西州的一个县城，路边有几排砖垛坯墙的房子，这就是旅馆和食堂（那个时候没有餐厅的叫法），从西宁开往德令哈的汽车，第一天晚上都住这里。进入房间后，服务员现给点蜡烛、现给点火生炉子。我长这么大，除了大串联外，基本没出过远门，所以感到很新奇，有种探险的感觉。在这里，我们遇到一位从德令哈去西宁出差的姓王的大学生，他先我们半年多到德令哈。虽然素不相识，但同是天涯客，相逢话语多。他告诉我们，德令哈广播站有一位从北京分配来的大学生，叫张晓，人很热情、仗义，让我们到德令哈后去向她请教。

第二天下午，我们到了德令哈，当晚，我们找到张晓的宿舍，说明来意。张晓是北京广播学院1968届的。大家都是北京的学生，又都远离家乡，自然一见如故，倍感亲切。张晓建议叶崴葳去学校，建议我去文化馆，对司马倒没提出具体的建议。第二天，我们来到州革委会的组织组，负责分配的甘参谋是海西州军分区军人，他拿起笔，笔尖对着报到介绍信的空白处，对叶崴崴说：“你学法语的，教英语行吗？”叶崴崴赶紧说可以，于是甘参谋在她的报到介绍信上写上了“德令哈中学”。甘参谋又对我说：“你学图书馆的，能干什么呀？到小学去当老师吧。”我一听，心就凉了。心想，要当小学教师，我用得着上大学吗？我用得着跑出五千里地，来这儿当小学教师吗？心里这样想，嘴上一个字也不敢说。只能乞求般地说：“这儿有文化馆，和我学的图书馆差不多，让我去文化馆吧。”甘参谋一句话不说，提笔就往报到介绍信上写，我的心咚咚乱跳，提到了嗓子眼上，两眼直勾勾地盯着那决定我的命运的笔尖。直到看见写出“文化馆”三个字后，才一块石头落了地。司马被分配到大柴旦化工厂，大柴旦是海西州所辖四县三镇中的一个镇，从德令哈再往西北方向五六百里，因为他学的是化工，从能专业对口来讲，他又比我俩强多了。

我到了文化馆，馆长姓张，叫张振东，和我的名字只一字之差。另有两位馆员，一位女性叫孔桂荣，山东人，一位男性叫巴托，当地蒙古族人。对我都很热情。当时，海西州革委会分成组织组、宣传组、文教组等等，宣传组、广播站、文化馆、新华书店，当时是四合一，四个单位虽然相对独立，但干部学习、传达文件、组织讨论都在一起，所以我和张晓就经常接触了。

德令哈是州革委会所在地，应该算一个镇，但比其下辖的四个县城要好多了，比我当初的想象更是不知好多少倍。一条终年不冻的巴音河穿镇而过，清澈冰凉的河水（夏天水也是冰凉的，可能是融化的雪水汇集而成的，我曾在河中游泳，游几分钟就水寒入骨了），把德令哈分成河东、河西两部分。河东属新的“开发区”，繁华热闹，州委大院在河东，有医院，有两个商店（其中一个两层的商店叫百货大楼），有食堂（即现在的餐厅），有浴池（这是最出乎我意料的），有新华书店、中学、小学。河西是老的“基础区”，有面粉厂、小学、电影院等等。在这里能够去浴池洗澡，能够去电影院看电影，有自来水、有电灯电话，对于我们“广阔天地炼红心”的年轻人来说，这应该是很满足的了。但是我开始有些不适应，可能是高原反应的缘故吧！头几天没胃口，饭吃不下多少。张晓像大姐姐一样关照我，得知我爱吃面条，就在她的宿舍里煮挂面给我吃。那时毕竟年轻，几天之后，就适应了。

德令哈属 11 类地区（当时全国分为 12 类，北京属 6 类，西藏属 12 类），海拔 3000 多米，烤火期 6 个月，从 9 月 15 到 3 月 15 日。我 3 月中旬到海西，刚刚过了烤火期，但家家都生着火炉子，一为做饭，二也是为了方便取暖。到海西 3 个月，就见到了“奇观”：1970 年 6 月 8 号，农历端午节时，海西竟下起了大雪，令我大开眼界、倍感新奇，当时写了一首诗记录此事：

云压四野苍穹低，海西六月雪如席。
风抛梨花扬飞絮，练裹丘山映晴曦。

故里挥汗收小麦，新居向火加长衣。
呜呼两地别一夕，凝眸无语手托颐。

做“革命的螺丝钉”

虽是只身来到海西，我仍是踌躇满志、顾盼自雄，大有“海阔凭鱼跃，天高任鸟飞”的幻想。但现实却是，我被分配到的文化馆，一排五间平房，馆长夫妇带着两个孩子住了两间，剩下的三间，一间是办公室，两间是阅览室。名为阅览室，但无书无报，无人光顾，终日闭馆。我们的工作就是每天关起门来学习。没多久，海西州召开学习毛主席著作积极分子大会，我被抽调到会务筹备组工作，一下子忙了起来。会议之前在材料组，负责采写一位从西宁上山下乡来到农村的女孩的先进材料。开会时负责安排会议代表们的食宿。在此期间，我认识了一位来自都兰县公社卫生院的医生代表，是北京人。她告诉我，为落实毛主席“把医疗工作的重点放到农村去”的指示，北京卫生局从北京抽调了一批医务工作者来海西安家落户，除有各大医院的医生护士外，还有一批卫校的毕业生。他们有的被留在了州医院，有的被分到县医院，她则被分到了最艰苦的公社卫生院。她不仅要给农牧民看病，更要“在毛泽东思想指引下”改造自己，适应从繁华的首都到边远的高原所产生的思想落差，学会用牛粪生火做饭、硬着头皮咽下酥油炒面，等等。那时候的我，从她们的言语中，没读出她内心的酸楚，感受到的是我觉得应该向她们学习，甘当“革命的螺丝钉”。看起来，召开学习毛主席著作积极分子代表大会的宣传教育效果是发挥出来了。

大会结束后，筹备组将解散。筹备组的最高领导——海西州革委会副主任、海西州军分区的潘副政委问我，愿意留在州委宣传组还是愿意回文化馆，我事先和张晓商量过，她认为在文化馆终日无所事事，建议我去广播站。于是经过潘副政委同意，我到了德令哈广播站工作。在文化馆是闲着没事干，到广播站就不一样了。广播站一共七个人，一名站长，一名会计，两名采编（张晓是其中之一），两名巡线员，一名机房值班员，还有两个根本不来上班的人，据说是休病假，不来上班也没人管。一开始安排我在机房值班，每天早晨7点，先播放唱片《东方红》，然后转播中央台的节目，中午和晚上也是这样，只不过是要插播广播站自己采编的节目。这工作说起来简单，但干起来还真不容易。首先是特别拴人，定时、定点，不能离人；二是特别揪心，高原上无线电信号不稳定，转播的信号易飘移，刚刚还音质好好的，突然就“沙沙沙”起来，值班的人就要马上调整收台信号的旋钮。刚把转播的音质调整好，不一会就又“沙沙沙”起来，又要调整收台信号的旋钮。

天天一个人关在机房里重复着一样的工作流程，几个月下来，也感到非常憋闷。站长大概看出了我的心思，把我调整去做巡线员。广播站的高音喇叭分布在德令哈的河东、河西和距德令哈七八公里远的仅有的两个村庄，一个在德令哈南边叫尕海村，一个在德令哈西北叫泽令沟村。我们的工作就是两个人搭帮，每天外出检查广播线路，维修出问题的高音喇叭。没多久我就学会了踩着“脚扣”上电线杆，学会了用“紧线器”把下垂的广播线拉紧。这虽然苦点累点，倒还算不了什么，最让人头痛的是查找埋在地下的出了问题的广播线路。从德令哈到尕海村的线路是埋在地下2尺左右深处的塑皮线，受夏暖胀、冬冷缩和日暖胀、夜冷缩的作用，极易断裂。一旦出了故障，我们两个巡线员就要在野地里不知忙活几天了。我用“排外法”寻找故障点。先是在七八公里长的线路中间找到埋在地下的广播线，稍稍割开广播线的一点塑料皮，露出一点铝线来，再把随身携带的小喇叭接在露出的铝线上，如果小喇叭的发声正常，说明从这个点到广播站之间的线路没问题，问题出在后边的线路上。反之，问题就是出在前边的线路上。就这样，在4公里、2公里、1公里、500米、300米、100米、50米、20米、10米的大概的距离处，挖出一个一个的检查点，一个点一个点地检查，在最后10来米的距离内，再挖几个坑，基本上就能找出故障点了。铺设在地下的广播线，埋在和道路平行的野地里，没有准确的标志，因此寻找第一个、第二个检查点很费力气。我们在检查过的检查点处做了标记，慢慢的检查判断线路故障的大致所在就相对容易了。终年在野外奔跑，夏天顶着高原的烈日，冬天迎着高原的寒风，我被锤炼得又黑又瘦。

巡线员的工作干了两三年，广播站的工作内容扩展了，工作人员也较前增多了，增添了无线电对外维修的业务。青海省广播电台办无线电维修培训班，培训各州县广播站的维修人员。广播站派我和一位广西籍的郑汉昭去参加为期两个月的培训，实际是学习修理电子管收音机和半导体收音机。在北大期间，学生们自己买元件攒四个管的半导体收音机曾经风行一时，我们班的崔庆礼做这个最拿手，我跟他学过，对此略知一二，再加上在广播站工作几年，也掌握了一些基本知识，所以学习两个月之后，我就做起了维修工作。一干就是几年，直到1976年调回北京。

红线一端久浮沉

在德令哈，随着时间的推移，自己的婚姻大事逐渐凸显出来了。在北大毕业分配前夕，高中的女同学弃我而去，我曾乐观地认为“天涯何处无芳草”，到了德令哈高原后发现并非“处处有芳草”，即或有芳草，却也是“芳草无情，更在青山外”。在德令哈第一个进入我内心的，是一位德令哈中学的教师魏玉川，她和叶崴葳、张晓很要好，我们自然而然地也就很熟悉了。我曾就此询问过叶崴葳的意见，说：“如果你认为可能，就给我加一点催化剂，如果你认为不可能，就给我加一点冷却剂。”叶崴葳没给我明说魏玉川已经有了心上人，只是给我加了冷却剂。倒是魏玉川通过张晓对我说，她有一个叫王秀浦的同学在怀头塔拉气象站工作，想介绍给我。怀头塔拉距离德令哈一百多里，归德令哈镇管，是个公社所在地。后经了解，王秀浦也是名花有主了。我在感到遗憾之余，为感谢张晓、魏玉川的热心，曾写了首诗表达自己的情感：

孤身常怀友，荒漠难寻欢。
霰雪惊碎梦，霜风扎透衫。
采莲失秀浦，徒劳叹晓川（张晓、魏玉川）。
人力非不济，鸣呼命在天。

后来一位叫贾克的蒙古族朋友给我介绍了一位德令哈小学的老师，叫宋玉华，家住天俊县。我同意和她交往主要是因为她的老家是河北省。在青海，同一个省的人就算是老乡了。一开始交往还算顺利，不久我探亲回北京过年，她还让我把她的照片带回北京，要在北京的照相馆上色成彩色照片。回到德令哈后，当我把“彩照”送给她时，她问花了多少钱，竟要把钱给我。我感到有点不对劲了。追问之下，她说，过年她回家向父母说起了这件事，她父母不同意我们交往，给她找了另一个人。虽然我感到不舒服，但知道强扭的瓜不甜，还能大度乐观对待，不仅很绅士地和她分手，还即兴写了一首自嘲的诗：

三处下网三处空，满身汗渍一江风。
细流涓水不属意，玉川华浦已投罾。

以后，给我介绍对象的人还真不少。我的同学介绍过，我的同事介绍过，文化馆长的夫人介绍过，甚至我的父母在老家也给我介绍过。也有女孩明显地追过我。但我此时对此事已经不太看重了。经常是介绍人一说，我一听，和介绍人天南地北地聊一阵，事情就过去了。我宣称，“如果没有 90% 的把握，不能见面”。看表面，我是“玉颜芳草隔天日，红线一端久浮沉”。但我却坚信“浮云纵能蔽白日，水落石出必有时”。果然有一天晚上，郑汉昭夫妇说有事让我到他家去一下。进入老郑家，只见老郑夫妇和女儿在外屋坐着。郑汉昭的夫人郑希玉是当年抗美援朝的卫生兵，现在是海西州医院的护士长，女儿仅七八岁。我问有什么事，夫妇俩却顾左右而言他。老郑指着他夫人对我大讲有个在医院工作的老婆的好处，问我是不是说过“如果没有 90% 的把握，不能见面”的话，我很纳闷，不知他们葫芦里卖的什么药。第二天，老郑对我说，他夫人想给我介绍一个她的同事，叫张桂英，是医院的大夫。昨晚那个姑娘来他家，躲在里屋观察我。对这个姑娘，我有所耳闻——德令哈一共就那么大，我们同在河东，在同一条街上，只是闻其名未识其人而已。我们广播站的站长叫戴冕，他夫人沈燕昭

⊙ 张振昶与张桂英

也是海西州医院的护士长。这样男方的介绍人是戴冕站长，女方的介绍人是郑希玉护士长，两个介绍人很快就把男女双方的情况很详细地告知对方，并替我们安排了第一次约会。那天晚上，我到医院，张桂英已经下班在挂号室等我。我们一起来到医院旁边的巴音河畔，坐在河边上聊了起来。双方都很真诚、都很坦率，也都很满意对方。于是相约把情况各自告诉家中的父母，征求他们的意见。其实征求父母意见只不过是一个必需的形式或者是一个推托的借口，有哪个父母能强制儿女的婚姻呢！

经过半年多的交往，我们开始了谈婚论嫁的准备。首先我得向广播站要房子。这时我和一位叫卢玉珊的西安分来的大学生住在一间屋子里，他也在热恋中，很快也需要单独的住房。戴冕站长已经调到西宁去了，新来的站长黄锁福是个很爽快的人，把三间平房隔成了两个一间半，分给我和采编组的王文卢小两口，让我们比邻而居，卢玉珊也变成了自己住一间，他结婚时也就有房住了。在德令哈，床、桌子、凳子等简单家具都是单位配备的，其他的家庭用具自己买，每个单位都是这样。我把一个单人床和几块木板拼在一起就变成了双人床，把我住单身宿舍的“一头沉”、椅子搬过来，又用木板钉了个小饭桌、一个方桌，先用报纸和浆糊把粗糙的桌面糊平，再罩上一块鲜艳的花布，用一块透明的塑料布盖在花布上，就做成了两个看起来还不错并且很实用的桌子。在“一头沉”上摆上收音机，在方桌上摆上一瓶花，一个简单的家就营造成了。在当时的德令哈，结婚的习俗非常简单；我们对外宣称是回北京“旅行结婚”，事情就更是简单至极了：说好了离开德令哈时不举行任何仪式，回到德令哈后给大家发喜糖。人们的祝福是热烈的，礼物是象征性的。张桂英所在的州医院，每人出五毛钱给我们买了个影集，我所在的广播站送给我两个笔记本。就这样，在 1973 年初，我们带着同事们的祝福，带着对美好生活的憧憬，踏上了回北京结婚的旅途。

调回北京

当由一个人变成两个人的时候，思念父母之心虽有所缓解，但惦念父母之心更加强烈，梦想有一天能回北京，回到父母身边。当我们有了女儿，没有人帮着带，当地没有托儿所之类的机构，就更想能回到北京，既能与父母团聚，父母又能帮我们照看孩子。但我们的想法被同事们视为“做梦”。幸运的是：1976 年前后，北京出台了一个“职工退休时，身边无子女的，可调一个回北京来”的政策。当时我父亲正在办退休手续，借此机会向他所在的北京市陶瓷厂提出把我们两个调回北京的申请。经过北京市建材局、北京市人事局，申请获得批准。不久，北京市人事局向海西州发来了商调函。应该说，那个时候的领导都是真诚宽厚、与人为善的，没有托关系、找路子，就对我们放行了。1976 年 5 月，我离开了工作生活六年的德令哈，回到北京。我和妻子都被分配到北京市陶瓷厂，我被安排在厂工会，她在厂医务室。我们抱着“感恩”的思想，兢兢业业地工作，即使在被下岗时，也没想过要跳槽，还在尽我们的“愚忠”。虽然我们多次获得厂级、总公司级、局级先进的荣誉，但最终还是都被安排提前退休。

回首往事，虽有遗憾，没有愧疚。聊凑一首《和王智钧校友》的歪诗为这篇拙文收尾。

七律·无题　读《告别未名湖》和王智钧校友韵

匆离北大莫言忧，瀚海孤航雪满舟。
白发犹弹三尺剑，青衫未染一分羞。
吟诗顿挫耽佳句，击鼓铿锵闯激流。
借问燕园湖畔柳，风薰雨润汝何求？

张振昶，1946 年 10 月出生。籍贯河北省蠡县。高级政工师。1965 年由河北省考入北京大学图书馆学系，1970 年分配到青海省海西州工作。1976 年调回北京，分配到北京市陶瓷厂工作，直至退休。退休后作三年社区居委会主任工作。2010 年加入朝阳区望京诗社，现为北京诗词研究会会员、朝阳区诗书画研究会常务理事、朝阳区诗词研究会秘书长。

第二辑

乡村岁月

忆滹沱河畔“再教育”

徐志仁

我1967年毕业，第二年8月离别燕园，屈指算来距今已有47载，人也到了垂暮之年。说来挺怪的，人越老越爱回忆，回忆学生时代读书的乐趣、工作时期的得失、磨难与幸运、晚年生活的幸福。似乎，最让我不能忘记的是，在滹沱河畔接受所谓“再教育”的艰难困苦的历程。

失去话语权　被拨拉到农场锻炼

我们经济系1962级在“文化大革命”中是重灾区，43名同学，因对聂元梓的看法不同而分成了两派，班级干部大多站在掌权派——校文革一边，而我们这些平头百姓大多上了“山”——井冈山兵团，由于闹派性，双方对立情绪相当严重。

1968年夏秋之间，毛主席发出了知识分子要“接受再教育”的“最高指示”，中央出台了强调“四个面向”（面向农村、面向边疆、面向工矿、面向基层）的毕业分配政策，班级掌权者很少听取我们的意见，随意拨拉，于是，我们这一边根本就谈不上有话语权。起初，我算是幸运者，党支部书记金崇顺告诉我，系里已把我分配到铁道部大同机车车辆厂。听到这个信息，我忙赶回顺义老家告诉父母亲，还特意到海淀书店买了幅《毛主席去安源》的油画，想以此激励自己永远沿着毛主席的足迹，投身到工人阶级中去。

谁知，等我从顺义老家回来，情况突变，我本应该去的大同机车车辆厂指标，竟然重新分配给对立面的贵州籍陈××同学，而我只好随着另外8名同学到石家庄63军部队农场劳动锻炼，接受再教育。记得当我拿着行李再次回到老家向父母说起分配单位已被调包时，父亲还在追问，不是分配到铁道部吗，怎么才几天就被打发到农场劳动了呢？我只是苦笑，无法回答，谁叫我们反对“老佛爷”（聂元梓）呢！

在休整一些天后，9月初，出于生计和无奈，我不得不揣着报到证和校方早已给办好的户口迁移证、粮食关系转移等证件，提着装满书籍的小木箱及行李，离开生活了27年的北京，来到石家庄市内的63军军部报到。哪知道，从这一天起，我就远离父母、远离家乡，再也不是北京人了。

第二天，军直炮团第14学生连的通讯员董仲义同志（现在太原理工大学保卫处

⊙ 左起：1969 年 8 月柳泓澄、徐志仁、李德荣、曹岷在滹沱河畔留影

工作）来接我。我坐着军用卡车来到劳动锻炼的地方——63 军军直炮团农场（距石家庄市 10 公里）。说是农场，实际上就是在滹沱河边开垦出来的两块百八十亩河滩地，此地原属石家庄市获鹿县（现为鹿泉市）大河公社纸房头村。那个年代，“全国学解放军”，加之老百姓热爱子弟兵，部队有什么需求，地方上大多应允。于是，滹沱河两岸多处未开垦的河滩便成了部队粮食的生产基地。事后慢慢得知，63 军在滹沱河畔像这样的“自留地”多达数十块。一眼望去，除了几间矮小的工房外，四周全是开垦出来的稻田。由于部队“落实毛主席指示不过夜”，在后勤保障相当仓促，甚至住房都没有的情况下，部队就接纳了我们，把我们安顿在附近纸房头村的老百姓家中。

在军直炮团农场接受再教育的有 200 多名大学生，分别来自北京大学（哲学系、经济系、历史系、国际政治系、生物系、图书馆学系、物理系）分配到山西的学生，北京政法学院、南京大学、河北医学院等院校的一些学生，以及山西农学院农学系、畜牧兽医学系 1966 级整年级同学，共组成两个连队：学生 13 连和学生 14 连。13 连是男生连，14 连是男女混合连（两个男生排、一个女生排），又称为“家属连”（其中一些已结婚女同学都安排到这个连）。我们经济系来的 9 名同学是刘冲（刘子芹）、李德荣、柳泓澄、曹岷和我，及 4 个女同学董志凯、周光福、徐景波、于渝生。

因为我和李德荣、柳泓澄晚到了几天，便分到了“家属连”。连长、指导员、排长、司务长、炊事班长和通讯员均是现役军人，实际上我们接受再教育更多的是与他们几个人发生关系，因为我们很少和远驻在 80 里之外元氏县的正规部队榴弹炮团接触。

稻田里炼“红心” 尝尽了苦和累

我们刚到连队时，正赶上在稻田里拔稗草和挠秧。这个活儿虽说不累，但双腿需要整天泡在水中，还要忍耐蚂蟥的侵袭。男同学还好说，女同学来了例假就难办了，但是在解放军官兵的带动下，哪管这些，只听得连长高喊：“毛主席教导我们说：‘一不怕苦，二不怕死！’‘下定决心，不怕牺牲，排除万难，去争取胜利！’”接着就是一阵“冲啊”的叫喊声，男女同学齐刷刷地跳进了稻田中，裤子湿了大半截儿，大腿被蚂蟥叮出了血，让人痛痒难忍，却抽不出手来对付它。收工回来，一摸腿上身上，重重叠叠的都是大大小小的包。

国庆节刚过，收割稻子的大忙季节到来了。往年每到这会儿，都是部队派战士来收割，打稻谷。如今有我们这些劳动力，解放军就免了，所有的活计都由我们来干。说起收割稻子，那真叫个累，我们每天除早上“天天读”雷打不动外，其余大部分时间都劳动在稻田中，一天要干十几个小时。加班加点是家常便饭，而且名堂很多，什么早晨有早战，中午有午战，晚上还有夜战，最苦也最难熬的则是夜战。奋战一天早已是人困马乏，身体极其劳累，白天的酷热气儿还未消除，却仍要在昏暗的灯光下强撑着打稻子。

说起打稻子，实际上就是脱粒，我们北京来的不少同学都感到很新鲜。三人一组，每台打稻机上是两组，机子后面是两个打稻人，其余四个人专门输送收割下的稻子。随着打稻机上滚齿飞速地转动，负责打稻子的同学攥紧一大捆水稻往滚齿上一放，稻谷就随着滚齿刷刷地掉了下来。开始我掌握不好，又怕打着手，只能是一小把一小把地打，干着干着逐渐熟练了，到后来一大捆稻子三下两下就打好了，这时我才体会到劳动的快乐。特别是吃上自己亲手打下的新米做成的饭，那个香啊，真是没法形容。甭说米饭，就连米汤也晶莹玉洁，喝起来美滋滋的。

在收割稻子的同时，我们的简易宿舍也在稻田边的土坡前加紧建造，一共三栋二十多间，13 连和 14 连各占一半，两个连队之间还加了一堵墙，以防我们“串联”。由于我们连队有女生排，所以，还单独盖了一栋女生宿舍。12 月份，已是滴水成冰季节，新盖的房子墙壁还湿淋淋的，我们就奉命从老百姓家中搬出来，住进了简易工房。

说住房“简易”，一点也不夸张，砌墙的砖是土窑上卖不出去的次品，砖面红一块黑一块，还凹凸不平。房顶是黄泥和炉渣拍的，屋内顶棚木椽裸露，墙壁只是用白灰刷一刷。房内沿墙钉了两排木桩，上面架上木板就是床了。最让我们不能忍受的是每个排才分到一个大间，而且是大通铺，30 个人全挤在这里，每个人才占到 80 公分宽的铺位，连带来的褥子都铺展不开。都十冬腊月了，60 平方米大的房内只在屋门口砌了一个砖炉子，里面烧的不是煤，而是从附近井陉煤矿拉来的煤矸石，这煤矸石燃烧时除了恶臭气味外，散发不出多少热量，黑夜冻得我们连内衣都不敢脱，为怕煤气中毒，还轮流值班。其条件之差，是现在的年轻人难以想象的。

打完稻谷，我们都以为冬闲了。哪知，任务又下来了。要把稻草送往石家庄市 63 军的造纸厂，说是印毛主席的红宝书。当然，连里又是一番动员、表忠心，搞得神乎其神。把稻草从稻田运到石家庄，足足有 20 里远，运输工具除小平车外就是我们这些学生。连里给我们配对，每辆小平车一个男同学和一个女同学，男驾辕，女拉车，一天一趟，还要打来回。

为了做到运输安全，不耽误时间，我们前一天晚上要把千余斤的稻草装上车，捆扎结实，并从河滩拉到 4 里外的杜童村外的公路边上，用木棍支好，再把车轮卸下扛回驻地（怕夜间被盗）。第二天一大早起床，吃上几口饭，扛上车轮往公路上奔，重新安好车轮，这才拉起沉重的稻草车往石家庄进发。远远一看，30来辆送草车排成一行，足有200米长，就像当年民兵“支前”的车队那样，十分壮观。

63军的造纸厂位于石家庄西北铁路技校的西侧，好大好大一片空地，放的都是小山似的稻草垛。每天上午10点多钟，这里便非常热闹，各个连队送草车队相继到达，汽车、马车、小平车，肩扛的、手抱的全是稻草。当我们把稻草卸到草垛时，人人汗流满面，内衣发潮，冷风一吹，浑身打哆嗦。中午，也没个休息地方，幸亏学生13连在造纸厂劳动，我们便在他们的伙房里吃顿热乎饭。然后就拉着空车返回稻地，重新装车再拉到公路边上，这才算完成了一天的任务。我们连续干了2个月，100多亩的稻草终于运完。为这，连队春节都没有放假，更不用说回家看望父母了。

清理阶级队伍　搞得人人自危

1968年底，上边又传下指示，要在大学生中搞“清理阶级队伍”运动。军部管理大学生办公室还在小壁村外的河滩地里召开了“清理阶级队伍”动员大会，会场内足有2000多名在滹沱河边接受再教育的大学生。至今我还记得，动员会那天，天气格外的寒冷，我们从驻地徒步10多里赶到会场，每个人坐在自带的马扎上，静静地听军部的一位领导讲话。至今我还能描绘出他用那声色俱厉的腔调恫吓我们：“有的同学说，我们是过了筛子过了箩的（意思是学校分配时已经过严格的筛选），请问，你过的是哪家的筛子哪家的箩？是刘少奇的筛子，还是刘少奇的箩？”紧张气氛骤然升温，说得在场学生几乎连大气都不敢出了。

动员会后，连队的政治空气也顿时不同寻常，“千万不要忘记阶级斗争”，“坚决把清理阶级队伍运动进行到底”的标语也出现在连队驻地的墙上。为了用活的事实教育我们，部队还把河北师范大学的造反派“坏头头”送到连队，当着全体同学的面，由他自己“斗私批修”，现身说法以此引深运动。随后，便以班为单位，对着毛主席著作，人人作检查，人人挖修根。我是在二排五班，全班10人中除了我和北京政法学院的张秉西来自北京外，其余8人都是来自山西农学院的同一年级。由于双方不甚了解，我很快过了关，倒是山西农学院的王泽华因为平时好说些言辞激烈的话，而受到批判。几十年后再见面时，回忆起这段往事，大家都说是一场噩梦。

在“清理阶级队伍”过程中，13连还发生了砸死砸伤学生的惨痛事件。事情是这样的：由于我们的住房是沿土坡边缘盖的，房屋建成后，房前面空地很少，人员进出很不方便，连里就发动学生刨坡扩地。12月21日早上，大家都在房间内“天天读”，来自山西农学院的孔未宝和杨汝月两位同学拿着铁锹、钢镐到土坡前刨坡。他们越挖越深，突然，“轰隆”一声，土坡坍塌了，一下子把他们全埋在土里。同学们

⊙ 2000 年 8 月，作者（后排左一）和当年战友重返滹沱河，与 27 军农场留守官兵合影

赶忙从屋里跑出来抢救，用铁锹挖，用手扒，待把他们从土中拖出来时，孔未宝同学（山西省繁峙县人）已经停止了呼吸，年仅 22 岁就离开了人世。杨汝月同学腰部被砸伤，后经送到医院及时救治，总算逃过一劫，这真是大学生接受再教育的悲哀。对于孔未宝同学的不幸，当时部队给的结论是“因公牺牲，死的光荣”，其待遇是给他的弟弟安排个工作，而其父母的赡养问题并未解决。孔未宝的同窗好友李生海（后为山西省农业科学院优秀专家，曾任山西省人大常委）为此奔波数年未果。直到曾在一个连队接受再教育的张维庆（北京大学哲学系毕业，曾任山西省副省长、山西省委常委、宣传部部长、国家人口计划生育委员会主任）同学帮助，问题才部分得到解决。

重返滹沱河畔　赋诗一首话当年

滹沱河畔接受“再教育”虽然只有一年多的时光，即 1968 年 9 月至 1970 年 1 月，却令我永生难忘。在相隔 31 年后的 2000 年秋，我邀集当年在此劳动过的山西农学院巩昌荣夫妇、梁云厚夫妇、原连部通讯员董仲义夫妇和刘玲英、乔玉英、张馨兰、赵蔼玲、李宗贤、靳莲英 等 11 位战友重返滹沱河畔。

当大家兴致勃勃地走近滹沱河畔，放眼望去，我们曾战斗过的地方，早已是人去房空，大片稻田因水源渐少，已改种为旱地庄稼。接待我们的 27 军农场官兵说，用不了多久，这些滩地便要移交给当地村民了。战友们双手抚摸着秆粗穗壮、长势喜人的玉米，回想当年的艰苦岁月，无不感慨万分。为此，我还曾赋诗一首：

重返滹沱河

滹沱河畔忆当年，
瞬间回到三十一年前。

也是这样的金秋，
也是这样的田园。
我们——二百多名刚出校门的“臭老九”，
汇集滹沱河畔，劳动锻炼，开滩种田。
在那个非常的年代，
“革命”，“献忠心”是最时髦的字眼。
我们才二十多岁啊，
却为了“革命”，“献忠心”，
不讲男女，大小，不论身体弱健，
都得俯首遵命，改造世界观。
冒酷暑，入稻田，打稻谷，拼死干；
顶寒风，拉稻草，人驾辕，跑得欢。
从早到晚，像机器一样不停地转。

在那个黑白不分的年代，
有知识成了莫大罪焉，
“知识越多越反动”，
而“白卷专家”却成了造反的英雄汉！
还有那：
早请示，晚汇报，午间大批判，
班排会，挖修根，整天不得闲，
搅得人们思想禁锢，心颤胆寒。

在那个噩梦难眠的年代，
解放军也受害匪浅，
受大家尊敬的齐团长，张连长，还有小董通讯员，
他们是真正的解放军，
却不能在军营，在炮位，履行参军时的诺言，
为了捍卫“革命路线”，
也只能和我们吃住在一起，
没明没黑，舍家撇业，事半功倍地向地球开战。

这里我要特别说说连长张奇珍，
他参军多年，身有伤残，

哪怕劳动一会儿，都腰痛难言，
我曾不只一次地看见，
通讯员常常在深夜，给连长揉腰踏背，
为的是使连长减轻一些痛苦，早一点入眠。
因为第二天，连长还要在田地里，身先士卒，率先垂范！

这短暂的岁月，我们，
学会了种稻，意志受到锻炼，
身体更健壮，和解放军也结下情缘，
今日重返滹沱河，为的是要记住历史这一段。

我们不会忘记滹沱河畔，
因为它在我们的生命长河中，是一个重要的起点；
我们不会忘记滹沱河畔，
因为它让我们懂得人生道路不平坦；
我们不会忘记滹沱河畔，
因为它教会我们，怎样面对人生，战胜困难；
我们不会忘记滹沱河畔，
没有这段历史苦难，
我们的今天就不会这样多彩灿烂。

我们，不能忘记的滹沱河畔！

徐志仁，北京市顺义区人，1967年毕业于北京大学经济系政治经济学专业，后分配到山西省工作，曾任山西省财贸学校校长、国家广播电影电视总局管理干部学院副院长，2002年1月退休。1987年起参与创办山西北京大学校友会和会刊《山西北大人》，荣获北京大学校友会表彰的"优秀校友"、"优秀校友工作者"、"校友工作贡献奖"荣誉称号。是山西北京大学校友会会长、荣誉会长。

⊙ 作者在黄河壶口近照

遥望星空的岁月

李耀纶

1970 年 3 月的北京依然寒冷，我们这批苦盼毕业的“天之骄子”突然接到了离校的通知，同学们在一片混沌中告别了未名湖，带着眷恋与凄凉离别了北京。

踏上迷茫路

我们的目的地是河北省衡水县，来自学校各个系的同学们坐满了整整一节车厢。河北省因为与首都北京的地缘关系又被称为“首省”，在那个年代能分配到河北这个首省已是万幸了。列车行驶了约四小时到达石家庄车站，我们正准备下车买些食品，却被告知要换乘另一趟列车去衡水。上车才得知北京到石家庄的列车是快车，石家庄到衡水要换乘慢车。到达衡水时已是夜幕时分。

衡水县是衡水行署所在地，离校时我们仅被告知到衡水报到，至于到了衡水还要去哪里，干什么工作，一无所知。在衡水地区招待所等了两天，第三天衡水知青办的工作人员通知我们带上行李到衡水行署大院集合，同学们一阵骚动，都认为这次是要分配工作了。

在衡水行署的大院子里，衡水知青办的工作人员安排我们上了一辆大卡车，没有欢迎词也没有告别语，只见他手一挥说：“你们去阜城。”“阜城”，我们从未听说过的一个地名，阜城在哪里？不知道走了多长时间，突然有人大喊：“阜城县到了！”同学们齐刷刷地站了起来，目视着眼前的景象，茫然与失落即刻就弥漫在我们每一个人的脸上。几排破落的土坯房拥挤在狭窄土路的两边，点缀在街边的粪堆散发着让人不敢大口呼吸的气息，这是阜城县的县城吗？望着稍远处悬挂在砖墙上的木牌“阜城县革命委员会”，我们不得不承认，阜城县到了。

第二天，阜城县知青办为我们开办了一期“接受贫下中农再教育”的学习班，学习班上传达了时任河北省革命委员会主任李雪峰的指示：“北大清华一个不留，全部到农村接受贫下中农再教育。”

学习班结束时接到通知，包括我在内的十位同学被分配到阜城县杨庙公社义和庄大队接受贫下中农再教育。傍晚时分，我们坐上了一挂义和庄大队来接我们的牛车，从县城到义和庄大队，十几里的土路牛车走了一个多小时，到达义和庄已是掌灯时

⊙ 1969 年李耀纶（中）与同学摄于北大教学楼前

分。昏暗中牛车停在了村口的一个场院里，我们七手八脚把行李卸在了场院边上，默默等待着生产队长的再分配。

夜幕已经降临，整个村庄寂静无声，原来所想象的贫下中农热烈欢迎的场面没有出现，只是偶尔可以听到生产队王队长呼唤社员的敲门声。过了许久，王队长才慢慢走到我们的身边说："社员都不愿意你们住在家里，今天晚上你们就先住在这里吧！"他所指的"这里"就是村头一间存放饲料的屋子，不远处就是一个牲口棚。王队长拿来一盏油灯，我们带着失望和无奈，开始打扫这间存放着草料的房间，也顾不得昏暗灯光下沸腾的尘烟，只期望能早点腾空房间早点休息。几近半夜时分，房间终于勉强可以住人了。

我虽然很疲惫，但难以入睡。走出房间来到村头的田埂上，黑暗中隐约看到不远处也有两位同学静静地坐在地上，没有任何声响。黑夜的天空很晴朗，面对长途跋涉而来的方向，我抬头仰望着遥远的北斗，泪水沿着脸颊止不住地流淌了下来。想起自己的出身，一个国民党上校的儿子，恐怕这辈子也就伴随着这间土坯房而终其老了。

1966 年 6 月，《人民日报》头版曾发表一篇社论，点名批判北京大学物理系 1963 年招收了历史反革命的子女，并指称这是资产阶级教育路线的典型代表，而我就是这"代表"中的一员，当时父亲看到这篇社论，心情异常沉重，他是为子女的前途而担忧。父亲是起义将领，也曾身着解放军的军服，但终究抵不过"文革"的风暴而倒下了。作为"黑五类"的子女，面对着眼前破落、荒芜的寂寞村野，我的心中已经没有了前程。

我们来到河北省阜城县义和庄接受贫下中农再教育的这天是1970年3月18日，这一天深深地刻在我的心中。

盐碱沙窝的“资产阶级”生活

1971年8月，突然接到了县里再分配的通知，我们这批共同劳动、生活了一年半的十位同学，在难以离舍的告别声中各奔东西，我和林雪玲被分配到阜城县付庄公社付庄中学当教师。林雪玲是西方语言文学系英语专业的同学，我们相识在北大文艺宣传队，1970年3月一起来到阜城县接受贫下中农再教育。

付庄公社俗称盐碱沙窝，是阜城县最贫穷的地方，每当大风来临的时候漫天遍野飞沙走石，睁不开眼看不到路，只有埋首趴在地上来躲避风沙的侵袭。在平常的日子里，我们居住的房间即使门窗紧闭，一夜过后桌椅上也会覆盖上一层浮尘，用手就可以在桌椅上书写出清晰的文字。

付庄也是一个没有淡水的地方，从普通水井里取出来的水又苦又涩难以下咽，用这样的苦水洗衣服，晾干以后衣服会变硬，难以着身。为了改善饮水的困难，付庄公社筹资一万元，经过勘探打出了一眼几百米的深井，用柴油机把地下水抽取上来供村民食用，百姓称之为甜水，也算是公社为民办的一件大好事。为了能喝上用上甜水，我每个星期都要拉着借来的板车装上汽油桶，到几里以外的深井灌取甜水。对我们来说，能喝上用上甜水，心中已是非常满足和宽慰了。

1973年5月，我们的女儿诞生了。我们用甜水给女儿洗尿布，没想到这件事竟被学校和公社扣上了“资产阶级生活方式”的大帽子，并受到严厉的批判。学校及公社主管教育的领导多次找我谈话，义正词严地要求我立即改正这样的“资产阶级生活方式”，甚至在全县教师秋季集训的大会上，县教育局的一位局长也随口批判了一句：“付庄中学有的教师追求资产阶级生活方式。”

付庄公社地处盐碱沙窝，这里的村民缺粮、缺水，世代贫穷，唯一不缺的就是沙土，因此沙土也成为村民照料婴幼儿的用品。通常村民把沙土放在灶锅里用大火烧炒，然后把经过烧炒的沙土放在缸里或袋子里保存起来，需要时就把加工过的沙土堆放在土炕上，婴幼儿就蹲坐在沙土堆里玩耍，婴幼儿的屎尿也由这些沙土来承接了。用这样原始的方式来照料婴幼儿是我们无法接受的。

“尿布”事件还引起了公社及阜城县有关机构对我们格外的关注，付庄公社的安全员曾经把我叫去问话，问话的内容主要是“了解”林雪玲及家庭成员的近况。因为林雪玲是归国侨生，她的父母以及兄弟姐妹都在海外，唯有林雪玲一人生活在国内，加之林雪玲又懂英语，在那个怀疑一切的时代，有关机构一定是在用另一种眼光注视着我们。问话结束时，安全员又郑重其事地警示我说：“和海外人员联系一定要通知我们。”事后我和林雪玲说起这件事，感到他们的作为实在荒唐可笑。

未报之恩

1975年，阜城县中学升格为“五七大学”，所谓大学，就是在中学里再开办几个培训班。由于新开的拖拉机培训班的电器课程无人教授，县教育局就把学物理出身的我调进了阜城县“五七大学”。林雪玲也同时调入“五七大学”教授中学语文。到县城工作，对我们来说曾经是梦想，如今我们从盐碱沙窝来到了县城，梦想变成现实，我们激动了好几天。

为了应付学校繁重的“抓革命、促生产”任务，也为了保持这来之不易的“城市”生活，我们不敢把女儿再带在身边，更不愿意盐碱沙窝里“资产阶级生活方式”的那一幕再重演，只得把女儿送到县城附近一位田姓农民家代管，代管费是一个月十元钱（是当时工资的四分之一）。但田家并没有按照我们的意愿在家中照料我们的女儿，田大娘为了多挣一些工分，我们两岁的女儿几乎天天都要跟着这位田大娘到地里去，每天早上我们送过去的是一个洗漱干净的孩子，晚上再接回来就是一个泥娃娃了。送去一个月不到，女儿手臂骨折了……虽然我们心中十分不悦，但也就这样默认了。我们也曾想过把女儿送回保定让我母亲代管，但考虑到我母亲罹患癌症的身躯，我不想再给老人添加困难，林雪玲的父母远在海外，“文革”时期音讯全无，想让他们抚养我们的女儿，那才是真正的“天方夜谭”。面对女儿的现状我们进退两难，很担心能否把女儿养大。

一天傍晚，当我去接女儿的时候，发现女儿躺在田大娘的怀里失去了往日的欢笑，两只倦怠的眼睛无神地望着我。我接过女儿，发现孩子烧得很厉害。我有些惊慌，没有多想，立即抱起孩子向县医院奔去。急诊室里体温表显示女儿高烧近四十度，我们请求医生尽快把女儿的高烧降下来，医生仅注射了一针医院自制的土针剂“红花”，就让我们把孩子带回家了。

虽然就医打了针，但女儿高烧一夜未退。第二天我和林雪玲抱着女儿再到县医院就医，最终确诊为肺炎。医院没有治疗肺炎的有效药物，医生再次给女儿打了一针“红花”。又一天过去了，女儿高烧依然未退，我们心中焦灼万分，但仍把希望寄托在医生的身上。第三天，女儿病情依然未见好转，而医院救治的方法仍然只有“红花”，这时我们开始意识到了危机，医生告诫我们说：“你们必须找到青链霉素，才有希望治好女儿的病。”但青链霉素又在哪里？

第三天的晚上，昏睡的女儿突然醒来说了一句：“我要吃苹果”，我急忙骑上自行车向着县城冲去。那个年代食品匮乏，尤其在春天的北方，想寻觅到新鲜的苹果，实在太难了。为了实现病重女儿的愿望，我敲打着几乎每一家商户，终于在一家杂货店

⊙ 1975 年李耀纶一家三口在阜城

里求得几个并不新鲜的苹果。当发着高烧的女儿看到枕边的苹果时，一个轱辘就爬了起来，这时的苹果，对几乎两天没有进食的女儿来说就是圣果，看着幼小的女儿“贪婪”地啃着手中的苹果，心酸的眼泪从我的脸颊上流淌了下来。面对病重的女儿，父亲却无能为力，真是心痛至极。

第四天一早，我们又本能地抱起女儿奔向县医院，打完针剂“红花”，就在我们转身离开的时候，医生在我们背后送出的一句话让我们几乎崩溃，医生大声喊道：“如果没有青链霉素，孩子也就这两天了。”此时林雪玲抱着女儿边跑边哭，在学校的大门前，林雪玲实在控制不住悲伤的心情，抱着女儿面对苍天大声地哭喊了起来：“救救我的女儿吧，救救我的女儿吧！”学校的老师和学生也闻声围拢过来，许多人流下了同情的泪水。

在老师和同学劝慰、宽解的声音中，一个稚嫩的声音突然响了起来：“林老师，我妈妈来了！”喊话的是一位名叫张勇的学生，他的父亲是阜城县武装部的部长。张勇的喊声刚落，他妈妈已经站在林雪玲的身旁，手里提着一个白色的包袱，她一把拉住林雪玲的手：“快，去医院，药在这里！”

由于张勇妈妈送来了青链霉素针剂，经过救治女儿脱离了危险，不久就慢慢康复了。

对于张勇妈妈的救命之恩，我们一直牢牢地记在心中，时隔三十四年后，2010

年我们又回到了阜城，第一件事就是寻找学生张勇和他的父母，我们寻访了原来的“五七大学”，也曾到县政府去探访，由于岁月流逝、人迹消泯，我们感恩的心愿未能实现，我和林雪玲商定择机将再回阜城，继续我们的感恩之行。

“回炉”之梦

1978年3月18日，全国科学大会召开。在这次大会上，邓小平向科学家们诚恳地表白:“我愿意当大家的后勤部长。”与会的许多科技工作者倍感振奋。我们这批蜗居在河北衡水盐碱沙窝里的北大清华的学子同样倍感振奋，也预感到“解放的日子”就要来到。但我们迫不及待了！我们几位北大、清华的学子开始酝酿启动回炉的“伟业”。确实，在那个年代若想再回北大学习就如同白日做梦，若真能梦想成真，谁又能说这不是一桩“伟业”呢?

我们设计着各式各样的行动方案，最后决定马上给邓小平写信。几易其稿，信终于写好了。但如何把这封信送到邓小平的手中呢？我们想到了邓小平的女婿张宏。张宏是北大物理系1964级的同学，我比他高一个年级，他原来是北大武术队的队员，“文革”中我把他请进了物理系的宣传队。我们彼此十分熟悉，同时张宏与庞大本、张知昌又是同班同学。只要找到张宏，信就可以呈送到邓小平的手里。于是，1978年的春天，我们一起踏上了赴京的路程。

到了北京，经过一番周折，见到了已在电工所上班的张宏，张宏很赞同我们的想法，爽快地答应尽快把信呈送给“老爷子”。第二天他打来电话约我们再见面，建议我们把信里的几个地方再修改一下，把字写得再大一些，以方便“老爷子”看。我们就把信重新写了一遍，再请张宏呈送邓小平。

两天后，张宏给我们打来电话说：在全家吃饭的时候，他把信呈给了“老爷子”，邓小平接过信浏览了一下，大概还是嫌字太小，把信又递给了他，让他念给自己听。邓小平认真地从头听到尾，念完信以后，只是微微地点了点头，没有发表任何意见。听了张宏的电话，我们的心里还是没有底，因为不知道邓小平是否同意我们“回炉”的请求。我们商量决定在北京等消息，但张宏劝我们还是回去等消息。无奈之下，我们一行四人又回到了那个偏僻的小县城。不久，我们接到张宏传来的好消息：邓小平在接见北京大学校长周培源时说：北大、清华的一些学生给我写信，想回来继续学习。北大、清华是否可以先搞个试点。

得到这个消息，我们非常高兴，奔走相告。自此，一股源自北大的“回炉”之风开始盛吹华夏大地。令人遗憾的是，“回炉”之风却未在未名湖掀起浪花，北大以举办“进修班”的名义，用考试这道坎把许多期盼“回炉”的北大学子阻挡在燕园之外，仅有456名学子有幸进入进修班“回炉”。“文革”中北大的老五届，尤其是

1963、1964、1965 这三届的学子被褫夺了学习的权利，被发配到最艰苦的地区去改造，历经八年的磨难，“文革”后他们理应借“回炉”之风重返燕园，补偿学业延误的缺憾，但不知为什么北大拒绝了他们。与此同时，全国许多大学却借“回炉”之风向北大的学子敞开了大门，许多未能重返燕园的北大学子，同样在另一所校园里如饥似渴、刻苦攻读，用自己的勤奋和才智为中华民族修补着因十年动乱而造成的知识断层，他们与北大燕园的校友们一起，用自己的才智为中华民族的伟大复兴做出了卓越奉献。

回顾当年，去叩开这扇“回炉”之门的不仅仅是我们，许多燕园的学子也在为打开这扇“回炉”之门奔走呼号。2013 年北大物理系百年纪念大会上，我见到了 0263 的同学鲁公儒，得知他们也给邓小平写信表达了燕园学子期盼“回炉”、继续学业的愿望。可以说，我们这批燕园学子顺应历史的潮流，成就了中国教育史上“绝无仅有”的一桩“伟业”，历史应当铭记。

李耀纶，籍贯河北保定，1944 年 11 月 7 日出生于湖北恩施。

1963 年报考北京师范大学天文系，拿到的是北京大学物理系入学通知书，中学班主任更改了我的报考志愿表，直到如今我仍心仪天文学。

1970 年至 1976 年在河北省阜城县义和庄插队锻炼、阜城县付庄公社中学任教、阜城县五七大学任教。

1976 年至 1979 年在河北衡水师范专科学校教授普通物理、理论力学。

1980 年至 1985 年在杭州重型机械厂子弟中学任物理教师。

1985 年至 1993 年，任杭州重型机械厂计算中心主任，独立开发挖掘机专家系统应用软件，获杭州市计算机协会科技进步奖。

1990 年浙江电视台开全国电视台先河，向社会公开招聘电视节目主持人，一个偶然机会被推荐参与竞聘，在近五百位竞聘者中获得第一名，从此与电视结缘。1998 年制作的电视专题片《表哥周恩来》获浙江省五个一工程奖。2007 年退休。

边邑沉浮二十秋

王维阁

1968年12月23日，天上纷纷扬扬地飘着雪花，几个同班学友，送我出北大西南门。气氛像天气一样冷清，没有戏谑，没有欢笑，也没有期许。挚友孙丕任因患急性肝炎，住院治疗，暂未分配，也特地赶来送行。在32路公交车即将到站之际，老班长崔巨昌紧紧地握住我的手，说了句“路上多注意”的话，有点“执手相看泪眼，竟无语凝噎”的味道。

“文革”开始的1966年，我们是大学三年级的学生。我所在的文三·一班，共有24名同学，是个不错的集体，曾被高年级的校友誉为“君子班”。就是这个“君子班”，在“文革”中大出风头。学校分成两大派以后，“新北大公社”的社长、公社派红七团的团长，“井冈山兵团”07纵的纵队长，都出自这个班。1966年底至1967年初，谢富治伙同陈伯达、张春桥、江青，炮制了《公安六条》，到处抓“反革命”。我班有4名同学遭遇此劫。武斗升级以后，两派对立，势同水火，但毕竟都是君子，只是口诛笔伐，没有拳脚相加。直到1968年7、8月间，军宣队、工宣队进校，两派迫于形势，勉强联合，最后都被赶出北京。我被分配到辽宁省彰武县。我在这个既偏僻又穷困的小县生活了近20年，奉献了自己的青春年华。

插队生活很孤独

彰武是辽北的边远县，毗邻六县、旗。东部与康平、法库接壤；南部同新民分界；西部是阜新蒙古族自治县；北部是内蒙古的科左后旗及伦库旗。全县3635平方公里，当时人口为35万人。全县分成25个乡镇，归阜新市管辖。此地原为科尔沁左翼宾图郡王及土默特贝勒的领地。清初奉旨献地为“三陵”（永陵、福陵、昭陵）牧养地，又称苏鲁荒。光绪二十八年（1902年）六月置县，以其地处清代柳条边彰武台边门外得名。被分配到彰武的大学生，全部被分配到各乡镇青年点插队劳动。我被分配到与我老家康平交界的后新秋公社白音皋大队扒力窝堡小队。这个小队的“青年点”，原有下乡知识青年7名（3男4女）。他们是阜新市新丘区一个中学分配来的。“文革”开始时，他们正读初二，是初中的“老三届”，平均年龄十六七岁，尚未成年。小青年们对我很尊重，都管我叫“大哥”。当大哥就意味着责任，要吃苦耐劳，任劳任怨。

⊙ 中文系 1963 级 1 班全体同学与辅导员马振方先生合影

面对着比我小十来岁的小青年，我只能压抑着心中的种种不快，打起精神，领着小弟弟、小妹妹们过好眼前的日子。我插队劳动 8 个月，十分难捱。

首先，是生活上的不适应和条件的艰苦。从风光绮丽的燕园，到破烂不堪的山村，仿佛是从天堂落到地下。我们住的是三间土房，中间开门，东屋住女生，西屋住男生。时值隆冬，不仅没有暖气，也没有其他取暖设备，全凭做饭烧炕取暖，室内有时滴水成冰。吃的是晋杂五高粱米（高产品种，很粗糙，难以下咽）饭或玉米面饼子，很少熬菜。小青年们都吃从家里带来的咸菜。偶尔熬顿菜，也不过是大白菜或萝卜条，无肉少油。好心的老乡，东家送碗大酱，西家送碗咸菜，小青年们高兴得不得了。有时为了吃点干葱，孩子们还打架。刚到青年点时，我们跟着社员一起刨粪、铡草。后值春播，刨茬子、散粪、播种，什么活都干了。农活累，饭也吃得多。女孩子们做的饭很硬，我生生把胃吃坏了，得了胃溃疡。再分配后，多亏妻子的照料，才日渐好转，但至今仍吃不了高粱米饭。高粱、玉米出苗后，生产队里安排我看护青苗，大队干部让我同另外一个女知青调查户口。我到青年点后，孩子们吵嘴、打架的事儿少了。房后的园田种了蔬菜、玉米，栽了土豆、地瓜。院子里砌了猪圈，养了一头猪。还请社员帮忙搂了一垛柴禾。“青年之家”终于有了点“家”的样子。我带领孩子们，以忠诚的行动，赢得了社员和各部门的肯定。大队让我当“斗、批、改”宣传队的队长，公社主管部门要评我做学习毛主席著作积极分子，我都婉言拒绝了。5 月中旬，公社治下的巨龙湖水库填方工程开始，领导指名调我去指挥部搞宣传，办《水利战报》。从此，我离开了青年点，一直到8月末的重新分配。

其次，是思想上的孤独和苦闷。到青年点后，我立即给留京治病的挚友孙丕任去信，不久收到他的回信及一首声情并茂的歌行诗《白雪歌送维阁兄离京赴任》。他诗中劝我："风物长宜放眼量，落落襟怀除芥蒂"，"新人新事新天地，会有新诗胜旧格"。通过孙丕任，我同几个学友有了联系。他们大多分到军垦农场或国营农场，和全国各地的大学生在一起，生活上也苦，但精神上很快慰。也有个别同学插队了，但都是两个人以上，有个伴儿。像我这样的孤家寡人，一人而已。念及此，又增加了伤感。当时，我天天盼信；来了信，又反复看信。再就是写诗，二十韵，三十韵，往往思如泉涌，一泻而出。1971年10月，得知我被打成"五一六"嫌疑分子时，怕累及同学，连同其他一些文字材料，付之一炬了。当时，我还常常在无人时高声地背诵古诗文。李白、杜甫的诗歌，韩愈、柳宗元的文章，是我诵读的主要作品。"欲渡黄河冰塞川，将登太行雪满山"，"长风破浪会有时，直挂云帆济沧海"等著名诗句，给我很多慰藉。当时正处于"九大"召开的前后，林彪、"四人帮"倒行逆施的行为，已达到了登峰造极的地步。面对现实，我不能不思考、求索。那一年，我已经27岁，不是小孩子了。看到全国动乱的局面，看到党、政府、军队一大批老干部，纷纷以"莫须有"的罪名，被一个个打倒，甚至惨死；想到那些过去景仰并奉为楷模的专家、教授，一个个被关进"牛棚"，遭到凌辱；看到一些老师、学生、群众，动辄以"现行反革命"的罪名被专政，锒铛入狱，我很不理解。想到自己的大好年华，在一片混乱中蹉跎，十分苦闷。但出于对毛泽东主席的高度信任和崇拜，对老人家"亲自发动"、"亲自领导"的这场运动，又不敢怀疑。理性的思考和感性的崇拜，相互斗争，不断地折磨着自己。我开始酗酒。调到工程指挥部以后，经常喝酒。一到雨天，大坝填方工程停工，指挥部的工作人员及填方的拖拉机手，济济一堂，呼朋引类，用能装三两白酒的水杯，三开、两开，每次必醉。或长睡不醒，或呕吐不止。这时，什么也不想了；那些想说又不敢说的话，也不用说了。口议要惹祸，腹诽也是犯罪，一醉可以解千愁。我终于明白，李白为什么说"但愿长醉不愿醒"了。

乡村教书多苦涩

1969年9月上旬，我们插队的大学生再次分配工作。不管是不是师范院校毕业的，也不管学的是什么专业，一律分配当教师，而且全部分配到新建立的中学。据《彰武县志》（1988年版）记载，这个县"文革"前，只有一所高中、十所初中。从1968年起，盲目发展，社社办高中，大队联办初中，中学激增至93所。导致了小学教师教初中，初中教师教高中，师资水平下降，学生质量降低。再分配的大学生就是来填补教师不足这个空缺的。我被分配到大四家子公社中学。这所中学始建于 1968 年秋。当时，有两个高中班、四个初中班。我被分配做八年级的班主任，教八年级及六年级（实际是小学）两个班的语文课。做中小学教师，不是我的本意。但在那个动乱的年代，有个饭碗就不错了，还能让你挑肥拣瘦？不久，因为我的胃溃疡越来越重，在老家当民办教师的妻子，不得不辞掉工作，搬来照顾我。她姓高，是 1965 年高中毕业生。“文革”后高考停止，她的大学梦也破灭了。她毕业后搞过“四清”，当过大队的妇女干部。我曾经以此为理由，申请回原籍。县教育组考虑该县的大学生大部分是外地的，怕引起连锁反应，一个也不放，但答应在本县解决我妻子的就业问题。来到大四家子公社后，我再次提出这个问题，公社的文教助理也答应把她安排在小学，但同该大队有关干部协商过，一直解决不了。主要原因是大队的几个干部都想把自己初中刚毕业的儿女或亲属安排到小学。

我三岁丧父，过早地领略了人情冷暖和世态炎凉，有很强的忍耐力；同时，又非常倔强，不愿以一己之私，屈己干人。教师的生活很平静，同诸位老师相处得也比较融洽。公社领导对我们并不在意，不屑一顾。他们宁可到配种站去看新买来的种马，也没人来看看新来的教师。我来不久，公社广播站想调我去当编辑，不知为何被否决了。学校的领导也很左，除了沈阳农学院一个学畜牧的大学生，因出身好且又同当地人有裙带关系，被提拔为校革会副主任（副校长）外，其余五人，连个教研组长也不让当。学校的几名中层干部，都是本地师范学校毕业的小女子。对此，我并不在意。好在可以堂而皇之地读书了。我任班主任的八年级，共有 38 名学生。农村孩子上学晚，年龄最小的学生，也比我小不过十岁。我讲课很认真，一字一词都不放过。学校安排我讲了几次公开课，每次都受到好评。我从小缺少父爱，老师、同学在我的成长中起了很大的作用。我对老师，特别是中学老师，怀着深深的敬意。自己当了老师，发誓不管在什么条件下也不能误人子弟。我几乎走遍全公社，逐一家访，了解学生，帮助学生。有的学生辍学了，我一而再、再而三地去找，直到复学为止。因此，得到了学生及家长们的普遍尊重。

1970 年 2 月，大儿子降生了。添了一口人，靠我每月的工资（43.5 元），有点捉襟见肘。我上有老母，下有妻儿，妻子的父母均已老迈，经济上压力很大。1970 年 5 月，公社治下的夕明大队，有个姓石的老劳模，被县里树立为农业战线的先进典型，要写经验材料，公社指名由我代笔。于是我陪老石由县到市，他说我记，由我整理，比较成功。因此，我被县里盯上了，时不时地抽调我写材料。1970 年下半年到 1971 年上半年，差不多有一年的时间，我被县教育组借调，写教育战线的经验材料。当时先后抽调四人，留下两人，城里农村各一人。当时我出力最多，可是却被“放还”了。1971 年“九一三”林彪事件后，农村没听见什么动静。直到 10 月下旬，公社才传达有关文件。但是，公社同学校沆瀣一气，把我支出去了（让我一人带领全校学生去捆包米秸子)。劳动归来，我得知消息，愤怒至极。因为除了地、富、反、坏、右“五类分子”外，文件传达到全体干部群众。我算什么？我找公社干部评理，他们支支吾吾，无言以对。后来我找了主要领导，不知是给县里什么部门打了电话，才拿出文件，让我自己看，算是补充传达。虽然只是晚了几个小时，影响传出去了。人们见了我，嘁嘁喳喳。学生们也换了异样的眼光。

不久，我到县教育组告公社的状，要求县教育组兑现我妻子就业的承诺，否则，放我回原籍。偏巧，遇上大冷公社的领导在县教育组要教师。县教育组商量后，同意调我去大冷中学。大冷公社领导当场表示：政治上绝不歧视；爱人的就业一定安排，若有转正指标，优先考虑。于是，县教育组决定，从 1972 年新学期开始，让我到大冷中学上班（调令是寒假发出的）。我虽然满腔愤怒，但决心站好最后一班岗，对学生们负责。当时，我顶着巨大的思想压力，耐心地完成了教学工作，尽到了班主任的职责，送走了 38 名学生。毕业典礼后，学生们让我讲话，我就说了三点：继续学习、要求进步、先立业后成家。学生们都哭了，我眼睛也湿了。后来，不少学生把我那几句话奉为圭臬，戏称为“三项指示”。他们终于等到了上大学的机会，走出了山村，改变了人生。有个女学生大学毕业后还当上了阜新市的副市长。他们常到家里来看我，有的至今还同我有联系。我从学生及家长那里得到承认，感到欣慰。后来我才知道，当时是把我当成“五一六”嫌疑分子了，据说县公安局还立了案。其原因有二：一是借了北大的光。“文革”以前，北大毕业生从来没有往彰武分配过。乡里的干部孤陋寡闻，怀疑我政治上是否有问题，是否犯了什么错误。二是借了“文革”的光。“文革”前期，北大被誉为“毛主席的新北大”，北大的学生被誉为“毛主席身边的红卫兵”。“在校是条虫，出去是条龙”，成为宠儿，受到礼遇。“文革”中，我曾于 1967 年 3 月至 5 月，与同班的杨润陆等四人在中国文联大楼办过《动态报》；1968 年 6 月至 7 月我曾与孙丕任等三人到贵阳搞过社会调查；1967 年 6 月至 1968 年 9 月，在校《文化批判》编印刊物，跑了许多地方，如通辽、沈阳、长春、哈尔滨、武汉、无锡、南京等，见过很多人，有小人物，也有大人物。特别是贵阳之行，省革委主任李再含还破例地接见了我们。我在大四家子公社教书时，来了几拨外调的，我都如实地谈了有关情况，有的还写了材料。也许是外调的说了什么坏话，也许是乡下人少见多怪，错以为我是条“大鱼”。在天天讲阶级斗争的年代，宁可错判一千，也不让一个漏网。我深感自己的不幸和无辜，也感到乡下干部的浅薄和可笑。我上广播站告吹及从县教育组放还，可能都与此有关。我早已被打入“另类”了。

1972 年 2 月下旬，春节一过，我挈妇将雏，来到了大冷公社。大冷是蒙古族公社，在县城西北，距县城 70 里。这里紧靠内蒙古的科左后旗，是科尔沁沙地的一部分，到处是白茫茫的沙丘。公社领导说话还算数，妻子被安排在中学当代课教师，教六年级两个班的语文。我则教八年级两个班的语文，兼一个班的班主任。生活上仍然低人一等。我爱人和孩子是农村户口，老校长费尽口舌，好不容易在一个生产队落了户。因为要分粮食和柴禾，似乎是占了社员的便宜。每年分粮时，社员们先分，轮到我们时粮食不足用饲料粮补。我们（还有一户大学生家属）几乎每年分的都是饲料粮（马料）。生活上仍然是“另类”。一直到妻子转正，当了八年多的“二等社员”。好在妻子有个事干，无论从精神上还是物质上，她有了寄托，我知足常乐，不好再说什么了。也许是北大这个名头太显眼了吧！上班不久，公社的一些干部来到我所在的中学，听了我两堂公开课。事后，我时来运转，被提拔为学校革委会委员，任政教组副组长（相当于副教导主任）。以后，又让我做公社办的“五七大学”教师，给全公社的中小学教师辅导语文。1972 年冬，这个公社有个叫董淑坤的小学教师，病逝后被省里树立为“优秀共产党员、模范教育工作者”，引起了轰动。省、市、县三级新闻单位不时采访，省里还在这里召开了现场会。于是，我被抽调搞宣传、写材料。1973 年春，县宣传组举办董淑坤事迹展览，又抽调我去写说明词，前后达两三个月。当年，公社把改建综合厂拆下来的旧房木，给我们几个外来的大学生建了八间干打垒的家属房，我分到了两间。从此，不再租用老乡的房子了。这里地广人稀，房前屋后有许多空闲地，我同妻子培起了大壕，种上了蔬菜和玉米。生活安定了，心情也比较愉悦了。后来回忆这段生活，曾写了不少诗，其中一首写道：“他乡为故里，廿载近农桑。插队青年点，教书苏鲁荒。房前栽薯果，屋后种禾粱。土炕三冬暖，瓜蔬满口香。”

据我所知，那个“五一六”嫌疑分子，虽然不再找我麻烦了，但仍然没有撤消。

⊙ 王维阁一家

因为他们只是怀疑，道听途说，没有任何证据。林彪摔死以后，“四人帮”一伙忙于同他们划清界限，搞批林批孔，已无暇顾及（直到“四人帮”倒台，才不了了之）。虑及此，对县里的不时抽调，我也厌倦了。我仿佛是个工具，用则取，毕则弃，任人摆布。然而，“树欲静而风不止”，1975 年春，毛远新窜到彰武，搞了个臭名昭著的“哈尔套经验”。一时，热热闹闹，沸沸扬扬。彰武县革委会成立了个哈尔套经验写作组，由一名姓海的副书记任组长，抽调机关干部五六人，还有十名中学语文教师，其中有我。当时，我家的二小子不到一周岁，因病住院。接到公社的电话后，我回了个电话，说明了情况，没有去报到。过了两天，公社一位副书记亲自来找我，说县里海书记发火了，公社领导也挨了批评。于是，这位书记让我先去报到，他找人替我照顾孩子。我这才不得不去哈尔套报到，然后又回家照顾孩子。事后，海书记同组织组的人讲，教师不是归县里管吗？干脆把王维阁调来算了，免得每次还得同公社商量，公社又拖拖拉拉，不愿放人。就这样，我作为一块砖，为了领导使用方便，被搬到县宣传组，开始了五年多的两地生活。直到 1979 年妻子转为公办教师，他们三人才于 1980 年春迁到彰武，我们一家四口团圆，在县城安了家。

摄官承乏五味全

“摄官承乏”一词，出自《左传·成公二年》。摄官，任职的谦词。摄官承乏，表示某事由于缺乏人手，只能由自己暂时承当。对于我则不是谦虚，是实情。到机关工作，不是我的初衷。初到燕园，我憧憬着毕业后能在大学教书，或者到出版社当个编辑。这样，行动自由，又可以做点学问。我这种想法同北大中文系汉语专业的招生目标是一致的。说实话，我从来没想过弄个一官半职。“文革”兴，理想灭。到彰武十多年，我作为“写手”，参与了彰武几个热点的宣传，多次被抽调，又多次被“放还”（只是没有“赐金”），不过是个工具而已。其间，我结识了一些人。辽报、辽台、新华社及辽宁人民出版社的朋友，都向本部门推荐过我，但因我老婆孩子三口人是农业户口，没有一家敢于接收。我也想过去边疆。我表妹夫在银川工作。他是复旦大学中文系毕业生，上世纪 60 年代初支援边疆去了银川，当时他在《宁夏日报》任文艺部主任。惺惺相惜，他决定推荐我去宁夏大学。我寄去履历及作品，对方同意接收，还可以携带家属子女。材料报到自治区宣传部被截留了，说人可以来，但不给宁夏大学，要到宣传部。我离乡背井，还要做“写手”，没意思，只好作罢。我在宣传部做报导员、理论教员六七年，自甘平庸。机关的人员如走马灯似的，你来我走，调转的调转，升迁的升迁，我从未动心。我这个人从来不善于密切联系领导，五个书记，谁家的门也没登过，同他们每个人都是若即若离。谁给我布置活我都干，还像牛一样卖力。有个书记上省委党校，借走我一套《列宁选集》，我硬是要了三回，直到要回来为止，有点不近人情。工作上没讲过价钱，老婆孩子两地生活，但很少耽误工作。有时上午从沈阳出差回来，下午派我下乡，也欣然前往。

1977年至1979年，我连续三年蝉联宣传部的先进工作者。1981年底阜新市委派人来彰武考察后备干部，五个书记谁也没推荐我。因为他们每人身边都有一伙人，我哪伙也不是。倒是下边的一些科员、干事，甚至是司机，替我打抱不平。说什么“啥活计都让人家干，好事哪桩也轮不上”，“下多大雨，也浇不上一个雨点”。带队考核的组织部刘部长是个伯乐，他从大学生名册上发现我的名字，经过严格考核，把我列为后备干部。据说县委常委讨论时竟得到全票通过，这也是少有的。因为彰武县委领导班子派性严重，意见经常相左，很难达成一致意见。于是，1982年春送我到市委党校中青年干部班学习。同年10月，学习尚未结束，就任命我为彰武县委常委、宣传部部长。1984年春，阜新市委决心解决彰武县多年来遗留的派性问题，并决定原县委、县政府两套班子中只留下两个人。一个是姓任的常务副县长，另一个是我。工作组的组长是市委组织部的马部长，他同我谈话，拟任我为常务副书记，责成我考虑县里五大班子的人选。原来的县委王书记推荐我做一把手，市委工作组征求我的意见。我深知自己的分量，官好当，责任重大。我坦诚地说：“我不懂工业，怕老百姓没钱花；我不懂农业，怕老百姓没饭吃。组织尽管选合适的人挑这个重担，不管选中谁，我都能配合，决不争权，决不闹无原则纠纷。”后来选中了原大四家子乡党委的张书记。当时，县里只有我们两个书记，县长姓李，因党龄不够，屈居三把手（后来换届时增补为副书记）。我在彰武县委做了四年的常务副书记，可谓是位高权重，一人之下，万人之上，但我并不开心，可以说是五味杂陈。

我在彰武县委工作12年，前7年当干事，后5年进班子。特别是担任常务副书记以后，分管党的办事、组织、宣传、政法、纪律检查、文教卫生、计划生育、各群团组织等方面的工作，涉及到县委、县政府25个部、委、办、局及群团单位，还有13个临时办公室和18个以我为组长或主任的领导小组和委员会，特别是平反冤假错案和落实知识分子政策2个领导小组。一天天疲于奔命，有时要工作十三四个小时，真是苦不堪言。每天晚上不到10点，不敢睡觉；早上不到6点，就得起床。或早或晚都有人敲门上访。正常的工作，再苦再累心里也高兴。但是无聊的应酬，复杂的人际关系，无理的寻衅滋事，谄媚者的跑官要官，班子间的勾心斗角，令我心烦意乱。特别是思想不自由，说话不自由，行动不自由，时间不自由，同“北大人”那种“独立之人格，自由之思想”大相径庭。看来，我真是走错门了，也是“历史的误会”吧！我在担任县委常委、副书记岗位上的5年中，对选拔人才、安定团结、发展文化教育事业等方面贡献了自己的全部力量。当时，我在办公室里悬挂两幅自书的自律条幅，一幅为“一身正气，两袖清风”；一幅为“衷肠、严面、傲骨，平心”。我无愧于彰武县40万人民。然而，门庭若市的生活，有悖初衷；炙手可热的位置，深感惶恐。

1987年春，在冷静地思考后，我主动要求调到文化事业单位工作。当时，市委正把我列为副市级后备干部送到省委党校学习，为期5个月。我边学习边策划调转之事。省文化厅的领导答应接收我到其所属的职工大学工作，但告诉我，调到这儿，你的官儿算当到头了！我说："我已过够瘾了。"我老伴的表哥（曾任苏家屯区组织部部长、政协主席）特地跑到彰武劝阻，要我慎重考虑。我说："仕途之路，我不适应。"于是，我于1987年3月调到辽宁省文化艺术职工大学，结束了为期十年的边邑小吏生活。后来又"走马兰台"，到了档案馆、档案局（也是事业单位，只不过因有行政职能，按比照公务员待遇），直到退休。退休前在给省委组织部的《述廉报告》中，我写下了下面一段话："自参加工作以来，管过人，管过钱，管过物，管过基建，但能够正确地使用权力，不用以谋私利，能够做到'一身正气，两袖清风'，敢于面对妻儿、朋友、同事拍着胸脯说：自己是不贪不占的好干部。三十多年走过的路，经得起党的检查和历史的验证。"退休时，我写了一首《七律·六十初度》表达自己的快乐心情。诗是这样写的：

苍颜华发赋归时，作茧垂成尚有丝。
脍美莼香不弹剑，兰芳桂馥可擎旗。
临窗漫读板桥画，对月低吟靖节诗。
文史流连唯适意，怡然自乐解朝衣。

难忘燕园半世情

考入北大中文系，是我一生中最快慰的事。后来的提干、晋级、评高级职称，都无法与之相比。五年多的燕园生活，使我深受北大魅力的感染。北大精神，是我一生做人、处事、为文的标准，是我上进、自新的动力。我努力使自己的思想行为不辱没北大，并极力想为其添点什么。在彰武劳动、工作的二十年，北大这块牌子曾经给我惹过麻烦，但它也给我带来了荣耀、自信和自尊。有些话，别人可以说，北大的学子不能说；有些事，别人可以做，北大的学子不能做。北大好比是我们的母亲，不能给她抹黑，不能让她蒙羞。北大学子在辽沈工作的，有近千人，个个学业精湛，成为各行各业的骨干。他们大部分从事业务工作，也有少数从政者，厅局级干部很多。省级干部五人，其中四人是老五届的。他们现在均已退休，口碑很好。至于两大派在"文革"中的纠葛，离开北京后就逐渐烟消云散了。在那个荒唐的年代，无论是公社派，还是井冈山派，都是受害者，都是替罪羊。我们班在"文革"中对立得很厉害，但自

“四人帮”倒台后，大家都主动地修复裂痕。2013 年是我们入北大五十周年，我们班十八人相聚燕园，当年不同派的三个领头人，一一与会，都讲了情深意切的话，尽弃前嫌。

现以我的一首诗，作为本文的结束语：

入北大中文系五十周年感赋

回首燕园五十秋，雪泥鸿爪上心头。
湖光塔影萦晨梦，庭院阁楼怀旧游。
五载华年成转瞬，三生有幸遇同俦。
精神魅力冠黉府，目染耳濡追紫骝。

王维阁，辽宁康平人，1942 年 7 月生。1963 年入北京大学中国语言文学系学习。毕业后，在农村插过队，当过中学教师、机关干事、县委宣传部长、县委副书记、省文化艺术职工大学党委书记兼第一副校长、省档案馆副馆长、省档案局副厅级巡视员、研究馆员。现为辽宁省暨沈阳市诗词学会副会长。工作多变，人事纷纭，学非所用。但无论在哪个岗位上，都能恪尽职守，像牛一样辛勤劳作，为国为民奉献一颗赤子之心。喜欢文史，尤其是古典诗词。创作逾千首，选辑成《省心斋吟稿》。毕业以来，边工作边读书，在语言学、文学、史学、档案学诸领域辛苦耕耘，发表论文数十篇，自著及与人合著《西游记注》、《九一八事变图志》、《甲午战争图志》、《中国古代军事诗歌精选》等十余种。

乡村岁月

陶令煌

1969 年下半年，我结束了在北大六年多的学生生活，从陕西汉中分校分配到河北省获鹿县，在那里度过了四年的乡村岁月。

栈道村生活

获鹿县一半山区，一半平原，现已更名为鹿泉市。到县城报道后，我得知北大学生共有十三人分配到此，分别来自物理系、化学系、地质系、技物系、无线电系等，其中有三名女同学。随后被告知，我们先要插队劳动。那个时代，出于让青年人到广阔天地锻炼和城市无法容纳如此多人就业的双重考虑，知识青年上山下乡成为国策。我们作为大学毕业生，也属于知识青年，也必须接受再教育。我们与中学生区别在于，我们拿工资，中学生挣工分。当年在河北，我们的工资每月四十二元，而我们公社主任的工资只有三十八元，我们属于农村高薪阶层。

十三人中，九人被分到石井公社栈道村大队。栈道村属于山区，是个一千多户人家的大村。卡车送我们到石井，没有了公路，我们还要沿崎岖山路步行五六公里才能到达栈道村。那时正值冬末，山光秃秃的，周围的一切灰蒙蒙的，与汉中自然景观反差很大。

到栈道村后，我们分散住到老乡家。我去的这家只有老两口，老大爷喜欢戴顶瓜皮帽，脸上布满刀刻似的皱纹，老大娘手脚麻利。他们热情地欢迎我入住。栈道村是旱村，没有地表水，打井也打不出地下水。井里的水是雨季来临时导入雨水积蓄而成。我们来到时，一般的井，存水都不多了，而且水中还有游动的红虱子。早上洗漱，只能用两茶缸水，一杯洗脸，一杯漱口。那时也没有通电，晚上看书只能点煤油灯。不久，我们自己开伙，开始不知道可以到公社买商品粮，只好买来原粮用碾子自己磨。清早五六点钟，我们九个人来到碾房，男同学轮流推磨，女同学用小扫帚归拢粮食。抬头看着透着天、布满蜘蛛网的房顶，我们艰难地推着磨盘，不时还哼着小调，想着这些原是天之骄子的高材生们，用这种方法为自己制造口粮，哭笑不得。我们来栈道村半年后，村子开始动工挖明渠，从井陉方向引河水入村。两年以后，电也通了。

刚到栈道村不久的一天，突然大队部通知我到办公室来一趟，说北京来了几个人要见我。我进门后，他们自我介绍是北京某工厂专案组的，还有县公安局的同志。原来该工厂一名员工是我中学同学，他是某著名经济学家的儿子，很有文采，却未考上大学。1966 年，我曾近距离看到林彪，印象不好，加上觉得他一些言论不合常理，便私下与这个同学说，林彪是中国最大奸臣等，没想到他把这种话讲给了别人。他被关起来后，交代是听我说的，专案组询问是否有这回事儿。由于是两个人私下谈话，没有旁证，出于保护自己的本能，我当然矢口否认。他们没有再问什么，只说还会来找我，就走了。回到自己屋子，我第一个念头就是赶快整理我的日记等，怕这些东西带来麻烦。我把几本笔记本放入灶坑烧，老大娘在一旁不住地劝阻，她说，当擦屁股纸也好呀。我回答道：不行，上面有细菌！

专案组没有再来。我庆幸他们没有早一个月到北大查询，否则我会被留在北大，毕不了业。1971 年林彪事件爆发，这件事终于尘埃落定。但是我内心却长久对我的同学感到愧疚。

栈道村的劳动是艰苦的。它的田地分布在山坡上，人徒手走上去，便会气喘吁吁。我们学会了犁地、播种、除草和耪地。所需的水和肥料都要挑上山。一天，烈日当头，我担着两筐羊粪上山，羊粪死沉死沉，上面太阳晒，下面地热烤，忽然我一下子昏厥过去。当时只感觉需要急迫下泄，而我唯一的意识就是憋着，千万别丢人。感觉经过一阵颠簸，我慢慢苏醒过来，只听小队长用草帽使劲地扇风，急促地说，醒了，醒了。原来我一昏倒，壮实的小队长就背上我，飞一样跑到一棵大树下，又掐人中又扇风，终于救了我一命。我曾听说，如果中暑而不能憋着，那么人就难救了。我还是万幸的。

栈道村有个小学，不知何故我被选为小学代课老师，教孩子们算术。因此，在栈道村半年时间里，我比其他同学下地时间少，教学过程已经没有记忆，只是我同小学生一样，有了暑假。暑假到了，我打算回北京探亲。老乡知道后，纷纷请我代他们买东西。当时正值三伏天，我正在买东西，忽然感到天旋地转，站立不稳。回到家，躺在床上，仍然眩晕不止，眼前什么东西都是移动的。我不知道得了什么病。哥哥陪我到协和医院，大夫开了晕船晕车西药，吃了一点作用也没有。这时假期也快结束了，我只好赶回栈道村。

回到栈道村，症状更严重了，站不行，坐不行，躺也不行。吃东西就吐，走起路跌跌撞撞。无奈之下，我叫来赤脚医生，让他拿来一些医书和杂志。我躺在炕上翻看医书，一本 1964 年杂志的一篇文章引起我的注意。它所描述的症状与我的感觉一模一样。这是美尼尔综合征，是耳朵内平衡器官失灵。这篇文章介绍了祖传疗法，一些中草药和针灸。我让赤脚医生按杂志开的药方买来几副，煎熬后服下并针灸。奇迹出现了，症状很快消失了，从此再也没有犯过同样的病。

不久，又掀起了“一打三反”（打击反革命破坏活动，反对贪污盗窃、投机倒把、铺张浪费）运动，各个村要派驻工作组。我被选派与一位农村干部进驻曹庄。一下子我从被教育的“老九”，变成教育农村干部的工作队员。栈道村生活结束了。

曹庄当工作队员

曹庄位于平原，离石井公社所在地不远。它的自然条件和经济水平远强于栈道村，只是人均耕地面积小于山区。这是一个四五百户人家的中等村庄。每天清晨，看着家家户户屋顶冒出的缕缕炊烟，听着此伏彼起的鸡鸣声，闻着远处飘来的泥土香，好一幅典型北方农村景象！

我的工作伙伴是位农村干部，年长我十岁。他是个严谨而又有些世故的人。我们的地位是平等的，没有谁领导谁的问题。合作半年，非常默契和融洽。领导我们的是公社工作组，头头是个军代表。“一打三反”采取的模式类似“四清”，即派驻工作队，与社员“三同”（同吃、同住、同劳动）。与“四清”不同的是没有让村干部靠边站。

我们入村还没有几天的一个清晨，一阵急促敲门声响起。打开门，看到一个中年汉子扶着一个腿脚不便的老大娘。他告诉我们，这个大娘几乎是爬着找到我们，她有冤情。细问后知道：大娘孤独一人，有三间瓦房；因年老身残，失去劳动能力，经前大队干部商定，由前任村女书记赡养；如大娘过世，房屋归女支书家所有。大娘见到我们似乎见到救星。她说：被女支书家赡养，吃不饱穿不暖，还受虐待。她要求我们做主，不再由这家赡养。

看到大娘褴褛肮脏的衣装，听到她悲怆的哭诉，我不由怒火中烧。随后，我们找村民和支书了解，证实了大娘所说属实。前女支书丈夫和弟弟都在县里工作，在村里是说一不二的人物，别人都很怕她。我也曾到这位支书家吃过派饭，她家准备的饭菜是最好的，但是这又有什么用呢？我们召开了几次由社员参加的会，最后决定由大队负责赡养大娘，三间瓦房今后也归大队所有。这个决定一做出，一些社员说，还是大学生最能执行毛主席革命路线。

公社军代表对我的印象一直不错，他曾当众表扬我讲话有水平，懂哲学有辩证思维。天知道，他怎么会有这种印象。我很少发言，并且自知口才并不怎么样。然而，一次在三四百人的社员大会上，我超水平发挥了口才。那天晚上，讲解政策，希望有贪污行为的干部主动交代。演讲中有苦口婆心劝说，也有心理攻心。我当时只觉得话语从胸腔里流淌出来，整个会场没有其他杂音。讲完后，有社员对我说，你说的每一句话都像锤子一样敲打在我心上。我们回到住地，半夜里，忽然有人敲窗户，原来一个生产队会计交代他多拿了几斤黄豆。第二天又有人找我们交代问题，对这些主动交待的人，我们劝慰几句，没有深究。

我们吃派饭，每天一家，可谓吃百家饭。一日三餐，支付一斤粮票，两三毛钱。社员都欢迎我们到他们家吃饭，并且尽可能拿出最好的。这使我深深体会到中国普通农民纯朴、真诚、好客的优秀品德。

一天，我到一家吃派饭，这家条件很差。屋里只有一张摇摇晃晃、破烂不堪的桌子，炕上几床破被子，别无他物。吃饭时，看到男主人唉声叹气，问他为什么。开始时他不愿意说，后来才一五一十说出来。原来他家养了一只小羊，一天，男主人关门时，把羊腿碰伤了。受伤的羊不容易长大，就把它杀了，自家不舍得吃，让十二三岁的女儿拿到集市上卖。谁知羊肉没卖出，却被市场管理人员把肉连同秤和篮子都没收了。女儿不敢回家，尾随管理人员，想要回秤和篮子，最后却看到人家用羊肉包了饺子，秤和篮子也没有要回来。我听到这些，怒不可遏，很快找到市场管理人员，询问怎么回事。他们告诉我，这是割资本主义尾巴。我问他们，尾巴呢？羊肉呢？尾巴是不是被你们吃到肚子里了？他们无言以对，最后不得不拿出十元钱连同秤和篮子交给了那户人家。这件事过后，公社军代表对我态度有变化，不再热情，而且有意回避和冷淡我，也许有人在背后告了诬状。这件事让我深切体会到做社会工作不易，坚持原则不易。

到曹庄快半年了，下乡已经接近一年，我们劳动锻炼期应该结束了。很快得到通知，我要离开曹庄，正式分配工作。“一打三反”还没有结束，老乡们知道我要走了，有些恋恋不舍。此时又发生了一个小插曲。一天我正在整理行李，一个中年妇女慌慌张张地跑来，让我务必去她家一趟。细问后才知道：她的女儿，一个毕业不久的高中生，听说我要离开，已经两天不吃不喝，只是哭泣。我匆匆忙忙赶到她家，看到一个身材修长、很文静的女孩斜躺在炕上一动不动。看到她母亲眼神示意，我赶忙说，过不了多久我还会回来看望乡亲。我不知道这个女孩的姓名，我也从没有觉察到别人对我有好感，我什么也不知道啊！

高迁中学教书

运动接近尾声的时候，我们得到通知，接受劳动锻炼的大学生要正式分配工作了。鉴于当时形势，“文革”还在继续，专业对口是奢望。十四名同学除两人分配到化工厂，一人分配到县中学校办厂，其他人都分配到各个社办中学。

我被分配到高迁公社中学。高迁在石家庄南面，公社由几个大小不等的自然村落组成，京广铁路横穿高迁而过。这是一片大平原，土地肥沃，经济状况在获鹿县是较好的。高迁中学是由初中升级到高中的农村中学，有一排房子，前不着村，后不着店。校长是当地一名民办教师，其他老师大部分是近两年分配来的大学生。在农村中学，这样的师资力量是雄厚的。我被分配担任物理和化学课教学。

我分配到的住房是一间十平方米的屋子。出于热爱生活的本性，我立即着手把房间布置了一下：墙壁贴上素雅花纸，用边角木料做了个书架，置备了台灯和椅垫，摆上大学时自己制作的电子管收音机，床也弄得整齐舒适。老师们和学生们来到我房间都称赞不已，称它为“仙人洞”。我在这间办公兼居住的“仙人洞”生活了有意义而难忘的三年。

那时还在“文化大革命”期间，旧的教学体系被摧毁，教材全部更新。新教材，特别是数理化教材内容大大缩减，其科学性系统性无从谈起。我在中学和大学时对于这两门课已打下了坚实基础。这些知识用于那时的教学真是轻而易举。

高中生年龄已经比较大，他们有着强烈的求知欲望。尽管那时已经不讲师道尊严，但是他们对老师的敬重发自内心。他们的纯朴善良在我心中留下的印痕，让我对农民子弟一直怀有深深的好感。

由于自信，我从来没有写过教案。备课时只把教材通读一遍，明确讲课重点，讲课时尽量结合实际，用一些具体生活实例，增加学生学习兴趣和加深他们的印象。我首先要求学生牢牢记住和理解物理化学专用词的概念，强调第一是概念，第二是概念，第三还是概念。例如物理课中讲“压强”，一再强调“压强”是受力单位面积的压力，压力大压强不一定也大。上课时，我拿来椅垫，让学生试坐，并问他们是不是感觉舒适一些。随后告诉他们，舒适的原因是受力面积增加了。

我曾与学生约法三章。如果没有兴趣，上课可以睡觉，但不能打呼噜；可以看别的书，但不允许说话影响他人。一次，一个有点小聪明的学生嘀嘀咕咕与邻座说话，我发现了，手中半截粉笔立即朝那个学生飞去，正好打在他的书桌上。全班惊呆了，他也惊呆了，班里空气似乎凝固了。下课后，我把这个学生叫到办公室，首先向他道歉，说不应该向他扔粉笔，但也指出他上课说话不对，违背约法三章。这个学生以后非常努力，后来还考上了大学，很有出息。

那时农村高中改成两年。学生学习刻苦，与他们交流比较容易，因而教学是件很愉快的事。农村不像城市，在全国仍处在政治运动压倒一切的时期，这里却像世外桃源，完全可以静下心来认真教书。由于教学效果好，时常有外校老师来听我的课，县里又任命我担任几个学校物理老师的辅导教师。在课余时间我还制作了不少教具，例如串联并联电路、四管半导体收音机和万用电表平面板演示等。

尽管在农村教书生活平静而安定，但是我内心深处的理想一直没有熄灭。我从小就立志攀登科学高峰，甚至有翻开科学新一页的非分之想，渴望从事科学研究的理想一直默默支撑着我。课余时间，尤其在我自由支配的夜晚，也是思绪天马行空的时间。大学未完成的学业已经没有信心自学完成，于是翻看我带在身边的各类哲学书籍。我一直对自然哲学兴趣浓厚，坚信现有各门学科都有某种哲学潜意识，都受某种哲学思维的支配。开创一种新的自然哲学体系，就有可能开创一门新的学科。我也重新拿出英语教材，记得是许国璋先生所编的《英语》，天天早上用半个小时学习。

教师是个伟大职业。老师不但给学生传播知识解答疑惑，而且会潜移默化教给学生做人的道理。一个好的教师可能影响一批学生的一生。老师受到学生的欢迎和尊敬，看到学生一天天成长，内心的满足感和自豪感是其他职业难以体会的。若干年后我调回北京，还时常有学生来北京，带上土特产，老师长老师短地寒暄不止。1971年至1974年在高迁中学的教学经历实在让我难忘。

帮建磷肥厂

我到高迁中学不久，县和公社负责人找到我，说石家庄地区是小麦主产区，这个地区土壤普遍缺磷，对小麦增产影响较大，因此他们决定在高迁建磷肥厂。他们查阅了我的档案，知道我的专业名称有化学字样，因此请我帮助建厂。对他们的要求，我没有迟疑就答应了，尽管我当时对如何设计建厂还一窍不通。

所谓建磷肥厂，主要是建硫酸厂。有了硫酸，配成一定浓度稀硫酸溶液，在搅拌池与磨碎的磷矿石混合搅拌，就可以生成能被植物吸收含有效磷的磷肥了。因此我的工作主要是建硫酸厂。

建厂工作不能影响教学。我边教书，边帮助建磷肥厂。除了不得不出差，需要调整课时，一般情况都是上课优先。那时手头没有土法上马的硫酸厂资料，我先到邢台地区一个中型硫酸厂考察学习。几天下来，搞清楚了硫酸生产的各种细节，作了密密麻麻的心得笔记。由于是社办企业，资金极其有限。那时建厂所用的砖瓦水泥及劳动力都由各个生产队平调，所需设备的钱要精打细算，真是一分钱恨不得掰成两半花。我没有专门学过制图，画出的侧视图和俯视图极其粗糙和简单，以通常制图标准，简直可以说“惨不忍睹”。建厂工头是个非常精明喜欢动脑子的农民，就凭那几张“惨不忍睹”的图纸，他率领农民生生把工厂建了起来，实际效果比我设想的还好。从那时我认识到：中国农村真是藏龙卧虎之地。改革开放以后，涌现了无数乡镇企业，许多没有受过正规教育却善于学习有魄力的农民大展拳脚，书写了一个又一个创业、发展以致成就伟业的奇迹。

由于县和公社支持，各个村大力配合，工程进度很顺利。工厂配备了一个采购员。他是个身材高大，面颊红润的大汉，颇有点儿关公关云长之像。某些采购需要我们一同前往。硫酸厂需要两座塔，分别是泡沫塔和吸收塔，这两个塔要在山西制造。于是我和采购员来到五台县无级镇，这个地方距离阎锡山老家不远，距离徐向前元帅故居仅有咫尺之遥。在五台，有两件事给我留下深刻印象：一是房屋高大、做工细腻，徐向前村里房子都是高墙深院，大门和影壁很壮观，一色青砖，质量极好，砖与砖的缝隙像是用笔画出来的。二是在河北我就听说山西晋北出美女，到这儿一看，一些女孩子的确比河北的美。当地人说这得益于水土，实际是当地习俗女人不下地干活，又讲究衣着，而一些女孩子皮肤白里透红，的确让人有高山出俊鸟的感叹。

⊙ 2006 年于德国

工厂接近建成，生产过程中必需的五氧化二钒还没有着落。新五氧化二钒很贵，我们听说大硫酸厂替换下来的五氧化二钒还可以利用，打听到山西太原化工厂有这种二手货，采购员跑了两趟也没有拿下来，于是我出马了。在太原化工厂软磨硬磨，终于得到七八桶五氧化二钒，运到太原火车站。负责编制运输计划的办事员见到我毕恭毕敬递上的承运单，头也不抬，只是冷冷地说，先做计划，按照先来后到原则排队等候。我知道磷肥厂已经万事俱备，只差五氧化二钒，而且又正值小麦播种季节，正是使用磷肥的时候。我再三说明运输的迫切性和支援农业的必要性，但无济于事。那时我并不抽烟，看到办事员嘴上叼着烟卷，灵机一动，立即跑到外面买了当时还不错的两盒恒大牌香烟。我回到窗口，抽出一根香烟扔了过去，埋头工作的办事员没有反应，第二根又扔了过去，办事员把头抬起来，嘴角有点笑容。我一看急忙把整盒烟扔过去，办事员说你这个人怎么这样顽强，给你办了吧。于是两盒烟的代价使七八桶五氧化二钒及时运到磷肥厂。这是我唯一一次为公事向别人“行贿”。我认为在机器生锈运转不够灵活的时候，适当加点油，加快机器运转，还是有必要的。当然，人们不喜欢这样的行事方式，但是权衡利弊，如果能用极小代价获得较大社会收益，这种行为的原罪应该得到宽恕。

硫酸厂投产时，我三天三夜没有睡觉，一直待在工厂里，看着熊熊燃烧的矿石，注意观察每一处细节。第一滴硫酸终于滴落了，工厂一次投产成功。紧接着用生产出的硫酸与磷矿石搅拌生产磷肥，样品送到石家庄有关实验室检验，磷肥中有效成分符合要求。

由于磷肥厂的工作，我被评为县劳模。当劳模，我并没有什么喜悦。我喜悦的是生产出的磷肥对当地小麦增产的的确确起了作用，每亩能够增产一百斤左右；我喜悦的是学到的知识终于有了用武之地；而我以后为此喜悦和自豪的是，高迁磷肥厂应该说是那个时代河北甚至中国最早最有规模的乡镇企业之一。中国改革的巨大成就是与乡镇企业的蓬勃兴起和发展分不开的。这个经历也使我在以后的工作中对一些乡镇企业情有独钟，尽我的条件和所能帮助他们。

告别乡村

在高迁一段时间，我真有在农村干一辈子的念头。在这里，面对天真无邪、求知欲望强烈的学生，天天与朴实的农民交往，又算有用武之地，怎么舍得离开呢？然而接连发生的几件事让我动摇了原先的念头。

在磷肥厂完工并步入正常生产后，县委副书记和公社副书记找我谈话说：你工作很努力，政治上也应该要求上进啊，你应该申请入党。坦率地说，过去我没有组织上入党的想法。对政治我是关心的，关心国家大事，关心国内政治走向，关心国际大事，这些从很年青时就开始了。但是关心是一回事儿，切身投入又是一回事儿，况且我从骨子里喜欢天马行空独往独来，不愿意做人家招之即来挥之即去的螺丝钉。我认同共产党许多理念，但做一个党外布尔什维克不是也很好吗？

在他们要求下，我最终还是写了入党申请书，公社副书记还说我的入党是“板上钉钉”的事。然而一段时间过去了，我的入党之事渺无音讯。后来才知道，家父外调材料到达，他们得知家父的家庭出身了，并且家父是留英回国的知识分子，“文革”中作为学术权威被冲击，尽管“文革”前他是劳模，全国人大代表。入党音讯全无，这倒没什么，问题是由此在老师和老乡间引起传言，说我的出身太高了，这让我很不自在，甚至有点愤愤不平。

高迁中学有一位毕业于天津外语专科学校的女教师，她在永壁中学的同学经常来高迁找她。这个同学与我相识、相爱了。那个时代没有花前月下，没有浪漫牵手逛街或看电影，只是两人心有灵犀，一点就通。我们于 1974 年初结婚了，她成了我终身伴侣。不久本校这位女教师因为嫁给天津一位医生，返城了。她的走让我认真思考我们小家庭的未来。现在已不是我一个人的事，妻子和未来孩子的前程不得不认真考虑，这时我才有了离开农村的思想。

接下来让我下决心改变命运的事情发生了。县教育局不知何故，决定撤消高迁中学高中部，把它合并到寺家庄中学。也许这是教育局为了集中师资力量，提高教学质量，但是对我而言，去一个不喜欢的新环境，离开我的“仙人洞”，心中有说不出的滋味。我在寺家庄中学工作了几个月，但仍住在“仙人洞”，每天往返十几公里。那时教书激情已经大大减退。其间，与另一位教师合作给学校搞了个制造光学镜片的校办厂，创业激情也大不如前。

一天我在路上碰见地区教育局一名干部，他告诉我，河北省要对外开放口岸，建立从事进出口的外贸公司，要从一些县抽调大学生组建省外贸公司。过去中国只有五大对外贸易口岸，它们是“广大上青天”，即广州、大连、上海、青岛和天津。为了发展外贸，河北作为第一个试点省，率先成立省外贸，这是中国外贸事业大发展的前奏。

河北从各县抽调的都是外语学院或国际关系学院的毕业生，获鹿没有名额。我们打听到负责抽调事宜的是石家庄地区组织部，于是我与妻子便奔往石家庄。经过几番周折，终于见到负责这项工作的两名同志。第一次见面，自然碰了一鼻子灰，他们明确告诉我们，获鹿没有名额。对此我没有灰心，我三番五次上门，慢慢与这两个人熟悉了。他们说你妻子是外语出身，你是理科，外语行吗？我猜测这两个人外语可能一窍不通，于是哇啦哇啦胡诌了一段英语，另外又“秀”了几段俄语，一下子把他们镇住了。终于他们给获鹿发函，要调我们去省外贸。当时教育局还抵挡了一段时间，回电说这个人他们另有任用。但是胳膊终归扭不过大腿，调令终于下达了。

当年我对外贸一无所知，只是一门心思要调进城市，这个念头改变了我人生的道路。原来的理想被冷藏了，我忙忙碌碌埋头在外贸领域几十年。在外贸领域我参与了几个第一：参与了河北外贸第一批货物自营出口，记得是保定马头牌卫生纸；参与了中国第一个工贸进出口公司业务初建，是“公司的开张人”（原总经理语）；是土生土长的中国人担任外企首席代表最早，并且工作时间最长的人之一。外贸工作的酸甜苦辣，那又是另外的故事。

我们一同到获鹿的十三位北大同学，后来都陆续离开了获鹿。经过奋斗和抓住时代机遇，有的成为中学特级教师、大学教授、工厂厂长、大学副校长、中央部局级干部等。几年前，部分曾在获鹿的同学在北京聚会，我在会上说：“我们是出土文物，所以有价值。”

有年青朋友曾问我，对过去岁月有什么感受？我回答道：与现在相比，过去的一段时间确实是艰苦的，也有过彷徨、不满和失落。但是事情还有另外一面，就是艰苦岁月磨炼了人，让我们更成熟更自信。经历过大风大浪的人比在温室长大的更有可能成材。

陶令煌，1945年12月生。1963年考入北京大学技术物理系，1970年分配到河北省获鹿县劳动锻炼、教书。1974年调入河北省轻工业品进出口公司，1978年秋回北京大学进修班学习，1980年初调入冶金部中国冶金进出口公司，其间担任副处长、海南工贸公司副总经理。1991年—2007年初在Possehl公司北京代表处，任首席代表。其后应巴基斯坦有关公司请求，协助开发巴基斯坦矿产，建成海绵铜等工厂。

杨庙插队记

郑振卿

1970年3月，对近四年“文革”争斗产生了极度厌烦心理的我们，终于迎来了望眼欲穿的毕业分配，我与一年级的一个同学报到地点是河北省阜城县革委会政治部。中旬的一天，我们正式告别燕园，踏上又一段虽然短暂却难以忘怀的人生之路。

⊙ 摄于1969年

报　到

当火车开动的一瞬间，我与相送的同学洒泪而别。同学一场，几年相濡以沫，即将分道扬镳，天各一方，怎么会不难过？我们好不容易考上北大，却邂逅“文革”，白白浪费了几年青春年华，还晚毕业半年，更别说运动当中的坎坷遭遇了。毕业分配，一竿子插到陌生的县里，不知以后路在何方……的确有些五味杂陈！

上世纪70年代初的交通远不如现在便利，从北京到衡水，坐火车还要在石家庄倒车，下了车以后，不知谁喊了一句：去衡水的我们一起找地方住宿！呼啦啦跟了一群。第二天，又一起搭上了去衡水的火车。车上一问，绝大多数是去阜城报到的。也巧，与我坐在一起的两个同学，居然都是阜城人，我开玩笑地对他们说：你们真是打回老家闹革命了！这两位竟然也朴实憨厚地回答：是。问：知道让我们干什么吗？两人一齐摇了摇头。在衡水又住了一天，几个同学到地区革委会打听到阜城究竟做什么工作，依然无果而返。

到了阜城，先在县招待所住下。翌日上午，县革委会主任、武装部童部长给我们训话。可能知道我们是名校的毕业生，这位身材敦实不苟言笑两道浓眉神色凝重不怒自威的集阜城县党政军大权于一身的军人，话语还算客气。从他的讲话里，才明白了我们还有清华十几个同学一起分到阜城之谜：全部到农村插队，接受贫下中农再教育。随后，县安置办宣布我们全部到杨庙公社的十个大队，每个大队六至十二个人不等。我们历史系的两个同学，与化学系、技术物理系的八个同学分到公社所在地杨庙大队。这太出乎意料了！有个同学不甘心，问：插队多长时间，何时再分配？答曰无可奉告。至此，大家见回天无力，只好认命。

3月18日，一个乍暖还寒的上午，我们一行十人，坐着杨庙大队派来的马车，来到了我们走向社会的第一个站点。

做　饭

民以食为天，先说说做饭吧。刚到时我们吃了几天派饭。后来公社给买了锅、蒸笼、铁炉子、风箱等等炊具，就开始“自己动手，丰衣足食”了。油、粮、米、面自己去附近粮站购买，煤，县里发给煤票，找大队派车去拉。厨房就在住室外屋，冬天冷了，就在里面生火做饭，其余时间都在外面。

后来知道，十个同学在学校时派别都不一样，原本乌鸡眼一样势不两立的对立面，来到农村，大家却都分外客气，有事特好商量，很容易达成一致。也许是大家都对过去有所醒悟，如今又面对同样的遭遇吧。

十个同学做饭两人一班，除了其中两对恋人以外，其他人我都搭过伴。因为我对做饭一窍不通，只能专业拉风箱。记忆犹新的是我与0363的樊能廷一起做饭。没水了，他自告奋勇去挑水，不一会回来说一只水桶掉到井里了。我们俩找来工具，跑到井上，折腾了半天也没捞上来。后来，樊能廷干脆从供销社找来一个梯子顺到井里，他脱得只剩下小裤头，让我在上面看着，自己就下去了。摸了一阵，大功告成。他这种无畏的精神令我刮目相看，心中也特别佩服：怪不得“文革”武斗中敢于“刺杀”聂元梓呢！

插队期间，别的同学诲人不倦，我也不耻下问，学会了做一些简单和不简单的饭菜：简单的如蒸馒头，不简单的如做红烧肉。那时节，我忽然发现，做饭菜，特别是略微高级一些的饭菜，我这个道地农村出身的远远比不上城市出身的同学。

相对来说，我们杨庙的伙房运作机制比较合理规范，大家都自觉遵守原先约定的规则，每个人的账不算那么细，模糊数学。特别是有男有女，人们之间相处比较融洽，一直很有规律地运行。其他村就不一样了。一段时间后，在另外一个大队插队的一个同学到了我们这，在厨房里看到馒头，稀罕得不行，拿起就吃，一下子吃了两个。我们都不胜惊讶。原来他们一块插队的六个人都是大小伙子，懒得做饭，每天吃面糊糊，都很长时间吃不上干粮，更别说馒头了！

我们收工回来，大家说说笑笑，非常热闹，跟一家人一样。主要因为住在一起的化学系的李橦、樊能廷、张琦和技术物理系的郭建栋等同学都比较豁达，对大家的各种行为比较容忍，从不计较。李橦的随和大度不修边幅、樊能廷的敢作敢为口无遮拦、郭建栋的兄长风范和稳重细致、张琦的热情勤快，还有两位女生徐晓林、储国蓓的大方热心都给我一种家的感觉。当然，这里也是各种信息的交汇地，特别是李橦、郭建栋、樊能廷等人，他们联系的人比较多，家也都在大城市，所获信息比较丰富，常常使我们一饱耳福。后来李橦、储国蓓两人买了一个当时还很鲜见的半导体收音机，使我们与社会、与北京、与政治、与艺术（当然当时主要是八个革命样板戏）距离一下拉近了许多，我们经常或坐或倚，聆听着收音机传来的动听和不动听的声音。在我们的伙房里，一直弥漫着一种虽然无可奈何却又和谐、团结的气氛。

劳　动

在农村插队，生产劳动是重要一环。对于农村长大的我来说，虽然有一定基础，可整天参加体力劳动，还是有些吃力。农村有句谚语：“傻小子睡凉炕，全凭火力壮。”我仗着年轻，还有一种莫名其妙的不服输精神，迎难而上，毫不怯懦。城市里长大的同学身体弱，体力差，困难一些，但是他们咬牙坚持，不俗的表现还是得到了杨庙干部群众的认可。记得我们刚刚进村的第一次劳动，是同全村四个队的社员一道去清凉江疏通河道。土工活，真要实打实卖力气地干，累死人。我们新来乍到，社员们和生产队的干部们都劝我们悠着点劲。几天下来，虽然腰酸腿疼，但也硬撑了过来。

我们可以说什么活都干过，比如锄草、间苗、割棒子、劈棒穗、拔麦子、摇轱辘打水浇地、脚蹬压管井浇地、挖地窖、修水渠，等等。有两次劳动给我们的印象比较深刻。一次是挖给牲口做发酵饲料的地窖，要求是直径四米多深五米的圆柱形土坑。分工是，我、老沈、老母我们三个人一组挖一个，其他四五个或者更多的人挖一个，总共好像是三到四个。明确了要求，我们三个人抡圆了膀子就干开了。铁锹在我们手中就像孙悟空耍弄金箍棒一样，玩弄于股掌之中，上下翻飞，左右逢源，一锹又一锹，没个停歇。民兵排长劝我们别着急，他越劝我们干得越欢。别的小小子小姑娘都不干活了，跑过来看我们干。结果我们仨在一天之中把一个圆坑按标准按要求挖完了。而其他组只挖了一半。还有一次，是参加县里的一个水利工程，即挖水渠，我们同队里的年轻人一样，被派往工地。干这种土工活，全凭一股劲打突击。如果磨磨蹭蹭，半天弄一锹，更累人。所以一分地段，我们就干邪了。一会脱一件衣服，最后只穿一件贴身的。记得当时天气乍暖还寒。我们的进度让人惊讶，许多人看到我们这么干都不由自主地驻足观看：这是些什么人，还有这么干活的？！

不少农活，我们还是干不过那些农家孩子，尤其是拔麦子。我们老家都是割麦子，拔麦子是头一回，干起来真不习惯。拔麦子不像割麦子能蹲着，只能是弯着腰，可是腰弯一会可以，时间一长就受不了了。而且，拔麦子规范的动作是拔起来后要抖落一下麦子根部的沙土，这样，落后的人常常要“吃”前边人抖落下来的尘土，不一会儿，就会弄得满脸是土，特别是如果还有顺风刮着，后面的拔麦者就弄成一个土猴了。这个活太累太脏，记得队里只让我们干了一天。

我们还参加过抢场。一次，正在午休，突然生产队的钟声“当当当”急促地响了起来，起来一问，是打麦场上晒着麦子，而雷阵雨马上就来，催促社员赶紧去场上收麦子。我们见大家都往场上跑，也急匆匆地赶去了。队里干部和群众看见我们也去了，都很感动。我们拿起工具，与社员们一起忙活起来。经过一场紧张的抢收，终于在雷阵雨到来之前把麦子都集中到一起，苫盖起来。

见 闻

在杨庙待了一年多，虽然我也是农村出身的，可是在这里的所见所闻还是发人深省，令我久久难以忘怀。

杨庙大队就是一个自然村，4 个生产小队，1500 左右人口。听人介绍，这个大队在全公社还算不错的，劳动日每天工值 0.5 元，可分得口粮 1.15 斤。我一想老家队里每个工值 0.08 元，定量 0.7 斤，觉得比较而言这里真是天堂了。但是事实上，这里农民的生活水平还是相当低下。初进村时到社员家吃派饭，看到几乎家家都家徒四壁，没什么财产，要知道村干部给我们派的还都是队里比较好的人家。村里不少旧房，都没了房顶，房梁与檩条也残缺不全，一打听，说是都拆下卖钱买粮食吃了。我也亲眼看到队里的社员扛着檩条去集上卖。在杨庙村的集市大街上，社员们推着小车来卖菜，胡萝卜 2 分 1 斤，白萝卜 1 分 1 斤，苦等一个上午，依然无人问津，不得不带着失望的表情再推回家去。一次公社开批斗会，可能是“四类分子”人数不够，加了一个“破鞋”，批判的人说她：一碗高粱米就让人睡一觉，不要脸到了极点。下面是人们议论：她如果吃饱了，何至于此？

可以说我们这批老五届学生是让迟群、谢静宜处理出学校的。在他们眼里，我们就是 17 年修正主义教育路线培养出来的修正主义苗子，是资产阶级接班人，四体不勤，五谷不分，是不堪信任的；他们大概非常崇尚陈伯达的那句荒谬的名言：“大学生不如中学生，中学生不如小学生。”总归一句话：“知识越多越反动。”除极少数人以外，都应予以极度藐视，发配农村，接受贫下中农再教育。离校时甚至毕业证都不肯发给。没到农村以前，我们也有些担心，怕经过“文革”的熏陶，农民们特别是贫下中农会鄙视我们。然而到了农村，大大出乎意料。我们进村时，村里还组织小学生夹道欢迎，集合社员召开干部群众欢迎大会，会上还有人带领群众高呼“向大学生学习”的口号，使我们受宠若惊。平时村民们纯朴好奇而又羡慕尊重的神情像一股暖流温润着我们的心。在生产小队，队长给我们派活，很少派重体力农活，总怕累坏了我们。我们干活比较投入时，他们总是劝我们慢慢来。红薯萝卜收获以后，他们给我们伙房推来一车子，我们推辞再三，他们坚持放下，给钱，坚决不要。我们回家探亲，他们按成本价卖给我们红枣、花生、芝麻、香油，便宜得让人吃惊。我们为村里开的文艺晚会编写了一些文艺节目，辅导男女青年演出，或者做一些他们做不了的事情，大队一再表示感谢。我们给村里刷了一些“农业学大寨”之类的大标语，公社书记看到了都夸赞：“还是你们大学生水平高。”我们有事要到县城，社员们主动提出让骑他们的自行车去。我们探亲回家，他们又骑着自己焊接的自行车送我们到汽车站。插队时间久了，我们情绪有些低落，社员们劝慰我们别着急，国家早晚还要用我们的。我们要再分配了，他们恋恋不舍，却又怕在农村太久耽误了我们的前程……这些，都与迟群谢静宜之流对我们的歧视形成鲜明的对照。这让我们深深体会到，即使在疯狂批判与否定知识和知识分子的当时，农村的广大干部群众一样尊重知识尊重人才，村民们都有着一颗颗善良而又淳朴的心！

遇　险

我们在杨庙插队的前期，大家虽然觉得无奈，心劲还是挺高的。没什么特殊情况，都到生产队参加劳动，无论多累多苦，都很少休息。老沈家就在阜城县城，他有事回家，每次都是当天就回来了。我们都有两年没回家了。劳动几个月之后，我们决定轮流回家探亲。1970 年 7、8 月份，我回河南老家看望年已 70 岁的老父亲，待了半个多月，就不顾父亲和家人的挽留，又踏上了返程。没想到，回去路上差点遇险，以后每每回想起来就感到后怕。

几经转车，在武邑下车后，天气不好，乌云密布。当时我有两个选择：一个是住下，翌日天气转晴再走；二是马上就走，争取大雨到来之前赶到杨庙。我一咬牙，选择了后者，心想只有 40 里地了，时间才下午 5 点左右，走！背起提包就上路了。倒霉的是半路上开始下雨，先是中雨，后来是瓢泼大雨，躲都没地方躲。夏天天热，淋雨不怕，关键是平坦的大路，一下子变得寸步难行。我铁了心，一步一滑，艰难行进。这样速度就慢多了，天也越走越黑，除了不时的闪电，伸手不见五指。突然，影影绰绰看见前面有一条大河，二三十米宽，水满河床，波涛汹涌，水流湍急，甚至能听到水流紧迫的声音，很是瘆人。我猛然想起，这就是清凉江，可模样与平时那条平缓流动只有半河床水的清凉江判若两河！怎么办？再向回走，不可能，我横下一条心，过河！我小心翼翼地从桥上走过，发现河水基本上与桥是持平的。过河不久，大路没有了，只有杨庙的田间道路。走了一阵子，迷路了，不知道该往哪里走才能进村。田地里全是两米高的玉米青纱帐，又都是平原，田间路也都差不多宽窄，没有任何标志物，这可让我犯难了。找不着正确的道路，光冒雨在地里瞎转悠，何时是头？

况且，我已经疲于奔命十几个小时了，从中午到现在，水米没打牙，早已饿得前心贴后心了，又累又饿的我当时真是觉得无奈极了，只好先停下休息。还真是天无绝人之路，我忽然发现远处田野里有些许亮光，大喜过望，循着亮光疾步走去，近前一看，原来是农民在冒雨打机井。他们看见我这副尊容，吃惊地问："你不是老郑吗，怎么这时候跑到这里来了？"我说明了原委，他们都唏嘘不止。

事后不久，我又从清凉江过了一次，清凉江桥面的情况令我大吃一惊，不寒而栗。那里简直是千疮百孔！许多地方都是窟窿，大小不一。大的漏下去一个人绰绰有余。那天晚上，如果我一脚踩空，肯定死于非命，而且死无葬身之地！

告　别

插队一年了，我们觉得不能总是怀着渺茫的希望等待下去，就通过各种方式打探消息。然而，喜讯总是与我们擦肩而过：一个原籍在阜城的同学被地区革委会政治部宣传组"借调"去了，原以为这是再分配的前兆，可是后来一打听，这个同学的舅舅就在那儿。又过了几个月，中文系的一个同学又被衡水报社"借调"走了，他不是本地人，应该快轮到我们了吧？可还是没有好的消息。

又过了三个多月，1971 年 7 月，终于等来了再分配！我分到衡水县，干什么，

⊙ 2008 年与李橦等同学回杨庙时与当年房东合影

不知道。尽管如此，我们还是尽快打点行装，准备上路。我们给生产队写了一封感谢信，感谢他们的照顾。掐指算来，我们插队杨庙总共一年四个月，要说接受再教育，最大的教育就是中国农民的坚忍与乐观品格深深感动了我。他们生活在社会最底层，那么艰辛，那么劳累，却隐忍不发，而且朴素善良。另外，村里对我们的管理，基本上是大撒手，在“文革”的极“左”时代，这样宽容地对待大学生，已经是很难得了！还有，就是我有幸结识了化学、物理系的几位同学。我们一起生活劳动，同甘共苦，相濡以沫，结下了深厚情谊，成了永久的朋友，哪怕后来天各一方，天涯海角，只要有机会，就会相聚一起，像当年那样谈天说地，海阔天空。特别是他们开阔的眼界，对时势独立的见解，都让我受益匪浅，受用终生。

二十多年以后，我在衡水市任职，曾经找了一个机会，利用“职权”让经济实力比较强的市电力局联系帮扶杨庙，为他们打了四眼机井；还与在美国工作生活回国探亲的李橦及依然生活在衡水的老沈、张琦回了一趟杨庙，岁月更迭，人是物非，令人感叹！

郑振卿，河南新密人。生于农民家，长在学校里。1964 年侥幸考到北大历史系，正儿八经读了不到两年书。1970 年 3 月像脏水一样被泼出学校。农村接受再教育一年多，当了三年“孩子王”。一个偶然机会，混迹仕途三十多年，终成“四不像”，官员中像文人，文人中像官员。庸碌多半生，一事竟无成。嗟夫！

故园四十二年前

——从北大到神山的故事

牛辉林

公元1970年春天，北京大学在以8341部队（中央警卫团）为主的工军宣队领导下，完成了“文革”前入学的1963级（理科）、1964级和1965级3821名毕业生的分配。这是北大有史以来惟一一次“不发毕业证”，“要老婆不要爹妈”的毕业生分配。“不发毕业证”，用工军宣队负责人迟群的话说：毕业证要到工农兵的广阔天地和生产实践中去领取；“要老婆不要爹妈”，据说是部队照顾随军家属的传统，只照顾夫妻，不考虑父母。调皮的男生不仅归纳了这样的俏皮话，还有的在毕业表格“爱人”一栏中填写“郑昭娜”（“正找哪”谐音）。

我是法律系1964级，和地质地理系1965级的女友一起分配到了陕西省汉中地区的勉县。女友于3月中旬按时离校去了汉中，我被校方留下一段时间，“帮助处理一些运动中的遗留问题”。

绝大部分毕业生离校后，早春2月的校园中格外冷清。一天，我在大饭厅（学生第一食堂）前和周培源校长不期而遇。周校长和我在1967年夏天北大正式分裂为对立两大派群众组织时，同时被推举为“在野”一派的“总部勤务员”（又称“核心组”）。老校长任组长，我是成员。不久之后，我接替老校长出任组长。在那个特殊年代特殊环境和特殊组织中，我们一老一少结下了一种特殊的师生情缘（这段情缘一直保持了三十多年，直到周校长在全国政协副主席的岗位上辞世）。这会儿，两年没有见面的老少“战友”相见，欣喜倍加。

“身体怎样了？没留什么残疾和问题吧？”我还没来及向长辈问好，满头银发的老校长就拉着我的双手一边上下打量，一边关切询问上了，那是因为当时校内外盛传我在长期关押批斗中已经残疾。

“怎么人家都走了，你还没走？”还没等我回答完他的问话，老人家又急切地关心我的毕业分配。

“太好了！我也明确了到653分校（主持工作），这些天好多分到汉中的同学都和我联系。你也来了，太好了！我们大家在汉中等你。”当听说我被分配到了汉中地区，周校长高兴地连说了几个“太好了”。

⊙ 1972 年神山公社和大队干部欢送刘开义（县革委副主任，前排左二），后排左二为牛辉林

回到宿舍回味和老校长见面的喜悦之后，一种不安升上我心头。我想到了北大汉中 653 分校，前两年深深卷入了当地的两派斗争，还发生过两次死伤众多的大规模武斗。北大那一派的一个头头因为参与指挥武斗已被“逮捕”，正在当地被清算……那些和周校长联系过的分配汉中的，一定都是我们这一派的同学。等我去了，有可能再一次聚集起来介入汉中地方的运动。而刚刚从“现行反革命”专案九死一生逃出命来的我，那时一心想的是到一个远离北大，无人知晓的地方去和女友一起过平静的生活。我对去汉中的前景越想越不安，第二天一早就去哲学楼找工军宣队的领导。

“很好嘛，你进步了，觉悟提高了，知道不能再搞派性了。不简单嘛！不想去汉中，想去哪儿？”8341 部队的王连龙副政委听我讲了不想去汉中的缘由，十分高兴。我当然不会告诉他和周校长见面的情况，只是讲听说了汉中那里的情况，有顾虑。

“去山西。”我早想好了，趁机靠父母家人近一些。

“大城市不行，到山西农村基层去锻炼，我们支持。”王副政委立即表态。

“我的女友也要从汉中改派山西。”我赶紧跟上提要求。

“照顾了你回老家，再照顾你和女友在一起？恐怕不行。”王副政委想堵口。

“那，我宁可去汉中！”我说得斩钉截铁，不留余地。

“哈哈，你这小鬼头，得寸进尺，翻过来要挟我？这可不能我一个人说了算，等我们研究一下通知你吧。”王副政委稍有余地，其实是答应了我的要求。

1970 年 4 月初，我终于离开了那洒满我屈辱血泪的北大校园，回到太原父母家中。刚刚小住三天，便在父母的催促下，不等从汉中回家的女友，登上了去忻州报到的火车。

走出大学校门，走上工作岗位，这对于一般大学生来说，才是人生之路的开始。但对于我这个经历了四年生死磨难，从苦海上岸的劫后余生之人来说，工作分配到什么地方、什么单位并不在意，只要与患难与共的女友在一起，又不远离父母，那就是理想！

“哈哈，牛辉林同志来报到了，欢迎你！上个月就知道你要来，怎么才到呀？”一进忻县地区革委会政治部负责人办公室，那位坐在办公桌后的中年军官就高兴地跟我打招呼。

“首长认识我？”我一下子就傻了眼！那时全国各级政权都是“三结合”（工人、军人、干部），实际是军人执政。看到军官不意外，但我本以为远离北大就远离了那一段历史，所以一看这位军官对我极为熟悉的半开玩笑的态度，我心中一阵儿慌乱。

“哈哈，谁让你牛司令大名鼎鼎呢？我在北大支过左，你不认识我，我可认识你！”中年军官仍在兴致勃勃地打哈哈。

“首长是哪年在北大支左的？”

“67年的军训，68年的宣传队，我都在北大。我是63军的。怎么，你不知道？63军从河北换防到山西了，我们188师驻忻州！”中年军官高高兴兴和我叙旧。

“啊，我在学校，外边的事什么也不知道……”我真的不知道说什么好。

“嗨，小伙子，我看你有点不对劲儿？来吧，抽颗好烟。我知道你抽烟。”军官站起身来走到我面前，从带锡纸的迎泽牌香烟中抽出一支递给我。

“嘿，好烟，四毛（角）多一盒！”我仍然回不过神来，摸不准他是友善还是嘲弄，不敢多说话。

“我们已经研究过了，把你分配到忻县地区最好的县，定襄县，怎么样？”军人的风格还是直率，尤其是野战军。他不在意我的态度，仍然十分亲近地和我说话。

“坚决服从组织分配，感谢首长的关怀！”我仍然是应付的态度。

“你他妈的少跟我来这一套！这儿是山西，不是北大，不是搞你的专案！我是真心要照顾你，你他妈的到地图上看看，全忻州都是黄的（高原和干旱），就定襄是绿的（平原和水源）！”他终于火了，把我拉到地图前，指着地图大声喊。

“不是应付你，我是心里有事！惦记的是从汉中改派来的未婚妻分在哪？只要两个人分在一起，再苦的地方我也不在乎！”我已经确认了他的善意和真情，立即改变了态度和口气。

“操，那你小子不早说？还跟我来含而不露这一套？这可不像牛司令的风格啊！”他显得高兴起来。

“那，你也没容得我说，光听你讲了。”我已完全放松了。

“早就知道你牛魔王离不开铁扇公主。我就要看看你小子有多大定力，你不提，我也不说。放心吧，她也在定襄。”他拍着我的肩膀，哈哈大笑着说。

凭良心说，“文革”期间的军人执政是好是坏，那是国家和社会现代文明建设的全局问题，不是军队和军人本身的问题。在那样的动乱时期，军人执政相比文官或派别执政孰好孰坏的问题，也有待历史的面对。

五一节过后，我和未婚妻一起到定襄县报到。我分配到县里最富最先进的神山公社当干部。未婚妻分到县工业局当干部，后到县灯泡厂当技术员。这在当时分配到基层的北大毕业生中应该是很好的了。优待和照顾的成分十分明显。

新的生活开始了。9月下旬，我们在县城南关租下了两间小西房，准备好了结婚和婚后生活的用品，选了一个良辰吉日到我所在的神山公社办理了婚姻登记，回到太原家中举行了简单之极的典礼。是年，我俩男二十四周岁，女二十三周岁。

古书上说“命蹇事多乖”！我后来笃信人是有命有运的。否则，用什么理论也解释不了我这一生的遭遇！

过了十一，刚从太原度婚假回到公社上班没几天，四十出头的公社书记刘开义叫我和他一起回县里开会。公社到县城十二里地，我俩一路步行一路聊天。路上老刘详细询问我在北大参加运动的情况，特别问我个人有没有武斗伤过人，有没有因闹派性伤害过老师和同学个人。我都一一做了十分中肯的回答。快进县城时，我俩坐在路边休息，老刘才语重心长地告诉我：

“后生，你们北大来人了，要把你从公社直接带走，我不同意，答应亲自把你送回县里。你来公社这几个月，大人小孩都说好。我看你也是块当干部的好材料。我相信你在北大没什么大事，只要没杀过人，完了事早些回来！伙计们等着你哩！”老刘说这些话是真情所致，感人之极！

⊙ 2010年6月牛辉林、唐竞夫妇在太原和周其凤校长合影

“老刘，放心吧，我在北大什么坏事也没做过，什么人也没伤害过。当头头成了反革命，头头早没了，反革命也平反了，我心里有底。”我反而比老刘还坦然。

我当时做梦都想不到这一去就是整整两年。头一年的前半年多是搞什么连校方也莫名其妙的“五一六”专案，后半年“五一六”莫名其妙地不说了，又拿起“议论无产阶级司令部”旧事重提。1971 年“九一三”林彪事件后专案停止，我被发配到学校后勤修管道、烧锅炉。1972 年夏天后勤劳动结束，十一后我得以重返神山公社。

回到公社后，刘开义书记才告诉我：“你这后生，别看是北大高材生，又当过什么头头脑脑的，可真叫个憨！那年北大来人是要从公社把你抓走，你那老师身后还有两个军人。我不想看他们在公社抓人，向县里打保票由我亲自负责送你回县里。到了县里人家看你挺愿意跟你那老师回去，才没动手。”

回到了定襄，回到了我可以作为一个正常人工作的地方，我就像回到了梦中的故乡。见到两年前认识的县里干部和知青朋友热情欢迎，就像见到了重逢的故乡人！

定襄，这个位于晋西北高原忻定盆地的县份，是佛教圣地五台山下一个人杰地灵的去处。民间传说，古代的第一美男吕布出在定襄，第一美女貂蝉出在忻州。中国近代史上更是名人辈出，将相云集。沿滹沱河两岸，国共两党政治、军事的高级干部数以百计，素有“山西文风数两定（定襄、平定）”之说。

公社机关所在地的神山村，因村中平地拔起一座石头山，山上矗立一座文峰宝塔而得名。发源于五台山区的滹沱河沿着神山由东北方向转了一个弯向南而去，河的对面就是中共元老薄一波的故乡蒋村；向东沿着忻定铁路十里，就是开国元帅徐向前的故乡东冶镇的永安村；曾经为请命抗日在南京中山陵前剖腹的续范亭将军家乡也在与原平县交界的地方……用当地人的方言表达：“这地方的人见过个大（世面）！”

“见过个大”真的是名不虚传。我回到公社上班时，刘开义书记把我叫到他的办公室，在床头盘着腿，抽着烟，喝着茶，优哉游哉，认认真真听了半后晌我回北大两年的情况汇报。

“你说清楚了，我也听明白了。从今天起，你那个北大算过去了，就安下心来在公社干吧。”老刘听完，一副欣然、了然而舒心的样子。

“老刘，我回来前就反复想过了。我背了这么大个政治包袱，当干部恐怕是没多大出路。你能不能和县上领导说一说，让我去县中学教书？教什么都行，保证一流水平。”我十分认真地说。

“你说甚哩？甚的大政治包袱？说来说去不就是说了那女人几句坏话？年轻不懂事，以后不说不就行了，还要怎哩？总不能因为说几句错话就不让活人吧？你可不敢胡想！我这眼里不揉沙子，你是个好后生，大干部的苗子，跟着我好好干，不敢小瞧咱这农村，出息大哩！”

我从北大毕业这两年不断感慨，北大不大，世界也不大。听了老刘一番话，人的胸怀才叫大，人的眼光才叫大。有胸怀有眼光的人才是大写的人字！就说这个议论江青，多少年来，多少文化高、职务高的人物跟我谈话，从来连江青两个字也不敢出口，一律用“首长”。这位中国最基层的乡镇书记毫不经意地用“那女人”，就像在说村子里一个名声不好的泼妇一样。何等的胸怀，何等的眼光，何等的政策水平！在我眼里，这位乡镇书记才是真共产党，才是组织的化身。

从此，我就像一门心思奔着好成绩的学生一样，老刘就是我农村工作的老师、博导，踏踏实实地在神山一直工作到1976年粉碎“四人帮”前夕。四年的公社干部，我负责管理过所辖八个大队（村）的二百多名北京知青；当过公社秘书（当地叫“坐摊子”)，春催种、秋催收，保护多种经营；负责过各种统计报表，办结婚离婚，送兵招工，迎来送往，处理邻里矛盾，调解家庭纠纷……神山是全省先进，我最出色的是撰写公社一年到头各种各级会议的文字工作。神山的合作医疗典型材料曾在全国会议上一炮打响。1975年3月我加入了共产党，同年5月就被任命为公社党委副书记。从此便不断被请去给县委、地委党校讲演，还参加了省委宣传部的理论讨论会……在农村基层的广阔天地中，我们师徒二人一路欢歌笑语。1975年末，老刘升任了县革委会副主任，我被在神山蹲点半年的忻县地委王绣锦书记和他的下乡班子看上，准备调我去地委秘书办公室工作。

1976年9月，我从公社调到县委宣传部任理论组组长。曾在县里和忻州地委党校讲过理论课，很受欢迎。那时我的妻子已从灯泡厂调到县科技局，科技局在县武装部大院有一排宽敞明亮的实验室，有水有电，头上的一大间给我们做了宿舍。虽然没当上县级领导干部，生活却得到了改善。那时我在县里不是领导却是名人，人人高待，人人欢迎。我在神山公社的表现，甚至我在北大那些被江青点名，毛主席保过关的故事，“老佛爷”聂元梓对立面“一把手”的历史，在县里，在忻州地区传扬演绎，影影绰绰成了一种社会资本。省里退休还乡的老干部，武装部、军分区的领导都喜欢找我拉家常，北京知青的朋友更是我们家中的常客。在这中国农村基层的广阔天地和在北京、北大完全是两码事。

金秋10月，传来了粉碎“四人帮”的特大喜讯，更让当地人无比自豪的是英明领袖华主席是山西交城人士。小县城沸腾了，真正是自发的游行，敲锣打鼓放鞭炮。我在办公室画了一张以江青为首的“群凶图”，高举着上了街头，好不痛快！

一个多月后，省委宣传部下达了我的调令，我到了省委宣传部理论研究室工作。半年后，省商业厅调回了我妻子。我们一家祖孙三代在省城太原过上了团圆美满的好日子。

我祖籍山西壶关，生在河南辉县深山老林的八路军营地。从此随父母进北京、驻天津，就没有家乡故园的观念。人生如梦，转眼我已到了坐六望七的年龄。毛主席曾有“别梦依稀咒逝川，故园三十二年前”的诗句。回顾一生，给我留下最深记忆的燕园、神山，哪里是我的故园？

牛辉林，祖籍山西省壶关县。1969年8月毕业于北京大学法律系。1970年3月分配山西省定襄县神山公社参加工作，1972年11月任定襄县神山公社秘书，1975年2月加入中国共产党，1975年5月任神山公社副书记，1976年9月任定襄县委宣传部理论组组长。1976年10月任山西省委宣传部理论研究室干事，1981年6月至1984年4月任共青团山西省委常委、宣传部长，1982年10月任山西省青年联合会副主席。1986年4月任太原市委宣传部副部长，1991年5月任太原市政协常委，1993年3月任山西省地产集团公司总经理、山西省土地估价委员会副主任，1997年5月任山西省引黄工程总指挥部秘书长、山西省引黄工程管理局党组副书记、副局长，2000年6月任山西省广播电视局副局长。2006年退休。2013年11月14日在太原病逝，享年68岁。

商洛山中

吴乃龙

1970年3月毕业分配，我们被扫地出门。3月中旬的一天上午，在宿舍楼道里领取毕业生派遣材料，我才知道自己被分配到陕西省商洛地区，报到地点是地区专署所在地陕西省商县。这是我们班最差的分配。值得庆幸的是，女朋友和我分配在一起。

凭发给我们的火车票，第三天我们登上从北京开往西安的直达快车。大约二百名北大同学，挤满了两节车厢。次日到达西安。随后坐上开往商县的早班长途汽车，翻越秦岭，穿过黑龙口，半下午到达商县。跳下汽车，一眼就看见先期到达的研究生侯汉清同学。他有些惊奇，对我说道："你怎么也到这里来了？"

共有二十三位北大同学被分配到商洛地区，还要再往下分配。侯汉清同学和女朋友，化学系韩同学，以及我们两人，共五人分配到商南县。随后我们坐上由货车改装的长途汽车前往商南县。到商南县革委会安置办公室报到后，我们被县革委会"借用"，到县公安机关军管组帮忙搞"一打三反"专案。

祸从天降

按照惯例，我们要劳动锻炼一年，再重新分配工作。"借用"顶劳动锻炼。日子过得平淡无奇。8月的一天，县安置办公室突然通知我立即去农村插队劳动。只有我一个人去，很奇怪。于是，我骑着自行车，把一个行李箱先行送到生产队去。还没有出县城，遇到修街道，只好沿小路穿过一片玉米地去上公路。结果连续陷进泥坑，挣扎了半个多小时，才走完一百多米长的小路。不祥的预感浮现在我心头。果然，这是八年坎坷路的开始。

插队劳动的地方是离县城十公里的试马公社郭家垭大队第二生产队。下放干部老陈领我到生产队的一座公房安顿。老陈住公房的一间。给我的一间"新房"，里面空无一物。老陈帮我用土坯垒好台子，上面架一块大木板，成为我的床。他又给我找来一张很破旧的小桌，放在床边。没有任何别的家具。每天天刚蒙蒙亮，生产队长就沿屋前小路向各家喊话派活。我跟随社员干活，生产队长给我农具。有时农活很重，我体力不支。最受不了的是背红薯。一背篓刚从地里挖出的红薯，少说也有一百斤。背满满的一背篓红薯，青壮年男劳力都费劲，我自是难于承受。从红薯地到保管间，要走几百米到几里的路。中途我要把背篓靠着坡地歇几次。保管间前的一段路，常常要咬着牙才能挺过去。

熬过一个月，可以休息两天了。沿溪边小路步行大概十分钟，走上公路，沿着山间公路走两小时，才能到达县城。回到县城的当天，同学告诉我，要我去农村插队劳动，是因为县里收到了从北大发来的“材料”。我还得知，那个从商洛地区中级法院来的下放干部老陈是受公安局委派，监视我的。从此，这个“材料”成了悬在我头上的达摩克利斯之剑，长达八年之久。

在生产队劳动了大概两个月，我接到试马公社的通知，去几公里远的试马水库工地劳动。于是，我带上行李到水库建设指挥部报到。老陈完成了监视我的任务，向县公安局汇报说，他没有看出我有什么反常的活动。

年底有一天，我办事经过试马公社革委会大院门口，被公社干部叫住，随着他进了公社大院。我被叫进一间小屋，两个专案组的人在等着我，要我交代问题。我一时间摸不着头脑，无从谈起。过了一会儿，县公安局的本地干部刘维秀走了出去。留在屋里的是从商洛地区中级法院下放到商南县的干部付广义。不知出于什么目的，他向我透露了相当详细的“案情”。他告诉我，是我的一位在华南农学院读书的叶姓高中同学，在大学毕业（1970 年 7 月，比北大晚四个月）前夕揭发我“文化大革命”中“恶毒攻击”和“偷听敌台”。揭发材料从华南农学院寄到北大，从北大转到商南县。“恶毒攻击”中最严重的一条是，说“江青是妲己”。“偷听”的“敌台”是莫斯科广播电台。

我在公社大院内待了三天两夜，不准离开。白天在小屋里写交代材料，晚上睡在冰冷的公社客房。我没有脸盆毛巾牙刷，在大雪天里，只能在露天的水龙头下用双手捧着冰冷的水洗脸。其实，“文化大革命”中，我见到一些高中同学，谈论一些小道消息，发表一点议论，过后也就忘了，记不清楚了。为了生存，保护自己，我只能避重就轻，写了几页。

当时正值“一打三反”运动期间，“恶毒攻击”和“偷听敌台”都是严重罪行。正当专案组的人准备动身去“外调”时，付广义被抽调去镇旬公路（陕西省镇安县至湖北省旬阳县）建设指挥部，外调因此耽搁下来。但是，劳动锻炼期满一年后，像我这种“有政治问题”的人，不给重新分配工作。直到 1971 年“九一三”林彪事件后，对我们的打压才有所缓和。1972 年 2 月春节前，我接到通知，到县安置办公室开会。有十多个像我这种“有政治问题”的大学毕业生，重新分配工作。县广播站正好有一个职位空缺，于是我被分配到广播站机线组，维修广播器材。

积蓄力量

在县广播站工作，终于有了一个比较安定的环境。于是，我又开始学习。首先要补足由于学业中断欠缺的大学课程。对此我早就作了充分的准备。

1968 年 8 月，工宣队和军宣队进驻北大。我不再热心革命，而是静下心来思考一些问题。我心里总觉得很空虚：上课两年才学了 6 门数学物理基础课，欠缺两年的专业基础课和两年的专业课，也没有学习第二外语（英语）。我认识到：停止学习而整天搞运动是没有前途的，最终吃亏的是学生本人。于是我拿定主意：收集书籍，开始自学。别人卖书，我却买书。在那荒唐的年代，读书无用；岂止无用，而且有罪、反动。虽然我进行掩饰，在书的封面贴上白纸，写上诸如“中学生习作选”的书名，但还是被工人师傅发现，或许还有人告密，成了目标而被盯上了。我曾经被请进专门为本年级的“白专分子”开设的学习班。最后，在我的毕业鉴定上，警告我“要防止白专道路的侵蚀”。这就是我的毕业分配最差的原因。

我和女朋友毕业分配所携带的行李中有 250 本书，包括许多外文书。这 250 本书，是我们当时最宝贵的财富和希望所在。商南县有 100 多名从北京、上海、西安等地分配来的大学生。大家都知道，在这个偏僻的山区小县是没有什么前途的。和大家一样，我们也想往外调动，离开商南县。我们没有别的办法，只有努力学习，等待时机。我自学了许多大学课程，包括数学、物理、无线电、英语。我能坚持学习，一是因为我喜欢学习，如同有的人喜欢下象棋打扑克，乐在其中。二是我觉得时间在那里，不用也就浪费掉了。学点东西，也许将来还会有用。

侯汉清同学是图书馆学系研究生，英文很好。我跟他说了学英语的想法，他立即表示支持。当时正值 1973 年春节假期，说干就干。他先教我国际音标，然后教我读音规则，总共教了三次，每次 100 分钟，共 5 个钟头。在一年的时间里，我学完北京对外贸易学院的教材《基础英语》第一册、第二册，以及英文原版美国大学教材 *General Physics*（普通物理），为后来的研究生考试打下了必不可少的基础。

1973 年“右倾回潮”。是年 4、5 月间，毕业留校任教的同班同学王书仁来信，说北大搞试点，招收研究生，初定名额 10 到 20 名，要我赶快写信报名，由他转交。于是我赶快写了信，报数学力学系计算数学专业。王书仁同学经常来信告知情况，一切似乎进行得很顺利。但是，形势很快急转直下。6 月间出了一个“白卷英雄”张铁生。当局趁势反击“右倾回潮”。大学招生又回到靠推荐的老路。城门失火，殃及池鱼。北大招收研究生的事，也随之泡汤，被反击“右倾回潮”反掉了。

我没有灰心，除了学习大学课程外，在当时当地的条件下，还搞了一些技术革新、发明创造。我定下的策略是：战略上一鸣惊人，战术上瞎猫碰死耗子。具体做法是：确定若干颇有分量的无线电项目，都试一试（瞎猫碰死耗子）；选择能在较短时间内出成果的项目，完成后写成文章发表（一鸣惊人）。我确信自己有足够的理论基础和动手能力，能够做得到。我定了五个项目。通过理论分析和初步试验，选定了其中的两个。经过努力，真的取得了成功。1976 年，我把题为《音圈位置检测器》的文章寄给《无线电》杂志编辑部。这篇文章刊登在该杂志 1978 年第 5 期（月刊）上。还是在 1976 年，我把题为《录音机录放磁头垂直度对高频特性的影响》的文章寄给中央广播事业局。他们在回信中说计算得很好，要我补充实验结果。于是我想出办法，利用广播站的几样仪器做实验，赶快把补充实验结果后的文章寄给他们。这篇文章刊登在《广播与电视技术》杂志 1977 年第 4 期（季刊）上。我为在艰苦的条件下独立完成这两个项目写出文章而自豪。我在独立进行项目的选定、计算和实验的过程中，得到了很好的锻炼，为后来的研究生学习和研究，打下了良好的基础。

告别商南

1976 年 10 月“四人帮”垮台，开始变天。1977 年 5、6 月间，我收到王书仁同学的来信，得到招收研究生和北大“回炉班”的消息。我开始第二次研究生梦。

考取研究生，既是深造，也是我的唯一出路，而且关系到老婆孩子的命运，我当然全力以赴。广播站站长张国亮对我特别照顾，免去我的下乡任务。有一些人听到我要考研究生的风声，跑到县文教局，说：吴某某有政治问题，不能让他报考研究生。幸好主管招生的县文教局副局长许文魁为人正直友善，也是希望在这个“科学的春天”考上几个研究生为商南县特别是文教局增光，不同意再纠缠这个问题。但是他不敢自作主张，于是去找主管文教的副县长，说了自己的看法。该副县长同意许文魁副局长的意见。这个跳出来的拦路虎，这次没有挡住我前进的道路。

1978 年 3 月，我到县文教局招生办公室顺利报了名，报考北京天文台射电天文方法与技术专业，导师为王绶琯和吴怀玮。报名的同时，我递交了不久前收到的《广播与电视技术》杂志，里面载有我的文章《录音机录放磁头垂直度对高频特性的影响》，算是我的“著作”，由县招生办公室寄往北京天文台。几个星期以后，收到北京天文台寄来的准考证。

从 5 月 15 日起，我连续考试两天半。科目依次是：政治，英语；高等数学，普通物理；无线电技术。初试后收到《无线电》杂志 1978 年第 5 期，里面载有我的题为《音圈位置检测器》的文章，算是我的又一篇“著作”，请商南县招生办公室寄往北京天文台。

初试几个星期后，收到北京天文台寄来的复试通知书。随后我和妻子一起，在 6 月下旬坐长途汽车前往西安。我的妻子是到西安参加 7 月份的北大“回炉班”考试。

到达北京后见到乔国俊老师。他告诉我，王绶琯先生对我的初试成绩很满意，因为我的数学和物理分数很好、很均衡。在本专业考生中，我的无线电技术分数和英语分数最高，分别为 76 分和 79.5 分。

北京天文台的复试考场设在海淀镇附近的八一学校。复试在 7 月上旬举行。作为射电天文方法与技术专业考生，我参加了三场考试：数学，笔试；无线电技术，笔试和口试。考试成绩都是优秀。

天文台研究生招生办公室主任老蔡逐个找到所有复试考生，告知对他的录取结果。所以，在离开天文台返回陕西商南前，我已经知道我被录取为射电天文方法与技术专业研究生。

天文台复试后，我到北大参加“回炉班”数学和物理考试。考场设在哲学楼。在教室里看见一位女同学挺着大肚子参加考试，令人顿生怜悯之心。这天特别热。下午考物理时，监考老师走到每位考生跟前发冰棍。物理考题分量特别重，3 小时快结束时，监考老师宣布延长 20 分钟。外地考生没有这个延长时间，不甚公平。我的数学和物理分别得了 100 分和 93 分，为地球物理系的最高分。我请王书仁同学转告地球物理系，我已被北京天文台录取为研究生，不会去上“回炉班”。

我的妻子和我考完试先后回到商南县。我们很快就收到王书仁同学的来信，得知地球物理系“回炉班”录取 40 名；我的妻子考了全系的第三名，一定会被录取。

1978 年 8 月上旬，我接到北京天文台的长途电话通知，说是准备派我到澳大利亚学习射电天文，要我去参加教育部组织的出国人员英语考试。于是，我再次奔赴西安，参加出国人员英语考试。

我们清理物品做回北京的准备。在我们的物品中，最宝贵最值钱的要数那些书籍了。1970 年毕业分配，我们携带着 250 本书从北京到商南。又经过 8 年的积累，我们有了 500 本书。8 年来，这些书寄托着我们的希望，改变了我们的命运。1978 年，我们携带着这 500 本书，从商南回到北京。我们对这些书，有着深厚的感情，明知其中的绝大部分再也不会有用处了，还是一本也舍不得扔掉，至今保存完好。

8 月下旬的一天，我终于收到北京天文台寄来的信。打开一看，是研究生录取通知书。我和妻子都高兴得跳了起来，这是我们自从 1970 年毕业分配到商南县以来难得的开心时刻。过了几天，我和妻子都在广播站，气象站站长送来北京大学的来信。妻子立即把信打开，是地球物理系“回炉班”的录取通知书。我们又高兴了一阵子。

在商南县长达 8 年半的时间里，我们受到一些人的歧视和刁难，也得到许多人的帮助，心存感激。在为我们自己和孩子办理户口迁移证和粮食关系转移证明后，我专程去县文教局，找到许文魁副局长，感谢他对我研究生报名的帮助。

1978 年 9 月 15 日，我们动身离开商南县返回北京。广播站站长张国亮到县车队最后送别我们。他催我们赶快上车，赶快离开商南，仿佛在这最后的时刻，还会有人跳出来阻拦。我将头伸出车窗外，望着张国亮站长渐渐远去的身影，一阵心酸，何日再相见？汽车离开县城20分钟，到达我当年插队劳动的试马公社。那个通往郭家垭大队第二生产队的路口，在我眼前掠过。汽车冲上横跨荆家河的漫水桥，使我想起离桥不远河上游处的试马水库。在当年的水库工地上，我管理一个柴油机发电站，在工棚里干活吃饭睡觉一年多。我宝贵的青春年华，在那里逝去。又过了一个多小时，汽车驶出商南县。此时此刻，一股热血涌上心头。是留恋？是伤感？还是高兴？我不知道。为什么？也许，这次离开商南县，我们永远不会回来了。毕竟，我们在这里生活过8年半，不管是好是赖。

1970年3月毕业分配，我满怀惆怅告别未名湖，离开北京，到达崇山峻岭中的商县，随后到更加偏僻的山区小县商南劳动和工作。翻越秦岭、穿过黑龙口时听到的当地民谣"过了黑龙口，别想往外走"预示着我的归宿，一辈子困在商洛山中。我身处逆境，但是没有屈服于各种压力，在艰苦的环境中顽强奋斗8年半，从而使命运发生根本性转变。1978年9月，我告别商南，跳出黑龙口，回到北京，重新开始学习，继而在世界各地漂泊，最后在加拿大安居乐业。

⊙ 吴乃龙、袁素云夫妇在加拿大安大略湖边

有志者，事竟成。一个有强烈事业心、自信心的人，确定目标，坚持不懈，执着追求梦想，做事一定会成功，事后会有不悔的回忆。有人说，成功的秘密，是当机会到来的时候，你已经准备好了。说得没错。机会你可以去寻找，但大多数情况下不受

你控制。要做到准备好了，则要长期坚持不懈努力，这是你可以做得到的。但是，我要补充一点，一个人要取得成功，离不开别人的帮助。一个篱笆三个桩，一个好汉三个帮。所以，我感谢所有帮助过自己的人。特别要感谢侯汉清同学，教我学习英语。感谢张国亮站长，保护和照顾在逆境中的我。感谢王书仁同学和乔国俊、邢骏两位老师，在整个投考研究生过程中帮助我。感谢恩师王绶琯先生，36 年来给我指导和帮助，无论我是在国内还是国外。Last but not least（最后最重要），感谢我的妻子，与我一起度过 44 年的风风雨雨。

吴乃龙，1946 年生于广东省梅县。1964 年毕业于梅州中学，考上北京大学地球物理系。1970 年 3 月毕业分配到陕西省商南县。1978 年考取中国科学院北京天文台研究生。1980 年 8 月赴澳大利亚悉尼大学电气工程系留学。1986 年 6 月获电气工程博士学位并回国。先后在北京天文台和清华大学电子工程系从事博士后研究工作。1990 年 10 月回到北京天文台任副研究员、研究生导师。1991 年 11 月赴美国参加国际会议，会后在 STScI（空间望远镜科学研究所）从事哈勃空间望远镜图像处理研究工作。1994 年 10 月技术移民加拿大后，在约克大学和飞利浦电子公司等任职。最大熵方法和图像处理专家。与夫人袁素云合作出版中文专著《最大熵方法》（湖南科学技术出版社）。出版英文专著 *The Maximum Entropy Method*（德国 Springer 出版社）。美国专利“自动快门”（Autoshutter）发明人。

⊙ 吴乃龙在未名湖

盘锦纪事

——离开北大后的最初八年

于清河

盘锦——一个我在大学毕业之前从未听说过的名字！

盘锦——盘中之锦，单从字面上来看，是一个多么响亮而又诱人的名字！

人们在交谈时，往往只说“盘锦”，而省略了一个重要的关键词——垦区。1953年设盘锦农垦局，1966年设盘锦垦区，直属国家农垦部；1970年7月划归辽宁省，改称盘锦地区；1984年6月设立盘锦市（地级），下辖兴隆台、双台子二区和盘山、大洼二县。

盘锦，还有一个名字——“南大荒”！与黑龙江省的“北大荒”相对应，因它地处辽宁省的西南部，所以被人们称之为东北的南大荒。从这一名字来看，人们很快就会想到：这是一块正在开垦的处女地！

令我没有想到的是：大学毕业之后，我和女朋友、大学同班同学房玉珍，就在这里度过了八年多我们一生中最美好的青春岁月！

我们来到了“南大荒”

1970年3月17日傍晚，我们几百名发配辽宁的校友被军宣队送上了从北京开往沈阳的列车。车行到半夜，突然听到有同学高喊：“沟帮子车站到了，分到盘锦的同学请在此下车！”那时，我是第一次到东北，对京沈线上的车站几乎一无所知，竟把“沟帮子”听成了“帮沟子”！还有一位同学和我一样，他甚至还大声喊道：“帮沟子到了，下车！”引得大家哄堂大笑。

下车后，正值深更半夜，漆黑一片，我又刚从半睡中醒来，迷迷糊糊，向哪去，怎么走，全然不知。幸亏中文系的李下同学对这一带情况熟悉，又是一个热心人，就自觉充当了大家的向导（李下同学后来任中共中央机关刊物《求是》杂志编辑部文教部主任）。他喊道：“跟我走，别掉队！”于是我们就紧紧跟着他，七拐八拐，摸黑来到了一家澡堂。就这样，我们在澡堂里住了一夜，确切地说，应该是住了大半夜。第二天上午我们又乘火车，中午左右到达了盘锦垦区革委会所在地盘山镇。

当时盘锦垦区共辖两区一县——盘山区、大洼区和台安县（不久盘山区和大洼区也撤区设县）。盘山镇是一座不大的小城，坐落于辽河岸边，一条南北大道直通辽河大桥，大道两边全是低矮的平房，只有盘锦垦区革委会和垦区第一招待所两栋三层高的小楼鹤立鸡群一般分列于大道两旁。大道并不长，乘着月光在大道上散步，大约十几分钟即可走个来回。对于这座小镇，当地群众曾有顺口溜给予很形象的描绘："一条大道两栋楼，一个警察把两头，既没有公园也没有猴，从城南头摔一跤，爬起来就到了城北头。"

与我们北大同学同时到达的，还有清华大学的 37 名同学。就这样，北大、清华共 72 名毕业生来到了东北的"南大荒"——盘锦。

盘锦的"四田"和"四大"

到达盘山的第二天，就有人召集我们到革委会楼前开会。出面给我们讲话的是垦区革委会政工组组长王 ××。他是一位军代表，据说是部队的一位团政委。王政委极富宣传鼓动能力，有一张生动的脸，讲起话来眉飞色舞，口若悬河，幽默风趣。王政委给我们介绍了盘锦的情况，把盘锦概括为"四田"、"四大"。他先说"四田"：

稻田——盘锦垦区为退海平原，地面覆盖着厚厚的淤积物，富含水稻生长的天然肥料，土质十分肥沃，非常适于种植水稻。全区有十几个国营农场，都种植水稻，水稻种植面积有十多万公顷，占垦区耕地面积的 85% 以上。盘锦大米闻名于国内外，其外形米粒整齐、玲珑剔透，做成的米饭黏软细腻、清香扑鼻。

苇田——盘锦的苇田，据说面积和产量都居世界之最。这一点我们以前从未听说过。后来得知：盘锦有四个苇场（行政级别相当于国营农场）：辽滨苇场、赵圈河苇场、羊圈子苇场和东郭苇场；此外新生农场还有一个苇田大队。从大辽河口至大凌河口，百余万亩的芦苇荡，烟波浩渺，十分壮观！王政委说：盘锦一年产的芦苇，用它造纸，再用这些纸印《毛主席语录》，可以全世界每人一本！

油田——王政委说：盘锦地下还是一个大油田。这话不虚。中国第三大油田辽河油田就在此地！在盘锦，到处都可以看到高高的井架，隔不多远就有一部磕头机，每个油井旁边都有一大堆黑乎乎油汪汪的油泥，那是打井时从地下打出来的带油的泥。自从油田开发以后，盘锦的老百姓便不再烧柴禾，取两桶油泥回家，挖两勺放在灶坑里便可以做一顿饭。

气田——盘锦地下不仅有丰富的石油，还有丰富的天然气，是一个大气田！在盘锦，隔不多远就有一个燃烧的大火把，那是从地下喷出来的天然气在燃烧。离垦区革委会不远的兴隆台，那时还是一个只有几十户人家的小村庄，离村不远处就有一个大火把，白天黑夜一直燃烧，火焰呼啸，十分烤人。这个大火把一直燃烧了好几年！

王政委在介绍盘锦的情况时，当然要介绍盘锦垦区的领导机构和领导人。他第一个介绍的领导人就是刘盛田。刘盛田，曾任盘锦垦区革委会主任，当时已是辽宁省委副书记，是“四人帮”横行时位列陈锡联、毛远新之后主政辽宁的第三把手。此人当时正红得发紫。在此情况下，王政委自然也对他说了不少吹捧的话，开口闭口都称“盛田主任”。在当时形势下，王政委这样说，也可以理解。但我们这些从北京来的刚出校门的大学生却不买账，当王政委扳着手指头说盘锦的“四田”时，大家几乎异口同声地大声说：“还有盛田！”“还有盛田！”然后哄堂大笑，弄得王政委十分尴尬。

王政委在历数了盘锦的“四田”之后，话锋一转说：盘锦这么好，是不是好得连虱子都是双眼皮呢？不是！接着他就数起了盘锦的“四大”。

风大——王政委说：盘锦的风很大，但刮的次数不多，一年刮两次，一次刮六个月。听到这里，大家都笑了。后来我们了解到：原来盘锦全部为退海平原，地面海拔平均高度只有 4 米左右，境内多水无山。这样，风一刮起来，毫无阻挡，越刮越大，刮七八级大风是常有的事。盘锦的风虽大，但它有一个特点——没有沙尘。因为盘锦几乎全部为水田，到处都有水，湿地面积占全垦区面积的 80% 以上。风再大，也刮不起沙尘，这也算是缺点中的一个优点吧！

厕所大——所谓厕所大，是说盘锦没有厕所，人们到处都可以大小便。实际上这话说得不准确，在盘锦农村，家家户户还是有厕所的，只有到田间劳动时，大小便才随地解决，使用田野这一大厕所了。应该说在全中国所有农村都是如此。

水泡子大——在盘锦农村是找不到水井的，因这里是盐碱地带，地下水又咸又苦，根本不能喝，人们吃水只好从水泡子里取水。每个村村旁都会有一个或几个大水泡子，每年 4、5 月，为了给稻田灌水，上游的水库便会开闸放水，人们便趁机把水泡子灌满，这便是全村人一年的用水。试想这水在水泡子里储存一年，鸡、鸭、猪、狗都来光顾，还能喝吗？但是没有办法，当时人们只能喝水泡子里的水。我们便是闭着眼睛喝了四年多这种水！

蚊子大——盘锦的蚊子大倒是属实，不但个儿大，而且特别多。盘锦到处都是水洼、水坑，到了夏天，蚊子还能少吗？我们在盘锦八年，没少受蚊子叮咬之苦。

听了王政委关于盘锦“四田”、“四大”的介绍，加上我们来时沿途看到的情景，我得出一个初步结论：南大荒并不荒！这是一块正在开发的热土，是一块风水宝地，不枉它有一个响亮的名字——盘锦！

“小胳膊扭不过大腿！”

从繁华的京城来到这偏僻的小镇，尽管大家对自己的去向已有心理准备，但分配方案一公布，还是出乎大家的预料，便立刻炸开了锅。方案决定：所有同学都到各农场和公社（当时盘锦垦区还有少数公社）去做中学教师。对此方案，大家一下子接受不了，便情绪激动、慷慨激昂地和一位具体做我们分配工作的老杨同志辩论起来。大家所持的理由主要有两点：一是我们是北大、清华的学生，所学专业和培养目标不是教中学的；二是在北大分配时军宣队就告诉我们“先到农场劳动锻炼，一年后再重新分配”。大家的一致意见是：宁可先到农场劳动锻炼，也不去做中学教师！老杨同志是从沈阳来的一位辽宁省的干部[①]，大约五十岁，长相忠厚，不善言辞。他见说服不了大家，脸憋得通红，最后脱口而出说了一句话：“我告诉你们，小胳膊扭不过大腿！”

“小胳膊扭不过大腿”，既是对大家的说服、劝服甚至压服，大概也是老杨同志人生经验的总结。只是我们这群青年学生当时并没有理解他的好意，当即便送他一个外号：杨大腿！不知是哪位女同学甚至悻悻地说：“牛什么！我在北京大街上闭上眼睛走路，随便撞上一个也比你的官大！”事后同学们议论：我们真是冤枉老杨同志了。因为从后来了解到的情况看，当时分到辽宁各地的300多位北大同学，无一例外地全都被分配到乡村中学做了教师。可见这不是盘锦垦区的决定，而是当时毛远新主政的辽宁省委的决定，老杨同志不过是具体执行罢了。

“小胳膊扭不过大腿”，后来完全证明了这一论断的正确性。你们不是要劳动锻炼吗？会后第二天，便把我们全部送去劳动锻炼。先去了“五七镇”（即田庄台镇），后又去了平安农场。劳动锻炼期间，我们每天拿着铁锹在稻田里修渠挖沟、平整土地。3月的盘锦，冷风飕飕，水田里还结着冰碴。一天下来，累得腰酸腿疼，加之伙食又不好，不几天，就有人挺不住了。我们北大的35名校友，来自5个系，在校时互不认识，没有人能把大家的意见统一起来；其中一位同学首先表态：同意去中学当教师。“堤坝”一经决口，立即全线崩溃，纷纷表态“服从分配”。就这样，在劳动了两个星期之后，北大的35名同学全都到各农场、公社中学做了乡村中学教师。

清华的37名同学，基本上都来自工程数学力学系，意见一致，坚持继续劳动锻炼，寄希望于一年以后的再分配。他们当然也不甘心就这么苦撑下去，于是就派出几名同学回母校反映情况，用现在的话说就是“上访”。据说母校系里的领导和老师们听了他们反映的情况后深表同情，但却无能为力，又把情况反映到学校。当时清华大学的党委书记正是“四人帮”的爪牙迟群，他听后说：“这里面有阶级斗争，要抓里面的一小撮！”听到这一信息后，“上访”的同学再也没敢露面，就悄悄返回了盘锦。

看到清华的同学抱成一团，不好对付，盘锦垦区负责此项工作的同志又想出了绝招：分而治之，把他们拆开，分散到各个农场，有的农场甚至就一个人。这样，他们也挺不住了，在劳动了六个月之后，也一个个被分配到了各农场、公社中学当老师。

“小胳膊扭不过大腿”，应该是我们这群青年学生走上社会后所上的第一课！

---

① 当时辽宁称其为“五七战士”。——编者

三年中学校长与“告状”三年

我和房玉珍被分配到新立农场高中[①]做教师。当地有“三新一坝，新立最差”的说法。三新是指新建农场、新开农场、新立农场，一坝是指坝墙子农场。这句话的意思是说：这四个农场是当时全垦区最落后、条件最差的农场，而新立农场又是其中最落后、条件最差的！这样一个农场所办的高中怎么样就可想而知了。这所所谓的高级中学，竟然只有一排房子（5间）、5名教师、50多名学生！这样的高中，大概全国少有！所幸的是，这里虽然条件极差，但人却极好！

在新立高中，我教语文、政治，房玉珍教政治、外语。工作仅三个月，我便被任命为该校革委会副主任（即副校长）。这么快就“提拔”为副校长，大大出乎我的预料。分析原因大概有三：一是我的前任学历太低、水平较差；二是“北大毕业生”这块牌子；三是我本人工作还算努力，同事关系处得也很好，受到师生的欢迎和支持。

与我同时获得任命的是邢振发同志，他任学校贫下中农代表、党支部书记兼革委会主任。他当时已五十多岁，从年龄来说，属我的长辈，因此我像尊重长辈一样尊重他。他原是农场的一位大队党支部书记，为人正派、工作认真、关心同志。他在师生面前常说的一句话是：“咱们于主任是北大的高材生，听他的，没有错！”在他的关心和帮助下，我很快入了党，并随即当上了中学的党支部副书记。他把主要精力放在帮助老师们解决生活困难方面，学校的教学及其他一切工作都放手让我去干。学校的几位骨干教师（王法高、齐成富、李成冬、穆道有、金彦鸿、张翠华等）又鼎力相助，我这个副校长实际上成了正校长。

上任后，我首先抓了两件事：一是发动师生齐心合力盖起了五间青砖房，以做教室之用；二是到处搜罗教师，用正规的话说就是“加强师资队伍建设”。一支只有五人的教师队伍，怎么能办好一所高中？我首先跑到清华大学同学劳动锻炼的驻地，动员说服了我的山东老乡王法高，接着又动员了两名从沈阳来的“五七战士”和高三毕业的知识青年来校任教。这样，到当年年底，学校教师队伍便扩大到十五人，其中本科毕业生九人。正如有的学生所说：“你们这批大学生的不幸，却是我们这些农村孩子的大幸——我们获益匪浅、受益终生！”

有了像样的师资队伍，学校的教学及各项工作立即风生水起、有声有色、红红火火。于是，附近各小学初中班学生及其家长强烈要求并入高中。1972年农场党委做出决定：将紧邻高中的中心小学校舍划归高中，小学部另迁他址，将全农场各校的初中班一律合并到高中。这样，学校便迅速扩大成为有二十多间教室、高初中十几个班

① 当时一般公社没有高中，一般称××公社中学，学生为6—9年级。——编者

级、七百多名学生、四十多名教师的完全中学。我也能算是个名副其实的副校长了。

从1971年到1976年，应该是新立农场中学最辉煌的历史时期。这是当时一些乡村中学在特定历史时期的一种特殊现象。1976年粉碎“四人帮”后，随着大学毕业生的纷纷调离、“五七战士”的“回归”和知青的全部回城（我和房玉珍已于1974年初调离，我到县委宣传部，她先到县委党校任教、后到县总工会），该校的师资队伍从质量上一下子垮了下来，从此便辉煌不再。

“当了三年中学校长‘告状’三年”，绝非故弄玄虚。那么，告谁的状？向谁告状？告什么状？向大洼县教育组（即教育局）告新立农场领导经常让学校停课、让师生参加田间劳动！在我任副校长的三年多时间内，几乎每年都要为此与农场主管生产的副主任（副场长）争吵几次，争吵没有效果，我就打电话给大洼县教育组，有时我还骑自行车跑四五十里路到县城直接去找教育组宋尧同志。他是辽宁省下来走“五七道路”的老干部，五十多岁，慈眉善目。我向他“告状”，他总是站在全局的高度，先是表示他对这种做法的不满，接着安抚一番，最后和一通稀泥，不了了之。“告状”也并非一点作用没有，县教育组专门为此发了文件，强调“学生以学为主”，要求尽量减少学生的停课劳动时间。但是，文件发到各农场，实际变成了一纸空文。

盘锦当时属于地广人稀地区，水稻种植面积很大，劳动力相对严重不足，当时农业机械化程度又差。每年5月中、下旬，上级都会提出“大战红五月，不插六月秧”的口号，仅靠农工（当地农场的农民被称为农工）和知青很难按时完成任务，农场领导自然会想到中学生这支生力军。七百多人的学生队伍，一天便可插秧几百亩，确实能解决问题。在这种情况下，农场主管生产的领导便会经常光顾中学。一次、两次行，三次、四次也行，五次、六次也还行，但七次、八次、九次、十次……学生们就有意见了。于是，“告状”的事也就发生了。那时我正值年青气盛，处事还有些孟浪。后来我去前进农场毛家大队当了党总支书记，有了亲身体会，才理解了他们。好在都是为公，争吵归争吵，我们相处得还是很好的。

每次劳动时我和老师们都要带队参加，穿上高可及膝的黑色胶皮靴子，一脚下去，烂泥没过小腿肚，拔出来很费力，而且还要不停地弯腰插秧。在水田里劳动一天，累得腰酸背疼，吃不下饭。总之，那几年，水田的活没少干。甚至我结婚当天，还和房玉珍俩带领学生在稻田里干活，一直到下午6点多才回到学校，晚上才举行了简单的婚礼。

早期的“大学生村官”

1976年2月春节前夕，县委书记张恩普找我谈话，让我到前进农场毛家大队任党总支书记。这是县委为贯彻第三次全国农业学大寨会议精神，决定从县直机关（我当时在县委宣传部任理论干事）选派青年干部到基层培养锻炼。这次县委选派了两人，除了我，另一位是前任县委书记的儿子，去的是大洼县仅有的两个辽宁省农业学大寨先进单位。因此，一时间我们两人便成为大洼县机关干部议论和关注的焦点人物。

春节过后，县委书记张恩普亲自把我送到毛家大队，由此我便开始了“大学生村官”的生活。现在看来，我应该是我国早期的“大学生村官”之一。

我任大队党总支书记，实际上是县委下的一个“双黄蛋”，因为原先的大队党总支书记职务不变，等于同一个大队安排了两个书记。老书记杨永良，是辽宁省劳动模范，大洼县赫赫有名的人物，县委领导让他对我进行“传帮带”，我的任务则是虚心向他学习，熟悉农村及农业生产情况，积累农村工作经验。

毛家大队与一般的农场生产大队相比确实不一般：全大队6000多亩水稻，平均亩产都在千斤以上。在上个世纪70年代初，这确实是很少有的高产。大队有一个稻米加工厂，年加工生产大米在500万斤以上，这在全县生产大队中是绝无仅有的。大队部有多间房子，设有大队办公室、会计室、民兵连长室、民兵值班室、广播室、电影放映室，一个可容纳几十人开会的会议室，以及一个可容纳六七百人开会的大型俱乐部。还有一个豆腐坊，每天都要做几方大豆腐，以供全大队各生产队知识青年食堂及外来参观学习的客人所需。配有一个专职炊事员，负责给上级来人和外来参观学习者做饭。我来毛家大队后，吃住在大队部，一日三餐也由它来负责。那时毛家大队的干部都非常清廉，我在那里工作的一年半时间里，没有发现一位大队干部借故在大队食堂吃过饭。

⊙ 于清河、房玉珍夫妇和两个儿子1983年在大连海事大学

我在毛家大队工作期间，几乎每天都和杨永良书记在一起，要么就是和各生产队长开会，研究布置生产工作，要么就是穿一双高筒胶皮靴子，深入田间地头，检查指导生产；一有机会，也下到水田劳动。可以说：大队的6000多亩地，每一块地都留下了我的足迹，每一块地都洒下了我的汗水。

被称为“抓阶级斗争起家”的毛家大队，在我任职的一年半期间，却没见杨书记抓过一次阶级斗争，也没听他介绍过本大队阶级斗争情况。从大的环境讲，当时“四人帮”正忙于抢班夺权，大概已顾不得抓下面的阶级斗争了。所以，当时上级领导虽然有时也说要抓阶级斗争，但在布置工作时却没有抓阶级斗争的实质内容。在这种情况下，到了基层自然也就不会去抓阶级斗争了。所谓“抓阶级斗争起家”，不过是基层干部为了应付上级某些领导人的需要，空喊的一句口号罢了。相反，杨书记天天和我研究的是：学大寨、抓生产，如何提高水稻产量。

那时大队还有一项工作，就是教育、管理下乡知识青年。当时全大队共有知青400多名，全部来自鞍山，大部分来自鞍山焦化耐火材料设计研究院（简称鞍山焦耐院），他们的父母几乎全部为高级知识分子；少部分来自鞍钢后勤基建处，他们的父母大部分为工人。前者对知青工作非常重视，随学生派有带队干部，六个生产队每个生产队一名，大队还有一名总带队干部，记得当时第五生产队的带队干部还是一位教授级研究员。有了这些带队干部，我们的工作就轻松多了，有什么事情跟他们商量一下，具体工作带队干部就做了。

那时，作为知青的父母，除了关心自己孩子的日常生活之外，最担心的事情有两件：一是担心孩子在乡下打架，二是担心在乡下谈恋爱，特别是担心他们和当地青年谈恋爱。这样的事情在毛家大队知青中都发生过。好在，在我任职的一年半时间内，毛家大队的知青工作总算没有出大的纰漏。

我在毛家大队工作期间，没有做出什么突出的成绩，大队的一切工作都是杨书记说了算，我的任务主要是学习。现在想起来，我多少也做了一些有意义的事，其中有两件值得一提。一件是，大约在1976年中，上级下令各大队都要放映一部故事片——《欢腾的小凉河》，并要求组织群众观看。这部影片的主题是批邓、反击右倾翻案风，这是“四人帮”在为自己抢班夺权制造舆论。此部影片被我扣下了，没有向群众放映。这倒不是我有多么高的觉悟，而是当时生产任务太紧张了，没有时间放映（当然也与我对这部影片有一定看法有关，事先，大队放映员单独给我放映了一遍，我对此影片并不“感冒”）。另一件是，1977年恢复高考，知识青年强烈要求大队举办迎接高考的复习班。这一意见由带队干部反映到杨书记那里，他认为办复习班势必影响生产，坚决不同意，并在我面前表示强烈不满。但在我的多次劝说下，杨书记最后还是同意了。于是，在高考前的一段时间，毛家大队参加高考的知识青年们每天提前收工，吃过晚饭便到大队会议室，参加复习班——听鞍山焦耐院派来的教师给他们上课。1977年毛家大队的不少知识青年考上了大学。

毛家大队离县城二十多里路，我在此工作期间，一般一个多月才回家一次。妻子留在县城，既要上班，又要带两个孩子，很是辛苦。

经过一年半的学习锻炼，可以说，我对盘锦农村的情况已经有所了解，对农业生产特别是水稻生产已经基本掌握，并积累了一定的农村工作经验。这个时候，如果让我去领导一个生产大队，甚至一个国营农场，应该说是不成问题了。

告别盘锦

1977 年 8 月，我结束了“大学生村官”的工作，回到县城，被暂时安排在县委组织部干部科工作。恰在这时，传来了北大要举办“回炉班”的消息，我们立即找出有关书籍复习起功课来，准备参加“回炉班”考试。正当我们沉浸在兴奋中积极备考之时，又传来了不好的消息：国际政治系不办“回炉班”！我们十分沮丧，心有不甘！于是，我们又决定报考研究生。

大约是在 1978 年春节前后，我们正加紧准备考研究生的时候，突然收到林庆民同学（与我们一起分到盘锦，几年前已调大连，在辽宁师范学院，即现在的辽宁师范大学任教；后任大连市委副书记、市政协主席）一封信，说他已向大连海运学院（后更名为大连海事大学）政教室推荐了我和房玉珍。接到此信后，我们权衡再三，当即作出决定：放弃考研，去大连海运学院工作。

1978 年 10 月 23 日，我们告别了工作和生活 8 年多的盘锦，举家南迁，来到了美丽的海滨城市——大连，开始了新的生活。

于清河，教授、硕士研究生导师。1943 年 10 月生，山东省诸城市人。北京大学国际政治系 1964 级学生，1970 年 3 月分配到辽宁省盘锦垦区工作，1978 年 10 月调入大连海事大学工作至退休。曾任大连海事大学党委委员、社科系主任兼系党总支书记；校党委宣传部长兼统战部长。大连海事大学港航行政管理专业主要创办人、马克思主义理论与思想政治教育硕士学位点主要创办人。主要从事中共党史、中国革命史、科学社会主义的理论与实践等课程的教学与研究。出版著作 10 余部，发表学术论文 60 余篇。曾被评为大连市优秀教师、大连市“最佳宣传干部”、辽宁省马克思主义理论课优秀教师，享受国务院政府特殊津贴。

辽北岁月

马子富

一

1970年3月，春寒料峭。我们告别了学习、生活五年多的母校，走出燕园。我被分配到辽宁省西丰县。当我从中国地图上找到西丰县时，心里还挺高兴。因为西丰县北部与我的老家吉林省梨树县接壤，回老家比较方便。西丰县在清代是盛京围场的一部分，称“掏鹿”（据说一座山下有一鹿洞，猎人从洞内掏出鹿仔，由此得名），民国时始称西丰。西丰县东邻辽源市、东丰县，南邻清原县，西邻开原县。

当时分配到西丰县的共有22位北京大学毕业生。当地人知道辽宁大学，不知道北京大学。问我们：“你们是辽大的吧？”我们说：“不是辽大，是北大。”他们诧异地问：“什么北大？”我们说是北京大学。他们似有所悟地说：“啊，是北京的大学呀！”还有人问我们：“你们犯什么错误了，怎么分到这儿来了？”我们说：“没犯错误。毕业分配到这儿的。”因为在历史上，没有一个北京大学的毕业生被分配到西丰，更不要说一次来了22人，所以才使当地人感到奇怪。

报到后，多数同学被分配到公社中学，少数留在城里。数力系的杨绍凯、徐云波（女）、哲学系的王德贵到平岗中学；物理系的魏国柱、由成钧到金星中学；物理系的李炳秋到房木中学；物理系的葛秋元、中文系的范立官到郜家店中学；技术物理系的王忠华到德兴中学；无线电系的张文杰到福临中学；数力系的杨荫波到营厂中学、历史系的刘敏到和隆中学；物理系的李桐、魏鎏英（女）到凉泉中学；化学系的王寿松到安民中学；生物系的田洪元、黄玉芳（女）、中文系的黄丽丽（女）到抗大中学；中文系的张双棣到西丰县教师学校。经济系的李长吉到县供销社；化学系的王春发到县化肥厂。我因为在大学毕业前夕，经同班同学丁广举、宁骚介绍加入了中国共产党，是分配到西丰县的北大毕业生中唯一的一名党员，所以留在城里，先在县教师学校，后在县教育组工作。

二

这么多北京大学的高材生到中学任教，对当地师资是很大的充实，对偏僻乡村的农民的孩子是一件好事。北大学子学识渊博、爱岗敬业，把自己所学到的知识毫无保留地教给学生。例如，黄丽丽在抗大中学教语文。据该校领导说，黄丽丽没有不认识的字。她教过的班级，其他老师再上语文课，就感到“不好教了”。

1970 年五一国际劳动节，北京大学的几个同学在西丰县教师学校聚会。老同学见面，敞开胸怀，无话不谈，免不了发几句牢骚。饭后到城中猴石山上游览，有的同学在烈士纪念碑前摔碎了啤酒瓶子。聚会后，同学们回到各自学校。谁也没有想到，这次聚会竟被说成“反革命事件”。原来参加聚会的有一位辽宁大学哲学系毕业的人，他阶级斗争的嗅觉灵敏，聚会后，急不可耐地找到教师学校的领导告密。该领导认为事态严重，立即向县教育组的领导汇报。县教育组的领导又向县人保组（相当于县公安局、检察院、法院的机构）的领导汇报。于是作为“反革命事件”立案追查。

当时正处在“文化大革命”中，“阶级斗争年年讲，月月讲，天天讲”。1970 年 1 月 30 日，中共中央发出《中共中央关于打击反革命破坏活动的指示》，以此为开端，在全国开展“一打三反”运动。这次聚会就成为西丰县教育系统“一打三反”运动的一个内容。

参加聚会的有分配到德兴公社中学的王忠华。学校领导接到上级的指示，对王忠华进行抄家，从他的宿舍里搜出几本日记。办案人员戴着有色眼镜，拿着放大镜从日记的字里行间寻找“证据”。王忠华在日记中写道，在去德兴的途中，坐着像囚车一样的汽车，看见两边低矮的小房等。办案人员如获至宝。学校领导说他“攻击社会主义，污蔑大好形势”，勒令王忠华检查，交代问题。

因为我在县教育组工作，很快知道了王忠华的情况。我找到李长吉，和他谈了王忠华被整的情况，商量对策。李长吉冒着酷暑，骑着一辆破旧的自行车，翻山越岭，汗流浃背，到北大同学所在公社中学，叮嘱他们：“务必小心谨慎，千万不要口无遮拦，胡咧咧，以免授人以柄。”

⊙ 2013 年 5 月 4 日摄于北大百年大讲堂

王忠华被逼无奈，有一天到县里找我，详细地谈了他的处境。

我觉得都是北大同学，帮他摆脱困境义不容辞。于是，领他直接找到负责“一打三反”工作的县革命委员会王副主任。我向王副主任介绍了王忠华以后，王副主任与王忠华谈了一个多小时。王副主任认为，王忠华由于年轻气盛，从首都北京到偏远山区，反差太大，对环境不太适应，说几句错话，不能认定为“现行反革命”，鼓励他回去好好工作。王忠华心里有了底，高高兴兴地回到了学校。

然而，事情并没有完。当学校再找他谈话时，发现他的态度有了变化。学校领导很奇怪，怎么去了一趟县里，回来后态度就变了呢，怀疑县里“有根子”支持他。于是加大审查力度，给他办学习班，甚至把他的父母从四平市请来，帮助他提高认识。

李长吉到德兴公社出差。德兴供销社主任请他吃饭，同时也请了德兴公社书记。在饭桌上，李长吉向公社书记敬酒，提到有一个北大同学在公社中学，请书记高抬贵手，多多关照。书记很豪爽，说：“这事我知道，王忠华没有大问题，就是说话不注意。我们就是杀杀他的傲气。”

对王忠华的审查降温了。王忠华的课教得好，对学校的工作也很关心。学校并没有歧视他。第二年，评王忠华为学校先进教师。第三年发展他加入了中国共产党。1978 年，王忠华考取了黑龙江科技大学的研究生。

由于受教师学校聚会事件的影响，张双棣被调到平岗中学任教。本来有人也想借机整我，可是我在那个五一期间回梨树县老家了，没有参加那次聚会，因此逃过一劫。

在教师学校和县教育组工作期间，我有时到中学和小学听课。有一天，我和一位同事到西丰镇某小学听语文课。任课的是一位年轻漂亮的女教师。当时讲词汇时，要求讲出“革命”的意义来。那位女老师先在黑板上写了一个大大的“靴”字。然后说：“同学们，你们看，左边是个‘革’字，‘革命’的‘革’；右边是个‘化’字，‘革命化’的‘化’。加起来念‘靴’。”她兴致勃勃地领着学生念：“‘革命’的‘革’，加上‘革命化’的‘化’，念‘靴’。”学生们学会了。课后，我与那位同事回单位。我说：“如果按照这种教法，‘驴’字应该怎么讲？”同事说：“好讲，左边是‘千军万马’的‘马’，右边是‘千家万户’的‘户’，加在一起念什么呀？”我回答：“驴。”他说：“千军万马，千家万户都是‘驴’，哈哈哈哈！”我们两个笑弯了腰。

从 1970 年 6 月起，高校陆续开始招收工农兵学员。我曾参加招生工作。1968 年以后上山下乡的知识青年有高中生、初中生，还有小学没有毕业的，文化水平参差不齐。在文化考核时，招生的老师出了一道算术题：二分之一加三分之一等于多少？有一位女知识青年的答案是五分之二。我说：“你这是怎么算的？”她说：“不是分子加分子，分母加分母吗？”连通分都不知道。

在那时，调动工作是很难办的事。在我负责县教育组人事工作期间，有几位北大同学要求调出西丰，我都帮助他们很快地办好了调动工作的手续。有一些家住在城里、本人在乡下工作的女老师要求调到城里，我与调出和调进的学校协商，满足了她们的要求，使其家庭团圆。

1972 年，县教育组的领导要我负责审查干部和落实政策工作。我组织了一个二十来人的审干班子，清理了历年积压的一百多份案卷。经过调查，为一些错划成分的老师做了改正；对有历史问题的教师做出符合实际的结论；也在力所能及的范围内平反了一些冤假错案。

三

西丰县是山区，全县面积 2686 平方公里，人口 30 多万。有耕地 75 万亩，号称："七山半水二分田，半分道路和庄园"。在"文化大革命"中，辽宁省是"左"祸横行的重灾区。农业生产落后，片面贯彻"以粮为纲"的方针，限制甚至禁止副业生产发展。那个从大寨大队党支部书记升任国务院副总理的人，提出"大批资本主义，大干社会主义"的口号，说什么"堵不住资本主义的路，就迈不开社会主义的步"。但是，人们并没有弄清楚什么是资本主义，什么是社会主义，把农民的自留地和副业都看成"资本主义"。辽宁省不准农民个人种植四辣：葱、姜、蒜和烤烟。理由是葱、姜、蒜味道辛辣，费饭；烤烟属于经济作物。当时提出"割资本主义的尾巴"的口号，把老太太养几只母鸡，下几个鸡蛋都当做"资本主义"。有的生产队提出"铲除产生资本主义的土壤"，把社员自留地上富含腐殖质的土壤铲到生产队的地里，甚至每隔两三年重分一次自留地。什么时候种地，什么时候锄地，什么时候收割都是上级统一号令，例如种水稻"三个一不过十"，即 4 月 1 日播种育苗，5 月 1 日插秧，6 月 1 日插完，不准超过 6 月 10 日。老农民气愤地说："我们干了几十年，反而不会种地了，只有县委书记一个人会种地。"当时农民生活很苦，一年 365 天，几乎每天都要到生产队劳动，春节想休息几天，还要过"革命化的春节"。不少生产队花钱靠贷款，吃粮靠返销，粮食不够吃。1972 年初，为了完成粮食征购任务，县里组织干部下乡。我和县革命委员会机关干部到凉泉公社。当地农民人均一年口粮 360 斤，已经很低。经过动员，把口粮压低到每人一年口粮 320 斤。当时提倡种植一种高粱新品种"晋杂五号"。在海南岛育种，到西丰县种植。这种高粱比本地高粱高产一些，但是不好吃。老百姓说："晋杂五，晋杂五，不好吃，不好煮。"辽宁省城镇居民每人每月供应 3 两油，半斤肉，其他省市每人每月供应 5 两油，半斤肉。有的省提出支援辽宁省一些食用油，辽宁省的领导坚决不要，说："辽宁要打农业翻身仗。"老百姓给时任沈阳军区司令员、辽宁省革命委员会主任起个绰号叫"陈三两"。

1970 年 3 月到 9 月，我在郜家店公社胜利大队参加工作队。开始时，县里派出十几个人，最后只剩下我一个人。郜家店公社的领导提出要治理一条过境河流，动员全公社劳动力去参加"大会战"。为了体现与社员同甘共苦，我也参加了胜利大队的劳动大军。各大队分段包干，把河里的沙子运到两岸，堆成堤坝。大干苦干了 4 天，吃住在工地，治理河道的工程完工了。各大队扛着红旗，敲锣打鼓，向公社领导报喜。公社领导满面笑容，招手致意，为工程竣工而喜笑颜开。不料，一场大雨，哗啦啦，把沙坝冲毁。农民几天的辛勤劳动成果化为乌有。像这种劳民伤财的事屡见不鲜。1971 年，我到和隆公社福巨大队参加县里的蹲点工作队。这个大队是当时农业学大寨的先进队。我与其他队员一起，参加生产队的会议，下田劳动，还与大队的小学老师一起编了几篇乡土教材。

1973 年春，县委决定抽调机关 26 名干部到公社任职，我名列其中。我被派到离县城 120 里路远的铜台人民公社，任公社党委常委、革命委员会副主任。当时规定公社干部到大队“蹲点”，下去 10 天，在公社机关 5 天。每月休息 4 天，我回西丰县城家里一次。我被分派到凤楼大队，离公社所在地成平 30 里路，来去都是步行。

当时，我们在生产队社员家里吃派饭。有些社员生活困难，家徒四壁。公社干部去吃派饭，用晋杂五高粱米熬稀粥，盛上一碗粥，稀溜溜，能照见影子。我们按照规定，每人每顿饭给他们 2 角钱，4 两粮票。有些社员的家庭条件好一些，做干饭，打两个鸡蛋，在菜园子里割一把韭菜，端上一盘韭菜炒鸡蛋。吃饭时，他家的一个或两个小孩站在屋门边，小眼睛直勾勾地盯着那盘菜。我们一般都要留一些鸡蛋。主人说：“吃吧，吃吧，还有呢！”我们说：“吃好了。”女主人把菜盘子拿下去，孩子在锅台上狼吞虎咽，三口两口就一扫而光了。

我在凤楼大队工作了一个多月。按照县里部署，要“改造后进队”。公社党委决定，由我带 3 个人组成工作队，到德兴大队。经过半年多工作，经县里派人验收合格，这项工作就结束了。

在农村工作虽然劳累一些，但是，由于公社领导班子团结，工作部署有条不紊，农民朴实善良，所以工作还算得心应手，没有出现纰漏。在工作之余，我没有忘记读书。公社院子后面有一座小山。清晨，我拿一本书，到山上去。有时，扑棱棱惊起一只金毛绿尾的野鸡；野兔蹲在榛子树棵里，瞪着红红的眼睛，扇动两只长长的耳朵看着我。初升的朝阳照在身上暖洋洋的，空气清新，沁人心扉。在这样的环境里读几页书，颇觉惬意。我每次下乡，书包里都带一两本书，有时间就读几页。利用零星时间，我通读了《毛泽东选集》4 卷、《马克思恩格斯选集》4 卷、《列宁选集》4 卷，做了一些读书笔记，为我以后的工作打下了扎实的基础。

1973 年 12 月至 1974 年 2 月，我参加了铁岭地区第一届工农兵干部学习班。平心而论，参加工农兵干部学习班的学员都是在基层工作表现比较好的。学习班结束，有些人被提拔到县里担任县委书记或革命委员会副主任，我被派回西丰县铜台公社，担任副书记，仍然是公社的第三把手。

由于我是北京大学毕业生，理论功底较深厚，在学习班负责学员学习的铁岭地区

“五七干校”革命委员会副主任杨振廷对我印象很好。当我回到公社工作不到一个月，正准备把家属调到公社卫生院，在公社大干一场时，铁岭地委组织部就把我调到铁岭地区五七干校了。

四

五七干校是“文化大革命”中所谓“改造”和“锻炼”干部的场所，它的建立源于毛泽东的《五七指示》。

1966 年 5 月 7 日，毛泽东审阅军委总后勤部《关于进一步搞好部队农副业生产的报告》后给林彪写了一封信，被称为《五七指示》，在这个指示中，毛泽东要求全国各行各业都要办成亦工亦农、亦文亦武、又要批判资产阶级的“大学校”。

1968 年 5 月 7 日，黑龙江省首先将柳河干校命名为“五七干校”，得到了毛泽东的肯定。10 月 5 日，《人民日报》在发表《柳河“五七”干校为机关革命化提供了新的经验》一文的编者按中发表毛泽东的指示：“广大干部下放劳动，这对干部是一种重新学习的极好机会。除老弱病残者外都应这样做。”在这一号召下，全国各地普遍开办“五七干校”，把原党政机关、科研院所、高等学校的绝大部分干部和教师送到干校劳动、学习。

铁岭地区五七干校原址在开原县中固，后迁至铁岭市南的申家沟，距市区 18 里路。我于 1974 年 4 月底到该校报到，任干校党的核心领导小组副组长、革命委员会副主任。当时，五七干校有两种班。一种是以劳动为主学习为辅的长期班，学制为一年；另一种是以学习为主劳动为辅的短期班，学制为 1 至 3 个月。我在五七干校分工管教学，办过两期长期班，几个短期班。我给学员辅导马列著作、毛泽东著作，给铁岭地区第二、三届工农兵干部学习班辅导马克思的《哥达纲领批判》。除教学外，也与学员一起参加劳动。学员对我讲课的反映还是比较好的。

1977 年 10 月 5 日，中共中央作出《关于办好各级党校的决定》。铁岭地区在五七干校地址成立党校。地委书记任党校书记兼校长，杨振廷任副书记副校长，我任副书记副校长。在地区五七干校和地委党校工作期间，我在《铁岭日报》上发表了十多篇文章。

1977 年 12 月，党校派我到辽宁省委党校理论班学习，时间为一年。在省委党校学习期间，我系统学习了马克思主义哲学、政治经济学、科学社会主义和党的建设四门课程。

1978 年 3 月，得知北京大学招收研究生，原国际政治系系主任、现亚非研究所所长资深教授赵宝煦招研究生，我报名参加考试。初试合格后，7 月份到北京大学亚非研究所参加复试，被录取。

1978年金秋10月，辽宁省委党校理论班还没有结业，我提前结业，到北京大学报到。

我在辽北八年，重回燕园，又见清澈的未名湖、高耸的博雅塔，开始了人生新阶段。读研究生课程期间，能够亲耳聆听季羡林大师和赵宝煦等教授讲课，燕京大学毕业的鲍小陋教授教我们英语口语，使我受益匪浅。

当年被分配到西丰县的其他同学，也都先后离开西丰。有些人考上了研究生，有些人参加了北京大学各系办的"回炉班"，还有些人调到家乡所在地的中学。在大学工作的都被评为教授，在科研单位工作的被评为研究员，在中学工作的当上了校长。

2005年，我和当年的北大校友李长吉、杨荫波、田洪元、黄玉芳等到西丰县访问。西丰县旧貌换新颜。田洪元教的学生当了西丰县县长。当年的"大屯子"楼房鳞次栉比。西丰县的工业、农业、林业、交通、教育等都有很大发展，猴石山、寇河岸边都成了靓丽的风景区。

马子富，吉林省梨树县人，教授。1945年1月生。1964年考入北京大学国际政治系。1970年3月被分配到辽宁省西丰县工作。1978年10月至1981年10月为北京大学亚非研究所研究生，毕业后被授予法学硕士，先后在北大国际政治系、中国工运学院（现为中国劳动关系学院）任教，曾任工运研究室主任、《工会理论与实践》学报总编辑。1987年至1988年，为美国弗吉尼亚大学历史系访问学者。2005年1月退休。

主要著作有：《企业工会实用教程》（主编）、《经营战略与工作法》（主编）、《中国清代文学史》、《世界近代前期政治史》、《西部开发与多民族文化》（主编）。参与编写《国际工人运动史》、《工会干部岗位培训教材》、《世界政党词典》、《世界议会词典》、《工会百科词典》等20余部。在国内外报刊发表论文100多篇。

迁西旧事

杨若明

两易方案到迁西

1970年3月11日，化学系军宣队召开了最后一次学生大会，宣布分配方案，同时把火车票发到每人手上，这意味着各人离开未名湖的日期已被军宣队锁定。据说我第一次是分配到承德地区，后来“上面”搞人事的一个男老师，知道我家庭受到巨大冲击，北大化学系一些红卫兵去父亲单位造反，父亲已经被“遣返”回原籍滦南县，就说：这样的人都把他们分回老家去好好改造！他专门找别的系换来唐山地区滦南县的名额，并在分配大会上宣布。如果我去了老家，后果不堪设想，我离开未名湖的第一个“亮相”，就将是陪斗的陪斗！感谢曾与我同被军宣队列入“可以教育好的子女”学习班的同年级2班的张莹，在我面临危难之时主动提出、并在化学系老师的帮助下，与我互换了分配地点，这样我就到了唐山地区迁西县，躲过了几乎无法逃避的厄运，并与迁西县有了八年半之缘。

3月14日下午1：12，火车启动，当晚7点左右我们到达唐山。到站后，聚集起来的北大二十几个人一起去唐山地委报到。这次分到迁西县的北大学生共七人：除了我，还有6503郝振，6302盛嘉茂，6518刘玲，6418周荣耀，6417邵三妹与施玉昌。在县举办的各高校毕业生学习班上，县革委会政治部赵国宣布：中央指示，我们一律插队。工资照发，供应商品粮，提供烧柴。赵国满足了我们的唯一要求：七个人在一起插队，地点是南观公社才庄大队——省先进单位，有电灯，吃井水。我们计划养一头猪、几只鸡、狗（防狼）等，还打算种菜、捕鱼捉虾。

3月29日，坐着大马车一路颠簸到才庄。赵国挺严厉，但没把我们分开就该知足了。我们推举周荣耀为组长，还说：“不能给北大丢脸！”队里安排三个女生住赵大妈家，她家三个女儿（赵明霞等）；四个男生住马路对面杨文喜大哥家。马路两边两对已订婚的男女朋友来往频繁，感染了剩下的三只孤雁，七位北大校友组成了一个快乐的“集体户”。

进村第二天我们就下地劳动。每天干活分三段：早上天不亮脸也不洗就下地；天亮回家吃早饭，接着又下地干到日上中天；午饭后休息一阵再下地，直到“老阳儿”

落山才收工，可谓披星“待”月。晚上还要和社员一起坐在队里炕头上开会，算工分、算小猪吃了庄稼苗扣几分等。我们挖鱼鳞坑、种树种；挑白薯种；修大寨田。得知日寇制造的“潘家峪惨案”离才庄不远，我们用一天时间徒步拉练去潘家峪受教育。

生活上问题不大，毕竟我们有工资。轮流一人在家做饭，早、晚喝玉米面“沫子”，中午贴饼子或高粱米饭。社员还给我们送豆腐、饺子。至于原来畅想的养猪、鸡、狗，种瓜种豆之事，因为太不现实，一件也没兑现。

农机厂里当工人

4 月 28 日，因农机厂有紧急军工任务，县政治部突然抽调包括我们七人在内的学生去农机厂劳动。刘玲、邵三妹、郝振、王蓉到喷漆车间，周荣耀、施玉昌到钳工车间，我和盛嘉茂到铸工车间。翻砂不要女的，让我“刻芯”，教我的侯师傅经常从家里带白薯干，在车间炉子上烤好后塞给我吃。

熔化铁水的工作在车间外进行。小勺铁水一个人浇，大包铁水必须四个人抬着浇。一次，不知何故大包铁水缺一个人抬，师傅大声叫人，我听到后马上放下手里的活，急忙跑出去帮忙。炽热的铁水烘烤着脸，杠子很沉，握着杠子的手不敢片刻松开，特别是翻包倒入砂模时，手扭着，很费劲儿。我提醒自己一定要坚持住！不能因为我出事故！事后我觉得很骄傲：没想到，我一个女生竟然参加了抬大包倒铁水浇铸件的工作。正值工厂搞革新，焦炭化铁改煤粉化铁，我们还参加了动手修高炉的劳动夜战。有时还帮师傅写决心书，搞板报宣传。2013 年 11 月初我们七人重返迁西寻旧，盛嘉茂特意回到原农机厂旧址拍了照片，我们辨认着当年的铸工车间，回忆四十三年前刻芯和浇铁水铸件的地方，十分感慨。

抽调机关当干部

7 月 16 日通知，抽一部分学生搞“斗、批、改”，北大七人未动，可见政治部对北大人另眼高看。我们不时被政治部叫去帮忙，搞文件校对或协助筹备县政工会议。

县政治部给我们一个专项任务：“清理非法印刷品”，宣传部张家珊副部长负责，很奇怪让我当组长，在县机关大院安排了一间办公室，工作内容是把社会上在“文革”期间出版的毛主席语录和诗词讲解、林彪语录三类书籍集中起来逐字审查，主要查错别字，超过一定量就视为“非法”印刷品，入“清理”之列，不追究责任，只集中收缴，由上级统一组织送印刷厂化浆、再造纸。工作范围覆盖全县。张部长指导我们用划片的方法进行。尽管工作难度大，但是怎么也不能给北大丢脸啊！阶段性任务完成得令县里意想不到的顺利。

9月初，突然通知我和周荣耀去昌黎参加唐山地区复审班子工作，工作量很大，但时间安排不紧。我们住在地委党校，晚上休息时，我常打乒乓球或去资料室看书。我最希望查毛主席诗词类的书，对其中的诗词格律及用典注释我还做了摘录，那是一段非常享受的工作。时值中秋，我约好朋友张莹从滦南到昌黎小住。昌黎水果久负盛誉，我们尽享了一个瓜果梨葡萄的中秋节，又去北戴河和碣石山玩了两天，可谓意想不到的收获。

回迁西已是9月底，两周后县召开四级干部会，传达北方十四省农业学大寨会议精神，临时调我们到大会资料组。没想到意外惊喜从天而降！姐姐带着七只煮熟的大螃蟹，来迁西看我们，七个人来了顿螃蟹大宴。突然县里又通知我去唐山地委报到，与姐姐一路同行到唐山。原来是地委“钦点”的我，共分三组，让我任其中一个组长，其实我既不喜欢被人管，也不喜欢管别人，但此时此地不敢推辞。我们住唐山第一招待所，在青年宫上班，与我同住的秦皇岛女孩有讲不完的民俗故事，我们共度了一段轻松快乐的时光。工作进展很顺利，地委经常安排参观，最特殊的是参观劳改犯车间，地方狭窄，条件简陋，穿着蓝粗布工作服的劳改犯用大蒸锅加碱水煮头发，得到白色固体胱氨酸。那个场面给我留下了难忘的印象，后来我曾经多次向学生讲过那些劳改犯和他们的大锅、头发、胱氨酸、“碱性水解”。

完成任务返回迁西后，清理工作继续。为了检查和指导下面各公社的工作，我曾经独自骑车连续下乡跑过三天，其中有一天翻山越岭跑三个公社，去最北边的栗树湾子公社时，一鼓作气骑了七十多里山路，在山谷里、河滩上都是渺无人迹，不免害怕，但总算咬着牙闯过来了。

机关工作持续到年底，集体借调宣告结束。我们交回办公室钥匙，并于12月29日请假，送行李到阔别八个月的才庄，几个同学先回家了，我等到1971年元旦，从县里出发，独自“押车”去唐山地委送书，签字验收后送造纸厂化浆造纸。事情顺利办完，1月3日从唐山直接回家，那一天我刚好年满二十四周岁。

集体迁至小关庄

春节后，由于我们五个人集体超假，被政治部扣发一个月工资（后来补发了），并且于麦收后把我们集体迁到小关庄（刘玲回北京休假没去），让我们“吃大苦、狠改造”，每周加政治学习半天。小关庄生活条件不如才庄。例如有一天听说，没糊顶棚的屋顶上一只蝎子掉在盛嘉茂肚皮上，活活没把我和邵三妹吓死！从此我们不分季节、不分昼夜土炕上总挂着蚊帐。队里后来给我们一小块菜地，我和邵三妹在菜地上穿着打满大补丁衣服的合影保留至今。

我们曾经四个人赶着小毛驴，往返四十里山路到洒河桥镇买粮食，因为不会吆喝，小毛驴不起来，着实让我们着急了一回。买回的玉米粒得磨成玉米面，可是毛驴要社员先用，收工后我们就自己当毛驴轧碾子，一晚上下来，用口袋装着玉米粒去，用簸箕装着玉米面回，可说不清心里装的是轧碾子的辛苦，还是收获劳动成果的欣慰，五味俱全。

迁西板栗享誉全国。在栗乡插队，我有幸全程参加了打栗子的农活儿。一大早就挎上篮子，浩浩荡荡进沟。早已熟透掉在地上的是“风干”栗子，非常甜，允许边捡边吃；刚从树上打下来的光栗子没那么甜，只捡不吃；栗扑棱开了口，但躲在里面不肯“蹦”出来的栗子，要一只手用小树杈撑开如刺猬般的栗扑棱，另一只手的两个指头伸进去抠出栗子；没开口的栗扑棱，单独放进大筐，以后处理。收工时每人都扛着装满栗子的大筐，走好几里山路，送回下面的场上。

尽管手扎得疼、腿走得累，我还是特别喜欢打栗子的活儿，因为自由和好玩！顺着阳坡，随着栗子树，转了一沟又一沟，不统一休息，几人为伴，边走边捡边聊边吃：慢慢悠悠地走，仔仔细细地捡，热热闹闹地聊，高高兴兴地吃，外加游山逛景。打核桃还是这支队伍。我为同学巧妙地“偷运”过一次核桃和栗子，但是“乐极生悲”，烤熟后急着吃，热栗子把一个男同学的嘴烫了！

打完核桃、栗子，一秋的劳动就结束了。插队大学生再分配开始。我们即将与小关庄告别，与北大七人集体户告别，与一年半在基层当工人、干部、农民的特殊日子告别，其间充满了故事，有苦、有乐、有坚守、有友情；北大七人团结、乐观的插队集体户，留给我难以忘怀的记忆……

洒河高中当老师

再分配时，我提出“有医院、有邮局、有车站”的要求，结果分到洒河国办高中，位于洒河桥镇，是工委所在地，管辖好几个公社，乘长途汽车过遵化到北京比从迁西县城走还方便，比我的要求还超了，足矣！

到了洒河高中，才知道学校把我当成学中文的了，阴错阳差让我教了一年多语文，后改教数学。名为高中数学，实则学生连初一基础都不够，我就每天下午放学和晚饭后分两段给学生补课，天天刻讲义和习题给他们，两个月后很见成效，讲高中课能听懂了。我本来就喜欢教书，又很喜欢这些勤奋学习的农家子弟，几乎把所有时间和精力都投入教学，后来还被县里评了先进教师。

我在洒河高中合住或单住了六年的单职工宿舍，发生过很多故事。一年冬天我安炉子，没有清扫烟囱，半夜头痛难忍，下意识踉跄到门口推开门后就晕倒了，不知过了多久被寒风吹醒，第二天同事们一看，竟是小鸟在烟囱里搭了窝！我煤气中毒，捡了条命！有几年我的宿舍在学校最靠边上，夜里出去上厕所，夜幕中看见北面后山上闪动的“绿光”，很可怕，第二天学生告诉我是狼眼睛，还说真有学生徒手打死过一只狼！但是，孤独中的我知道，越是艰难越是要内心强大，所以我选择了主动地积极面对生活。我在宿舍墙上制作了“一个人的墙报”，上面有我最喜欢的《船长与大尉》中主人公萨尼亚的格言“奋斗，探求，不达目的，誓不罢休”，我喜欢主人公认同命运却又不沉溺于苦难命运而追求人生升华的昂扬精神。那个年代，“文革”给我的国、我的家带来了苦难，也把我沉入社会底层，但是我不会放弃精神与人格的坚守，心灵火光的坚守，它伴着我的坚守与忍耐，乐观与顽强，意志与奋斗，独自“走向困难重重的遥远的路程”。

亲历唐山大地震

在洒河教书期间，我亲历了唐山大地震。地震前夕，我们在县城邵三妹家聚会，不觉已过午夜1点。我和王蓉回防疫站宿舍的路上大雾弥漫，不是亲身经历绝想象不出那雾有多浓、有多臭！王蓉问:“睡觉戴手表吗?”我随口说:“戴，地震了戴着手表往外跑!”睡下没多久，强烈震动把我惊醒，土炕先左右摇，然后变成上下跳，我赶忙推她:“地震了，快跑!”跑到院子里，摇撼强烈到必须两个人紧紧抱在一起才能避免摔倒。有的房塌了。很快就下雨了，大家冒雨站在院子里等待消息，以判断震中。得知与唐山的电话全部中断，我们几乎同时喊出“唐山!”并且一下子就哭了。分不清是雨水还是泪水，我眼前早已模糊一片。慌乱与等待中，天大亮了，我想方设法找到回洒河的军车，匆匆赶回学校。

到学校已经10点来钟，三位校领导地震后都回家了，校领导临阵脱逃令上级非常气愤！反倒是校领导不太喜欢的外地老师们都坚守岗位，大家即刻安排学生临时住所：后院有校办制瓦厂晾瓦用的大棚，正好用上，搬出课桌、抱出同学的被褥，大通铺就搭成了。欣慰的是：当天下午那场强余震，学生们住在大棚里，没有慌乱。抗震自救顺利解决。

上级紧急指示，唐山伤员马上送到洒河高中。大操场变成露天医院，到处躺满伤员；进而搭帐篷病房；又运来了重伤员。雨夜漆黑，伤员淋着，雨水混着血水往下直流，惨不忍睹，很多人哭了。老师带学生分组安置伤员，不分男女，按伤情送入相应帐篷。伤员源源不断地送来，我们马不停蹄地工作，彻夜无眠，次日连轴转。社员闻讯送来好多鸡蛋、白面、挂面和蔬菜，其场面令人动容。终于湖北医疗队来了！伤员盼到了救星，我们也踏实了许多，连续战斗三十六个多小时后，我差点站不住了，终于躺下睡了一会儿。据说我睡着期间广播里哪级指挥部表扬了我，我没听见，后来也没顾上仔细问。可笑的是，我在向工委指挥部请假获批情况下，回北京帮助父母搭地

⊙ 2011 年 1 月 20 日游览埃及金字塔

震棚后赶回来，反而被临阵脱逃的学校领导批判，由于我不接受强加于我的罪名，经历了三次批判会，但终因违反政策和失道寡助，两天后一场闹剧不了了之。我继续凭良心全身心投入抗震救灾工作中。

我带着几个女生负责截瘫病房。有个三十多岁的男伤员，问他吃饭他总闭着眼睛摇头。又一次问，他到底说话了："你给我点敌敌畏吃吧。"我心一哆嗦，他接着说："我媳妇和孩子都砸死了，我也不想活了！"我当时就哭了，边哭边劝，不知说了多少话，他终于同意吃碗挂面，我赶快让伙房做了鸡蛋挂面汤，亲自喂他，看着他一口一口吃完，我心里充满安慰。后来他随大部队伤员转移，我不知道他的名字，但是至今我还经常惦记起，不知截瘫的他后来生活得顺利吗?

以后震情渐稳，晚上仍睡大棚，白天能进教室上课了。我们几乎成了惊弓之鸟。章文政老师提醒我："小杨，你上课时别站在房梁底下，要不然地震了危险。"可是，一讲课谁还顾得房梁在哪儿呢？老师们心中有一条不成文的规定：地震时，必须先指挥学生撤离，老师留到最后。一次正在上课，突然第一排一个小男生用异样的眼光瞪着我，我看他奇怪，刚想问，他却突然大喊："老师，地震了！"我顾不得多想，马上喊："地震了，快跑！"等同学们都跑出去了，我也急忙跑出去，一看，其他班什么事儿都没有，再等了一会儿，教室没塌，我们才又回教室继续上课。

全校师生在大棚里住了好几个月，天气渐冷，要建抗震简易宿舍，学校把设计任务交给我和另一位数学老师张凤元，不容推辞，我们上任了。几天后就按我们的设计方案和购货清单一揽子计划备料、施工。胜利竣工、住进宿舍后，师生都很兴奋，当然，最兴奋的非我和张老师莫属！

重返未名湖梦圆

随着“四人帮”被打倒，“文革”结束了！欣喜之余，科技归队的念头强烈萦绕于心。恰于此时北大老师来信，告知招“回炉班”的消息。我以前因为自学英语曾被学校背后调查过，所以在酒河我不敢对任何人讲“回炉”的事，白天讲课，晚上坐班，在办公室看化学就披一层数学外衣，回宿舍才玩命复习。

经马海源老师帮忙，几经周折，文教局调我到县中教初三化学，教学任务不重，我天天复习到深夜。疲劳过度累病了，心电图不正常，回北京休假。化学系为我办了在北京考试的准考证。考试后我回县中教书，有幸认识了同教化学的田彩萍，共同的文学爱好成就了一段佳话，35年后相见，两个同龄人竟激动得相拥而泣！[①] 1978年9月我考取“回炉”班，终于圆了重返未名湖之梦！第二年又由化学系领导和老师鼎力相助，考取了分析化学研究生，回报化学系厚爱，在地学楼当了3年“拼命三郎”。毕业后，先后在北京市理化分析测试中心和中央民族大学工作，去美国作访问学者一年。在民族大学凭着一份“爱与责任”奋斗与拼搏，主持获得国家级二等、北京市一等优秀教学成果奖，宝钢优秀教师、北京市优秀教师、校十佳教师；获国家民委二等奖、北京市三等科技进步奖等；发表论文90多篇，出版著作4本、教学软件1套；2009年定岗定编评为二级教授。荣誉于我近乎奢侈，但我毕竟兑现了40年前离开燕园时简单的诺言：“要对得起北大。”2012年我退休了，成了快乐的老年大学学生。

告别未名湖后，悲欢离合有过，酸甜苦辣尝过，喜怒哀乐经历过，是非恩怨计较过。现在，我突然间觉得这一切都再无重要，重要的是我曾顽强地走过。感谢生活中所有帮助过我的人，经历过的一切，包括曾经的眼泪，都已经成为我人生的宝贵财富。

⊙ 1970年1—2月摄于海淀，本为毕业证书所用，但没用上

杨若明，民盟盟员，教授。北京市人，祖籍河北唐山滦南县。1947年1月3日出生，1964年9月—1970年3月在北京大学化学系学习。1970年3月—1978年9月在河北省迁西县（劳动锻炼、洒河高中和县中教书）。1978年9月—1982年7月北大化学系读回炉班、研究生。1982年7月—1986年6月在北京市理化分析测试中心工作。1986年6月起在中央民族大学生命与环境科学学院工作，其间，1991年9月—1992年8月美国作访问学者。2012年3月退休。

---

① 2013年11月回迁西，田彩萍拿出保存了35年的一页纸，上面有1978年我用铅笔写的黛玉《葬花词》，及1990年3月7日她补记的故事：1978年某天，我俩没课在县城逛街，即兴去电影院第三遍看《红楼梦》，回办公室后默写黛玉《葬花词》。看到“……今年寒假收拾东西我看到了它，立即想起了聪明好学又多愁善感的杨若明。那次看《红楼梦》的情景又历历在目。可惜那以后不久她就‘回炉’去了北大。而她离校时正赶上我上哈尔滨探亲，竟没能亲自送她话别，现在想起来仍深感遗憾。我现在把当时的记录整理出来，也是对她的纪念。若明，不知你现在哪里？你还回忆起这件事，回忆得起我这个人吗？”时，我激动不已！我们紧紧拥抱在一起，热泪盈眶。

黔岭轶事

侯碧辉

国家的历史没有“如果”，个人的经历没有“如果”，不论当时和现在都得面对。而对于未来却是可以期待的。以史为鉴，不论是政府或平民，事情做过了头，就错了，成了“过错”。“文化大革命”，革文化的命，革“走资派”的命，革“反动学术权威”的命；还让我们付出了宝贵的青春年华。

去兴义

上个世纪 70 年代末，遇到一位年轻的北大校友，她问我是哪一届的，当得知我是 1965 级的时，“喔，一年级的。”这就是我们在北大的定格和特殊的称谓，1963 级的叫“三年级”，1964 级的叫“二年级”，时间不会停留，我们却凝固在“一年级”了。

我们技术物理系核物理专业和数力系、无线电系 1965 级的学生，在 1966 年 3 月就告别了一次未名湖，到陕西汉中分校（代号 653）工地劳动。“文化大革命”开始后，6 月份回到北京，闹了三年多，1969 年 10 月，我们三个系的师生再次告别未名湖，又到 653。之后五个月，杂七杂八大家干了不少事：炸石头、垒护坡、建分校、种小麦、筑铁路，“老九”们挺能干。在修阳平关—安康铁路的工地上，我们的进度比民工还快。

从 1966 年 5 月闹起了对“文化”的“革命”，我心里总以为这不正常，心想不久就会复课，等着，忍着，一直没等到这一天。1970 年 3 月，北大在校三个年级的学生统统被扫地出门，方案是“四个面向”——农村，工矿，基层，边疆。从 653 分配到贵州兴义的有三个人，数力系的翁天祥，无线电系的黄思明，还有我。北大分到贵州省的有三十多人。我们三人是同一天离校的，乘大卡车到阳平关，换乘火车到贵阳，在贵阳和安顺各耽搁了三天。在贵阳，大家一起去了黔灵公园。在钟乳石洞进口处的石壁上，看到刻着毛主席手书的“江山如此多娇”。这江山就是我们要奔赴的农村、工矿、基层、边疆。我系核物理专业三年级的黄瑞琪被分到广西都安瑶族自治县，他和我们一起来到安顺，一起去看了黄果树瀑布。看着四面的高山，看着河流跌落形成的瀑布，在江山面前我们很渺小。从观景者来看这瀑布，近看、远看都很美。如果人生的经历是条河，离开学校就像高山上的河流在断崖处跌落，栽了一个大跟斗，水还是照样往前流。看着黄果树瀑布下的水潭，我心想：这就是我步入社会的起点。

到了兴义便知：从北京来的北大十六人，清华二人，连我们仨，共二十一人：

黄思明（上海人，无线电系）；翁天祥（上海人，数力系）；周培荣（贵州盘县人，哲学系）；朱受智（江苏人，化学系）；李乾宽（四川人，化学系）；郁开北（江苏人，地球物理系）；邹忭（上海人，物理系）；尤建中（江苏人，数力系）；顾渝孝（上海人，数力系）；俞俊鸣（上海人，生物系）。

成对伴侣有：历史系的高发元（云南人）和钱凤娟（上海人）；物理系的李萍（北京人）和国际政治系的甄建军（天津人）；法律系的刘骏（北京人，原名刘淑兰）和郑刚（安徽人，原名郑传德）；经济系的佘继雄（云南人）和苏彦慧（河北人）。

清华大学的两位是：力学系郝方（江苏人）、谢昌明（四川人）。

瞧瞧，这来自五湖四海的同学们！我家在昆明，还算是近的。那时交通不发达，我从兴义到昆明，乘汽车，经罗平、宜良，第三天才能乘上滇越铁路的窄轨火车到昆明。那些家在远方、没到过山区农村的同学，看到这水，这山，想到远方的父母亲人，自然更感悲凉，有的在屋里流泪。我只是悄悄地看着，不知该说什么来安慰她们。

我们在兴义地区革命委员会人事组报到，住在地区招待所，开会学习大约一个多月。兴义是肖华将军和何应钦的老家。在县城南郊下午屯，还有一座刘氏家族的庄园"永康堡"（当年被公社的小学、粮仓、电报所、武装部等机构占用）。这里地处黔西南山区，交通不方便，本地的土产难以运出去，因而显得物产较丰富，比起当时的汉中和贵阳，副食供应好得多。贵阳市和六盘水工业区的蔬菜、肉食、糖等农产品都靠兴义地区供应。1971 年夏天，北大招收工农兵学员时，我们系的沈能学老师和一位 8341 的军人到兴义来招生，我在县革委遇见了他们。攀谈中他们说到，653 生活条件很差，有的人得了肝炎，很需要糖。我立即带他们往城外走。不到半小时，就在城外的供销社买到了糖，他们很高兴，尽其所能买了带走。这里居民的食糖虽然也是按人头定量供应的，不过在县城外，供销社的糖可以随便买。兴义地区出产甘蔗，在巴结和贞丰有糖厂。赶场天能买到农民自制的平板式红糖块。

我是在云南昆明长大的，中学时代在学校每年至少有两次要到农村劳动，当时的教育方针是，"教育为无产阶级政治服务，教育与生产劳动相结合"。我去过许多穷乡僻壤，来贵州之前就知道贵州"天无三日晴，地无三尺平，人无三分银"。但到了兴义，觉得没有想象的那么可怕。那时我弟弟还从昆明到兴义来看我，他是老高三的，这之前在云南瑞丽的山区当知青，因四川老家的祖母年过八旬需要照顾，他办了回乡插队的手续，离开瑞丽准备回老家，经昆明特地来看我，住了几天。每天晚饭后，我俩在兴义县城里散步、聊天。他讲了他在瑞丽山区的情况，相比之下兴义算是不错了。

广阔天地

地区革命委员会起先是打算让我们集中到一个水库工地劳动一段时间，再分配到具体单位。当时，我们在县城里经常看到将“走资派”、“反革命”游街、批斗的现象，在学习期间，大家以满腔的政治热情，向地区派来领着我们学习的干部建议，要“学习六厂二校”（六厂二校即“文革”中毛泽东主抓的样板单位）经验。可是这几位干部觉得我们“下车伊始”，就“叽哩哇啦”，上报以后，地区领导马上给我们一个“下马威”：这批“二校”（清华、北大）的大学生不好管，有必要好好接受贫下中农再教育。于是，决定把我们分开，分别分到四县（兴义、兴仁、安龙和盘县）的人民公社劳动锻炼。我和周培荣、朱受智、刘骏、郑刚被分配到兴义县下午屯公社科佐屯大队第三小队（三道桥生产队）。我们住在大队部的两间仓库里，没有床，我睡在一块大木匾上（不知是庙里的，还是什么大户家堂屋里的），下面用烧窑的大块沥青垫着，刘骏睡在一张大桌子上。男生都睡在木板上。我们下乡时，革委会发给每人一把锄头，一顶桐油的竹篾斗笠，既有用又有象征意义的礼物。

与知青比，我们每月有 42.5 元的工资和 30 斤的粮食定量，不与农民争口粮，这就使我们与乡亲们没有利害关系，因而比较容易和睦相处。

“接受贫下中农再教育”，我清楚要乐观积极地面对乡亲们，又不是他们让我到这儿来的；成天愁眉苦脸，怎么活？三道桥生产队，基本是比较平坦的水田。队长姓肖，他的妻子很能干，能像男社员一样驾牛犁田。更让我吃惊的是，看到她背着吃奶的小五儿，扛着犁耙，一手牵着牛，一手拿着饭团，一边吃着，一边往田里走。我们五个人中，他们四个都是家在农村的，干起活来都挺像样儿，老乡们没想到北京大学的书生们还能有这本事，挺棒！就我不行。我从小身体不好，上北大前，已得过三次肺结核。不过谢天谢地，大家还给我面子，没让我太难堪。油菜籽收获了，在生产队的场坝上我跟着女社员们打“连枷”，我在云南农村干过这活儿，还行。两队人面对面，甲队打一下，乙队打一下。晚上我们在场坝上和村里的孩子们唱唱歌。四十多年后，我特意回了一趟科佐屯，那些孩子们都长大了，还记得我“侯同志”。

秋收割稻子，收花生。乡亲们一边劳动，一边聊天。我听着，知道了花生生吃要上火，空腹不能吃萝卜……我在姓钱的社员家吃饭，按每天一斤粮票，五角钱付伙食费。他们的女儿十三四岁，就和我们一起下地干活了，儿子才六七岁，就会放牛了。阴天时，晚饭后天黑得真是“伸手不见五指”，钱大妈用向日葵秆点火把给我照路回去。向日葵秆火把没烟，不易被风吹灭。

当地农民的主食是大米和玉米，经常吃咸菜和蘸辣椒水的牛皮菜。家里养鸡下的蛋，拿到供销社换点钱，买食盐等生活必需品。腊月里家家开始忙春节的事。我跟着妇女们踩碓打粑粑，男人们就互相帮忙杀猪，腌腊肉。农民平时基本上是吃不起肉的，就是春节，也不是家家杀猪的。那时农业学大寨，大年初三各生产队就都开工干活了，修水渠，平地修田。1971 年 1 月 27 日（大年初一），虽说“瑞雪兆丰年”，我跟着乡亲们顶风冒雪地干活，算是领教了贵州冬天的阴冷。几位妇女背着小孩，看着怪可怜的。日落时，老乡们心情都不好，眼巴巴地等待喊收工。快天黑才听见喊：“收工了！”

1971 年春节后，再次将我们细分到科佐屯大队的四个生产队，我被分派到二队，队长姓王，吃住在姓陈的社员家，他妻子是村里小学的高老师。虽然单独一个人在这里，但老乡们对我很好，天天和大家一起干活，有说有笑，也很惬意。初春菜少，有一天高老师做饭，在饭桌子中间放了一碗有葱花的面条，大人孩子们都围坐着，然后每人盛一碗混着苞米面的大米饭，大家开始吃饭，我才看明白：这碗面条是给大家当菜下饭的。

开春打田了，要往稻田里灌水，蹬水车比较好学，而用竹编水兜两个人兜水却是要配合好的，我也很快学会了。插秧是倒退着插，手慢的就有可能被围在当中；每当看着我快不行了，就有插得快的乡亲来替换我。

有一天，在水田里，一位大妈笑着说：“我们插秧腰都疼死了，侯同志，你怕是不腰疼吧？”

“怎么不疼？”我答道。

“那你怎么晚上还躺在床上笑？”

哦，我借了一本《堂吉诃德》，晚上躺在床上看，看到好笑的地方就忍不住笑出声来，让房东听到了。插秧十多天，我的腿上起了大水泡，是太阳晒的。插秧时头上戴着斗笠，腿却是露在外面的。后来知道中医上说“肺主皮毛”，怪我的肺不太好。

我们二队还有一片山上的石旮旯地，怪石嶙峋，地形破碎，乱石中间有一小块土壤。种苞谷时，王队长让我系上一个装着苞米种子的围兜，拿上一把小巧的锄头，还让我牵好挑着一担粪水的男社员。这石旮旯地很陡，一个人挑着担水是上不去的。王队长告诉我，小心牵着他往上走，看到有土的石旮旯就用小锄头挖个坑，放三四粒种子，盖上土，再浇上一瓢粪水。这就是贵州山区“锄地不弯腰”的陡坡石旮旯地。

干活儿累点，吃得差点，我都能承受，只有跳蚤是最让我难受的。后来老乡教我捉跳蚤：哪儿痒痒，先用左手指按住，右手慢慢掀开衣服，掐住跳蚤，把它捻死。但夜里太困了，顾不了它。离开兴义后一年多，我皮肤上因跳蚤叮咬被自己抓破的伤疤才完全好。

“就想着凿石头！”

一天，县革命委员会宣传组通知我，和一位老同志到我们县学大寨典型单位帮着写总结材料。那个生产队在县城西边坪东区马鞍山南，是个叫钥匙头的寨子，地图上直线距离只有十几公里，但中间有几座山，没通公路。我们背着行李，跟钥匙头的村干部，从“雷打田”、“毛栗坪”的山间小路绕过去，翻山越岭地步行了快一天，才在天黑之前到达这个寨子。这是个四面都被高山包围的寨子，原先缺水，靠天吃饭，老天爷下雨了才能种地，南边的“雷打田”也就是这么得名的。60年代末，生产队干部领着大家开渠引水，从远处把山泉水引到村里，并能发电，改变了这穷乡僻壤的面貌。我们去参观了水渠，在几乎是垂直的陡峭石壁上，水渠只有一米左右宽，人要从山顶上靠绳子吊下来，在石壁上凿渠，很危险的。我问队长这么危险，当时怎么想的，队长说：“别的都没想，就想着凿石头。”回来后我不知道该怎么写，队长没说什么豪言壮语呀，我就告诉同来的老同志，他说：“这就对了，就这样写！要是东想西想，还干什么事！”这事给我上了一课。这就是“将生死置之度外”的境界。比起河南林县的红旗渠，这个工程小得多，但中国农民愚公移山的精神是相同的。在“文革”中，天下大乱，大多数人有意或无意地都不想干，或不能干正事儿，而这些农民干正事儿。历朝历代，兴修水利都是功德无量的事。

人性是可塑的，多面的，正常情况下有“规矩”管着，该方是方，该圆是圆，规规矩矩。“文革”是非常时期，“规矩”这框框被打破了，有的人像脱了缰的野马狂奔，不过也有的人像闲马，慢慢地溜达。而大多数的农民没有铁饭碗，种瓜得瓜种豆

⊙ 2013年侯碧辉与先生杨炳忻在上海

得豆，他们不能狂奔，也不能闲溜达，好好种庄稼，才能有饭吃。

面前是“最可爱的人”

1970年秋收秋种忙过后，很快就要到春节了，其他几位同学都请假回家探亲。我的母亲和妹妹在思茅（云南省政府的“五七干校”），弟弟在四川老家，父亲虽然在昆明，但被关在省革委的毛泽东思想学习班，不许外出。我没有回家，生活又给我上了一课。地里的农活不多，有时公社或大队安排时事政治学习，让我给社员们读文件、读报纸。接着是“清理阶级队伍”，让几个当过土匪的人交代罪行，让我做记录。1971年春节前，有一天，大队金书记对我说，晚上他们要到一个生产队的队长彭成厚家，他是志愿军，立过二等功，受过重伤，身上还有弹片。他复员回来时，地区和县里的领导都去迎接。只因他的妻子是地主的女儿，所以，这次“清理阶级队伍”，他也要交代交代，还让我去做记录。好在不是批斗他，只是要走走清队的过场，否则金书记也不好向上交代。说来说去就是他妻子是地主的女儿这点事。最后，通知他得在党员会上讲讲。

魏巍写的《谁是最可爱的人》，多年来一直是中学生的课文，它刻在了几代中国年轻人的心里，也刻在我的心里。可是同胞们，你知道他们在朝鲜战场身负重伤、部分丧失了劳动力、回到边远山区的农村老家是怎么生活的吗？2012年3月底我再到兴义，找到了彭成厚的家，他已于2005年1月去世。他妻子给我看了他的立功勋章、奖状、立功证明书。他所在的中国人民志愿军第39军116师47团是我军很优秀的部队，在网上就能看到他们的辉煌战绩。后来我为他写了一首诗《釜谷里归来》，其中记下了那晚上的情景：

公社大队到村里，阶级队伍要清理，党员娶了地主女，政治立场有问题。
腊月寒风瓦缝进，清队小组到彭里，锻炼学生做笔录，地主之女令回避。
四壁土墙隔间竹，成厚抱儿依地炉，草墩蹲坐偎囡睡，地炉火微陶土壶。
天湿地冻灯光暗，裤单衣薄父女寒，回想当年返故乡，此景是人皆心酸。
同乡故里务农人，面对英雄如何安，过场虽走语不重，低头抚儿细语喃。
灯下笔录手抖颤，泪水暗流心呐喊：阎罗且敬彭成厚，战斗英雄怎么活？

人的情绪是受周围环境影响的，在艰难困苦中，我总会看到比自己更艰难、更困苦的人，他们好像在提醒我要“忍耐”，要“等待”，要把忧愁、悲愤藏在心里。

四十多年过去了，从另一个角度看，好在我是被派到农村劳动，没有分到各县的具体单位，我们的人事关系一直在地区革委会人事组，这使我在两年后被再分配时，不必为申请调动去求一级一级的领导。我的北大同学杨炳忻，在安徽阜阳 6377 部队胡集农场 81 分队干了一年之后，1971 年 3 月被分配到蚌埠二中教书，1971 年 7 月他到兴义来，我们在下午屯公社办了结婚证。1972 年 4 月办好了调令，我离开了兴义，到蚌埠一中教书，开始了我三十九年的教书生涯。

侯碧辉，1946 年 6 月生于云南昆明。1965 年，从昆明师范学院附属中学考到北京大学技术物理系核物理专业。1970—1972 年，贵州省兴义县下午屯公社农村劳动。1972—1977 年，安徽省蚌埠市第一中学任教。1977—2001 年，中国科学技术大学物理学系，从事教学和固体物理学科研工作。其间，1985—1986 年在德国汉堡 DESY 加速器研究中心做访问学者，从事 HERA 工程磁铁的理论设计与测量分析研究工作。1990 年 12 月任副教授，1998 年 5 月任教授，博士生导师。2001 年 10 月—2011 年 8 月在北京工业大学数理学院从事教学和科研工作，教授，博士生导师。

难忘司马故里情

温 标

离开北大，告别未名湖以后，我到了陕西省韩城县。韩城地处陕西渭北黄土高原丘陵沟壑区，隔黄河与山西相望，是一座历史文化名城，汉代太史公司马迁的故乡。我在那里工作了五年多，度过了一段难忘的岁月。

离开北大

1970年3月15日，春寒料峭，天气阴沉。那天下午，我和一大批同学从北京站登上火车，奔向分配给各自的工作地点。此前两天，系工宣队、军宣队在师生大会上宣布了分配方案，当场分发了各人的火车票，限定三天之内全部离校。会上还特别宣布，不发毕业证，以后让工农兵去发吧。

结束学校生活，走上工作岗位，大家早有思想准备。1969年冬天在京郊农村劳动的时候，就听说工宣队、军宣队在做分配方案。有同学提出工作分配最好能考虑专业对口，以便能学有所用，这个本属合理的要求，受到了严厉的批判。工宣队、军宣队的人说，什么专业对口不对口，现在是枪口对枪口，炮口对炮口！最终的分配方案，就成了“四个面向”——面向农村，面向工矿，面向基层，面向边疆。

我是怀着难以名状的复杂心情离开学校的。对于“文化大革命”中没完没了的批判斗争，心里早已厌烦，巴不得早日离开北大这个是非之地。想到要离开相处多年的老师和同学，不知何时才能再见，感情上难舍难分。而对于即将面临的工作，一片迷惘，前景未卜，心中又忐忑不安。火车启动的那一刻，车厢内外，人们大多泪流满面，有人甚至失声痛哭。为我送行的是家在北京的一位物理系同学的弟弟，我们隔窗相视而泣，挥泪告别。

顺便说明，我一直不愿使用“北大毕业”的说法，只说“离开北大”，因为我们既没有领到毕业证，也没有召开毕业会，甚至都没有拍一张全班同学的毕业合影照，几乎是被扫地出门，勒令离校的。十年后补发毕业证时，我又觉得受之有愧，名不符实，不配“北大毕业”。因为自己真正在校学习的时间不到一年，就遭遇“文革”爆发，从此再未进过教室，没有完成学业。每忆及此，就感到这是国家之不幸，学子之悲哀。在邮寄毕业证上粘贴的照片时，我曾向北大校办公室写信，诉说了我的矛盾心理和悲愤心情。

投入工作

3月19日，我到达韩城。同去的有数力系两位同学，还有家就在韩城的一位生物系同学。我们到达的当晚，广播里传来消息，柬埔寨发生军事政变，正在苏联访问的西哈努克元首被推翻，无法归国。所以，这个日子我印象特深。我们到县革委会政工组报到后，工作安排很快有了结果。数力系两位同学分别到正在筹建的县发电厂和氮肥厂，生物系那位同学到县医院，我因为学文科，到县广播站做编辑记者。这样的安排算是相当不错了，后来的其他高校学生就没有这么幸运，大多下放农村，和插队知青一样参加农业生产劳动，接受贫下中农再教育。

自进入县广播站那天起，我的人事关系再没有变，工作却多有变化，经常被抽调出去参加县上的中心工作，时间较长的是到县农业学大寨办公室工作近两年，到县批林批孔办公室工作一年多。无论是在广播站当编辑记者还是参加中心工作，都离不开两件事，一是下乡采访、调研、做群众工作；二是写新闻报道、调查报告、工作总结、领导讲话等文字材料。这两件事，构成了我的工作常态。久而久之，我成了一个“万金油”干部，不再有什么专业特长和学术专攻。

文字材料的写作，没有任何人给我以专业指导，全凭自己看报纸、听广播、找书籍自学，同时在写作过程中摸索琢磨，逐步熟悉各种文体的写作规范和技巧。中心工作的文字材料时间要求一般都很紧，广播新闻稿的时效性更强。逼得我常常白天采访、调查，晚上动笔写作，夜战成为家常便饭。遇到基层干部白天紧张干活，就只能晚饭后召开座谈会了解情况，会后连夜赶写材料。记不清有多少个不眠之夜我是在灯

⊙ 1968年冬于未名湖

光下度过的，第二天又奔向新的地方，开始新的工作。这倒也锻炼了我驾驭和组织材料的写作能力，例行性的公文简报材料和消息报道稿件，我在掌握了基本情况的基础上，能够很快提炼主题，理出层次，打好腹稿，然后提笔一气呵成，不用再检查、修改、誊抄，可以做到一遍过手，一次定稿。

与写作过程的动脑子不同，下乡赶路可是个力气活。韩城境内沟壑纵横，山丘连绵，地形复杂，加之我人地两生，那时又没有汽车代步，下乡全靠骑自行车和步行赶路，其间甘苦，可想而知。1973 年春节前夕，我奉命去一个山区生产队调查学大寨情况，那天下着大雪，先骑行 30 多里到公社，再往前的几十里路就只能步行了。茫茫山野，皑皑白雪，真有一种“千山鸟飞绝，万径人踪灭”的意境。我踏雪急行，一路上只见到一个投送信件报纸的邮递员。在生产队开完座谈会，简单吃过饭，又匆匆下山，赶回县城已是夜里 10 点多钟。第二天写好调查报告交给领导，这才没有耽误我回老家过年。为了熟悉村落，少走错路，我精心自制了全县分公社地图，一个公社一张，标明村庄道路，装订成册，随身携带下乡。县广播站为我配备了一辆旧自行车，有如唐僧胯下的白龙马，是我离不开的坐骑。我自备了一套工具，车子有了故障可以随时修好。几年下来，全县的 17 个公社我都跑遍了，263 个生产大队到过一半以上。时至今日，哪个地方怎么走，哪里有一道沟，哪里有一座桥，我都记忆犹新，了然于胸。韩城大地，是我今生在地球上最为熟悉的面积最大的一块地方。那里印记着我的青春年华，寄寓着我工作初期的辛劳，也蕴含着我的一片深情。

意外风波

韩城五年多的生活并不是一帆风顺的，尽管我满腔热情投入工作，但是在那段特殊的年月，毕竟背着“臭老九”罪名，总会受到意想不到的指责。第一次下乡我背着铺盖行李，被认为是嫌贫下中农脏。业余时间看书不聊天，被说成是清高不合群，不能和同志们打成一片。就连找对象谈恋爱，也有人说三道四，折腾得谈不成。更为意外的是接连发生了两次小风波，导致对我政治上的不信任和歧视。

刚到县广播站报到，领导就让我去参加全县宣教系统学习班。说是学习班，实为批斗会，今天批判这个，明天批斗那个，气氛紧张，人人自危。一天，县广播站一位机线员又被揪出，有人揭发他蓄意破坏 1969 年县革委会召开的声讨苏修群众大会。那次大会由县广播站负责广播扩音，大会即将开始，设备却不能正常运行，声音传不出来，无法开会。后经几个技术人员反复检查，发现是接错了一个线头，造成严重事故。事后有人怀疑是那位机线员干的，就在学习班上揭发出来，上纲上线，严词批判，斥责他是“帝修反别动队的队员”。经昼夜轮番批斗，他招架不住，被迫承认是自己所为。我实在看不下去那种缺乏事实根据而以势压人的起哄逼供，更反对把技术差错上纲成政治问题和阶级斗争。会上没有发言，会后我找那位机线员进行了个别谈话，晓以利害，第二天他就找领导翻供了。一时间，学习班里风传我替坏人说话，指使翻供。此事揭发者和主事者都拿不出令人信服的真凭实据，最终不了了之，我因此失去了领导的信任，认为我政治上不成熟，靠不住。不久就让离开学习班，去参与整理“学习毛主席著作积极分子”的典型材料。

这事过去了一年多，人们已经淡忘，我也为大家所熟悉和了解，可以正常从事编采工作。不料有一天广播站领导把我叫去，先问了一番北大“文革”中的情况，拿出一张纸说，浙江某县来信，向我调查一位北大同学“文革”中的情况，让我就纸上抄写的几个问题写一份材料。我一看那几个问题，要害的是问这位同学在武斗中的表现，是不是“五一六分子”。我尽快如实写好材料交出，又誊抄留存了一份。过了一段时间，县革委会的熟人告诉我，外调信是寄到县革委会的，几位领导传阅后如临大敌，认为能向我调查，恐怕我也与“五一六分子”脱不了干系，考虑要不要对我采取什么行动，但又觉得没有事实根据就采取行动不大合适。几经商量，他们决定不让我看外调信原件，只把调查的问题另纸抄出，待我写出材料再说。后来没有人再找过我谈起这事，也没有对我采取什么行动，只是我能隐约感觉到有些人对我疏远了，似乎存有戒备之心。我则自觉自律，不该管不该问的事情一概不管不问。三十多年后，借着去被调查的那位同学所在城市开会的机会，我把当年留存的外调材料交给他，让他知道我所提供的情况绝无一句害人的不实之词。

这两次小小的风波，使我长期入不了党，虽努力工作，多次申请，却总被以各种理由拒之门外。身正不怕影子斜，我泰然处之，一如既往，照常工作，以实际行动和工作业绩证明自己政治上的可靠和清白，展现自己的能力和水平，终于赢得了群众的信任和认可。有人后来告诉我，县革委会的主要领导在和人谈起我时说：“还是北大好啊！”县广播站的领导二十多年后来西安找到我的单位，对我抱歉地说：“当年我们还是目光短浅啊！”

自得其乐

在极“左”的政治气候和孤独的工作环境中，让人烦心的事不少，快乐的事不多。我尽量调整自己，努力适应各种环境，寻找生活的乐趣，始终保持一种积极健康的心态和情绪。

对读书人来说，看书无疑是赏心乐事。开始我把带去的毛选四卷和在校使用的教材一本一本往下看，后来和新华书店的人处熟了，就到他们的书库里寻找感兴趣的书，看完再还给他们，上架出售。发现熟人有什么好书也借来看，还订阅了《文史哲》、《地理知识》等杂志。晚上在宿舍看，下乡带书看，节假日本县同志回家了，正好可以静下心来看书。我就这样看了不少政治理论和文史书籍、文学名著和农业科技读物，打发了休闲时间，消除了孤独寂寞，也增长了多方面的知识。

下乡也是一件快乐的事。广播站记者的下乡采访，没有固定地点，没有指定任务，一个人骑车出城，想去哪里就去哪里，想跑多远就跑多远，想待多久就待多久。走到哪里天晚了，不想走了，就进村找大队干部，住进大队部，吃在社员家，和干部群众聊聊农业生产情况，问问生产进度，存在什么困难，有什么要求，写成一篇新闻稿寄回。还可以顺路看看熟人朋友，找插队的大学生和知青聊天，或者就近参观名胜古迹，游览山川风光。现在韩城闻名的一些景点，如司马迁祠、党家村古民居、黄河龙门，我当年不知看过多少遍。那时还没人看管，都是免费参观。广播站领导有个习惯，看谁不顺眼，往往就派谁下乡，以示惩罚。有人就此贴出大字报《故事新编》，借用古代罚人吃肉的故事，对领导进行了辛辣的讽刺。那位领导不知道，下乡对我们来说，自由自在，无拘无束，其乐何如！我开玩笑说，农村不仅是一个广阔的天地，在那里可以大有作为，还是一个快乐的天地，在那里可以其乐无极。

让我感到快乐的还有农业生产劳动。我自幼生长在陕西关中农村，一般的农活都干过，即使一些技术性的农活也会干。县革委会要求干部每年要完成一定时间的劳动任务。我利用下乡的机会和社员群众一起施肥、浇水、锄草、打药，星期日到县城附近农村的田间、林场干活。在一座煤矿蹲点期间，和矿上的干部一样，坚持每周下矿井劳动一天。农忙季节，还去本县一些同志家里，帮他们收割自留地庄稼，拉土运肥，料理家务。参加劳动让我忘记了工作中的烦恼，密切了和群众的关系，锻炼了体力和吃苦耐劳精神。

分配到韩城的大学生，只有少数几个人在县城工作，其他多在城外单位和乡下，我那间宿舍与办公室合一的小房子，成了大家聚会的理想场所之一。他们进城办事，节假日休息，常来我处小住，包括我熟识的一些下乡知青也来。大家都是“臭老九”，“同是天涯沦落人”，在一起海阔天空，神侃漫聊，倾诉衷肠，互相慰藉，也算当年生活中一大乐事。我也尽我所能，帮助一些人解决过工作生活中的困难。北京外贸学院一位学生，先在一个公社供销社工作，后到县土产公司，他所学的外贸英语专业一点也用不上。交往中我感觉他知识基础扎实，还有一定的理论修养，便向县领导推荐，调进县“五七干校”从事教学工作，发挥所长。

深切感受

韩城五年，给我感受最深的一点，是农民群众质朴善良，可亲可敬。我从小生活在农村，对农民并不陌生，而作为一名国家干部和农民打交道，是从韩城开始的，这让我对农民群众有了更深入的了解，更深刻的认识。他们吃苦耐劳，勤俭朴素，诚实本分，热情待人的优良品质，我真切地感受到了，体会到了，铭记在心。下乡中，看到我年纪轻轻就独自在外工作，有些老人总会关切地询问我的家庭情况，关心我的婚姻大事，叮咛我注意安全，保重身体，有时间要多回家看看，免得家人操心。在粮食短缺的年代，农民自己吃不饱，给下乡干部管饭实在是一件难事。每次下乡，很少有房东陪我吃饭，总是让我先吃，还说我们在家好混，你们出门在外不容易，一定要吃饱吃好。有一年春天，正是青黄不接季节，我下乡在一户农家吃午饭，要盛第二碗时，房东大嫂不让我去，她要给我盛。我坚持自己去，走到锅台边一看，锅里所剩不多，一个小女孩站在那里，眼巴巴地看着。显然这顿饭是想办法专门为我做的，母女二人都没有吃。我一时心酸，放下碗筷，留下钱和粮票，连声道谢离去。大队干部后来对我解释，家家都缺粮，今天轮到她家管饭，她不管派不下去啊！我感慨万端，向公社反映了这个情况，不知那个队的社员是否得到了救济。

给我感受最深的另一点，是当时干部的清正廉洁。其他不说，就说下乡的吃住行吧。县革委会只有两辆帆布篷吉普车，谁的事急路远就给谁用，并没有给哪位领导固定使用。至于其他干部，不管远近，下乡都是骑自行车。我曾多次陪同县革委会领导骑车下乡，在山区公社下乡，步行赶路也是常事。住宿也很简单，各公社机关都有几间客房，里边盘着土炕，铺上被褥，几个人打通铺，谁来都是这样。下到农村，要么住在大队部，要么住进社员家里，照样是土炕通铺，大家合住。下乡吃饭，在公社就吃在机关食堂，遇到食堂做什么就吃什么，吃完交钱交粮票。在农村就在社员家里吃

⊙ 1998 年 5 月在秦岭山区

派饭，一家一天，轮流管饭，每天三角钱一斤粮票，晚饭后交给房东，从不欠账，县上领导也不例外。我曾陪县革委会一位副主任下到一个公社，机关食堂是两顿饭，赶到时上顿已过，下顿未到。公社书记自掏腰包，请我们在附近一家饭馆吃了顿羊肉饸饹，这算是跟领导享受的最特殊的待遇了。五年间，我从未经历过也没有听说过哪里有大吃大喝的场面。这固然有当时粮食短缺的原因，但问题也许没这么简单。今昔对比，个中原委令人感慨，发人深省。

我还有一点深刻感受，就是人在任何情况下都不能消沉，对生活始终要有积极的态度。我在韩城的熟人朋友，有的家庭生活十分艰难，经常要为养家糊口操劳；有的个人经历坎坷曲折，在政治上遭受打击磨难；有的在"文革"中惨遭揪斗，甚至关进监狱，差点丢了性命。但是他们并没有因此自暴自弃，而是咬紧牙关，硬着头皮，挺直腰杆，顽强地坚持下来，生活下去，对工作热情投入，为事业不懈追求，其意志品格，其精神毅力，令人敬佩。一位参加过抗美援朝战争的公社书记，家中老人多病，孩子尚小，生活的重担全压在他和妻子身上。在公社，他是领头人，带领大家"抓革命，促生产"，各项工作都不落人后；回到家，他是一家之主，下地干活，操持家务，和农民没有两样。一个星期天，他骑车带着几百斤煤炭，奔波一百多里，到邻县黑市上换粮，这在当时是违规的，他被民兵逮住绑在一棵树上，处理此事的人中恰巧有他一位老部下，才得以释放回家。第二天，他又赶往公社，投入工作。县广播站我一位同事，是老大学生，反右期间在校被"内定中右"，工作后每遇政治运动必受批斗审查，"文革"中更是备受折磨，几十年没有过几天舒心日子。困境中他没有放弃对古代文学的爱好，一有机会就潜心研究，改革开放后终于出版了研究专著。这些朋友教育了我，激励我直面人生，自强不息，奋发向上。虽未干出什么大事，但自感没有沉沦，没有虚度年华，没有辜负百姓的滋养，没有辱没母校北大的盛名。

温标，1946 年出生，陕西省户县人。1965 年考入北京大学国际政治系。1970 年 3 月至 1975 年 8 月在陕西省韩城县广播站工作。1975 年 8 月至 1979 年 10 月在陕西省渭南地区广播事业管理局工作。1979 年 11 月至 1980 年 11 月在中共陕西省渭南地委政策研究室工作。1980 年 11 月调入中共陕西省委党校工作，1985 年 11 月起先后任校务委员兼副教育长、校办公室主任，1993 年 9 月任副校长，至 2006 年退休。

第三辑

厂矿纪事

走进大巴山

祝家麟

当了大学老师、校长、书记，看见学生们毕业离校的盛典和欢愉，心中总是充满喜悦。望着这些青春洋溢的笑脸，我脑海中会情不自禁地浮现出1968年元月我在一个寒风凛冽的日子悄然离开北大的情景。那时“文化大革命”到了武斗阶段，没有毕业盛典，没有师生合影留念，甚至没有互相道别。因为当时铁路暂停托运行李，只能带走随身物品，感到的是茕茕孑立、形影相吊的伤悲。火车到重庆站，是老父亲和年幼的妹妹在凌晨的浓雾中来车站接我。想起1965年暑假结束，母亲就在这个车站送我回北大去上学，竟是最后一别，不觉怅然泪滴。从1961年秋到1968年初，我仅在两个暑假中由北京回重庆看望过双亲。子欲养而亲不待，没能报答母亲的养育之恩是我心中永远的愧疚。

巴山地质队的“勤杂工”

生活总是要继续的。1968年春节后，在重庆结了婚，我就去成都地质学院报到。相对很多同学分配到军垦农场劳动，或到中学教书，我和同学汪心宣能够一起分配到省城的大学当老师，已属幸运。不过，在地质学院的好景不长，几个月后地质部军代表下令，当年分配到地质部所属高校的师资一律下基层劳动锻炼。于是我和汪心宣便选择了自认为是离重庆比较近的四川省地质局205地质队。那时由重庆要乘十个小时的汽车才能到达地质队的临时驻地万源县罗文坝，中途在达县转车还要住一晚上。报到时地质队已是“造反派”在掌权，在革委会报到要填一个人事登记表，我们不知道怎样填写“工种”这个栏目。负责安排工作的人倒也客气，问我们能干什么活儿。我和汪心宣在北大学的是数学专业微分几何专门化方向，还真不知道在地质队能干什么，就问能给我们安排什么工作。负责人说，你们是来接受再教育的，先劳动，就填“勤杂工”吧！我们无言以对，想想勤杂工每月可得到45斤粮食定量，相对于一般居民每月28斤的粮食定量，也算是“赚了”，也就没有争辩什么。那时地质队几百号人集中在一起“闹革命”，不到野外去，不抓生产，但每天要学语录、早请示、晚汇报、跳忠字舞，吃饭前要高声背语录。饭总是要吃的，粮食、燃料都要用卡车拉来。于是卸米、卸煤就是勤杂工的活儿。还有倒腾库房、打扫清洁也是勤杂工要干的。

刚开始我们和几个老工人模样的人一起担抬东西，一律客气地称他们为“师傅”。直到有一天，一个“师傅”说：“你们不能叫我们师傅，我们是‘牛鬼蛇神’。”那时人们的阶级斗争意识很强，我们感到最后一点自尊心严重地受到了伤害，就去找到队部负责人申辩说：“虽然我们是‘臭知识分子’，也不至于安排与‘牛鬼蛇神’一起劳动！”负责人倒也爽快，答应让我们几个大学生自成一组，不跟“牛鬼蛇神”在一起。后来又调整了工作，我被安排在厨房帮厨。厨房其实就是一个几面透风的大工棚。我的工作是淘米洗菜，洗涮碗盘。冬季从山里溪流抽上来的水凌厉刺骨，干这个活儿要有些毅力。我宁愿去洗碗涮盘，还可用些温水。

我和汪心宣，还有成都地质学院分配来的三位同学都住在老乡彭大爷家中。四个男生一起住在彭大爷家的小阁楼上，要由安放在厨房里的一个木楼梯爬上去。我坐在自己的行军床上，手就可摸着屋顶的瓦片，只有走到阁楼的中间，才能伸直腰杆，真正体会到人在屋檐下，哪有不低头的窘况。更难受的是清晨彭大爷家烧柴火做饭的滚滚浓烟直上阁楼催人起床，我们自嘲为受太上老君八卦炉的考验，烟熏火燎的肉身不会腐烂。那段时间白天劳动，晚上清闲，四个人住在一起也有很多乐趣。我们打扑克，订了一个厚厚的本子来记录战果，一起侃大山，精神会餐。很多时候还是各自看书学习，真有“躲进小楼成一统，管它冬夏与春秋”的感觉。幸亏我带了一本英文的毛选，既学习毛主席的话，又学英语，一举两得。十年后参加出国留学考试，有北大给我的基础和这段持续的学习积累，临时复习几天就上阵参试，一举考中。

有两件事使我印象深刻。一件事是住在一起的一位学地质的老兄，来报到时带的专业书被雨淋湿了，在彭大爷家门口晾晒，被人拿走了。他在墙上贴了一个失物启事，不料招来一个批语：“他 × 的臭知识分子，你现在需要的不是书，而是毛泽东思想。”另一件事是有个工人师傅问我在北大学些什么，我答道学的是黎曼几何，这位师傅叫我讲讲什么是黎曼几何，我尽量通俗地讲在黎曼几何中，三角形内角之和始终大于 180 度，两点之间的最短线是曲线。没等我把话说完，这位师傅就说：“怪不得老人家说大学里读那些书，越学越蠢，看来你这个大学是白上了，大学是该关门了。”这一番议论让我哭笑不得，只好自认上大学学数学倒霉。

巴山虽苦也有情

1969 年春节后，地质队所在地发生武斗，人员各自逃命，幸运的是我先请假回重庆探亲了。正准备归队时得知武斗的消息，队部要大家在家等候集结通知，工资和粮票会寄到家去。夫人教中学，要按时给学生上课，我就成了做家务带女儿的全职保姆。因为武斗影响，交通中断，工资和粮票过了两三个月才寄到，一家三口就靠夫人和婴儿的每月粮食定量，共两斤肉票，一斤油票度日。在天津教中学的朱梓光同学，慷慨寄来10斤全国粮票，才解了燃眉之急。亏得在地质队担、抬的锻炼，我可以从几里外挑120斤煤回家。生活过得艰苦，但其乐融融。我觉得女儿活泼可爱、健康成长是老天对我最大的犒赏，这个时期我的幸福感倒是最强。

1969年9月下旬，我们205地质队重新在罗文坝集中。那时已经开始考虑抓革命，促生产的事，全队逐渐向城口县搬迁。城口县现属重庆市，处在川、陕、渝交界处，地处大巴山区。高山峻岭，地势险恶，曾是苏维埃红色根据地。大巴山，简称巴山，是四川盆地和汉中盆地的界山，海拔2000—2500米。由于构造褶皱紧密，断层发育，加之谷坡陡峻，崩塌、滑坡等重力地貌现象较为突出。河流切割强烈，峡谷高差达800—1200米，矿产资源十分丰富。205地质队主要在城口县找锰、钡、煤等矿物。我和汪心宣不懂地质，就分到测量队去工作。感谢在北大学的微分几何，虽然我们不懂测量，但找了几本大地测量学，球面三角的书来学习，一学就明白，居然可以讲出一些大地测量数据平差的数学道理，也学会了熟练地用手摇计算机计算。当然我们在野外的动手能力较差，一般只做一些扛标杆、背三脚架、刷油漆、记录数据的辅助工作。我相信如果我不离开地质队，会成为一个称职的测量工程师。在地质队，最艰苦的工作是在没路的环境下攀登高峰，有时还要风餐露宿。大地三角网测量的觇标必须设在视线通透的山顶，有时要走几天才能登上预定设置或者已经有了觇标的山峰。尽管累得不行，望着还那么遥远的山顶，只有咬紧牙关低下头一步一步地往上攀爬。在我以后的工作中，每当遇到难处，或者感到困倦的时候，一想起在地质队爬山的情景，就会得到一股继续钻研、努力攀登的力气。

有一次，我和汪心宣被单独派出去为觇标顶部的观测圆筒重新粉刷油漆。那可不是旅游登黄山、登泰山那样轻松。我们各自背着装备和油漆桶，天刚亮就出发，一路披荆斩棘，中午才到达山顶。凉水就着冷馒头咸菜，填了肚子就攀爬上6米多高的觇标，汪心宣在下面给我递油漆桶。风嗖嗖地吹，我毕竟不是油漆工出身，手脚有些发软。脸上、手上、劳保服上也沾了不少油漆。在觇标上我望见群山逶迤、浮云翻滚，竟忘了手脚的酸痛，欣赏起这风景如画的雄壮山色，发出了“我要是有个相机就好了”的感叹。我现在的摄影爱好，就是了却这个夙愿。这是我一生中唯一一次以这样的方式来欣赏风景，也是40年后我在摄影集《心随影动》中，写出“连绵的山峦使我心境平和”感慨的聚焦点。

还有一次，我们小分队几个人想走捷径，沿着一条小河由坪坝公社去沿河公社。清晨出发，蹚着河水，踏着乱石穿行。不料河水越来越深，衣裤泡湿了，就裸体前行。好在这个河谷只有我们几个男人，不怕出丑。太阳刚下山，河谷就黑暗起来，恐怖之感油然而生。望着黑乎乎的河水，真的迈不开脚步，只好倒行十几里路到一个岩洞人家求宿。那时已是晚上10点多钟，饥饿难忍，向老乡买了十几斤土豆，放了一小撮盐，煮了一大锅。我们围着火塘，急不可待地喝了一碗土豆汤。那个味道鲜美无比，直到现在，我还觉得过年喝的鸡汤比不上那碗土豆汤。

一年多在测量队的野外生活，让我见识了山川的秀美，也看到了山区的贫穷，我看见过衣不蔽体的山民，体验过睡在草垫上被蚊叮虱咬的滋味。十年后我到巴黎第六大学留学，住在离塞纳河不远的地方，常到西岱岛散步。看着那车水马龙的繁华和在夕阳下轻轻流淌泛着金光的塞纳河水，我的思绪竟然会把我拉回到大巴山去，我仿佛能闻到大巴山清新的空气和山花的芬芳。感谢大巴山使我有所牵挂，环境巨大的反差使我感到责任，那是值得我魂牵梦萦的地方。

在地质队的第三年，我和汪心宣同时被选中到队部当秘书，在城口县庙坝镇过上了“机关生活”。其原因是两年前同我们一起劳动的两位“牛鬼蛇神”，当时是被罢免的“走资派”，官复原职的书记和队长看中了我们。当年我们与他们同在一处，倒有同是天涯沦落人的感觉，从不曾恶语相加，厉色相待。这也是好人有好报，我们得到了两位领导的关照。现在，他们都已过世了。其实，他们也只是最普通的基层党政干部，仍属善良朴实、辛辛劳劳的芸芸众生之列。那时地质队机关是在位于半山上的简易房屋办公。我住在山坡顶上的简易平房里，冬天北风呼啸时要用棉絮去堵风口。下班回宿舍要走一段坡路，相当于爬二十几层楼梯。在队部的工作是写写抄抄，比在野外轻松多了。看看书，练练写作，学学当文书，后来都派上了用场。

献身教育情系巴山

1971 年林彪事件后，我也开始思考自己未来的路。那时大学依然停办，专业不对口，地质队终非久留之地。汪心宣已调走，我更显孤单。婉拒了地质队领导的挽留，1972 年初我调动到重庆凤鸣山中学当了两年半教师。我教高中一年级三个班的数学，其中一个班是落实政策，面向“可以教育好的子女”补招的。我当班主任，很体谅他们心灵上的创伤和恐惧。在那个读书无用的年代，我认真地教书，和学生们建立了深厚的感情。为了向学生传授更多的知识，我补充了大量的授课内容，大胆组织数学竞赛，使得爱好学习的学生大大受益。很多人后来考进大学，现在成为各自领域的骨干。其他没有机会读大学的人也都成家立业，他们中没有一个在做人方面出问题。这批学生在学校只读了两年就毕业了，他们不得不上山下乡，前途未卜，心境茫然。我对他们勉励有加，告别时非常伤感。现在这批学生已年近六旬，我们成了终生的朋友。1974 年上半年，我和一个班的学生下乡参加农忙劳动，在虎溪帮生产队割麦子，虎溪的美景深深地吸引了我。三十年后，重庆大学新校区建设选址时，我提议建在虎溪，这片土地竟然就成了我任职的重庆大学虎溪校区。感谢上天对我命运的安排，给了我提这个建议的缘分，圆了我的校园梦。

1974 年下半年我经多方努力，调到了重庆建筑工程学院当老师，教高等数学。

我教的工农兵学员，有的年龄比我还大。他们如饥似渴地学习，深深地感动了我。毕业八年后，我这才真正感到学有所用。我一边教书，一边观察工程专业教师的科研动向。当时，使用电子计算机进行科学和工程计算刚刚兴起，“有限元方法”成为强有力的计算方法。我利用在北大所学的数学理论基础，很快就自学初通了这种方法，掌握了算法语言，成为学校里第一批开讲有限元方法和算法语言课程的教师。我还和同事与成都西南水电研究院的工程师一起，承担云南小龙潭火电站高边坡稳定分析的科研课题。直到 1978 年 8 月底接到学校通知，我立即买了张无座车票，从成都返回重庆参加出国留学考试。抓住了这个机遇，以后的路途就顺畅了，当然付出的艰辛也不少。1979 年我在广州外国语学院，从字母开始学习法语，刻苦用功的劲头大大超过我在北大念书，但远远比不上地质队艰苦。1980 年元旦一过，我就到法国第六大学程序设计学院留学，同时在巴黎高等理工学校从事对“边界元”这个新兴的计算方法的研究工作。1982 年回国，升教授，再到美国、德国、法国作访问学者或客座教授。再回国，职位也由研究室主任、副系主任、副校长、副书记、校长到书记。退下领导岗位后，我带完三个计算数学博士，又当了若干形式的小组长。我的人生由小学的学习小组长开始，回到了工作小组长。

⊙ 祝家麟迎马年

2011 年，重庆市城口县聘请我担任科技顾问团团长。四十年后，我再次回到城口，重庆主城到城口的路程由原来的三天，缩短到八小时车程。今年又缩短到四小时车程。大巴山脉的山水是那样的亲切，我抬头仰望高耸入云的山峰，惊讶我当年是怎样爬上去的。我低头俯瞰蜿蜒曲折的溪流，感叹逝者如斯的似水流年。大巴山，自从我见到了你，我一直在想你。虽然回味带些苦涩，但我无悔。我在苦难中，看到的是人性的美好，山川的美丽，总是保持乐观的精神。年满七十的时候，我写了一副对联：“世事难明加与减，人情愚钝忧亦欢。”的确我对痛苦不是那么敏感，而对美好的东西总是热情向往和追求。感谢在大巴山艰苦的历练，磨炼了我的意志，锻炼了我的体力，给了我坚韧和宽容。我想说的是：对人生中困苦的经历永远不要去后悔和伤感，那些经历说不定会教会你一种本事，赋予你一个不断进取的人生。

⊙ 1968 年 1 月离开北大留影

祝家麟，重庆大学教授、博士生导师。现任教育部直属高校巡视专员，重庆市科学技术协会名誉主席，欧美同学会常务理事，重庆欧美同学会会长，北京大学校友会理事，北京大学重庆校友会会长，重庆大学校友总会名誉会长，《计算数学》编委。

北京大学数学力学系 1966 届毕业生。1980—1982 年在法国留学，获法国巴黎第六大学博士学位（皮埃尔和玛丽居里大学），同期在巴黎高等理工学院应用数学中心做研究工作。1988 下半年在美国特拉华大学数学系；1989 上半年在德国斯图加特大学应用数学系；1995 下半年又在巴黎高等理工学院应用数学中心作访问教授。长期从事计算数学专业的教学和科研工作，获得过国家级有突出贡献的中青年专家、优秀留学回国人员等称号。享受政府津贴。曾担任过中国计算数学学会副理事长，中国建设教育协会副理事长兼高等教育委员会主任，教育部第五届直属高校工作咨询委员会执行主席，重庆市第二届科学技术协会主席，重庆建筑大学校长，重庆大学党委书记等职务。中共十六大代表。

忙忙碌碌心自安

佟天池

我于1960年进入北大化学系。学习专业课不久，就下乡搞“四清”，接着“文化大革命”爆发，使我们失去了系统学习专业知识的机会。

1968年，工宣队进校，很快我们就面临毕业分配，北大八年的生活结束了。我被分配到中国科学院东北石油化学研究所（在哈尔滨市）。北大博雅塔高耸，催人奋进；未名湖充盈，教人实干。北大给了我生活的方向——报效祖国，要老老实实做人，踏踏实实做事；北大给了我生活的力量——不怕困难，有问题想办法解决，团结一切可以团结的人一起工作，我相信只要有信心，有耐心，任何难题都可以解决，我一定会成功的！我就是怀着这样的信念告别了未名湖。

1968年9月，我到中科院石化所报到。报到半个月，就让我们到部队农场锻炼。我被分配到二炮的4657部队学生11连9班，到山西临汾的汾河滩种水稻。

我们在连队的生活很紧张。每天早5点起床，先跑操，再到地里干活，一干就是一天。春天，四月天河水还有冰凌就下到田里插秧。女同学负责拔秧，一干就是四个小时，站起来活动一会儿才会走路；男同学负责插秧，几次试着下水才能适应水温。同学们干活都很努力，和小战士们比赛，他们比不过。夏天，到地里挠秧除草，顶着烈日晒，防着蚂蟥咬，但是防不胜防。到了秋天，开镰收割，我们挥舞着镰刀，把稻子割下来放在田埂上，捆成捆，扛到地头的场院，晒后脱粒。每天吃过午饭，依偎在场院的稻草垛晒太阳，是我们仅有的轻松时刻。我们还养猪、养鸭子、种菜，副食基本自给。我们在这里收了两季稻子，插了一次秧。我们所带的衣服已经破烂不堪，部队给每人发了一套旧军装；又用白布染成绿色，给每人做了一套新军装，作为在部队锻炼的纪念。

在部队农场的一年半时间，我们吃了不少苦。白天干活，夜里还要站岗，有时还要开批判会，休息时间很少。我的腿原来有关节炎，插秧十多天，就走不了路了，疼痛难忍。连长、指导员到宿舍安慰我，把我送到团部卫生队进行针灸治疗，十多天后我又回农场参加插秧：同学们个个好强，自己怎肯落后。一下雨，黄土坡路又粘又滑。有时我们女同学不等吹军号就起床，手拉手一起走到坡下的连部参加集合。部队的小战士十分感动，说这些快三十岁的大学生真不容易！我在城市长大，是头一次在这么艰苦的环境中劳动，这对我来说是一次意志的锻炼，吃苦耐劳的锻炼。虽然我们有时还挨批评写检查，但是我们仍然相信，困难一定会过去！在劳动往返的路上，我们还经常高唱《我们走在大路上》、《打靶归来》等革命歌曲。

劳动锻炼，虽然对我们成长有些好处，但这不是我们想要的生活，而且专业也不对口。同学们自然而然地产生一些想法，认为是“高射炮打蚊子，大材小用”。这是典型的思想表露。针对这种认识，连队每天晚上组织开批判会，要求检查自己是否有在这里劳动没有必要的思想；还要检查有没有“读书做官论”的思想；自己不找出点问题是过不了关的。

1970 年春节过后，劳动结束，我回到哈尔滨，在石化所里工作。我爱人刘广明（北大法律系 1962 级学生）回到了沈阳。我们首先考虑的是及早解决两地生活问题。我要从哈尔滨调到沈阳。当时各研究部门正在走“五七道路”，下放劳动；各个大学都停办，想到科研单位或大学都走不通了。沈阳化工厂是直属化工部的大厂，有一两千人，生产三十多种产品，看似有发展前途。它虽然不是最佳选择，但是对我这个学化学的，毕竟有了用武之地。经过努力，我如愿调入了沈阳化工厂。

1970 年 3 月，调到化工厂报到时，组织部的人首先说明：“这里没有干部编制，一律与工人一起劳动。”当时，这里的老工程师有的被打成“特务”，有的被打成“反革命”。年青的技术人员也都和工人一起劳动。我被分配到三十二连三氯氢硅工段，“三班倒”当工人。我学理科，不了解工厂的工艺流程，也没有学过化工原理、机械制图等课程。我就抓紧时间补课，向工人师傅学习。当时我国正在搞多晶硅大会战，许多工艺不过关。我们生产三氯氢硅用沸腾床，我和一位陈师傅一班，就拜他为师，一起创造操作条件，进行生产，结果我们班的产量和质量都获得了第一。但我对这小小的成果不满足。听说沈阳化工研究院有一台有机玻璃的沸腾床，可以为研究扬析量提供工艺条件。我一下夜班就去沈阳化工研究院做实验，写了关于沸腾床的实验报告，提出三氯氢硅生产的最佳工艺条件。同年 7 月份，工厂提拔一批技术员，因为我劳动好，技术不错，被选拔为三氯氢硅工段技术员。那时，许多老技术员还在基层岗位劳动。我就以他们为师，虚心向他们学习，努力做好本职工作。沈阳化工厂在“文革”期间一直没有停止生产，生产的多晶硅大棒还送到化工部展览。70 年代初期，我国可控硅的生产才起步，需要大量的单晶硅，我厂也开始了单晶硅的生产。由于技术问题，两年来没有拉出一根合格的单晶硅。厂领导找我谈话，让我去搞单晶硅。面对新的课题，我不得不从头学起。我首先了解单晶炉结构，再学习热场理论，还选了一名钳工、一名搞弱电的电工、一位技师，组成班子，以便合作完成任务。我带领他们去沈阳冶炼厂、沈阳镕炼厂学习经验，再回到自己厂的单晶炉前进行研究，找寻工艺条件，查找设备问题，进行检修。老天不负有心人！经过反复试验，终于拉出了无位错合格的单晶硅，为工厂创造了可观的经济效益。

这一段时间我们的生活十分艰苦，蜗居在几平方米的小屋里，连简单的家具也是租的。屋里除了所穿的衣服、被褥，就是书本，真是家徒四壁。每个月还要给双方的父母寄钱。我自己带孩子，每天早5点前出发，送孩子到托儿所，再去上班。有时因为工作忙，忘了给孩子喂奶，吃午饭时其他孩子妈妈对我说:“孩子挨饿，你还有脸吃饭！”从家到工厂每天往返要用四个小时，有时有技术问题还要倒班，孩子有时白天黑夜都在托儿所。学习、工作、带孩子、做家务，我常常每天就睡四五个小时。几年下来，过度劳累、营养不良，使我患上恶性贫血症。还算幸运，经中医治疗，半年后好了。

1978年，我调到分析室做技术员。这是我熟悉的工作，可是许多有机产品的质量分析已经开始用色谱仪做分析，而不是我们上学时所学的色层分析了。我抓紧学习一些新知识，并且开始了新的课题研究。如聚乙酰胺的下水分析，我查找俄文资料，用煅烧的食盐作色谱分析的载体进行分析，一次实验成功。1980年我看到新的分析仪器ST-03水分测定仪、ST-04比表面测定仪的生产，就建议购买这些仪器，为以后的科研奠定了基础。

沈阳化工厂是一个氯碱厂，生产的产品门类众多。其中生产气相法白炭黑是我国60年代上马的军工产品。气相法白炭黑是橡胶工业生产中不可缺少的填料，用于航天、航空工业中；也是高级涂料中的添加剂。经领导批准，我购买了大气压力计，自制了氧压计，开始了艰苦的数据积累工作。由于白炭黑表面羟基不稳定性，给实验带来不少难题。为了使我们制定的标准向国际标准靠拢，我就和美国卡伯特公司、德国的迪高沙公司进行技术交流。我们还和北京七零三所、西北橡胶制品研究所一起做应用实验，积累数据。1980年10月，国防科工委在南京召开航天用原料标准会议，我们很快制订了气相法白炭黑的军用暂行技术标准，并写入企业标准中。巧的是：三个单位的三个人——安又桢、郭淑静和我都是北大校友，在研究白炭黑暂行技术标准时我们的想法是那么一致。

1992年，国防科工委再次下达任务，要求我厂制定军用气相法白炭黑标准。这些年我主要搞技术引进工作，没有再研究白炭黑问题，而厂领导再次要我承担这个任务。我首先主动和分厂领导研究工艺改进的问题。我认为必须把表面羟基稳定下来，这个标准才好制订。我们在实验中共同积累数据，找出最佳工艺条件，使产品的技术指标和世界先进国家的技术指标一致。在标准中彻底甩掉甲基红吸附法，用ST-04比表面测定仪分析，这是一次分析方法的彻底革命。1994年，这个军用标准——“气相法白炭黑”在黎明化工研究院指导下顺利完成了。这个标准一用就是十年。1995年我厂从乌克兰引进白炭黑生产工艺，在产品验收时，我又进一步改进，并和计算机专业人员共同设计一个软件，大大提高了工作效率和数据的准确性。1996年乌克兰的分析专家到实验室考察我们的仪器和设备，称赞我们的技术“先进”。十五年的时间里，我们很好地完成了白炭黑分析方法的改进，制定了达到世界

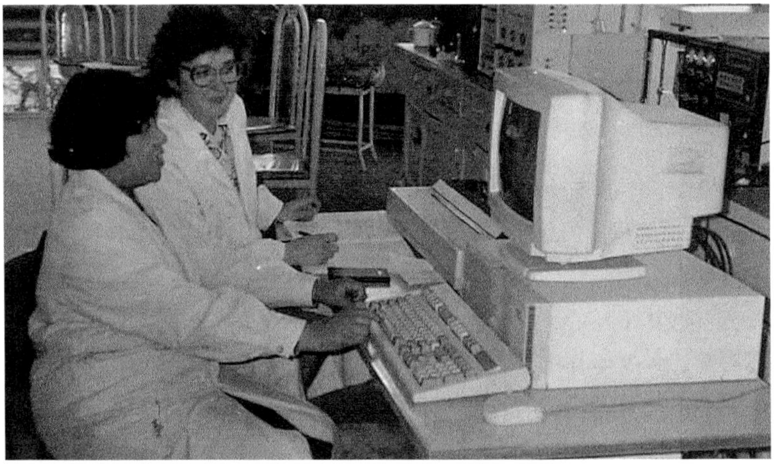

⊙ 佟天池工作照

先进水平的军用技术标准。每当我国发射卫星和火箭时，我都十分激动，因为那里有我的劳动成果。

在这一工作过程中，我也受到不少磨难。我是理化检测中心副主任，同时负责制订上述的军用标准。1992 年下半年，国内大批工人、干部下岗，厂内科室调整，有个小头头想霸占这个项目，对我进行种种刁难，还用降职降薪要挟我。我没有退缩，坚持继续做这个项目，决心为我国的航天事业做奉献！后来其又使出一招：推荐我到沈阳市新民县当科技副县长，以使我离开化工厂，放弃心爱的项目。我婉言拒绝了。市委组织部征求我爱人的意见，他在毫不知情的情况下，说："我家不需要女县长，倒是需要女炊事员。最好把机会留给年轻人！"此事就这样了结了。我相信：工作中只要找准方向，抛弃个人利益，排除阻力，坚持不懈，就一定会获得成功！

上世纪 80 年代，改革开放以来，英语的应用比俄语更广泛。而我的英语差距大，就参加英语补习班，利用业余时间学习。1982 年，我厂先是引进分析仪器，由我和中国科大毕业的技术员一起引进日本岛津生产的气相色谱和液相色谱，还有红外光谱。这些带计算机的先进仪器我没有用过，资料全是英语，我们一点一点地看，认真研究后再去谈判。对红外光谱，后来选用飞利浦公司的产品，经过我们的努力顺利地完成了谈判任务。这对我来说是一次"练兵"，对以后大的引进项目有极大的帮助。

1983 年，我厂从日本引进全国第一条糊状聚氯乙烯生产线，厂里选拔了各个专业精兵强将组成班子与辽宁实业株式会社、日本鹿岛工场进行谈判，我被选为分析专业负责人。这是平地而起的大工程，从谈判、设计、设备安装、施工，到培训、生产、产品验收，要历经五年的时间。这对我来说是一项全新的工作。我所想到的是：要认真负责地做好每件事，处处要维护国家的利益。谈判中首先涉及的就是一些助剂要从日本进口，国内当时没有。担心日后生产中日方用助剂卡我们的脖子，我提出一定要到日本的助剂生产厂实习，掌握分析方法，为助剂生产国产化做准备。设备进口问题，我只选择关键设备进口，尽可能为国家节省外汇。在设备验收中，我及时发现日方用普通酒精代替氯乙烯的标准样，欺骗我们。在铁的事实面前，他们不得不加倍赔偿。分析室的设计要科学分配。我每天趴在图版上，一笔一笔勾画出分析室的设计蓝图，只用二百多平方米的面积建成全新的、现代化的分析室，后来化工部成都第八设计院来厂参观，很赞赏我们的设计。鹿岛工场的海外部长在大阪还宴请了我们。1987 年，糊树脂生产线正式投产，八个品种牌号产品全部验收合格。在这五年的工作中，我们迎来了技术工作的春天，改革、开放、学习新技术，让我们有使不完的劲。早来晚走已成习惯，大家工作中从不计报酬。在整个工作中，我学到许多新的知识，提高了工作能力。产品验收后我负责制订了糊状聚氯乙烯企业标准，被沈阳市评为科技进步三等奖，当选为全国塑料委员会（SC7）委员，并由我负责起草了刮板细度实验方法的国家标准。

在北大受到的教育让我受用一生。在北大学习也是我一生的荣耀，为北大争光是我的责任。这里所写的工作片断是北大教育对我的深刻影响。走出未名湖的艰苦历练，更使我深切体会到，“空喊仨月，不如实干一日”。只有刻苦钻研业务，脚踏实地的做事，才会出成果。只说空话，不干实事，对不起北大，对不起党和国家对我的培养。一切机会总是留给坚韧不拔、实干奋进的人！

此文写成，传来嫦娥三号发射成功的消息，心中异常兴奋，仿佛有我一份功劳。我这个不善吟咏的化学系学生，破例写成一首小诗，作为本文的结尾：

卅年辛苦意如何？登月嫦娥梦幻多。
情逸未名湖畔柳，蟾宫弄绿舞婆娑。

佟天池，1942 年 6 月生，汉族，籍贯北京市，1960 年考入北京大学化学系。1975 年 11 月加入中国共产党。

1968 年 9 月—1970 年 3 月在中国科学院石油化学研究所工作，研究员。

1970 年 3 月—1997 年 6 月在沈阳化工股份有限公司工作，高级工程师。

辽阳十年

谢定国

1968年12月，我们数力系1962级力学专业毕业分配，我被分到了辽宁省辽阳市汽车弹簧厂。分配方案一定，我马上打电报问家里要了二十元钱，匆匆忙忙买了一个人造革旅行包和一些最必要的日常用品，把大部分书籍当废纸卖掉，带着最简单的行李，以及北大军宣队工宣队签发的“新北大”毕业证书，犹如漏网之鱼，逃离了北大。在阶级斗争的锣鼓由慢到快，由轻到重，一阵紧似一阵的年月里，我被多次提醒：我是在1962年，被错误的修正主义路线招进北大的，我这种出身是没资格读北大的。我在毕业前还刚刚被批判过，暗暗庆幸能全身而退，而且还有一个正规的单位可去。这就是我当年离开北大的心情，对未名湖，对燕园，并无眷恋之情。同学之间，也因为派性未消，戒心很重，根本没有那种合影留念，相互题词，离意浓浓，恋恋不舍的场景。

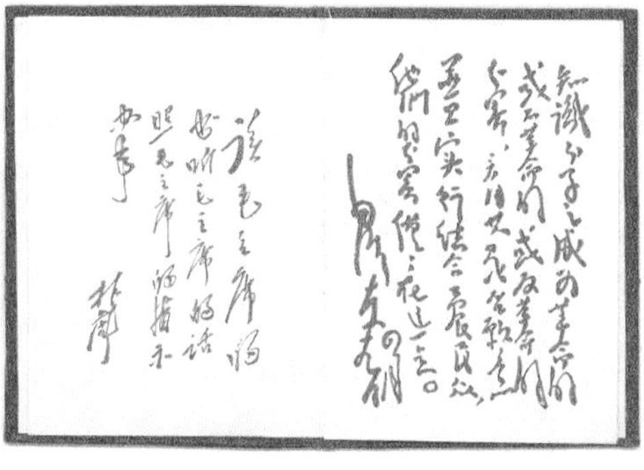

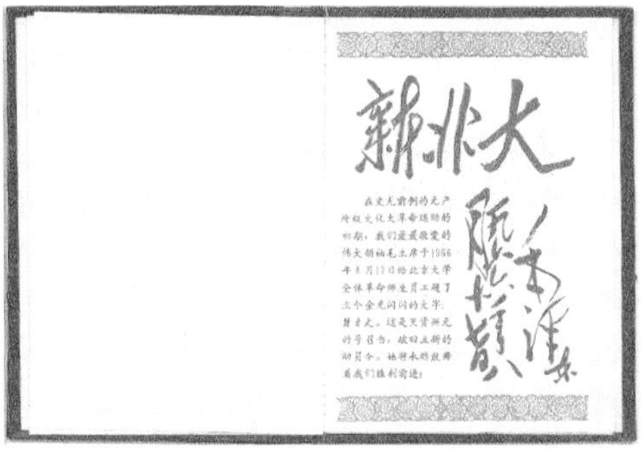

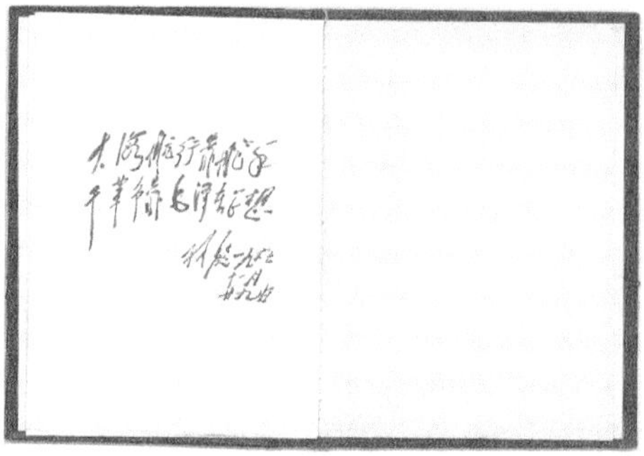

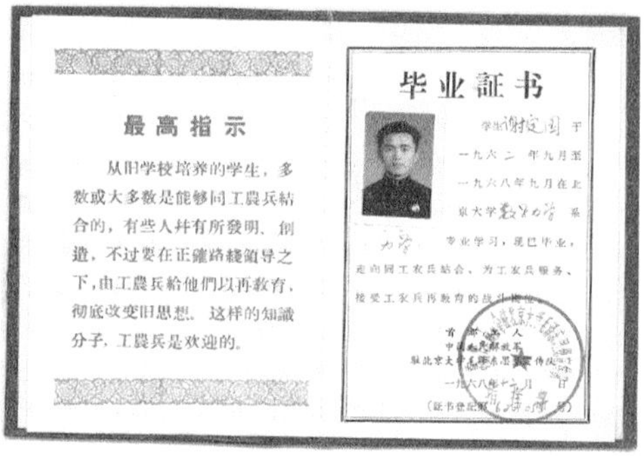

一

辽阳汽车弹簧厂隶属一机部，是一个有七八百职工的中型厂，由两个车间组成。一车间是从长春第一汽车厂搬迁来的，设备相对先进，但也是苏联在新经济政策时期从美国引进的技术，上世纪50年代仿制后再援建中国的。二车间则是当地一个小厂发展起来的，设备落后，无流水生产线。汽车悬挂弹簧的生产，由钢板切割、冲孔、热处理、喷砂、装配和喷漆等工序组成。在二车间，这些工序全部靠人工搬运连接，大量的劳动浪费在搬运这些沉重的半成品上。这一年，分到辽阳汽车弹簧厂的大中专学生有一百多人，其中三十多个是一机部高校如北京机械学院、上海机械学院等分配来的，再加上北大、清华各一人。这些学生全部被分到一、二车间的生产第一线。分到一车间的兴高采烈，分到二车间的则自认倒霉。其实板簧生产整天和钢板、高温油烟打交道，烟熏火燎的；无论是一车间，还是二车间，生产条件都很差，劳动强度都很大。一车间有生产流水线，用力较少，但节奏快。二车间靠人力搬运，用力大，但节奏不受机器控制。我则被分到二车间的喷漆工序。北京机械学院的一位同学开玩笑地说："哦，你是学流体的，分配去喷漆，正好专业对口。"

二车间喷漆班共有三名女工，连我算上六名男工。六名男工分两组，把已经装配成型的汽车弹簧，每天平均五百个左右，每个约五十到七十公斤，用手推车一车一车地从装配工序推到喷漆工序，然后再抬上喷漆架，由三名女工喷漆。喷漆完毕后，再通风干燥。我们再把弹簧搬下喷漆架，用手推车搬运到成品库。这种重体力劳动，我大约干了五年左右。当时年轻，不知惜力，后来得了肾虚的毛病。中年以后，在浙江大学教书，因为静脉曲张，不能在讲台上久站，后来只好动手术抽掉了右腿的一根静脉。这也应该是在那时候推车过分用力的后果。

在那些最绝望最苦闷的日子里，大约是1972年，我给学校数力系的段学复教授写过一封信，诉说了自己的苦闷，询问将来能否有一天，我们这些学生能够专业对口，学以致用。段学复教授是数力系的主任，是中国代数学界的权威。他颀长瘦削的身材，戴一副玳瑁边的深度近视眼镜，按照当时的“文革”标准，是一个活脱脱的资产阶级知识分子的形象。我是流体力学专业的，段学复教授从来没有给我上过课，也不会认识我。但他还是用北京大学的直式信封，直式稿纸，用毛笔给我写了一封回信。在当时那个情况下，他不可能许诺什么东西，或给予任何具体的帮助。但他两页纸的回信，浸透着真正北大师长对学子的关怀，温暖了我的心，让我感受到了依稀希望。我曾长期保存这封信，但可惜最终还是在不断的搬家中遗失了。我也曾希望，什么时候，能回学校当面感谢段学复老师。但世事繁忙，直到段学复老师 2005 年谢世，我都没能实现这个愿望，留下了终生的遗憾。段老师在信中讲了些什么，我已经不记得了，但是他对学生的关爱和书信的民国格式，就是一种巨大的文化力量，足以抗衡当时“两报一刊”（《人民日报》、《解放军报》、《红旗》杂志）连篇累牍的文字。

分到辽阳市的北大同学，只有我一人。但我一直和很多北大同学保持着长期的通信联系，如中文系的黄虹坚，历史系的王复兴和化学系的陈双基等。在那个黑暗苦闷的年代，同学之间的这些来往书鸿，是荒漠中的甘泉，给我们这些哭泣的心，带来了无限的慰藉，也为我们传输了最新最快的政情动态。记得林彪“九一三”出逃，丧命温都尔汗，四人帮垮台，都是历史系的王复兴同学提前在基层传达前很多天写信告诉我的。当辽阳弹簧厂的革委会主任军代表召开全厂大会，为全体员工传达关于林彪出逃的中央文件时，他神情紧张，语调混乱，每次读到林彪时，都犹犹豫豫，似乎不敢直呼其名。因有“北大通讯社”的先发消息，我早已心定气顺地坐在远处，欣赏他的狼狈样，并暗自思忖，他们这些穿黄军装的大概很快就会离开工交系统了吧。

二

在辽阳的那些年，伙食很差。东北天寒地冻，很少新鲜蔬果。常年的副食是白菜土豆。主食则是高粱米、玉米粉，再配以部分大米和面粉，全是凭票定量供应。此外每个月还凭票供应一两斤肉，食油则是三两。全国各地其他省市食油供应都是五两，因此我们称当时的辽宁省委第一书记陈锡联为“陈三两”。随着革命狂热的从上到下渐渐退潮，分到辽阳弹簧厂的同学们开始注意生活问题了。除了谈恋爱、找对象，就是自己开小灶改善伙食了。当时烹调烧饭用的炉子，都是利用工厂的边角余料自制的煤油炉。煤油当时属特殊供应，市场上根本无货。我们这些学生工人经常从车间里往宿舍捎汽油，代替煤油烧饭做菜。有时烧着烧着，整个炉子就起火了。大家也都毫不吃惊，能从容处理，通常用一块厚抹布就把火扑灭了。但这种汽油做饭的创举和“文革”一样，不是常态，早晚都要出事的。

工厂的单身宿舍楼是一栋两层的砖房，每层有公共厕所，但无公共厨房。上下两

⊙ 1964 年和同学蔡敬康等在昆明湖

层，大约有三四十个单间。每间一般住四人，两张双层床靠窗摆放，靠门一侧，则放一张桌子和其他杂物。我住的那个单间在一楼，住着三个人。一个是上海机械学院毕业的大学生，姓陈，苏州人。另一个是当地的青工，沈阳一高中毕业的小赵。陈苏州当时正在积极活动，要调回苏州去，解决夫妻两地生活的问题。整个调动程序已经有了一些进展，让他充满了希望，期望有一天可以重回江南水乡。出事那天，陈苏州刚好收到一封家信，告知他调动中出现了一些问题，苏州的接收单位至今也没收到辽阳弹簧厂已经寄出的档案。午休时，他丧魂落魄地回到宿舍，但仍像往常一样，开始点煤油炉，准备烧挂面做饭。我当时已经坐在临门的桌子上吃饭，炉子则在门和桌子之间。他用火柴点炉子，点了几次没点着，知道是没油了，因此打开炉子底座的油罐盖，准备加油。油罐打开后，残存的汽油液面接触到充分的空气后，开始燃烧。其实这种现象，在我们用煤油炉烧汽油做饭时经常发生。通常盖一块破抹布，火就会熄灭。然后，加上汽油，盖上油罐，就可继续做饭。但陈苏州因为调动受挫，魂不守舍。再加上他又是一个热处理工，可能见惯了滚滚炉火，竟然拎起我从车间捎回来的半桶汽油就往已经着火的油罐上加油。我不禁厉声大叫："你这不是火上浇油吗！！"紧接着就"砰"一声爆炸，我不由自主地被气浪冲到房间另一侧的窗口边，整个房间靠门一侧，大火熊熊。出于求生的本能，我右脚已经踩在了窗台上，只要两脚一跳就可逃离火场。人在这种突发的紧急关头，精神和体力处于非常状态，没有经验过的人，很难体会。我当时想得很多，想得飞快。我如跳窗逃走，整个宿舍楼就会起火。我又想到尽管肇事的是陈苏州，但汽油是我从车间捎回来的，我和他都有责任。在我的脑子里还出现通常只有在做梦时才会有的照片一样的一张张画面。我见到大楼被烧成断垣残壁，但仍然余烬缭绕。我见到陈苏州和我站在台上低着头挨批判，台下则是黑压压的一片工人群众。我当然不能接受这种结局。同宿舍的小赵后来告诉我，他当时也站在窗台上，但我根本看不到他。他说我当时大喊了一声“不好！事情要闹大”，就冲回去了。我自己已经不记得讲过这句话了。我当时就抓了一条被子，还责任分明地先抓了陈苏州的被子往炉子和油桶那个方位压了上去。紧接着又抓了自己的被子再压上去。小赵也用了自己的被子向余火压了上去。这时隔壁房间的各位同学、工友听到这么大的动静，也纷纷赶来救火，总算把火扑灭了。

因为扑救及时，火只烧坏了一些家具和衣物。小赵和我的脸部三度烧伤，局部二度烧伤。陈姓同学因为靠近门，爆炸的气浪可能把他冲出了门。等他拿着铁锹回来时，火已经灭了。我和小赵都被送到辽阳市市医院治疗。后来在脸上敷了一层厚厚的黑色中药，两三周以后才拿下来，居然也没留下疤痕。事情当然瞒不住，后来陈苏州在全厂大会上受到点名批评，小赵则受到褒奖。我因为首先奋起救火，功过相抵，既无批评也没表扬。

但事情过后，我约略感觉到一起分来的大中学生对我多了一分敬重。以前大家只知道，谢定国是北大毕业的，书生气浓，好学深思。现在才知道北大同学在紧急突发关头也是有快速反应能力的。我自己也把这次救火行为列为我人生最值得自傲的事之一，实际上也是影响我人生的重大事件。如果这次失火成灾，我人生的轨迹可能完全不一样了。

三

作为喷漆班的搬运工，尽管劳动强度大，但有一个好处，就是休息时间也长。在女工喷漆时，我们可以休息。喷完后，入库前，新漆需要通风晾干，这段时间我们也可以休息。工人师傅们就会利用空闲，侃山海经。他们天南海北地讲辽阳当地的各种往事轶闻。苏联红军占领东北期间军纪败坏，我就是从他们的闲谈中听来的。

但更多的时间，我用来自学英文。一本袖珍英汉字典，几年下来，被我因劳动脏污的手都翻黑了。从 1971 年开始，中美关系逐渐解冻，在市面上已经可以找到一些外文的出版物了。我每次回上海探亲，都要去外文书店好几次。外文书店公开的门市部销售的是毛泽东著作的各种外文译本、各种外文版的《北京周报》和可怜的几种进口外文报纸期刊。我记得当时有澳大利亚共产党（马列）、新西兰共产党（马列）出版的英文报纸。我就读他们的报纸学英文，比教科书上的“Long Live Chairman Mao！”强不少。但我那时去上海福州路上的外文书店，主要目标是后面弄堂里的内部书店。内部书店另有隐秘入口，要凭工作证登记后才能进入。店里全是由低劣纸张翻印的各种外文书籍，以科技书籍为主，也有一些文史和语言学习方面的书本期刊。

我先是读一些简写本的英文名著，如狄更斯的《双城记》、《大卫科珀菲尔》和大仲马的《基度山恩仇记》等。这些出版物，通常无出版日期和出版机构，但在末页不显眼处，标有“内部交流”四字。我读的第一本英文正版的小说是杰克·伦敦的《马丁·伊登》。我还记得读小说的第一页时，就有70%左右的生字，书上密密麻麻都是我写上的注解。我知道所谓的“读书无用”、“知识越多越反动”，全是胡说八道，没人会相信这种鬼话。我们喷漆班中那些识不了几个字的老工人，每当我埋头读书时，都会把聊天的音量降下来一点。我当时选择苦学英文，一是觉得英文肯定有用，而且比专业知识更容易派上用场；二是在这种英文经典读物中，我能深深感受到文学的力量，激励自己，奋发图强，并丰富和涵养自己的情感世界。

尽管没有老师的教学和同学间的砥砺，靠着在北大学了半年英文的基础，通过几年苦学，我的英文终于达到了一定的水准。这为我作为英文书面翻译，从辽阳弹簧厂调到建设中的辽阳石油化纤总厂打下了厚实的基础。

四

1971年，林彪坠机温都尔汗后，中国的政局出现了微妙的变化。建设和发展国民经济，在周恩来总理不动声色的运作下，慢慢提上了议事日程。当时国家计委决定从国外进口八套化肥生产成套设备和三套大型的化学纤维成套设备。其中一套大型化学纤维成套设备就选址在辽阳市。国家计委《关于进口成套化纤化肥技术设备的报告》要报送毛泽东审批，这位不食人间烟火的伟大领袖，连“同意”两个字都懒得写，只是画了个圈，表示看过了。当时的辽阳化纤总厂工地，到处都是伟大领袖挥手引领工人前进的巨幅宣传画，口号则是“毛主席圈定我施工，建设辽化多光荣！”

三个化纤项目是自50年代苏联援建的大型项目后最大的进口成套设备项目。为了筹备建设，辽宁省从“五七干校”调回了大批老东北局的干部和北外、北二外在辽宁农场锻炼的学英语、法语的大学生。此外，还从全省抽调技术干部和外语人才。我的太太从抚顺石油二厂调到化纤总厂的研究所工作。我则以英文书面翻译的职位调到总厂外事处的合同科，负责翻译英文的合同文件、来往信函，作为会议记录参加中外双方每周一次的工作会议，并负责整理会议记录。

辽阳石油化纤总厂是一个从原油加工开始，到制成各种合成纤维的综合大型企业，建设期很长。1973年，我刚到化纤总厂时，厂部还在厂区现场动迁农民留下的几间平房内办公，到我1978年离开时，石油加工部分已经试生产，但化纤部分仍在建设中。在这近五年的时间里，我一直参与项目的对外谈判工作。化纤总厂对外谈判的总代表，随着政潮的起落，换了好几个，最后一个是老北大工学院毕业的，东北石油系统的权威，好像姓张。张总在得知我也是北大学子后，眼神里充满了对同校后辈的关爱。后来，我在浙江大学力学系执教，张总来校访问时，我还接待过他，可惜，我现在却怎么也记不起他的名字来了。北大的校友，很少分到机械工业和化工工业的，张总是我在辽阳十年中，碰到的唯一一位校友。

外事处合同科的工作，既要求懂技术，又要求通英文。当时满足这两个条件的青年大学生不多。学化工的一心想做专业的技术工作，学外文的则希望多些口译的机会，将来好出国考察。因此我得以长期在这个一些人看来很重要的岗位上做下去。当时外事处的一个副处长，向我透露：有人反映，外事处这么一个机要单位，为什么要用出身不好的人。她告诉我处里的领导顶住了。她这么做，自有笼络的意思。但我心里明白，要找一个合适的人替代，也不是那么容易的。我也清楚，不管我多么努力，以我北大数力系毕业的背景，在这么一个化工企业中，是不太可能有进一步发展的。

五

1978 年，全国高校恢复招收研究生，得知消息后，我马上利用下班的业余时间准备应考。在校时，我们 1962 级流体专业的学生，1965 年秋季学期刚刚开始学流体力学，一两个月后就停课到四川搞“四清”去了。但这次考试科目中有流体力学，因此三四个月的准备时间，我主要用来自学流体力学。另外利用两周的时间复习物理。对数学和英文，我胸有成竹，没用任何时间准备。临考时，离我学习高等数学已经有十来年了，期间也没有什么应用和复习。但当时的感觉是微积分、代数学全在脑子中，自己有能力，不用任何参考材料，可以写出一本微积分的简明教材来。当时在北

⊙ 湾区华人运动会
老年组游泳比赛

大教我们微积分的是冷生明教授；教我们解析几何的是程庆民老师，他是右派分子，同时又是才华横溢的小说作家；教我们高等代数的是丁石孙教授，也曾被授予党内右倾机会主义分子的桂冠。是这些老师，把数学力学，把其中的科学精神，把好学不倦的品德传授给了我们，让我们一生受用。多年后，当我那个在加州大学贝克莱分校读书的孩子拿着他得 A 的高等数学考试试卷向我炫耀时，我告诉他：你这种水平，在北大勉强得个 3 分吧。

我顺利地考上了浙江大学力学系郭本铁教授的研究生。1981 年，我又考上了中国科学院的公费留学生名额，赴美国加州大学圣迭哥分校攻读博士学位。1985 年，我作为改革开放后首批留美学成归国的博士之一，回国服务，在浙江大学执教，《人民日报》北美海外版还为此刊登了消息。

我在以后的人生旅途中，还遇到了一些起伏顿挫，但北大传承给我的独立自由的精神、科学民主的信念和不甘平庸的追求，护佑着我走过了人生的一切坎坎坷坷。在每个北大学子的心中都有他自己诠释的北大。我的北大，是那个洗掉历史铅华、脱下权力盛装的北大，是源远流长、学养深厚、自由独立的北大。她不仅仅在未名湖畔，博雅塔下，她也在台北台大的校园内，在哈佛燕京学社里，在安徽安庆陈独秀墓园，在苏州灵岩山麓，在一切有北大精神的地方。我们的北大，不仅是中国的北大，也必将是世界的北大！！

谢定国，男，1945 年生。1962 年考入北京大学数学力学系力学专业（六年制），1968 年 12 月分到辽阳市辽阳汽车弹簧厂工作。1973 年调到建设中的辽阳石油化纤总厂。1978 年考上浙江大学力学系研究生，1981 年赴美国加州大学圣迭哥分校攻读博士。1985 年学成归国，回浙江大学任教。曾任浙江大学力学系副主任，浙江大学外事处副处长，并在《力学学报》等中外期刊发表十余篇论文。1989 年底，再次赴美，先后在美国 Flack + Kurtz 公司和 WSP USA 公司任职。是资深暖通空调工程师，二十余年来，参与设计的项目遍布中美两地。参与国内的著名项目有上海正大广场，北京保利新总部，上海华为科技园区，广州保利国际大厦和正在建设中的上海国际金融中心。

在草原钢城——包头的岁月

黄介山

1968 年 7 月我从北大中文系毕业后，分配至包头钢铁公司，在那儿工作了十五年。此后随妻子调到广西师范大学，在山清水秀的桂林工作和生活至今。尽管离开包钢已有三十年之久，尽管在那里度过的是我一生中最艰苦的岁月，回想起来仍记忆犹新，而且不无怀念。因为正是在号称“草原钢城”的包头，在那个政治生活不正常的特殊年代，所经受的工作与生活的磨炼，品尝的酸甜苦辣，使我领悟了人生的真谛，懂得了正确的价值取向，逐渐走向成熟。

离开北京安家塞外

1968 年 7 月，本应在一年前离校的 1967 届毕业生终于等到了姗姗来迟的分配方案，六年的燕园生活就此画上句号。当时“文革”尚未结束，校园里所谓的“走资派”、“反动学术权威”等“牛鬼蛇神”还在劳动改造，“新北大公社”和“井冈山兵团”两派群众组织的争斗仍在继续。以往书声琅琅、美丽静谧的燕园变成了硝烟弥漫、剑拔弩张的战场，而此前亲如手足的同窗在残酷无情的两派斗争中，有的竟成了势不两立的冤家对头。面对此情此景，我们这些身处“文革”的风口浪尖，亲历了两年多无休止“阶级斗争”、“路线斗争”的北大学子早已身心疲惫，心中只有一个念头：尽快离开北大这个斗争漩涡和是非之地。

1967 届毕业生的分配方案是对“文革”前分配政策的彻底颠覆，实行“四个面向”，即面向工矿、农村、边疆、基层。以我所在的中文系 1967 届毕业生为例，九十多人竟然没有一个能够留在北京，沿海发达地区的名额也是少之又少，我的家乡江苏只有一个名额。现在想来，出台这样的方案并不奇怪，一来强调知识分子“接受工人阶级再教育”是当时的基本国策，把大学毕业生派到最艰苦偏远的地方去“改造”自然顺理成章；二来全国上下都在闹革命，学校早已停课，党政机关及事业单位的干部纷纷去了五七干校，哪还有多少单位能够进人呢？或许，在决策者看来，大学毕业生“四个面向”，中学生上山下乡，在那个国民经济处于崩溃边缘的年代，是解决数以亿计的青年就业难的一个高招。

⊙ 1968 年 7 月与妻子张明非在北京

我和同窗女友张明非一起被分到包头钢铁公司，这在当时的分配方案中算是相当幸运的了。但我们仍不无担心，因为包钢的厂矿分布很广，如下辖的白云鄂博矿区距包头市区就有一百四十多公里。在那个年代，夫妻两地分居，甚至一辈子当牛郎织女的现象并不罕见。为了避免再被分开，一拿到派遣证，我俩就赶忙去登记，领到了盖有北京市海淀区革命委员会印章的结婚证。这份证书带有鲜明的时代印记，大红色的封面及封底都印有林彪书写的歌颂毛泽东主席的语录。那一天去登记的有不少同期毕业的校友，仅一会儿工夫我们就遇到了两对熟人。登完记，我们买了两斤糖果分发给还留在学校的同学。就这样，没有毕业典礼，没有毕业合影，更没有结婚仪式，我们便匆匆告别了未名湖，离开了学习、生活六年的母校。回我江苏老家探亲后，在北京的岳母家小住几天，便踏上西行的列车，前往内蒙古包头。前路漫漫，心里既有几分激动也有些茫然，不知这人生工作的第一站等待我们的将会是什么。

炼钢工人的生涯

9 月 25 日，列车到达此行的终点——包头沼潭车站。一下车，迎接我们的就是夹带着沙尘的一股冷风，使人感到一丝寒意。车站离市区有十多里路，换乘公交车后，向窗外望去，映入眼帘的是一派荒凉萧瑟，道路两旁的树木只剩光秃秃的枝丫，沙地上的杂草已经枯黄。当此之时，内地还是一派色彩缤纷、生意葱茏的秋景，这里却几乎看不到一点绿色。我不禁感叹真是塞外冬来早啊！

报到以后，我才知道，同时分来的大学毕业生有四百多名，文理科与工科各半，绝大部分来自重点大学，以北大、清华、北师大、华东师大、东北工学院这几所大学为最多。这在重视人才的今天恐怕也是不可能实现的神话。回过头来看，我不禁钦佩包钢当时的领导居然这样有人才观念，要来了这么多别的单位不需要也不想要的大学生。后来我们当中的很多人成了各单位的业务骨干，在包钢的建设中发挥了十分重要的作用。比如当年普普通通的包钢一中，一下子进了一批来自北大、北师大、华东师大的大学生，为学校发展输入了优质师资，使之在 80 年代初就评为内蒙古首批重点中学，多年来高考升学率始终位居全自治区前列，为国家输送了大批人才。这不能不说与我们这批大学生的加盟有很大关系。

这四百多人在包钢公司报到后，便分流到不同的部门。工科的直接到厂矿，文科与理科的则到教育处当教师。文、理科的在去学校教书之前，一律先到工厂劳动锻炼，我被分到炼钢厂平炉车间当了一名炉前工，妻子则成了包钢运输部加工车间的一名钳工。下厂的时候谁也不知道要劳动锻炼多久，后来大多数人都在干了两三年后被抽调回来。

炼钢平炉除了大修是不能熄火的，所以平炉车间实行二十四小时三班倒。当时包钢有五六万职工，只有少量通勤班车，绝大多数工人、干部都骑自行车上下班。我们刚刚毕业，每月工资只有四十六元，自然买不起自行车，何况当时是凭票供应，即使有钱也买不到，因此一般都步行上下班。职工宿舍离厂区有十来里路，单程至少也要走四十多分钟，遇上刮风下雨则要个把小时。尤其是大雪天上夜班，在昏黄的路灯下，顶着凛冽的北风，脚踏积雪，一步一个坑，其艰难可想而知。

我一进炼钢厂便全副武装起来：深蓝呢子里、白色帆布面的防热炼钢服，配有墨镜的白色前进帽，高帮翻毛皮鞋，白色手套，同以前在电影里看到的炼钢工人一模一样，颇为神气。但现实很快打破了我对炼钢工人的浪漫想象，亲自领教了一名炉前工的艰辛和危险。每次加料冶炼前要用镁砂从炉子前门把炉子后壁的出钢口堵死，我们要用长把铁锹铲起镁砂，冒着熊熊的炉火奋力投向七八米远的出钢口。炉内温度高达千度以上，几次下来，无不熏得脸上发烫，浑身冒汗。同时，装料机装完几百吨的矿石和废钢后，得用耐火材料构筑五个前门的临时门槛，以防钢水溢出。通常是三四个人一起，顶着炉火的烘烤，用铁钎快速将吊车放下的石料推向门内，十几分钟下来，个个筋疲力尽，汗流浃背，身上的工作服也被火花烧出一个个小窟窿。冶炼中间，还要向外放渣。红色的渣液犹如火山喷发的岩浆，从出渣口奔腾而下，冲入下方十来米处的渣罐。这时，需要向罐内放水压渣，停停放放，以防渣液漫出渣罐。这不是体力活，也不是技术活，但却是苦差事。我常常主动去做，用湿毛巾盖在头上捂住脸，屏住呼吸，闭上眼睛，打开水龙头向渣罐中冲水。此时火花四溅，烟雾腾腾，喷出的废气令人窒息……这使我不仅懂得了“钢铁是怎样炼成的”，也亲身体验了什么叫火与水的考验。

我们这批大学生大多生平第一回到工厂，自然什么也不会，但大家的劳动态度都很积极，累活脏活总是抢着干。工人师傅看我们既没架子，又能吃苦，很快接纳了我们，对我们处处关心。譬如，每次放渣以后，要清理渣槽内的残渣。渣槽伸出炉外七八米长，悬在空中，离地有两层楼高，人要站在槽内先用铁钎将坚硬的渣块扎碎，再逐一清除，这不光要费力气，而且有一定危险。我曾经几次主动去干这活，但被工人师傅发现后，他们都拦住不让我干，怕我掉下去。我们也虚心向师傅学习，一段时间下来，逐渐掌握了炉前工的一些基本技能。例如封堵出钢口，需要用铁锹将镁砂甩出十多米远，而且要对得准，沙子不能散开。开初我做不好，后来就很有把握了。直到现在，我还能把满满一锹土准确甩向十米开外的目标。可惜这些本领后来就没有用武之地了。

1970年春，经过两年多劳动锻炼，我们这批大学生陆续分配到包钢各子弟中学教书。我到了炼钢厂主管的包钢三小，这是一所小学与初中并存的戴帽小学，几年后改名为包钢六中。当时初中部只有十几个班，一下子来了二十几名大学生，人多活少，一时难以安排。例如中文专业的就有八人，全来自全国重点大学，其中北大的就有三人，还有华东师大、人民大学、南京大学、山东大学、内蒙古大学的。用不了这么多语文老师，有的只好改行，因我是党员，就教了政治课。南大一位同学多才多艺，不光写得一手好字，还会拉二胡，可惜当时不开书法课，只好拿着胡琴去教音乐。那时，“文革”尚未结束，学校停课多年，刚刚“复课闹革命”，“读书无用论”的影响很深，学生学习积极性不高，但我们还是认真地备课、上课，总希望让孩子们多学点知识。

政治阴霾笼罩的日子

离开北大这个“文革”的发源地，原以为到了包钢这样的生产企业，政治压力会小一些，没有料到这里的政治氛围依然令人感到压抑。在此之前，一个揭发、打击所谓“蒙独”势力，清查“内蒙古革命人民党”的运动搞得轰轰烈烈，由于大搞逼供信，使许多蒙古族的干部、工人，都莫名其妙地成了“内人党”。后来发现这完全是子虚乌有，冤枉好人，才予以平反昭雪。我们初到时，给“内人党”的平反工作正在收尾，但许多蒙古族职工受了冲击，心有余悸，我的一位蒙古族师傅就是如此。本来性格开朗、爱动脑筋的他，此后却一沾政治话题就变得沉默寡言。整党运动开始不久，党员分批分期在工余时间参加学习班，强化对“无产阶级专政下继续革命理论”的认识。我被抽调到整党办公室帮忙，则是一期不落地连轴转，不能按时上下班，没有星期天。辛苦不说，整天干的就是做记录、写汇报、搞总结这一套，听的和写的都是些翻来覆去的套话和空话，非常无聊。这样的苦差事直到我累得患了急性肺炎，住进医院才算解脱。

那时，极“左”的、形式主义的东西依然不少。工人们去食堂用餐，总要先到毛主席像前报到，手举“红宝书”，口呼“敬祝毛主席万寿无疆”，然后才去买饭，似乎比我们这些北京来的人还要虔诚。有段时间，上班的工人还要乘冶炼的间歇在炉前学跳从东北传来的“忠字舞”。那时候，上街游行是家常便饭，庆祝毛泽东重要指示发布、批判“反革命”等都要召开大会。我记忆最深刻的是1969年4月，党的第九次代表大会召开，照例举行几万人的庆祝大会。包钢浩浩荡荡的队伍从所在的昆都仑区走向十多里以外的青山区体育场。那一天，天气非常恶劣，阴沉沉的，刮着大风。我们还得按上级要求排着队，举着红旗，打着横幅，喊着口号走到会场。风越刮越大，等到正式宣布开会时，用今天的术语来说，已是特大"沙尘暴"。只见狂风卷着黄沙，搅得昏天黑地，至于主席台上有些什么人，讲了些什么话，台下的人根本看不见也听不清。大家坐在地上，个个把头缩在白茬大皮袄里，或者拉起红旗和横幅遮住头躲避风沙。散会后，逆风返回，大家弓着腰，低着头，眯着眼，拼力向前，好不容易才到家。第二天，眼睛红红的，仍觉得有沙子磨人。

我们这些大学生一到工作岗位，角色就发生了转换，在校时是红卫兵，革别人的命；而到了工厂就成了被教育对象，甚至有可能成为革命对象，所以我们一再告诫自己说话行事都要小心谨慎。在厂里，工人师傅对我们这些大学生虽然不错，但也有少数极"左"分子采取怀疑甚至敌视的态度。我妻子就遇到过这样一件事，她所在的班组有一名下放干部被审查，仅仅因为我妻子对他比较尊重，称他为"师傅"，车间负责监管的人便勃然大怒，把她同另一位华东师大的女同学召去严词训斥，还威胁说如果划不清界限就要在她们背上贴上大字报送回公司。她俩吓得六神无主，回到家连饭也吃不下。好在此事后来不了了之。

当时的政治高压使得人人自危。有件事我至今想起来仍心有余悸。有次包头市召开万人"严打会"，惩治一批罪犯，其中有一个六人的"现行反革命小集团"，罪名是"恶毒攻击革命领袖和无产阶级司令部"，其中五人被判死刑，立即执行。据说，这六个人原是朋友，无话不谈，曾表示过对江青等中央文革小组成员的不满，后被其中一人揭发。此人大概不会想到，此举竟然把连自己丈夫在内的五个人都送上了断头台。冤案后来虽然平反，但造成的影响是恶劣和深远的。那时缺少言论自由，一旦触碰敏感话题，便有可能招来横祸。前面提到的那位南大中文系的高材生，对极"左"思潮深恶痛绝，对国家和民族的命运深感忧虑，考虑再三，毅然决定跟随山东大学中文系的同事调去山东乳山县工作，并在那里找了一位在供销合作社工作的山东姑娘成家。他对时局的不满，对前途的近乎绝望，在我们这批大学生中是有代表性的，只不过别人没像他这样付诸行动罢了。直到 1976 年，我们在内蒙古生活八年之后，"四人帮"倒台，长期笼罩在我们头上的阴霾才消散开去。

在那个特殊的年代，温暖我们的，是从五湖四海来到包钢的大学生之间的友情。大家相处得很融洽。因当时知识分子社会地位低下，民间戏称排在地、富、反、坏、右、特务、叛徒、走资派后面，名列第九，被称为"臭老九"，所以彼此以"老九"相称。当时很多"老九"都是单身，我成家比较早，所以，我家便成为同学经常聚会的场所。一起聚餐、包饺子，茶余饭后谈天说地，唠家常，不少时候是议论国事，针砭时弊，发泄对当时极"左"的不满，激愤时还点名道姓指斥中央文革领导小组的某些成员。彼此信赖，无所顾忌，“老九”之间的真挚情谊冲淡了我们身处塞外天涯沦落的感伤和孤寂。

艰难困苦的生活经历

除了三年自然灾害时期，在包钢度过的十多年可以说是我平生最艰苦的一段经历。先说住，我们一共搬了四次家。我们最先的住房是靠一位河南籍同学帮忙，费尽周折在一座男职工宿舍楼找到一间空房。该房位于一楼阴面，正对着楼门，几乎所有进出楼的人都要经过我的门前，嘈杂喧闹可想而知，而且阴冷潮湿，一到冬天，房门上就会结一层薄冰。更麻烦的是，这栋近百米长的大楼，只在两头设有水房兼厕所，像我家这样靠近中间的临时住户，生活废水只能倒在楼外面的下水沟里。对面宿舍楼有几位熟悉的单身同学，一见我出来倒水，便在窗口齐声喊道：“家庭大学物理（屋里）系，刷锅洗碗又扫地！”整个宿舍区都只有男厕所，有需要时我妻子只好骑车去附近的招待所。

那年头，一般家庭都没有什么家具，我们刚参加工作，四十六元的工资标准多年不变，自然更没有条件置办。四壁空空，床铺是由集体宿舍配的两张单人床拼起来的，唯一的家具是从北京带来的一只柳条箱。最初我家连张桌子都没有，后来几位北大校友从宿舍食堂“偷”来一张桌子，才算有了吃饭的地方。在这间集体宿舍里，我们一住就是两年多，后来二儿子快要出生了，我母亲从老家带着一岁多的大儿子来照顾，实在住不下，又借了朋友的房住了近两年，终于等到属于我们自己的住房时已是来包钢的第五个年头了。为了这一天，我们不知费了多少口舌，托了多少人情，其中的酸甜苦辣真是一言难尽！

当时包头的物资供应很差，主食以粗粮为主，大米每人每年只供应四斤，肉每人每月只有半斤，好的时候顶多一斤，蔬菜品种也很稀缺。尤其是牛奶，今天大概很难想象，如今风靡全国的“蒙牛”、“伊利”的产地内蒙古，当年打牛奶竟成为孩子妈妈的一大难题。因为听到了太多这方面的故事，我们的第一个孩子因缺少奶水，刚满月就不得不送去南通老家，直到八岁才接回来。

每到秋天，储存过冬的蔬菜是家家户户的一项大工程。各单位从农村拉来大白菜、萝卜、土豆，用低于市场的价格卖给职工。我们入乡随俗，也会在地窖里囤上几百斤土豆、近千斤大白菜。我们还跟东北籍的邻居学会了渍酸菜。从当年秋天一直到第二年 5 月，熬酸菜、炖土豆是几乎不变的菜谱。做饭和取暖用的煤泥是包钢职工的福利，煤泥很好烧，只要用水搅拌一下丢进炉子，就会窜出旺旺的火苗，只不过煤泥要自己凭票到洗煤厂的煤泥池去挖。每次，我都要请上两三个朋友帮忙，站在没膝深的煤泥池里，一锹一锹从水里捞煤泥，装在竹筐里，抬到岸上，等够数了再雇辆马车拉回家。挖地窖、搭院墙、盖小房、挖煤泥，这些以往连想都不敢想的事，后来自己都学会做了，在艰苦备尝的同时，也不由感叹：生活真能磨炼人呐！

“艰难困苦，玉汝于成。”不光是我，我们的孩子也在磨炼中成长。1979 年 9 月，妻子考回母校攻读古典文学专业硕士，为了支持她的学业，我把十岁和八岁的两个儿子带在身边，三年的时间，既当爹又当妈。他俩很懂事，常常帮我分担些家务。那时候，学生不像现在作业这么多，放学比较早。而我当时已是教育处副处长，工作忙，常常不能按时下班，兄弟俩就提前把馒头蒸好。哥哥先学会了从发面到做馒头的技巧，所以每次都是他先兑好碱面，揉成面团，一分为二，弟兄俩一人一坨，各自做成馒头，然后放到锅里去蒸。我下班回来，他们总会自豪地报告馒头已经蒸好了，我听了是既高兴又心疼。有朋友来家里串门，见兄弟俩正在蒸馒头，弟弟个儿矮，跪在凳子上揉面，很受感动，夸奖他们说：“你们怎么这样懂事啊！”老二回答说：“穷人的孩子早当家！”这是当年家喻户晓的《红灯记》里的一句唱词。至今想起此事，我仍然感慨万分！

既有趣又心酸的事还有不少，比如，包钢教育处每年都要举行中小学田径运动会，各学校都很重视，开幕式要求学生统一着装。这可让我犯愁了，衣服还好说，白衬衫、蓝裤子，平时就穿的。难的是到哪儿去弄两双白球鞋，想借借不到，想买又没钱。幸好有同事指点：“拿石灰浆刷在鞋面上晾干就行。”我回家如法炮制，果然以假乱真。多年后在电影《人到中年》里看到主人公用白灰自制白球鞋的镜头，不禁会心一笑。

又如每次回老家都要带些大米。从南通到包头，千里迢迢，还要在上海、北京两次转车，辛苦自不必说。有一次，我们从南通乘船到上海十六铺码头下船的时候，我挑米的扁担一下子折断了，东西多得没法拿，只好分出一个包挂在四岁多的小儿子身上，他很听话，乖乖地背着，但摇摇晃晃走了十几米就说：“妈妈，我实在背不动了。”我妻子听了一阵酸楚，差点掉下泪来。

再如当时物资极度匮乏，同北京、上海等大城市相比，包头的商品供应更为紧张。有办法的人托列车员从北京带鱼肉蛋是常有的事儿。记得 1974 年临近春节的时候，我正好有机会到北京出差，夫妇俩就便回京陪岳母一起过年。临走前按出差的惯例问同事要带点什么，不料竟记下了十八人的名单，个个都希望要四五指膘的猪肉。这下可苦了我俩了，在北京为此忙碌了好几天。当时北京的规定是每人排一次队可以买五斤肉，这九十多斤肉，我们俩每人要排上十来次，还不敢在一个商店重复排队，只好打一枪换一个地方。岳母家堆得像个肉铺，最后装了两个大旅行袋，叫上小舅子一起，送到北京火车站，扛着进站，交给事先联系好的跑京包线的列车员。那一年，同事们都说是过上了一个肥年。

包钢的人情味很浓，一人有事，大家帮忙。尤其是妻子读研那三年，同学、朋友、同事、邻居看我拉扯两个孩子不容易，常常伸出援助之手。知道我们缺什么，就主动拿来；看到盆里泡了衣服，二话不说就帮着洗了；我出差时，就有人来家里洗衣做饭，和孩子作伴。逢年过节，不止一家会送来饺子。我跟妻子开玩笑说："我们吃的饺子比你在家时还多。"通过许多生活琐事传递出的这种真挚情谊，不仅在那段艰苦的岁月里给了我极大的帮助和温暖，而且对我此后的为人处世和工作都有着深刻的影响。

结　语

妻子研究生毕业后，于1982年底到广西师范大学任教，第二年夏天，我也带着两个孩子来到山水甲天下的桂林。如今，我告别未名湖已有四十五年，离开包钢也有三十个年头了。斗转星移，今非昔比，国家已进入新的时代，我们夫妇也开始过上无忧无虑的退休生活。也许是年龄越长越容易怀旧的缘故，培养、引领我成长的母校，我与之甘苦与共的包钢，越来越频繁地浮现在我的脑海里。可以说，我前半生所经历的一切，不论是身为北大学子的荣光，还是在包钢经历的磨炼甚至苦难，都是我一生受用不尽的财富，是促使我人生积极乐观、不断奋进的动力。

黄介山，江苏南通人，1943年12月生，教授。1962—1968年就学于北大中文系文学专业。1968年9月—1983年8月在包头钢铁公司工作，其间当过炼钢厂工人、包钢六中教师、包钢教育处副处长。1983年到广西师范大学工作至今。曾任广西师大干训部副主任、校党委办公室副主任、中文系党总支书记。1988年任校党委副书记，1991—2004年任校党委书记，其间于1997—2002年兼任校长。曾被中组部表彰为"全国优秀党务工作者"，被教育部聘为第七届国家督学。

逝去的年华

礼庆贵

在北大，我学的是无线电物理专业。1968 年 11 月下旬，我被分配到“五七四二工程”（在贵州省桐梓县境内）。我婶娘听说后，很是惊讶：“怎么到那么远的地方去呀？在北京该多好！”我叔叔说：“偏远的地方能锻炼人，搞工程将来有发展。”我爸爸说：“要服从组织分配，分你到哪，就到哪。叫干什么就干什么。”同窗好友说：“不管怎么说，你去的地方毕竟是搞工程的，比待分配还是好多了。”我想：贵州桐梓[①]，据说是当年流放李白的地方。我能步大诗人李白的后尘，也很富诗情画意！临行前，我在校园内转了一圈，最后看一眼端庄古朴、钟灵毓秀、令人陶醉的未名湖。

五通桥历险

告别亲友后，叔叔把我送到北京火车站，我就只身踏上了奔赴大西南的列车。当时我买的是北京到桐梓的通票。车到成都时，我看车票的有效期还有几天，离报到截止期更长。我就想：何不到五通桥看看呢？我女友的家就在那里。

五通桥离成都不远，是座颇有特色的水乡古镇，依山傍水。茫溪河穿城而过，两岸粗大的黄桷树盘根错节，枝繁叶茂，浓荫葱郁，童童如盖。放眼望去，绿影波光，松涛叠翠，古道老宅，相映成趣。清代诗人李嗣沆曾称赞五通桥：“烟火万家人上下，风光应不让西湖。”因而，五通桥素有“小西湖”之称。对此美景，真是令人陶醉，流连忘返。女友的家就在茫溪河东岸的五通桥人民医院内。她母亲贾树言是那里很有名的妇产科医生，早年毕业于哈尔滨医科大学，“文革”一开始就被打成“反动学术权威”。她父亲也是医生，抗日战争期间大学尚未毕业就投笔从戎参加了国军，由于聪明能干再加上文化程度较高，很快就当上了军官，抗战胜利后又解甲从医。“文革”初期就被戴上了“历史反革命”的帽子。朋友重逢，本应欢天喜地，但是，面对这些事情，大家怎么也高兴不起来。女友向我诉说了家庭的不幸。她母亲已被劳动改造，每天在医院里打扫卫生，扫厕所，洗衣物。有重病号的时候还得去坐诊，需要动手术的时候还得做手术。一举一动都在被监视之下，稍有不慎，还要挨批斗。她父亲工资

① 唐朝置夜郎县，北宋废，明朝置桐梓县。——编者

完全被停发，母亲每月只给发点基本生活费。她还有两个弟弟，全家五口人，挤在三间小屋里，每间大约只有四平方米，仅能放一张单人床和一张小书桌。对此遭遇，我真不知道该如何安慰女友才好。只是觉得：她母亲学历高、医术好，并没有做过什么坏事情。她父亲虽有历史问题，不就是参加过国军嘛？抗战爆发，年轻人，出于爱国情愫，投笔从戎，抗日救国！如果算是历史问题，也只能归罪于那个时代！同时，解放后他们都是规规矩矩地守法做人，又都是当地很有名的大夫，每天治病救人，众口皆碑。随后，我见到了她母亲，一位慈眉善目的长者，当时只有五十岁出头，显得很苍老，满头白发，看上去足有六十岁开外。

当时，我们正在屋里聊着，突然闯进几个人来，流里流气，都套着个红胳膊箍。一进门就指着我的鼻子气势汹汹地说："你是什么人？来这里做什么？"我很有礼貌地说："我是从北京来的，到这里来看看朋友。"他们又恶狠狠地指着我："朋友？什么朋友！？为什么不来登记！？有证明吗？"当时并不像现在，有个身份证就可以了。我身上只有一张毕业分配的报到通知书。他们看了看，说："你这是到贵州的，也不是到我们五通桥。这个证明不好使！有其他证件吗？"于是，我就索性把所有的证件，包括毕业证书、户口迁移证、粮食关系等等，都拿出来给他们看。他们看了看，没说什么，就把我所有的证件给没收了。我当时就急了，没有了证件，怎么去报到啊？那张"毕业证书"看样子也不像个毕业证书，写的是从此"走上接受工农兵再教育的工作岗位"，觉得给了他们也无所谓，但是其他证件没有了，怎么去报到啊！岂不是毁了前程。一想到这里，我就有点急了："请把证件还给我！你们有什么权力没收我的证件？"他们说："我们是群专（群众专政指挥部）的！我们有这个权力！"我一听他们说出这种话来，不禁哑然失笑："你们的权力是谁给的？是人民给的吗？如果是人民给的，只能为人民服务，不能用来欺压人民！"我理直气壮地和他们争了起来。这时，从对面小楼的阳台上走出一个人来，从头到脚穿着一身"海军装"，披件蓝色的呢子大衣。据说他是群专的一个头头，像狼一样地大吼一声："吵什么吵！送他到群专去！"于是，这帮人就推推搡搡地把我带到了群众专政指挥部。

那个群众专政指挥部在茫溪河的西岸，在一座带门楼的大院子里。门楼房檐很宽，像个走廊。不一会儿，群专的那个头头也跟了过来，还把我女友的母亲贾大夫押了过来，把我们带进一间会议室里。头头问我：你了解他们家的情况吗？我说了解一些。接着他大声地说："你肯定了解得不多，否则也不会和他们家来往。这个贾树言是个反动权威，到如今还不老实！今天，我们把她拉过来，就是要当着你的面开个批斗会，揭穿她的反动真面目！"我说："她即使是个反动权威，也没有对我怎么样，又没有拉我下水！她即使有什么问题，那是她本人的事情。这和她的孩子有什么关系呢？她家孩子尽管是出身不好，表现并没有问题呀。出身不能选择，道路是可以选择的。况且，对于出身不好的子女，党的政策历来是重表现的。"这个头头接着说："他们这个家庭是个反革命家庭，你必须和这个家庭的人划清界限！站稳阶级立场！他们家老汉更反动！是个老历史反革命！若不信，我们马上把他传唤过来，给你看看，他到底是个什么货色！”实际上，她父亲并没有在五通桥街上工作，而是在牛华溪上班，距离五通桥有二十来里路。说实在的，当时我还真想见一下她的父亲。我女朋友讲过：她父亲很不简单，人长得挺帅，医术也很高明，知书达理。可是，在这样的场合下，还是以不见为妙。就这样，那个群专头头口若悬河地讲个不停。后边他讲了些什么，我一句也没有听进去。

这时，天色已晚，外面一片漆黑。批斗会也终于开完了。临到散会，那个群专头头对我下了个命令：“今天你不能走！给我老老实实地在这里锢着！”接着，那群打手似的一帮人就把我推到那个门楼的房檐下，随后把院子大门的门栓插上了。关于这类群专，我早就听女友说过，都是由社会上的一些闲散人员组成的，专搞“打砸抢”，横行霸道，私设公堂，无恶不作，简直是一群地痞流氓！落在他们手里的人，没有一个得好果子吃的。这个群专，与其叫“群专”，不如叫“专群”。我想，我现在是虎落平阳，假如他们对我搞起“逼供信”，罗织个“莫须有”的罪名，真是“哑巴吃黄连，有苦说不出”啊。想到这里，觉得事情不妙，“三十六计，走为上计！”我趁着看守我的这帮人有些困意，大门口也无人把守，迅速把门栓拉开，像离弦的箭一样向着街道跑去。他们追出来，没有追上我。我沿着河边大道，几乎是一口气跑到了女友的一个朋友王行恺家。第二天，王行恺的弟弟王行恒带我去区里找军代表。当时，军代表不太愿意管这件事，但他承认群专的做法欠妥。王行恒据理力陈，军代表无言以对，终于答应把我所有的证件都还给我。这时，我突然想起李白的诗句“锦城虽云乐，不如早还家”。五通桥这个地方风景虽好，实乃是非之地，不可久留。我又启程向贵州奔去。

桐梓的艰苦生活

经过一天一夜，到达桐梓火车站。下车一看，满眼荒山野岭，天是灰蒙蒙的天，地是灰蒙蒙的地，人也是灰蒙蒙的人，许多人穿着破旧的衣服，还背着个大背篓。11月份，北方已经是下雪的季节了，这里依然飘着稀稀拉拉的小雨。也没有人来接站，我就四处打听，得到的答复都是一样的，这里没有“五七四二”，只有个“五七四工地”。这时，我才恍然大悟，分配方案被人玩了点文字游戏。

五七四工地位于桐梓火车站的山背后，距离桐梓县城还有八里路，只有条崎岖小路通往那里，不通任何公交车辆。我就自己背着个大行李，顺着人们所指的方向，沿着泥泞不堪的小路走去。走到半路，来了个赶着小马车的老大爷。我向他问路，得知我们刚好是同路，原来他是给工地食堂送菜的。他让我把行李放在他的车上，我们俩就一路走一路摆起龙门阵来。

这个五七四工地，原是国民党时期41兵工厂的一个旧址。1938年抗日战争时期，国民党兵工企业纷纷内迁，石林兵工厂、沈阳兵工厂、江陵兵工厂陆续迁到桐梓，改名41兵工厂。这里源源不断生产出来的大量中正式步枪和捷克式轻机枪，成为抗日的重要武器。为了解决兵工厂电力问题，还在天门河修建了一座小水电站。天门河水电站是我国历史上最早建成的溶洞水电工程。其两台小机组，还是由美国飞虎队穿越喜马拉雅山空运而来的。水电站旁边有座小水库，美其名曰“小西湖”，是当年幽禁张学良的地方。

报到后才知道：这个工地是个战备工程，是军管单位，除了能看到“抓革命，促生产”、“要准备打仗”之类的大标语外，几乎看不到北京那样的“文革”气氛。虽说有几个头头也是“造反派”起家，但是，他们整天谈论的仍然是“抓革命，促生产”，没有看到什么整人的迹象。因此，我精神上也不像在学校时那么紧张了。因为，在学校时，我虽然没有整过人，也没有被人整过；但随着“文革”的步步深入，也搞得人心惶惶，整天提心吊胆的，生怕哪天挨整，今天是座上宾，明天可能就是阶下囚，说不上哪天就被戴上个高帽子。工地上的工作是极其艰苦的。上班了，每天干着强度极大的苦力活：往山上扛炸药；翻山越岭到几十里路外的地方背粮食；在工地上打石头，抬沙土，搬砖头，盖房子。这类杂活干了半年多。终于，实习期满了。我想：总该让我做点技术活了吧？谁知是让我去当木工。这个木工可不是做家具的那个精细木工，而是改木料的木工，整天抬着沉重的大木头和圆盘锯打交道，整天面对的是刺耳的噪音，整天伴随的是纷纷扬扬的木屑粉尘。累了一天，已经筋疲力尽了，晚上还得参加政治学习。学习地点还是在上班的木工棚里。木工棚位于天门河边的山坳处，离住处约两里路，往返还要下坡上坡。除了星期六和星期天，每天晚上政治学习“雷打不动”。所谓政治学习，就是读报纸，学习“老三篇”。我是当然的义务读报员，一读就是两个小时。就这样，每天上班，下班，政治学习，浑浑噩噩地打发时光。我感到欣慰的是：老工人师傅们对我都很好，总是热情地称我为“礼技术员”。我心里始终想不通的是：国家培养我们这么多年，据说九个农民供养一个大学生，就是要我们来干苦力活的吗？路漫漫，夜漫漫，何时才能结束这种“用非所学，学非所用”的困境啊！

两年后，事情终于有点转机，让我离开木工房，当上了电工。电工比木工的劳动强度小些，但危险性大，一般都是带电操作，爬电杆，搞维修。不管怎么说，这回总算是和电沾点边了。当地人见到我们不停电就用手摆弄着电线，有点搞不明白：这个电线就怪了，在我们手中就“打”人，在人家手中就不“打”人！听到这番话，我心里还是感到很自豪，学到的知识，终于派上一点点小用场。

住房，那就更不用提了。我和一般工人住的一个样，是用竹席子搭的简易工棚，冬不挡风，夏不遮雨。不管什么季节，什么时候，屋里屋外温度一个样。我的第一个小孩就是在这样的工棚里出生的。

吃的，更是令人寒心。在那个商品紧缺的年代，买什么都凭票，有些东西还要凭“走后门”。对于“走后门”，我是一点办法都没有的，在那个穷乡僻壤，我一无权势，二无三亲六故，就是有票，在一般情况下，也得等人家的“七爹”“八娘”买剩下后才轮到我们这号人。本来我的饭量就大，又加上干苦力活，给的那点定量粮根本就吃不饱。另外，一年到头基本上吃不到什么荤腥。拿肉票去买，也买不到好肉，并且每人每月只有几两，连过年也是如此。这样饥寒交迫地生活了 5 年多。现在回想起来，简直不知当时是怎么熬过来的。

尽管如此，在这 5 年多里，我还是任劳任怨地干活，分配我干什么就干什么，干什么活都不落在他人后面，几乎年年都被评为先进生产者。1974 年，五七四工地由于地质情况有问题，下了马。我被分配到遵义供电局。

一个那么大的工程，居然在没有探明地质状态的情况下就盲目施工，不仅造成人力物力的极大浪费，而且也破坏了极具历史人文及旅游价值的生态环境，这不能不说是时代的悲哀。五七四工地有个天然洞穴称之为老洞，洞内别有洞天，巨大的钟乳石、石笋琳琅满目。有一个钟乳石、石笋连成一体，靠着洞壁，状如一颗大白菜，茎叶俱全，惟妙惟肖，足有 70 多米高，蔚为壮观。更令人叫绝的是，在进洞的右手处有一个大石台，约 100 米长，50 米宽，2 米高，像个大舞台。台上有无数个石笋，一般都有 5—6 米高，且多状如人形，有的像是庄严肃穆的佛陀，有的像是笑容可掬的罗汉，有的像是历经风霜的翁仲，有的像是清秀俊雅的书生，有的像是手捧如意的仕女，有的像是拱手持笏的朝拜臣子，姿态各异，栩栩如生，仿佛瑶池聚会的四海神仙，数量之多，布局之错落有致，令人称奇。当地人管这个大舞台叫仙人台。我想，这样的鬼斧神工之作，就是人工雕塑，也难以有如此之灵秀、如此之俊逸。可惜的是，这个大自然的雄伟杰作，竟被工程施工给毁掉了。每每想起此事，真是令人痛心不已。

供电局的“万金油”

供电局是搞强电的，用电力行业的术语来说，我学的无线电属于弱电，虽然都带“电”字，实际上是两个不同的行道。俗话说，“隔行如隔山”。为了适应强电的行道，我必须从头学起。在到供电局的开头几年里，分配我搞电力调度，职责是负责指挥遵义地区电网运行和操作，处理系统事故。为了应急，我首先熟悉了相关的电力知识和规章制度，所幸的是独立当班四年多，没有出过任何责任事故。

1979 年，单位办起电大班，调我去当教师，这给我提供了一个很好的深造机会，从心里感到春天的到来。说老实话：自打搞“四清”和“文革”起，我这么多年就没有摸过教科书，好多东西都已还给了老师。教别人，必须自己工夫硬。我就把在校时学习的教科书都翻了出来。数学、物理，从头开始复习，把习题统统做了一遍。基础课程复习好后，我开始认真学习电力专业的知识。首先学习电力本科的课程，再学习专业的课程。非常感谢北大，给我打下了坚实的数学物理理论基础，这是任何工科院校都不能与之比拟的。我就凭这些理论基础，也凭北大给我的自尊、自信，克服了很多困难，经过很多年的努力，终于自学了电力专业的有关理论及其有关技术课程，同时在电大也学习了企业管理等专业课程。后来，我被分配到生产技术科，所学到的知识在实际生产和工作中派上了用场，解决了很多技术难题和企业管理方面的问题。

有一次，镇隆枢纽变电站一台220kV、60MVA的主变检修，检修后，各项实验指标都在正常范围之内。等注完油闲置一天后，又重新检测，各项指标也均合格，只是油中微水稍稍增高了一点点，但其指标仍属正常范围之内。在决定这台主变能否投入运行的会议上，只有我一个人认为“不能投入运行”。与会的其他专业人士及有关领导都不赞同我的意见，其中还不乏电力科班出身的专业技术人员。在这种情况下，我无奈只好少数服从多数。为了避免发生意外，我令实验班人员加强跟踪检测。结果，运行没有两天，发现微水大大超标，还出现大量乙炔。这样，这台变压器就不得不停了下来。停下后，再检测其绝缘指标，均已不合格。后由厂家派几个专业技术人员来现场帮助处理线圈受潮问题，历时两个多月才处理好。这台变压器是遵义供电局的最大型的主变之一。幸亏检测及时，否则，这台变压器就有可能变成了一堆废铜烂铁，甚至造成不堪想象的后果。

还有一次，茅台变电站一台主变压器绝缘油总烃过高，且有增长趋势。如果停下来，势必影响对茅台酒厂的供电；如果不停，可能随时发生事故。在两难情况下，我根据实验数据分析，认为这台主变可能是铁芯局部短路，尚未危及线圈，建议可跟踪运行，同时尽快将第二台主变并列。后来，事实证明了我当初的判断正确，既保证了连续供电，也没有造成事故，省局有关领导很满意。为此，还特地举办个现场“庆功宴”，拿来几瓶茅台，局长亲自敬酒。

从1994年起，我主持技术监督工作，共对17台主变等大型主供电设备进行了类似的跟踪分析和故障判断。2001年3月至2002年2月的一年中，我还用红外线热像仪对全局所有变电设备进行了检测分析，共发现缺陷254处，其中重大缺陷18处。由于对大型设备潜伏性故障检测及时，分析判断准确，措施到位，从而避免了恶性事故的发生，保证了电网的安全运行。自任职到退休，没有因监督不力而发生任何事故。因此，我多次荣获省局、省、部级的质量管理奖。

当初来到贵州，有些人问我是哪个学校毕业的？我说是北京大学。他们问是北京哪个大学？对此，我只能默然。从此，我再也不向他人说起我是哪个学校毕业的了。我们单位许多人甚至个别领导都不清楚我是哪个学校毕业的。他们每每向别人介绍我

“是北京清华大学的高材生”，对此，我也只是默然不语。当时，我曾想：如果早知道被分配到厂矿来，当初学工科该多好啊，免得半道转行，辛辛苦苦走了许多弯路。

在遵义的这些年，我几乎成了个“万金油”。既搞过技术工作，也搞过管理工作。当过遵义地区电力调度员、岗位培训工程师、技术监督专责工程师、全面质量管理专责工程师、标准化管理专责工程师，还当过多年的教师，教过电大，搞过职工培训。曾两度被省电大评为优秀教师。同时，还经常被抽调干些杂活：什么企业机构改革呀，什么投资项目的经济技术分析呀，什么干部上岗的考试考核呀，什么草拟文件报告呀，等等。想当初，由于知识分子长期被歧视，对于领导分配的工作，我总觉得是遇到了发挥才干为国效力的机会，因此，从不讨价还价。为了不给北大丢面子，会做的事要做好，不会做的事也要学会做，并设法做好。直到退休，局长、书记等人还常常人前马后恭恭敬敬地尊称我为“老师”。

结束语

2001 年，遵义供电局策划开展 ISO9001 和 OHSAS18001 的贯标认证工作，目的在于建立全局的质量管理体系和安全管理体系。贯标认证是国际上通行的一种企业管理手段。局里决定由我来主持这一工作，具体负责全局质量、安全管理体系文件的起草和对全局的贯标实施情况进行内部检查审核。

至 2003 年初，全局共编制质量、安全管理体系文件 32 个，技术标准 173 个，管

⊙ 退休后在遵义家中

理标准216个，工作标准528个。这些文件和标准，经有关部门审核合格，并予以发布。2003年年底，全局顺利通过了由英国摩迪认证公司作为第三方的质量、安全管理体系的认证审核。在之后的几年里，遵义供电局可谓是硕果累累：2004年，被授予“遵义市十佳企业”和“贵州省优秀企业”称号；先后被全国总工会等中央十部委授予“创建学习型企业，争做知识型员工”活动示范单位和先进单位，被全国质协评为“全国用户满意企业”；2005年，被中央文明委评为“全国文明单位”。

现在可以自豪地说：遵义供电局的贯标认证是我从业的最后一班岗，也是我人生中的得意之作。

回想起来，我能在北大读书，能够学到知识，能够认识很多同学和老师，也算是一种缘分和造化。虽然长期受到知识人才受歧视、“用非所学，学非所用”的困扰，但不管怎么说，最终还是为国家尽了绵薄之力，也算是毕生之荣幸。2003年年底，总师室专门为我举办个小Party，欢送我光荣退休。曲终人散，从此结束了我的从业生涯，过上了“置身红尘外，不在五行中”的晚年生活。偶尔，同窗好友们聚会，回忆往事，不免感慨万千！青春、年华就这样地逝去了。北大校友王智钧先生读了《告别未名湖》后，感从中发，赋诗一首。看了他的诗作，我也不免浮想联翩，步其韵试和了一首，现在就以其作为本篇的结束语吧。

和王智钧校友《读〈告别未名湖〉感赋》

遥想当年曾一舟，求知奋进本无忧。
高天不测风云变，大地无辜草木羞。
薄贬长沙书有恨，躬耕戈壁泪空流。
而今又对未名水，得道仙方何处求？

礼庆贵，辽宁省辽中县人，1943年生，满族，1968年毕业于北京大学无线电电子学系无线电物理专业。毕业后，被分配到贵州省桐梓县，1974年又被分配到遵义供电局。2003年退休。中国电机学会会员，高级工程师。被录入《世界优秀专家人才名典》和《世界名人录》。曾在国家级、省级刊物上发表技术、企业管理论文多篇。代表性论文有：《加强现场培训，促进安全生产》、《电力系统可靠性和经济性的结合——最优可靠性》、《一台20MVA变压器油总烃过高原因分析》、《“免维护”蓄电池的维护》、《供电企业面对市场竞争必须强化全面质量管理》和《企业标准要适用》等。

我的检测足迹

李佳林

往事并不如烟。人到了古稀之年，虽然常常丢三落四，但当年泪别未名湖的一幕幕，却常常在眼前浮现。在每一位北大人心里，那清澈见底的湖水，就是哺育北大人成长的乳汁。我很庆幸能在四十五年后的今天，在老北大人李大钊“铁肩担道义，妙手著文章”的伴语声中，向母校述说北大对我的哺育之恩。

打　赌

1968 年底，我被分配到“四两饭三两灰”的钢都鞍山。到市革委会办公室报到时听说，各个单位都借口没宿舍，宁要转业兵不要“臭老九”！为了和自己喜爱的电子专业“人工对接”，我主动要求到一个街道的小无线电厂。没宿舍，在楼梯下的包装箱上睡了三年，在“三忠于、四无限、忠字舞”的狂热氛围中，不闻窗外事，抓紧一切时间充电学习。

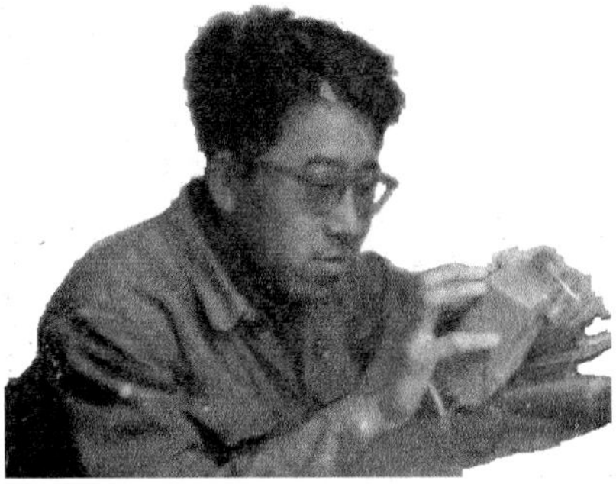

⊙ 在北大 41 斋 510 宿舍装调当年最先进的收音机

1970 年，我因档案清白，牵头接受了一项省军工办下达的 031 军工任务——研发仿造英国输力强公司的数据采集设备。初生牛犊不怕虎，我借来样机，经北京校友用专业设备的断层扫描，绘制了多层印刷电路板图，又替换了更先进的芯片，仿机完成。在厂内评估论证会上，一位绰号“全明白”的“工人技术权威”权师傅，将仿机翻过来倒过去地与进口原装样机对照，看了半天，发现电路板许多地方与原装不同。当年他批斗、戏弄“反动技术权威”的派头又上来了，不可一世地叫号说：“这个电路板绝对不可能过关！不信，我可以用媳妇当众打赌，你臭老九敢应战吗？”

他太小看眼前的“臭老九”了！他不知道，我这个“臭老九”在北大时就曾经干过一些胆大妄为之事：在四川农村“四清”时，身为非党员学生，不仅发展了两名彝族党员——萨切尔和王子安，还对农民用豆子交换记录串工掩护单干的“大逆不道”的“小伎俩”视而不见；1966 年串联牵头炮轰垮贵州省委等等。当时，面对权师傅的挑衅，心想：北大人有北大人的血性！我既不“反动”又不“权威”，北大人今天如果就这样栽在众人面前，还不如跳未名湖自杀！“北大人傻劲”被逼了上来。

于是，我大声地回应：“别仗势你祖辈姓权今天又有威，你敢我就敢！”

就这样硬着头皮，我们两人当众签字画押，荒唐地用技术打了个赌。

第二天，与旁证人一同来到航天部沈阳六院一所，与原装机对照，先后一项一项检测歼八型歼击机样机性能，测试数据表明，同样条件下测试结果相同。就这样，与工人技术权威当众签约打赌赢了个“名义媳妇”。有容则大，回到厂里我再也没提起这件事。我们后来一直并肩合作了多年。这台设备后来被交给了研发直升机的六院某所，圆满地完成了 031 军工任务。

后来，我厂从虹桥下的窄小平房搬迁至铁西宽大厂房，并采用我的提议，更名为鞍山电讯器材厂。厂领导班子民主投票海选时，还发生了百余名不知内情的工人投票选非党人士的我为厂党委书记的荒唐事。

榜上有名

1974 年，上级安排我与国家地震局合作，参加地震检测。在市地震台钻了个百米深钻孔，在钻孔底部安装了一套三维振动传感器，在对面几公里的两个山头也同样安装了两套。这样，就可以实时记录全世界的地震信号。碰巧的是，由于事先本地发生了振幅逐增的近三百次小震，经与省局反复协商，大胆预报了六天内的海城地震。

1975 年 2 月 4 日下午 19 时 34 分 26 秒，本地发生了 7.3 级大地震（迄今为止全球唯一的一次准确预报）。我家住断裂带上的二层旧日本楼，塌了两边山墙，本人扶老携幼，踏着地光，深一脚浅一脚地跑到楼外广场。第二天，在自己搭建的地震棚里，有缘见到了来灾区视察的华国锋主席。邻居把我让上前：“他是地震台的功臣。”我惭愧地说：“我们预报六天，营口台震前预报六小时，他们才是功臣！”其实都是侥幸，地球人至今也没把地震机理搞明白。

1975 年，我在《测控技术》和《无线电》等杂志上发表多篇学术论文，在国内首次论述了“工程检测是验证设计理论、优选设计方案、分析事故原因和重大工程验收的重要手段”；又发表了论文《中国工程检测技术发展史》，出版了两本技术专著。在全国学术会上，给中国应变检测技术的祖师爷北航吴宗岱教授等老权威讲解新技术，并顺势牵头创办了中国仪器仪表学会、实验室仪器分会学术组织。

一次，在为空军司令吴法宪现场特技飞行表演时，当场发生了机毁人亡事故。在现场数据分析中，我断定发动机外罩共振破裂是主因，事后被破裂外罩残件和黑匣子证明了，侥幸开始在空军和六院系统小有名气。

1976 年，我应邀与北京空军第一研究所合作，于氢弹爆炸现场中心，在用铁索固定的歼六丙型歼击机上，贴上应变片，将我五年前研发定型的动态数据采集设备，置于地下百米深洞中，用专用导线连接应变片和动态仪器。我顾不上附近（北京房山装甲兵研究所）的坦克检测现场复查，在百里之外等待那声巨响。

交出氢弹爆炸对地面歼击机机械性能影响的检测数据后，分析数据就不让我沾边了。正在家忐忑不安等待结果时，一张来自北京的表彰喜报，用醒目大红纸贴在厂办公楼前。来自未名湖畔的北大人，一不留神，反倒成了榜上“有名”的“名人”，小厂干成了一件“惊天动地”的大事，鼓舞了全厂职工斗志。

1984 年 8 月，在改革开放潮起时，竟胆敢冒“特嫌”风险，独自与外商多次洽谈，引进了国际名牌产品。由于美国制定的“对共产国家军事禁运”条例，导致外商推迟交货三个月。按合同规定，我狠狠罚了日商五万美元（反倒赢得他们多年对我的人格尊重），为企业创造了巨额利润。后来我成了日商 NEC 十年中国全境总代理，其间掌握了进口技术“核心机密”，研制成自己的拳头产品，铺平了自办企业之路，从而受益近三十年。

创　业

“智者创造机会，强者把握机会，弱者等待机会。”1988 年 8 月 8 日，我挂牌成立了市电测研究所，研发自主知识产权的数据采集产品。用“中国睡着的时候，美国人都正在干活，所以他强大”这种调侃激励职工斗志。产品出库了，必须找销路，可“路在何方”？万事开头难。我肩扛产品，第一站到了吉林省高校。按照刚学的潜规则和“人际关系才是第一生产力”，“一吃二送三侃”等一套“中国特色营销理论”，为推销几乎不睡，逢人点头哈腰就差下跪，日不能息夜不能寐，完全不像有骨头的北大人，反而像是未名湖博雅塔倒影中那个猥琐的和珅。即使这样，我还是热脸贴上冷屁股。客户用什么“生产许可证”、“ISO 标准认证”、“计量许可证”、“用户使用报告”等托词，轻轻就把我打发了。接着又发生了去新疆、长沙险些飞机失事；广州冒牌美国 ABA 集团和河南冒牌新乡电力集团销售合同诈骗；新招的不良员工王某携款失踪；经理大手大脚挥霍浪费等坎坎坷坷。经过这一番折腾，不但用光了企业流动资金，还亏光了用房产抵押的近 10 万元私人借款，企业内外交困濒于破产。我成了踯躅街头的穷光蛋，几乎精神崩溃。

在无助中，我像梦游一样，神情恍惚地乘车来到了未名湖畔，在松涛水浪声中，独坐了大半天。冉冉升起的水雾，把未名湖幻化成了仙境。我呆呆地坐在那儿凝望着，静静地想着，如果此时有一位先生款款走过来，他一定就是传说中的仙人吧！

鬼使神差，走过来的竟然是我当年的班主任楼滨龙老师。

他针对我的处境，讲述他办企业的经历。半年前，也许因为他“曾辉煌过的义乌浙商”家庭背景，被校长丁石孙看好，叫去谈话：“北大不缺人才，就缺企业家，你下海试试。”让他牵头利用王选激光照排的发明，筹办北大方正公司。他找来百名书法家，配全了172种字体，准备批生产汉字排版印刷机，约定不保留他公职人员身份和工资，跟学校完全脱钩，公司的水电费也要跟学校明算账。

启动的时候，他向北京农村四季青公社借了150万元作本钱，在北大附近零散地找了些小房子，公司开始时没有招工人，干活的都是大学生和研究生。他亲自到处去推销，掀起了所有报纸大上激光排版的热潮，很快就打开了国内外市场。

老师的点拨，令我“茅塞顿开”，重新点燃了我的希望，我去函请来日电三荣（株）的老友多和田博治课长，由他带队示范推销。到底还是“外来和尚会讲经”，随着这个“中国通”在各地办了几次现场展示会，我的企业竟又起死回生了。我顺势带着产品（虚拟仪器动/静态数采及物联网等产品）参加了几个重点工程的现场检测，既提高了产品质量和服务水平，又增加了现场检测经验。我同时又取得六项发明专利，几个省市级奖项。又在媒体上发布了广告信息，加上自己开发的国际标准的大型豪华虚拟仪器专用软件，产品指标至今没人超过，企业成了“业内奇葩”——中国工程检测行业的领头羊。很快，2000有余的用户遍及了全国各地高校、科研机构和大中企业。

随后，我不断接到各种复杂、怪异以及重大工程检测现场的试验邀请。

最早一次是，应清华大学张如一教授邀请，到北京等候市交警车祸报警信息，我俩立马赶到现场，剥开一具刚被撞死的女尸血淋淋的胳臂，在上面贴上应变片，用扣排球姿势甩女尸手臂，为中国女排训练提供力学理论数据。就这样，通过清华的以点带面效应，很快扩散到了很多高校。

1992年，在大连理工大学力学实验室，我完成了三峡大坝模型的检测，为三峡工程设计理论“验证”和施工建筑方案的“选择”，提供了可靠的理论依据。

出人意料的是：1992年秋，北大方正总裁楼滨龙，动员我去惠州主管投资6000万的新办企业，并拿出了规划设计蓝图，以及我的法人代表证书。见我犹豫不决，他说：“咱俩1988年同步办企业，方正已年效益过亿，你的企业还是个家庭的微型手工作坊！”后来老师又专程到鞍山动员，可我知道自己的半斤八两——博不精，专不透，高不成，低不就，只能做些力所能及的小事，始终没敢答应老师，气得他当面狠狠地骂我：“没出息！不敢担当！”

“春蚕到死丝方尽，蜡炬成灰泪始干”——永远难忘的一天，师母的电话，让她的泪水沿千里电话线流到我的脸庞—— 楼老师因喉癌仙逝。我当时手足无措，竟说不出一句能安慰老人的话，只是呆坐在那里……今日可告慰老师在天之灵的是，学生正在协助号称“中国比尔·盖茨”的年轻人周连惠，推出一种比北大方正的字库容量大一倍、二百种字体、检索速度快五倍的“汉之音”巨型字库，一定会把汉英文激光照排技术，在全球市场推到一个新的高度和广度。

楼老师那嘶哑“没出息！不敢担当！”的声音常在我耳边环绕。化悲痛为“敢担当”勇气，几年时间我又完成了几项风险更大的现场检测任务。

担　当

2002 年 9 月，广西大学土木系张仲卿教授一个救急电话，把我调到广西偏僻山区，检测一个连老乡都不敢走（风刮都乱颤）的山崖危桥。我们一边放炮激振，一边用大吨位砝码加载，战战兢兢地在桥上忙了两天。实验结果证明，行驶 20 吨重的汽车桥都安全——我给当地百姓吃了颗“安心丸”。

2003 年 6 月，一个考验我“担当”勇气的事又摆在眼前。鞍钢花 10 亿元刚刚从德国进口一套高炉设备，按设计，炉焦气正常流量为 11 万立方米 / 小时，在世界各地都能正常工作；但在鞍钢，炉焦气流量不足设计流量的 1/10 时，管道就开始共振，不但无法正常生产，而且一旦管道震裂炉焦气泄漏，就随时可能把全厂炸毁，高炉厂房夷为平地，造成轰动世界的特大事故。为此，全厂上上下下人心惶惶，连走路都不得不轻手轻脚，似乎空气都凝固了。在场的德国专家只强调他们的设备没问题，面对设备共振也束手无策。

为解决这一难题，鞍钢用 60 万元招标。某重点大学一个团队携全套进口原装设备，经过 15 个昼夜连续奋战，仍然没能解决鞍钢新一号高炉炉焦气管道共振难题，严重影响了炼铁厂生产任务的完成。在“非典”戒严的情况下，无奈，鞍钢炼铁厂高层决定让我这个（免去外地层层戒严麻烦）无名小卒试试身手。

我戴着非典戒严期间“通行无阻”的袖标从现场观察归来，畏难情绪占了上风，在脑中不断闪出“退堂鼓”三个字。这时，耳边也不断响起楼老师“没出息！不敢担当！”嘶哑的声音。于是，在老师天眼的监督之下，冒险承接了这项心里没谱的任务。但在网上根本查不到任何相关资料，我只好要来德国设备全套图纸，在家认真备战了三天三夜，终于理清了检测思路。

2003 年 6 月 4 日早晨，我又被请到炼铁厂新一号高炉现场。指挥该厂调度员，炉焦气流量从 0 到设计值，反复加载卸载，我爬上爬下反复观察，多次调整了传感器位置，观察记录的曲线变化，前前后后忙了大半天。连炼铁厂调度员都失去了耐性：“不行就说不行，别让大家陪你装酷！”炉前工们的话更刺耳：“就连大学专家们，忙了半个月，带着进口设备都夹着尾巴溜了，你我都是小人物，没什么下不了台的！”我只当没听见，埋头用计算机照样记录数据。天色实在太暗了，太阳已向星星月亮交了班。我带着检测数据的设备，疲惫不堪地返回了家。

一夜无眠，忙着进行曲线和数据分析。按设备图纸用有限元分析法计算，高炉与焦气管道共振频率应高于4.87Hz，而实测却是3.71 Hz。按理论力学分析，共振频率下降是设备重量mg值增加了，各地万有引力差异很小，同样设备，为什么偏偏在鞍钢就产生共振？后半夜灵感一闪念，是不是问题出在本地特殊的炉焦气上？高温的炉焦气经几十米长管道散热降温，潮湿的炉焦气中的水分积蓄增加了m值？黎明之前我又确定了新的检测思路。

第二天，信心十足地来到现场，在长管道最低点加装个阀门，反复加载后阀门一打开，连续放水11小时，管道振动果然就停止了。“鞍钢新一号高炉正常生产了！”炉前工们欢呼雀跃。年轻的技术副厂长，还用我的分析报告完成了他的博士论文。2003年6月4日这一天，永远封存在鞍钢设备改造史册上。此后鞍钢新二、三号高炉建设，在管道上他们自己事先安装个放水阀门，就万无一失了，也就不用再找我了。

不久，“神五”发射前的检测也找到了我。缘起当年我填补国内空白的第一套产品，首先被北京航天生物研究所买走，用于检测国内外生产的宇航服性能。这次与太原重机、空军某部合作，又成功完成了“神五”发射架和载人太空舱的玄妙检测。

防核泄检测

2011年初，又一个考验我“担当”勇气的事摆在眼前。核反应堆压力容器的防泄检测项目招标，在多个企业应标中脱颖而出，因事先只有我方成功完成过秦山核电站的检测，所以能以35万最高价中标。尽管我方检测员工已在现场准备工作30天，试验前，东方电气还是多个电话催我去现场，我这老朽的“国家级”检测专家身份，对他们上上下下来说，似乎是个精神减压的“定海神针”。

2011年1月12日8时30分，本人从冰天雪地的沈阳，坐了3个半小时的飞机，在火红的紫荆花微笑中，扑进广州路旁芭蕉树展翅的温暖怀抱。下午3时，头戴黄色安全帽走进珠江入海口的中国核电航母央企——东方电气（重机）的巨型车间。

中国三大核工业集团之一的中广核，下属的东方电气，是生产轻水反应堆压力容器、蒸汽发生器、换热器等巨型重大部件的“航母级”央企。经三道岗我才进入综合一车间，迎面是醒目的四个“凡是”条幅：“凡事有章可循，凡事有人负责，凡事有人监督，凡事有据可查。”试验时，在以我为圆心，半径50米的圆周线拉上醒目的警戒线，线内只有我一个人在这个高危区。压力容器就像一个核巨人，头戴一顶被72根空心管穿透的大盖帽。今天，我就坐在大盖帽檐上，一旦巨人放个臭屁，我的小命休矣。“体检”合格的巨人，从工厂走到核电站，落户定居即可正常发电；可是，万一消化不良闹肚子，拉泡稀屎，全世界都会遭殃。日本东电公司的福岛核泄，其灾难性的后遗症，至今还在继续发酵。

东方电气核岛车间，噪声常年不小于120分贝。1月17日下午7时，我一人正在15米高台上，享受“无限风光在险峰”的得意，突然脚下一颤，一声巨响，震得我胆战心惊，我的心也在颤抖！“爆炸了？”正在猜想，但脚下晃动很快就停了下来，并非地震。从高台俯视，并无人惊慌跑动。原来是一个60吨钢件从天车吊带上意外落地，地面被砸了半米深的大坑，真是一场虚惊！

我在这里工作了11天，经历了3个24小时连轴转，在警戒线内高压危险区2个通宵，与孙辈“80后”们一样，无日无夜地连续工作。在18米高的压力容器脚手架50个阶梯上上下下往返，两腿都肿了，时常全身汗透。

也许是我的敬业精神，伴我顺利完成了核反应堆压力容器的检测任务。

从广州返回家在家休息没多久，2011年9月6日，我又接到新疆油田指挥部的电话，说他们经全国石油钻机厂的调研，决定与我签订超期服役的500多井架鉴定与专家培训合同。第二天，我来到了荒无人烟的克拉玛依大沙漠检测现场。我的这次现场示范检测与专家培训，使克拉玛依油田每年至少节省500万元（正常情况下不敢省）的费用。

今天回首，既是回顾自己检测工作的足迹；也是自己追梦足迹的检测。一生竭尽全力在“天道酬勤、地道酬善、商道酬信、业道酬精、人道酬诚”五种路标上留痕，期望铸就终生无憾的筑梦旅途。

李佳林，北大技术物理系核物理专业，1962年入学，1968年毕业。分配在鞍山，定居至今。先后在两个国企、一个大学任职。先后创办过四个民营科技企业。在20余种差异悬殊的职业岗位上打过替班，体验过各种职位的艰辛和喜悦。但自从走上工作岗位以来的45年光阴，几乎一直带着自己的产品，连续奋战在工程检测的第一线。

现为中国仪器仪表学会、实验室仪器学会理事，国家级工程检测专家和国家标准化技术委员会的资深委员。

那么远　那么近

武思敏

电视里播映着两岸三地演员联手合演的连续剧《最美的时光》，这是一部反映当代年轻人职场和感情生活的青春偶像剧，对已接近古稀、早被武汉人称为婆婆的我，一向不会去看，这次在寂寞孤独之余，竟因女儿的鼓动，一集集看了下去。不仅因为片头片尾优美的音乐旋律和歌词内容打动了我，让我心态放松，更因为它开启了我对过往人生，尤其是自己青年时代的回忆，那本应是人生“最美的时光”。对应剧中人物和某些情节，不禁想起自己当年面临分配时的复杂心情；想起离校前和自己心仪男生无缘见面的情景（毕业前得知他被系里“隔离”，直到我离校再没能见面，从此，我们曾经的一段交往无果而终）；想起毕业后从事超重体力劳动的辛酸，尤其想起我已逝去的同甘共苦的爱人。一幕幕，也像一部连续剧在脑海重现，真是五味杂陈。不禁自问：那就是我们这代人“最美的时光”吗？我说不清。恰在此时，接到奚学瑶的电话，他约我写篇离开北大后生活工作方面的文章，他不仅是我的同门师弟，也是我刚刚离世一年的丈夫宋翔的中学同窗，他深知我还沉湎在失去亲人的痛苦中不能自拔。此刻，一种想倾诉的冲动油然而生：写写吧，如果能够，就把那段最美抑或不美的时光写下来，为我挚爱的丈夫宋翔、为自己，也为了我们老五届学子那段不应缺失的历史。

往事已过去四十五年，回忆有如断线拾珠，我一粒粒在努力搜寻，个中感受令我觉得，一切都已那么远但又那么近，远则恍如隔世，近则历历在目。

毕业分配去山西

1968 年 10 月，已在校苦等一年多的 1967 届同学终于分配离校，很快就要轮到我们，每个人心中充满期盼，也充满忐忑不安，等待我们的将是何种命运，没人知道；唯一明白的是，再不要去想什么专业对口。随着“文革”砸烂一切，加之中央文革小组权倾一时的陈伯达亲自在北大中文系说过，“中国人学什么中文”，早将我一直幻想毕业后能从事新闻出版或文艺理论研究的愿望打得粉碎。曾几何时，入学时编织的梦醒了，现实如即将到来的冬天一样冰冷。

11 月末，分配方案出炉，不久，伟大领袖关于大中学生要到工农兵中接受再教育的指示发布，这一精神被归结为“四个面向”：面向工矿、面向农村、面向基层、面向边疆。中文系本届八十余名学生，除被打成反革命的缓分配，其余均在公布了的十九省三市二部里，采取“自报公议”方式决定去向。但在当时形势下，像我这种出身不好，又曾被班文革批判为“反革命边缘分子”的人，所谓“三市二部”即北京上海天津及建工部、五机部等，名额虽不算少，却是想都不要想，那是“红五类”才有资格去的地方；“自觉自愿”报名去最艰苦的地方是我唯一的选择。我苦苦思索着，哪些地方我还能接受也还能被“允许”去？就在这时，两位工宣队师傅突然找我，他们听说我有气管炎，建议我去山西晋南，说那里气候温和，又产细粮，离北京还不算远。晋南是山西最好的地方，只有一个名额居然给了我，真叫我不敢相信。他们鼓励我放下包袱，到工农兵中好好接受改造。这种久违而明显的信任与宽容，搬掉了长久以来压在我心里的石头，我禁不住热泪盈眶。

1968 年 12 月下旬，我离开了北大，离开了相依为命的慈母，离开了生于斯长于斯的北京。前途未卜，一种难以名状的孤独和压抑如影随形与我相伴。

人生会有许多“偶然”出现，而使你的命运不期然发生转变。

火车在夜色中前行，车轮与铁轨单调而有节奏的撞击声让人昏昏入睡。入夜不久，一向不易感冒也很少发烧的我，突然发烧，满脸通红，坐卧不宁。不成想就是这场突如其来的感冒，竟然改变了我后来的命运。到了临汾——晋南地区革委会所在地，我们将在这里进行第二次分配。被称为交际楼的办公大院里，挤满熙熙攘攘前来报到的大学生，他们来自全国各地，专业不同，口音各异，相互交谈着，等待注册以决定最终去向。偏偏这时我的感冒又厉害了，烧得站不住，东倒西歪靠在房屋一角。轮到我时，一位被称为老齐（？）的人翻开本子核对我的报到证，通知我去曲沃插队；发现我生病发烧，他忙拉过凳子让我坐，说道：“不要急，你先休息。还有个北京广播学院的也去曲沃，等她来了你们再结伴走。”然而等了几天，这个女生也没来。

年末，最后一批山西大学约五六十人前来报到，他们被集体分到运城盐化局；老齐同时宣布，我们余下还有三四十名各省市大学生也和他们一起去。像山西大学这样集体分到大型厂矿而不必下乡的，并不排除有“地方主义”的缘由，本土子弟嘛，照顾一下可以理解。但在那种形势下，像老齐这样自始至终用他最大的善意和能力，为我们做出尽可能周到的考虑和安排，不能不说是我们这群学生的幸运。几十年来我常想，如果不是那次发烧，如果广播学院那位女生按时来报了到，如果我遇到的不是那么同情爱护落难大学生的干部老齐，那我肯定就得去曲沃插队；也不可能和我的丈夫宋翔相遇，我将会是完全不同的另一种人生。看来这场感冒来得真是“及时”，也算吉人天相吧。

历史上第一代女盐工

从临汾乘火车两个多小时到达运城，一路得知，我们将去的盐化局是本省直属燃化部的大型化工企业，全国生产洗衣粉的原料一半都出自这里。能分到大企业，尽管是去劳动，大家也觉得比插队强多了，车厢里不时传来阵阵说笑。只是谁也想不到，前面迎接我们的并不是现代化大机器生产的工厂，而是年复一年盐水的浸泡和暴风雨的洗礼！

⊙ 武思敏（中）摄于 1971 年夏盐池井架旁

位于晋南地区运城县辖内，沿中条山脉可见自东北向西南散落着一片狭长的湖泊，这就是历史上盛产“潞盐”及芒硝等化工原料的咸水湖，当地人称为“解池”（此地古称解州，是三国时代关云长和唐代著名文学家柳宗元的老家），又称盐湖、银湖。其中五厂是盐化局所属六个厂中唯一露天作业，且沿袭几千年古老生产模式、手工产盐的工厂。工人多从事重体力劳动，据说“文革”前国家曾考虑将其改为劳改盐场。我们到盐化局报到时，局领导觉得大学生既然下来接受“再教育”，理应到最艰苦的地方，像一厂、二厂是机械化生产厂，“不利”我们改造思想。于是百余名大学生听到一声令下“全去五厂产盐”，便纷纷扛起行李，分批爬上来接送我们的拖拉机，向着城南一路颠簸而去。沿途三十多里放眼望去，左面是光秃秃的黄土坡，右面是白茫茫的硝池，方圆百里，寸草不生，更看不到一棵树，一片苍凉蛮荒让大家刚刚捂暖的心顷刻收紧。

我们一行三四十人落脚在五厂二工段，老工人热情帮我们接过行李、安排住处，不时投过好奇的目光，那眼神不亚于国人初次见到老外的模样。他们第一次见到这么多文质彬彬的白面书生来盐池当工人。和我们一比，他们个个面孔黝黑，就像不同肤色的人种，这是长年累月在骄阳炙烤下晒盐留下的印记。

我们这批学生分别来自北京师范大学、北京农业大学、中央财政金融学院、南开大学、北京轻工业学院、北京林业学院以及南京中国人民解放军炮兵工程学院、山西大学和太原工学院等。北大除我外，还有一位物理系毕业生赵书成，陕西人。若干年后他调到兰州大学工作，不幸于十多年前病逝。几个月后，厂部从二工段又抽出一半学生去了一工段，一、二工段是五厂产盐的主力军。工段间一般相距七八里左右。

元旦后，我们每人领到两套再生布做的工作服，一件土布棉背心和棉手套，一副塑料片材质的墨镜，用来遮挡夏季刺眼的阳光。穿上这身行头，我们成了历史上第一代大学毕业的盐工，我也成了上千年产盐史第一代女盐工。

五厂老盐工绝大多数是解放前从河南或安徽等地逃荒来的，都已在此干了几十年。当地农民很少下盐池，村里妇女也不愿嫁盐工。解放前这里流传一首民谣：“下了中条山，两眼泪不干，想要下盐池，又怕疙瘩鞭（工头用来抽打工人用的），想要回家转，腰里没盘缠。”那时工人干活全是赤身裸体，一来防范你跑，二来也没什么替换衣服，加上方圆几十里根本见不到女人，干脆就赤条条。中条山下有一道不知什么朝代用黄土坯筑起的禁墙，又叫禁城，将盐池与外界隔绝。直到我们去，还能看到一片片断壁残垣。

产盐是露天作业，和气候变化密切相关。冬春是生产准备阶段，主要整修盐池，比如“打斗窝”，即将盐田角落里经过一夏生产、被食盐和其他化合物结晶堵塞的卤水出口（即斗窝）疏通。斗窝周围盐板厚达一米，坚硬无比，整个盐田就由这种盐板构成，相当于产盐的“土壤”。盐板含有多种化学元素，像钾、镁和硫酸盐等，是重要的化工原料。当年日本鬼子败退前，曾整车皮地拉走不少。打斗窝时，盐工手握三四十斤重的铁棍站在池边砸，以扩大出水口，全身受到很大震动，体力消耗极大。砸不动则用炸药炸。我们刚到五厂，几乎天天听到震耳欲聋的炮声，往往正干着活，突然吹哨放炮，盐板碎块伴着炮声乱飞，常吓得我四处奔跑。记得一工段一位叫郑九发的老师傅，在我们去后不久，一次炸斗窝遇到哑炮，因处理不慎被炸飞上天，不幸遇难。打斗窝的活女同学干不了，男生则通通上阵，一天下来累得躺在床上动也不想动。此外冬春季打井也是重要环节，农村打井只要打到见水即可，盐池打井为的是养卤水，要打到地下盐层露出，再注入淡水使之形成卤水。打井的铁家什由工人转圈推，俗称“大锅推”，一般均需打百多米深。井下盐呈一块块整齐的结晶体，不同于池盐那么白，半透明，因不见阳光，叫作“阴盐”，据说有药用价值。

盐池的风自春季始一天强似一天，风力之大是我们闻所未闻的。直到今天，想起第一次遭遇大风的情景，那副狼狈不堪的样子仿佛还在眼前。傍晚，累了一天的老工人和男生拉着板车，我们女生紧随其后边说边往回走，突然间狂风大作，夹杂着泥土盐块铺天盖地而来。开始我还用力顶风前行，没走出几步，就感觉自己一下处于失重状态，顿时双脚像离了地，身子被吹向一旁的盐池，眼看就要栽到水里，情急之下我索性一屁股坐到地上，两手硬撑地面不敢动。老工人走过我身边，尽管被风呛得说不出话，还不忘叮嘱我：“白毛风，别怕，先坐着别动！”随后慢慢都走了。我独自坐在池边，耳边是呼啸的狂风，天色慢慢黑了下来，四周不见人影。也不知过了多久才回到工段。这种风一般都在六七级以上，大时八九级，据说有助于盐的生成。大风过后，院里除了满地的碎砖烂瓦，倒地的篮球架，还能捡到被刮晕落地的各类飞禽。较常见的是一种细脚伶仃、头顶一撮红毛的黑色水鸟，老工人称之为“干瘪响”。

真正考验人的还是夏季晒盐，每一茬盐，要将卤水抽灌到盐田，再经烈日暴晒，大约一周余便可结晶成原盐。盐池夏天酷热难耐，一般温度都在40摄氏度上下。一望无际的盐池无遮无挡，晒上几天，身上便暴一层皮。产盐季节早5点下盐池，干到下午两三点收工。老工人干活一般赤膊上阵，只穿一条裤衩。我们这些“穿衣族”只能任由汗流浃背、衣衫湿透，和工人一起用“和尚铲”将盐铲松，再用一种叫做“复板”的木制工具将其推成行、扫成堆，最后用超大的铁锨把盐铲到板车上。铲盐最累，一铁锨下去少说也有20斤重，下工后，浑身酸痛像散了架。这种情况下没有谁还有心思看书，自然而然和以往的生活习惯一刀两断，业余时间除了偶尔想弄些吃的解解馋，别无他想。

为避免雨水将快要结晶的盐毁于一旦，每逢暴雨必须下池抢盐。刚到五厂，为给我找合适的雨衣雨靴，几乎翻遍了仓库，好不容易找到一双最小号的高筒雨靴，38码，凑合穿在我35码的脚上；而小号的雨衣雨裤，对我依然肥大无比，又是卷袖口，又是卷裤脚，衣服里找人——整个一个“套中人”，走起路踢里趿拉，扛着铁锨还要一路和暴风雨赛跑，没等干活已累得够呛。待跳到水里捞盐，那一铲就不是20斤的问题了，湿漉漉的盐分量格外重。上面暴雨冲，下面盐水泡，不合身的衣服根本抵挡不住大雨冲刷，汗水和着雨水，不一会儿就叫你透心凉。而老工人包括男同学，则拉着堆满盐的板车，像小毛驴一样来回运送，更加辛苦。回到宿舍后，班组长挨房间给大家送来白酒，每人二两。特别嘱咐学生：一定要喝。长这么大，尤其是女生，啥时喝过白酒？开始说什么也喝不下去。老工人苦口婆心劝我们，先少喝点儿，慢慢就习惯了，还说，这是“劳保”，淋了大雨，受了湿寒，只有喝些白酒才能祛寒，否则以后会落下病。就这样，我，一个文弱的女生，在离开北大接受再教育期间，学会了喝酒，从空腹喝这种最低档的红薯干酒（度数可不低），到后来各种度数、档次的白酒均不在话下（当然我并未养成喝酒的习惯）。只是酒虽喝了，病也照旧“落下了”，80年代初，我已在二汽工作近10年，一次劳动淋了点雨，完全没当回事，睡到半夜两个胳膊突然疼得无法伸直，之后逐渐发展到膝关节疼痛，才知得了风湿性关节炎。四十几岁双膝关节病变，膑骨软化无法下蹲，发作时肿胀疼痛。2008年南方冰雪灾害时，我全身骨痛无法翻身，长达一个多月。我自认为并不娇气，但有两件事绝不敢大意，一是不能淋雨，二是不能长时间弄冷水，否则就犯病。

刚到盐池，个别较左的干部觉得大学生是“臭老九”，下盐池干活不应照顾，女生也一样。后来，北京农业大学一位出身好、人很正直、好打抱不平的学生杨瑞堂，带领一些人跑到厂部据理力争，为女同胞说话，维护了我们每月应有的几天“权益”，遇到“特殊日子”就可不下水或“抢盐”。但能照顾女孩干的活还真不多，比如我干过掏粪，即在厕所后面挖道沟，将溢满的粪便引进卤水池（开始我也觉得真恶心，后来想想，也许能自然净化，老盐工在盐池干活，转过身就在里面小便，产出的盐还不是照样吃），在库房里补雨靴（街头常见的技术活，工具有锉刀及胶水、胶皮等），用铡刀铡芦子和泥、整修盐田间小路（俗称压埝子，这种路不怕盐水浸蚀），爬到盐垛上（俗称“大料”，有两三层房高）捡拾混在原盐里的盐板，以及用麻绳缝绑盐袋、两人再一道拎起两百斤重的麻袋，挪到另一处等城里来汽车运走。

在盐池，较轻松的活就是“看马达”，带上干粮和水，到远离工段十来里地的总水源“老滩”，用电动机抽水。老滩有几处用茅草搭的窝棚，里面是电动机和供休息的地铺，外面一片湖水望不到边，人迹罕至。一个人在这儿待上一天，心里不免有些害怕，总担心来坏人或野兽。我胆小，去过两次后，宁肯在工段附近干脏活累活也不愿再去。一天傍晚，我曾一人跑到盐池想走走，突然发现不远处有只土黄色似狗样的东西慢慢走来，拖着尾巴，看到我就不动了，两只小眼阴冷地与我对视。我下乡时就怕狗，一下子也不敢动，大脑一片空白，呆呆看着它，不知僵持了多久，只见它忽然转过身慢慢走远了，好半天我才回过神，一口气跑回工段。事后老工人说：你遇到猡啦，再别一人瞎跑啊！咱们休息时电动机不响，又没人，有时猡就会来。原来工人说的“猡”就是狼！好险啊！之后每想起，头皮都发麻。

盐池成就的缘分

斗转星移，在这个除去蓝天白云、湖水野鸭，看不到一抹生命之绿的地方，我们

⊙ 2010 年 4 月武思敏宋翔夫妇摄于武汉东湖。一个月后宋翔查出患晚期癌症，这是病前最后合影

每天走着同一条路，看着同一道没有风景的风景，承受着超重劳动带来的身心疲惫，心似乎一点点在枯萎。寂寞孤独令我们这批正值青春年少、身在异乡的学子，加倍渴望爱情和家的温暖。慢慢地，一些学生开始联系昔日学友、同乡或在本地找到中意的人恋爱、结婚。北大物理系的赵书成，最早接来同班女友，在盐池举行了婚礼，羡煞一帮男同学。而我很长一段时间，对已失去联系的北大那个朋友还无法释怀，直到我后来的丈夫宋翔走进我的生活。

宋翔毕业于南京中国人民解放军炮兵工程学院（现南京理工大学），“文革”中因父亲受冲击未能分配部队。他喜爱绘画，厂里常安排他在墙面或影壁画大幅宣传画，如《工业学大庆》、《毛主席去安源》、毛主席诗词配画等。他的临摹尽管放大若干倍，都不输于原作，为此比大家少吃了许多盐场劳作之苦。前面提到的北京农业大学同学杨瑞堂和宋翔是好友。大约 1969 年秋的一天，杨瑞堂突然陪着宋翔从一工段来我宿舍造访，此后宋翔和我便慢慢走动了。厂部为他绘画方便，专门给他配了间办公室，休息时我常借老工人自行车，去看他画画、聊天。他送我的第一件礼物，就是为我画的一幅肖像，现在还摆放在我的书柜里。在盐池这样一个特殊地点、特殊时间，我们可谓“同是天涯沦落人，相逢何必曾相识”。之间没有了校园恋情的温馨浪漫，有的只是实实在在的相知与承诺。他比我小将近两岁，开始同在二工段时，给我的印象就像个大男孩，下工后常见他坐在宿舍门口拉二胡，无论曲调还是神态，都带着淡淡的忧郁。与我交往不久，他便直截了当告诉我，父亲是上海毛纺界较知名的工程师，1956 年入党，“文革”前被打成“阶级异己分子”，党籍“劝退”（打倒“四人帮”后平反，并恢复了党籍），“文革”又被抄家。这一切对他影响很大；加上弟弟妹妹多，他说今后要在经济上多帮助家里等等。大有一副告知我的“架势”：我就这条件，愿不愿跟我做朋友，你看着办。记得后来谈到结婚问题，他对我也说过一句简单的话：你和我在一起，我会对你好的。恰恰这种坦诚深深打动了我，我看中他对家庭的责任感，也看中他的才华与踏实肯干，最终走到了一起。1971 年结婚，由工段安排，我原宿舍另两位同学搬了出去，这间房就成了我们的家。1973 年调到二汽，直到他不幸生病去世，我们一起走过 41 年，“此中甘苦两心知”。他以自己的聪明才智，立足汽车行业，从外行成为内行，取得多项科技成果，获得东风公司和机械工业部“有突出贡献专家”称号；他也用一生兑现了对我和双方家庭的承诺。此生能与宋翔相遇相知相伴，也算盐池给予我的缘分。

盐工——远离现代文明的群体

五厂老盐工是个非常特殊的群体，他们“既非工亦非农”，说他们是工人，却一无厂房、二无机械化设备（除了抽水用的电动机），一年到头任凭风吹雨打，从早到晚干在盐田；说他们像农民，却连农民居住的集中村落和农家小院都没有，下工后无处安享天伦之乐，长年住在几人一间的集体宿舍。直到解放后靠着多年积蓄，熬到岁数很大才得以回老家娶妻生子，而婚后老婆都不来。也有个别盐工一辈子打光棍，老了就留在工段养着。盐工一年回家 12 天探亲，或老婆遇农闲带孩子来此住一段。每逢家眷来时，工段就在另一处叫做“红旗院”的地方安排房间供临时居住。不管谁家团圆，老盐工们都很兴奋，不是成群结伙去“听房”，就是说些荤话撩拨一下家属，或编些黄段子搞笑。

老盐工尽管没文化，但长期的单身生活，使他们具备很强的生活能力或曰生存能力。他们闲不住，风雨过后会主动到院里，将砖地上的砂石泥水收拾得干干净净。夏天，他们将西瓜皮削净切碎，和煮好的黄豆一起酿晒成香喷喷的豆酱；秋季，将新鲜的韭菜花和苹果用石磨碾碎，腌制韭菜花酱，那种鲜美的味道我至今难忘。更为奇特的是，他们无师自通，自己会织毛衣。别看两只手布满老茧、因干活粗糙变形，自己买来羊毛，自做纺锤捻线，以完全不规范的“自选动作”，凭着两根粗粗的竹针在手指间飞来舞去，不要多时，一件本色圆领毛衣就穿上身了，令你不能不佩服他们心灵手巧。其他像房屋漏雨、水管破裂、修补院墙以及缝缝补补做被褥，全不在话下，他们是地道的全武行。

离开北大时，整个社会还处于动乱中，极“左”思潮还影响着不少人的思维和言行；就在火车行进在山西省沿途时，隔着车窗都能听到两派武斗子弹的飞啸声。但来到盐池却发现，这里的平静不啻到了外星。这些真正出身赤贫的老工人，不搞派性，不搞武斗，日出而作，日落而息，嘴里从无时髦的政治说教。对我们，他们不仅没说过“臭老九”一类的话，反而经常发自内心地宽慰我们：“你们这些娃，读了那么多书，不会老在这个地方受苦的，迟早国家还要让你们去干大事。”他们判断人不以流行的“阶级成分”画线，而是看你是否肯干。经过一段时间，他们彻底认同了我们，认为我们并不是肩不能扛、手不能提的白面书生，而是能吃苦、肯下力、有出息的“学生娃”，给予我们许多关爱呵护，常帮我们去农村买肉、禽、蛋；得知我怀孕反应，跑到很远的地方给我摘来青杏。老工人有自行车者寥寥无几，却主动将心爱的“大件”借给我们用。工段里有几个“入另册人物”，一个是毕业于太原工学院的右派李某某，还有些因家庭成员有“政治问题”、全家从上海下放、被安排当盐工的子弟。老工人非但不歧视他们，看他们能干，还让他们中有些人当班长；或帮他们解决生活中的困难。总之，老盐工从无害人之心，倒有一副古道热肠。

作为接受再教育的大学生，老盐工无疑是给予我们再教育的主体，相处五年，他们的确给了我们与以往在学校、工厂、农村完全不同意义、不同概念的“教育”，这是一种让我们真正跳出“湖光塔影”的笼罩，除却虚无缥缈的幻想，双脚实实在在着陆于泥土盐水里的教育。它让我们蓦然感受到，中国底层还有这样一群人！了解了他们几近原生态的生活和为人处事，看到他们未曾污染的纯朴善良，懂得了他们作为人的内心需求，由此也拉近了和普通百姓，尤其是弱势群体的距离。和他们在一起尽管苦和累，但心里没有了在校时你争我斗的压力，说话做事完全“不设防”。盐工们其实真的不懂政治，甚至不知盐池外的世界什么样。刚到这里就有人好奇地问我们：毛主席也常从天安门出来走走吧？你们在北京街里，常看见他吗？令你听后在忍俊不禁的同时，不免冒出一阵酸楚。他们是一群远离现代文明、被边缘化了的人，“不知有汉，无论魏晋”！但他们终生劳作的环境又远不如古代的桃花源，这里既无良田美池，亦无桑竹之属，他们只是年复一年、默默无闻、毫无怨言地用最艰苦的劳动为国家奉献税收，供养着“禁墙”以外的文明。

离开盐池后，我们进入了知识分子成堆的现代化企业，尽管所处环境和社会地位发生了很大变化，有了高级职称、担任了“高管”职务，但在人际交往中，我们已习惯并更愿和中下层群体打交道、交朋友。对于生活上的苦辣酸甜、职务或工作的变迁，更能淡然处之。共同的价值观使我们夫妇深知先做好人才能做好事的道理，这一点令我们受益匪浅，不能不说是一笔宝贵的精神财富。然而每每谈起盐池五年，心情也很复杂，毕竟那是我们最宝贵的青春年华，是精力最旺盛的美好时光。尤其和“文革”后入学暨毕业的大学生相比，我们从不唱“青春无悔”的高调，因为我们有着太多遗憾，更羡慕他们生逢盛世，有那么多的机会和选择。十年浩劫给我们造成的损失是无法弥补的，从小我们就被教育：“二十个工人农民养活一个大学生”！现在读高中大学费用不菲，尽人皆知。那么，当初国家为培养老五届人究竟花了多少钱，有谁计算过？如吾辈那种接受再教育的做法，即便获得了一笔“精神财富”，代价也实在太大！借用企业的行话，真不知该怎么评估老五届人的“性价比”？我以为，这种投入和产出，无论对国家还是个人，至少在很长一段时期实属“赔本生意”！值得庆幸的是这一切终于成了历史！惟其如此，更希望它是再不会重演的历史！

人生苦短，倏忽间已步入古稀之年。近几年老同学联系多了，得知许多人取得骄人业绩，学有所成，令我敬佩；一些同窗好友短信往来，常吟诗作赋，步韵唱和，亦令我汗颜。几十年里我置身东风公司，无论办报还是编史修志，或撰写电视片脚本，全都离不开汽车，专业性强、范围窄，即便搞的同样是文字工作，也和当年所学文学专业要求的风格、文笔相去甚远。深感如同一首原本熟悉的舞曲，仿佛再也演奏不出华彩乐段。但术业有专攻，聊以自慰的是，我始终坚持不管干什么，要干就干最好。直到丈夫病重、工作推不掉的情况下，守在医院病榻旁，我还是克服困难完成了公司交办的（副）主编修志任务。领导几次在“后记”中写上我的情况，都被我和丈夫删去。我唯一对不起的是我丈夫，他却给予了我最大的理解。我没给北大抹黑，经我手完成的工作都得到专家、同行及领导的肯定，自己感觉过得很充实！我常警戒自己，做人要有自知之明，同为北大人，在社会上难免遭遇“木秀于林，风必摧之”的处境，因而更要注意，莫图虚名，尤忌张口自吹：只有自己如何，别人“混得”都不行。干得好，让别人认可：到底是北大的；万勿吹过头，让人背后笑：这北大是怎么上的？如此，则北大幸矣，自己幸矣。

愿将此文纪念并献给我甘苦与共的爱人宋翔。

武思敏，女，1945年2月12日生于北京，1963年自北京师大一附中考入北京大学中文系文学专业。1968年12月分配至山西晋南接受再教育。

1969年—1973年4月，在山西省运城盐化局五厂当盐工，其间从1972年始，被安排到厂部革委会办事组任干事。

1973年5月—1990年5月调到湖北省十堰市第二汽车厂报社工作，任编辑部主任。其间1987年9月—1989年1月赴复旦大学新闻系全国地市暨企业报总编培训班进修。策划主编新闻专业期刊《企业报研究》(1989年试刊1—2)。

1990年5月调至二汽（东风汽车公司）史志办公室任主任。同年晋升副编审。曾作为特约撰稿人参加《中国汽车工业史（1901—1990）》编撰，应邀策划主编《饶斌传记》，参与北京电视台专题片《我们是双翼的神马》摄制工作，及企业志、地方志等多种史志与图册的编纂。

别了，北京大学！

刘向晴

人生就像蒲公英一样，“好风凭借力，送我上青云”。记忆中已经十分遥远的那个9月初的午夜，车子在校园林丛中七转八转，终于停住的时候，我认定那是我一生中最神圣的一个夜晚：命运安排我选择了飘落在燕园的一小片土地。神秘的燕园，绚丽的湖光塔影，从此和金色的青春、美好的憧憬联系在一起，充满了诗意和情趣。

我在北大五年半时间，有两年多是在“文革”的动荡中度过的，被迫停课二十七个月去参加运动，所以在大学所学专业知识有限。正当学校在工、军宣队操纵之下，开展清理阶级队伍向“纵深”发展之时，国务院下文，对1963、1964、1965年入学的学生准予毕业分配。此时，大家虽然对正在开展的“清队”运动不以为然，对派性派战深深厌倦，虽然前事不远，伤痕未平劫未尽，难为一笑泯恩仇，但是，真要临到拍屁股走人，还多少有点不舍。惜别伤离方寸乱，忘却了，新仇旧恨深与浅。不过，“没有不散的筵席”，大家都急切盼望走出校门，脱离纷纷攘攘、无休无止无聊的派战和清队运动的漩涡，像飞鸟各投林，走了个白茫茫干干净净。

我急促地边打点简单的行装，边抓紧办理各种离校手续，对人生的这次重要转折，急不可耐。由于中间有事耽搁，班上那些学长学弟们，早已走得差不多了，最后只剩下我和两三个同学还没离校。也许这是最后一次相聚，过后就会形同参商，永无见面之日。于是，几个同学都想到要举行一次告别仪式，以纪念寒窗五载，同学一场。但那时我们是真正的无产阶级，阮囊羞涩，谁也拿不出多余的“银子”。还算老天有眼，它宽厚地眷顾穷且倒霉的落魄学子，使我们找到了变钱的办法，这就是卖旧书废纸。今天的人们也许都不知道“文革”派生的“读书无用论”的影响有多么深远，但只要看看当年毕业学生离校丢下最多的是什么，就可豹窥一斑：他们丢下的大多是平时熟读的书和讲义。有大部头的经典教科书，有享誉中外的著名教授、大师们呕心沥血编写的系统讲义；这些讲义，以后如果付梓出版，将成一时学术名著。我和同学弄来一辆板车，仅仅在本系十来个宿舍里搜寻，就收集到满满一板车的旧书废纸，拉到废品站一卖，换钱二十几元，这在上世纪60年代，足够我们四个人胡吃海喝大快朵颐了；如果有今天的经济头脑，再扩大“搜索面”，在全校所有毕业班宿舍收集一番，那是会发一笔小小“文革”财的。如今回想起这些往事，也不觉莞尔。共同饯别之后，第二天就各自上路了。令人格外痛惜的是，参与“最后晚餐”的一个同学贾君，最终没能离开北京，后来听说，聚餐后他感觉腹部不适，开始以为吃多了撑的，后来到医院一检查，才知患了胃癌，以至不治而亡。校门未出身先死，长使同学泪沾襟，每当念及，大家悲恸惋惜不已。

毕业分配正当清理阶级队伍最残酷之时，“林副主席”发话，北京院校毕业的大学生，除个别特需者外，其余都不能留在北京市内，这是为了净化首都社会环境的“革命需要”。我被分到了河北省邢台市，到煤炭部所属一个煤矿当工人，“接受工人阶级再教育”。从学校到矿山，这是我第一次参加社会工作，也是上学以来第一次搬家，算挪窝吧。于是，我一生中没完没了的搬家挪窝就此正式拉开了序幕。

我的第二次挪窝是从“地下”挪到“山上”，变井下工人为矿山干部。那是根据毛主席关于“五大古都要振兴”的讲话精神，在靠近五大古都之一的邯郸的山区里筹建一座大型铁矿，我被调到那里搞筹建工作。不幸的是，筹建工作遇到了巨大的困难，被描绘成前景光明的“现代化矿山”最终胎死腹中。在等待矿山命运最后宣判的日子里，我在充满田园诗般幽静的山区里隐居生活了大约一年多时间。这是一段值得回忆的日子，我的心情也特别好，农村老乡的纯朴、山居自然景色和清新空气、古老传统风俗、绿色环保果蔬……都给我留下了深刻的印象。

但也就在这段时间，我生出了一股强烈的思乡之念。当时，妻子生下大女儿，我很喜欢她，但要见到她，却只能因梦得团聚，寄书通消息。我向领导提出了调回家乡工作的申请，好些年也没有实质进展。这时我身体又出了些状况，那多半是气候不适和水土不服衍生出来的毛病，就更加思念家乡了，儿时深深印刻在脑海里的家乡景象，时时萦绕在我的眼前：“水绕烟村石径斜，鸡鸣犬吠遍人家。声歇要待更阑后，梦里犹闻雨打花。”它是那样的强烈，因之欲梦总难寐。1976年“四人帮”倒台后邓公执政，提出解决两地分居问题，我的调动1977年5月有了结果。如果用杜甫写《闻官军收河南河北》的心情来形容我当时的心情，那是再合适不过的了。当我漫卷行李喜欲狂，心潮翻波向家乡时，已带着几个要好同事的祝福只身登车上路了，当时还赋诗一首：“欣然上路喜孜孜，辗转三千赖车驰。华盖难逃多舛运，谶言易覆少遂期。羁人总解杨朱恸，异客空怀庄舄思。至晓行终怯离站，耳闻远唤是娇妻。”

从我第一次离家赴北京求学，到这次调回家乡工作，经历了十五年，绕了一个大圈子，又回到了原地。而回到家乡工作，并不是我命运的根本转折，华盖之大，无处不在。于是，我想起了一位汉初的古人，他是一个读书人，经史子集，无不熟识，真是学富五车，文冠诸生。但此人命运多蹇，总也成不了大事，碌碌无为一辈子。汉文帝刘恒时，信奉黄老之说，喜欢无为而治的人物，他喜武好动，自然得不到重用，只给了他一个郎署的小官；景帝刘启时，需要的是老练持重之臣，他尚年轻，因而也没有被重视；到汉武时期，刘彻雄心勃勃，开疆拓土，需要的是战将和能敛聚军费之臣，最喜欢年轻人，可他蹉跎岁月年已老矣，更当不了大官！古人的故事告诉我们，要想成功，也得看机遇。但机遇并没有光顾我这个回乡的游子，少小离家老大回，家乡并未少了谁。我照样在碌碌无为地做一天和尚撞一天钟，直至法定的退休日子无情而至，最后过上了隐退的家居生活。而今华发覆苍颜，憔悴已近黄昏天！此时此刻，北大校园的影子蓦然在我眼前晃动：你看，那阳光明媚的教室，多少次响起我们书声琅琅；你看，那沉默无语的黑板，多少次书示我们知识泱泱；你看，那宽阔平坦的操场，多少次留下我们步伐锵锵；你听，那清脆悦耳的上下课铃声，多少次提醒我们时光惶惶。但是，再多的回忆，也捋不清我们对母校的眷恋；再多的语言，也道不尽我们对校园的思恋；再多的阻隔，也剪不断我们对老师的依恋……这一切，是那样的清晰具体，又是那样的迷茫朦胧，因为，关于校园的记忆，既充满激情，又夹带失意；既有愉快的峥嵘岁月，又有无可奈何的伤感日子；既感受到亲密无间兄弟般情谊，又遭遇过冷于冰霜的内斗……多愁善感，五味杂陈。如今，实在说来，北大只在我的梦里，只在我的纸上，但她却是永远不可磨灭，直至我生命的终结！期间，我曾路过北京，“重到旧时明月路”，偷偷到母校看了看，但不敢去见我的老师，也不敢去面对充满朝气活力的学弟学妹。当年满怀豪情壮志去求学，结果业未学全无可奈何人去也，而行走社会，亦毫无作为，庸庸碌碌，一事无成，“心怯羞说当年事，燕然未勒归无计”，有何面目去见恩师和同窗！这个时候，我的心在流着泪，流着血，只能痛苦地低呼：别了，我的母校；别了，北京大学！再见，我的青春故乡——我的校园；再见，我的精神家园——我的大学！特赋《浪淘沙》以寄怀：

故校失知闻，旧梦奚温？文章纸背透伤心。犹忆当时天际处，漫卷星云。聚散总纷纷，未名洗尘。博雅塔下说前因。唱尽离歌今又是，换了自身。

另有《未名湖赋》以飨诸君：

未名湖赋

北大“未名”，镜湖注寒晶[①]，映西下之夕阳，驻拱月之群星；巧伏禅锋，隐令名而景行，身怀贞兮浪不惊，心守碧兮水自清；地控校北，潺湲玉泉流经：

① 王安石《我所思寄黄吉甫》诗：“我所思兮在彭蠡，一奁寒晶径千里。”“寒晶”：喻指清澈的水。

近通福海，远接昆明，串重湖而连帝苑，下九门直入内廷；居众园之机枢：石径通勺园，一衣带镜春，敞襟朝鸣鹤，面北向朗润。

曲岸花湾，暗香环生。杨柳轻拂，虫鸟争鸣。吹玉叶而落波，泛涟漪而共醒。芰荷溢散，菡萏竞登。雨燕呢喃，戏蝶飞莺。鱼跃凫飞，鸳嬉鸯承。石舫不言，静默历世，岂关风云频仍；古松桧柏，接天摩云，何惧霜雪雨冰；石鱼翻尾兮，恰喻鲤跃龙庭；体馆雄踞兮，乐观应时景生：春光融融，熏风起兮绿漂萍；夏雨潇潇，尖荷挺兮立蜻蜓；秋风瑟瑟，落丹飘兮潦水澄；冬雪皑皑，素妆倩兮梅方兴。

水塔矗立，八角凌空，密檐聚灵。塔入水以成影，水禀塔而为精，塔影水韵，交映纷更。是以居高明远，指点波粼浥岸，迷离兰若浸汀。轩榭滨湖，烟绕雾蒙其肆横。斋舍雁列，延栋胤宇以经营；亭阁疏落，文梁雕柱而窈溟。曲廊幽巷，四合庭院，花月当窗，松风驻厅。架缠蘼芜，槐依紫藤。玫瑰芍药，如火如荼，灿烂其荣。嗟夫，何瑰逸之令姿，独旷世以建瓴！堪比三山阆苑，若出九天椒庭。

莘莘学子，名教精英，挟丰博之学识，显闪光之才情。前续后继，传承斯文。书声琅兮千室应，墨香馥兮满湖馨；师惇诲兮生旰奋，图报国兮为吾民。学研之余，漫步“未名”，赏湖光塔影，舒倦思怠怔，叙同窗绵情，竞低唱浅吟：弦诵歌新声，咏叹其嘉盛，鉴赏此娉婷！

吾翁有幸，叨陪骥尾，校榜题名。“未名”湖畔，驻足徘徊，印象至深。惜哉！“文革”一别，以至于今。无缘再聚，唏嘘噫嘻，感慨莫名！

诗曰：名透禅机摒妄嗔，任凭鱼跃戏寰尘。时临不解赋新意，久去方知念旧忱。景色依稀湖面阔，形容仿佛塔基深。悠悠往事谁评说，适晚惟存意气真。

刘向晴，1963年9月考入北京大学地质地理系（0563）学习，于1968年12月“毕业”，分配到河北省邢台煤矿工作，不久调往河北省沙河县中关铁矿搞筹建，筹建处下马后，分调到邢台地区西毛村石灰石矿。1977年5月申调回湖南邵东，于2003年退休家居。

离别未名湖之梦

杜庆河

2012年春节那天，我和妻子李勤携儿子、孙女专程到北大未名湖溜冰，并游览了校医院、30斋、37斋、六院、地质楼……我们告诉孙女：爷爷和奶奶都曾是北大的学生，要活到80岁，看着你将来也上北大……可是回济南不久，3月18日晚，李勤就只身一人到另一个世界去了……

2013年是我们1963届入校50周年，本来我是准备参加入校50周年集会的，但实在是不敢再触及失去妻子的敏感神经。故此，未名湖只能恋而不能见了，真的告别了，遗憾和深深的"留恋"永远埋在了心底……

未名湖是实现我梦想的地方：

在那里，我加入中国共产党，奠定了终生为人的思想和政治基础。

在那里，我认识了国际政治系的李勤同学，找到了终身伴侣，奠定了我一生幸福的家庭生活。

在那里，我学习地质知识，奠定了我终生的工作基础。

怎么能不留恋她——未名湖？

其实，李勤更是留恋未名湖，她生前常对我说：北大给了她第二次生命，没有北大就没有她的今生！

李勤家境贫寒，高考后由于过于劳累，入校不久就患肝炎，无法坚持学习，休学回家。当时她想也不知还能否再回北大，痛苦极了。她在返回家乡的火车上写了一首诗，表达她留恋未名湖的心情：

来到北京，
又离开北京；
来时火车汽笛的鸣声未散，
回家的车轮又在飞速转动。
留恋啊，未名湖，
留恋啊，北京！
来到北京，
又离开北京；

车轮在飞转，
心啊！
永远向未名湖，
永远向北京！

如今，李勤永远告别了未名湖，永远告别了北京！

一梦定终身

毕业前夕，我和闫国翰、曾怡善、牟保磊等老师聊天，谈到串联到过什么地方，什么地方值得一去，牟保磊老师说："我的老家是山东栖霞的，离蓬莱阁不远。蓬莱阁不错，有八仙过海的故事，如果没去过的话，还是值得一看，说不定还能遇上海市蜃楼！"此后"海市蜃楼"一直在我脑海里挥之不去。

就在临公布毕业分配方案的前天晚上，我做了一个梦，梦中我分配到蓬莱了，第二天分配方案下来，名单上有一个山东栖霞香夼铝锌矿（实为铅锌矿）的名额。我很是高兴，这不是牟老师老家吗，看来是"八仙"已托梦了。我毫不犹豫地就确定下来。就这样分配到山东栖霞香夼铅锌矿。

接受"再教育"

到矿上报到后，参加了为期半个月的接受再教育的学习班。

第一课是参观"牟二黑"地主庄园、黄县"丁百万"庄园，进行阶级教育。牟二黑是胶东有名的大地主，家有 6.2 万亩耕地，12 万亩山峦，155 个佃户村。庄园拥有 5500 多间房屋（现保存的）。庄园坐北朝南，依山傍水，占地 2 万平方米，有厅、堂、楼、厢 480 余间。

这些家产怎么来的？当然是剥削佃户，其手段也不可谓不残忍：什么大斗进小斗出啦，什么逼债收租啦，不还债抓人下水牢啦，我们参观了剥削佃户的实物：大斗、小斗，残害佃户的刑具……当时听了讲解员的讲解还真掉过眼泪。

还参观了黄县的丁家庄园，当时有"黄县房，栖霞粮，蓬莱净出好姑娘"的顺口溜，其中"房"就是丁家庄园。号称山东首富的"丁百万"，主要是通过开当铺敛财。其手段也是极其残忍的，兴旺时期家有财产折合白银 5400 余万两，相当于大清政府一年的财政收入。称其"富可敌国"毫不为过。

第二课：参观胶东抗日圣地英灵山烈士陵园，不忘民族恨。英灵山烈士陵园就在栖霞县内，离香夼铅锌矿 80 里。步行拉练一天才到达。

⊙ 杜庆河与李勤

记得那天特别冷，那时也没有旅馆，在山下一个农家住宿。既没暖气也没炉子，一晚上冻得睡不着。第二天上山参观烈士陵园。英灵山烈士陵园，是1945年春抗日战争即将取得胜利的前夕，胶东人民为安葬抗日战争中光荣殉国的烈士忠骨而修建的，占地760余亩。胶东是日本侵略的重灾区，也是抗日斗争的主战场。在纪念堂内，我们参观了烈士的遗物、遗像及英雄事迹，瞻仰了纪念堂后的烈士名录（3342位）；在山巅有高21米的六面锥形塔，正面刻着“胶东抗日烈士纪念塔”的大字，周围刻有5716位烈士的名录。西岭入口有“英名千古”牌坊，有胶东抗日救国联合会主任林江烈士墓，战斗英雄任常伦烈士墓，爆炸英雄王志山烈士墓。东岭入口处有“浩气长存”牌坊，有266位烈士墓。另有一烈士塔，刻有11792名英烈名录。中共东海地委书记兼东海区司令员于克恭烈士和胶东行署主任王文烈士墓坐落在松柏之间。仅仅这个陵园就有20850名英烈，他们都有可歌可泣的英勇抗日的故事。给我印象最深的是理琪烈士，他的故事至今难忘，他的墓地也最醒目，在离纪念堂不远的地方，绿树鲜花，簇拥着一座石砌圆顶大墓，墓前悬垂着大理石雕成的白色卷轴，上面刻着：“中共胶东特委书记，山东抗日救国军（第三军）司令理琪之墓”。理琪是河南人，受党的指派于1936年任胶东特委书记。抗日战争爆发后，1937年12月24日，他发动了著名的天福山起义，正式成立山东人民抗日救国军第三军，拉开了胶东人民武装抗日的序幕。为了攻克伪军据点，1938年2月12日几位领导在城南雷神庙研究部署下一步行动计划时，被鬼子包围，理琪当即率部奋勇抵抗，不幸连中三弹，倒在血泊中。但他仍然勉励大家要坚持到底，黄昏后，竟突围成功，但理琪因伤势过重而牺牲，年仅31岁。还有山东一级战斗英雄任常伦，在抗日的4年时间里，参加过120余次战斗，1944年11月17日，在长沙堡狙击战中，带领12名战士与敌人展开肉搏战，击毙130名日寇，他自己拼死5个鬼子后壮烈牺牲，年仅23岁。

之后是学习、讨论，共一个星期，最后每个人写一份总结。我的总结写得还可以，受到矿领导表扬。学习结束后，我被分配到矿地质勘探队参加劳动锻炼。

胶东人真好

栖霞铅锌矿距烟台45公里，1958年初开始手工开采富矿，1959年建成一座50吨每日采选场，除回收铅、锌、铜三种金属外，还有副产品金、银和硫化铁。地质勘探队只有15人，三班倒作业。我们和工人吃住在一起，小院内仅有十多间房。在劳动锻炼的一年时间里，我处处受到工人同志的关心和照顾，如三班倒的早班是凌晨2点接班到上午10点下班，这个班极不易习惯，后半夜1点半起床是很难的一件事。第一次轮到我上这个班，我一晚上没敢睡，怕起晚了。可是，第二天我一觉醒来已是早晨5点了，慌慌张张跑到工地，怪不好意思的。工人师傅却告诉我：是故意不叫你起来的，怕你生活不习惯。后来勘探队还为我做了一些特别规定，一是早班可6点起床，二是在班上负责岩心编录，可不参加干重体力活。也可能因为我是北京大学的学生，又是党员，党小组选我做宣传委员，负责写稿件，一个星期还办一次板报。

矿上的职工多为当地人，为人淳厚热情，我深得其利。1968年春节，职工都放假回家了，探矿队只剩下我一人，虽然老师傅走时，也为我精心安排了春节的食宿，因来矿才三个月，人生地不熟，还是感到很孤独。大年三十独自一人正在宿舍发愁，听见有人敲门，开门一看不是熟人，来人说："小杜，我叫邹风悦，是咱矿的维修工，家就住在香夼村，听说你没回家，请你到我家过年。"我怎么好意思呢，一是不熟，二是从来没有在别人家过年的习惯，推脱再三。邹风悦最后说"不去就是看不起我"，真的叫我左右为难，我怎能留个看不起老师傅的名声？实在推托不过，只好去了。到了邹师傅家，家里只有三间北屋，一个小院。进屋后邹师傅对媳妇说："这是我给你说的杜技术员，给烧碗茶水。"我说："不喝茶，不用忙了。"过了一会儿，兰姐（邹师傅的爱人）端上一碗热水，里面有两个荷包蛋，邹师傅说："自家鸡下的蛋，不客气，喝了暖暖身子。"大年三十的晚饭很丰盛：有鸡，有鱼，也有肉。而当时是凭票买肉的时代，过年每家只供应半斤肉。邹师傅的妻子是接生员，后来知道我由于劳累，肝功不正常，常把胎盘做成丸子给我吃，这对我一生的健康都很有益处。他们的优秀品质深深地影响了我。

香夼工作点滴

1969年，我被分到矿技术科，负责矿地质工作。到技术科报到前，老矿长安自强找我谈话，语重心长，大概意思是：矿上原来是边探边采，没有什么地质工作，现在正在建设年产采选10万吨的矿山，对地质资料不放心；技术科是个综合科，地、探、采、选、机等技术员都在技术科，但科里20多人，只你一人是党员，要好好发挥党员作用……看得出老矿长对我的殷切期望。

矿上建设如火如荼，冶金部南昌有色金属设计院住矿设计，矿上也招兵买马，一年招工300多人。采矿和选矿工程进展顺利，供电从烟台电厂直到矿上建的专线。当时在烟台也算得上较大的工程。1970年底，工程基本完工。选矿试车也较为顺利，但就在此时，老矿长担心的事还是发生了。矿山扩建依据是一个不正规的地质初勘报告。铅锌矿石量83万吨，设计两个开采水平，正负0米以上34万吨，负50米以上49万吨。0米和负50米的矿系工程完工，根据已开拓出的巷道重新计算矿量，仅有21万吨，矿山建好了，矿石量减少很多，出现了无米之炊的局面。全矿领导、职工都为此心急如焚，对地质工作的期许可想而知了！我的压力是可以想象的，为此矿领导和技术科多次研究，最终同意我提出的方案，一向老采区要矿，二要加强探矿力量，寻找新矿源。当时我想，这个矿是在没有地质资料的情况下手工开采的，没有选厂，只能采富矿，肯定会丢失大量矿石，果不其然，经过20多人对老采区半年多的实际工作，寻找到了30多万吨矿石。对外围和深部找矿，我做了一个完整的找矿设计：探矿队由一台钻机增加到两台，扩大勘探范围，对矿区深部和周边进行了探矿，同时请山东冶金地质三队来帮忙。结果探到了较大的铜矿，最终铜矿1600万吨，金属量16万吨，铅锌矿量230万吨，银360吨，硫折合标硫350万吨。不仅解决了眼前困难，后来还在1975年进行了二次扩建，将规模扩大到年产15万吨。目前这个矿已被私企老板买断，正在建设年产150万吨的总规模，第一期年产60万吨即将投产。

1973年我被任命为副矿长，分管生产和技术工作。当时还是革委会体制，虽然在以后的批判“右倾翻案风”中受到冲击，但我很坦然。矿上“支左”人员对我的工作是很支持的，建议我在矿上开展工业学大庆活动。我还带领几个中层干部到大庆去参观学习。在大庆参观了1205钻井队的工作、生活现场，听他们介绍了铁人王进喜“宁肯少活二十年，拼命也要拿下大油田”的硬骨头精神。学习大庆艰苦奋斗的精神和工作经验，使香夼铅锌矿的各项技术、经济指标在省内矿山中名列前茅，被评为全国工业学大庆先进单位。全国工业学大庆大会在烟台召开，会前当时任国家计委副主任的顾秀莲同志亲自到矿上了解视察，亲自把香夼铅锌矿定为工业学大庆与会人员学习参观单位。顾秀莲同志来矿只带了秘书和司机，没有其他随从，中午吃饭非要吃玉米面窝头，我们四人在办公室简单地就了餐。

在矿山工作不仅劳累，而且危险、辛苦，安全事故多发。人们常常为发生事故胆战心惊。“真是天不怕，地不怕，就怕晚上接电话。”晚上的电话往往是井下出事故了！我个人在矿上也曾经有三次大难不死的经历。

有色金属选矿采用浮选法，用的药剂大部分有毒性，其中剧毒品氰化钾是必用的。因为在选矿设计中，精矿采用自然沉淀法，精矿溢流水含有大量氰化物，溢流水经过埠后村流向白洋河，造成巨大污染。香夼铅锌矿是东北工业学院和山东冶金学院

(现在的青岛理工大学)选矿系学生的实习基地，为了实现无氰化选矿，解决污染问题，矿上决定由我牵头组织矿山和两个学院师生，共同解决无氰选矿这个科研课题，经过两年的努力，无氰选矿解决了，还获得了国家科技进步二等奖。

不重科学的惨痛教训

山东是一个钢铁大省，当时就有济南钢厂和莱芜钢厂，产量在全国名列前茅。其发展原由，在于山东有矿作为支撑。山东的矿山发展经历了三个阶段，开始以井下开采为主，建设有济南铁矿、金岭铁矿、莱芜铁矿。济南、淄博、莱芜虽然有矿，但号称三大水盆，即矿的顶板为含水石灰岩，常常出现透水事故。莱芜的叶庄矿建成就要投产了，突然出水淹了，昼夜排水 12 万吨仍排不干，只好关掉了；金岭的侯庄矿区，矿井打下 30 米，出水淹了，再不敢建设了；济南铁矿为了治水扩大了围幕，花掉近亿元。在这种情况下，1976 年省冶金厅决定把建设的主攻方向转向露天贫矿，先后在临沂地区建设了石门、卓山、韩旺等矿山，但由于矿过于贫乏，品位低下，矿又分散，投资效果也不理想。当时在冶金厅主持工作的是后来山东省省长李春亭，还是比较重视地质，尊重科学的，从企业抽调了几个地质人员充实省厅地质工作。就是在这种情况下，我于 1978 年调到冶金厅基建处工作，在处里负责矿山建设。

井下、露天开采都尝试了，效果不理想。山东的矿山到底应该如何发展呢？厅里决定成立一个矿山调查组，由基建处、矿山处和冶金设计院的技术人员组成。我负责铁矿山组。经过半年的实地调查和资料分析，各组都写出了考察报告。厅党组用一个星期时间逐个听了汇报和研究，由我向省里起草一个《关于山东矿山建设的报告》。最后是以冶金厅党组的名义向省里打了报告。报告的中心意思是：由于莱芜铁矿谷家台矿区地下水近期无法解决，建议关掉；由于金岭地区地下水没有原来想象的那么严重，而且又有十多年水下采矿的治水经验，建议重新建设金岭铁矿侯庄矿区。莱钢得知厅里报告要关掉谷家台矿区，却向省里打报告要求继续建设谷家台矿区。省里对此事很重视。张敬涛副省长指派省建委郝主任在莱钢召集冶金厅和莱钢领导开会。冶金厅由张志副厅长带队；莱钢由邓树成副总厂长带队，参加会议。会上由我代表冶金厅阐述关掉谷家台矿区的理由；莱钢由李继文工程师阐述了续建的理由；可谓针锋相对。经过几天讨论和实地考察，双方各持己见，没有达成一致意见。回来后张敬涛副省长约冶金厅领导谈此事，孙伯清副厅长叫我一同去见张省长。看意思张省长对关掉谷家台矿甚感惋惜，毕竟已花掉近 5000 万元，并即将投产。最后省里采用了折中的办法，也不叫关掉，也不叫续建，叫放水维护。就这样，谷家台矿区停建了。

我们之所以提出关掉，是有充分的科学地质依据的：斯马河从矿区上通过，斯马河下游是温河，矿井下抽水试验，距矿区 10 多公里处的温河都有反应，而且井下抽

⊙ 杜庆河全家

水可以抽出地表河的沙子。周围10多公里都有地表突然塌陷，出现“天窗”。该区地上水、地下水大，而且通道较好，径流条件极好。这都对采矿造成极大威胁。在当时的条件下，根据当时的认识和实际排水设施，是无法满足安全开矿的，只能等将来科学发展了。而有了充分的安保设施，留给子孙开采更好。其实，莱钢领导心里也很矛盾，关掉吧可惜，毕竟已投资5000万元，下面有近8000万吨的储量，继续干吧，万一出了事故，无法承担责任。希望省里也表个态支持，好一起承担责任。

随着时间的流逝，领导换了一茬又一茬，技术人员也都换成了新面孔，知道原来的淹井维护原因的人越来越少了。莱钢终于于1997年在保安、排水设施没有很大改变的情况下恢复建设，结果在1997年7月12日-100米水平28A穿脉突然透水，将井淹掉，致使29名可爱的职工永远埋在井下。违背科学，终于付出惨痛的教训。

重游牟氏庄园

最近有机会重游牟氏庄园。庄园还是那个庄园，可原来的阶级斗争教育展览变成了旅游胜地，展览内容也与时俱进了。再也找不到“剥削”、“残酷”、“压榨”等字眼了，介绍词、解说词都换成它是几千年农耕文明的缩影。“勤于耕作持家，逐渐积富买地”的榜样，“全国第一庄园”，国家级文物保护单位”，被中央电视台称为“民间故宫”，并毫不隐讳地说：它以前被作为阶级斗争教育场所来宣传，实在有必要让世人知晓一个真实的牟氏庄园。紧接着就是“为官清正、家贫族弱”，“延明师、课诸子”，“家族得以振兴”；牟墨林（原来的牟二黑）聪明绝顶，精于理财，善于利用天灾人祸，廉价收购土地。他对土地和庄园的经营主要有六条规则：制约子孙、严守祖训、读书耕作、生活勤俭、全方位管理、每人吃穿用均有定制。花钱买官，支援国难，捐钱办书院，把自家的悦心亭捐给了省教育厅。第二次鸦片战争京津告急和八国联军入侵北京时，都捐了一千两银子。满足乞丐群生活要求；广行善事。他们的地租可以说在整个北方大地主中是较低的，一亩地只收一斗，约为收成的二三成。无地农民们都希望能租到牟家土地，并且庄园免费提供住处，只在农闲时给庄园打杂即可。抗日战争爆发后，牟家带领商界同行与日本军进行了周旋斗争，捐巨资支持抗日，并将牟家子女一个个送上抗日战争前线。最后说：“以至于1947年土改后，庄园被没收，成了阶级教育的场所。庄园主人各种享乐传闻被加以渲染和扭曲。”

我忽然明白了，我被“蒙骗”了四十多年……

杜庆河，1963年入北大，在地质地理系地质专业学习。1968年分配到山东栖霞香夼铅锌矿工作，历任技术员、技术科长、副矿长；1978年调入山东省冶金工业厅基本建设处，时任副处长。1985年调到山东省冶金设计研究院任院长兼党委书记。1989年调到山东省政府钢铁大厂筹建办公室任常务副主任。

附李勤遗作　岁月

岁月是一坛封存的老酒，
酝酿才能芬芳扑鼻。
岁月是一路布满别致的风景，
懂得欣赏才能品出诗意。
岁月是挫折和失败串起的珍珠，
切莫随手抛弃。
岁月是连绵起伏的山岚，
有天坑陷阱，洞府暗河，
才诡异神奇。
岁月是奔腾不息的江河，
九湾千百曲，是因不断的阻隔与撞击。

岁月是造化弄人，
不断上演悲喜剧，
生死交替，神秘兮兮，
千古追问，静默无语。
岁月是无言的导师，
看着你屡屡跌倒，再爬起，
自己教育自己，是她的教义。
岁月是公平而严厉的判官，
不管是谁，都要遵守自然规律，
违者，自己掌嘴，一边哭去！

岁月是什么？
是高粱小麦大豆玉米，
吃多了腻，饿了才知珍稀。
是人生，是奇迹，是喜怒哀乐杂货铺，

是南北东西，是苍天大地。
随其自然吧，别总不服气，
我们只是宇宙中尘一粒，水一滴。
知足常乐吧，做好你自己，
而已，而已。

2010年11月8日

李勤小传

孙兰芝

李勤（1944—2012年），女，辽宁省宽甸县人，出生于1944年12月，1965年考入北京大学国际政治系。1970年3月分配到辽宁省桓仁县，在县教育组（即教育局）办公室工作。同年10月调到山东省栖霞铅锌矿宣传科，从科员到科长，在那里工作10年。1980年下半年调到济南，开始在山东省冶金厅工会、办公室工作，后来为《冶金报》驻山东记者站站长。作为记者，她深入企业，写过许多有分量的报道文章。她无论在哪里工作，都是一位优秀的工作者；无论离开哪里，都留下怀念。

李勤对母校北大充满敬意和感恩之情，对同学和校友充满关爱之心，对有困难的同学、朋友一向慷慨相助。作为工薪阶层，她先后向北大国际关系学院捐款人民币14万元，作为帮助困难学生生病治疗支持基金。

李勤给同学们留下的深刻印象是：乐于助人，意志坚强，勤奋刻苦。她经历过大病磨难，然而对人生一直保持乐观的态度，关注社会进步，忧国忧民。

李勤很有才气，诗文、书法都有造诣。其书法作品经同学于强转赠日本友人，颇获赞赏。

我与李勤同窗近5年，为友40余载，共度过许多温馨的时光：谈人生，论国是；看山观水，赏月赋诗。我深得她的关爱。她对于我，像个姐姐，关怀备至，且常有“指示”，关于工作，关于健康，关于子女……她于2012年3月18日突然辞世，我和同学们都痛惜万分。她匆匆地走了，带走了她的才华，她的美德……

本文载于北大国际关系学院《院友通信》第24期

亲历湖北十年办煤

吴根耀

这是一段扭曲的历史，挖煤成了阶级斗争的工具，成了打倒走资派、批判资产阶级反动路线的大棒；这是一段可悲的历史，徒费大量财力物力，浪费资源，破坏环境；这也是一段辛酸史，不仅一代人的身心蒙受创伤，还有那么多人命丧井下或致残终生。我，一个曾经的亲历者，早已过“知天命”之年（尽管对“天命”仍不甚知之）的亲历者，有责任记录这段历史之一二，以慰逝者，以警后人。

初到煤矿

拜别未名湖时只知道分到湖北省咸宁地区，不知具体单位，也不知从事什么工作。到咸宁地区（军管会）报到后被分去通山县的县办潘山煤矿。在县招待所过了1969年元旦，第二天在富水水库里坐了大半天船，两头还得各徒步数公里，傍晚时分到达煤矿。

当晚就听到了两条在北京不知道的最高指示：一是“迅速扭转北煤南运”（后来还听说另一个版本叫“改变北煤南运”），二是“湖北没有煤，我都睡不着觉；湖北有了煤，我就放心了”。尽管没有看到报纸也没有见到文件，我们对此却深信不疑，并预感到这一伟大号召会使我们这批分到南方的同学也都将投身煤炭。

第二天早饭后，跟着矿上的同志例行早请示和背诵语录，之后宣誓般地说了这样几句话：为了让您老人家永远放下心，永远睡好觉，我们要迅速扭转北煤南运！

该矿1968年下半年开始复建，我们到时从阳新县龙港区（距矿约8千米）到矿的高压线路刚架好。重庆大学采矿系的R君马上发挥了他的专长，说：煤炭安全生产条例有明文规定，高压线不得从工业广场上经过。于是在远离井口的小山下安放变压器，盖配电房（此举杜绝了以后多少隐患！）。华中工学院电机电器系的L君设计了一个简易配电盘，尽管是木板的，也使通山请来的师傅目瞪口呆（通山城关还未通电，靠柴油发电照明）。

没几天，我们就从矿领导那里知道了潘山煤矿上马的政治大背景：1958年大办钢铁时也大办煤炭，但后来（指“三年困难时期”）刮起了下马妖风，被资产阶级反动路线斩尽杀绝；以王任重为首的走资派，鼓吹“湖北无煤论”，扼杀煤炭生产；今天，我们要坚决打倒走资派，彻底粉碎资产阶级反动路线，就要大办煤炭。这样，“文革”期间的湖北办煤，一开始即被纳入了政治斗争的轨道，成了阶级斗争的工具。

初到煤矿，日子第一难过的是一下与外界断绝了联系，有“生死两茫茫”之感。当时的湖北“邮”“电”分家，“邮”与“交”合称“交邮局”，不通班车就不通邮。矿上的报纸是出差或回家的人带回来的，不是历史也是“故”事。我们其实并不关心报纸，而是急于恢复同学间的联系。后来找到龙港邮局，还挺有人情味，给我们设了一个“潘山煤矿留交信件”的专区，一直保留到 1973 年我调离煤矿。

⊙ 吴根耀（下左）与同学们在未名湖。中立者为中文系胡留亭，其他三位学友已作古多年

收信问题解决后，与世隔绝的感觉少了一些，但孤独和寂寞一直是我挥之不去的阴影（R 君很快被地区煤炭局借调，L 君后调县农机厂）。尽管有电，但收音机在那时是奢侈品，买不起。装半导体真的只是“享受过程”，收不到什么台。漫漫长夜，静得可怕，连听到狗叫都感到高兴，因为有了一丝生机。那一段时期的晚上，我看过英语，抄了一本唐诗一本宋词，读完了上、下两册《采矿学》……当然这都是关着门干的。出了几次差后，发现这种“出家人”式的生活其实也好，因为外面运动不断，这里似乎与世隔绝，“任凭风浪起，只有下井去”。“批林批孔”时我已调到县煤化局，一看山雨欲来，赶紧申请去潘山煤矿“促生产”，一住两个月不回去。

1968 年底发出“知青接受再教育”的号召，我们刚好 1969 年元旦后到，就被当地农民视为来插队的知青。其实他们非常不欢迎知青，担心要分他们的口粮和自留地（通山修了水库，国家供给农民部分商品粮），就策划给“第一批知青”来个下马威。一次，不知为什么矿社发生了矛盾，农民们一拥而上，围着我们三个学生就打；我因嘴快，加上个子最高，自然挨的拳头最多。几个矿领导挤进人堆把我们拉出来。农民住手后还气势汹汹地说：你们是来接受我们再教育的！我们不像你们那样会说，只有拿拳头教育你们！这叫拳头里面出政权！

我在那里还救活了一个落水的婴儿。当时全家都以为他死了，围着大哭。我一摸身体还是热的，先擦掉他鼻子嘴巴上的淤泥，再翻身把呛的那口水拍了出来，二十秒就哭出了声。他爸马上抱着上公社卫生所，说是“煤矿里那个戴眼镜的知青救的”，第二天又在我门口贴了张感谢信，特别强调送给“北京来插队的知青”。

煤矿招的第一批工人是附近的农民且是1958年的老工人，他们终于明白了我们不是插队知青，是分配来的大学生。多日之后，问了我一个实在令他们困惑不解的问题（困惑度可称“世界之最”）：我们这里挖煤也挖了几十年了，从来都是不识字的下井，识字的在井口记工；你不是读了5年大学的么，干吗要下井？

物质生活是超乎想象的苦。每顿只有一筷子干萝卜丝或干辣椒下饭，我们怎么受得了？因为房间里有炭火（烤火取暖），龙港的猪蹄不要肉票，才1角8分一斤，大白萝卜角把钱一个，我们就洗了个脸盆炖猪蹄。可惜好日子没过几天，一天晚上，炭火没弄好，第二天早晨L君起不了床，我和R君感到头重脚轻，恶心呕吐，知道是煤气中毒，只能去龙港急救。这件事教训太深刻，以后就很怕这炭火。冬天开会大家都是围着火盆坐，我总是一个人坐得离火盆远远的。

春节后煤矿正式上马，给我的任务是布置“红海洋”，每天拎个油漆桶抹墙（“大海航行靠舵手……”要占很大一面墙），或端个油漆碗写标语。我本来就对油漆较过敏，加上没有蔬菜，很快全身长水疱，连手指缝里都感到痒，接着就脱皮，真是“脱胎换骨”了。我跟领导说愿意去爬电线杆架电话线，他还不让，说“政治任务是压倒一切的”。

紧接着的是其他县办矿和大批小煤窑相继上马，要我到处去看。那时燕厦区还未通班车，得走到横石区才有车，经常一走就是半天。沿途没有饭馆，商店卖的饼干都是县食品厂出的，要粮票不说，还实在难以下咽，但也得准备着，总有“饥不择食”的时候。后来发现婴幼儿吃的奶糕容易入口，又不要粮票，就成了常备的干粮。解决肚子问题的最快办法是把鸡蛋打破直接往嘴里倒。那是在矿里逼出来的。因为没有锅，鸡蛋只能用开水冲蛋花喝，但拎个桶到食堂打趟水得20分钟，还要上坡下坡，饿得受不了时先生吞一个，感到并不难吃（不有“饿了糠也甜”的古话吗！）。有时生吞会碰到孵过小鸡的蛋，就连骨头带毛一起嚼了咽下去，只要入了口的就都是“进口货”。所以，我当时出去看矿跑煤窑随带三件“宝”：口袋里的奶糕是边走边吃的，背包里的饼干和生鸡蛋是坐下来休息时“享用”的。

简言之，到煤矿后没有半年，我的人生就迈开了三大步：脱胎换骨，返老还童，茹毛饮血。

粉碎“湖北无煤论”

1969年春，乘着“九大”的东风，大办煤炭且大干快上的运动轰轰烈烈地铺开。对之不能有半点异议，否则便是“小王任重”，是“资产阶级反动路线”，要批判，要打倒。

当时主持湖北省工作的是部队的“曾（思玉）刘首长”；传达文件或上级指示，言必称“曾刘首长”，可谓绝对权威。具体抓工交的，省里是K副司令，咸宁地区是军分区N副司令，通山县是人武部C政委（时任县委书记）；还有一个副政委，不管上级哪个部门来人都要陪吃饭，每顿必豪饮，一出餐厅必大吐，人称“酒肉兵”。

因为煤炭是阶级斗争风口浪尖上的部门，故必派军代表。地区煤炭局的W代表是属于“阶级斗争嗅觉很灵、路线斗争觉悟很高”的那种，天天睁大眼睛抓“小王任重”。蒲圻、崇阳、通山三县采的煤常呈透镜状甚至瓜藤状，俗称“鸡窝”煤。W代表一听就火：哪有几百吨的“鸡窝”？通山那个戴眼镜的小王任重，要批判！吓得我不敢再去地区，免得自投罗网挨批判（好在此人很快就走了，换了L代表，“极左度”略减一点）。

粉碎“湖北无煤论”，当然各级领导都要办煤。省办有马鞍山煤矿，在武昌县。武汉市看中了通山的干港，由张体学省长出面，收为武汉市办；张省长为此专程去了一趟通山，可见何等重视。咸宁地区办有高桥矿和七约山矿，分别位于咸宁县和阳新县境内。通山一度办有7个煤矿，是咸宁地区办煤矿最多的县。还有星罗棋布的公社或生产大队办的小煤窑，通山县的小煤窑经煤化局调查核实后登记在册的有40多个。

除了“层层办煤”外还得处处办煤。当时咸宁地区辖九县（武昌县后划归武汉市），除通城县为花岗岩体所占外，其他八县都办了煤矿。不过，并不是黑色的岩石都是煤。高桥煤矿采的叫“石煤”，有1000多大卡的发热量，本来是可以研究怎样开发利用这部分资源的。咸宁地区则以大批“湖北无煤论”开路，拣了一堆“石煤”（挑好的），当场架锅炸油条，一边吃一边开现场批判会：“油条好不好吃？”“好吃！”“是不是煤？”“是！”“湖北有没有煤？”“有！”“大批促大干”确是出了大名，但指鹿为马毕竟不能变鹿为马。谁也不来买你的“煤”，煤矿怎么办得下去？只能下马，人员另寻出路，真是“炭灰未冷烟已灭，石煤原来不是煤”！

为了早见煤快出煤，当时执行的方针，美其名曰“四边”（边勘探、边设计、边施工、边出煤），实际上是乱采乱挖。所到之处，务要求“五一投产”或“七一投产”，连国庆节都等不及。基层则叫苦不迭，因为缺设备，缺技术，缺资料，缺资金。领导的表态斩钉截铁：去买！脱了裤子（去换钱）也要买！这样胡干蛮干，岂能成大事，又岂能不出事？！

大难不死

潘山煤矿的复建很快就见到成效，两个井口高竖着“反帝井”和“反修井”的牌子（不过大家还是习惯叫“老井”“新井”）。新井安装了1.2米的大绞车，我设计并监造了7米高的石塔，架起一个大天轮，颇为壮观。白天，看着这个石塔，想仿效古人立碑刻石记载功绩；深夜，绞车运转的声音在七八里地外都能听到。1971 年又在煤矿附近建了一座炼焦厂，一座炼铁厂，俨然像个煤焦铁小联合企业，也许这可作为咸宁地区煤炭战线的一个缩影。

就在这形势大好、阳光普照之时，一朵可怕的乌云正在偷偷袭来，那就是伤亡事故。第一个震惊全区的是蒲圻县（今称赤壁市）蕻土坡煤矿的“六九”事件。因老窑透水，9 名到达工作面的工人遇难，2 名正在往上爬的工人摔成重伤。该地是蕻土坡煤组的命名地，煤层发育最好，已有近百年开采史，故老窑较多。这也是全地区的样板矿，我曾多次去学习取经。这场事故花了近三个月、调了多个矿山救护队才处理下来。

潘山矿接着发生冒顶事故：新井掘进进入黏土岩层，水一浸就成片脱落，当场砸死一人，砸伤一人（幸未致残）。事故当班就处理掉了，接班的工人却不敢下井，只在井口坐着。干部去井口做思想工作，一遍又一遍地重复他们的套话：“我们要把主席的教导记得牢牢的，把政治气氛搞得浓浓的，把革命干劲鼓得足足的……”工人还是怕死。无奈，只能采取组织措施，一是把实在不愿下新井的工人调到老井挖煤，二是连长指导员下井督战，三是组织三个干部跟班劳动。我跟三排，且随他们三班倒，任务就是盯着头顶上的危险区。

这样过了近两个月，眼看冒顶区即将过去，大家的紧张情绪也已经松弛，不期又起风波。该连的 X 指导员在食堂安排好晚饭后（那时的生活是“一年四季无青菜，有肉便是节”），看天色还早，就又下了井，不幸被落石砸在脖子上（干港煤矿也在这两天发生死亡事故）。此人 1958 年即是矿上的劳模，还随矿长 Y 君去北京参加过群英会。追悼会后我为他整理了一个先进事迹的材料，文内最闪光的话是：“X 指导员不识字，但毛选学得好。”

打风钻会出人命则连《煤矿安全生产守则》上都没提到过。井下工原是农民，干活全凭力气大。一开始我就跟他们说：风钻自己会往里钻，你只要扶着就行了（尤其是在有支架时）。不巧的是这批钻杆（炮条钢）性脆，在剧烈震动时就突然折断。因为风钻手使劲顶着风钻，钻杆一断他就向前猛扑，钻杆刺破颈动脉，血一下射到井壁上，抬到井口已咽气。

我再次向工人强调打风钻的要领，他们的回答很简单：“你会打你来打么！”那时我也一身力气，禁不起激，就自己架着风钻打。有年轻人来帮忙（晚上我帮他们补习代数几何），也叮嘱要小心。这样过了一个多月，平安无事，警惕之心随之松懈。哪想到一天下午在打钻时，突然一声炸响，风钻掉了，我一屁股坐到地下，顿时醒悟：又打断了一根钻杆。回到宿舍，喝下第一杯酒，出一身冷汗，以手抚额，庆幸大难不死。喝第二杯酒时还在回忆当时的细节，才明白在同一条巷道同一个工作面同一类事故第二次发生。想起了“文革”时常说的马克思名言：第一次是悲剧第二次是喜剧，真是由衷地感谢他老人家的在天之灵！

最大的矿难是马鞍山的一氧化碳中毒，工作面上除1名老工人幸免外其余35人全部罹难。死难者的家属找到矿里，嚎哭声几乎掀翻屋顶。在国务院派来的调查组召开事故现场会的会议室里，空气冷得要结冰。就在这样一种气氛里，有人竟坐在椅子上睡着了，还发出了鼾声。调查组长拍案而起："什么人？35条人命没了，你竟然在开会时还睡得着？阶级立场何在！"不问则已，一问更是火冒三丈，睡着者竟然是湖北省煤炭局安全处的G处长！调查组长当即宣布："开除党籍！休会后马上召开支部会，履行组织手续后上报各级党委！"

除井下事故外，地面上也屡有事故，最惨的是地区煤炭局L副局长的遇难。当时公路上跑得最多的是南京产的2.5吨卡车，驾驶室准坐两人。L君前面的卡车装的是钢筋，开得较慢。后面的车正准备超车，与前面的刚好错开了半边车；前面的车突然熄火，后车刹不住，钢筋穿透车窗扎进L君的头颅，脑浆溢溅，惨叫一声，命丧黄泉（如果不是超车，怕司机也要遭殃）。

我自己也遭遇过一次交通事故。因车急着赶回县里，未装煤，只带了两个空的大油桶。我站在车上，感到车突然刹了一下，一股不知哪儿来的巨大力量把我掀倒，把背后的油桶也撞翻了。停了车才明白：横过公路的一根电话线（铁丝）掉了下来，刚好勒在喉结那儿，刮掉脖子一层皮。事后一想，还是后怕：如果那两个油桶是满的，像堵墙一样顶在我身后，铁丝就可能割断气管或颈动脉。如果没有这两个油桶，我会摔得很重，造成严重脑震荡甚至变成植物人。算是不幸中的大幸，又躲过一劫！

艰难的步履

军代表"兵归营"后极"左"思潮即大有收敛。地区煤炭局新调来学生出身的X君任副局长，一到任即带了原高桥矿的Z工程师到各矿调研，实事求是地解决问题。X君是从阳新过来的，潘山是他通山之行的第一站，之后我跟他跑了其他四个县办矿。在井下我给他详细介绍了矿山构造的复杂，如何穿过断层找煤。最后到老虎槽，恰逢工作面掘出断层泥，使他对断层有了感性认识。我当即告诉他巷道该往哪儿拐，打多少米可以见煤，他又惊又喜地说：你是断层专家，应该叫"吴断层"！

回咸宁后，X君订了几条措施。一是要求向地区煤炭局报图纸（原只要求日报产量，三日报进尺）并定期交换图纸。我交的矿山地质图（1 ∶ 1000）和井上下对照图（1 ∶ 2000，等高线是自己测的）都是独创。二是定期召开技术人员会议，交流经验，也提问题让大家想办法。第一次会上我总结了通山各矿的断层发育特征，"吴断层"出了名。X君决心调我去地区，但县局的Y君坚决不干，跟我说：只要还通过组织部调人，你就别想走！地区要我去帮忙，只能"给通山打个电话，叫吴断层来开几天会”！

几次外出工作中，鄂城县办矿是最考验人的。我以前接触的矿都仅一层煤，只要把靠近煤的下伏和上覆的几层岩石的特征和层序认死，把断层两盘相对位错的方向确定，过断层找煤其实不难。香溪煤系就不同了，有近 60 层煤（甚至更多），但都很薄，开采的只是厚度大的那 1—2 层。鄂城自己也很着急，找过设计院和煤田地质队，均未奏效，准备最后一搏。我去后先问有无标志层，说没有，那只能自己下井找。找了两天，发现距煤层不远有一层很薄的碳质页岩，常见小的叶片化石，空间延伸还稳定，就据它定了一个巷道方向，告曰 60 米内可见煤，但不知煤有多厚。不到一个月就有了回音：57 米处见数公分厚的一层煤，未达工业开采要求，没办法，准备下马。

这次鄂城之行的另一个收获是过（长）江去了黄冈。苏东坡官贬黄州任团练副使时在那里写下了千古一唱的《赤壁赋》（古战场在嘉鱼，黄冈称“文赤壁”）。尽管我们不曾为官，在“贬”字上可能与苏翁有些许相通。

尽管那几年咸宁地区的煤炭工业向着正轨步入，但仍是步履维艰。除了煤层不稳定和厚度太小外，主要原因有以下几条。

一是工人体质急剧下降。煤矿地处偏僻，长年吃不到青菜，如潘山，几乎顿顿萝卜片加蛋花汤（四个鸡蛋一大锅水）。尽管定量月供食油两斤，但很长一段时间供的是糠油，菜里只见黑的浮渣不见油，工人骂声连片（糠本来是喂猪的饲料）。我那时已有了长期在此的准备，置了锅碗，从老乡那里买了茶油，有烧焦炭的炉子也有煤油炉子。夏天晚上拎个矿灯去捉青蛙捕黄鳝，冬天留意附近的老乡是否要打狗，我剥一张完整的狗皮给他，可得大部分狗肉，就这样总算挺过了那几年。此外是风湿病痛缠身。井下工来自农村，家里穷，工作服留作礼服，平时裸身穿雨衣雨裤下井，里面一身汗外面一身水；有的人还在这样潮湿的环境里睡觉。快的大半年即见分晓，浑身关节（从腰膝肩到手指关节）都痛。我也担心得病，衣服一打湿就跑宿舍去换，下班后喝酒驱风寒，故一度酒量甚好，自诩为“富水水库的库量”。

二是事故太多。除伤亡事故外还有各种频发的生产事故，最可怕的是淹井。因为对矿山的水文地质情况不了解，对什么时候会遇水、遇的什么水、遇多大的涌水等问题，全然一无所知。潘山的两个井都被淹过，新井更是多次被淹。不要说县办矿，就是地区办的七约山这样的大井（潘山的新井与它比是小小巫见大大巫），也一夜之间被淹，几乎全部家当都泡在水下。地区煤炭局又打电话找我，问：工人都说是大冶湖的水涌到矿井里了，是不是断层？你能去看看吗？地区领导急得不得了！这次我可不敢去，毕竟不是学水文的，何况此事干系太大。这也是我唯一的一次谢绝去外县看煤矿。

三是对煤田地质特点不了解，提的开采方案不尽切合实际。1973 年以后技术人员的会议更多了，且有了一些变化。一是有武汉煤炭设计院的人参加且常是主要发言者；二是内容以采煤方法为主；三是开会形式，原来经常把图铺在桌上大家围在一起切磋，现在成了学术报告或讲座。设计院的人认为咸宁地区的采煤有两大技术难点，一是煤层薄，二是倾角陡。对前者，有人报告了“钢丝锯割煤法”，大家听了都拍手叫绝。后来才知道只是科技情报上说的国外动态，国内尚无此类无人工作面，对湖北更是“画饼充饥”。对急倾斜煤层的采煤方法，搞采煤的人各抒己见，经常争得面红耳赤。我说了一句大实话：潘山的老井已经做了这么长的巷道，还未见到 20—30 米长的相对稳定的煤层可以布置书本上说的那种工作面，所以这些方法实际上可能行不通。我建议地质学家与采煤专家合作，在分析底板起伏和煤层厚度变化特征的基础上，参考书本因地制宜地提出切实可行的采煤方法。但实际上已经不可能开展这一工作了。

至 1975 年底，省地县三级的大部分矿已完成了“关停并转”。1976—1977 年里仍能坚持生产的煤矿也因各种原因而大伤元气，只能说是“扫尾”。1978 年，一度轰轰烈烈的湖北办煤悄无声息地画了句号，前后历时 10 年。

实际上 1976 年时大家对大办煤炭劳民伤财、浪费资源已是心知肚明，但还没有觉察到另外一个可怕的负面影响，倒是潘山的一个老工人提醒了我，可谓一语道破。他说：“我们这儿挖煤呢，就是拿树换煤。1958 年的时候，潘山这里可是一片好林子啊。唉！挖过煤的地方树都砍没了，连屋前屋后的树都砍了，作孽！今天还要挖煤，就只有到各个区的林业站去调树了。”确实，大家只看见一车车的煤往外拉，却忽视了一车车的树（坑木）往井下送。当时随着 7 个县矿的开办，还雨后春笋般地冒出了

⊙ 吴根耀在内蒙古

数十个小煤窑。为了挖煤就得先修路，修好路后实际上拉的是树。那时我也经常跑小煤窑，已经发现了凡通公路之处，两侧的山很快就被剃成光头。树价也随之攀升，1969年松树每立方米60元，杉树90元，1978年杉树已涨到每立方米1000元。雪上加霜的是：县里又来了个森林工业学大庆先进事迹报告团，宣讲“天上有数不清的星，地上有砍不完的林”，要大家认真学习并贯彻落实！1986年元旦后我在赣北跑野外，遇到一个通山来调运木材的采购员，方知通山连原始森林也被伐净，现常年有十来个采购员在江西、湖南等地调运木材。这距我初到煤矿之时才18年。

最后，记这样一件事作为本文的结束。可能是1976年吧，在北京开煤炭工业学大庆的全国会议，会务组安排各省局和部属矿务局的局长在人民大会堂的主席台就座。开幕式那天，主席台上人头簇拥，细看之下还有两个座位空着：湖北和湖南省局的局长没有上台就座。

农历癸巳年十月十一日于北京

吴根耀，籍贯上海市，1946年11月生。1957—1963年就读于上海市建平中学，1963年考入北京大学地质地理系。1968年12月至1978年9月在湖北挖煤。1978年10月起师从著名大地构造学家张文佑先生，于1981年和1985年先后获理学硕士和理学博士学位，留原中国科学院地质研究所工作。1994年获中国科学院自然科学一等奖。1996年聘为研究员，1997年批准为博士生导师。著书2本，参加过7部专著的撰写，发表学术论文200篇，另有科普文章等短文数十篇。协助导师完成传世遗著《断块构造导论》，合编有《张文佑文集》和《纪念张文佑院士诞辰100周年》。业绩为多种媒体或辞书报道和记载。

第四辑

军垦忆往

相煎何太急

李文华

事情已经过去三十多年了，早已过“耳顺”之年的我，只要一听到有人敲门的声音是“咚、咚”两声，马上就心里一颤，条件反射般地等待排长的那声令人冰凉的“集合”。

排长故意把声音压得低沉、略带嘶哑，从黑咕隆咚的门口传过来。一想起这个场面，一种挥之不去的梦魇总压在心头。这声音响过之后，无论多么困乏，多么腰酸腿疼，都要一骨碌爬起来，摸着黑穿好衣服，再把被子打成方方正正的背包，背在双肩上，跑出去集合。所有这些动作都要在限定的时间内完成，开始是五分钟，后来逐渐缩短，所以我们也就越发紧张，越发手忙脚乱，也越发容易出错。超过了他限定的时间，要挨熊；不符合要求要挨熊。比如说，他看着谁打的背包不顺眼，就把谁拉出队列，让你跑。什么时候背包跑散了，什么时候停下，再听他挖苦，一套一套的东北人损人的话骂得你抬不起头来。我天生是个慢性子，手脚不麻利，从小学到大学，体育考试没及格过。所以，每次紧急集合差不多都是不合格，丢三落四。那时候最害怕的便是这突如其来的紧急集合，简直到了有点神经质的地步。有时候，夜里一觉醒来，又没有表，惟恐排长来个突然袭击，能瞪着眼到天明。紧急集合中我犯的最大的错误是，有一次慌乱中竟然把《毛主席语录》忘了带了！这可是个严重错误，是一个想怎么上纲就怎么上纲的政治错误！我连着写了三份检查都不过关，最后我就破罐子破摔了，两手朝前一并说：“排长，你叫人给我戴上手铐，把我送去劳改吧！”没想到，排长朝我翻了翻白眼，反倒没脾气了，一扭头，走了！

那还是1968年底的一个冷风刺骨的冬日，我们名义上是大学毕业了，但必须要先到农场去接受解放军的再教育。我们来自全国十几所大学的同学乘火车来到辽宁盘锦垦区的解放军农场锻炼，是排长到营口火车站来接我们的。排长三十来岁，一米七五左右的个子，长得眉清目秀，略带有书卷气的面部表情里透着一种亲切感。再加上一身可体的军装，按我们那时的认识，真是好一个英俊小生，按今天的标准，也能算一个顶呱呱的“帅哥”。当时我心里一阵高兴，心想，这排长像个书生，要是摊上这么个排长，惺惺相惜，待我们肯定差不了。果然，天遂人愿，我被分到了五班，隶属于二排，二排长就是他！

等我们安顿下来，聆听排长的第一次训话，我一颗热乎乎的心，一下子掉到了冰窟窿里。排长上来第一句话就是：“我是个大老粗，大字不识几个。”在那个“知识越多越反动”的年代里，谁要是宣布自己是个“大老粗”，那么，谁是“革命派”的社会地位就确定了。紧跟着的一番话就更离谱了：“你们就是什么文章中所说的‘推一推就下去，拉一拉就上来’的一伙人吧？北京管不了你们啦，到这里来，我就是要把你们拉上来的，何去何从，道路由你们自己选择！”我们可是新社会培养出来的大学生，被毛主席“钦封”为革命小将的革命派呀！当时有人出来反对，没想到排长一翻白眼，不屑一顾地宣布：散会！把大家闹了个“窝脖”。

经过一个星期的“思想教育”之后，便开始了无休止的劳动锻炼。其实，农场所有的农活我们大多干过。比如清淤，就是把水渠中头一年沉淀下的泥沙在新的河水到来之前清除掉。不过，在东北干这件活的时间还是冻死狗的大冬天，就非一般人理解的清理淤泥了。我们站在敞篷的大卡车上，来到几十里外的干渠上。排长拿起一把十二磅的大锤，就像放炮开山前打炮眼似的，做起了示范。原来是湿湿的河底，冬天一冻，比石头还硬，一锤下去，钢钎头上也就是一个白点。排长打了四五锤，把锤一扔，问我们：“怎么样，学会了吗？”没吃过猪肉，还没见过猪跑吗？也不想想，这是一帮什么智商的人物，还用得着你教吗？于是，我们就两人一组，把棉衣一脱，开干。我们原以为排长能身先士卒，和我们一起抡大锤，即使不抡大锤，扶扶钎子也顶个人用啊！没想到排长这边走走，那边看看，不时地纠正一下谁的姿势，还不时地在我们耳边一套一套地说教：“同学们啊，你们清的不是一般的淤泥啊，这就是这么些年你们接受资产阶级教育，留在你们脑子里的污垢啊！同学们啊，毛主席说了，凡是反动的东西，你不打它就不倒。扫帚不到灰尘照例不会自己跑掉。淤泥难清不难清啊？难，思想改造也和这清淤一样！”说得我们浑身起腻。没办法，大家就用“嗨呦、嗨呦”的号子声压过他那没味的念经。晚上下班了，排长往卡车驾驶室里一钻，而我们一个个浑身汗湿透了的苦力，在车斗里迎着寒风发抖！

吃过晚饭，我们浑身累散了架，恨不能马上上炕睡觉，这时候，排长来精神了，把我们组织起来，在昏暗的灯光下学“毛选”。看来，他也没什么计划，而是抓着哪篇学哪篇。本文开始时的那一幕夜间紧急集合，不过是排长为了加快我们从思想上贴近工农兵的步伐而给我们搞的“加餐”。我们背地里都叫排长“虐待狂”。可是，那个年代，我们也只能是背后议论议论，敢怒而不敢言。

整个“锻炼”期间，白天我们干活，排长溜溜达达在旁边用毛主席语录给我们“加油”。晚上他再组织我们“学习”，已经成为一种固定的“再教育”模式。其实，干活累点我们不怕。你在那里累得要命，你身边老有一个人在车轱辘话絮叨，你腻不腻？

更烦人的还是他那些折腾了我们，自己也没落得了好的花花点子。

春天的脚步慢慢地走近了荒凉的盘锦垦区，大地开始变松软了，千里冰封的辽河解冻了，我们的清淤工作也告一段落。下一步我们的主要农活是泡地排碱和平整秧田，准备育秧。垦区位于辽河入海口处的冲积平原上，这里原来就是一片海滩，虽然上面沉积了一层淤泥，但由于蒸发和毛细的作用，盐碱还是向上“走”。所以，即使是种了几年的熟地，春天来了，拖拉机耕地之前，看上去仍然是一片片白花花的像癞痢头。所谓排碱，就是拖拉机耕过之后，将水放进去。灌满一块地之后，拖拉机拉一盘耙，在水田里来回搅动，使盐碱溶于水中。等沉淀之后，把盐碱水放掉，再重复上面的过程。一年之春，一块地至少要排两次碱。所以，为了赶农时，各个连队都争水。我们排分成了两组，我们班负责平整秧田，另外两个班负责打田埂，准备放水排碱。排长为了表现我们排的同志干劲足，从来都是天黑很久才收工。有一天，我们班听到排长收工的喊声时，还有一畦秧田没弄完，因为明天要到更远的一块地去整秧田，班长就说，紧紧手，弄完再回去吧。等我们回到宿舍，便被眼前的一幕惊呆了：只见通往两旁卧室的过道上堆了一大垛湿漉漉的棉衣，像是刚从泥水里捞出来的，还不时地往两边的泥巴地面上淌泥汤子。过道两边的大通炕上睡满了另外两个班的同学，一个个地在被窝里哼哼唧唧地发抖。排长倒是没躺下，出来进去地找炊事班给烧姜汤。见了我们，还一个劲地说：“了不起，了不起，精神可嘉。”我们也赶紧帮着把姜汤一碗碗地递到另外两个班躺着的同学手里。

后来我们才知道，另外两个班的同学收工回来的路上，排长走在前面，突然，排长看见引水到我们农场的支渠漏水了，水呼呼地灌到了属于我们连队的地里。这时候，只见排长振臂高呼：“同志们啊，赶紧堵水啊。知道吗，水就是粮食，粮食就是生命，就是红色政权啊！”开始，大家还是拿锹铲土。支渠有两米多宽，冲开的口子也越来越大，一锹锹的土下去，根本不见踪影。这时，只听得排长一声令下：“党和人民考验我们的时候到了，这里就是黄继光堵的枪眼，跳下去！”大家是接受“再教育”来的，明知道刚化冻的辽河水肯定很凉，只要有一个跳下去了，别人也就不甘落后。于是，二十个小伙子，跳下去了一多半，没跳的就在上面铲土，好不容易才把口子堵上。

正忙乱，连长进来了，排长赶紧凑过去想汇报这些同学的英雄壮举，只见连长铁青着脸，一挥手，阻止了正要说话的排长，只说了一句：“这么冷的水，把人冻坏了怎么办？”转身就走了。

第二天，我们排病倒了一大片，我们没病的还要留下两个人伺候病号。我们的生产进度落后了一大截，这大概是排长所始料不及的。不过排长仍然一个劲地鼓吹，我们排的人关键时刻上得去，放了一颗精神原子弹！不过事情过了很久，也没见连里表扬我们排。后来，不知道怎么传出来的，说连长和指导员把排长叫去狠狠地熊了一顿。因为连长在这里种过几年水稻了，他知道每年春天水管部门对各农场的用水是限量分配的，而水稻种得好坏与否，关键是水能否及时供上。春天排碱是用水最多的季节，好多单位都“偷”水。本来，这个口子是连长让人偷偷地挖开的。谁知道让排长来了这么一下子，水没“偷”成不说，让场部知道了，把连长叫去好一顿熊。连长的火不朝着排长发朝谁发？真是拍马屁拍到了马蹄子上。

堵水事件之后不久，便开始育秧。我们班过去平整的秧田，只是在耕过的旱地里粗略地平整，打成一格格的田畦。真正的平整，要把水放进一格格的田畦里，每格中水的深度要在刚没而还没完全没的深度，这时候根据水平面“找平”。干这种活，人是要手持铁锹下到水中去的。4月初的关外，依然是寒意料峭，早上起来，头天晚上放进水的秧田里结了薄薄的一层冰。排长把我们带到田边，这次他不是站在岸上指挥我们下去了，而是不声不响地脱了鞋袜，挽挽裤脚就下去了。“榜样的力量是无穷的！”我们还有什么可犹豫的？下吧！脚一踏破那层薄薄的冰碴，没进泡溶了的泥巴里，简直就像针扎了似的疼。过不了多久，整个小腿就麻木了。排长下去不一会儿，就上岸了，一瘸一拐地向大路边跑去。没多久，只见他把连长叫来了，说是让连长“指导”一下，我们干得对不对？妈的，这连不识字的老农都懂的道理，都会干的活，还用得着连长来“指导”？又是穷显摆。没想到，连长隔很远就喊，快上来，快上来，不要命了！我们东倒西歪地上来了。连长说：“育秧不急，秧田多泡泡有好处。再说，已经派人去场部领长筒水靴去了，水这么凉，赤脚下水是会得病的。”趁我们洗脚、穿鞋的时候，连长把排长叫到一边。声音虽然压低了，但我们还是听清了连长的话：“二排长，你怎么这么多花花点子？前几天，你把那么多人撺掇着跳下水去，今天，你又带着他们下水，弄病几个，上边查下来，你怎么交代，是你顶着，还是我顶着？”只见排长一个劲地点头哈腰，啥也说不出来。

这两次“窝脖”之后，排长蔫了好大一阵子，也懒得出花花点子折腾我们了，我们也乐得清静。每天，大伙日出而作，日落而息，完全成了一台台干活的机器。终于有一天，我们积压在胸中的对排长的不满像火山一样喷发了。事情的起因是排长不知道哪根筋弄拧了，没经过任何民主程序，非要开支部大会发展小三子入团不可。其实，小三子人不错，入个团也不是什么大事，大家的火是朝着排长来的。你折腾我们惯了，我们也非得给你点难堪不可，支部大会上，排长列席会议，成了唱赞歌的主角。我们也好像大家事先商量过似的，就是不约而同地缄默，都不举手。会议僵在那里，排长平时挺英俊的一张脸涨得通红，那些挖苦人的东北嗑也没有了。一直到主持会议的副指导员说了句：“今天的会就到这里吧。”排长突然冒出了一句：“算你们狠，我要在你们学校里，你们还不得把我揍死！”这是哪儿跟哪儿，简直像泼妇撒泼。当然，过了一段时间，团支部把所有的民主程序走完，还是发展了小三子。

接下来，大家心照不宣，尽量减少正面接触，排长也知道了他在我们心目中的地位。这位“教育者”头上的光环在我们心目中也消失殆尽。刚来农场时大家还背地发发牢骚，现在索性连牢骚也懒得发了。

很快也到了收割稻子的时候，学生连的稻子长得特别好，大家心情也好些了。尽管我们中间有的人在表示“思想改造”的决心的时候说过，为了脱胎换骨，成为真正的工农兵欢迎的知识分子，愿把农场的火炕睡穿。农场的火炕还结实着呢，在农场锻炼了一年两个月后，便开始分配了。我们当时来锻炼时只有一个大单位——国防科委，具体的工作单位是没有的，很多人希望能借此机会满足一下个人的要求，也无非心存侥幸而已。

分配的消息传出来之后，排长似乎换了个人。本来大家尽量保持一段距离的相处关系，似乎一下子由于排长摆出了一副居高临下的架势，而变得紧张起来。排长对我们又呼来喝去，颐指气使。我们也觉得，反正在你手下没几天了，你就张狂两天过过瘾吧。不过，有一天，小三子不知道干了什么让排长不顺心的事，排长训斥他时，冒出了一句话，引起了我们的警觉。排长面对着小三子，可眼睛朝我们扫了一圈，声音提高了八度：“你们孙猴子还想跑出如来佛的手心去？”噢，明白了，排长是铆足了劲，想借分配整我们一下。其实，排长有点小看我们了。在那个年代，我们作为一个活生生的人，尤其是名牌大学走出来的，在社会上也算是凤毛麟角的天子门生。当然，我们也不乏七情六欲，那点照顾一下的希望，真的有点像盼着天上掉馅饼，砸到你头上了，算你走运；我们没捞着，也不懊丧。这些年来在一次次的学习、批判、锻炼中已经把棱角磨得差不多光了，也知道在那个年代，在解放军的队伍里，提个人要求，除了自取其辱，自讨没趣之外，弄不好还会在档案上给加上一笔。总之，犯不着！何况，我们也的的确确是做好了到边疆或到卫星、原子弹实验基地的思想准备的。

可是，这次分配，部队上做得很绝，师政治部来了个干事，把名单一念，就完了！解放军做事说好听点是干脆，说难听点是不太负责任。据说是按照一年多以前接收我们时的名单来了个“一刀切”：北京的大学来的学生全回北京，天津来的学生全回天津，上海来的学生全回上海。

我们相当一批人对这种不负责任的分配方式啧有烦言，当然对于让我们回京、津、沪也出乎我们的意料；没想到对一个人的震动比我们还大，那就是我们的排长。在师政治部来人宣布我们的分配方案的大会上，他听了我们的分配方案，当场惊呆了！我们平时爱用“目瞪口呆”的成语来形容一个人吃惊的样子，这时候用到排长身上，真的再贴切不过。真的，他当时眼睛发直，嘴巴张开，整个一个人愣在那里了，以至于有人叫他，他都没回过神来。过了好大一阵子，排长才冒出了一句话：“妈的，什么读书无用？要读书还是读大书！”也难怪排长发出这样的感慨，那个年代，能进京、津、沪简直和登天一样！

送我们上火车的还是排长。排长上了火车，帮我们把简单的行李安置在行李架上，然后和我们一一握手道别。排长哭了，一边擦着眼泪，一边说：“过去有对不住大家的地方，向大家道歉了，原谅老大哥吧。”我们也鼻子酸酸的，还说什么呢？说到家，他尽量地“表现”，也无非是想提个一格半格的。我们走了，他还得在这荒凉的盐碱滩上待下去，想想，也挺值得同情的。

车开了，排长朝着我们前进的方向一个劲地挥手。后来，我们看见他两手捂脸，蹲在了地上。这个场景四十年后，还一直深深地印在我的脑子里。

大约半年后，连长到北京来出差，我们在北京工作的同志搞了一次聚会，以极大的热情接待了这位沉默寡言的善良的老大哥。吃饭的时候，我问起我们排长。连长说：你们都分配之后不久，二排长就转业到鞍山了。不经意间，连长透露出了排长的“身世”。参军前他是鞍山钢铁学院大二的学生，1960 年国家困难时期，学院“下马”，他就参了军。

这回可真的轮到我们吃惊了！他也是大学生？细算起来，他在大学里接受“资产阶级教育”的时间不比我们短多少，既然都是“同根生”，那他干吗还整我们整得那么惨？为表现表现，尽快晋升？可其结果适得其反。细想起来，他心里的苦楚可能不比我们差，在他们那一类人的眼中，由于他的经历，所以他的地位可能不比我们好多少。所以，越整我们，就越证明他和我们划清了界限。

随着年龄的增长，社会阅历的积累，对当年排长的一些做法又有了更深层面的理

⊙ 小孙女和爷爷一样喜欢读书

解和认识。当年在大学里对未来曾有过美好憧憬的排长，一场突如其来的灾难打破了他的梦。尽管他参了军，成了“最可爱的人”，在一定程度上满足了他的虚荣心；但在中国几千年形成的思维模式中，秀才和兵就是两个极端不同的人群类别，没有当成秀才的遗憾肯定是深深地埋在排长的心底的。到了“文化大革命”那样一个是非颠倒、一切都扭曲了的年代，一群秀才沦落到了他的脚下，难说他不是以一种变态的心理，想方设法地折腾我们，以追求一种心理上的平衡。

事情过去四十多年了，算起来，排长也该年过古稀了，还把这些陈芝麻烂谷子翻腾出来，亮给世人看，显得我有点不大气。睚眦必究，对排长也有点不恭。之所以写出来，无非是想告诉世人，社会的变态必将导致人的心理变态，在“文化大革命”中曾经出现过一个“兵”和一群“秀才”之间的这样一种人际关系。

四十多年过去了，很多事情都淡漠了，唯有那“咚、咚”的两声敲门声，一旦听到，还使我心中一惊。

后　记

终于盼到分配了，命运又和我开了一个不大不小的玩笑。我本来毕业于数学力学系，为省事，便在履历表上填了个“数力系”，大概是统计分配人员的兵哥写错了，给我写了个“无力系”，管分配的兵哥想当然地认为前一个兵哥写错了，应该是物理系，于是便把我塞到了以接受物理系学生为对象的半导体所。等我到半导体所验明正身时才发现错了，错了也没法改了，一个知识分子的命运就是这样被轻而易举地改写。我从一种苦闷摔进了另一种苦闷。

那是超出本文题材要求的内容了。就此打住。

李文华，山东省东营市利津县人，1963年由山东省北镇中学考入北大数学力学系。1968年12月离校。在辽宁盘锦垦区解放军农场劳动一年有余；于1970年初进入中国科学院半导体研究所，任实习研究员；1976年调入胜利油田计算中心，任工程师；1982年调入山东省计算中心，任研究员；2005年退休。退休前后一直兼任山东计算机学会秘书长，《计算机应用研究》编委。

阳光总在风雨后

——“回炉”前后

林圣路

三次分配

我的第一次分配是在 1970 年 3 月。在燕园度过了六年半时光，带着爱恨交杂的复杂感情离开了这个曾经梦寐以求的地方。我拒绝留校，最主要原因是实在厌倦了那无休止的大批判，也不愿再次目睹神圣的讲坛沦落成斗干部批老师的战场。当然，还由于我的女朋友，也是我的同班同学毕自敏是山东威海人，只好跟她一起到了山东济南的部队农场。

我所在的山东济南军区政治部生产基地，位于济南市西北郊张庄机场内，毗邻司令部农场，直线距离不足两里地。耕地相连，鸡犬之声相闻，老死不相往来。这个基地原来是部队劳改农场，除了犯罪的军人，还有“文革”中被部队清理出来的各种有问题的干部（部队干部和战士称之为“老叛”）以及执行监管的干部战士。分到这里的北大毕业生有近六十人，分别来自物理系、化学系、地球物理系、法律系、生物系，还有两位来自清华大学。7 月底，又分来南京大学的二十余人。我们这些“接受再教育”的“臭老九”一来，原住民的地位立刻提高，我们自然成了真正的劳改对象。有一次，我们穿着旧得发白的军装，步行二十多里路到政治部机关大院劳动，一路上老百姓对我们指指点点，说“这批部队劳改犯还挺精神”。农场里最重最累最脏的活总是派我们去做，如盖大楼挖地基、当小工，去采石场运石料，进城掏大粪，起猪圈，挖河泥等等；麦收季节，收割、打场、装车送粮，自然都是我们的事，而那些犯人和“老叛”们只是负责后勤，如送开水、磨镰刀等。更让人感到意外的是让他们经常汇报我们这些人的日常言行表现。到了劳动锻炼后期，即 1971 年林彪事件以后，连跟踪盯梢的手段都用上了。排斥异己本来就是人类的劣根性，“文革”期间却得以畅通无阻，甚至变本加厉，成为某些人的惯性思维方式，实在贻害无穷。

在以知识分子为敌的高压政策下，时时事事都关乎立场、路线，谁也不敢偷懒，慢慢地竟连我们自己也开始相信唯有流血流汗才能改造思想。干活时，大家都是拼命争先，轻伤不下火线，甚至有病也不敢吭声。在强烈刺激下，人的潜能发挥难以估量。那时，我们似乎个个力大无穷。我竟能挑起一百块砖头一口气走百十来米。挖地基，好几个同学能用铁锨把土从十来米深的坑底一下子扔到坑顶。我们挑着近二百斤的麻袋，运麦子入库。人毕竟是血肉之躯，高强度劳动之后常常是腰酸背疼，该睡觉时睡不着，而不该睡觉时却常常困得睁不开眼。这样沉重的劳动女同学也不能例外。在那种气氛下，有的女生发着烧也不敢请假，法律系的女生刘竹馨同学劳动时突然昏倒，送回天津家中，医治无效，不幸病故。这件事极大地震撼了我们每个人。

冬天地里的活不多，除了积肥，就安排政治学习，搞忆苦思甜。几乎每隔两三天就搞一次紧急集合。有一天晚饭前，突然全副武装紧急集合，跑步去段店腊山“抓特务”，大家一时不知真假，精神紧张加之空腹剧烈运动，许多同学呕吐不止，甚至晕倒。

1971 年 1 月，在滴水成冰的季节，我们顶着寒风小雪，由济南西郊出发，过黄河，经商河，一路急行军到临邑的枣林，行程近四百里地，睡在老乡临时腾出的空屋，地上铺上麦秸当床，屋里没有炉子，经常半夜冻醒。一路上还要“发扬传统”，为老乡挑水、扫院、推碾子。这次来回一星期的拉练，几乎每个人都冻裂手脚，长了冻疮，还病倒了好几个。曾经有村里老人担心我们的身体，对领导说，当年子弟兵睡觉也不住没有取暖的空屋。领导的回答让我惊异万分，他说：“这些人就是来吃苦的，他们年轻，没事。”

对我们的日常活动的管理，执行的是野战部队条例。星期天休息不准离开基地，进城则要事先请假，每次进城人数不许超过三分之一。有一次，我和女朋友一起进城，因为我们两个都是班长，机会十分难得，中午在一个小店休息，花了一元钱买了一只烧鸡，两个烧饼。结果挨了大会批评，上纲为资产阶级享乐主义思想。尤其令人气愤的是从 1971 年 5 月份开始的长达半年之久的清查“五一六”运动，对我们这些真诚改造自己的学生进行残酷的政治迫害。为营造群众运动声势竟不惜煽动派性，搞互相揭发。部队特殊环境下的极“左”一旦和派性合流，其残暴专横尤甚一般。不足八十人的学生中，竟然挖出两个“五一六分子”，不必核实证据，不容个人申辩。如对北大法律系的李 ××，用的是北大打派仗的广播材料。对此我曾明确表示反对。后来由于证据不足，分配时仍背着许多所谓的“揭发材料”限制使用，直到“四人帮”倒台才彻底“松绑”。另一位南大物理系的学生孙 ×× 则更蹊跷了，我当时告诉领导，据我所知，五一六不会到南京去发展成员。由于揭发他的人不依不饶，不断提供新“炮弹”，孙 ×× 同学被多次批斗后分配到山东枣庄酒厂，好几年干的都是同一个工作：推着独轮小车，走村串户收地瓜干。1976 年才平反。本来就有人对我心存芥蒂，我的爱管“闲事”，无异于引火烧身，于是开始整我了。凡是连部布置“学习”任务总是找班副，我知道是要搞“背靠背”，就带上两个南大物理系学生去干活。我

⊙ 林圣路（右）、金福海
1968 年秋于香山鬼见愁

的那两个“兵”也心中不忿，我开玩笑地安慰他们说，他们抓革命，我们促生产。后来，实在没有任何证据，领导居然找我的女朋友个别谈话，要求她与我断绝关系，划清界限，无非希望从她身上打开缺口。我们自己心里没鬼，不为所动。又过了些时日，林彪出事了，领导们后院起火，自顾不暇，再无法专心整我们了，闹剧只好草草收场。这是值得庆幸的。否则，不知还要制造多少冤假错案，我大概也在劫难逃。到我们分配时，领导专门给了我一个嘉奖，面对这迟到的补偿，我心中泛起的是一股莫名的悲怆和无奈。与这个嘉奖相比，我更愿意看到的是人性的回归和良心发现。

回想起来，造成农场种种悲剧的根源完全在于错误的政策。那些整我们的部队干部战士其实都是舞台上的演员，身不由己。而一旦离开那种环境，他们多数还都是不错的好人。记得在农场时，好几个“老叛”都私下告诉我，你们是国家的宝贝，千万不要看不起自己。在我挨整的时候，也有好几个领导和战士安慰我。从农场分配后，周排长专门做了一个又大又厚的菜板当作结婚礼物送给我们。

近两年的部队农场劳动后，1972 年初第二次分配，我们到了山东广播器材厂（以后改名为山东电视机厂），先是到金工车间劳动，我当钳工，毕自敏当铣工。还是“接受再教育”。有了农场那段不平凡的经历，我们慢慢也学会了沉默，在领导面前规矩多了，再也不敢随便提意见发表看法了。我有时也会扪心自问，这难道不是沉沦，而是成熟？

一年以后，厂里 1970 年进厂新学员出徒，我们也有了第三次分配，这次总算是脱离了“接受再教育”的身份。我被安排到厂修理部，身兼会计、修理工和收发员三职，偶尔还要站站柜台，当售货员。记得临受命时，厂军代表找我谈话，我表示未学过会计专业，又不会打算盘，不愿去。他说：你都学过高等数学，当个会计绰绰有余，不会用算盘，你就笔算，纸和笔找他们要就是了。试想，与他们谈专业对口，岂不是白费口舌。

为什么想“回炉”

北大给我的最大财富就是自信和勇气，永不服输，不在逆境中低头。在别人看来无名无利的工作，我们一样能干得风生水起，创造第一流的业绩。1970年那一批北大毕业生中，分配在济南的有十几位，虽然各人处境不尽美妙，但都很乐观，在一起时还是家国情怀，纵横天下，激情豪迈。

无线电修理工对于我没有多少难度，两三个月过后，我就对全厂生产的几种产品了如指掌，诀窍就是把它们逐个拆装，重新调试到符合厂标。由于技术娴熟，不久我就开始给修理部修理人员讲一些线路原理，还带了好几个徒弟。因工作需要，我收集了全国主要无线电厂家的产品信息，当我把各地各类技术资料放到一起时就发现，它们大同小异，原来全国产品一大抄。我虽然熟悉了业务，但却始终没有归属感，自己很清楚我只不过是一个懂得一些理论、比较熟练的无线电工。待最初的热情冷却之后，新鲜感慢慢淡去，有些懈怠了。我时常为找不到努力方向而苦恼，心里又总放不下物理，盼望有朝一日能够归队。

“四人帮”倒台后，百废待兴。我的内心高兴之余却也百感交集。那种空怀壮志，报国无门的感觉仍然挥之不去，明明机会来了，可自己的条件却没准备好。要学业务，要提高自己，做一个合格的北大物理系的毕业生，这种愿望大大超过要求专业对口的愿望。

“回炉”之名，贴切形象，有点俗，我们倒觉得挺好。社会上对知识分子的误解和偏见未消除，令北大的新领导们余悸犹存，为避嫌，其正式对外雅名则是“北京大学物理系二年制进修班”。北大办“回炉班”，以其独特作法在中国高等教育史上开了再教育的先河，多少圈内圈外人四处奔走，为此付出艰辛不懈的努力，其中包括已不幸故去的北大中文系刘蓓蓓同学和我班鲁公儒同学关键性的作用。我还要特别感谢同班的杨其明同学，是他预先给我消息，敦促我早做准备。我和毕自敏都不想错过这一难得的机会，因为我们心中对北大有一份无法忘却的牵挂。在那里我们曾经度过青春年华的黄金时段，尽管有苦有乐，但永远是我们难以割舍的精神家园。当时，我们的两个孩儿一个四岁，一个两岁，苦于无人照顾，遍告求助亲朋好友无果，唯一抉择：一人留守，一人出征。

再回燕园

1978年9月，我终于回到盼望已久的母校，又见到了魂牵梦萦的未名湖和博雅塔。李佩英老师是系里指派主管“回炉班”的。那天，她在班干部会上，才说了一句“母校母系欢迎同学们回来进修”，就哽咽了，泪水在眼里打转。大家深知，此事来之不易。分明是劫后余生，怎能不激动万分。

入学后，我们深感，从系领导到老师们，对我们这些“半成品”还是相当偏爱和珍惜的。由于沾了与我们一起入学的研究生们的光，北大校内上下对这一批人都相当看好。这里仅举两个例子：课程才一确定，要求任课的老师报名十分踊跃。给我们上数学物理方法课的是数学系的杜洵老师，一位学识渊博，经历坎坷的老教授。他教学严谨，投入而忘我，难得的学究风格，精彩处十分陶醉，情不自禁笑出声来，也会用衣袖揩拭黑板上未擦净的粉笔。他第一堂课第一句话是：“十分荣幸能给你们上这门课。”这样的老师，传授给我们的除了知识，还有人格和精神。1979 年春节，杜老师三喜临门——右派摘帽，职称恢复，乔迁新居，同学们自发地赶去祝贺。给我们上量子场论导论选修课的邹国兴教授，“文革”前夕从法国回来，是国内仅有的两位法国核子中心高级研究员之一（另一位是钱三强）。他的著作得到李政道先生赞赏。“文革”中，邹先生不仅无法以他的学识报效国家，还无端被诬为“特嫌”，长期受到不公对待，直到国务院领导出面干涉，才得以恢复自由。为给我们这些“回炉生”上课，他经常备课到深夜，不是他对要讲的内容不够熟悉，而是因为他住得太挤，只有一张书桌，要等他的女儿做完作业、睡觉之后，才是他的工作时间。课上到期中，邹先生就病逝了，终年五十五岁，英年早逝，令人扼腕。国务院秘书长和教育部长参加了在八宝山为邹先生举行的追悼会。上述这些都是邹先生走后才传出来的。为了完成未了的课程，听说理论物理教研室有十几位老师主动请缨。这就是北大老师，为了培养学生成才，付出全部心血，前赴后继，无怨无悔。后来，是彭宏安老师为我们继续上完了这门难忘的课。

⊙ 1980 年 7 月结业合影
前排左为林圣路
前排中为李佩英老师

“回炉班”的课程安排很紧，不少课排到了晚上。当时校内已招两届新生，还有未毕业的工农兵学员，加上研究生、“回炉生”，各式各类进修生，五方杂处，校园内的各种学生中，既有年近五十头发斑白的老头，也有稚气未脱的十几岁娃娃，煞是热闹。一时间，教室紧张，阅览室、食堂也都拥挤不堪。和我一起在部队农场劳动的化学系1963级的杨书斌分配回家乡鲁西南山东菏泽教中学，他“回炉”时碰巧他儿子也考上了北大化学系，父子俩同时报到，校友兼室友，一时传为美谈。那时，我们年过而立，错过了学习知识的黄金时段，又有家庭牵挂，功课荒废太久，重新拾起来吃力多了，顾及前程，压力不小。但我们身上依然保留着原来学生时代的纯真，很乐观，彼此相处得很融洽，不知愁滋味。记得莫斯科芭蕾舞团来华演《天鹅湖》，有几个同学去看了，同宿舍就取笑他们把孩子的牛奶钱花了。

尾声

1980年7月“回炉班”结业，大家又回到现实，开始为前途出路奔忙。所幸，绝大部分同学都有了不错的归宿。许多人还如愿回到物理本行。我返回济南后，好几个大学都到省教委等着拿档案。最积极的要数省电视大学，他们抛出的主要诱饵就是可以经常上电视。我虽然对此不感兴趣，却第一次从中领悟到北大这块金字招牌的广告效用。不过，我喜欢当老师，对先生有一种天然的亲近感。这是因为我出生在南方的偏僻小山村，自幼体弱多病，五岁起上了两年私塾，全凭那一点底子，我又是辍学，又是养病，连蹦带跳轻松地完成了小学的学业。我知道，教师的功绩在于默默耕耘。于是，我选择了山东师范学院物理系。后来的事实证明我当时的选择是明智的，

⊙ 林圣路、毕自敏夫妇
2008年于荣成天尽头

因为这里培养了山东省超过百分之六十的中学物理教师，承载着物理学在中国重要一方薪火相传的未来希望。在这里，我找到了自己的位置，发出了应有的一份光和热。

在结束本文之前，我要向母校深深地道一声感谢。在我回归物理的前前后后，有数不清的校友以有形无形的手帮助过我。无论在国内还是在国外，每当我提到我曾是北大物理系学生时，立刻就会得到超乎想象的支持和尊重。正所谓："蝉附高枝声易远"。曾为北大学子，终生荣幸！

林圣路，男，1944 年 10 月出生于福建福清。1963 年考入北京大学物理系。山东师范大学物理与电子科学学院教授，博士生导师。

1980 年 9 月回炉班结业后调入山东师范大学物理系。长期工作在教学和科研第一线，主讲过物理系本科生、研究生主要课程二十多门，培养硕士、博士三十多人，主编教材两部。1990 年后曾两次出国到加拿大滑铁卢大学访问。主要研究方向：强外场中原子（分子）激发态理论和半经典方法以及准原子微腔输运理论。主持过八项国家和省自然科学基金课题，发表论文八十余篇。先后获山东省和教育部科技进步一、二、三等奖各一项。2009 年底退休。

未名湖　未明乎

吴敬倚

我们一定会回来的

终于熬到毕业了。高呼万岁、扬刀立马的“红卫兵小将”接到了另一个光荣而伟大的任务——到艰苦边远的地区去接受工农兵“再教育”。许多同学激动得血压升高手冰冷，眼前灿烂的火花缤纷，连宿舍门也不知在何方了。被扫地出门的我等250多名北大学子荣幸地被分配到安徽的西伯利亚——阜阳县（现阜阳市颍东区）插花庙6377部队军垦农场。

临走前，我对金童、陈昕等几个同学说：“十年内，我们一定会回来的。”看着他们惊讶而迷惑的目光，我似乎感觉到他们既看到了希望的曙光，又怀疑“你这个预言能实现吗”的矛盾心情。

那场浩劫打破了我们想学业有成、为国为民干一番事业的美梦。我沉痛地对陈昕等同学讲：“我们是来读书的，不是来搞阶级斗争的，一个不重视科学的民族，必定是落后贫穷的国家。”并给马力民等同学写下了《科学赞》一诗：“小小金棒五尺高，没入乱岗似荒草。念动真经冲天去，敢做擎天柱一条。”我深信“四人帮”必定垮台，科学的春天一定会到来。

记得1967年的一天，我和金童去海淀逛街。我想起江青横行霸道，狐假虎威，忧国忧民地说：“今后中国恐怕是女人的天下了！”金童斩钉截铁地回答：“不会的！”后来他成为名大学的校长。

“发配”方案公布后，我与“老板”同学共勉说：“天生我才必有用。”他非常赞同：“我们就剩下这点了！”后来，他考取清华大学研究生，后任激光研究所所长。我对何务民同学讲：“你精通无线电，出去给头头修修无线电，你就有好日子过了！”果然，他到龙泉（现为浙江省丽水市辖龙泉市），初试身手，就给军代表修好了当时很宝贵的半导体收音机，被分派到县广播站工作，免了去深山僻壤受苦。

临走，我去宿舍垃圾堆里巡视一下，没有一本专业书，只有江青讲话等。我一甩衣袖，离校而去。有同学叹道：“又一条好汉走了！”后来，这位感叹的老兄成了党委书记。

⊙ 不惑之年于长城

告别未名湖时，我唱道："未名湖边未明兮，学子去兮何日还？"闻者皆落泪。

八年后，打倒"四人帮"，举国欢腾，我们又相聚在北大未名湖畔。可是，都已是成家生子的中年人了。

"风吹面皱，雪压额头，豪气尚存，壮志犹未酬。"

农场花絮

当时的安徽阜阳，经过所谓"三年困难时期"，田地荒芜，无人耕种，上面派来了解放军，这就有了阜阳军垦农场。1970 年 3 月，我们一群北大、清华学子"光临"淮北阜阳插花庙，没见一朵鲜花，一位肥头大耳、指手画脚的营长把我们带到 6377 部队农场，"规格很高"。

学子们一到营房，放下背包，立刻套上绳索，排成一串串，在希望的田野上拼力拉犁！身旁的拖拉机闲置不用，可能要拿去支援越南、阿尔巴尼亚吧。背后不断传来小排长的吆喝声："完不成任务，谁也别想吃晚饭！"学子们不得不在心中鞭策自己："一定要做好驯服工具。乘风破浪总有时。"苏拉，特别是虞志方（德语专业）那高高瘦瘦的个子，拼命地打井、耕地、挖地，西语系王玉龙时任炊事班班长，竟然杀猪宰羊，这样耗费国家精英的青春，不禁让人心酸！

农场，夜深人静，星月当空，一盏盏煤油灯下，学子们苦读毛选。当时，学毛选是头等大事。一天，小排长见我没有出早操，到宿舍一看，我正在呼呼大睡，他大怒。被吵醒的我起身大喝："我学毛选从深夜到天明，刚休息一会，准备养足精神再学毛选，你来吵什么！学毛选重要还是出操重要？"问得小战士一愣一愣的，过一会缓过神来："老吴，毛选以后可以慢慢学，现在…"我闻言正色呵斥："错！学毛选是头等大事！！泰山压顶，雷轰地陷也绝不能动摇，请你不要打扰我学习！”我随即打开小红本，大声朗读：“指导我们思想的……”室友鲍寿柏、胡志远在旁支持我学毛选的坚定立场。从此，排长连长对我这个学毛选超级积极分子尊重有加。

1970 年冬，军队大搞野外拉练，要求部队全副武装，一天要在风雨中行军 240 里。战士背上机枪、炮筒、炮弹等，有六七十斤重，许多战士落泪了。

拉练中，我们学生连被照顾一些，一天 150 里，夹在部队中间，穿着破破烂烂的衣服，路旁老乡们纷纷议论：部队在转移押送监狱劳改犯人呢！

我和胡志远（为主）为了减轻战士拉练背负重量，经过团部批准，去特务连改造电台手摇发电机，重量从 70 多斤减为 50 斤左右。为此，团部为我们申报三等功。后来因我们是学生，上级不批，也就作罢了。

特务连连长和指导员给我留下了很好的印象：连长是纯朴乐观的人，他患有严重的胃溃疡，还扶犁耕田，一面高声唱歌；指导员是个知识分子，长得很秀气，有才干，重感情。他爱上了一位青梅竹马的中学同学，申请结婚时，领导不批，因为女方是地主家庭出身。

一年“劳改”终于结束了。分配工作时，有功人士都分配到淮北最艰苦的地方去进一步培养了！一些被指定去当工人。据负责分配我们工作的人员说：让他们脱离臭知识分子苦海，从“臭老九”提拔到工人老大，连升九级，何等光彩！真是令人啼笑皆非。

连长征求我的意见，我说：有大米吃就行。结果分配到皖南泾县。不知那里有什么惊涛和奇遇在等着我。

话说回来，这与我们班被分配到云、贵、川的冯蕴道、陈泽尊等同学相比，已经是天上人间了！冯蕴道在那里下了小煤窑，点个小油灯，爬进又湿又闷、充满毒气的小坑道里。他那一双原本用来设计火箭、电脑的手，却跪着一镐一镐挖煤，又爬着一筐一筐把煤背上来，不但性命难保，还落得一身风湿关节病。有一次陈泽尊背了 200 多斤煤，差一点滚下了山崖，可能是多做善事，命大，今在美国工作，很有成就。

金棍子

1971 年 3 月，告别了“劳教农场”，到芜湖乘上卡车式公共汽车，在泥石路上颠簸了三个钟头，终于到达发配地——泾县。

下午去县委报到，接待人员非常热情。我好生奇怪，一问，方知他是北大中文系老五届金天环，笔名“金棍子”，久闻其名。他乡校友见校友，修来的缘分，有讲不尽的话。我告知“不想当老师”，他便去作各方面工作，把我弄到县广播站工作。

金秘书是人才不用说，县委秘书在县里也是个人物。小树也能遮光挡雨，故广播站头头对我刮目相看，进站就给我分配一间住房，是原广播站播音室，安静且干净，一年后成了我的新房。

金天环不仅才干出众，而且为人正直，敢于坚持真理，有“金大炮”之称。北大毕业体检时，发现他肺部有一阴影，缺德医生谎称没事，被扫地出门。他先分派到天津劳动锻炼，发挥共产党员模范作用，带头苦干，加速了病情发展。后照顾夫妻关系，调往安徽泾县。他仍拼命工作，晚上加班加点，劳累过度，咯血不止，查出竟然是肺癌！这下急坏了他爱人耿蔚华，耿挺着大肚子，带着两岁的儿子，陪他去合肥动手术。心灵上经受沉重打击，生活上遭遇巨大磨难，苦不堪言。多少个日日夜夜陪伴在病床前……爱情的力量终于把他从死神手中挽救了回来。

打倒“四人帮”后，金天环工作出色，提升为泾县党委组织部部长。正当可以为国为民轰轰烈烈干一番事业的大好年华，不幸肺癌复发，英年早逝。痛哉！中华痛失人才，吾失知心挚友。

金天环、耿蔚华是青梅竹马的同学，耿蔚华亦才华出众。她父亲是老革命，解放后同农村结发之妻离了婚。她有志气，情愿跟着出身地主家庭的母亲生活，也不愿跟随高官厚禄的父亲去北京。金天环去世后，耿蔚华在悲痛中站起来，更加努力地工作，含辛茹苦抚育培养下一代，侍奉老母亲。一二年后，她也被提拔为泾县党委组织

⊙ 吴敬倚儿子留美归来

部部长。不久，安徽省委从众多县委组织部长中，选中她为省委组织部副部长。我们北大老五届在安徽当官的同学都知道这位正直、热情、清廉的美女部长。如今，他们的儿子金松是留美生物学家、北大客座教授，女儿为厂领导，九十六岁老母健在，好人一生平安！

乌　鸦

工作安定下来，我负责有线载波广播，可以说是当时县里最高科技工作了。不久，认识了从上海来接受再教育的华东师大物理系毕业生江雷，结成连理，开始了新的生活。小日子刚热乎，一股冷风袭来。在那“四人帮”肆虐的时代，你想安居乐业也难，真是树欲静而风不止！泾县广播站有一个工头，拉帮结派，负能量很大。广播站这时已有几位名牌工科大学的老五届学生，他们掌握无线电等现代科学技术，被该工头视为影响他霸权的眼中钉，千方百计要除之而后快。

我进广播站后，该工头想拉拢我去对抗那几位大学生，谁知我不领情。一次，我得知他给其门徒讲课时说：变压器不能变电流，所以叫变压器。课后，我以交流的口气对他讲了变压器同时可以变电流的科学道理。他觉得我挑战他的权威，便怀恨在心。

他的机会终于来了——广播站换了一位姓王的女主任。此人农村妇女，依仗丈夫为县某局头头，当上了公社妇女主任，今又调到广播站。没有学问也就算了，喜欢乱发议论，人称“乌鸦嘴”。一次在政治学习会上，我们几个大学毕业生讨论“马恩列斯”理论，她接口道：“马儿立死呀！你们城里来的学生不懂，马儿吃草、睡觉，直到死都是立着的。”我等暗笑不止，可能脸上露出轻蔑的神情，让“乌鸦嘴”觉得丢了脸。那位工头乘机和她联合起来，开始准备整人的黑材料。

经过精心策划，一场整人的“学习班”开场了。开会第一天，就有人对南京工学院毕业的小汤突然攻击，进行批判斗争。我等一听，什么狗屁材料，我等就引用毛主席语录，大义凛然，对其一一批驳，弄得他们措手不及，只得狼狈收场。“乌鸦嘴”一见阴谋没有得逞，就玩弄权术，把我们赶出了广播站，给调到农村中学。

事后金天环告诉我：乌鸦嘴已经把你们打成反革命小集团了，只是见不得人，不敢公开说。你政治上不成熟，暂时下乡教书去吧！合肥工业大学小陆出生在上海武术世家，想用拳头教训“乌鸦嘴”；我劝说：拳头敌不过权头，先忍耐一下吧！

后来，形势发生了变化，那些人调离的调离，退休的退休。且说，我又一次被充军——到潘村中学任教。中学离县城十五里，我去报到时刚通上电，冯鹏飞校长很幽默地说：“你带来了光明！”冯校长看重人才，让我担任理科教研组组长，还给我刚生小孩的妻子江雷放了半年假。

冯校长广收人才，一时潘村中学人才济济，远近学生慕名而来。学校地处田野，冯校长带头垦荒种地，保证蔬菜供应。记得有一年，邻居搬来一个我种的大冬瓜，重三十多斤呢！

我深受北大物理系丛树桐教授的影响。他授课风格认真而潇洒。我上课也不仅讲解题方法，还注重讲科学思路和应用，引导学生进一步去探讨创新。有时讲讲《天方夜谭》，开阔学生眼界，深受学生喜爱。现在有的学生还经常来看望我，他们中有的成了司局级干部、企业家、总工程师、大学教授等等。看来，虽不能说桃李累累，还是有几只闪闪发光的！

我们有家室之人，苦中有乐，过着躬耕垄亩、采菊东篱下的农田生活。可南京工学院毕业的小汤，自下放到离城三十里的丁桥初中后，孤身一人。他所在学校，其他老师下班都回家了，唯有他一人独守破烂的校舍，孤苦伶仃，前途一片渺茫，心情冷落到冰点。

一次我去看他，逢雨留宿他校，夜深难眠，听到雨滴敲窗，梧桐落叶，远处凄凄凉凉的流水声，我作一诗："而立之年低沉沉，夜雨敲窗听风声。披衣难觅旧时月，梧桐落叶江涛深。"

小汤听完诗，问："天，未明乎？"

我看了看窗外，答："未明，日将出。"

过了五年，"四人帮"被打倒，我在北大时的预言实现了，又回北京大学学习了！小汤入了党，后任南京电子管厂厂长。我和同学们大多去北京念书。冯鹏飞校长一家也调回芜湖原学校去了。

真是往事如逝水！

吴敬倚，男，1942 年出生，外号：铁拐，山人，人弗。

北京大学物理系 02632 班，上海交通大学退休教师。

已婚，终身制。科研论文数篇，无足轻重。爱好写诗歌文章，名不见经传。

当过最大的官——班主任。糊涂时多，有点傻。有时语出惊人，有先见之明，干一些让人不可理解之事。

飞雪伴我入洞庭

刘裕生

1968年12月下旬，我拿着盖有军宣队印章的北大毕业证书和分配到湖南省接受再教育的介绍信，走出了燕园，离开了未名湖。天气阴冷欲雪，心情抑郁茫然，我只身奔北京站，乘上了回安徽的列车。没有和同学一道走京广线直达目的地，是为了就便回乡告别亲人。我于新年元月初，冒着风雪赶到报到地点，第二天乘船驶向洞庭湖深处的47军军垦农场。农场是围湖造田而成，取名南湾湖，在沅江县境内。

我站立在船头，不畏严寒，让风雪扑面，望着无遮无拦、茫无边际的水域，心潮起伏，思绪万千。我想起五年前接到北大录取通知书时，母亲高兴的眼泪和期许的目光；我想起刚入燕园时，和同学一道急匆匆去未名湖畔的兴奋心情和要有所担当的誓言；我想起"文革"后期短暂几天的"复课闹革命"尚未学完的拉丁文……猛然间我记起了那张盖有军宣队印章的毕业证书，它证明了我的身份——北大的废次品！"接受再教育"的介绍信，介绍我是一个需要敲打和改造的异类！面对命运的改变，我有些许的悲凉，想到不测的前途未免惆怅。飞雪在胸前撞击、翻腾，为孤身作伴，与热血合拍。这天人合一的魅力使我意志坚定，勇气倍增。我暗下决心，要经受住磨炼。

披着苍茫的暮色，我来到了学生9连。微弱的煤油灯下，拿出证件，验明正身，胡乱吃罢晚饭，有人送我到3排营房。营房是上盖稻草为顶，四周糊泥为墙的简易搭盖，内无隔间，一通到头的大统套，地面铺着稻草，被子铺在上面就是床。一个挨着一个，整齐划一，能容下几十人。一位年龄不比我大的军人，指着一个位子，我立马明白那就是我的安身之处。他的一指是不容讲价钱的无声命令！我没想到这位军人紧跟形势，把学生当作臭老九，表现出过分的冷漠和蔑视。一位同学从外面进来，直接走到我面前，是个精干而又老成的青年。他友善地招呼我，问我的情况，向我介绍他是3排的副排长，名叫郭长春，湖南大学的学生，也是来接受再教育的。他告诉我刚才那位军人是3排排长。我抬头望了一眼歪在房间前端行军床上的新上司，以不屑表情报复了他的愚昧的高傲。

邻床同学姓彭，来自广州中山大学。他告诉我刚发生的一件事：昨天连队有三个学生接受了出湖运石块的任务，路途远，任务重，天黑了才回到连队，饥寒交迫，又无照明，便将载满石头的船湾在渠道，自作主张待天明后搬卸。不料一夜之后船进了水，沉了下去，三人傻了眼。坐镇连队的一位领导大发雷霆，要他们下水打捞石块，并威胁要处分他们。十冬腊月的季节，水有薄冰，风能刺骨。但军令如山，不能违背；学生傲骨，岂能退缩。三人脱衣，轮流下水抱石上岸。下水前喝一口白酒，上来时立刻披上棉大衣，就着篝火，用干布擦干水珠，揉搓发冷的肌肤，使之发红发热。于是再喝一口酒跳进冰水之中，如是者再三。岸边有的帮忙生火，有的拿着棉大衣等着抱石者上岸时往他身上披，有的拿着干毛巾给赤身露体的人揉搓肌肤。也有几位身强力壮、颇有豪侠之气的学子，脱光衣服，加入下水抱石者行列。打捞场面虽然忙乱但尚有秩序，似乎热烈实则异常沉闷。

⊙ 摄于 1963 年 10 月 2 日天安门前的石狮旁
当时为北大新生，二十岁

彭同学的介绍使我知道了农场艰苦的程度，领导要求的力度，要做好吃大苦耐大劳的思想准备呢。第二天，我便参加了建营房的劳动，主要是把泥巴踩熟，然后去糊墙壁。我脱掉鞋袜，卷起裤管，抢着跳进泥中，用力踩泥，顾不得冰水混合物的彻骨寒冷，一任凉气钻心；也不怕锋利的蚌壳划伤肌肤，无视伤口出血。有同学见我劳作时间过长、强度太大，怕我冻坏了，累伤了身子，要替换我，被我多次拒绝。直到 3 排副命令我，我才爬上来休息一会儿。糊墙时我也忍着手臂的酸痛，不管溅到头上脸上的泥土，反复不停地涂抹，硬是将清晨的朝阳换成了夜晚的星月。

我之所以能够如此不怕苦累的劳作，除了为了表示要从艰苦的劳动中斗倒私字、树立无产阶级世界观以外，客观上也是因为体力较强，通过多次锻炼获得了劳动技能和吃苦耐劳的品德。“文革”前的农村社教（“四清”）期间，我们到四川资阳县农村当社教工作队队员，单枪匹马管一个生产队，和社员们同吃同住同劳动，学会了车水、犁田，挑土、打场等一应农活，也是从早到晚不停地忙。所不同的那是教育别人，往往大言不惭地提要求、做总结，而如今是被别人教育。

拼命劳动的意外成果是我被任命为 3 排 11 班班长。11 班承担着全连最重的劳动任务，尽管我们不是遴选出来的体力强壮的汉子，班内尚有绰号“小不点”、“小迷糊”、“东亚病夫”几个身体弱需要照顾的战士，当然也有“金刚力士”和“拼命三郎”一类的人物，支撑着局面。我们的连长姓雷，性格粗犷，行事果断，带头劳动，以身作则。每遇重要任务，往往大喊：“1—1（yao yao）班长……”于是我便领了任务，带领难兄难弟去攻坚，去战斗。

营房竣工，已临近新春佳节。除夕，连队改年夜饭为忆苦饭，让大家咀嚼解放前贫下中农的生活之苦，以增加阶级感情，提高阶级觉悟。我盛了一小碗粗糠野菜，顺畅地吞咽下去，等着炊事班送好菜好饭。谁知连长大声喊道，吃完了去睡觉，尝一尝饥饿的滋味。

其实这饥饿的滋味对我并不陌生，我十七岁那年就经常尝过。那是安徽大饥荒的1960年，小县城居民的口粮定量减到每人每月十几斤，农村社员粮食格外紧缺。我父亲是小学教师，分在农村教书，他那个公社领导克扣教师口粮，我父亲因饥饿浮肿而死亡，他倒在回家的乡村小路旁，抬回家时，已奄奄一息。我记住了这悲惨的情景，更记住了“左倾”刮浮夸风、不实事求是的危害。

“文革”期间提倡过“革命化”的春节，农村里常常是学大寨，冒着风雪兴修水利，我们在农场也沿用这种做法。记得那年春节期间修305干渠，渠宽有三十多米，深有三四米，开始锹挖筐抬，到一定深度时，是用锹把挖出的泥块使劲抛到堤岸上。干这种活强度大，需要耐力和技术，我很快掌握了技术要领，带着几员虎将在底部抛泥，安排体弱力小的几位在堤上平土。在大战305干渠期间，天不亮就起床，收工已是伸手不见五指，或者是顶着星星出，踏着月色归。连续战斗十几天，大家在劳累和困倦中煎熬，但只有沉默，没有怨言。

南湾湖农场主要是种植水稻。站在学九连营地向四周望去，都是农田。乍暖还寒季节，开始平田育秧了。我们班承担了劳动强度大的平田任务，用船拖泥，削高填低。技术含量高的育秧任务交给了10班。10班肖班长是湖南师范学院学生，农村出身，精通农活，育秧有板有眼。接着是犁田、插秧、施肥、治虫、除草、管水、收割和打场……一个战役接着一个战役，同学们经历着寒风的袭击、大雨的冲洗、骄阳的暴晒和伤痛的折磨。大强度的劳动也磨炼了意志，锻炼了体质，我的负重能力得到极大的提升，能够把重达一百八十斤的潮湿磷肥一口气挑到四五里远的田头，而且几天内持续干这重活。

在农场，再教育的内容除了体验生活，承受高强度劳动外，另一个重要方面就是触及灵魂的思想教育。做法大致三点：一是政治学习，学习内容无外乎毛选、毛主席语录、元旦社论、九大文件等。二是听解放军讲南湾湖的创业史，了解创业的艰难和解放军战士一不怕苦二不怕死的英勇事迹。三是听附近公社贫下中农报告，了解他们为建设湖区农场的奉献，他们是为革命放弃家园的移民。其目的是要同学们解决下列问题：大学生毕业后接受工农兵再教育的必要性，要有长期在农场劳动和生活的思想准备；要狠斗私心杂念，彻底改造资产阶级思想，努力树立无产阶级世界观。连队常常安排同学们以班为单位学习和讨论，规定每个同学都要对照毛主席教导，联系实际，暴露思想进行讲用。没有人敢公开地说，把经历“文革”而耽误了学业的学生送到农场劳动是一种惩罚，更没有人想到“回炉”完成学业，培养为国家建设有用人才是当务之急。大家按着调子唱歌，跟着节奏跳舞。在讲用中批判了以下几种不需要接受再教育的思想：长在红旗下；出生在贫苦的劳动家庭；经历多次的学农、学工和参加与贫下中农三同（同吃同住同劳动）的社教运动。无可奈何地承认与工农兵有差距，言不由衷地说接受再教育很有必要，违心地表示要继续革命扎根湖区。

6月份，连队开展四好班、五好战士的初评活动，我们班在讨论时，摆出了一些先进事例，如不怕寒冷下到结了冰的水田劳作，带病参加劳动，开刀后不休息，挑重担晕倒醒来后不下火线，单独执行任务时一丝不苟等，并把这样做的原因归结为狠斗私字的结果，其动力是毛主席的“一不怕苦，二不怕死”的教导，其效果是有益于树立无产阶级世界观。对私字出现的规律又加以琢磨和发挥，推断出如下规律：私字有顽固性，需要反复斗，私字有隐蔽性，需要狠斗私字一闪念。作为班长的我，虽无生花妙笔，却知道做文章要紧扣主题的道理。暂不管它是真理还是形式主义的东西，说的话是真情还是假意，尽力地归纳、总结，洋洋洒洒几千字交了我班初评的答卷。指导员、连长阅后大喜，树我班为典型，推动全连初评活动。我班被评为“四好班”，主要是我班在劳动中出色表现，当然与我的上乘答卷也不无关系。“四好班”的班长被授予“五好战士”称号，也是情理之中的事。

到了7月，进入紧张的防汛时期，我的新婚妻子却在这不适宜时段来湖区探亲。我们是在1968年9月结婚的，那年为躲避学校武斗回到家中，后来接到学校要求离校学生返校的通知，岳母怕我分配后接受再教育数年不得归，而她的女儿已年届二十五岁，属于大龄，耽误不得，于是软硬兼施，使我就范。洞房一夜，异日就道，有点“范喜良”的做派。连队已婚的学生不止我一人，有单独茅屋作为招待所解决探亲住宿问题。她来后我们住进了招待所，连队给我三天假，她住了七天便返回安徽。当时的政策是：分居两地的夫妻，每年一次探亲假，十二天的鹊桥会。

在招待所居住期间，发现邻屋还住着一位同学，叫徐力行。这么多年能牢靠地记住他的名字，是因为我当时就觉得这名字起得好。是的，人的一生就是要慢慢地不急不躁地努力向前行走，徐—力—行嘛！他不是因为家属探亲住在这里，而是缘于身患慢性肝炎疾病，肝炎是传染病，不宜和同学住在一起。他的劳动项目是放牛。他骨瘦如柴，面黄，腹部明显外突，本应该在医院里接受治疗，甚至在疗养院里疗养，最起码也应在轻松幽静的环境里由亲人来照看。可是，因为他是“文革”中毕业的大学生，所以不得不到南湾湖这个十分恶劣的自然环境里接受再教育。我们为邻时，他很自觉，注意少和我接触，甚至不和我多说话，我却不忍心冷落他，怕伤他自尊，表现出不在乎他的疾病，照常与他交往。

妻子离开军营后，团部举办通讯员培训班，我被推荐参加。有天感到身子不适，吐、泻、眼黄、怕油荤，发烧。卫生队医生诊断为急性黄疸型肝炎，急速被送到长沙366医院。至今我都分不清我的病是在团部被传染的，还是和徐力行接触之故。即使是后者，我也不后悔与他的交往，因为我同情他，归根到底的原因不是他，而是错误的政策使我们相遇。

366医院是47军部队医院。“文革”时反对崇洋媚外，西医要走中西结合的道路，这属于路线问题，来不得半点含糊。给我们治病的人都是掌握了西医知识的大夫，他们不得不用中药。西医不会号脉，不谙辨证施治，充其量用一些单验方，疗效低，恢复慢。

366医院不仅对内科病人用中药治疗，外科治疗也有了用中医技术外加政治工作的革命性的改变。譬如开刀，用针灸麻醉。我和病友、南京大学小朱同学曾多次在手术室手捧红宝书，对着手术床上的病号大声朗诵毛主席有关语录，以增强针灸麻醉的效力。也有忍功差的病号，不顾“路线”和政治的大局，翻身逃窜的事例。

⊙ 摄于马年初春，攀登天柱山，与临渊相隔的天柱峰合影，是年七十一岁

1970年3月，我们被进行再分配。我被分到衡阳地区祁东县清水塘铅锌矿。到矿上后，根据有关规定我要求回乡探亲，之所以如此急迫，是因为我在住院期间就得知妻子因患乳腺瘤到省城手术治疗，当时虽然挂念也无法尽丈夫之责，再教育期间是不准请假探视的。妻子体弱，我又有病，两地分居，困难重重，于是我索性绕道省城长沙，向省四个面向办公室提出“打回老家去，就地干革命”的要求。一位接待我的老同志听了我的叙述，十分同情，写了一封联系函，由我回去和安徽省有关部门联系。就这样，我意外顺利地回到家乡工作。

受“文革”的影响，不愿在知识分子成堆的教育部门工作，我选择了安徽省巢湖量具厂。当时还年轻，能随弯就圆，买一套机械方面的书钻了进去，于是从车间的磨工到技术科的绘图，最后定位于计量室，干得得心应手。也编过讲义给青年工人上技术课，领导和工人们对我的评价颇高，认为不亚于厂内那些南京工学院、合肥工业大学等工科毕业的同时期大学生，他们信服北大学生的知识水平和自学能力。

1975年全国闹地震慌，各级政府成立地震办公室，巢湖行署人事局查到我学的专业与地震有关，向量具厂商调我。县级单位的量具厂党委书记是位有资历的老同志，态度强硬，不愿放人，并叮嘱办公室其他各位领导对我封锁消息。现在看来，那不是刁难，而是基于各项工作果真急需各种专业人才。社会需要我们，国家的建设需要我们，但极“左”政策视知识为罪恶，把人才当粪土，把没有完成学业的大学生赶出校门，剥夺他们及时发挥专业优势服务社会的权利，送到农村、农场，美其名曰接受再教育。这是一种导致科学停顿阻碍经济发展的荒唐政策，是反历史潮流而动的做法，造成了人力资源的浪费，不利于人才成长，也妨害了国家经济建设。

一年后，由于需要，人事局直接下调令，我离开了量具厂。我的调动源自上层的权力。我又把机械类书籍搁置一旁，加紧搜集区内、省内地质资料，研究断裂带的分布规律和活动强度；争抢时间攻读统计学、概率论、模糊数学，用来分析全区、全省乃至邻区和全国的历史地震活动规律，参加全省会商会，估计震情趋势。我调入地震办不久，就发生了骇人听闻的唐山大地震，城市毁灭，伤亡惨重。受地委、行署领导的派遣，我与地震指挥部的一位同志在震后早期，进入地震灾区进行考察，搜集震前宏观异常现象，了解有效的房屋抗震结构，对我区的地震测报、抗震防灾和安定民心起到了积极的作用。在测报网点建设中，对区内水氡、水位测报站点布局、观测及人员的培训等工作也倾注了很多心血。经过苦心经营，使之从规模到质量位居全省前列，各测报点常年为国家地震局提供准确的观测数据，多名测报员被国家局评为全国地震战线先进个人。我的苦干精神和工作成绩受到肯定。我被选为巢县第八届人大代表（行署科委系统仅一个名额，由全系统群众投票选举）；被评为巢湖地区科学技术先进个人；是较早授予中级职称的科技人员。

我们这一代是不幸的，“文革”耽误了十年，受了打击，误了青春；但又是不幸中的万幸，因为只耽误了十年。我们仍有时间和精力重整旗鼓、再攀高峰，不至于像1957年被错划为右派分子的那些人，受了二十多年的苦难，不仅自己落入万劫不复的深渊，还使子女和亲友受到牵连。

1985年之后，情况有了变化。承受着丧偶之痛的我，依然努力地工作着，却没有了往日的运气。其原因，与基层执行政策中的不良社会风气有关。我已无法在地震局发挥作用，不得不向组织上要求调出地震局。1993年我到技术监督局任副局长，一如既往地努力抓好分管工作，受到群众的拥护，在分管执法工作时，成绩显著，被国家地震局授予全国打假先进个人的称号。

十年前我退休了，两袖清风，安然着陆。虽没有给母校争光，也没有丢丑。现在已是古稀之年，盘点一生，基本上是：行为举止坚守了燕园的精神，思想意识崇尚着未名湖的圣洁。

刘裕生，男，1943年5月生，安徽省巢湖市人。1963年考入北京大学地质地理系地貌专业。1968年12月毕业离开北大，被派遣到湖南省47军军垦农场接受再教育。1970年再分配，先后在安徽省巢湖量具厂、巢湖行署地震局、巢湖行署质监局（后地改市，更名为巢湖市质监局）工作。先后任巢湖行署地震局副局长、巢湖行署（市）质监局副局长。2003年退休。

军马场里新伙夫

许智范

我是历史系1963级学生，1970年春天，和1969届、1970届的同学一起毕业分配，成了名副其实的“文革前末代大学生”。当时我们一起分配到江西的有一百七十多位北大校友，那年3月16日早上7：55，全体同学在北京站乘上同一列火车南下，渡河跨江越沪杭，风尘仆仆进南昌。这次分配到江西的同学，以老家在江、浙、沪、赣、闽、湘的居多，也有少数是来自北京等地的。我们的报到单位是江西省军区后勤部，开始大家还喜滋滋地以为“臭老九”们可以参军了，实际上是统统送到部队农场劳动锻炼。到江西的第一课，便是“接受再教育”、“改造旧思想”。凡是由北京直达南昌的，一起被送往赣中泰和的0484部队农场（武山农场）；凡是在沿途回家探亲而晚到南昌的，这批“散兵游勇”则在省军区招待所集中后被送往赣北安义的6011部队农场（安奉农场）。我由于在上海逗留了两天，抵昌后也就加入了去安义的队伍。在南昌我曾与系友王勤金沿着赣江岸畔漫步了很久，认真打量着这座以八一南昌起义驰名天下的陌生城市，凝望着奔涌的江水，对未来的日子甚感茫然。

安义当时属宜春地区管辖，后来划归南昌市。那时北大、清华在江西鄱阳湖畔兴办的鲤鱼洲分校距我们农场不很远，能继续与敬爱的老师们为邻“同走五七道路”也是我们的荣幸。安奉农场地处安义、奉新两县的交汇处，它原先是座劳改农场，后来被部队接管，我们初到那里时还有正在进行劳动改造的囚犯。百余名北大同学此时的身份是“军训战士”，在安奉农场集中劳动个把月后又被分成两部分，一部分在靠近场部的军训3连，这是新组建的连队，以烧窑制砖为主；一部分在距场部较远的军马场，四个月后又来了一批南京邮电学院和镇江农机学院的毕业生，这里以驯养军马和种植水稻为主。军马场原先就驻扎有数十名官兵，已创建了挺像样的“家业”，除马群和水田外，还有大片桃园、梨园，怪不得有些战士开玩笑说：“早知道参军是来种田养马，还不如让我爸爸来当兵呢！”连队以部队的连、排、班为建制，由解放军官兵担任正职，学生干部担任副职。在这里以生产劳动为主，也安排了一些军事训练项目，如进行队列操练、实弹打靶等。我们每天在嘹亮的军号声中起床、开饭、劳作、睡觉，例行的天天读（读毛主席的“最高指示”）、天天听（收听中央人民广播电台晚间新闻联播）、天天评（总结当天工作，开展批评与自我批评）则是雷打不动的必修课目。

我被安排在军马场炊事班，以往“在家吃父母，在校吃食堂”，从未独立烧过一餐饭，现在居然当起了“伙夫”，四个人要负责上百人的一日三餐。我们身穿旧军装，腰围白围裙，像模像样地在厨房里劳忙，每天光是从井里打水挑水就有几十担，我原先就有些微驼的背压得更弯了，一次担水时水桶铁链突然断裂，还砸掉了我一块手指甲，钻心疼痛了好几天。

早餐是轮流做的，前一天晚上先把菜切好，当大家还在睡梦中时，值班者就要提着昏暗的马灯到厨房操劳，淘米、洗菜、烧水、煮饭均需独自完成。每每轮到我值班时，那一夜根本睡不好觉，半夜里得起床察看封好的灶火是否熄灭，若熄火到早上重新生火就有可能影响开饭时间，那肯定会挨批评。有一回我把早餐做好，饮用水烧开，待同学们将开水打得差不多时竟发现桶底有只死老鼠，好在此时只有少数同学喝了这老鼠汤，为此我对自己的疏忽忙不迭地赔礼道歉。

开始时由于炊事员都不大会做饭，加之煤火不太好掌握，时而会烧出夹生饭或焦煳饭，害得学友难以下咽；炒菜时一勺油、一勺盐、一勺酱油，尝尝淡了再加点盐，咸了就加些水，菜肴的质量可想而知，被同学们讥为“糖化饲料”。后来我们烹饪的技术不断提高，还想方设法改善伙食，学会了制卤菜、磨豆腐、做蛋品、炸茄合；面食的花样不断翻新，包子、馒头、油条、煎饼……每天看到“军训战士”和解放军官兵津津有味地吃着我们亲手做出来的饭菜，面对着他们满意的笑脸，我们感到十分欣慰，觉得自己的劳动得到了报偿，为社会做了一点有益的实际工作。

为了改善伙食，炊事班还饲养了十几头猪，开始没有明确分工，谁有空谁就会主动去喂食，后来连指导员觉得应该让猪定时定量进食，于是分工由我专门负责养猪兼任“上士”，承担上街购买农副产品的任务。每天早上我会骑着挂有两个大竹筐的自行车，去十几里地外的安义县城龙津镇农贸市场采购，这样就比大家多了一份“自由”，不用再起早值班和参加烦人的“早请示”。我骑车的技术也不错，百多斤重的猪肉蔬菜装满两筐仍能蹬得飞快，但也有意外，一次下坡时巧遇小孩从路旁窜出，我避让不及便重重摔了一跤，几层裤子磨破了，膝盖也擦伤了一大块。从马场到马路有三里长的烂泥小路，天雨道路泥泞时还需要同学守候在马路口，以帮助我抬货、接车。

⊙ 1971 年秋天摄于江西 6011 部队农场

回到马场吃过早饭，我就该去喂猪了，由于剩饭剩菜较多，还有我调配的香喷喷的糖化饲料，猪食也是很丰盛的。每当我挑着猪食桶一到猪圈前，猪群便会冲着我发出欢呼声而来抢食。喂完猪，我常常踩着两脚猪屎打扫猪圈，以尽量保持猪舍环境的清爽，有时还将猪赶到圈外的草地上让其在阳光下自由活动。我还曾陪伴生崽的母猪度过不眠之夜，当了仔猪的“接生婆”，使猪圈里“添丁加口”。我喂养的几十头猪长得白白胖胖，周围村庄的老表路过时都会竖起大拇指连赞“恰嘎”（江西土话，即为“吃价”，意思是“真好”）。

在农场里，无论是养马种稻，还是烧饭喂猪，劳动生活是紧张艰苦的，负责“军训”的首长也不时会来“训”几句，但大家都满不在乎。说实在的，北大学子们的见识远比他们宽广得多，如今只是无奈地听从上级的指令来锻炼罢了。因此，面对现实我们还是抱着乐观向上的态度，不怕苦，不怕累，勇于接受新生活的考验。我的“敬业”精神也得到了领导和同学们的赞许，被评为“五好战士”获得嘉奖。

在我的笔记本上录有当时同学写的一些诗歌，它们忠实地记录了农场的劳动生活，从中也可窥见我们那时纯真可爱的心灵。

物理系的庆菱同学是北京人，这次和我同分在炊事班，一度负责养鸭子，同学们戏称我俩一个是“猪元帅”，一个是“鸭司令”。她填有两首词：

放　鸭（套天净沙）

晨风夜露晓霞，小丘绿草紫花，燕女江南放鸭。书包斜挎，有志者心怀华夏。

自　解（套西江月）

不羡他人折桂，自知无份弹冠。束修薄薄师无严，且喜有书为伴。
世有风云突变，人羁浮沉悲欢。不入利禄梦魂安，笑对梁间雏燕。

物理系的蒋建生同学分在养马班，他写有两首诗：

朝　牧

翠毯掇珠树披纱，清风拂鬃踏蹄花。
扬鞭高歌《东方红》，群峰翘首迎朝霞。

纵　驰

树驰山转四蹄空，飞骑欲上九霄重。
五洲风云收眼底，千里壮志寄东风。

历史系的徐晓旭同学分在水稻班，他写过两首这样的诗：

插 秧

锦绣河山披绿装，沃野万里春插忙。
霞光普照春色美，雨露滋润禾苗壮。
甘为温饱踩泥泞，愿给朋友送稻香。
但等金浪奔涌日，镰飞人笑谷满仓。

牧 马

口唱赞歌迎朝阳，战士扬鞭草原上。
清风拂鬃嘶声欢，晨露湿蹄膘情壮。
曾闯硝烟建奇勋，敢斗狂暴谱华章。
只待统帅发号令，横刀跃马赴疆场。

笔者也写过一些小诗，这里选抄三首：

买 菜

穿越松林跨小河，翻过山丘爬陡坡。
风狂雨骤泥成浆，志坚力强情似火。
常见鲜菜绿满筐，犹闻佳肴香漫锅。
脚蹬飞轮鸣银铃，一路欢笑一路歌。

送 饭

一根扁担两只桶，迈开大步疾如风。
重担磨压锤硬骨，险道奔走练奇功。
汗洒田畴稻花香，歌飞山野情思涌。
饭菜味美飘爱意，书生伙夫心最红。

养 猪

猪场气息沁心肺，活累任重守岗位。
人勤手快圈常净，食细料精膘更肥。
污浊自有热汗洗，蓝图全凭碧血绘。
劳动光荣无愧怍，农场花艳歌壮美。

我们这些同学大多出身于劳动人民家庭，从小就不是“衣来伸手，饭来张口”的少爷小姐，只是多读了几年书，多掌握了些专业知识。回想在北大的几年里，学校坚决贯彻“教育为无产阶级政治服务，教育与生产劳动相结合”的方针，我们去工厂，下农村，到学校食堂帮厨、在校园里植树绿化等，参加劳动的机会还是很多的。现今到农场锻炼无非是体力劳动更集中、劳动强度更大而已，在特定的历史条件下，大家只能面对现实，适应农场新环境，文弱书生们学会了各种劳动技能，磨起两手老茧，晒黑一身皮肤。在“文革”大潮中饱经颠簸的莘莘学子，到这时已逐渐冲破禁锢思想的牢笼，对诸多现实问题提出了质疑：我们生在新社会，长在红旗下，从小学到大学都沐浴在党的阳光下，接受的是健康的正规教育，怎么突然就变成了“从旧学校出来的需要改造的学生”？我们北大学子都是从全国各地选拔来的精英，大家满怀豪情壮志，勇攀科学高峰，决心为祖国早日实现四个现代化作出贡献，难道这也不对吗？“知识就是力量，知识改变命运”这最普通的道理有什么错误？凭什么说“知识越多越反动”？当时思想上也很迷惘：这样的劳动锻炼“再教育”还要持续多久？我们的“旧思想”究竟达到什么标准才算完成了“改造”呢？尽管人们都认为，在年青时多经受些磨难、多吃点苦也不是没有任何好处，但是当年我们经受这番磨难并不是心甘情愿的，而是万不得已的“苦中作乐”罢了。

荒唐的时代将我们从北大送进部队农场劳动锻炼了二十个月，在林彪叛逃摔死于蒙古温都尔汗两个月以后，终于进行再分配。我被分配到萍乡第二中学当了二十个月的中学老师。当时分配到二中的有四位北大同学（哲学系黎祖谦、地质地理系郑孟涤、经济系肖必凡和我），还有几位来自厦门大学、南京大学、上海外贸学院等院校的。这在该校历史上也是“史无前例”的，我曾为“文革”后的首届高中毕业班担任班主任、讲授语文课，带着学生去农村、进工厂、下矿井，曾在全校大会上背诵长诗《接班人之歌》，创作诗表演《让二中盛开培光花》。天真烂漫的中学生对我们颇为

⊙ 2004 年夏天摄于赴福建泉州考察途中

仰慕，我们也与他们结下了深厚的情谊。后来，在国家文物局王冶秋局长的亲切关怀下，还是凭着“北京大学历史系考古专业毕业”这块金字招牌，1973年夏天我专业归队调入江西省博物馆考古队工作。发掘古代遗址墓葬，破解千秋历史谜团；心血浇灌学苑土地，喜看满园科研新花。由我作词的《考古工作者之歌》被誉为“考古界的第一首行业歌曲”传遍了大江南北：“南国骄阳晒黑我们脸庞，北疆雨雪打湿我们行装，探寻祖先创业足迹，我们一身风尘，满怀热望。为历代奇珍异宝添彩，为万千能工巧匠歌唱；为历史揭开神秘的面纱，为祖国赢来惊叹的目光……”

我曾写诗记述自己走过的人生道路并发出感慨：

浦江潮涌赞青春，拜师求知跃龙门。
时念燕园攻读乐，久抚浩劫创伤痕。
军训励志岂惜汗，萍中育花倍费神。
访古探史尝甘苦，学术高峰勇攀登。

几经潮涌浪颠簸，何惧磨难经坎坷。
时见愚童食糖少，惯看奸徒失策多。
为觅硕果勤耕耘，愿效璞玉耐琢磨。
辞别动乱迎盛世，改革征途奏凯歌。

转眼间四十多年过去了，我们都已由风华正茂的青年变成了霜染双鬓的老人，然而往昔所经历的一切依然清晰地浮现在眼前。当年告别燕园来到安奉农场“改造思想”的北大校友有不少早已调离江西，而我这个上海人依然坚守在赣江鄱阳湖畔。亲爱的朋友，你们现在过得都还好吗？还记得当年军马场那难忘的日日夜夜吗？“风霜雨雪俱往矣，秋光晚晴共珍惜。”让我们永远高唱青春之歌，用甘苦备尝的赣情鄱韵，谱写出更加悦耳的乐章！

许智范，江西省政府文史研究馆馆员、江西省文物考古研究所研究员。1946年3月出生于上海。1951年至1963年就读于上海市梅陇小学和上海中学。1963年9月考入北京大学历史系考古专业学习。1970年3月毕业分配到江西后，曾先后在安义县6011部队农场劳动锻炼和萍乡市第二中学任教，1973年9月专业归队，长期从事田野考古、陈列展览和主编《南方文物》。2001年获政府特殊津贴。主要著作有：《南方文化与百越滇越文明》、《寻古觅珍》、《中华青铜》、《吉州窑瓷》、《学旅行吟》、《赣风鄱韵》等；参与编著《中国地域文化通览·江西卷》、《江西通史》、《江西文化》等。

愧对母亲　未愧对母校

张玉良

我是1968年底告别母校离开首都北京的，当时“文革”的高潮已经过去，人们的情绪急剧冷却并产生厌倦和反感，对“文革”发动者当初宣称的“崇高目标”已心存种种疑虑。作为所谓“第一张马列主义大字报”诞生地，北大校园则一片凄凉、肃杀，校园里的大字报零零落落，被寒风吹得碎片遍地，凋零不堪，其景象犹如野外的坟地或是城郊无人管理的墓园。昔日风光美丽的燕园竟如此破败，惨不忍睹。

特别是，当时校园内师生自杀事件接连发生：上吊的、投湖的、服毒的。还有到西直门火车站卧轨的。人们心头被重重阴影和悸怖所笼罩，百思不解“文化大革命”怎么搞成这个样子？又将伊于胡底？

当年我们初进北大时内心的喜悦和激动以及对人生的种种期许和理想全都破碎了，心里一片凄楚、悲凉，瞻念前程，则是不尽的迷茫和困惑……

我们曾被视为劳改犯

我们这一届毕业后是一个不留地全部轰出北京，并且发配到边远艰苦地区。其中相当一部分人交给军队。我是长春人，自然交给沈阳军区处置。而当时沈阳军区既要忙于所谓“三支两军”（支左，支工，支农，军管，军训），又要应对所谓“苏修”的军事压力，于是便把从各地来的大学毕业生当中一部分约三百多人都发配到中朝边境的独立一师。独立一师地处长白山半山腰的二道白河，这里原来有一个劳改农场，归公安部门管理，为了接收我们这些人，这里的劳改犯全部迁往西北地区，劳改农场交由独立一师接管，独立一师把我们这些人编为军农营，下辖三个军农连，其中一连、二连为男大学生连，三连为女大学生连。营、连、排三级干部均由现役同级别军人担任，每个连队的炊事班也由现役士兵承担。我们进场时，正值隆冬时节，气温降到零下三十多度。来自南方的同学只好从旧货商店临时买了棉衣、棉裤、狗皮帽子和手套，为抗风寒，腰间又扎了一条麻绳，其外表形象几乎同劳改犯一模一样。当时我们这三个连由营长在队伍左侧带队，每连连长走在连队前面，副连长和三位排长在连队后面压阵，而他们又都佩戴手枪。这种情形立刻引来了当地朝汉两族百姓的围观，他们互相交头接耳、窃窃私语，用异样的眼光看着我们，显然把我们当成了又一批劳改犯。有人居然大声说了出来："瞧，又来了一帮劳改犯！"还有人指着女大学生连说："哈哈，还有那么多女劳犯儿，这年头搞破鞋的（东北话，卖淫、通奸之意）咋这么多！"当然围观者中也有人发出疑问："怎么这么多戴眼镜的？"这时我们又听到有人出来说："这还不明白，这都是'文化大革命'老犯儿。"把我们看成劳改犯，又同"文化大革命"联系在一起，当然让我们惊异，让我们哭笑不得。

我们的住宿条件和劳改犯一样，睡的是大通铺，每隔一米用木板隔断，空间十分狭窄。就连厕所也是如此，排便道只有二十公分宽，用以防止劳改犯从便道逃跑。伙食极差，主食为高粱米饭或玉米面大饼子，副食以大白菜炖土豆为主，外加一点咸菜，带肉的菜每月只有两次。这样的伙食每人每月要交十二元钱。北方人还可以应付，吃惯了大米的南方同学实在难以忍受。记得一次全年开会时，一位上海交通大学的同学提出了改善伙食的意见，并要求查炊事班的帐。他的意见立刻引来大家热烈的掌声。这本来是一件很正常的事情，哪知连长却大动肝火，大发雷霆。我至今仍记得那位王连长操着浓重河南口音对我们进行大声训斥："你们还想造反哪！这里不是大学校园，不是北京、不是上海，这里是劳改农场，是解放军的地盘。"稍一停顿，他又用反问句说道："你们知道不知道你们是什么人？"说到这里，他用眼光扫视了我们每个人面部表情："告诉你们，你们都是刘少奇的人。你们这帮脑袋，共产党剃不了，解放军还剃不了？！"

王连长这番话着实让我们目瞪口呆。后来相处时间长了，互相了解了，我们发现这位连长的心地还是善良的，他的性格也是可爱的。我们在二道白河劳改农场的劳动行将结束时，这位连长也被师里安排退伍转业。在他离开部队回河南老家前，我们全连一百二十人自愿集资买了一头猪和四十斤散装白酒，还为他买了毛衣、毛裤，为他饯行。他那天十分高兴，动情对我们说："我这个大老粗冒犯了大家，伤害了同志们，只好请各位原谅了！"说着说着他竟泪流满面。

一个女大学生之死

那是一个政治荒谬的年代，其荒谬之处，不仅在于践踏真理，而且不尊重常识，不尊重常识势必糟蹋人的生命。

我们接受再教育的主要方式就是体力劳动，冬天伐木，春天插秧。

二道白河有一块大面积稻田，是劳改犯无偿劳作十余年开辟出来的，利用长白山天池水系余脉的二道白河优异水质浇灌，所产大米香甜可口，闻名东北三省，至今仍属于特供品。我们 4 月初即开始下田插秧，当时冬雪刚刚融化，水田里还有冰碴，即便穿上水靴，也感觉冰凉刺骨。于是连长让我们每人不论男女，都要背上一个军用水壶，里边装上半斤六十度的高粱烧（部队自己烧制），其醇厚味道至今记忆犹新，我们绝大多数人就是从那时学会了喝酒。插秧时要不时喝上一口，以通热活血抗寒凉。应当说，这对于男人确实不算什么，而对于经期的女性实在是一种伤害，这是老祖宗几千年留下来的常识。但当时最高领袖毛泽东要求人们“一不怕苦，二不怕死”，这种常识根本得不到尊重。女大学生连有一位名叫罗丰丽的，哈尔滨工业大学毕业，皮肤白皙，身材好，但明显瘦弱，出身于知识分子家庭，自尊心很强。下田插秧那天，刚好是她的例假高峰，她又患有子宫肌瘤。她本想向连长（男性）请假，但碍于女人的情面，她只能咬牙坚持。一位北医妇科毕业的女同学曾劝过她：“这可是咱们女人一生的事情，千万别糟蹋自己。”但她还是不好意思请假。哪知，插秧到第五天，她竟大出血不止，经血湿透了裤腿，染红了身边的稻田水，最后晕倒在稻田里。身边人发现后，报告给连长，连长立刻调来八名战士，用担架把她送到四公里外的师卫生科。师卫生科当天只有一名男医生值班，见此情景，竟束手无策，于是报告师长。师长立即派车把她送到距离师部八公里外的公社卫生院，卫生院采取措施，暂时止住了大出血，但一个山区卫生院医生的水平和医疗设备毕竟十分低下，根本无法对她进行有效治疗。据前去探望她的女同学回来跟我们讲，罗丰丽脸色惨白，身体极度虚弱，严重贫血。于是那位北医女同学提出请大家自愿为罗丰丽献血，此事被营长报告到师部。师政治部主任提出：“同学们献血，咱们要给她精神力量。”于是，以师政治部名义为罗丰丽颁发了一张“活学活用毛主席著作积极分子”和“一不怕苦二不怕死先进人物”奖状。血还未输，奖章先到。据当时在场的一位女同学告诉我们，面对师政治部主任和那张奖状，罗丰丽表情是一种无可奈何的悲苦。谁知当天深夜，罗丰丽子宫肌瘤破裂，大出血不止，又抢救无方，她就这样死去了。一个年轻的生命就这样结束在那个荒谬的年代。

我至今还记得，她被送到安图县火葬场火化前的面容，她的父母（均为苏州的中学教师）抚尸痛哭的情景。我们三个连全体同学为罗丰丽送葬，每个人都泪流不止。我至今还记得，她的父母捧着自己独生女的骨灰盒艰难地登上师部的大客车时的情景。大客车启动后，罗丰丽的父亲打开车窗，把师长、政委用自己积蓄捐赠的一千元小包和我们大家捐赠的一千元小包一手扔出窗外，并大声哭诉道：“我们的女儿都没了，要这些钱还有什么用？”汽车开走后，师长安振川面对师政委大声说了一句：“老赵，咱们作孽啊！”

同萧克将军的一次难忘交谈

1978年底，我奉调到北京军事学院报到，是当时军事学院院长萧克将军（开国上将第一名）点名要我来当教员的。萧克将军之所以点到我，是因为此前曾同将军有过一面之缘。1973年秋，当时的军政大学举办过一次列宁的《帝国主义论》研讨班，我作为沈阳军区的一名成员，随同沈政宣传部部长参加研讨班。当时，军政大学校长已由萧克将军接替黄永胜出任。萧克将军从红军时期起，即以儒将闻名。他精通兵法，熟悉战史，文史知识广博，既有将军风度又有学者风范，是共和国开国将军中难得的一位，在全军享有盛誉。研讨班轮到我发言时，我就如何用辩证发展的眼光理解帝国主义理论和我国国际环境谈了自己的看法。刚好那天，萧克将军到会听取讨论，我的发言给他留下了“有点理论功底和善于思考问题”的印象，并记下了我的名字，知道我是北大出身。1978 年春，军政大学一分为三，即军事学院、政治学院和后勤学院，恢复“文革”前的建制，萧克将军出任军事学院院长。

我记得，我到军事学院报到后的第三天，教研室主任梁唐（他是著名哲学家杨献珍的大弟子，1964 年曾同杨一起受批判）让我去见萧克院长，说萧院长要同新来的教员谈话。我如约来到院长办公室。办公室极其简朴，除了一套老式沙发外，满屋全是书，其中还有一橱柜线装书。萧克将军身着银灰色中山装，正在习练书法。我敲门进去后向他敬礼报告，他微笑起身：“欢迎你来当教员。当教员就不能当官，你想好了吗？”

我立刻答道：“院长，我早想好了，我愿意当教员，感谢院长还记得我。”

萧克将军又说：“你是北大毕业的，北大是有风骨和传统的大学，‘文化大革命’怎么会首先在北大发难呢？”

当时正是人们思想非常活跃的时刻，人们议论的中心就是“文化大革命”是与非和毛泽东的功与过。

⊙ 2005 年于浙江温州江心屿

“院长，那是伟大领袖和最高权力专门拿北大开刀，是北大的劫难。”

萧克将军随即说道：“不光是劫难，也是你们北大的耻辱，当然更是我们党的耻辱，甚至是中华民族的耻辱。”

“院长，我完全赞同您的见解。但我不明白，毛主席为什么要发动‘文化大革命’？”

将军反问我：“你说呢？”

“如果说是为反修防修，其实中国根本就没有修正主义；如果说是为了解决接班人问题，那又何必策动整个国家大动干戈呢？请院长指教。”

将军若有所思，说道：“老人家为什么要发动‘文化大革命’，你不明白，我也说不清楚，他老人家如果现在还活着，你去问他，恐怕他自己也说不清楚，因为他很难自圆其说。”

稍一停顿，萧克将军问道：“你读过《三国演义》吗？”

“读过，念初中时就读过，上高中时又读过两遍。”

将军又问：“你读的是毛批本还是金批本？”

我答：“我读的是毛批本。”

将军又问道：“你能背诵《三国演义》那首开篇词吗？”

由于我对那首开篇词很喜欢又记得牢，当场便背诵了一遍：

滚滚长江东逝水，浪花淘尽英雄。是非成败转头空，青山依旧在，几度夕阳红。

白发渔樵江渚上，惯看秋月春风。一壶浊酒喜相逢，古今多少事，都付笑谈中。

将军又问道：“你知道这首词的作者是谁吗？”

对于这个常识问题，我当时确无把握，只好说：“不是《三国演义》作者罗贯中就是批阅者毛宗岗。”

将军直言：“看来你也犯了一个一般读者共同的错误。注意，这首词的作者既不是罗贯中也不是毛宗岗，而是明代著名文学家杨升庵，词牌《临江仙》，题目《说秦汉》，是一首咏史叹兴亡之作。”

将军又问：“你知道杨升庵这首《说秦汉》化用了哪位古代名家的名篇吗？”

“当然是宋代苏东坡的《赤壁怀古》‘大江东去，浪淘尽千古风流人物’……”

于是将军又问：“这首词中的‘白发渔樵’你怎么理解？”

“字面意义上当然是指渔翁和樵夫，也可以说是指广大劳动者民众。”

将军道：“你的理解当然可以，但我认为把‘白发渔樵’理解为权力场外和名利场外的有识之士更好些。”

说到这里，将军起身，从书柜中取出一册线装书交给我，是杨升庵的《历代史略十段锦词话》，并让我读一下其中的一首调寄《南乡子》：

携酒上吟亭，满目江山列画屏。赚得英雄头似雪，功名。虎啸龙吟几战争。
一枕梦魂惊，落叶西风别换声。谁弱谁强多罢手，伤情。打入渔樵话里听。

这首词同那首《临江仙》显然主旨同脉，寓意大体相同，只是更深邃，更苍凉。

我读完后，萧克将军说：“历史上的帝王将相、英雄豪杰、风流人物，离开了人民大众的福祉，拼死拼活地咬住权柄不放，使出浑身解数，用尽权谋欺诈，到头来‘是非成败转头空’，‘古今多少事都付笑谈中’，只能‘打入渔樵话里听’”……

将军继续说道：“古人能够思接千古兴亡，冷对是非成败，闲看秋月春风，这样的气度和从容潇洒，是很值得今人学习和效法的。”

说到这里，将军起身：“今天就谈到这里，你回去再想一想，真正天下为公的贤哲会为接班人问题所困惑和烦恼吗？”

我深为萧克将军的博学多识和超迈气度所叹服。

面对这位令人敬佩的开国上将，反观现实，不能不让人心生慨叹。国防大学被称为将军的摇篮，从这里走出的将军已难计其数，其数量远远超过美国国防大学。他们当中确有有胆有识之士，堪为国家栋梁，但也有相当一部分，其品格和素养名不符实。其中有这样一位，不学无识，连《孙子兵法》都没读过，竟把《孙子兵法》中那句名言“兵者，国之大事，死生之地，存亡之道，不可不察也”当成了毛泽东的语录，闹出了侯宝林相声“关公战秦琼”式的笑话。别看此人不学无识，却登龙有术，很会投机钻营。原本为中专学历，不过三年却拿到了某名牌大学博士学位证书。他既不去听课，更不会撰写论文，而是用公款雇请一位教授在高级宾馆里东抄西拼。此人官气十足，开口即“三个代表”，闭口即“绝对忠诚”。官腔套语，更令人生厌，但却逢迎成功，晋升为上将军衔并成为一方诸侯，当然也成了卖官专业户……

我所说自己未愧对母校北大，并非指我取得了什么成绩或名望，而是说自己未失北大学子的人格操守和精神风骨，从未当过政治应声虫。

未为母亲送终是终生之憾

母亲离开我已三十余年，我已年逾七旬，夜间进入梦境的依然是母亲生前的种种情景，这里边当然有母亲慈爱欣慰的话语，但更多的则是母亲辛劳的身影和愁苦的面容。母亲生了我们兄弟五人，靠父亲微薄的工资维持生计，母亲操持之辛苦可想而知。特别是上个世纪50年代末60年代初国家大饥馑时期，母亲常常为我们兄弟五人的温饱而想尽了办法操碎了心，母亲深深地苦了自己，伤害了身体。

记得1963年，我接到北大录取通知书时，母亲难得地露出了笑容。我至今记得，我离家那天，只带了极其简单的行李和一个脸盆。母亲送我到长春火车站，在站台上碰到了同时赴京报到的同班一个女同学，她是从小轿车里下来的，其父为省委书记处书记。老同学相见，她特别向她的父亲介绍了我们母子。登车后我上了硬座车厢，她由警务员送上了软卧车厢。后来，父亲告诉我，母亲那天回家问他，省委书记是多大的官，人家的孩子怎么那么有福。

1978年，我奉调离家赴京时，母亲是那样的依依不舍，顿时让我想到了“父母在，不远游”的古训，心生愧疚。1982年，我特意把母亲接到北京住了几个月。老人离京回长那天，竟抱着我女儿泪流满面，似乎预示着什么，我心里也非常难过。1983年3月30日凌晨3时许，我竟梦中哭醒，梦见母亲在病床前向我诀别，梦境非常清晰……我于是披衣起床，去打长途电话。以往母亲住院时，护士接电话时会说让我稍候，让老人过来听电话。但这次电话打过去时，接电话的护士竟一时不语，过了大约十秒钟，用低沉的语调告诉我，老人已于二十分钟之前去世了……我不禁悲愧交加，任凭泪水滚滚流淌。而当时我有课在身，需要连续一周时间，又无法找人替代。作为长子竟未能送母亲最后一程，这成为我的终生之憾，每念及此都痛悔不已。

回首一生，我清清白白做人，认认真真做事，没有辜负母校的教诲，但却没有来得及回报母亲，愧对母亲的养育之恩。

2005年父亲去世后，我特意为两位老人买了一块墓地，为他们举行了一个合葬仪式，墓碑后面刻上了我撰写的碑文：

念双亲含辛茹苦养育恩深哀思难禁千行泪；
期后辈奉先思孝泽滋芳远殷切唯寄一腔情。

张玉良，吉林长春人。1968年毕业于国际政治系，1969年底穿上军装，曾在吉林省军区政治部宣传处工作，1978年到北京军事学院当教员，1985年转为国防大学教员，1992年被评为教授，曾获国务院政府特殊津贴。退休后，被中国社会科学院世界社会主义研究中心聘为特约研究员。

军垦往事

刘宗德

信笔说旧事，辛酸泪透纸。盛世听危言，荒唐永不继。

告别未名湖　踏上未知路

告别未名湖，登上了南下的列车。晚上便到了河南信阳，休息了一夜。第二天被送到了信阳地区息县——当时武汉军区8231部队的军垦农场。两年前这里还是一个劳改农场，后来交给了部队，成为部队农场。这就是我们此行的终点站。

淮北的冬末，天阴沉沉的，地灰蒙蒙的。营地西边有一处长着光秃秃树木的地方，一眼看去是个小村落。北边有一带起伏的山脉，听说是鸡公山。东边和南边是连成片的灰土地。眼前两排红瓦平房尤为显眼，仿佛给这死气沉沉的土地带来了一丝生机。屋里是泥土地，几十张双人床矗立着，我被安排在第二排瓦房的西南角第一床的下铺。这就是我——出生在上海，在北京上大学的我——走向社会的第一个“窝”了。

铺开被褥，把不穿的衣服包成一个包，当了枕头，一个破箱子里装着《毛泽东选集》、《语录》等几本书，一支口琴，两支笔，几件洗漱用具，这几乎是我全部的家当。学校武斗时我回上海去了，所以书及其他的东西在武斗中全部丢失了。

虽然风尘仆仆很疲劳，但躺在床上久久不能入睡，心中无比惆怅。明天会怎样？何年何月才能离开这个地方？下半夜我才进入梦乡。

1970年3月18日，由112名（北大72人、清华40人）学生组成的“学生连”成立了。后来全国很多农场都接收大学毕业生，他们也纷纷成立了学生连。我们农场也分来了湖北其他院校的毕业生，共分两个连。于是我们连改名为“学生第一连”，即“学一连”。因为北大清华的学生是1970年3月毕业的，而全国其他院校的学生是当年7月份毕业的，比我们晚了近半年，我们连号称“中华学生第一连”是当之无愧的。由于连队是按军队编制建制的，所以同学间就以“战友”相称了。

广阔天地 “大有作为”

⊙ 刘宗德在辛勤耖田

连队成立后的第二天早晨，我们小心翼翼地从土坯建的牛棚里牵出三头水牛来。打谷场上放着三副牛轭和三件不知名的农具。排长（一名年龄比我们还小的解放军战士）说：“准备耖田。”原来那不知名的农具叫“耖”。耖——形似一个木头做成的方框，靠下一边较粗，上面嵌着一排十几枚直径约2—3厘米粗、长约30厘米的铁钉。

我们看着这一堆从来没见过的玩意儿，正在一筹莫展时，忽然刘金保自告奋勇地说：“我来！”只见他熟练地把牛轭穿上麻绳，又把牛轭套在牛脖子上，再把麻绳后端系在耖的两个“脚”上，然后一手拉着缰绳一手提起耖的横杆，吆喝一声：“驾！”牛儿老老实实地向前走了。“哇！这小子还有这么一手！”全班的人都看得惊呆了。他却腼腆地说：“嘻嘻，上中学时我在家乡耖过田。”（后来才发现，刘金保对水田的农活样样精通，成了我们的师傅。）接着他解下了牛轭，把牛轭和耖扛在肩上，赶着牛走上了通往农田的小路。我们也依样画葫芦，扛起耖，向田里走去，不过我们是两个人牵着一头牛，拽着走的。

早春二月（农历），淮北大地的冰雪尚未消融，农田里结着一层寒冰。我们穿着厚厚的棉衣，打着赤脚，踩开冰层，下了水田，开始平整秧田。刺骨的寒冷使我们一个个全身不禁打起了寒战。我们一个人跟在牛的后面扶着耖，两个人在前面拽着牛，迈开了“战天斗地练红心”的第一步。由于牛不听话，与其说是耖田，不如说是在与牛“打架”。不一会儿，一个个浑身糊满了泥浆。不过，经过一番折腾，身上也不那么冷了，脚和腿已经冻麻木了，也不觉得冷了。

耖田时脚常常被石子划破，有时候一脚踩空，一条腿陷到了大腿根，原来地下是一个墓穴，手伸下去可以捞到死人的头骨、腿骨等。据当地农民说，在那“大跃进”的年代，周围曾经饿死数万人。人死后，有钱的人家还有一口棺材收尸，穷苦人家只能草草掩埋。

一天上午，天气特别的冷。休息时，排长提着一个开水瓶，拿着两只搪瓷杯，来到地头，操着一口河南话高声喊道：“来，来，来喝点酒，喝点酒就不觉得冷了。”我原本不会喝酒，喝下第一口时，被酒辣得呛了起来。为了御寒，接着又喝了第二口，第三口……喝到后来就像喝白开水一样，根本感觉不到是在喝高度的白酒（这酒是农场自己酿的，据说有 60 度）。

收工后，我也不清楚是怎么从泥泞的田埂上走回宿舍的。据后来卫生员王启丽说，我回来后外衣也没脱，一身泥巴就倒在床上了，叫也叫不醒，午饭也没吃。黄昏时分才醒来。晚饭时，炊事班长端来了一碗汤面，上面有鸡蛋。这是我第一次吃病号饭，也是最后一次。

耖田是把田里高处的土填到低处去，把地整平。接下来就要用“耙”——形似木梯子的农具，两侧同样钉有几十枚直径约 2—3 厘米粗、长约 30 厘米的铁钉。主要是用来搅碎泥块的。

一开始，我们像当地农民一样，把一块大石头或几块大土疙瘩压在耙上，钉子朝下，由牛拉着，我们在后面赶着牛在田里转。有时牛走得快，人在水田里赶不上牛，只好让牛放慢脚步，从而影响了耙田的速度。为了加快耙田的速度，我们干脆就站在耙上，用自己的体重压在耙上，让牛拉着走。我们手上挥舞着鞭子，把牛赶得飞快，犹如古代的武士在冲锋打仗一样。老乡们看得惊呆了，感叹地说：“从来没有看见这样耙田的，这帮大学生真行。”

拔秧、插秧的季节是最辛苦的。常言道：“春雨贵如油。”但对我们来说简直是灾难。连绵的春雨下个不停，我们经常穿着昨天已经打湿了的棉衣，把棉裤或绒裤高高卷起，有的干脆把棉裤的裤腿剪短，变成了不伦不类的棉短裤，赤着脚，披着用来遮雨的化肥袋，为了防寒，腰间系一根腰带，那腰带也是五花八门的，有皮带、麻绳、草绳和塑料绳等等。相互间手牵着手，或一人拄着棍，踩着泥泞的田间小路，顶着风雨去拔秧。路上不时有人摔倒，有时候几个人摔作一团，摔疼了，一边流着眼泪，一边苦笑着，爬起来继续往前走。

秧田中经常有水蛇在游动，常常传来女生的尖叫声，不过，好像没有听说有人被水蛇咬过，倒是几乎每个人都被蚂蟥叮咬过。蚂蟥叮人后，死死地吸在你的腿上，很难拉掉，要拍打它，才能去掉。但蚂蟥打掉以后，伤口还会血流不止。

我拔秧的速度还可以，插秧可就不行了。虽然在读中学时，参加支援农村“双抢”（抢收抢种）时插过秧，但在农场，我插秧的速度依然比很多人慢。因此常常被插得快的人围在了水田中间，引来一阵哄笑。

除草、薅秧时节，正值盛夏，人在稻田里拔草、松土，上面烈日当空，底下水汽蒸腾，加上各种不知名的小虫叮咬，又痛又痒。每次都累得够呛，有人中暑是常事。

秋天，稻田里翻起阵阵金黄色的稻浪，我们无比高兴，为一年辛勤的付出感到无比的欣慰。要知道 522 亩水稻田，全连 112 人，除去炊事班，牛倌、猪倌、鸭司令等——当然他们对连队的贡献是大大的，真正在大田里耕耘的只有 80 人左右，平均每人要种6亩多的水稻，而且单季水稻的亩产量达到800多斤，这在当时、当地简直是不可想象的奇迹。

水稻收割后，为了颗粒还仓，我们就到稻田里去捡稻穗。农村的大人小孩也来捡。捡的人多了，连里就规定，不让农民来捡。但500多亩田怎么看得过来呢？往往是我们在东面捡，他们到西面捡。一次，生物系的蔡国平遇到一个捡稻穗的女孩，他告诉那女孩不能捡。那女孩对他说："叔叔让我们捡一点吧，你知道什么是饿吗？我饿呀！"蔡国平后来在著名水稻专家袁隆平麾下工作，这件事对他触动极深。这是时隔40年后，我们在息县农场聚会时他讲的，全场为之动容。

那年代有人说：农村是个广阔的天地，知识青年在那里是大有作为的。还真不假。我们这帮北大、清华的毕业生，在这广阔的天地中确实是"大有作为"的。盖厕所的是清华土木工程系的毕业生；打水井的是北大地质地理系的毕业生；水稻育种的是北大生物系的毕业生；施肥、喷洒农药的是北大、清华化学系的毕业生；养鸭子的是北大生物系的毕业生……真是各有所长，各尽所能哦！

学演《沙家浜》 淮北任驰骋

农闲时，场部要我们学生连排演革命现代戏京剧《沙家浜》。这不是赶鸭子上架吗？我们连可以说没有一个人懂京剧，只听说学二连有一个会拉京胡的。既然上面定了，那就试试吧。于是找剧本的找剧本，选演员的选演员，乐队找乐手，三个学生连都动员了起来。几天后，人员基本定下来了，这时才发现缺了一个司鼓的。司鼓是怎么回事？许多人连听都没听说过。其实他就是整场京剧的总指挥，是通过板和鼓的声音来指挥全场的，是一种有声指挥。没人能担任司鼓，怎么办？于是我说："我来试试！"原来，我在师部宣传队搞创作时，曾经看见过专业司鼓是怎样练习打板鼓和演出的，简单知道边鼓如何打，云板如何敲。略试一番，就定下来了，由我出任司鼓。

经过一番排练，也不知深浅，开锣上台演出了。我们首先去部队演出，由于那个年代的文化生活极度匮乏，因此战士们在看戏时都兴致极高，不断地为我们鼓掌叫好。后来，附近几个中央部委的五七干校，也邀请我们去演出。要知道，北京来的干部哪个不懂京剧？哪个不能哼两句京戏？此举无疑是在关公面前要大刀啊。有什么办法呢？硬着头皮去演呗。演出时洋相不断。湖北籍的演员经常把"沙奶奶"念成"仨来来"，把"老百姓"念成"闹百姓"，引来台下一片笑声。更出洋相的是，十几个人的小乐队，还配了一名指挥。懂京剧的观众问我：你们乐队有司鼓的，还要指挥干什么？文场听板，武场听鼓，打有京剧以来，都是如此。这我是知道的，但让我怎么说呢？本来就是闹着玩儿的，何必认真。我只有一笑了之。

我除了司鼓外，还在新四军消灭胡传魁的一幕戏中扮演了新四军战士，一到这一幕，我就放下板和鼓棒，上场翻筋斗，一个空翻翻进围墙，赢来一片掌声，为剧情增色不少。要知道，在学校时我可是北大体操一队的队员哦！只有我能翻空翻！演出结束后，常常有懂京剧的观众围着我，夸我板鼓打得很不错。说得滥竽充数的我无地自容，真是惭愧、惭愧。《沙家浜》在信阳、息县、确山等地共演出了十几场，所到之处受到解放军官兵和当地农民的热烈欢迎。

确山是当时坦克部队打靶的地方，在确山演出时，部队正在打靶训练。首长破例让我们部分人坐了一下坦克。我原来认为坐坦克挺有趣的，其实非常难受。里面的空气十分浑浊，充满了一股刺鼻的柴油味和火药味。震耳欲聋的发动机声，让人什么都听不清，即便是戴上坦克兵帽也很难听清其他人的声音。车身的颠簸让你觉得全身的骨头都要抖散了架似的。下车后有的战友就呕吐了起来，大部分人都觉得头昏脑涨，半天才缓过神来。电影里的坦克兵多么威武、神气，其实坐过坦克后才知道，当个坦克兵可真不容易。

忆苦思甜遭尴尬　治病救人真“神医”

“忆苦思甜”，开个会，听贫下中农诉旧社会的苦，讲新社会的甜，会后每人再吃一碗谷糠和菜帮子煮的稀饭，这是那年月最时髦的政治活动之一，也是我们接受贫下中农再教育的必修课。

一天，我们连除了有任务的人以外，其他人都拉到农村去听贫下中农做忆苦思甜

的报告。赶巧那天连里安排我赶牛车去场部，所以没有参加那个会。据回来的战友们说，会议开始后，就请当地一个穷苦的老贫农作报告，说了没几句就说到了“大跃进”的年月，缺衣少粮，挖野菜、扒树皮充饥，大队干部还各家各户搜粮食充公粮。村里的人不是饿死了，就是出去逃荒。回忆往事，老泪纵横。底下的人听着听着觉得不对劲，那不是新中国建立以后的事吗？！忆苦是要忆旧社会的苦啊，怎么诉起新社会的苦了呢？！连长当即决定：今天的大会到此结束，学生连的人立即回营地出工。

其实那老贫农说的都是事实。在所谓的“大跃进”年代，息县周边有数以万计的人饿死。据河南省信阳市息县档案馆档案文件《关于杨店公社双河和时围孜大队“信阳事件”的调查报告》记载（摘选）：

> 双河大队位于息县城北部，一九五九年春至一九六零年初，全大队共死亡339人，占原有1053人的32%，其中男193人，女146人；成年人205人，小孩134人。
>
> 时围孜大队也在城北部，一九五九年春至一九六零年初，该大队原有22个自然庄，毁灭了6个自然庄，占自然庄总数的27.3%。全大队共死亡240人，其中男157人，女83人。其中因没粮吃饿死的211人，打死的2人，上吊自杀的2人，病死24人，摔死1人。

想不到“忆苦思甜”却引出了这么一段公案，真可谓触目惊心啊！

在水田里拔秧、插秧、薅秧、割稻，成群结队的蚊子在身边、头上哼叫、飞舞，被蚊子叮咬是常有的事。我们农场所在地是疟疾病高发区，人被蚊子叮咬后，疟原虫从血管到肝脏后再回血管，在这过程中疟原虫成倍地增长，破坏肝脏和红细胞，会给今后的身体健康埋下隐患。尽管每年6、7、8月卫生员给我们发防疟疾的药吃，两年内还是有三分之二的同学染上了可怕的疟疾。

我连的卫生员还无报酬地兼当了周边农村的赤脚医生。一次，一个农村的新媳妇与婆家闹矛盾怄气，抽筋了，脸歪了，嘴也歪了，眼睛斜了，不能说话。（以前听人说：气歪了鼻子，气歪了嘴。想不到还真有此事！）新媳妇家里出动了五六个人，用门板抬着，到我们连里找医生。卫生员认为这属于脸部神经痉挛。于是她在病人脸部找了几个穴位，用针灸的方法，几针下去，病人就叫了起来：“好痛！”随之脸和嘴也不歪了，眼也不斜了，也能说话了。真神了！从此学生连出了个“神医”的消息不胫而走。打那以后，周边的农民经常来找“神医”看病。她也确实治好了不少病人。

她还是一个极有爱心的人。一次，一个小孩在打谷场上玩，被大人扔出的扬叉刺伤了后脑的脖颈处，鲜血淋漓，若不及时治疗，恐怕会有生命危险。几个农民用竹床抬着孩子来找我们的卫生员。她为孩子简单地包扎了一下后，告诉来人，应尽快将孩子送到县医院救治。但是这里离县城有二十多里路，靠人抬是来不及的。于是她就和老乡们一起把孩子抬到了农场场部，要求部队首长派车送孩子去医院。部队首长当即派了一辆解放牌大卡车，把他们送到了县医院。到了医院，要治疗，没有钱怎么办？她对医院领导说，这是部队农场领导批准送来的，你们能不给治吗？县医院收留了那孩子。第二天下午，那孩子不治身亡。他的家人跪在回家的路上，呼喊着，感谢我们大学生努力地帮助过他们。在场的战友都流下了同情的眼泪。

别以为卫生员"神医"王启丽是学医的，她是北大数学力学系的毕业生。

帮"鸭司令"捡蛋　赌"女战友"试刀

我们连养有一百多只鸭子，由胡文龙和娄渠英两人来喂养，我们都叫他们"鸭司令"。每天天刚亮他们就赶着鸭子到田里去放养，还要背一些鸭食。中午轮流回来吃饭。下午天将黑时，才赶鸭子回来。不管刮风下雨每天如此，很是辛苦。当鸭子每天傍晚排着队，摇摇摆摆地回来时，嗉囊都鼓鼓的，煞是有趣。

学一连的鸭子在他们的精心喂养下出了名的会下蛋，除了精心喂养外，我们的鸭司令还有一个让鸭子多下蛋的绝招：每天晚上在鸭棚里点一盏电灯。据说延长对鸭子的光照，可以让鸭子多生蛋。由于每天晚上用灯照，所以我们给鸭蛋起了一个好听又前卫的名字："电光蛋"！

一天，我值最后一班岗（我们连全天候有人轮流值班），天已经蒙蒙亮了，看见鸭司令进鸭棚去捡蛋，我就跟进去看看。嚯！鸭棚的地上白花花的一片都是鸭蛋，煞是好看。我情不自禁地蹲下去帮鸭司令捡鸭蛋。一抓两个，一抓两个，真过瘾。

除了养鸭外，连里还养了几头猪。逢节日，常杀猪。记得第一次杀猪是请老乡来杀的，作为报酬，不仅给钱，还请他们喝酒吃饭，而且猪头和下水（猪内脏）都归了他们。虽然这是他们应得的报酬，但在那个物资匮乏的年月，总觉得几十斤肉被他们拿走了，有点可惜。尤其是当他们挑着猪头走时，挂在扁担上那两只颤悠颤悠的大耳朵可馋坏我们了！

我们了解了杀猪的全过程后，第二次杀猪就自己动手了。一天，杀猪的准备工作已经就绪，张惟明——"张一刀"（每次杀猪都由他操刀，一刀解决问题，故送他外号"张一刀"）正准备操刀杀猪，大家也在一旁夸"一刀"的刀法准，忽然听见一个细声细气，但又使人吃惊的声音说："这有什么稀奇的。"说话的是一位身材高挑的女生，平时很少听她说话，谁知不说便罢，一鸣惊人。一位男生挤对她说："要不你试试？"她说："试试就试试。赌什么？"边上的人唯恐天下不乱，都起哄说："赌两斤水果糖！"（那时一斤水果糖只有二三角钱）赌约定下后，只见她穿上围裙，卷起袖子，举起杀猪刀，一刀下去，立马搞定。真想不到一位柔弱女子有如此力量，有如此胆量，大家赞叹不已 。

惜别战友 奔向未来

1972年1月，又是一个寒冷的冬天，中华大地依然覆盖着沉沉的阴霾。我们即将离开生活了近两年的农场。天天想离开这地方，真要离开时，心里还真的有一点依依不舍。有的同学泪流满面，有的同学已经抱头痛哭，我的眼眶里也噙着泪水。

再见吧！我默默地向这片土地告别。这里留下了我们生命中最美好的青春年华，留下了我们的鲜血和汗水，也留下了我们的痛苦和喜悦。在那个人妖颠倒的年代，在那个知识分子是“臭老九”的年代，我们所在的农场可算是一片净土，一片伊甸园。两年中我们连有20多人相恋、相爱，最终结为伉俪，占全连人数的20%多！

我们感谢和我们朝夕相处的6位解放军干部和战士，尤其要感谢已经离我们而去的范有胜连长。

再见吧！挥一挥手，向朝夕相处了两年的战友们告别，祝战友们好运。

我又登上了南下的列车，向南，向南，等待着我的又是什么呢？春天？春天肯定会来的！离别时我填了一阕《忆秦娥 别离》：

淮水边，萧萧落木风卷雪。风卷雪，点点似泪，声声似咽。相识还在陇陌间，别时已有新酒甜。新酒甜，今日共饮，再聚何年？（1972年1月19日写）

40年后，我们50多位老战友又在农场相聚了。我又填了一阕《忆秦娥 重逢》：

何方箫[①]？依稀梦里信阳郊。信阳郊，青春祭土，岁月虚抛。故屋犹在藏鼠枭[②]，老友重遇乐逍遥。乐逍遥，友情依旧，尽管酕醄。（2011年6月2日写）

刘宗德，高级讲师。1965年考取北京大学地质地理系构造地质专业。1970年到河南信阳8231部队农场劳动锻炼。1972年分配到湖北黄石市，一直从事中职教育。2006年退休于黄石湖北城市职业学校。

① 在农场我经常吹箫。
② 当年的宿舍养猪了。

井冈山下北大连

王明美

引子：别了，未名湖！

公元1970年3月19日，傍晚时分，在赣中南部泰和县马家洲乡武山垦殖场场部楼前的土坪上，突然开来了五六辆解放牌军用卡车。车子刚刚停住，旋即从车上跳下98名满脸黄土的男女青年。他们，就是刚从北京分到江西的一批北大毕业生。

就在大前天（3月16日）清晨，他们离开了眷恋着而又待腻了的燕园。彼时彼刻，他们有着同样的心情：沉重的，复杂的，依依不舍的。当大客车驶出北大南大门的瞬间，他们不约而同地掉转头颅，将缀满泪花的眼光，投向晨曦淡雾中隐约可见的博雅塔，深情地看上最后一眼——他们不知道，什么时候能够再次看见她！这时，他们心中似乎都在默默念道：别了，北大！别了，未名湖！

话说这批北大毕业生乘火车从北京出发，途经南京、上海，于第三天中午抵达江西省会南昌。翌日一早，又被塞上军用卡车，经过十几个小时的颠簸，终于来到目的地——0484部队武山农场。从此，他们要在这个部队农场待上谁也不知道多久的一段时间，老老实实地接受解放军的“再教育”，改造自己的资产阶级思想，然后再来一次分配，才算真正走上工作岗位。

井冈山下来了个“北大连”

武山地处井冈山下，是罗霄山脉的一部分，离南昌有300多公里。

我们刚到这里，四乡八村便传开了：“武山来了个北大连！”是的，武山来了“北大连”。武山就在井冈山脚下，所以实际上，也可以说是“井冈山下来了个北大连”。

井冈山下来了个北大连，北大连给小山沟沟增添了勃勃生机。从这一天——1970年3月19日——起，直到翌年10月18日，北大连在武山农场存续了整整19个月。

在这拢共570个日子里，北大连的北大人虽然远离北大，却以自己的所作所为，薪传延续着燕园的香火文脉，继续演绎着浪漫有趣的北大故事。

北大连共有98名学生，其中女生14名。按照部队编制分为3个排、10个班。其中男生8个班、女生1个班，外加1个炊事班。炊事班由男生各班各抽一人组成，一月一轮。

北大连承担着农场100亩左右的水稻种植任务，另加少许旱作物（花生、番薯等）。连队还种瓜种菜，养牛、养猪，养鸭、养鸡，管理果树，水塘养鱼，等等。10个班中，除了七班专司种菜、炊事班专门做饭（连带养猪）外，其余通通的田地里干活。

在武山的19个月里，我们亲身经历水稻栽种的全过程，学会了栽种水稻的一应农活。在武山，我们度过了两个春天、两个夏天、两个秋天、一个冬天，栽种并收获了两季早稻两季晚稻，栽种并收获了花生、番薯等旱作物，养了猪、牛、鸡、鸭，种了菜，养了鱼。我们用辛勤的劳动换来了五谷丰登、五畜兴旺。

干嘛嘛行北大连

在农场的一年多里，我们做到了自力更生、自食其力。我们用自己的辛勤劳动，解决了温饱，吃上了当时比较好的伙食。更为重要的是，一应农活，我们全学会了，并且干得丝毫不逊农人。

北大连里人才辈出，大凡生产、生活的一般性问题，北大人都能自己解决。在北大连，农具坏了有人会修，生活用具有人会做，除了大型工具，一般都会自修自造。

有道是“三百六十行，行行出状元”，北大连也是如此。我们的牛倌、猪倌、鸡倌、鸭倌，潜心钻研，把家禽家畜养得又肥又壮。蔬菜班精工细作，巧施肥料，种出的蔬菜又鲜又嫩。炊事班虽然是“铁打的营盘流水的兵”，一月一换，但“换”出了一种竞争精神，使得饭菜越做越香，结果是全连人舌尖沾光、口福多多。同学们头发长了，也是我们自己互相“推理”。

就这样，不经意间，北大连里竟然涌现出了木匠、泥工、厨师、农艺师、饲养员、理发师等等不同行业的专门技术人才。

此外，连队还成立了文艺队、篮球队，办起了墙报，业余生活也丰富多彩，为山沟沟里的单调生活增添了许多乐趣。文艺队、篮球队在全师循环演出、比赛，墙报上的佳作被选上登上了大报。北大连的不俗表现为0484部队增了光，乐坏了师部领导和分管的师直机关。0484部队也把北大连作为他们开展“再教育”工作的典型，常引北大连以自豪。

总而言之，北大人把北大连建成了一个自给自足的小社会。而造就这自给自足的，就是我们北大人的脑子与双手。我们用我们的行动证明了我们根本不是什么“四体不勤五谷不分”的“臭老九”，而是脑子聪慧机灵、手脚利索能干的北大人。好样的，北大人！北大连，样样行！

只是如此使用北大人，对个人是屈才，对国家是浪费！

重文好学北大连

客观地说，派到北大连带队的解放军官兵（一个指导员、一个连长、三个排长），是相当不错的军人。他们并没有像当年横行北大的工、军宣队那样仇视知识分子，而是在“带队”工作中，比较注意方式方法，给予北大人以应有的尊重。这在当年是很不容易的。正因为如此，他们赢得了北大人的信任和对他们工作的支持与配合。在北大连，军民、官兵关系是融洽的，这既为部队顺利做好“再教育”工作创造了条件，也为北大连营造了比较宽松的环境，使北大人享有比其他大学生连队更多的尊严和自由。

有一点应该特别提及：在“读书无用论”笼罩全国、全民鄙视知识、全社会以“粗”为荣的大环境里，武山北大人却从来没有放弃过对知识的追求。他们坚信，天生我才必有用，报效祖国应有时。在武山，北大人依然保持着爱读书爱学习的好习惯。在紧张的劳动之余，会抓紧时间，以各种方式获取知识。后来，形势有所好转，连队专门安排时间供大家复习功课，大家的学习自觉性就更高了。在住处附近的山冈上，常常飘来北大人晨读外语的朗朗书声。总的说来，北大人在武山没有荒废光阴。

有道是“种瓜得瓜，种豆得豆”；又道是“机遇青睐有准备的头脑”。若干年后，当神州大地拨乱反正、重刮知识风的时候，不少武山北大人正是凭着一贯的努力和长期的积累，在报考研究生的竞争中捷足先登，重跃龙门。这当中，当有武山时期重文好学的“功劳”。

北大连里故事多

部队农场过的是准军事化的生活，北大连也不例外。但是，在统一作息、统一吃喝、统一号令、统一纪律、似乎刻板的集体生活里，北大人照样制造、生发出许多有趣的故事。

1.“半裁子革命”

在武山农场的北大人大多是南方人，说起普通话来难免发音不准，咬字不清，加上难免的“自以为是”，有时就会闹出笑话。

记得连队的一次毛泽东著作讲用会，是围绕“继续革命”理论这一主题进行的，由历史系一位L姓男生主讲。L君浙江温州人士，口才虽佳却常有白字冒出。讲用中，他运用所学历史知识，从巴黎公社讲到十月革命，再讲到“文化大革命”，旁征博引，滔滔不绝。讲到最后，只听他提高嗓门，掷地有声地说道：“我们要永远牢记伟大领袖的教导，坚持无产阶级专政下继续革命，绝不能半裁子革命！”话一说完，立即引起哄堂大笑。

原来，L君又读错字了，把“半截子革命”中的“截”字读成了“裁衣服”的“裁”，“半截子革命”也就变成了“半裁子革命”。此“裁”一出，“半裁子革命”便如影随形，一直跟随着他辗转迁徙，浪迹天涯。直至四十多年后，L君回访南昌，南昌同学设宴接风，酒桌上还不忘拿出他的“半裁子革命”调侃一番，大助酒兴！

2.“维拉”的故事

插秧是一门技术含量很高的农活，插秧人弓背弯腰，“头朝水田背朝天”，要在一步步的“倒行逆施”中把秧插得横成排竖成行是很不容易的。初次插秧，大伙儿插得东倒西歪，弯弯扭扭，“惨不忍睹”。

怎样才能把秧插得横竖成行？北大人想出了“划格插秧”的办法，就是先用一种名叫“木耙”的工具在泥田里划好线，大家再依线插秧。为此，北大人设计制造出了这种“木耙”。所谓“木耙”，就是用两根长约四五米的方木条钉成的丁字架，横的木条下方按照稻秧行距钉上一排（大约10个）长约半尺的短木条；竖的那根木条则用来当拉手。当划格人拉着木耙在泥田里退着往后走的时候，木耙便会在泥田里留下一条条痕迹，这就是“线”。有了这项技术革新，北大人插秧便插得横竖成行，好看多了；而且大大提高了插秧进度。

木耙划格这活儿看似简单，实际颇不容易。经多人试过以后，最后是一位江西籍的W姓小个子脱颖而出，成为“垄断”此活的“划格专业户”。

划格插秧得即划即插，否则过一会儿那划出来的格线就会消失殆尽。所以，每天上工来到田里，大伙儿都要先在田埂上站一会儿，等待第一批格子划好后才能下田插秧。每当此时，大家便会七嘴八舌，指挥着划格人“往左”、“往右”、“笔直后退”。

一次，在熙熙攘攘的指导声中，有一个喊声显得特别突出：“维拉维拉（weila weila）！”众人扭头一看，发现喊话人是一位X姓福州人，讲的自然是一口福州“鸟语”。正因为是福州“鸟语”，划线人没有听懂，也就没有作出反应。这可急坏了喊话人，只听他提高嗓门又连叫数声：“维拉、维拉（weila weila）！”这时，一位与X姓同学同是福州人的同学主动充当翻译，大声对划线人说道：他是说你“拉歪了”、“拉歪了”！原来，在福州“鸟语”里，“歪”（wai）是被读作“维”（wei）的，“歪啦歪啦”也就成了“维拉维拉”！经此一译，大家立即明白过来，迅即开怀大笑。由此，大家便给X君起了个外号——“维拉”。其实，维拉是个苏联名字，我们这代经历过中苏友好蜜月的人是再熟悉不过了。所以，“维拉”一经叫起，很快就风靡全连，X

君的真名实姓反而无人问津了。直至四十多年后X君从福州来到南昌，南昌同学同样设宴款待，大伙见面时的第一声呼唤便是“维拉”，同时配以热情热烈的拥抱，此场此景，既亲密无间，又幽默动人，热闹极了！

北大连不会缺了爱情

北大人从来不缺爱情，武山北大连也不例外。

1. 北大连的恋情演化

据有心人不完全统计，1970年3月武山北大连成立时，其婚恋状况是这样的：已婚者5人（其中3女2男），配偶都是“外人”（即非北大人）；把恋爱关系从燕园带到武山的有2对4人。二者相加，共9人，占9%。当然，这只是公开了婚恋状况的非正式统计数字，实际数字肯定要大于此，因为有些已经“私订终身者”（特别是女同学）由于种种原因并不愿意将自己的隐私公之于众。

而在其后一年多的连队生活中，北大连的婚恋队伍中增添了16个“新兵”。其中，新婚1人（其在外面的女朋友特意来到连队与他完婚）；谈成对象的15人，其中5人是与北大连以外的女性确立恋爱关系，5对10人是在北大连内部谈成功的。这样一来，北大连的婚恋行列就增加到了25人（不包括隐婚隐恋者），占25%。应该说，在当年不太开放、忌讳谈情说爱的社会大环境下，在北大连基本处于半封闭状态的准军事化小环境里，能有这样的婚恋战绩，还是很不错的。

初到农场时，连队并没有宣布不准恋爱结婚的纪律（当然，也不会鼓励恋爱结婚）。但是因为初来乍到，不摸连队的军事化管理“行情”，大家都遵规守矩。那些已是男女朋友关系的同学还是比较“克己守礼”，比较注意“形象”，恋人之间基本没有什么额外的、秘密的接触。但是，荷尔蒙是压抑不住的。在慢慢熟悉了连队的环境和规矩以后，那两对恋人便再也按捺不住青春的萌动开始约会了。每到周末，连队附近的树林下、草丛里，都会留下他们的甜蜜倩影。

随着时间的推移，北大连里的许多“剩男剩女”不甘寂寞，八仙过海各显神通，使出各种解数，以求尽早“脱光”。于是，在经过数月的适应期之后，武山农场上空便弥漫着越来越浓烈的荷尔蒙气味。于是乎，不但“旧”的恋情焕发着青春，“新”的恋情也在不断萌生。用两句不搭架的诗句表述，那可真是“润物细无声”、“春风吹又生”了。

新的恋情大致包括两种情形：一是在连队内部产生；二是在连队外面解决。

先说后者。一些“剩男”把眼光投向了外界，别说，还真的有所“斩获”。有的与分在远方外地的同班或同系同学鸿雁传书，建立起了恋情；有的与老家的同学、亲戚、朋友，通过书信来往确立了恋爱关系。

2.“暗度陈仓”

在武山大本营，也有同学“暗度陈仓”，与连队附近的乡村妹子谈起了恋爱。H君便是这么一位“暗度陈仓”者。H君，福建人，中文系1964级，当时在蔬菜班种菜。他中等个子，相貌平平，内向少言，给人以不善交际的印象。然而，就是这么一位不太吭声的八闽子弟，竟然悄悄地与部队农场旁边的地方垦殖场的一位女手扶拖拉机手“好上了”。这位女机手经常开着手扶拖拉机从我们连队旁边经过，每当拖拉机声“突突突”地由远而近的时候，必定引起人们，特别是男生驻足观望。因为这位乡下妹子长相实在清秀，模样很是清纯，实乃乡村少见的“小家碧玉”。这么一位乡村靓妹与我们的H君经人暗中介绍“暗恋”（偷偷恋爱）成双，同学中尽管不乏醋意者，但赞赏支持祝福者居多，因为这暗合了人们所崇尚的“男才女貌”婚恋理想模式，并且佩服H君追求爱情的勇气——与当地妹子婚恋，就意味着要留在当地。无疑，这可能会让他丢弃美好的发展前景，要背上沉重的生活负担。后来，H君再分配时果然留在了泰和县，分在了一个边远矿山中学，与那位拖拉机手在那里结婚生子，并且连生数子，的确过着清贫的生活。那是后话。而在当年，却给H君带来了初恋的甜蜜。

3.“守株待兔”

你相信“有缘千里来相会”吗？北大连里就发生了这样的故事，并且与“守株待兔”这个成语巧妙地结合在了一起。

故事中“守株待兔”的，是咱北大连的一排副（北大连三个排的排长均由解放军战士担任，副排长则由北大人担任）H君，而他“守”着“待”来与他“有缘”相会的，则是八竿子都打不着的0484师部军人服务部的一个“临时工”——一位随着当军官的父亲来到0484的北方姑娘。

H君是东语系1964级的，高大的个子，壮硕的身材，一个典型的苏北汉子。此君政治上与他的身体一样属“早熟”型，是个当干部的料。这次毕业分配，从北大到农场，他被指定为东语、西语和国际政治三系的领队。到武山后，又被任命为一排副排长，兼任连队军人委员会生活委员，是一个热心为大家服务的学生干部。

因为是一排副，H君便常有机会到师部去开会、办事。办事之余，他会到师部军人服务社去购买（自己买，也替同学买）日用品（肥皂、香烟、笔墨、本子等）。一回生二回熟，H君便在这买卖过程中与那位女服务员相识了。“买者无意，卖者有心”，这位女服务员居然看中了我们这位高大威武的书生，每每笑脸相迎，热情有加。不仅如此，她还打着服务基层（连队）的旗号，经常率领服务社来到武山，既给北大同学带来日用品，更给H君送来了柔情蜜意。

H君与女服的暧昧关系引起了大家的注意和关心，而关心的最好方法则是用“起哄”来推波助澜，促成好事。正是在同学们的推波助澜之下，H君接受了这份爱情。这真是：有缘千里来相会，得来全不费工夫！那么，H君“不费工夫”得来爱情，靠的是什么呢？笔者思量，一靠北大人的魅力（体现在H君身上），二靠无处不在的缘分！二者相较，前者为先。

4. “削发明志”

劳动产生爱情，共同的兴趣爱好更是爱情的催化剂，L、Z二君便是因为兴趣爱好相同而建立恋情的。

L君，男，江西人，化学系1964级的；Z君，女，广东人，东语系1965级的。两个人都爱好美术，喜欢画画。在一次劳动中，他们聊起了画画，谁知越聊越投机，大有“相见恨晚”的感觉。当心中的爱恋激情再也不能自已，一向内向腼腆的L君便书写了一封情书，悄悄地但却勇敢地递给了Z君。谁知Z君考虑到双方家庭背景的巨大差异（男的父亲曾划为右派，家庭出身有点“黑”；女的父亲是高干，家庭出身顶级“红”），认为两人是不可能走到一起的，因而“狠心”拒绝了L君的恋求。

面对拒绝，L君接受不了这巨大打击，在闷头大哭了一场之后，找来会理发的同学，毅然决然给自己剃了个光头。L君如此动作，分明是“削发明志”，明的就是“非你不娶、否则出家”的“志”啊！

当L君顶着个贼亮贼亮的光头走进食堂的时候，立即引起全连人的注目。“L君剃光头了”当即成为轰动全连的爆炸新闻（自然又上了头条）。很快地，大家也知道了他剃光头的缘由，不免唏嘘不已。

意想不到的是，L君的“削发明志”着实感动了这场恋情的另一头——女方Z君。你想，在事事突出政治、人人看重现实的“文革”中，世上竟然有一个人对自己如此痴情，痴情到“非你不娶”、“否则出家（终身不婚）”，如此坚贞的爱情何其难得哟！于是，Z君不管不顾，毅然接受了L君的爱情，而且说服了高干父母接受这位东床女婿。就这样，这场源于共同爱好的爱情，经过跌宕起伏的情节洗礼，最终修成正果。后来，L、Z二君分在了南昌，在那里结婚成家；再后来又一起去到广州发展，事业有成；二人育有一子，家庭美满。

小结：为有悔青春而作

北大连虽然只在井冈山下存在了19个月，但却在燕园之外继续演绎着北大集体故事，在赣鄱大地播撒下北大人乐观向上、风流潇洒的风貌和执着认真、追求完美的精神！19个月的农场生活连同“文革”岁月，耽搁了北大人珍爱的学业，荒废了他们的宝贵青春，于国于己，都是一个劫难、一种悲哀。抚今思昔，沉痛反思，怎能不青春有悔？！劫难不应留恋，悲哀不应赞美。然而，在这有悔的已逝青春里，确有我们抹不去的记忆，有我们被动得来的、却也让我们终生受益的精神财富。所以，记述这段经历，也是一件有意义的事情。——这就是写作此文的起意：为有悔青春而作！

王明美，男，江西南康人，生于1946年11月，1964年9月考入北大东语系。选学阿拉伯语专业，1970年3月毕业。在部队农场锻炼后先后在赣南师院和江西省社科院工作，并曾到利比亚和埃及从事外经工作四年多。长期担任江西省社科院社会学所所长，研究员，享受政府特殊津贴专家。系江西省社会学领军人物和江西省社会学学会创始人、会长；南昌大学、江西师大、江西财大、南昌航空大学等高校兼职教授。担任中国社会学会常务理事、中国管理科学研究会常务理事、北大江西校友会副会长等多项社会兼职。2008年退休，仍研习不止，笔耕不辍。

军垦二度，似水流年

梅　斌

我在离开北大之前与离开北大之后，曾两度到唐山军垦农场劳动锻炼。

1969 年 8 月 18 日，我们得知，驻北京大学工宣队交给 3 个外语系一个任务，组成外语教改小分队。这是北大第一支外出的教改小分队，由 40 人组成：教师 13 人、学生 24 人、工宣队工人 2 人、解放军 1 人。

我在小分队负责撰写简报。北大政工组印制的《内部通讯》1970 年 1 月 12 日第 12 期刊登的调查报告《一面学习，一面生产》，就是我写的简报。小分队从北京步行出发，赴开滦煤矿、唐山军垦农场、塘沽新港，时间约半年。路线是：海淀－双桥－燕郊－三河－邦均－彩亭桥－玉田－韩城－唐山－ 4597 部队。8 月 29 日，清晨 4 时起床。小分队在毛主席塑像广场宣誓，5 点半出发离开北大。9 月 1 日休整，听传达中央“八二八”疏散命令。当时全国气氛：七亿人民七亿兵，万里江山万里营。

9 月 2 日，步行离邦均十几里，天下大雨。小分队留下少数人避雨，大多数人裹上塑料床单，继续行军。离邦均 6 里路时，突然一道 3 丈宽的激流挡住去路。山洪暴发，燕山冲下的洪水奔泻而来。排长和叶养水拄着旗杆，涉水而过，又横着旗杆，在下游做保护。大家组成一道人墙，手挽手过河。有的女生和女老师的脚在水中漂起，

⊙ 1969 年 8 月，北大外语教改小分队法语专业师生出发之前合影

大家连拉带架，将她们护送过去。三班女生高永玲当日不便下水，吕仲林就背着她过河，齐艳芬在一旁保驾。小高很感动，在吕仲林背上哭了。姜鸿宵老师见了大水就头晕，好几个同学在两边挽着她，扶着她，后来索性架着她，将她抬过去。刚过深水，姜鸿宵叫了一声，竟昏死过去。大雨滂沱，四处无人家，大家将她抬起，解下背包水壶，递上仁丹，七手八脚，好歹苏醒过来，又自己站起，坚持走到底。

9月12日，进入唐山开滦煤矿。矿井深六七百米，最深达1千米。矿老，煤层复杂，巷道远，在井下坐电车需四五十分钟。每天早上4点半起床，吃早饭，换工作服，戴工作盔，穿长筒靴，装上矿灯，从大井下到400多米深的9道巷。乘坐斗状的长列运煤电车，在地下向西运行40分钟，到达采煤区。顺着溜子运煤道，一直爬到最前面打炮的掌子面。回来爬870多级石阶，高250米，上到7道巷。乘电车到地面，此处离大井十几里，坐火车回大矿。上矿洗澡。每天在矿下往溜子上攉煤。

9月22日，因为头天夜班有个掌子面的柱子没有回，老张师傅和小马师傅就去回，让我们停止攉煤，观看井下工作全过程。这项工作很危险，先用钢丝绳套住掌子面最里层的柱子，回缆车一开，钢丝绳拉紧，煤层里面的柱子便嘎崩崩地响，柱子倒下，后面的山石就哗啦哗啦往下落。老张师傅要到煤层里面，给一根一根柱子套上钢丝绳。掌子面每排柱子中，都有一根柱子最吃力，建筑学上所谓顶梁柱，大概就是这个意思。中午回收一根柱子，由于这根柱子吃力太大，柱子一动，上面传来超巨大压力，只见柱子一根根倒折，老张师傅见势不妙，赶紧回身躲避。不料支撑在掌子面上方的横木落下，砸伤他的右上额，鲜血流出。顷刻间，下身被埋。情况紧急，大家赶紧把他拉出来，老张师傅右腿的小腿肚子被砸肿。我们用手帕给他扎住伤口，止住血。这时，柱子全倒下，上方煤层、石层全都坍塌，落下，封住掌子面。如果老张师傅迟退半步，必出生命危险。杨书才是个大个子，见状不由得哭起来。大家说，有的柱子可以不回。小马师傅说，一根柱子十几元，国家木材紧张，不进口，我们应当尽量回出来。

掌子面冒顶了！轰然一声，山崩地裂。我们胆战心惊朝上望，上方黑洞洞的，深不可测，像女娲补天漏下的大窟窿。头顶上的矿灯光束照不到空洞顶端的岩层，我们这才明白天塌地陷是咋回事。我们被封在掌子面，无路可走。幸好有个漏斗式的传煤口，给我们留下一线生的希望。老张师傅一瘸一拐，带领我们顺着煤渣，一个一个出溜下去。然后，凭借他的地下经验，在黑暗中摸索前行。不知爬了多久，终于来到一处废旧坑道，又不知爬了多少级石阶，终于找到一处风井，得救了。真是万幸！我们将老张师傅送到井下医院，然后从风井上来。这件事，我每每想起，都心有余悸。

9月29日，到唐山军垦农场（24军某营机枪连）。这可是野战军，正在紧张战备。我们编入机枪连，将在部队锻炼3个月，并且参加打靶。

唐山柏各庄军垦农场始建于1962年。这个部队（4610师）和广州军区某师，就是后勤部报告中提到的两个师，毛主席就是根据这两个师的报告，发表了影响全国城乡格局、造成千军万马大挪移的“五七指示”。当时这里是一大片芦苇滩、盐碱地，不长庄稼，晴天土路铁硬，雨天泥泞难行。俗称“柏各庄三件宝，蛤蟆蚊子泥沾脚”。整个农场有稻田二十几万亩。我们参加秋收，跟战士一道下田开镰割稻，捆稻把，拉稻把，背稻把，拣稻穗，大雪天挖沟渠，耕地，拉水，砌炉子，打草帘子。

1970 年 1 月 1 日，去学生连参加新年会餐。晚上，刮起很大的东北风。我们回来，屋里黑洞洞，发现草屋灯泡坏了，电线短路。我们打着手电筒，冒着严寒，爬到后面的草房顶上，去接保险丝。北风呼啸，吹起屋顶上的草，我和俄语系的陆嘉玉老师、东语系阿拉伯语专业的朱立才同学三人七手八脚，在草屋顶上苫草，接电，如此这般过新年，倒别有一番情趣。白天没有生炉子，接好电灯，我们又打着手电筒，到外面去找玉米棒子来点火。夜里风向不定，火墙四处喷烟，屋内烟雾腾腾。又忙了好一会，调好外面的烟囱口，火才着旺了。我们也没感到有多苦，反倒觉得挺有意思。夜里的风太大，我们将炕席拉起一半，挂起来挡风。第二天，和泥重修烟囱。

元旦之后到塘沽新港。俄语系女生高永玲被吊车的铁钩晃动惊吓，从高处跌下，脑部撞上钢板尖，颅内出血，送到天津做开颅手术，朱秀琴全程陪护，万幸治好了。

1970 年 2 月 5 日，除夕，早上我们被全部叫起，说夜里接到紧急电话指示，在二十四小时之内赶回北大报到。回校后搞了一个多月运动，宣布毕业分配方案。

1970 年 3 月 14 日，我们三个外语系的部分同学，又离开北京，重返柏各庄军垦农场。二度“老九”今又来，这次我们的身份变了，是外交部代国家管理储备人员。我们和其他院校外语系同学组成一个新学生连。

4 月 2 日，我们在军垦农场领到第一份工资。朱立才激动万分，他捧着钱，给毛主席像磕头。从教改小分队开始，他就喜欢跟我在一起。有天下大雪，夜里站岗，他也跟我站一班岗。我和朱立才、朱秀琴常去军垦造纸厂玩。朱立才的脸相憨憨的，朱秀琴面如满月，是很大气的美人。我是学法语的，他们是学阿拉伯语的，虽然语种不同，在军垦生活却很投缘。路经师部，后勤部甄副部长见到我们，知道我们重返农场，特别高兴，拉我们到他屋里，聊了好半天。他是个很和蔼的首长，整天背个小挎包，在田头转悠，总是乐呵呵的，我们叫他“老头子”。有天，他来连队看望，问梅斌在哪儿，朱秀琴告诉他，身上扎着腰带，帽子上有红星的就是。甄副部长便喊我，过来跟我握手说，手这么烫，你发烧了。我自己还没发觉。

一天，大雪横飞。农场一下雨雪，就到处泥沾脚。我们借来铁锹、柳筐，修理门前的鱼塘。我们自己砌炉子；拉胶皮车，出猪圈里的粪土。渤海湾比北京冷，水缸里的水早就冻成冰。新的连队什么也没有，连坐的凳子都没有，全靠白手起家，一切从头做起。我们自己动手，用稻草编草凳。草凳在军垦可是必备物品。部队集合开会，或是看样板戏电影，战士每人手提草凳跑步入场，一声令下，齐刷刷放下草凳。又一声令下，齐刷刷坐下。编草凳之前，要学会搓草绳。这是我的拿手好戏，我是在巢湖农村长大，小时候在村子里就会搓草绳，自然得心应手。我一人就编了五只草凳，有些女生反倒编不好。后来，女生喊我去帮她们编草垫子，卷草垫子，闹得出了名。

军垦部队有炊事班，负责养猪。学生连也养猪，也杀猪。来新人，要杀猪欢迎；有人走，要杀猪欢送。春节过年，要杀猪欢庆。一天早上，连里杀猪。我们把猪捉住，捆住，杀了两刀才杀死。猪嗷嗷叫时，我不敢动手，操刀的是胆大的男生，其中有东语系的贾占岭，他们用开水烫猪刮毛，用长长的铁钎，从猪脚捅入，插到猪肚，口咬猪脚，铆足了劲吹气，将煺毛的白猪吹鼓，像个庞大的皮球。坏了，皮球漏气了。急忙喊人来缝，应声来了几个女生，记得有朱秀琴，她们拿来针线。到了现场，傻眼了。原来漏气的地方，有皮球的敏感部位。但是，情势危急，是等不得的。她们也顾不得了，三下五除二，将漏气的地方，包括敏感部位，逐一缝好。忙了三四个小时，到 12 点才杀完。最后，我去洗猪大肠，这活特别脏。帮助杀猪，对我来说，可是生平第一次。

我们连有 82 亩地，是刚开荒的生地。早春天气寒冷，我们下大田，甩平地，抬筐平土，两人一副筐，一抬一甩就是一天，肩膀都抬疼了。没人喊饿喊累，回来时依然一路歌声。天暖之后，下水田，修田埂，育秧，放水，看水。早晚一片蛙声。晚上躺在炕上，没想到半夜搞紧急集合，我们排许多同学鞋子找不到，下地乱摸。棉袄穿成棉裤，绒裤只穿一条腿，还有的把裤子前后穿反，嘻嘻哈哈，乱成一团。

到了 5 月，忙于修田埂。部队有抹秧床的抹刀，我们借来将秧床抹光。农民绝不会干这种花活，部队则不同，他们重视内务，讲究军容风纪，延伸到大田作业，便把田埂抹得方方正正，把秧床抹得像光滑的豆腐块，并用细细的线绳在秧田两头测量，校准。秧苗还没长高，我们就下田拔草，拔稗子，这时才叫良莠难分。部队战士教我们，高于秧苗，叶片发软，节处无毛，叶子中间有条白线的，便是稗子。劳动间隙，去沟渠抓小鱼。唐光智、王传智喜欢抓水蛇，提着蛇的尾巴抖死，吓唬女生李芙蓉。有天天晴，我拆了被子，有事去忙，李芙蓉帮我洗了，刚晒起来，就下大雨，白洗了。她有本竖行排版的老书《钢铁是怎样炼成的》，我非常喜欢，请她设法寄给我。李芙蓉真是个热心人，她果然让家人给我寄来。一拿到书，我就爱不释手。这是我第四次精读此书，为此还重读了《联共（布）党史》。这本书在军垦农场始终陪伴着我，我一直珍藏至今。

5 月上旬，天阴水凉。拉木耙，平秧田，单裤卷到大腿根，嘴唇冻得发紫。我和朱立才一组，四人拉耙，全身湿透。泥水太深，齐大腿，停下的时候，我的腿尚未站稳，朱立才就拉耙朝回走，将我一带，往后跌了一跤，仰面倒在泥水里，全身泥水湿透。有条耕牛累坏了，摔倒在渠里。部队调来十几个解放军战士，跟学生一道，将耕牛抬出来。一天搞水平地，我和朱立才一起架牛。溅得一身水，差点被牛踩伤。他怎么鞭打，耕牛也不走。他想了个法子，脱下褂子，蒙住牛的眼睛，牛便听话多了。但好景不长，水田南边是条大路，牛老往路上跑，跑到田外，不愿干活。下午太阳在南边，牛一见到亮光，就知道是向南，乐意朝南走，上大路。白天，牛只是朝南发飙。到了傍晚，太阳下山，就更乱套了，牛到处乱转，有时陷入烂泥倒下。朱立才几次被牛带住跌倒在泥水里。

水平地终于完成了。每块水田上下不差一公分，并将田埂重新拍平抹光。毛埂由女生班负责，她们用秧床的抹板打磨，像绣花一样，一条一条打磨得方正溜光。

在军垦，要求天天读，天天练。但都徒有其名，压根保证不了。晚上回到草屋，朝炕上一躺，仰面朝天就睡着，晚饭都不想吃。周总理指示，在军垦农场每天要平均学习外语三小时，没有得到落实。有件事跟外语有点关系，是到部队帮助战士练习所谓的俄语喊话，其实是用汉语注上俄语的发音，喊六句话："缴枪不杀，我们宽待俘虏，举起手来，出来，不要动，跟我走！"

到 11 月底，又传达总理指示，每天要学外语四小时。也就传达一下罢了。

学生连有位二排长，在部队五年没回家。他与学生初见时，便称我们是资产阶级知识分子，也就是臭老九，要好好改造思想，脱胎换骨，重新做人。当时正赶上学习"红九连"，"红九连"的经验总结为："六学六拔六扎"，"四从四找"。受八股文风影响，连队干部对学生训话，也喜欢编造一些似是而非的缩语，比如五字经典"学找立高实"。如果不加解释，别说时过境迁，就是在当时也不知所云。神乎其神的，是什么意思？学，就是学什么理论；找，就是找什么差距；立，就是树立什么理想；高，就是高举什么红旗；实，就是落实什么措施。压缩成一二三四五，就成了"学找立高实"。二排长有点小聪明，他据此发挥成"紧分带忆批用斗听细快严"。就是：方向上抓一个"紧"字，路线上抓一个"分"字，领导班子抓一个"带"字，阶级教育抓一个"忆"字，肃清余毒抓一个"批"字，学风上抓一个"用"字，思想改造抓一个"斗"字，群众路线抓一个"听"字，思想改造抓一个"细"字，作风培养抓一个"快"字，执行纪律抓一个"严"字。合成十一字诀，便是"紧分带忆批用斗听细快严"。有天，学生下地去了，回来发现有人丢了块手表。连长点名时，很有把握地说，谁拿了手表，自己放回去，便无事。如果查出来，便如何如何。原来，连部的小文书碰巧瞅见，跑到连长那儿告发了。很不幸，一念之差，自取其辱的，正是这位二排长。

8 月，我看到《解放军画报》刊登巨幅彩照，绿油油的田野正是唐山军垦农场，大标题是《红了思想，绿了荒滩》。如今古稀之年，打开当年画报，展开巨照，暖融融的春风依然扑面而来。

我们学生连也种菜，养鸡，养鱼，养猪。天黑了，打着手电筒，去田野捉蛤蟆喂小鸡。晚上弄菜地，正是蚊子猖獗时，在头上和身边四周绕圈圈，多得碰手，叫得烦人。睡觉时不当心，胳膊碰到蚊帐，早上醒来，胳膊上一长串红包。我的日记本里，至今保留一只军垦蚊子的标本，像只小蜻蜓，大得惊人。9月中旬，暑气过去，学生连全连出动，到排水渠里去抓鱼，抓黄鳝，抓泥鳅。这还算善举，但是8月底，连部决定下田逮青蛙，聚餐改善伙食，现在可能会受到质疑。

晚上，学生连人人都出去，打着手电筒逮青蛙。去沟边路旁的同学逮得少，去稻田毛埂上则收获颇丰。毛埂很窄，一人走一条毛埂。军垦的青蛙很大，晚上都待在毛埂面上。手电一照，就傻乎乎地不动了，无需擒拿，只需伸手之劳。走一趟田埂，就能逮到几十只。后面的同学背着麻袋装，三人小组一小时逮到二百多只。夜间会师，多得不得了，数不胜数。第二天早上，发现打死的有一小半，剁碎了喂小鸡。我从小不敢杀生，有些男生胆子大，宰杀一大半活的青蛙。有的用刀切住青蛙头，另一只手将蛙皮扒下。切掉四只脚，除掉头，勒掉里面五脏，剩下一大块肉，还在跳动。有的先切头，斩掉四只爪，然后用刀划开蛙背，再扒下蛙皮。剩下的蛙肉足有二十多斤。女生都说残忍，声明不吃蛙肉。中午每桌摆一盘炒熟的蛙肉，蘸酱油，女生却吃得最凶最多。有位印尼语女生戎学玲，丰满如唐朝美女，笑声特豪爽，半碗葡萄酒，端起来一口喝光。

有位小同学叫何畏，是学生连的女卫生员。大冬天12月份，给八班的女生打针。不小心，针头断了，半寸长的针头陷在女生的屁股里。她拔不出来，急得要哭。大家都十分着急，怕针头在屁股里面游走，钻进血管，祸就闯大了。这时，男卫生员陈应复赶来。大家七嘴八舌说，赶紧送部队医院。但从连队抬到医院，针头一经晃动，会在女生肉皮下乱窜。陈应复说，不行，得马上急救。何畏一听，就打麻醉剂。陈应复就在宿舍里，用刮胡子刀片，在女生屁股上动手术。第一刀下去，没找到针头，说是臀部难找。又下了第二刀，终于用镊子将针头取出。两人临危不惧，紧急处理后，把女生送到师部医院。挨刀的女生也很勇敢，说，不要紧，你们放心吧。

三天后，寒流来袭，我发烧咳嗽感冒了。何畏给我测量体温，39.5度，还止不住，苦水都吐出来。我笑着说，你不敢打针了。何畏说不是。我被彻底隔离了。原来，我被横扫亚洲的流行性感冒击倒。我嗓子烧哑了，腹部猛烈抽搐，痛得蜷着身子，在床上打滚。晚上，何畏给我打针，有些紧张，问我疼不？我说，不疼，你不要因噎废食，还是要常练习，才能熟能生巧。何畏特地跑到师部医院，护士说送来也没用，她们也没办法。何畏只好让我喝盐水，吃咸菜米粥，说多吃咸的管抽筋。他们给我打了5针，师部医院的李医生终于来了。他做了试验说，可能转为肺炎。给我打了一针青霉素，体温回到39.4度。天黑了，李医生骑自行车，驮着何畏，去师部医院取药，又把她送回来。此后，他们接着给我打青霉素，每次打两支，屁股都打疼了。闹了一周才好。

从北大，到军垦，如火岁月，似水流年，经过脱胎换骨的改造，我真的好像换了一个人。1971年7月，全连94名学生，有69人评上五好，没有我。军垦许多营房墙上都有我写的大字，还有我画的巨幅宣传画。尽管如此，我还是不合人意，不合时宜，改造的句号画得不圆。回望50年，此生还算坚强，于此得益甚多。1971年国庆，我们被召回到北京外国语学院，进修两年法语。谁也不知道，就在两周之前，1971年9月13日，林彪专机坠毁在蒙古温都尔汗。1971年10月29日，外国语学院传达中央67号文件，说林彪仓皇出逃，狼狈投敌，叛党叛国，自取灭亡。大伙以为听错了，互问，耿飚怎么啦?

1973年7月6日，我被外交部派遣出国工作，踏上前往非洲的航班。

2014年1月16日夜3时于北京常心斋
2014年2月26日夜3时于上海古浪居
2014年5月13日夜4时压缩于京郊

梅斌，中国作家协会作家、法文译审。

1945年7月9日生于安徽巢县。1964年考入北京大学西语系法语专业，1971年去北京外国语学院法语系进修两年。进入外交部，去中国驻毛里塔尼亚大使馆工作。回京后在外国驻华使馆工作，其中在法国驻华大使馆先后两次共10年，在法国达索飞机制造公司驻华代表处工作多年。长期担任外交部翻译专业高级职务评审委员会委员。

文学著作：长篇游记《法兰西漫游》，42万字（1994年人民文学出版社出版）；长篇传记《范曾归国漫记》；随笔《漫说名流·从北大说开去》；长篇小说《玉带桥》，180万字。主要译著：《乔治·桑自传》、《勒内·莱斯》。

腊山农场的那些日子

甘　英

我本京城女，发配到山东。接受再教育，挥汗在军营。
腰酸不言累，肩破不喊疼。点名有雅号，北大学生兵。

1970年3月，毕业了。我和东语系、西语系、俄语系的一帮同学被分配到济南军区后勤部腊山农场。带着“文革”留下的伤痕，带着对未来的迷茫，离别了燕园。那时的分配原则是“四个面向”——面向工矿、面向农村、面向基层、面向边疆，北京、上海、天津的同学不能留大城市，必须下放。其他家在各地的同学哪来哪去，一般回原籍。我家是北京的，就被分到了山东。

在火车上，心里空落落的。想起父母还在“靠边站”；在北京外国语学院的姐姐被只身分到了新疆阿拉山口当工人；妹妹是高中生，响应号召到陕西农村插队了；哥哥“清队”期间死了，活不见人，死不见尸。他原是军校学生，毕业后在广西部队下连当兵。据说，是因“对文革不理解”饮弹自尽的。部队那迟到的通知书上歪歪扭扭地写着“他死的不如麻雀毛”……不愿再想，我闭上眼睛。

到农场时已是深夜。进到一个大仓库，这就是我们的住所。灯光，大盆的熬白菜，热馒头，一下子让我们有了精神。农场生活开始了。

学生连的任务是“接受再教育，彻底改造旧思想”，具体说就是和解放军战士一起劳动。战士多是刚从新兵连出来的，看起来还一脸稚气。我们女排的排长比我们小，要不是穿着军装，纯粹就是个泼辣女孩，会笑，也爱板着脸煞有介事地训人。她说，她是从省实验中学出来到野战医院当护士的，首长有意提拔她，让她来管理大学生。

农场三百亩麦田，从播种、浇水、施肥到收割，还有玉米地、猪场、菜地，农场的基建盖房，我们撑起了农场的大半边天。几个月后又来了北京农业大学的同学。大家干活很卖力，经常是一身汗一身泥。记得麦收时挑灯夜战，场上一台联合收割机被当做了扬场机，突突的声音响彻夜空，麦粒从昂首的机器中如雨般喷泻，大家就跟着不停地往里续麦捆，不停地铲、扫、收，来回地奔跑，任飞扬的尘灰、麦壳扑得满脸满身。西语系的李建华不停地呕吐，止不住，被送到医院，说是神经性胃炎，因太紧张所致。冬天平整土地、盖房子。我不会推小车，不到一百斤的体重压不住装满冻土的独轮车，一起身就歪倒，我却偏要试，歪倒了咬着牙再来，终于能上路。因为心里不服总说我们是旧学校培养出来的知识分子“肩不能担担，手不能提篮”，所以我极力表现“我们行”。手磨破了，用手绢垫垫接着干，抬大筐压得肩膀红肿，疼得睡不着觉，就硬挺着。后来就连解放军战士都说你们这些学生真能干。一次可能是赶车的战士临时有事，让我赶马车把一车粪送到地里。我现学了几句吆喝就上路了。到了地里因耕过的地暄，马拉着吃力，往前一跳，马蹄踩到了我脚上。当时没觉得，回来后脚背肿得像馒头。还有一次跟着拖拉机去拉砖，我站在车的拖斗前端，小战士开车楞，车轮蹭过一根电线杆样的圆木，木头一下翘起砸到我眼眶上。看到我青紫的眼睛和肿起的半边脸，同学们都说好悬，再左一点就是眼球，再右一点就是太阳穴了。受伤后我没请假。男排的同学被派去起猪圈，光着脚在又黑又臭的猪粪里踩，还被派往济南监狱去挖厕所。大概是受了监狱里犯人的启示，不知是谁发起，一夜间好多人都剃了光头。一个战士的母亲从农村到农场来看儿子，见我们女排的同学正灰头土脸地抬着大筐吃力地走，就问儿子：“这些姑娘们犯了什么罪呀？”那时我们自己都不知自己是个什么形象，本该是“姑娘好像花儿一样”的年华，可农村大妈把我们看成了囚犯。“原罪”就在于我们是从“旧学校”出来的学生，就在于我们多读了几天书吗？后来那句问话成了我们拿来调侃的笑料。

为便于管理，连里规定了“四不准”：不准谈恋爱，不准结婚，不准回家探亲，不准家属来队。刚到农场时，我看到有在学校已确定关系的男生来帮自己的女朋友收

⊙ 1967 年与俄语系部分好友在人民大会堂前

拾东西，觉得他们很幸福。现在对我来说其实无所谓，就是叫我谈恋爱也无心，更不可能有家属来队，只是苦了那些情种。二十五六岁的单身青年，男排女排之间不允许串门，想找个地方约会还怕被人看见。有个男同学因给一个女同学递了个纸条被揭发，结果弄得好长时间抬不起头。周围的一切似乎都在警示我们：这里是军营，禁止乱说乱动，更不要去想什么亲情、爱情。

在农场劳动的还有十几个老军人，他们是军队被批判的“走资派”，包括济南军区后勤部的副政委、政治部副主任等军、师、团级干部。他们被单独集中在一起，和我们一样穿一身褪了色没有帽徽领章的旧军装，每天被管教干部监督着埋头干活。看到他们，我不禁又想起自己的父母。

令人高兴的是终于能洗个热水澡了。来农场后很长一段时间大家都没能洗澡，干完活只是自己端盆水擦擦。现在好了，经与附近的航校联系，我们可以集体到那里洗澡。大家排着队端着脸盆一路唱歌说笑，到澡堂洗去浑身的污秽和疲劳，享受短暂的自由和轻松，这样的机会难得，谁也不愿错过。

但那天我没跟大家一起去洗澡，趴在床上写信，给父母，给姐妹，给朋友。天天盼望收到他们的信，我却很少回信，欠了太多的情。父母分别被下放到东北“五七干校”劳动，一个在盘锦，一个在笔架山。天寒地冻，母亲为了有水喝，天天到河里去砸冰块，父亲犯了哮喘，还得上山去放羊。想对他们说，保重……我的高中同学、北航的一个好友在“文革”中因思想苦闷跳楼摔断了腿，遭一次次批判后被遣送到黑龙江一个偏僻山村改造。最近她来信说情况好多了，已不用下地干重活，贫下中农让她当了小学教师，有学生帮着挑水。想到她孤零零一个女孩子，瘸着腿，我鼻子一阵发酸，不知该怎么安慰她。有时能收到北大人的信。历史系的刘俊文说，他和一同下放的同学在小兴安岭森林顶风冒雪伐树、拉木头，下工后一身疲惫地倒在结冰的地铺，唱起“我是一块冰”，最痛苦的是精神生活匮乏，没有书报看；听说化学系留校的蔡小海因质疑军工宣队的做法受到批判，差点被打成反革命；地球物理系的陈明萱在青海农场劳动被抓进了监狱，罪名是“反对毛主席”……“文革”中我曾和这些同学在一起，他们真的很正直，有抱负，爱思考，怎么会是反革命呢？几天前妈妈来信说，张久兴死了，我震惊，不敢相信。久兴和我同在一个小学读书，是哥哥最要好的同学和朋友，哥哥出事后还来我家看望过妈妈。他喜欢美术、诗歌，会弹钢琴，崇尚英雄，从中央美术学院出来参了军，在坦克部队当连职干部，“文革”中还参加过军宣队。只因一个被捕入狱的同学交代说曾和他一起议论过，想支援世界革命到阿尔及利亚去打游击，部队就认定他有叛国思想，结果被开除军籍党籍，回到街道后又受到无情的奚落。他不堪忍受，服毒自杀了。这曾是个多么有追求、有活力的青年！我看过他在写给哥哥的信上抒发保家卫国的决心，信纸上画着坦克的准星，告诉说怎样才能瞄准敌人的目标。他、哥哥和那个交代出他的同学三人亲密地搭着肩的照片曾被我们笑称为“三剑客”，他曾给我写信，寄给我毛主席像章……我眼里含满了泪，信没写完，洗澡的同学回来了。

一天，一个同学悄悄提醒我：“看好你的东西啊，信别乱放！”原来不知是谁偷看了我的信，到连里告状，说我和家庭划不清界限。天啊！我还要怎样划清界限？！父母受冲击时，我表示要坚决站到毛主席革命路线一边；接到哥哥的噩耗那晚，我蒙着被子痛哭，第二天却狠心地对妈妈说：“我们要相信群众，相信党！”在北大清队的万人大会上，伯父被揪上台遭残酷批斗，我惶恐、困惑，却还是举起了拳头……想到“文革”中包括我的师长、亲朋好友那么多人的遭遇，我不解：政治怎么把人都糟蹋成了这样？！渐渐地，心中多了许多问号。

连队处处“突出政治”，早请示，晚汇报，“雷打不动”，有空就安排学毛选、斗私批修。每天干完活肚子饿得咕咕叫，还得先排队一起唱完毛主席语录歌或样板戏再吃饭。就连我这爱唱歌的都觉得很无奈。唱个短的“下定决心”也就罢了，有时唱段长长的样板戏“听那边练兵场……”等唱完饭菜都凉了。当然有时也有例外。正学习着，乌云密布，山雨欲来，场上还晒着麦子，就听连长大声命令：“快去收麦子！”然后再加上一句：“抓革命，促生产！”那时也就顾不得什么“雷打不动”了。

连长是个标准的军人，1964 年部队大比武时的尖子。他对我们军事化管理，批人不留情，学生背后常骂他是“军阀作风”。半夜里搞紧急集合，让我们背着背包摸黑跑。我从睡梦中惊醒，紧张得鞋差点穿反了。三九严冬到山区拉练，在结冰的小溪

⊙ 2009 年于济南大明湖公园

里洗脸，不少人脸上、手上起了一块块冻疮，同学中流传着“一三五不洗，二四六干擦”的笑话。一次实弹演练，女排长一紧张将拉开盖的手榴弹掉在了身后，眼见手榴弹在地上冒着烟，旁边还趴着准备投弹的学生，连长三步并两步跑上前，没来得及转身，抓起手榴弹就从背后扔了出去。要不是连长眼疾手快，那后果真是不堪设想。这件事让学生大为敬佩。连长喜欢文艺，有时高兴了会掏出响板给大家说段山东快书。连里成立了文艺宣传队，排演样板戏和自编的节目。一些从未上过台的战士在我们辅导下登台唱歌、打快板，说三句半，高兴得不行，这使得连里有了生气。一次连长问我：“听说你会拉小提琴？”我说不行，拉不好。他说：“没关系，你练，我给你时间！”那哪成呢，大家都干活，我可不能搞那个特殊化，就拒绝了。

北大人关心时政的基因好像什么时候也改不了，好在农场有报纸。不时有些消息或议论在同学中不胫而走。一次俄语系的王光亚悄悄地说：“中国出大事了！”原来，他在报纸一个不起眼的角落看到一则消息，说周总理临时取消了一个接见外国领导人的外事活动。他从几十字的报道中意识到了问题的严重性。果然不久后，林彪“九一三”事件公布了。中国到底怎么了？这可是伟大舵手亲自选定的接班人！下面的各种议论开始多起来。

1971 年 12 月，传来了再分配的消息，分配方案大多是到基层，专业不对口。同学们在校都是学外语的，当时被集中到农场据说有储备外语人才的考虑，还是周恩来总理提出的。但这时已顾不了那么多，我只想快点有个稳定的工作，开始新的生活，况且所学外语不用都已荒疏了。离别时也是匆匆的，没人想到要留个影。为表示告别过去，我想改名字。连长说，那就去掉一个“英”字吧，保留革命的英雄主义，去掉个人英雄主义！于是我的名字由“甘英英”变成了“甘英”。好几对恋人走出农场的第一件事就是到办事处登记结婚。我望着远去的麦田和房舍百感交集——再见了，腊山农场！

甘英，原名甘英英，1946 年 5 月生，辽宁建昌人。1965 年考入北大俄语系，1970 年毕业分配至济南军区后勤部腊山农场劳动锻炼。1970 年 12 月再分配至山东省图书馆工作，曾任山东省图书馆副馆长。1987 年调山东大学任教至 2006 年 7 月退休，为山东大学管理学院教授。

与往事干杯

王芸苏

往日时光，岁月留痕，生活的每一个年轮，都交织着悲愁喜乐，珍视记忆、珍藏希望、热爱生活的人，将永远得到生活的青睐。

1965年，我考入梦寐以求的北京大学，就在我们意气风发，放飞梦想的时候，不料却被卷进了灾难深重的"文革"之中。停课、造反、武斗、串联，燕园处处充塞着大字报、大辩论、大批判。我那为教育事业辛勤耕耘的父亲被戴上"走资派"、"反动学术权威"的帽子，遭遇抄家、批斗、游街。我则落难成为全班唯一的"可以教育好的子女"，跌入人生低谷，孤独无助，惶惶不可终日，遍尝人生的酸甜苦辣，身心遭受严重摧残。经过四年的折磨，到了1970年3月，我同北大、清华的部分老五届毕业生被发配到"安徽的西伯利亚"——淮北阜阳的一个军垦农场，接受解放军的再教育。

我是怀着一颗失落、破碎的心和尚未完全康复的身体来到这片荒凉贫瘠、落后陌生的土地上的。在这里，我流过汗淌过血，遭遇过尴尬和无奈，经历过失意和迷茫，在烈日下煎熬，在冰雪中拼搏，在风雨中前行，完成了人生的又一次洗礼。

一

刚进农场，我们女生和男生一样，每人身着一套黄军装（"文革"时期的流行色），我还头戴一顶正宗的棉军帽，脚蹬一双地道的军用鞋，特神气，真有点像电影《英雄儿女》中的王芳，心中窃喜并暗下决心：千万不可偷懒，要虚心接受再教育，向女英雄学习，当名副其实的女兵。

记忆中的农场生活几乎不可一日无耕。1970年3月下旬，我们女生挖水沟那天，时值淮北的初春，乍暖还寒，春寒料峭。不知是为了干活利落还是为了什么，也不记得是谁率先垂范，脱下鞋袜，光着脚在冰水中操作起来，于是我们也跟着一个个地全脱了鞋，这可是我生平第一次在如此严寒的天气，并拖着虚弱的身体在水中作业，一阵冷风吹过，真叫一个透心凉（此刻想起，仍不寒而栗），我忍着胃痛、咬紧牙关，挥动着铁锹，心里一遍又一遍地默诵着“下定决心……”由此我清楚地意识到，真正的劳动锻炼、血与火的磨砺才刚刚开始。这次劳动为女生赤脚在水中干活开了个先例，后来在严冬兴修水利时，女生和男生一样赤脚冲锋陷阵也就自然而然了。

说实话，我们女生在当时知识分子被贬为“臭老九”的大气候下，一是因为无奈，二是因为年轻好胜，压根就不懂也不敢正视自身的生理健康，更没有考虑到日后身体会落下什么病根，现在我双膝经常疼痛难忍，想来与那时寒冷天水中作业不无关系。

二

日月轮回，春去夏来。6月初，农场麦子熟了，朝庄稼地一眼望去，金灿灿沉甸甸的麦穗在和风中轻轻地摇晃着，好似迫不及待地在召唤人们快来收割，千万不要误了节气。到农场后我才弄明白：小麦和黄豆是当地的主要农作物，冬小麦要夏收秋种，黄豆则要夏种秋收。农活最讲究个节气，由于淮北的夏秋多雨，所以这两个季节都得抢时间，即所谓的“双抢”（抢收、抢种）。

这下，考验我们的时刻到了。头晚我和其他女生一样，早早地就将镰刀磨好，次日清晨下到麦田，左手抓把麦秆，右手紧握镰刀，小试其锋，便刷刷地割了起来，随着时间分分秒秒地流逝，一片片的麦子欢快地在我们的脚下躺倒。但正午的麦地就像蒸笼一样，密不透风，我们头顶烈日，挥汗如雨。衣服干了湿，湿了干，布满了碱花；双手被麦芒扎出一道道血印，又疼又痒。随着劳动时间无终点地拖延，我们女生已累得腰酸腿软，有的单腿下跪割，有的双膝下跪割，有的坐在地上割，有的趴在地上割，真可谓“八仙过海各显神通”。那时候，我也早已累昏了头，一不小心，竟将镰刀割到左手的无名指上，顷刻鲜血直流，钻心般疼，我不敢声张，赶紧用嘴吮吸鲜血，急忙掏出手绢包扎一下继续割麦子……

持续了十余天的抢收刚结束，新的考验又接踵而至。6月中旬，接连两天夜晚有暴风雨。我清楚地记得，当时电闪雷鸣，大雨瓢泼，连队上下紧急动员，我们全体军垦战士奋不顾身地冒雨狂奔在麦场上，用塑料布遮盖麦垛并使劲压好，以免麦粒淋雨、发霉、长芽、烂掉，要知道，这些可是我们辛辛苦苦用汗水浇灌出来的麦子！我全然不顾刚刚愈合的伤口经雨水的浸透正在隐隐作痛，和大伙一道拼力捍卫这来之不易的胜利果实。

“双抢”，使我们饱尝了艰苦的滋味，让我们对农民长年累月的艰辛劳作有了真切的体验，给我留下了不可磨灭的恒久的记忆。至此，我们与天奋斗、与地奋斗了近三个月，已“斗”得疲劳不堪。长时间艰苦的劳动锤炼了每一个人，我也一样：采玉米、拣大豆、施化肥、砸砂礓、挖河泥、修水渠，下决心件件学着干；割麦、捆麦、挑麦、拾麦、晒麦、扬麦，鼓足劲时时紧追赶；种青菜、种包菜、种韭菜、种茄子、种豆子、种玉米，手脚勤样样不落后……也许是麦田的春风轻轻地抚平了我心中的伤痕，流淌的汗水悄悄地冲淡了我脸颊的愁容，我的心境大有好转。

三

我进了团部组织的演唱组就更开心了。为了配合当时的形势教育，我们集体排演了诗朗诵《保卫珍宝岛》，我曾是领诵之一。为了活跃文艺生活，演唱组又紧锣密鼓张罗着排练起《红灯记》中的“十七年风雨狂”和“刑场斗争”等选段。我在剧中演李奶奶。剧组演员看着剧本，听着收音机里的唱段，一遍遍模仿、揣摩，很快就能随同乐队的伴奏，唱得有板有眼，一招一式竟也吸引了不少当地老乡的眼球。

值得一提的是那时我就学会了自己化妆，每次演出前，我总是饶有兴致地对着镜子先将头发挽成髻、盘在脑后，然后再在额头上、眼角旁画上细细的皱纹，看着这样更贴近老太太的形象，我喜上眉梢，因为我演的李奶奶可是英雄人物，最起码要形似，当然更重要的是神似。

在那精神和物质都匮乏的时代，《红灯记》选段曾多次巡回演出，席地而坐的观众、此起彼落的掌声，使我从内心感到那些苍白、艰辛的日子有了色彩、生气和希望。

正当我向往将李奶奶的形象扮演得更为贴切、到位时，始料未及的一幕拉开了。当晚时针正走到上演“刑场斗争”一场。在庄严的《国际歌》声中，李玉和与李奶奶、李铁梅三人挽臂而行，昂首阔步地登上高坡。谁知就在这当口，鸠山的随从——日本某宪兵的扮演者（北京财经学院的张某某）竟意想不到地吼叫了一声，并作了一个怪异的动作（也许是他临场发挥）。见这突如其来的变故，我一下子分了神，觉得着实可乐，一个劲地想笑，这时我左侧李玉和的扮演者（北大的宋福连）已觉察到了什么，立即暗示我，我顿悟，立马回过神：这可是在演革命样板戏，此刻我扮演的李奶奶正在刑场，是个极其严肃的场面，我怎么能开小差，还想笑？我的革命觉悟、阶级立场跑到哪儿去了？恰巧戏到了尾声，我便乘机逃之夭夭……要不是战友的及时提醒，我差点酿成终身大错：如果我笑出声，砸了场子，领导除了大批特批外，再将此上纲上线，与我当时的特殊身份“可以教育好的子女”挂上钩，那后果可就不堪设想，我只有吃不了兜着走了。好在有惊无险，不过为此我足足神经质了个把月，此风波总算神不知鬼不觉地过去了。

“刑场斗争”一幕惊魂未定，又遇到了我人生至今想起来还心有余悸的另一场景。那是在1970年深秋的一个晚上，学生营部组织82分队、84分队全体成员联合拉练，演唱组排在队伍的最后，还有演出任务。傍晚时分，我随队伍飞速行军，途中突遇内急掉了队。当时夜幕已降临，队伍早已不知去向，我因离队匆忙，来不及请假，更没向任何人打招呼。这下可惨了，荒郊野外百八十里，漆黑一团，四处野狗狂吠不止，此伏彼起，听得我心里发怵，汗毛竖起，魂不附体，难道要在此地搭上我区区小命？我决不甘心！于是我顺手拣起路边一块适中的石头，紧握手中以防万一（遭到坏人和恶狗的袭击），并飞也似的朝前追赶着……跑呀跑，一下子跑到了十字路口，我顿时傻了眼，怎么办？怎么办？我冷静地朝黑暗处四下张望，其中一条路的不远处有一支烟头依稀可见，我有点兴奋，难道是哪位战友或老乡路过时留下的踪迹？我断定这支烟头可能就是我的救命稻草，冥冥之中是来为我指路的，于是我朝着它的方向，拿出我运动员的本领飞速直奔前方……就在队长焦急地寻找我时，我终于赶上了队伍，热泪盈眶，激动无比。事隔数十年后的今天，我依然在琢磨，如果那晚没有那支烟头，或者我判断有误，那又将是怎样的后果，真是不堪设想！

大约是在1970年10月，已拥有八大院校数百名毕业生的学生营扩建、重组了演出队，重点排演革命样板戏《智取威虎山》。感谢《智取威虎山》剧头儿，指定由我扮演卫生员白茹这一角色，剧中台词虽不多，但其原型却是原著《林海雪原》作者曲波的妻子刘波，一位战风雪、跨骏马、人称“小白鸽”的军中女杰，是个人物。值得庆幸的是剧组是个其乐融融的小集体，在这里我有幸结交了颇多新朋好友。我还和米丘兰（北京政法学院）排演了对口词《时刻准备着》，反响尚可。如上所述，虽然我在团部演唱组曾受过惊、害过怕，但今天重拾那些农场往事，仍宛若春风拂面，兴趣盎然！

四

1970年8月1日的女生游泳集训终极测试，令我难忘。按规定，参与者应游蛙泳，要在两端插有红旗相距为400米的水中，不间断地连续游5个小时，目标10000米。清晨河水清澈、平静，战旗鲜艳、夺目，我的心情也很兴奋、激动。毫无疑问，任务是极艰巨的，但受过未名湖熏陶的我，不想也不能错过这千载难逢的机遇。近8点钟，战斗正式打响，游泳健儿个个如刚离弦的箭，河水顿时喧哗起来，拉拉队的战友们高喊着口号在助威，附近围观的老乡顷刻蜂拥而至，场面热闹、壮观。

时间一分一秒地过去了，我用蛙泳姿势，在水中绕着两端旗杆游了一圈又一圈，3个小时共游了6000多米。这时除了手累、脖酸、腿疼外，口也渴，眼也涩，浪也大，弄不好还要喝上两口早已混浊不堪的河水。在极困难的时候，战友们的鼓励，提高了我的勇气。一圈又一圈……奋力冲刺、挺进。最后，终于游完25圈，突破了10000米（一个不可思议的数字）。我成功了，品尝到了唯有胜利者才能品尝到的那种特有的幸福和快乐。

回眸自己一年的生活：半夜紧急集合拉练、起夜摸黑站岗放哨皆是家常便饭；捉起大青虫那是既害怕又兴奋；说起对口词、演起“李奶奶”倒也煞有介事；河水中游泳，突破了万米大关；为期21天的长途拉练（全程合计约815里），边演唱边啃着发霉的干粮……总之，说到吃苦耐劳、挑战极限、挑战自我，咱也能露一手。

丁玲说过：“人，只要有一种信念，有所追求，什么艰苦都能忍受，什么环境也都能适应。”几十年来，我总感到有一股无形的力量在支撑着我，鞭策着我，激励着我在漫漫人生征途上勇于挑战、积极进取、永不停息，将一路走来的失意，变成前行的动力，失意转化为得意。或许这就是生活对一个人，乃至对一代人的苦涩塑造。

王芸苏，江苏苏州人，1946年12月生，北京大学外国语学院1965级学生。1970年3月—1971年3月在安徽6377部队农场劳动锻炼。1971年3月—1983年8月在安徽蚌埠第五中学任教（高中英语）。1983年8月—1992年3月在苏州经济管理干部学院任教（大学英语）。1992年3月—2002年2月在苏州职业大学任教（大学英语）。1988年2月加入民革，1998年当选政协苏州市第十届委员。2002年当选民革江苏省第九次代表大会代表。1992年至2006年任民革苏州市第六届至第八届市委委员。在省级以上刊物发表多篇专业论文。

从军垦到军旅

宋光阳

1970 年 3 月，驻北大、清华的宣传队遵从所谓“新的伟大战略部署”对两校所有在校生进行毕业分配，以便尽快结束校园的混乱局面。周总理经过紧急请示获准后，指示有关方面在北大东语系、西语系和俄语系留下 54 名毕业生，由国务院外事办公室负责送到唐山军垦农场边学习边劳动，接受解放军再教育，以备“文革”后外交战线所需。我是其中之一，我们东语系还有 3 个同学。

农场储备

3 月 18 日，我们 53 位同学（另有 1 人因伤请假）乘车抵达胥各庄 1635 部队学生连驻地，这里就是闻名遐迩的柏各庄军垦农场。它北距唐山市 40 公里，向南直到渤海，河网交织，阡陌纵横，田畴万顷，一望无垠。原野中相隔很远散布着一座座排列整齐的部队营房，红砖红瓦与皑皑白雪交相辉映，呈现着一种独特的美。这大片良田是解放军于五六十年代从荒无人烟的盐碱滩上开垦出来的，那晶莹剔透、享誉中外的小站米就产于此地。

我们住的营房是一幢幢干打垒土坯茅草山门屋，低矮、狭窄、阴暗、潮湿。它修造于垦荒初期，原本是部队特意保留下来专门对战士进行艰苦奋斗传统教育的，安排给我们这些接受再教育的大学生居住，足见部队首长别具匠心。

我们和随后赶来的北京外贸学院、北京语言学院、北京广播学院共 105 名学生被编为一个学生连，其中含两个男生排，一个女生排和一个炊事班，归属 66 军某营统辖，连排干部由部队委派的军人担任，副排长、班长由学生推选，实行完全的军事化管理。

因为连队初建，又值青黄不接，军人连队及时给我们送来粮食、蔬菜、肉类乃至咸菜，还派来炊事员协助办伙食，让我们深受感动，并从此结下深厚感情。不久，我们便用自己的劳动成果给予了回报。

告别未名湖，却没有告别“臭老九”的命运。在那个时代，上了大学就等于在自己额头烙上了“资产阶级知识分子”的印记，就属于受管教之列。到农场稍作修整，连首长便宣布部队纪律、改造措施和要求，开始了长达近一年半的锤炼过程。

如何改造？一是思想政治教育；二是军事化训练；三是从事生产劳动。

所谓思想政治教育，主要是早请示、晚汇报、开大会、听训话、晚点名、读报纸、学毛著、唱革命歌曲、搞忆苦思甜、开展革命大批判、狠斗“私”字一闪念。连队给每个班发了一张毛主席像，挂在门后的墙上。清晨，每个人要恭恭敬敬面向毛主席像说明当天要干什么，警惕什么思想倾向，解决什么思想问题，纠正什么不当行为；晚上睡觉前还要向毛主席像汇报当天的思想收获，政治进步，斗私批修成果；每顿饭前要列队高唱革命歌曲，或者大跳忠字舞。每天上、下午或者开大会，听报告，接受训话；或者读报纸，学毛著；或者开班会，忆苦思甜，开展大批判。就连在食堂就餐时间也被用来宣读学习心得。搞“忆苦思甜”要拼“苦”，搞“斗私批修”要拼“狠”。拼“苦”，就是要比谁家在旧社会最苦，最能感动大伙儿痛哭流涕；拼“狠”，就要比谁暴露的“活思想”最多，最玄乎，批得最深刻，最狗血喷头。诉得越苦，就越能说明你对旧社会之恨，对新社会之爱；“活思想”暴露得越多越玄，把自己骂得一塌糊涂，就越能说明你对毛主席之忠，觉悟之高，政治上之“靠得住”。有位同学眼含热泪诉说他家衣不蔽体、食不果腹、贫病交加、逃荒要饭的悲惨情景，还诉说了自己惨遭恶霸毒打的过程。有人问他当时几岁？他答：七八岁。又问他哪年出生？他答 1946 年。大家一听，猛然醒悟，随即爆发哄堂大笑，纷纷进行指责，弄得他十分尴尬。

所谓军事训练，主要包括晨跑、队列、夜间集合、拉练和整理内务等。我在 1965 年入学的时候被选为国庆游行的仪仗队员，经过严格的队列训练，什么起步走、正步走，什么左右转、向后转，样样标准，毫不畏惧。可就是内务整理总是不合格，令我十分纠结。部队要求把被子叠成豆腐块，而我的被子无论如何也叠不出线条，因为棉套是我大学入学前母亲用一块块旧棉絮缝起来的，经过这么多年，有的成了团，有的出了洞。为此，我经常受到解放军排长的批评。有一次，营首长要来检查内务，可把排长急坏了。学波斯语的高同学和我是“一帮一、一对红”，他把我的书、本、衣物向被子里面一塞，三整两整，终于有了模样，我和排长都很高兴。以后凡遇检查，我都依此办理。在军训中最令人捧腹的是夜间紧急集合和拉练。因为不准开灯，而且要求迅速，又互相比赛，于是便洋相百出。有的穿错了鞋子；有的找不到裤带；有的没跑几步身上的背包就散开了，只好抱着走；有的甚至光着脚跟着跑，弄出了很多笑话。

关于生产劳动，我们自己养猪、养鸡、养鱼、种菜，而且收获颇丰。营首长还分给我们一块“未开垦的处女地”，虽然用拖拉机耕了一下，但芦苇根仍深深地扎在泥土里，泥土板结得像块铁。同学们想尽办法，费尽九牛二虎之力，终于整理得有了模样，连解放军都啧啧称赞。但就是这片稻田，把我们整得可苦啦！整地、插秧、挠秧、除草、灌水、施肥、收割、背挑、脱粒、装车外运，把大伙累得筋疲力尽。尤其是插秧、捞秧，弯着腰在田里爬行，而且一干就是十多天。男同学都吃不消，更别说柔弱的女同学了。晚上回到营房，大家茶不思、饭不想，就想躺下睡觉。为了第二天的上工，解放军还督促我们互相推拿按摩，消除疼痛和疲劳。

说也奇怪，在如此高强度的改造中竟没有一个人提出异议。大伙儿不但默默地承受着，支撑着，还装出心悦诚服、兴高采烈的样子，有的甚至别出心裁，标新立异，千方百计表现积极。

至于专业学习，起初并不受重视，解放军把改造的时间安排得满满的，同学们只能暗自努力。据说是北京外贸学院随队老师把这种情况反映了上去，周总理的秘书、国务院外事办公室主任马列同志受总理委托到农场看望了我们，并同部队方面交换了意见，从而改变了只求“红”不求“专”的现象，保证了专业学习的时间。

说实在话，农场的劳动是很累的，改造也是很紧张、很苛刻的，但是伙食办得非常好。我们有一块很大的菜地，自己种植各种时令蔬菜。营房门前有一个大养鱼池，养了很多鱼。我们还养了很多鸡和猪，蔬菜副食非常丰富。我们从稻糠中筛出很多小站稻，磨出大米。小站米做出来的米饭香气四溢，非常诱人，可以说这是我有生以来吃得最好的阶段，身体越来越壮。我十来岁时家乡就办起了初级社，接着就是高级社、人民公社、大跃进，然后就是定量供应。从小学到中学到大学，我就没有连续吃过饱饭，更别说鸡、鱼、肉、蛋、菜了。此外，我们还排演节目，比赛唱歌，文艺生活也算丰富多彩。

又见未名湖

1971 年 7 月下旬，我们突然接到命令，让我们稍作休整后尽快返回北大，进行系统的专业进修，提高专业水平。我们这些人都是 1964、1965 级学生，在大学刚学了一两年专业课便无端被卷入了无休止的动乱之中，其间虽然也有过“复课闹革命”，也有过私下的努力，还在军垦农场自学了一段时间，但专业水平距离工作需要还相差很远，真的需要继续深造。又要回到魂牵梦萦的燕园，又要见到令人心醉的湖光塔影，大家都很兴奋。

重新走进北大校园，自然有难以描述的亲切感。我们特意结伴游历了三角地、燕南园、未名湖、德才均备斋和西校门。大家抚今追昔，都不胜感慨。

校园虽不像“文革”前那样生机勃勃，但树林里、假山上还是传出了琅琅读书声。背着书包匆匆来去的，有便装男女，也有陆海空军人。我们心里清楚，他们中的大多数都有一定的社会背景，最差也是生产大队书记的子女吧。据我所知，“文革”前只有位阶很高的干部才能把子女送进高等学府而无需考试，现如今，只要稍有权力，就可以把子女“选拔”进大学，这就是“文化大革命”进行教育改革的伟大成果。当然其中不乏有志青年，我们专业有两个工人学员就特别用功。

我们四人依然住在40楼。因为机不可失、时不再来，充满紧迫感，所以大多数时间都在辅导老师指导下埋头读书，心无旁骛，专业水平确实提高极快。我后来的工作所以能得心应手，与这一阶段的刻苦努力是分不开的。

我在这一时期最难以忘怀的是遇上了“九一三事件”。早先听到陈伯达之流落马，与其说有点惊讶，不如说更多些幸灾乐祸。这些家伙在“文革”中上蹿下跳，张牙舞爪，坏事做绝。大家都心知肚明：一旦狡兔死，走狗必被烹，他们的下场是注定的。可是我们谁都没有想到林彪会出事，他可是法定的接班人啊！

9月中旬，我们从蒙古国的《真理报》上发现一条消息，说有一架中国民航客机在温都尔汗坠毁，机上乘员全部死亡。消息很短，奇怪的是涉及机毁人亡这么大的事件却不见国内有任何报道。是有关方面不知道，还是另有蹊跷？我们简单议论一下以后，决定向本教研室主任报告。主任也很诧异，便立即向校方报告。我们本以为只不过是一宗普通飞机失事事件，哪知道主任很快回来通知我们：此事不能外传，《真理报》也暂不下发。这让我们如坠五里雾中。

过了不几天的周日晚间，家住北京、消息灵通的高同学神情紧张地从家里返回，压低嗓门偷偷对我们说：“出大事了！”“什么事？”“林彪外逃，摔死在温都尔汗了！”为了证明此言不虚，他说他任职北京军区某部的哥哥已经被圈在机关大院里，断绝了一切内外联系。静默、静默，还是静默，大家都惊愕得说不出话来，心里总是半信半疑，或者说压根儿就不敢相信是真的。我开始失眠了，脑子里反反复复想着“文化大革命”、“最亲密的战友”、“最可靠的接班人”，又是一位副主席……隔天，我把这个消息告诉另外一位同学，这位同学竟吓得浑身发抖，几乎晕厥过去。

过了一段时间，文件下来了，大家便开始批判。不过越批判脑子里的疑问越多，越不敢多想。

1972年底，我们终于迎来了再分配。大多数北大进修生被分到了部队，有总参的，也有几个北方军区的，我被分到了沈阳军区。之所以如此，盖因中苏关系紧张，必须时刻准备打仗。据说总理还作了“先军队，后地方”的批示，军队对于这班学生有优先选择权。蒙古语教研室主任很不情愿放我走，因为这段时间我帮了他不少忙，比如为工农兵学员录音、辅导功课等等，所以极力动员我留在北大任教。直到我办完手续，拿到派遣证，他还跟我说：“只要同意留下，现在还来得及，其他事情交给我去办！”我知道，此一离去，再无返校工作的可能，充其量只能作为访客。可是我已结婚生子，她们的户籍都落在农村，别说把她们接到北京团聚，即便由农村户口转为城镇户口，也比登天还难。而在部队里，只要晋升为营职，就能办“随军”。为了她们，我必须作出“奉献”，所以毅然决然地选择了参军。我向这位老师深深地鞠了一躬，感谢他的垂爱。到部队不几年，我的这个梦想终于实现了。

军旅险事

到部队换上军装，戴上领章帽徽，我有一种如释重负之感，好像自己再也不是“资产阶级知识分子”了，一跃成了无产阶级革命战士，心中甭提有多高兴了。可是冷静下来一想，又觉得很可笑，更感到现实的残酷。有的人天天高喊唯物主义，实际上搞唯心主义、唯权主义；说是搞辩证法，实际上形而上学泛滥。那时候，决定人命运的是权力。林彪、“四人帮”集团把持大权，今天把这个打成“反党分子”，明天把那个打成“走资派”，把马列主义、社会主义变成欺世盗名的招牌。林彪集团覆灭后，江青集团更变本加厉，肆无忌惮。什么“批林批孔批周公”啦，什么“批宋江反投降”啦，什么“反击右倾翻案风”啦等等，把人心搞得越来越散，把国家搞得越来越乱、越来越穷，把整个社会搞得越来越恐怖。人们怨声载道，不敢怒也不敢言，都忍气吞声，逆来顺受。

我在工作之余同附近的校友取得了联系，每逢周六或周日大家就会聚到一起，互通消息，海阔天空，几乎无所不谈。所谓“几乎”，是他们从不打听我的工作性质和工作内容，因而避免了我的尴尬，让我很感激。

到了1976年新年前，大家对形势发展越来越悲观失望，对国家的前途越来越担忧，都陷入极端苦闷之中。一次，我们冒雪赶到开原老城的丁同学家里，排解郁闷，畅抒胸怀。议论间，老丁说：我们是用北大精神培养出来的，对国家、对民族有强烈的责任感和使命感，在国家出现危难的时刻，应当挺身而出，有所作为，即使为国捐躯，也在所不辞。老祁同学认为，应当仿效南方，共同写一个声明贴到沈阳太原街，揭露“上海帮”倒行逆施、抢班夺权、祸国殃民的罪行，要求立即停止“文化大革命”，恢复正常秩序，发展工农业生产，实现四个现代化。我们表示赞同，希望尽快起草，不但要写大字报，而且要印成传单，南北呼应，扩大影响，并作好最坏准备，抗争到底。可是，有两位夫人不寒而栗，十分恐惧，表示反对。她们认为这是白白送死，自投罗网：“现在耳目那么多，稍有风吹草动就不堪设想，难道叫我们做孤儿寡妇？还是等等再说吧！”经过反复讨论，决定春节后再作考虑。

不久，周总理逝世，举国哀痛。我的工作有了变动，一时间我们失去了联系。

1976年3月，我被抽派到部队农场劳动，为期三个月，地点在营口市熊岳镇。在这里发生了我一生中最曲折、最艰险的事情。

4月5日清明节，清晨起大雨就下个不停。早饭后场部宣布停工学习，继续搞“批邓、反击右倾翻案风”。参加劳动的这些人都是从各单位临时抽调来的干部，大家坐到一起，便嘻嘻哈哈，天南地北，不着边际地乱扯一通，没有多少人真的去搞什么“大批判”。闹闹哄哄中一位江苏老乡提议：“今天是清明节，是祭奠亡灵的日子，周

⊙ 含饴弄孙

总理去世时没让悼念，现在清明节了，应该祭奠一下才是。”有人默然，有人表示赞同。我说：“要是祭奠，首先得让‘上海帮’那几个人低头认罪，总理是被他们迫害死的。”在政治部负责组织工作的王某站起来问道：“你说的是谁？”我答道：“当然是王洪文、张春桥他们喽！”此言一出，全场顿时鸦雀无声。王某勃然大怒，指着我道：“你反动！洪文同志是毛主席挑选的接班人，是我们党的副主席，春桥同志是中央政治局常委，反对他们就是反党反毛主席，就是反动！”“谁反动？他们逆历史潮流而动就是反动！”我压抑多日的怒气瞬间爆发，不吐不快，愤怒道：“他们不仅害死了总理，还搞极‘左’那一套，把国家搞得贫穷落后，社会混乱，这就是反动！”王某怒不可遏，拍着桌子喊道：“我们今天不搞别的了，就来批判老宋的反动言论！”我说：“历史会证明一切，你不要执迷不悟！”“你不要以为你是北大毕业的就了不起，就想当救世主，你要对自己的言行负责任！”“我奉陪到底，随你的便！”就这样他一言我一语，吵个不停。有人劝架，有人替我打掩护，也有人沉默不语，批判会成了二人台。从当天下午开始，会上不让我再讲话，而让其他人分别表态，清除流毒，迫使大家变相批判。

4月6日中央广播电台播送了北京的“四五事件”，形势骤然变化。王某召开临时支委会，让我的顶头上司、一位参加过抗美援朝的老同志主持批斗会，自己匆匆返回总部汇报，并很快组成了专案组，开始对我进行深入细致的调查，搜集所谓“反革命”证据。也就是从那时起，整个农场再也没有了嬉笑声，变得紧张严肃起来。同志们尽可能地远离我，以免“沾包”。当然，也有人悄悄地告诫我不要想不开，相信我本质是好的，只不过一时说了错话，等等。我知道自己未来的命运是什么：开除党籍、开除军籍，作为反面教材批斗后要么关进大牢，要么押送回乡，戴上“现行反革命”的帽子接受管制劳教。王某走后，批斗会实际上变成吵闹场，因为我不知悔改，硬着头皮顶下去。

6月下旬，我返回部队，随即请假回家探亲。我想也许同家人团聚的日子不多了，应当作好最坏的准备。司令部的参谋长是位抗战老兵，极有政治水平，也极有人情味，竟然批准了我的请求。唐山地震发生后交通阻隔，他还让我在家待着，不要急于归队，令我感动。8月末，我接到了通知，回到部队，做好了接受处理的精神准备。归队不到两周，毛主席逝世。他们还没有来得及对我动作，“四人帮”便被揪了出来，我因而免除了一场大的灾难。在我的要求下，政治部销毁了有关我的“黑材料”。那位王某不久便调到北京高级军事学院当教授去了。走前我在路上碰到他，他不无歉疚地对我说：“老宋啊，你不愧是北大毕业的，政治上那么敏锐，应当向你学习啊！”我只好笑笑，有点轻蔑地回道：“为国捐躯是军人本色嘛，还是多想想国家前途吧！”

我于1986年转业到了辽宁沈阳。

宋光阳，1945年2月生，江苏泗洪人，副编审。1965年考入北京大学东方语言文学系蒙古语文专业，1970年3月毕业并转入唐山军垦农场1635部队储备，1971年7月回北大进修，1973年1月在沈阳军区某部入伍，1986年8月转业，任《理论界》杂志记者、编辑、常务副主编。已退休。

第五辑

杏坛耕耘

罗甸十四年

吴郁英

1970年3月初，在北大生物系六年半的学生生活结束了，我们终于等到了毕业分配。从军宣队那里领到了直达分配地——贵州省黔南布依族苗族自治州都匀的火车票，有一种被“押送出境”的感觉。我们直接到州委组织部报到，被分配到黔南州最边远、紧邻广西的罗甸县。

艰难岁月

罗甸县是一个极其贫穷落后的边远少数民族聚居的国家级贫困县。这里自然条件十分恶劣，山高谷深，土地贫瘠，缺水少粮，交通闭塞，没有工业，经济落后，群众温饱没有解决，条件之艰苦完全超出我们的想象。

由于缺粮，自然没有猪肉等肉类可吃，甚至连任何食用油的供应都没有。中学的老师们和学生一样吃每顿三五分钱的菜，就是白水煮蔬菜，上面有几滴黑色的棉籽油——北方大车用的润滑油。不仅没有肉吃，连吃豆腐都不易，因为当地“割资本主义的尾巴”，豆腐都不让卖。

我先后生了两个孩子，一两猪肉都没有吃到。生大儿子前，丈夫在床下养了几只小公鸡，作为我坐月子的补品；生二儿子前养了一条狗，想为我坐月子补充营养，但我吃后上火，惹来个大麻烦。一同分来的北大地球物理系同学卢咸池从他老父亲（著名科学家、后来曾任中科院院长的卢嘉锡先生）那里弄来一罐猪油，送给我们；远在辽宁的老公公也从东北背来一罐猪油，帮我们渡过了难关。老人的关怀、同学的帮助，让我们终身难忘!

缺水是更大的困难。在乡中学时，学校既没有自来水，也没有水井，主要靠附近的一条小河沟，尽管水脏，也得吃。河沟还经常断流，只能去山上接一滴一滴渗出的山水，甚至半夜去等，有时还要排队。后来，我们被调到县师范学校，学校坐落在离县城六七里的小山头上，既无电，又无水，要踩着松土到山下小河沟去挑水，水很浑，经常断流，牛马还经常在里面翻滚。我们在旁边挖个小坑过滤泥沙，但收效甚微，挑回的水必须用明矾澄清（明矾对人是有害的），放一夜水会变成棕色，像加了酱油一样。没水的时候还要跑很远去挑稻田里的水，明知其脏无比，但为了生存也得吃。我们盼着下雨，因为可以吃到比平时干净的水——雨水，还可以洗衣服。由于长期缺乏营养，又吃污染严重的水，我们的身体都很差。学校和老师们不断给县里打报告，希望解决吃水问题，申请了几年才得到三千多元拨款，仅够买水管，全校师生自己动手，终于把水引到了学校。

缺医少药使我们深受其害。县里的卫生条件极差，道路尘土飞扬，苍蝇、蚊子、老鼠、臭虫横行，毒蛇、蜈蚣随处可见。罗甸中学一位老师五六岁的孩子曾在床上被蜈蚣咬死。毒蛇进家的情况也时有发生，我们家也不例外。所以，我们不得不警觉，睡觉前都要认真检查一遍房间。针头大小的墨墨蚊防不胜防，常把孩子咬得浑身是包。

刚到县中学时，我常常被老鼠搅得夜不能寐，决心消灭它们。我用两根木柴当武器，两手左右开弓，曾经一个晚上打死了五只大老鼠，在校内成为奇闻。

来县里半年，我出现了厌食、呕吐、肝区疼痛、消瘦等症状。当时医院设备简陋，不能化验肝功能，我被误诊为胃病，越吃药越严重。由于没有得到正确的救治，加上除了吃食堂的饭菜，没有其他食品可吃，一两个月下来我瘦了二十多斤，快骨瘦如柴了，经常头晕，有时蹲下竟无力站起。我已经没有力气上课了，学校就让我整理教学仪器，我把教学仪器整理得井井有条。

我未婚夫尤玉存是一同分来的北大同班同学，他被分到乡下。我生病后他几次请假来看我，我吃不下的饭菜舍不得扔掉，就给他吃。为了方便照顾我，我们请假回昆明结婚。当医生的舅舅看到我，忙问我的病状，他肯定地说：症状这么明显，绝不是胃病，一定是传染性肝炎。第二天去化验，结果是两个人都得了肝炎。

为了方便互相照顾，我调到丈夫任教的乡中学。我们一边工作，一边治病。但那里看病更加困难，基本没有对症的药品。经人介绍，他跑到很远的乡下去求医买药，

⊙ 病后的我们

⊙ 1973 年我们自己动手修建的教学楼，旁边低矮的小房是我们和几位教师曾经的住房，图上的水泥地面、围墙和背后的楼房都是 90 年代才修的。树木也是多年后才长大的。

吃的中草药可能有一板车，连出汗、呼吸都有药味。因为生病，也使我们经济拮据。

县医院既不能化验肝功能也不能输血。我的第一个孩子出生前，医生对我说：你得过肝炎，凝血机制不好，又已出现早产先兆，如果出现大流血，医院毫无办法，为了安全，最好到贵阳生孩子。对此，我们连想都不敢想。我们都是外省人，在贵阳无亲人投靠；当地很多人还忌讳接纳产妇；再说经济也很困难，月底写好了信，八分钱的邮票钱都凑不够，哪里有钱住旅馆；交通不便，到贵阳要在山路和破车上颠簸一天，能否保证母子平安……为此我们十分着急。丈夫的一位同事伸出了援助之手，她的丈夫在贵阳，腾出了仅有的一小间住房，让我们去住。同病相怜的朋友，多么真挚可贵的友情啊！在我们最需要的时候，他们不畏世俗，让我们的儿子得以安全出生。

我的二儿子是在乡卫生院出生的。羊水破了，我还自己穿过田间小路去卫生院。医院十分简陋，没有铺垫的普通木板床当产床，又经常死人，吓得我只敢住了一晚。产后我得了严重的痔疮，卫生院无药，学校老师们帮我找来草药包，不幸造成感染，得了盆腔炎，没得到有效治疗，让我痛苦了几十年。接生医生的失误又造成我大流血，几乎丧命……这都是因为缺医少药啊！

在那里的十四年，我亲历、目睹了边远少数民族贫困地区缺医少药的严重状况，深感改变这种状况的急迫性，多么希望“病有所医”的梦想能早日实现！

教育滞后造成了人们的愚昧无知。这里教育严重滞后，加上重男轻女思想，农村女孩很少能上学，即使入学，辍学率也很高。所以很多妇女是文盲，布票粮票都认不得，赶场天卖东西不会讲价，不会数数，假如一角钱买两个芭蕉，一元钱买二十个，她会不卖，她只会一角一角地卖。集市有二十两一斤的老秤（折合成十两制是一斤三两八），十六两一斤的秤，还会看到他们自制的原始秤：一根细木棍做秤杆，吊一块粽叶做秤盘，一块石头做秤砣。秦始皇时代就统一了度量衡，70 年代在该县还存在这种乱象，其封闭、落后程度可想而知。我们也只能“入乡随俗”了。

当时，每天只有一部汽车路过学校开到县城，第二天开走。每当汽车到来，学生们会站在学校门口远远地“看稀奇”，这是他们与外界的唯一联系。我们的两个孩子都五六岁了也没看过多少汽车，更没有买过玩具。有一次到贵阳，看到路上很多汽车，一辆接一辆，高兴得拍着小手跳着叫：汽车排队了！汽车排队了！上街时路过玩具店，孩子看着不走了，我们没有钱买，只好硬拉着孩子赶快离开。之后多年，再也不敢让他们看到商店里的玩具。我好心酸，眼泪都快掉下来了。一次解放军野营拉练路过学校，学校已无法上课，几乎全校倾巢而出，跑到路边看稀奇，我们也加入了这个行列。听说乡里要放电影（一年难得有一次），我们也和其他人一样，早早放好凳子等着。电影上演打仗的场面，电影一散，学生们都向屏幕后跑去——想捡子弹壳。日复一日、年复一年在几乎与外界隔绝的封闭单调的环境中生活，让人们缺少见识、无知，真会把人变傻的，我们也不例外啊！

因为太艰苦进不来人（本地的人出去读书以后也不愿回来），因为财政太穷养不起人，于是全县人才奇缺，教师缺乏，且素质差。边远地方，小学程度（甚至不到）教小学，初中程度教初中的情况屡见不鲜。没有教辅资料，更不要说提高培训。很多教师终生没离开过所在的乡村，连汽车、电灯都没见过。难怪上课时解释“航空母舰就是大飞机下小飞机”；难怪他们不愿住电灯下的床，说“灯油会把床搞脏”；难怪一个老师拿了卫生院医生的收音机后，东藏西放都关不了声音，只好悄悄还回去；难怪教学生念辣椒为“辣叔”，还解释说：本地叫辣椒，学名叫辣叔；难怪教学生四则混合运算时，不管加减乘除，从左到右顺着算，算不下去时，就不要这道题。更严重的是学到这种算法的学生又成为民办教师把这种算法往下传……触目惊心的误人子弟呀！！正是这样的教学，使全县教学质量很低，高考几乎年年“抹光头”，没有学生上大学分数线。

精神支柱与事业发展

到罗甸时，我们是一群热血青年，尽管环境如此恶劣、条件如此艰苦，我们经受着这么多的磨难，但是无比淳朴、求知若渴的学生对我们的热爱、期待和信任，以及全县如此贫穷落后的现实打动了我们，震撼着我们，我们实在于心不忍，感到了自己的责任。觉得，自己接受了那么多年的良好教育，现在是需要我们付出的时候了，我们有责任用自己的所学，培养合格的学生，培养新一代的劳动者、建设者；让他们受到良好的教育，改变他们的命运，改变这里的陈规陋习，改变这里的面貌。

至于生活的艰难，这里那么多人都能生活下去，我们北大人也能。比我们年长的老大学生们已经在这辛勤工作多年，在这生儿育女。我们不能给母校丢脸，只能比他们做得更好。

北大不是师范学院，没有教给我们教育学方面的知识，但给了我们雄厚扎实的文化基础和学习能力、正确的人生观和不屈不挠战胜困难、艰苦奋斗的精神，这是终身受用的财富和力量源泉。

正是这些认识和观念成为我们的精神支柱，让我们克服了很多艰难困苦，在这里坚守了十四年，培养出一大批合格的学生，他们由不谙世事的孩子，变成了家里、村里、乡里少有的有文化有作为的明白人，一些学生现在已担起了管理全县各项工作的重担，一大批则成了全县教育管理和教学的骨干。我则与教育结下了不解之缘，终身从事这项工作。

事业是一步一个脚印，扎实前行干出来的。县里很难分来老师，更不要说是北大的学生，所以当地对我们抱有很大期望。也因为教师缺乏，我经常被当成“万金油”，缺什么教师就上什么课，除英语外的中学课程我都教过。为了胜任工作，我加班加点

⊙ 2013 年于西双版纳

加倍努力、认真钻研、勤学苦练，尽力上好每一门课、每一节课。做到讲课条理清楚、旁征博引、深入浅出、循循善诱、因材施教，激发了学生浓厚的学习兴趣；教书育人、为人师表，受到师生的尊敬和爱戴。我感到很欣慰、很有成就感，爱上了教师工作。1981 年，我被调到县教育局工作，先任教育股长，后因人员调动，我不得不一人身兼数职：副局长、教育股长、教研室主任、招生办主任。我本不愿意离开教师岗位，但事实上这为我提供了一个更大的发挥作用的空间，既是压力也是动力。我挖掘自己的最大潜力，一心一意拼命搞好各项工作。教育的关键是教师。我采取多项措施，下大力气抓提高教师素质的工作。又制定一系列的规章制度加强教育教学管理，收效明显，使我们县成为省内不发达地区教育工作的好典型，省教育厅在此召开了全省不发达地区教育工作会议。

在罗甸工作的十四年，我为教育事业贡献了青春年华，也历经磨难、战胜很多困难，是一生中最难忘的时光。这也使我了解了社会了解了省情、国情，学会了生活，锻炼提高了能力。特别是使我对边远少数民族地区有了深刻的体会和了解，对这些地区的教育有切肤之痛，我觉得我有责任尽力改变这种状况。在以后从事教育科研和管理工作中，我一直满腔热情、竭尽全力地为改变这种状况而奋斗着。

1983 年，我们调到省教育厅。由于没有住房，我们租住在一间破烂的、有一半地方人站立不起来的小阁楼上。屋子很小，只能放下一张床，两个孩子只能和房东家的三个孩子挤着睡（还好，都是男孩）。下面烧有两个烟熏火燎的煤灶。下雨天床上到处漏雨。我们的艰苦状况吓跑了几个新分来的大学生。

在省教科所七年，我先后任教研员、综合研究室主任、副所长。为了胜任新的工作，我刻苦学习和钻研教育科研的理论和方法、教育管理学、教育经济学、教育心理学、教育测量与教育评价……我们先后进行了贵州民族教育研究、基础教育发展战略研究、教育与经济的关系及教育投资效益研究、教育评价研究、高考成绩分析等等，为省委省政府和教育厅的决策提供了重要依据。我在省内外刊物发表了多篇论文。1987 年，我们参加了“贵州省 1987—2000 年人才需求预测及教育发展规划”课题研究，在教育部指导下边学边干，我们的成果获得“省科技进步三等奖”，由我主持研究并撰写的研究成果《基础教育规划方法概论》一书正式出版，二十多个省争相购买，对指导全国当时的教育规划起了很好的作用，1989 年获得国家教委（教育部）“全国首届教育科学优秀成果一等奖”。我们卓越的工作赢得了赞誉，使贵州省教科所当时在全国小有名气。我成为全国教育评价研究会首批会员。

我还利用自己的专业知识参加编写了一些中小学、中师函授广播学校教材及教学辅助资料，其中《贵州省高中劳动技术课教材（上册）》1991 年获国家教委（教育部）“全国劳技教材评选一等奖”。

正当我对科研工作已入门，想大干一番的时候，教育厅要调我当普通教育处处长。我觉得自己是学理科的，适合搞业务不适合搞行政。我给领导写信，要求不要调我，还给他们推荐了几个人，但是他们没有答应我的要求，我还是走上了行政工作岗位。我先后担任了普通教育处（后改为基础教育处）处长、省政府教育督导室副主任兼办公室主任、副厅级督学、国家督学。

吴郁英，1944 年 11 月出生于昆明，1963 年由昆明八中考入北大生物系动物学及动物生理专业学习。1970 年 3 月毕业分配到贵州黔南布依族苗族自治州、国家级贫困县罗甸县从事教育工作十四年，历任教师、股长、副局长。之后在贵州省教育科研所（教研室）工作七年，历任教研员、室主任、副所长。1990 年起在在省教育厅工作至 2004 年底退休，历任处长、主任、副厅级督学。2003—2012 年任国家督学。

有两项教育、教学成果获全国一等奖，一项获省科技进步三等奖。被教育部、财政部、国家计委授予全国“两基”工作先进个人。作为基础教育的专家被教育部聘为第七、八届国家督学。

鸿雪诗纪

孙玉任

文化早随“革命”尽

写下这个题目是受了两本书的启发，一是清代麟庆的《鸿雪因缘图记》，鸿雪二字显系出自东坡；一是郁达夫的《毁家诗纪》。《鸿雪诗纪》就是用诗的形式缕述生平吧。

我是北大中文系老五届的毕业生，1963 年由北京铁路二中考入中文系，就读汉语专业。从 1963 年秋到 1965 年秋还算踏踏实实地读了点书。中学时代的少年岐嶷到了北大都成了泯然众人，只有加倍努力才不致落后。当时的俄语课用了很大力气，早晨到未名湖边念课文，直到唇焦舌敝才去吃早饭。中午休息时背单词，一节课四五十个单词，老师根本不讲，上课就提问。近乎残酷的教学方法确实使我们的俄语程度有了很大提高，到了二年级下学期就可以半拉磕儿地阅读俄文版斯大林的《马克思主义与语言学问题》了。下午上古代汉语课，困得不行，只好用啮指来强打精神了。学习正来劲的时候，学校安排去“四清”(社会主义教育)，1963 级三个班都被轰到京郊小红门公社搞“四清”，1965 年 9 月去的，转年到了 1966 年 6 月初，“第一张马列主义大字报”的一声炮响又把我们召回了北大。从此我们投身于旷日持久的无产阶级“文化大革命”，可以说我们是十分虔诚地自觉地身预其中的，表现出一种宗教般的狂热。那是 1966 年的 8 月末，我们班十来个同学南下贵阳，宣传“文化大革命”的伟大意义，给死气沉沉的山城加一把火。我们在贵阳一路高歌一路讲演，时时想到“五四”和“一二·九”时的先驱，自然涌上了先知先觉的使命感和神圣感。有一次我们正在街头宣传时，被“后知后觉”的群众包围了，说我们是妖言惑众、蛊惑人心，最后落到反革命的线上。我们五六条汉子直挺挺地站在人围中，每人手里擎着一本《毛主席语录》，一副大义凛然的样子。忽然一个“受蒙蔽”的群众冲上来，一把打掉了杨润陆同学手中的语录，顿时，杨润陆气得哇哇大哭，我们个个义愤填膺，大呼誓死保卫毛主席！一下子形势发生了逆转，压抑已久的“革命同情者”突然激情迸发，发出了正义的呐喊，一群中学生和“革命同情者”冲散了“受蒙蔽”群众，把我们解救出来。好些女孩子还争先恐后地请我们签名，那一刻真觉得做了件惊天动地的大事。对毛主席的感情是发自内心的，认为毛主席的著作是无比神圣的，我曾有诗云："精研首在三绝韦，领会须观一躬行。"（初学，平仄不协）即反映了这种心情。

后来，烈烈轰轰的"文化大革命"越发不可收拾，复课的愿望渺不可及，最高指示三天两头颁来，似乎也没什么效验。这场"触及灵魂"的革命开始触及肉体和生命了。运动之初即有二年一班的学生坠楼身亡了。四年级的沈达力，是个婉嫕清丽的女孩，爸爸是上海某大学的教授，就是这样一位才女，无端中了流言，半夜吞了农药，永远倒在了红湖游泳池边的冷土上。北大有多少学者、教授在"文革"中死于非命啊！以至于斯文委地了。历史系的汪篯教授"文革"一来就自戕了，他是陈寅恪先生的高足，据说是一位努力运用马列主义治史的学者。翦伯赞先生是著名的历史学家，是党所倚重的红色专家，曾任北京大学副校长，1968年工宣队入校后，翦氏夫妇双双仰药以殒了。"阶级斗争是个纲，纲举目张。"这个无形却无限大的纲目罗网不知圈弄了多少知识分子和懵懂青年，我们的求学机遇就这样断送了。历史的教训是沉重的，我们每个亲历者在回首往事时，除了痛惜之外，没有自省之处吗？在那股历史逆流中，我们虽然没有推波助澜之力，但随波逐流却是多数人的选择，逍遥派少之又少是个不争的事实，像林昭、张志新那样的思想者毕竟不多。如果我们都用项上的脑袋去思考，而不以一人之好恶为好恶，不以一人之是非为是非，少一点"臣诚惶诚恐，死罪死罪"，甚至于以腹诽为罪的心态，或许不致祲缠九域，伊于胡底。近年有作，是反省"文革"之事的：

"文革"杂记酬何王二学兄

神州何故沸羹鸣，祸起萧墙浩叹经。
文化早随革命尽，箴规总向太阳倾。
牛棚北大囚宗匠，干校南中讼小伶。
记取巴金真话录，晦明风雨鉴前行。

北大的"牛棚"是有名的，那是囚禁所谓"牛鬼蛇神"的地方，季羡林先生的《牛棚杂忆》记述了那段不堪回首的经历，对于施虐的少数人，先生表现出宽容悲悯的长者襟怀。"南中"此处取南方之意，字面上与北大相对。"讼"取争论、争辩意，《说文》："讼，争也。"小伶，即文艺工作者，泛指知识分子，字面上与宗匠相对，大意是在五七干校中被投闲置散的大小知识分子，整天价聚讼纷纭，学习讨论，无非是三两斗争那一套，实在是清谈误国，浪费生命。

1968年底，工宣队经过紧张而短暂的筹划，安排毕业之事。按正常学制，我们中文系学制五年，从1963年入学，到1968年正好毕业。但我们的后三年却是在一年"四清"、两年半"文革"中度过的。1968年底分配方案下来了，都是到所谓祖国最需要的地方，新疆的沙漠，内蒙古的草原，山西的杀虎口，广东的牛田洋，等等。我被分配到山西榆次，因为此前我得了黄疸性肝炎，刚刚出院，只好延期重新分配了。同学们陆续离校，我的心充满了寂寞和悲凉。1968 年 12 月 23 日早晨大雪过后，同班好友王维阁离京，我送他到南校门外的 32 路汽车站，眼看汽车远去了，雪地上留下了两行深深的车辙。回到 26 楼宿舍，我即草成一首七古，题为《白雪歌送维阁兄离京赴任》，等待他的任就是辽宁省彰武县山村教员之职，我在诗的末尾写道："我罹小恙君勿伤，敢与病魔争强梁。相期黑水白山处，挽弓射虎看孙郎。孙郎有歌不尽意，吾兄有书常相寄。望君不见余车辙，归去纷纷雪满地。"句中黑水白山，不意竟成诗谶，一年多后的 1970 年初春，我也分配到辽宁省铁岭县山村课徒。

1969 年一年我融入了文二·一班的新集体，感到温暖友爱，如鱼得水。在工宣队的领导下，仍然是无休止的学习讨论，无非是形势一派大好，不是小好。真是天天难过天天过，日日无聊日日聊。当时参加我班学习的老师有吴组缃先生、吴小如先生、向仍旦先生、严绍璗先生等。给我印象最深的是董葆珊老师，一位很文静的中年知识女性，时任系资料室管理员之职，据说念了两个大学。董老师发言总是字斟句酌，感觉有点"五四"时期知识女性的味道，比如她说："读了社论，我确乎很受教益。"而且连用几个确乎，我们也确乎感到这是多年来生活在象牙塔里不预外世的痼疾。夏天里，往往是上午学习，下午自由活动。我常独自到颐和园的昆明湖里游泳，有时会碰到我的大弟弟孙远任，他是 1965 年考入清华的，更是什么也没学着。昆明湖的小岛上有个游船码头，站在这里向西望去，只见苍山落照，衰柳长堤，心中怅触非常，明年此际我会在哪里？

1970 年 3 月，终于毕业了。毕业分配干脆利索，我们集合起来，工宣队照单一念，新疆：张三、李四。黑龙江：王五、赵二。接着几天后的火车票便发到了每人手里。我被分配到辽宁省铁岭县，拿到了北京站到铁岭站的车票，时间是 1970 年 3 月 17 日下午 3：25 时开车，硬座。

琴瑟难偕两地悬

暮辞爷娘去，朝来龙首山。夜车里尽是分配到辽宁的北大同学，一批批地陆续在绥中、沟帮子等地下车了。据说分配到辽宁的北大老五届最多，能有四五百人，还有清华不少人。巧的是，我大弟弟孙远任也分到沈阳东北制药厂，在车间里搬硫胺大桶，一干就是多少年，这是后话了。3 月 18 日一早，我们扛着行李到县革委会报到，分到铁岭的共 26 人，家在哪的都有，我和 1964 级（4）班的郭瑞家都在北京。经过一星期的学习教育，我们又分配到各公社。我和化学系的王泽武分配到平顶堡公社，最终被安排到公社最北的团山沟大队，那是 4 月初的事。从北京的最高学府到辽北的边远农村，落差之大可想而知，但也早有思想准备，多年的运动和“文革”，走与工农相结合道路的思想已深入人心，这回到农村接受贫下中农再教育也是意料中事。年轻，有把子力气，干点农活不算什么，于是从春徂夏干了不少样农活，强度之大，种类之多不可胜言。拿插秧来说，半夜两点起床，赤脚下到冰冷的水里，真是冷彻骨髓，由于我插技不好，队长派我挑苗，肩挑七八十斤的担子走在田埂上、泥地里，踉踉跄跄，一直干到日头偏西。农活中的十八般武艺也造量了不少，拉大犁、耪大地、拆大炕、脱大坯，每天累得“一佛出世，二佛涅槃”，上炕就睡着了。半年中吃百家派饭，睡大队部。每天早上醒来，看着没有席棚的房梁，总会想到我怎么会到这里？这就是二十来年苦读的结果吗？

乡民是朴厚的，虽然他们也有疑问，“眼镜”（乡间戴眼镜者甚少，故以此称我）为什么从北京发配到这里？是不是犯错误了？但处之既久，乡人觉我并非异类，纷纷给我介绍对象。记得有邻村的寡妇，我自然没去相看，不禁悲从中来。但细一想，也就释怀了，毕竟二十大六了，仍块然无偶，人家新寡当小我不少呢，照老乡说法也算般配。还有一位是公社的女办事员，拿工资的，属于铁饭碗，我见过的，三十多岁年纪，拈着烟卷的手呈兰花指状，很是优雅，对我来说实在是齐大非偶了。后来，这位女士调到了铁岭县城，据说是为了择偶。向例，公社的大龄单身女干部，到头来都进城了，以便择偶面宽些，这倒符合“内无怨女”的亚圣之训。有人还提到一位女青年，说是在某村供销社工作，相当于现在小超市的售货员，我赶紧借了辆自行车跑了去，一看颇为失望，胖胖的脸上有一道浅疤，乏善可陈。冰人似乎忘了这件事，再也没提起过。春天播种时，我调到公社广播站帮忙，与一位小姑娘搭档，小姑娘也姓孙，性格挺活泼，人长得也算整齐，是铁岭的下乡青年。当广袤的原野上响起雝雝喈喈和谐悦耳的广播时，我心不由涌起莫名的激动。公社书记李蓝田的夫人是个热心人，她从中作伐要给我拉咕一下。正中下怀，我盼望着，有点一日三秋的感觉。期间，我写过一封简短的情书，态度明朗而语言平和，后来扯掉了，觉得卑词下礼，对一个初中小丫头这般剖白，真是心有不甘。不久，李夫人正式通知我，对方不同意。从此广播站的帮忙也就恰到好处地中止了，摽梅男子的求偶经历暂时告一段落。数十年后，某报社的记者采访我，我说起了这段往事，年轻的女记者不解地说：“北大的毕业生竟然找不到对象！要是我碰到北大毕业生，早就冲上去了！”

看官勿躁，写到这里，我的幸福女神、我的终身伴侣就要登场了。半年的农业劳动或者说再教育很快过去了，王泽武调到了公社，我被安排到公社中学教书。1970年8月初我回京探亲，20日回到平顶堡公社，22日即去公社中学报到，地点在建设村。在暂借的一间办公室里，只容四五张办公桌，靠窗坐着一位温婉秀丽的女老师，我们对视一瞥，我不禁怦然心动，这会是我将来的妻子吗？其时我并不知她的婚姻状况，只不过是一种直觉，从来没有过的直觉。后来知道，女教师名解玉秀，未婚，家在沈阳，沈阳市第一师范学校毕业，先我来到平顶堡公社中学教语文。当时的公社中学正在建设之中，地点在离公社不远的大南沟，三面环山，一面临 102 国道，远离村落的山坳里的一列平房，周围散布着点点坟丘。11 月末，学校从建设村搬到了大南沟，共同的命运和境遇使我和小解很快接近起来。没有花前月下的旖旎环境，也没有车水马龙的大道通衢。大南沟建校伊始，没有电，没有水，夜晚一片寂静。我们常常沿着公路散步，给她讲些在北大的往事，或者天真地背点普希金的俄文版诗句。一个晚上，正当我们走在路上，一道强光射到我们脸上，出现了两个男子的身影，一人喝道："什么人？"正当我们惊骇万分时，来人中的一人认出了我们，此人就是我的校友王泽武，他已调到公社当干部，他好意告诫："晚上别出来乱跑，亏着遇到我，要是碰到别人，把你们当流氓抓了！"霎时间，我们那点可怜的浪漫就被吓到爪哇国去了。

当我们的爱情正在蜿蜒前行时，又遇到了阻力。一天黄昏之际，学校的贫宣队长 W 找小解去谈话，有顷，小解回来了，带着一脸的凝重，原来 W 劝告她："处对象要慎重，你是工人阶级的后代，而孙的爷爷是地主，孙出身于剥削阶级，你要站稳阶级立场，不可感情用事。"听到这些不禁让我五味杂陈，忧从中来。先是，W 之妻病逝，W 曾托人讽示小解，欲求胶续，小解默而未答，此事就作罢了。在艰窘的日子里，我们想象着将来的生活，未免感到迷茫，当然也还存有美妙的憧憬。是爱激活了我的诗思，如《戏赠小解》：

黑水白山幸遇卿，客游千里慰生平，
何当悬肘昆池畔，共话茅庐对豆灯。

悬肘是借用鲁迅的话，指搞对象的意思。鲁迅有诗云："野菊性官下，鸣蛩在悬肘。"悬肘就是上海话"吊膀子"，指搞对象，有点调侃的味道。在校时闲得无聊，我们戏称搞对象为悬肘，此词一时成为 1964 级（1）班的流行语。至于"茅庐豆灯"之类，则完全是写实了。国庆放假期间，应小解之邀，去沈阳拜见了她的父母。这是个普通的工人家庭，看来准岳家对我的印象还不错，以尽可能的饭菜招待我，我喝了不少酒。但时过不久，她家突遭大故，她妈妈染病猝逝。有诗为证："十一月中浣，闻讣失萱堂。猝然归家去，泣下摧肝肠。欲言却哽咽，方寸乱茫茫。幸勿为君累，从此计议长。卿言一何谬，甘苦与君尝。车行逝平楚，引领复彷徨。"这是写于翌年 3 月的《长诗百韵叙事言怀奉寄玉秀卿》的记事。小解失恃，她是老大，家里弟妹众多，担子自然沉重，也是通过关系，办理调转沈阳，并很快事成定局。1970 年底，解玉秀办完了调转手续，到沈阳市第 127 中学报到了。很多好心人劝她就此与我拉倒，学校老师多以为小解如金鳌摆尾一去不回了。但小解却心如磐石，不可转也。1971 年春节间，小解与我回京完婚。1 月 27 日，大年初二，在父母的操持下我们涓吉成礼了。在家里摆了两桌，请了三对姑姑、姑夫，四位大学同学，我的五个同胞弟妹，如是而已。居京间，我们去了颐和园，天色向晚，我们坐在后山的长椅上，怅惘着以后的日子，没有自己的房子，有了孩子怎么办？新婚后即开始的两地生活，何时是个了局呢？絮絮的低语和着飒飒的松声，周围一片阒寂。拿什么给你幸福呢？我的爱人。

⊙ 1971 年孙丕任新婚

欢愉短暂，我们回到沈阳，我只身回到大南沟，从此开始了靡所底止的两地生活。大南沟的教书生涯是寂寞的、单调的，几篇毛选，几个样板戏而已。公社经常调学生去劳动，一会山头堡，一会地运所，一会椴木岭子，一会小红石，春夏秋冬，南征北战，教程常被打乱，也没人计较这些了。平顶堡中学习称高中，只有高一、高二两个年级，二百来学生，二十来教师。教师里除我是北大的，还有北师大的、吉大的、辽师的、锦师的，师资力量可谓空前，这也是特殊年代的特殊现象。我的讲课给学生们留下了深刻的印象，旁征博引，娓娓道来，有心者还是学到了一些东西。农村无书，山乡寂寞，毕业时随身带了几本书，其中有王力先生主编的四册《古代汉语》，这是我们的大学课本。就着昏暗的油灯，趴在土炕上又通读了这四本教材，书页里时有年月日晚读于大南沟烛下的记录。学校有个工友，是个孤身老头，姓曹，都管他叫曹大爷，平日住在学校，星期礼拜的就回家了。每逢此际，常是我一个人独宿南沟，天还未亮，时闻《薤露》《蒿里》之声，那是乡人入山藁葬的队伍。

1971 年 11 月 11 日，我们的大女儿在北京降生了，我正蛰伏于大南沟中翘首以盼，老婆来信让我起名，我最终命名“双照”，即取杜甫“何时倚虚幌，双照泪痕干”之意。我的老同学王维阁知道后，曾多次劝我，说此名或干时忌，还是改掉为好，我还是没有采纳他的意见。双照满月后，留在了北京，由奶奶照看，妻子回沈阳上课了。我曾有诗云：

题双照像

双照谁名汝，悁悁父母心。
音容关外渺，颦笑梦中寻。
学语声无辨，扶床步未真。
举家欢晤日，永弃杜陵吟。

为了“永弃杜陵吟”，我开始了漫长的努力。只有公社放人，我才有希望调离。

我先找到公社的副主任沈某，他是沈阳的五七干部，一脸的凛然正气，两句话就把我打发了，说这里需要你，安心在这里教书，调转的事以后再说吧！我真不知道这以后是什么时候，我只知道以后不久，这位沈主任调回沈阳了。还找到姓刘的副主任，态度很是随和，他对我说，听说你还有点真才实学，好好干吧！我的同学王泽武调到公社后升了副主任，成了公社书记易某的女婿，乡民戏称其驸马。从此我成了他家的座上客，常常蹭点酒喝，但我也没有死乞白赖地说调转事，这是我蛰居多年后的事了。我还给很多要员写过信，其中有铁岭县教育组组长李士群，自认为怨而不怒，哀而不伤，有点《陈情表》的味道，但都是泥牛入海无消息。性格决定命运，我这人比较书生气，或者说有点迂，不会甘言面谀，更不会苞苴夜送，这也常受妻子的诃责，但没办法，禀性难移。1972 年 3 月 18 日是我离京两周年的日子，我有诗曰：

三月十八日离京两周年而作

一辞京洛又经年，孤卧南沟对南山。
永夜青灯修尺素，侵晨铁马望蒸烟。
椿萱空有三秋念，琴瑟难偕两地悬。
潘鬓春来羞揽镜，何时双照泪痕干。

年复一年，每一年的三一八我都有诗为念，调转却无耗。大南沟的老师调走了不少，或去铁岭，或去沈阳。公社的大龄单身女干部，也有好几个调到铁岭就婚了。我常常自诵这样的句子：“希望是附丽于存在的，有存在就有希望，有希望便有光明。”我忘了这是哪位哲人的话，茫茫之中也还存着希望。沈阳的同学朋友也在为我使劲，先调到沈阳的郭瑞曾努力为我奔走，他介绍我去电台试试。通过他我又认识了一位大师兄卜维义，早我几年毕业于北大中文系，他当时在市图书馆工作，卜兄古道热肠也积极为我奔走，想把我推荐到省图书馆，由于种种原因，都没有成功。转眼到了 1976 年，春天又来了，当年的三一八感怀是这样写的：

又逢三一八，中夜不成眠，
万里赴辽北，倏忽阅七年，
闺中有思妇，日日望复关，
明月照积雪，清辉入户寒。

“复关”用了《诗经·卫风·氓》中的词语，本指男子之所居，转意为女子心中的男子。家事日繁，爱妻日日望我归来，常常中宵难寐。我的双照已五岁，渐渐懂事了。每当我离家时，总是牵着我的衣角不让我走。当我下楼，向二楼的窗口张望时，只见她偎在妈妈的身边，频频地向我招手，那一瞬早已深深地印在了我的心里。家在二楼，俗称旱楼，是妻子怀着孩子时托人弄景找房产局要的，总算有了栖身之所。房子是解放前的老楼，间壁成若干间，楼上没水，没有煤气，没有厕所。屋子呈刀把型，一头宽，一头窄。老友王维阁初到我家时，就戏称我为六壁居士，很是贴切。1976 年的 9 月 3 日，我们的二女儿格非出生了，小名元元，也还是盼望团圆的意思。

霹雳一声震天响，粉碎了祸国殃民的“四人帮”。大环境的改观使得我的调转顺利起来，先是，我通过卜维义认识了孙钧先生，他是中国人民大学新闻系的老毕业生，儒雅渊默，也不乏风趣，他当时在省文艺创作办公室工作，即省文联的前身，经过他的努力和单位的考察，终于在 1977 年 9 月我调到了沈阳，至此“琴瑟终偕两地悬”了。

对搔白首过燕园

我的忆的路是平如砥，直如矢的。告别未名湖的第一阶段过去了，第二阶段就是 1977 年下半年至 2004 年 4 月在辽宁省文联工作期间。在文联初期转了几个部门，最终落到省民间文艺家协会，一干就是 20 年，一直到 2004 年退休。期间我干了一件非常有意义的事，就是民间文学三套集成，这是国家有关部门领导的文化工程，我前后干了 20 多年。135 本的县区卷本，21 本的市卷本，3 卷本的省卷本即国家卷本，都经过我的努力完成了。特别是《中国民间故事集成·辽宁卷》、《中国歌谣集成·辽宁卷》、《中国谚语集成·辽宁卷》，更倾注了我大量的心血。我任三卷之主编，且是责任编辑，数百万的文字在我手中过了几个来回，可谓甘苦备尝。一位俄罗斯的学者看到我国的集成卷本，感慨地说，一个民间文学工作者一辈子能参与编辑这样的大书，就值得骄傲了。我任三卷之主编，可谓一生三幸矣，故我曾有句云：“一生有幸躬三帙，百感交纷阅万难。”为了保存和弘扬我国的民族民间文化，我尽了自己的绵薄之力，随着时间的推移，这项工程的意义将更加突显。本职之余，特别是在退休后，我作了些诗词注释和古籍整理工作。如《康熙诗选》、《乾隆诗选》、《历代帝王诗选》、《中国古代军事诗歌精选》、乾隆《盛京赋》注释翻译等。在沈阳市文史馆的组织下参与了《沈阳市历史文化典籍》的整理校注工作。去年，我出版了《朝散集》，收录了旧体诗词 518 首，古文赋 35 篇。戋戋小述得到了北大中文系马振方教授的奖借，马先生是著名的文学评论家、《聊斋》研究专家，是我的业师，他的嘉许使我备受鼓舞。

2013 年是我们入学北大 50 年，整整半个世纪了，1963 级三个班分头聚会于北京和杭州。9 月 8 日，我们文三·一班（以“文革”那年的年级为准）的同学在北大五院重聚，白头相向，把袂言欢，不禁慨然兴怀，有诗为证：

⊙ 2012 年摄于都江堰

癸巳之秋燕园重会，盖北大中文系 1963 级入学五十年矣

对搔白首过燕园，惨绿相逢正少年。
绛帐弘深襟抱阔，弦歌喑哑鼓鼙喧。
屠龙坐废聊耽酒，挽日谁甘叹逝川。
云水千重不逾矩，未名湖畔早秋妍。

我辈大学期间遭逢不偶，学业未就，自知不足，故益自勤苦，以求补苴于万一。这就是颈联的本事，前句状短时的迷茫，后句是终生的奋勉，这才是北大人的风骨。

孙丕任，别署朝散，1944 年 4 月生于河北昌黎。1963 年考入北京大学中文系，入读汉语专业。1968 年毕业。因病留校年余，编入 1964 级（1）班。于 1970 年 3 月分配至辽宁省铁岭县平顶堡公社中学，教书七年。1977 年 9 月调至辽宁省文联，2004 年退休。主编《中国民间故事集成·辽宁卷》、《中国歌谣集成·辽宁卷》、《中国谚语集成·辽宁卷》。著有《朝散集》，收入旧体诗词及古文赋等。现任辽宁省诗词学会副会长，沈阳市文史馆馆员。

“芙蓉镇”的国文教员

吕仲林

我是西语系法语专业1969届毕业生，那时所谓的毕业分配就像赶羊一般将大家轰下去了事。当年有个顺口溜：“远分对儿，近分赘儿，不远不近分光棍儿。”而这主要是指尚在谈恋爱者，因我是结了婚的，并不在此论，于是便一下子被发到了湖南。

我记得到达长沙车站时似乎已近黄昏，可能是因为天色阴沉，下车后感觉长沙的天比北京的低，可见当时心情之糟。坐了一整夜的小火轮，沿湘江进入洞庭湖，黎明抵达一个叫做“柳林嘴”的所在下了船，命运就这样把我们这帮人扔到了洞庭湖边一块围湖造出的土地——洞庭西湖畔。这里原来是个劳改农场，军队接管后改成军垦农场。当时周围的老百姓很是纳闷，怎么这批劳改犯都这么年轻！军方将北大、清华两个学校的男生混编成两个连队，分别称之为“师直属学生一连、二连”。但是，估计当时部队的领导压根儿就没有想到，这样的安排成了他们日后的一大麻烦，因为这是这个师下属所有学生甚至七机部的干部连队中最难管的两个连队。诸如因与师部大学生办公室主任（正团级）发生争吵而将其扔到河里；师后勤部协理员（正营级）因辱骂学生“臭知识分子”而被撕掉领章、帽徽，并被掴耳光的事件，均发生在这两个连队。在这里接受一年八个月的“再教育”后，1971年的夏季再分配，因老婆已经从唐山柏各庄农场分到益阳，所以，我也就顺理成章地来到了益阳。

到益阳地区革委会报到后，不知是哪位兄弟给革委会的人透了一个消息，说吕仲林在0646部队时是那里的文艺骨干，在师宣传队的全本《红灯记》中演了个李玉和，水平端的了得。于是，革委会文教组一个四十岁左右的汉子找我谈话（那年月好像还没有面试这个词），这位仁兄用他那口十分难懂的益阳普通话问我：“你会翻筋斗不啦？”当年到底是年轻气盛，一听这话我是怒火中烧，恨不得立刻窜上去一把把他撂倒。心想，我是分配来的大学毕业生，不是来考戏班子的。后来，掂量一下自己的身板儿，估计不是他的个儿，顶多也就是打个平手，于是便放弃了这个打算，干干脆脆地回答两个字：“不会！”随后他问的所有问题，我都是：“不会，不会……不会！”弄得这位老兄一脸苦相，十分的无奈：“好吧，你回招待所等着分配吧！”第二天我就分得了一份内心最不愿意干的差事，到益阳二中当教员。

益阳小城被一条大江一分为二，江水穿城而过，这就是三湘四水之一的资江。当年的资江真可以说是江水丰沛，清澈见底，水深一两米之内可见鱼儿游弋。在接近益

⊙ 摄于 1964 年

阳市边缘的地方，沿江有一个高不到百米的小土山，名曰“龟台山”，这就是益阳二中的所在。沿小山而上是学校的教室、老师的办公室和图书馆，山下是盆地状的操场。湖南历来有尊师的传统，只要你入了这行，不管你在当地是否有家，学校都会给你安排住房，这在当时恐怕是绝无仅有的。小山顶上有一个两层木结构的小楼，我的房子就在顶层，离别三年以后，我们夫妻终于有了一个安身之处。

此处的环境甚好，除了地区革委会对面的桃花仑（周扬、周立波的老家所在地）外，我住的地方应该是益阳的制高点，视野十分开阔。据说，当年伟大领袖考察农民运动时曾来到此处，估计我们几个住在这里的人也能沾点儿神气。有时候我会起得很早，来到走廊尽头，很有“气派”地背着双手瞭望江面。一江清水向东北方向缓缓流去，她不像黄河长江那样矫情，没有滔滔之势。她极平静地走着自己的路，平静得像一个害羞的女孩儿从远方款款而来，纯洁如天上的仙女。此时，霞光如万箭刺穿天空，像一把红色巨伞笼罩着大地，朝阳从东方升起，映得江面一片金黄。在如黄金铺就的水面上，无数木船扬起白色的船帆，风驰电掣般向下游驶去，确有百舸争流之势，十分壮观（伟大领袖的诗句是否就出于此亦未可知）。

到二中报到时，一个中年人接待了我。后来知道他是学校的党支部书记，似乎是个造反派的头头，旁边坐着工宣队的队长和指导员。据说这位书记发起飙来能把上了年纪的老教师骂个狗血喷头，不过那天对我还算客气。他的开场白倒也简单，无非是说些“欢迎”的话，随后问我有什么想法。我曾设想教历史，一来这是我本人的喜好，二来历史也比较好教，于是我也就不必客气，直来直去地说：“我是学法语的，你们这里肯定没开法语课，我就将就材料，教历史吧！”这位仁兄面露难色：“哎呀，我们这儿已经有了一位历史老师。你还是教语文吧！”后来才知道，教历史的是管理图书馆的那位老先生。我在二中的一年多时间里，和这位老先生接触并不多，但此公给人一种鹤立鸡群的感觉。老先生大概有五十岁左右，平时话不多，文绉绉的，有些仙风道骨，衣服历来整整齐齐，头发梳得一丝不苟。老先生的夫人看起来也不是一般人物。几十年后，突然从报纸上看到益阳居住着一位抗战时期曾在国军服役、给美军飞虎队当过翻译的人，我料定就是这位一直令我十分敬重的老先生。

就这样，我成了当时唯一一个毕业于北京大学、在益阳教国文的教员。客居他乡，免不得有几个同病相怜的狐朋狗友。朋友们聚会时不知是谁说了一句：“各位弟兄，咱们的吕仲林和卢晓林活脱脱就是芙蓉镇的萧涧秋和陶岚[①]，益阳者芙蓉镇也，不如我们就称吕兄为芙蓉镇的国文教员吧！只不过眼下缺个文嫂。”“芙蓉镇的国文教员”便因此而得名，我倒也乐得享此殊荣。凭着老婆和本人的学识和长相，虽不能自比孙道临和谢芳，至少没有辱没柔石笔下的这两个人物。

在接受这个差事时，我以不懂益阳话为借口提出一个条件：不当班主任。支部书记说可以，但要教两个班的语文。于是，我便接手了两个高二班，按照当时的学制，高二就是毕业班，所以，对我算是人尽其才了。根据我从教近两年的经验，在中学教语文是个苦差事。每天至少有两节课不说，每周还要让学生写一篇作文。实话实说，第一天上课的时候，我心里还是有一点儿兴奋。虽不敢说学问有多深，但是，站在五十来个学生面前心里多少还是有点谱儿的。当老师之前一直听说现在的学生质量如何之差，接触我的学生之后才真正体会到这场史无前例的运动害人之深。我这一百多个学生中，男孩子个个虎头虎脑，女孩子也都清秀可人，可是课堂上你随便提一个什么问题，他们都会很干脆地回答：“我也不晓得！”有时候真能把我弄得目瞪口呆。

给学生改作文是中学语文老师的工夫，有时候改比写还难，可是，对我来说，却是一件十分简单的工作。说起来都有点儿不好意思。我这一百来个学生中能够写出三四百字文章，而且文理基本通顺的可称是佼佼者了，这样的学生真是凤毛麟角。大部分学生只能写几十个字，而且不管是什么题目，都是以“四海翻腾云水怒，五洲震荡风雷激”之类的套话开头。最让我痛不欲生的是，一个学生居然每次作文都是两行字交差，除去几个错别字后基本上也就没什么可看的了，要是放在今天，我估计是可以进入吉尼斯世界纪录的。所以，改作文时我就把复杂的问题简单化，有点儿内容的总之要给个及格，其他就写一行给 5 分，四行 20 分，六行 30 分，诸如此类，只写两行的那位只好对他不住，给个零分了。这样，差不多用一个小时我就可以交差。开始时，我夫人还跃跃欲试地想给我帮忙，看了两个人的文章后立刻一脸苦相地说：“太痛苦了，还是让我多活几年吧！”在这一点上，我着实很佩服我们语文教研组的一位聂姓老教师，他居然能耐下性子用一周的时间改一个班的作文，实在是十分的敬业，我只能是自叹弗如。

在将近两年的教师生涯中，我基本没有备过课，再说我也不会备课，学校发的一个备课笔记本在我这里成了摆设。因为我就住在教室的楼上，所以，每次我都是踏着上课铃声，手里拿着两根粉笔，口袋里揣着课本信步走出宿舍。前三十分钟基本上是跟学生侃山，天南海北，每天都有不同的故事，留下二十分钟给课文分一分段落，总结个中心思想，解释一下生词、成语，这样也就差不多熬到下课铃响了。我记得有一

① 柔石的中篇小说《二月》中的人物。——编者

课是“样板戏”《智取威虎山》的选段，我让学生们自告奋勇先演一演这个戏，孩子们顿时活跃起来，纷纷自报角色，教室里热闹非凡，最后，应同学们的要求，我给他们唱了一段参谋长的唱段。下课以后，在旁边两个教室上课的老师非常不乐意：“吕老师，你搞么子喽！弄得我们课都上不下去。”在他们的眼里，我可能不是一个称职的老师，但在学生的眼里我却是一个很平易近人的大哥。而且，就因为我的独出心裁，还被市里安排一次公开课，招得外校好多老师来听课。此后，又在全校搞了一次讲座，于是，“芙蓉镇的国文教员”这个名声也就坐实了。

新的学期开始了，支部书记找我谈话，说要组建一个高一实验班，把初中毕业生中的好学生集中到这个班，在学校里起示范作用。他希望我当班主任，兼教这个班的语文。这在当时的益阳二中来说，是个不小的荣耀，是很多老师求之不得的。虽然我心里十分的不情愿，可是总不能“牵着不走，打着倒退”！便硬着头皮接了下来。

这个班学生的组成确实比较理想。男同学中有一个叫熊耀辉的，是个很本分的孩子，在同学中有点儿威信，我就让他当了班长。我选了一个叫刘益梅的女孩子当团支部书记，她的父母都是离休的部队老干部。既然当了班主任，还得有个班主任的样子，要对得起这帮孩子。语文课依然如故，以侃山为主，但班主任的差事我确实下了一番工夫。这个时候已经不能再用听不懂益阳话作为借口，再说起码也能听懂个大概了。为了万无一失，我让班里干部陪着我当翻译，用一个学期的时间走访了几乎每个学生的家长。在当地搞学生家访是一件很让人愉悦的事情。益阳有个很好的风俗，凡是贵客临门，都要给你泡上一杯加了炒黄豆和芝麻、有点儿咸味的清茶，说明主人很拿你当回事。作为孩子的老师，我自然每到一家都会享受这种待遇。孩子的父母们一口一个“吕老师”地叫着，对我毕恭毕敬，说实在的，还真觉得有点儿受用不起。

第一学期期中时，从益阳市一中转来一个愣头愣脑的男孩子，十六七岁的样子，名叫耿庆伟。支部书记说：“吕老师，把这个学生交给你吧！”我稍作犹豫便接受下来。其实，在我接受这个学生之前就去了住在部队干休所的一个阿姨家，她在一中当校长。这位阿姨说，这个孩子在一中是个出了名的混世魔王，几乎每个教室的玻璃都被他打破过，为此他的家长不知给学校赔了多少钱。后来实在在一中混不下去了，家长只好给他换个环境。起初几天，这个孩子倒也规矩，虽然并不好好听课，但至少没有出什么幺蛾子。慢慢地他就露出了原形，开始折腾起来，不是把前面女生的辫子拴在椅子上，就是和同桌的男同学来个全武行，弄得谁都不愿意坐在他旁边。医生讲究对症下药，老师也得根据学生的个性、家庭和周围环境见招出招，来点儿四两拨千斤的工夫。这个孩子是益阳军分区副政委的养子，从小有些娇惯，他自己有点益阳地界衙内的感觉。观察了一段时间以后，我发现他是个“顺毛驴”，不能戗着摩挲。于是，我决定用言行影响他，让他见识你、佩服你。这样的机会来了。一天，学校组织学生义务劳动，给附近小山上的记不清是什么作物施肥，肥料来源就是学校的厕所。我带了几个男同学去掏粪，还特意让这个孩子跟在我的身边。这个学校的厕所是一个架在半山腰上的木结构"高层建筑"，地面离下面的粪坑有两米多，所以，要想掏粪就必须下到粪坑里。来到厕所后孩子们都有些踌躇，我知道，这个时候老师的行动会给自己的学生带来什么影响。于是，我首先下到了粪坑里掏起粪来。紧跟着我下来的是班长熊耀辉，让我没想到的是，随后下来的就是这个耿庆伟。我用十分欣慰的眼光看了一下他，他回了我一个有点儿不好意思的笑容。我顿时觉得，他其实是个很单纯的孩子。带着学生们来到小山上后，因为没有施肥工具，孩子们问我："吕老师，没得工具咋搞勒？"我说："现成的工具为什么不用？来，跟我学！"说完就用双手捧起肥料施起来。几个男孩子学着我的样子干了起来，其中就有耿庆伟。从此以后，这个孩子对我是言听计从，虽然中间有些反复，但是基本上再没有其他老师向我反映他如何在课堂上捣乱了。后来，我去家访，他父亲对我说："这个孩子自从懂事以后，就没有听他说佩服过谁。吕老师，他现在对你佩服得是五体投地！"我自然是客气一番，不过，心里确实有一种满足感。离开益阳一年后，我利用出差广州的机会回到益阳，耿庆伟在街上碰到我，远远跑过来喊："吕老师！"还向我深深地鞠了一躬。

⊙ 摄于 2012 年

当了一年的班主任，孩子们和我建立了很深的感情。其实，从来到益阳的第一天，我们夫妻就没有打算在这儿长期干下去，毕竟用非所学，心里终究不是个滋味。终于，在第二学期结束之前接到了石油部的调令，我们利用暑假办了调动手续，因为怕惊动太多的人，就像地下工作者一样离开工作了将近两年的益阳。只有一个父亲在本校当炊事员的女学生知道这消息，临离开之前，这个朴实的女孩子代表她父亲送我一个小锅。我想，这个小锅大概是让我不要忘了曾经在益阳市第二中学和他们在一个锅里搭过伙，吃过饭吧！

转眼间离开益阳已经整整四十年，我并不十分留恋那个岁月，但是却经常想起我的那些非常可爱的学生：他们也都快到退休的年龄了！

吕仲林，西语系法语专业 1969 届毕业生。毕业后在部队接受过再教育，充当过中学国文教员，跻身石油部从事石油地球物理勘探十三年后，在国家体改委麾下苟延两年。自认不是当官的材料，于是辞去公职，进入外企十七年，在法国德希尼布工程集团公司驻华代表处副总代表位上退休。

告别北大后的二三事

郑庆林

孔子曾面对奔腾的川流叹道:“逝者如斯夫！不舍昼夜。”他既感叹万物的生生不息，变化无穷，也感叹时光的飞速流逝，一去不复还！我们这批北京大学1964级的学子，自告别未名湖，一晃已过去了40多年！当初年轻的小伙子，如今虽不情愿，但确已变成了满头染霜的老人！ 2014年是我们入学北大50周年，此时对于告别北大后的经历作个回忆，相互交流，相互了解，是很有意思很有意义的。

一处安身立命之地

命运捉弄人。北大毕业，我被分配到了安徽，这是我之前从来没有想到的，但也只能面对现实。其实，一个人的人生遭遇，不完全取决于个人的主观愿望，而是由人生道路上的种种主客观偶然因素共同作用的结果。主观上，只要自己有志向肯努力，在大方向上总会是进步的，上升的；但具体的结果，却是由种种客观的社会关系交汇而成的。到安徽后的第一年，我同北京几所大学的毕业生一道，被分配到6377部队“接受再教育”。一年后——1971年3月，正式分配工作，我被分到了芜湖市。芜湖，这座不大不小的城市，地处中国最长的河流——长江之滨，所谓江城。我这个人喜欢水。人类自古以来择水而居。能在长江边生活工作，正是我之所愿。当时一道来芜湖的有来自北京的大学生28名，有的想当工人，因为“工人阶级领导一切”；有的想当中学教师，因为……我则想搞宣传工作或当大学教师。负责对我们再分配的是芜湖专区教育组的一位同志，他先把北大哲学系的3个人的档案（其中有我和陶富源同学）抽出来，说要分到一所进修学校，这所学校要办大学。当大学教师，这正合我意。结果，同来的有6名当工人，20名当中学教师，只有我们俩被分到芜湖中学教师进修学校任教。

芜湖中学教师进修学校不久便恢复为芜湖师范专科学校（1958年建校）。芜湖师专属高校性质，主要培养初中教师。1971年3月，我到这个学校报到。这是一所什么样的学校？给我的第一印象是“荒凉”。学校地处芜湖市远郊。校园没有围墙，校门只有象征性地竖立着的两根水泥方柱。校内道路是泥巴石子路，吃水是井水，用水有水塘。树木稀疏，校舍寥落。校内只有一栋教学楼，几排教工、学生宿舍，一个运动场，甚至还有几排草房。此外便是大片的稻田。师生们要参加水田耕作，还迟迟不能放暑假，因为要等到把水稻收割完毕。这就是我的安身立命之地？不过说实在的，当时我并不觉得艰苦，因为我出身于农村，大学以至“接受再教育”期间，又多次参加学工学农学军活动；或许潜意识里还认为困难只是暂时的，学校总会发展的。确实，改革开放以后，芜湖师专大踏步前进了。到21世纪初，芜湖师专完全变了样，被芜湖市誉为“花园式学校”。2005年5月芜湖师专并入安徽师范大学。我在芜湖师专几十年，这里是我的安身立命之地。

一次意外的友情会面

1996年9月8日，老同学李甲枝突然造访，我真是喜出望外。自从1970年3月在北大分别，26年了，我们这是第一次见面！我们使劲握手，相谈甚欢。我们都老了，他比大学时胖了些，牙齿掉了几个，所以说话发音有些不清，头发已近花白。他回广东后，先是当教师，后不甘于教师的寂寞，改行当律师。他这次是为他的中学校长到安徽涡阳解救被拐卖的侄女，得到老同学谢道文的帮助，解救得很顺利。本来甲枝一行可直接回广东，但他又特地来芜湖看望我，真是同窗情深。我招待他吃了晚饭，又用车子送他到芜湖轮船码头，他们要乘船去九江。临走，他还给我儿子200元作为见面礼。我们说太多了，不能收。但他硬要给，盛情难却啊！

我和甲枝同学很要好。我们俩同年级同班同寝室，朝夕相处，无话不谈。他为人诚实，禀性耿直。他人聪明，原本“早生华发”，不知喝了一种什么中药，变得满头青丝。他好动，不安于现状，因为他有思想。他喜辩论，辩论起来脸红脖子粗，因为他有主见。“文革”中我们俩曾一道外出“串联”，我们是一路看大字报，一路争论。说起争论，在大学寝室里，我和他经常为一些哲学问题发生争论。这种争论也许催生了我后来的一篇文章。1979年前后我国哲学界展开关于真理有无阶级性的讨论。因为我和甲枝同学原先在寝室里争论过这个问题，我对这个问题已有了一定的思考，所以当社会上开展讨论时，我就给予了特别的关注。我是认为真理没有阶级性的。但是，主张真理有阶级性的一方提出了这样一个驳难：“马克思主义有阶级性，马克思主义是真理。所以真理有阶级性。”这个驳难似乎很有力。然而，我经过深入思考，发现人们是在两种涵义上使用“阶级性”这一概念的。一种是指理论本身的阶级性，另一种是指理论的社会作用有阶级性。这是两种内涵不同的“阶级性”。上述驳难中的“马克思主义有阶级性”正是在第二种涵义，即在“社会作用”上使用“阶级性”的。所以肯定“马克思主义有阶级性”，却不能由此而得出马克思主义真理本身有阶级性的结论。我将上述思考写成论文，投稿《哲学研究》杂志。1979年第9期的《哲学研究》发表了我的《阶级性的两种涵义》一文。这是我公开发表的第一篇文章，所谓“处女作”。

2000年3月10日晚，我突接甲枝夫人的电话泣告：甲枝昨日突发脑溢血，抢救无效，溘然逝世。这真是晴天霹雳！我不禁泪涌眼眶，声音哽咽，努力劝慰她：您痛失了一位好丈夫，我们痛失了一位好同学、好朋友！事已至此，希望您节哀顺变，保重身体要紧。啊！甲枝，你走得太早了！没有想到，上一次的分别竟成永别！

一个小型学术会议

1986年4月，我给《哲学研究》寄去一篇文章:《论科学的价值真理概念》。不久，即当月30日，我接到了《哲学研究》编辑部的来信，邀我参加将于5月20日左右在杭州举行的关于“价值与认识”的小型座谈会。这次研讨会于5月20日至24日在浙江杭州举行，会议由《哲学研究》编辑部召开，由杭州大学哲学系主办。参加这个研讨会的只有二十多人，其中有《哲学研究》编辑部的三位编辑，还有八人（包括袁贵仁和我）是由《哲学研究》编辑部直接点名与会的，且都在《哲学研究》发表过文章，其他是浙江省内的哲学同仁。这个研讨会的召开应该是由《哲学研究》1985年第9期袁贵仁的文章《论价值真理概念的科学性》引起的。研讨会主要围绕“价值真理”的提法能否成立以及“价值真理”如何界定展开。会上的讨论十分热烈，我从未见过有如此热烈的讨论会。大家争先发言，不同的观点展开论辩，短兵相接，一方的发言经常被对立方所打断。各方面的问题都提出来了，各种理由都摆出来了。在这中间，人人都受到启发，思路得到开拓，收获很大。我在会上发言的题目是《价值真理概念成立的根据及其内涵》。袁贵仁在听了多数人的发言后才发表他的看法。看起来他头脑冷静，语言温和，发起言来，慢条斯理，有条不紊。讨论进行了三天，大家一致认为，这次学术会议的组织方式是一个成功的经验。一是小型，与会者不多；二是与会者对于价值问题都有一定的研究。会议的最后一天，主办单位组织我们去富春江桐庐境内游览严子陵钓台。此地依山傍水，风景优美，犹如世外桃源。

有意思的是，一天在会下，《哲学研究》的编辑王玉恒见到我，说:“你这么年轻，我原以为你年龄很大了，至少有五十岁了。”与会者王永昌原也以为我的年龄应该很大了。在这之前我已在《哲学研究》发表了三篇文章。不知他们是根据什么认为我的年龄很大了，也许是根据我的文章揣测的吧。

袁贵仁当年只有三十六岁，安徽固镇人。他原是一名中学教师，恢复高考后考上北京师范大学哲学系，后又攻读硕士，提前毕业留校任教。当年他是该校哲学系的一名硕士生导师，在哲学界已初露头角，没想到他现在成了教育部长。散会时我请他在北京帮我买一本书——罗尔斯的《正义论》，后他托其研究生买到此书，并给我寄来。可见这个人肯帮忙，讲信用。

⊙ 1986 年 5 月杭州小型哲学研讨会的部分与会者。左起：马俊峰、鲍宗豪、郑庆林、何祚榕、王玉梁、王永昌、袁贵仁、李林昆

一段艰难的岁月

1997 年 12 月，我任芜湖师范专科学校的校长。20 世纪 90 年代末，全国许多大专学校纷纷独立升格为本科院校，作为全国最早成立的师专之一、位列全省前列的芜湖师专，也强烈要求独立升本。但省教育厅主张我校同安徽师范大学合并。2000 年 4 月，在省教育厅领导的主持下，经两校领导班子协商，决定以两校合并（须经教育部批准）为目标，先从 2000 年起以“安徽师范大学芜湖师专教学部”的名义，由我校招收 6 个专业的本科生，第一年就招了 500 名。

我们期盼着两校尽早合并，但迟迟不能实现。2000 年 10 月，原党委书记退休，上级宣布由党委副书记、校长郑庆林主持学校的党政工作。在此后的五年里，就由本人承担起校长和有实无名的党委书记的责任。这五年是我校最艰难的五年。当时，省内国内各高校为了扩大招生规模，纷纷征地，几倍地扩大校园面积；新校区、新校舍如雨后春笋，竞相展现。而我校因在意向上将并入安徽师大，省里不同意我校征地，不给新基建拨款，只要我们维持现状。我们在给省教育厅的报告中这样比喻我们当时的困境：“我们的感觉是在戴着脚镣跳舞，既无法跳高，更怕跌倒。”为了维护正常的教学和工作秩序，我向全校师生员工提出了“三不”要求：“思想不散，纪律不乱，工作不断”。进而我们把全校师生的眼光从向外延扩展转向内涵挖潜。尽管受到外部条件的限制，我们也不能停止发展的脚步。我们自筹资金和向银行贷款，在现有的校园面积上，新建实验楼、体育馆、学生宿舍楼；改造旧房，扩建教学楼；减少教工宿舍，增加学生宿舍，以扩大招生规模。2000 年之后，在省里没有基建投入的情况下，我校新增用房面积 27000 多平方米。在校生由 1999 年的 2661 人，增长到 2005 年的 5282 人，其中本科生 1494 人。在这期间，本人被省委组织部、宣传部和教工委评为省级优秀共产党员。时间到了 2005 年 2 月 21 日，教育部终于正式下发了《关于同意芜湖师范专科学校并入安徽师范大学的通知》。之后在省教育厅领导的主持下，成立了芜湖师专并入安徽师大领导组。师大校长任组长，我作为芜湖师专的校长，任副组长，直接参与了并校的筹划、实施工作。我们也终于把芜湖师专平稳地送入了安徽师范大学。还有一点也提一下，2005 年 6 月，省教育厅委托某会计师事务所对作为学校法人代表的我进行离任审计。审计结果的报告指出：芜湖师专在资金上不但没有亏欠，还有余款 644.3 万多元；“审计未发现师专有重大损失浪费和个人以权谋私行为，没有发现挤占、转移资金和突击花钱的情况。”省教育厅满意，安徽师大也满意。

一线千里相牵的姻缘

男大当婚。从 1971 年 3 月正式工作，我才开始认真考虑我的个人问题。1971 年 7 月，芜湖师专的领导安排我和学校的政工干部胡同志一道去繁昌县三山镇参加当时的所谓“一打三反”运动。年底，我同胡同志谈起我的个人问题，因为初到芜湖师专，人生地不熟，我请他帮我物色。他想了想，说我校金老师的女儿比较合适。我就记住了。不久，我有事回一趟学校。在去校医务室的路上，迎面走来一位女子，身材苗条，面容清秀。我心想她也许就是胡同志介绍的那个！返回三山驻地，我向胡同志描述我的所见。他说，她就是金老师的女儿。啊，似乎是老天特地把她送到我的面前见上一面！以后的事情自然是恋爱、结婚。这事我一直觉得很奇怪，怎么会那么凑巧！而且，一位福建的学子居然会同相隔几千里外的芜湖的一位素不相识的女子结成一对！这大概就是所谓“缘分”，就是“千里姻缘一线牵”。

我们俩于 1974 年春节结婚。我的妻子金筱华，家里家外都很能干。家务事基本上由她包了，人家说，我的“军功”有她的一半。她在我校财务处工作了几十年，财会业务娴熟，是我校财务处的主要骨干，中级职称，科长。凭她的业务能力和工作态度，本应进一步提拔，但因我是学校的校长而不宜晋升，我只能感到内疚。我们有一个儿子，人说血缘远的相结合，生出的小孩聪明、漂亮，可能有点道理。他现在是安徽某大学的一名教授（去年三十七岁评上教授），博士，从事教学和科研工作，并任计算机学院副院长。儿媳妇是研究生毕业，多年来任合肥某企业集团的常务副总经理，聪明、能干、泼辣，口才好。她负责几十家分店的全面管理，工作十分忙碌。我

⊙ 2001 年与妻子于皖南古民居宏村留影

们的小孙女儿聪明、伶俐、可爱，已上小学二年级。

2006 年 5 月 1 日，我开始了自由自在的退休生活。读书、上网、看电视、锻炼身体。每隔一段时间，我和老伴（我实在不愿称我的妻子为“老伴”，我们不服老）还要从芜湖去合肥照料我们那可爱的孙女儿。天伦之乐，其乐融融。

夕阳无限好，只是近黄昏。
黄昏不必愁，心宽天自长。

郑庆林，福建莆田人。出生于农历一九四四年六月初八。1964 年 9 月入学北京大学哲学系哲学专业，1969 年 7 月毕业。1971 年 3 月至 2005 年 5 月，在安徽省芜湖师范专科学校从事教学、科研、行政工作。2005 年 5 月，芜湖师专并入安徽师范大学。1991 年晋升为教授。荣获曾宪梓教育基金会授予的全国师专教师奖三等奖。享受国务院特殊津贴。从 1991 年 12 月至 2005 年 5 月，先后担任芜湖师专的党委副书记、副校长、校长。

教坛耕耘琐记

郑斯宁

1969年10月，我们北大力学专业以及技术物理系、无线电系师生一夜之间被驱赶到陕西汉中653分校搞斗批改，后来才知那是林彪“一号命令”下的战备大疏散。五个月后的1970年3月，工、军宣队一手操办，速战速决完成毕业分配，把我们发落至天南海北的最底层。没有志愿，没有选择，只能从命。 原则简化为“就近”。我们班五个东北人全部打回东北：我是吉林考生，吉林名额太少，分到与吉林省接壤的辽宁省昌图县；另一个吉林人邓贯瀛去黑龙江伊春；辽宁人王燕庭、孙贺琦和朱永成，分别去辽宁开原、铁岭和新宾。江浙、上海没有名额，上海同学大多发配贵州山沟。北京同学主要去向为“三北”（西北、华北和东北）农村。当时汉中还不通火车，只能分批运送到宝成铁路沿线的阳平关或略阳。东北、贵州离汉中最远，也就头一批上路，解放牌敞篷卡车拉我们到三百里外的秦岭重镇略阳。

站在略阳火车站的天桥上遥望绵绵秦岭，我感慨万千。1965年我从东北师大附中考入北大数学力学系时，曾满怀壮志和理想。读书不到一年就遭遇“文革”。按“最高指示”折腾了四年，就这么被打发了，连个文凭也没有。十年后的1980年终于拿到文凭时，已过而立之年。后来我多次跟我的学生调侃说，我的北大文凭是假的，在学校里基本没读书，只有一个学期的成绩，拿不出成绩单来。四年半的北大生活很不平静，数力系1965级两度去昌平200号分校累计九个月，力学专业外加两度去汉中653分校九个月。印象最深的当属1967年8月与同班孙洪修、王燕庭合写过一张题为《中央文革包办代替给北大运动带来后遗症》的大字报，贴在29楼与燕南园之间紧挨小商店的大字报棚，认为北大的反工作组是由中央文革领导小组来定调、包办的，留下后遗症。大字报只保留了几个小时，就被一场暴雨冲毁，我们仨也躲过一劫。

到昌图县报到后才知道，北大分来六十多人。一个纯农业县一次接收六十多名北大毕业生，该算吉尼斯纪录了。这六十多人又继续分到全县十几个偏远公社中学。我与地球物理系鞠复华，中文系李炳海、史桂琴夫妇，分到距县城百里开外的东嘎公社（现东嘎镇）。东嘎属汉蒙混杂地区，蒙古族占很大比例。“东嘎”为藏语译音，源于藏传佛教，为藏传佛教法器“白色海螺”之意。在西藏拉萨西郊有同名的东嘎镇。在四川甘孜县还有东嘎寺。当地保留了许多蒙古族习俗，爱喝很浓的红茶。到老乡家做

⊙ 2005 年郑斯宁全家福

客，主人会当场用搪瓷缸在柴火上沏出中药汤状的红茶招待你。东嘎的标志性建筑是一座藏传佛教大庙，后改建成公社礼堂。我们报到时，校舍尚未建成，工作就从建校舍开始。木料取自东嘎大庙，清一色的陈年红松。

1970 年秋，校舍基本完工，东嘎公社中学也迎来首批学生。按当时辽宁省学制，中学分成六、七、八、九四个年级。我教八年级数学，并担任八年二班班主任。“文革”牺牲品和臭老九，当然不愿意再当老师。但面对朴实的农村孩子，只能认真教，不能糊弄。中学位于东嘎公社西南角，大部分学生上学得走十多里土路，三分之一的学生还要走简易浮桥过辽河的支流二道河。条件艰苦、交通不便，上学不容易。雨天道路泥泞，就更难了。学生缺席太多时，学校常选择停课，放学生回家。我不忍心让冒雨跑来的学生白跑一趟，总是临时安排讲点什么，让这些学生有所得，心里才踏实。

为了解学生，当班主任不久，我就利用三个周末，分东、南、北三个片儿，对全班学生逐一家访，成为我了解东北农民的最早通道，感触良多。尽管“文革”的大气候排斥知识分子，但那些朴实的底层农民却始终尊重读书人。就算他们不知“北京大学”与“北京的大学”的区别，但对我们的欢迎、尊重却明白地写在脸上。三十多年后，2005 年 8 月，借北大学子重返第二故乡铁岭大聚会之机，我带正在美国读大学的儿子郑好雨一起再回东嘎，一下车就被当年的学生团团围住。我当场叫出了每个学生的名字。一个翟姓女生上前与我拥抱，兑现“如果郑老师能叫出我名字，我就跟他拥抱”的承诺。这是我教坛耕耘的起点和第一批学生，曾与他们朝夕相处，还走访过每个人的家，当然忘不掉。

辽北农村生活很艰苦。主食高粱米（永远脱不净壳子的杂交高粱“晋杂五”）和苞米面饼子，没有荤腥。我与鞠复华单身，住在学校的大炕，四五个人挤在一起。李炳海夫妇租住了老乡依坡而建的地窨子（只有前墙，没有后墙，类似陕北窑洞）。学校的老师，还有几位是来自沈阳的大学、中专和中学的老师，到东嘎插队落户的“五七战士”。其中李庚年老师早年毕业于燕京大学，还算北大校友呢。20 世纪 80 年代，李庚年与我曾同时在美国做访问学者，我在密西根大学，他在威斯康星大学。他儿子李觉先是当年我在东嘎教过的好学生，1977 年考入辽宁大学数学系，在吉林大学取得博士学位，成为我的数学同行。

其实我算不上正宗东北人。我父亲郑汝骊祖籍河南罗山，母亲张翼伸是湖南平江人，抗战时期分别毕业于大后方的西南联大（昆明）和武汉大学（四川乐山），又都流落陪都重庆，在重庆大学任教。1946 年 11 月我出生在重庆沙坪坝，解放后随父母来到长春，也就成了东北人。1976 年我离开东嘎时已经三十岁。六年半的辽北农村生活把我彻底打造成了东北人。除了高粱米苞米面、大葱大酱的滋养，冒烟土炕的烘烤，还有农村淳朴民风、民俗文化的熏陶，渗透到了骨髓。在我离开农村以后的许多年，直到今天，依然脱不掉身上那股炕烟子味，依然习惯于以一个东北农民的视角看世界。那时我面对的学生是“50 后”，正是邻县（开原县）赵本山那茬人，对那类农民语言再熟悉不过了。我的东嘎生活还算愉快，不仅受到学生欢迎，也受到领导、同事肯定。我与李炳海、鞠复华都在东嘎入了党。李炳海还被提拔做了公社副主任、副书记。鞠复华 1975 年对口去了辽宁省环境监测站，李炳海则一直待到 1978 年，才通过考研究生离开东嘎，后来成为研究先秦文学的知名学者，教授、博士生导师，任教东北师大及中国人民大学。那段岁月我还结交了一批从辽宁省实验中学上山下乡到东嘎插队的老知青。我 1981 年研究生毕业三十五岁成家时，找的就是在东嘎共过患难的辽宁省实验中学老知青、1977 级大学生张南虹。

我从不隐讳：农村教书的岗位，满足不了我的事业追求。农村的空暇时间我主要用在了学习上。首先把大学头两年的基础课数学分析、高等代数等自学补完，边做习题，跟以往上课的感觉很不一样。当时供电不足，时不时就停电，我常备蜡烛、煤油灯，晚上读书很辛苦。一时无法把握未来去向，索性学外语（还曾学德语和法语）。我的英语是 1968 年北大“三二九武斗”后的三个月在家自学的。这些自学后来大多派上用场。先是 1976 年我凭自学的英语本事，进入三机部 133 厂技术科干了两年英文翻译。那时中国刚从英国引进斯贝航空发动机制造技术，有海量图纸、工艺工程需要翻译，工厂懂英语的人不多。我很快进入角色成为骨干，并熟悉了机械制造冷、热加工工艺，以及航空发动机燃油系统工作原理。1977 年春被抽调到三机部北京 628 所翻译《美国军用标准》。我承担的几个标准的翻译质量受到好评，又被留下来做收尾工作。这段经历算是我对中国国防现代化起步所尽微薄之力吧。1977 年恢复大学及研究生考试，我迎来人生转折。我同时报考了吉林大学非线性偏微分方程研究生和北大“回炉班”，以求双保险。农村自学再次派上用场，两个都轻松录取。“回炉班”考试名列前茅，一天课也没上过的英语竟得了研究生考试的高分。经过一番纠结，我选择读研，导师为后来对我影响至深的伍卓群教授，也从此与非线性偏微分方程结缘。

吉林大学数学学科相当不错，1978 年首届招了硕士生十七人，除我以外全是本校毕业的，我是年级最低的，1965 级。自学的东西毕竟不够扎实，而数学的特点就是逻辑环环相扣。跟辉煌的过去不同，我研究生阶段的学习不再轻松。修完规定课程不易，做研究更难。我曾花整整三个月时间才勉强读懂美国数学家 DiPerna 关于双曲守恒律组弱解稳定性、唯一性的一篇五十页文章，再做一点点改进、推广。由于这篇长文难读，国内审稿困难。两年后的 1982 年“双微会”时，Rabinowitz 建议我直接邮给 DiPerna 本人。DiPerna 复信肯定我的工作，建议到美国顶级杂志发表。多年以后，我在《青春的记忆》一文中曾这样描述这段时光：

> 当我 1978 年作为“文革”后的首届研究生进入吉林大学数学系，重返大学课堂的时候，已经 32 岁，不再年轻。我拼命读书，从零起步做科研。只有一个念头，那就是把失去的青春抢回来。当时我还没有成家。我甚至不惜用“理光头”之类的极端做法，激励斗志。我坚持下来了，坚持到了今天。

1981 年，我研究生毕业来到大连理工大学任教，当上大学老师。教的第一门课是数学物理方程，学生则是 1978 级毕业、接续读研的 1982 级硕士生。这批人中的许多人后来成了大气候，有的还当上长江学者、院士。大连理工大学有非常好的人才成长环境。1958 级校友程耿东 1964 年从北大数力系毕业考到该校读研究生，“文革”中发配沈阳教中学。大连理工大学屈伯川老校长和钱令希先生珍惜人才，“四人帮”年代就有魄力调他回学校搞业务，粉碎“四人帮”后又最早送他出国留学深造。程耿东现在是力学结构优化领域大家，1995 年当选中科院院士，2012 年当选俄罗斯科学院外籍院士，并以北大人的严谨治学态度出任大连理工大学校长十一年。我曾愉快地受他聘任，担任应用数学系主任四年。

1984 年 9 月，我作为国家公派世行贷款访问学者到美国密西根大学留学，导师 Smoller 教授。当时国内做研究最头痛的就是查文献。在美国，不出密西根大学数学系图书馆之门，就可以解决全部参考文献，相见恨晚啊！我如鱼得水，每天泡在图书馆，转年的 5、6 月份，已有三篇论文被著名数学期刊接受，终于可以放松一下了。很巧，北大计算机系教授、原数力系 1964 级校友杨冬青也在密西根大学访问。我在数学系，她在计算机系。1985 年暑假，我们结伴乘火车到芝加哥潇洒走一回。当时，杨冬清的同班同学文兰正在芝加哥北郊的西北大学读博士，我们三人同游西北大学校园，同游芝加哥 downtown，同登当时的世界第一高楼——希尔斯大厦。密西根湖畔留下不惑之年北大学子的身影。这是我来到美国一年间仅有的一次“游玩经历”。文兰日后成为微分动力系统领域大家，1999 年当选中科院院士，2005 年当选第三世界科学院院士，曾出任中国数学会理事长。

十年以后的 1995 年，我再次作为高访学者来到美国加州理工学院，访问著名数学家侯一钊教授，与北大数学学院 1984 级校友张平文同在一个办公室工作。当时张平文已博士毕业，在北大任教，应邀到加州理工学院与侯一钊合作研究。9 月的中国留学生迎新晚会上，每位新人自报家门。当年进入加州理工学院的 29 位新人中有 28 位来自北大、清华、中科大三校。每说出一个校名，就爆出该校老校友的掌声欢呼声。我“北大数力系 1965 级学生”的资格吓人一跳；张平文则自报“北大老师”，除了掌声欢呼声，还引来笑声。张平文给了我很多帮助，包括教我发电子邮件。当时计算机还是 Dos 操作系统，不像今天这样的 Windows 环境这样方便。还有另一名北大校友吴晓辉在侯一钊门下做博士后。两位学弟使我在异国他乡感受到校友的温馨，也很快熟悉了加州理工的环境。张平文后来成为中国计算数学名人和长江学者，现任北大数学学院常务副院长。

两次留学美国的经历，对我的学术发展有重要影响。我在密西根大学完成的四篇论文全都发在了美国著名数学期刊。“文革”耗费了我全部青春年华，只能算是迟到的收获了。我下意识地在双地址的 Dalian Institute of Technology，PR China 处加注 Permanent address（永久地址）。在加州理工的一年对我影响就更大了。我受到最纯正的科学精神洗礼和最彻底的灵魂净化。这所只有 800 名本科生、1200 名研究生的学校，却赢得了 30 多项诺贝尔奖，影响了人类文明的进程。加州理工的 Firestone Laboratory，Guggenhaim Laboratory，Karman Laboratory 是连在一起的，我的办公室与当年钱学森的办公室在同一座建筑内。每当我从那间办公室门前经过，总是难平内心的波澜。学术收获也很大，特别是当时关于非线性抛物型方程组解的奇性分析的若干直觉，后来陆续被我和我的博士生们实现，成全了我后半生的科学研究。

2013 年 10 月 12 日，当年教我大一数学分析课的 86 岁的钱敏老师获得 2013 年度华罗庚奖（中国数学最高奖）。钱老师退休后还指导了 3 篇全国百优博士论文，真了不起。我比钱老师小 19 岁，仍在一线工作，权当“文革”延误的“伤停补时”吧。“文革”荒废了我的北大学业，但北大精神却影响我一生。“北大人”的身份，使我始终有一份额外的责任感、使命感。迄今我已累计发表 SCI 检索数学论文 100 余篇，为美国《数学评论》撰写评论 200 余则，担任 6 种国际数学期刊编委，培养毕业了 18 名博士生。其实，历史的原因使我起步之时就已经错过了搞数学的黄金年龄。我在 2005 年《青春的记忆》一文中说：

探索科学、积累文明是人类最伟大的实践活动，已经持续了几千年。特别是近百年来，科学技术进步爆炸式的高速发展时代，深刻地改变着今天人们的生活和思想。数学是科学的一部分，也是“年轻人的游戏”。我清楚，我自己做的一点东西是微不足道的。但人类对科学的探索是一场永远不会落幕的大剧，它不仅需要主演和领衔主演，需要精英，而且需要无数的群众演员。能够参与其中，使我感觉到光荣和生命的价值。

从1970年发配辽北农村中学当老师，到1981年来大连理工大学任教，教师成为我的终身职业。我也从不情愿当老师，到无比热爱这个神圣的岗位。在我看来，大学教师就是教学、科研和教书育人三件事。三十多年来，我从未脱离过一线本科教学。1986年李鹏同志到我校视察，我被选中作为教师代表参加座谈，但时间与我的数学分析课冲突。我照常上完课后才赶去参加座谈会，虽晚到二三十分钟，心里却很踏实。我多次跟学生说：“给你们上课是我的第一优先。如果我哪天没来上课，一定是被救护车拉走了。”三十多年间，我还承担了班主任、马克思主义学习小组指导教师、两课小班讨论辅导教师等直接面对学生的工作，发表过三十余篇教学随笔与励志文章，拥有大批“粉丝”，也不断收到一茬又一茬学生数不清的贺卡、信件和电子邮件。为学生服务，得到他们的认可，成为我的第一精神支柱。摘录几段时间跨度二十三年的学生赠言。

1989级提高班：“我非常庆幸在我刚接触到高等数学时能得到您这样一位好老师的指点。我至今难忘在寒冷的冬夜您穿着朴素的蓝棉袄，夹着黑色的皮包到电子系楼为我们上数学物理方程课。当时屋中的暖气抵不住窗外的寒冷，一阵阵寒风透过窗户的缝隙吹进教室，而您挥动两只沾满粉笔末的手，来到窗台边，为我们讲述偏微分方程怎样描述这一现象”（张毅）；“像所有敬您爱您的学生一样，我也深深地被您的学识和人品所感动”（徐志发，余小怡）；“您孜孜不倦的工作热情，勇往直前的无畏信心，将深深影响我们今后的脚步”（彭建华）。

数2001级4—6班：“您的学识、人格，您对生活那充满青春活力的态度都给我留下了深刻的印象。我很荣幸能成为您的学生，更荣幸能成为您的朋友”（冯一宁）；“您是一个天使，不仅传播知识，更传播快乐”（耿丹）；“是您用生动活泼的讲课方式和敬业精神让我们认识到原来数学也是那么有意思”（卢欣）；“与您相伴的这段时光将是我学生生涯中最为难忘的。您以您的人格魅力感染着我们每一个人”（王文娟）；“您亲切得就像我自己的同班同学，您是那样地充满活力”（王晓欢）。

数2003级5班全体：“您像一支红烛，为后辈献出所有的光和热！您的品

⊙ 2006 年郑斯宁与博士、硕士研究生于大连燕窝岭

格和精神，可以用两个字概括，这两个字就是——燃烧！不停地燃烧！”

数 2010 级理科基地班：“去年的 Christmas 还历历在目，今天就要分离。您的课总教给我们很多，无论是数学还是人生，这将是我们一生的财富。我们爱您！”（程译滢、郭琼瑜、杨帆、彭双）

数 2012 级理科基地、华罗庚班：“您用认真严谨的讲解带领我们征服数学，用幽默风趣的故事激发我们的斗志，让我们成长”（吴雨溪）；“在接受知识的同时，您给我的最大感觉就是亲切、慈祥，像我爷爷一样”（苏苗苗）；“每次看到你骑车的背影，都会由衷地钦佩。可以强烈地感受到你对生活，对生命的热爱”（徐汾）；“您不仅教会了我们知识，您那乐观的态度和不服老的精神更是带给了我们满满的正能量！做您的学生我感到很幸运。”（刘凯荣）

2011 年教师节，大连晚报记者采访我后发表了一篇题为《65 岁老博导给本科生上课一包劲》的整版报道，上了报纸。四十多年教师生涯，学生从当年的“50 后”，变成今天的“90 后”，熬成了爷爷辈。这就是蜡烛的燃烧吧。

我在大连理工大学三十多年，最早选入第三梯队，最早在国外著名数学期刊发论文，是最早的老五届副教授，首批破格晋升四十五岁以下教授，获首届教学名师奖，首届屈伯川奖教金。获宝钢教育基金会优秀教师特等奖，辽宁省自然科学二等奖，辽宁省教学成果一等奖，辽宁省教学名师奖，国务院政府特殊津贴等，还七获大连理工大学乒乓球男单冠军（1991、1992、1994、1997、2001、2002、2005 年）。

2012年6月18日，我作为教师代表在大连理工大学2012届毕业典礼上献词，得到现场近万名学生的热烈回应。那是我教坛耕耘四十余载的几句心里话：

> 我是数学学院教师郑斯宁，教龄四十二年。人们说19世纪是英国世纪，20世纪是美国世纪，21世纪是中国世纪。你们恰好是中国世纪的中国年轻人，太幸运了。老一辈羡慕你们，外国年轻人羡慕你们。今天又从代表国家水平的985大学毕业，中国年轻人也羡慕你们。我衷心希望：再过四十年，当你们到我今天这个年龄的时候，可以问心无愧地说：我对得起母校，对得起中国世纪。我报效了祖国，也享受了多彩的人生。

2013年11月5日

⊙ 摄于1968年

郑斯宁，男，1946年11月生于重庆，1965年由东北师大附中考入北京大学数学力学系，1970年3月毕业，在辽宁省昌图县东嘎公社中学任教至1976年。1976至1978年在长春133厂从事英语翻译工作。1978年考入吉林大学数学系读研究生，获硕士（1981）、博士（1998）学位。1981年起在大连理工大学任教至今。现为大连理工大学数学科学学院教授，博士生导师，国务院政府特殊津贴专家。80、90年代留学美国密西根大学及加州理工学院。1991年首批破格晋升为四十五岁以下年轻教授。五次主持国家自然科学基金项目，两次主持国家级教改项目，发表非线性偏微分方程领域SCI检索论文一百余篇、数学评论二百余则。获辽宁省自然科学二等奖（2010）、辽宁省优秀教学成果一等奖（2002，2005）、宝钢教育基金会优秀教师特等奖（2000）、大连理工大学首届教学名师奖（2003）、大连理工大学首届屈伯川奖教金（2011）、辽宁省教学名师奖（2007）等。

未名湖水，在山沟里扬波

姜国廷

那年月，知识分子整体运交华盖。比起众校友来，我算比较幸运的一个，我没吃过再教育的苦头，但是也命运多舛，几经辗转流离，穷愁潦倒。但是，我始终牢记未名湖的圣洁，保住了北大人的风骨。这里说说在山沟里的几件小事。

“五一”登门找学生

1970 年 3 月，我同丁广举等六十多名北大老五届校友被发配到辽宁省昌图县，年末，为了养家糊口，调到黑龙江省五常县。在县城，老婆孩子都没有户口，是“黑人”，当时什么都凭票供应，没户口，连口粮、燃煤都不能买，怎么能活得下去？不到一年，又转到山沟里的小三线兵工厂子弟学校，一待就是十五年。

1972 年“读书无用论”甚嚣尘上，兵工厂不少家长不让孩子上学了，在家等着工厂招工，因为工厂招工不招在校生，家长都怕错过招工的机会。我当过北大学生，北大人有的是定力，是独立思考的一群，无论“读书无用论”的妖风刮得如何昏天黑地，我都不相信读书无用，知识无用。我自己品尝过失学的苦味，那是因为穷，念不起书。现在学校就在家门口，孩子们正是读初中的年龄，却被迫中止了学业。我理解家长的苦衷，却更心疼那些孩子，无价的生命怎能这样荒废？我认定这是时代造成的悲剧。北大历史名人李大钊说“铁肩担道义，妙手著文章”。既然命运让我成了一名教师，我就该担起教书育人的职责。于是，我决定去游说那些家长。工人们白天都上班，车间在很远的山沟里头，我只能利用假日登门拜访。可是我的对手都不是省油的灯，尽管我有三寸不烂之舌，可人家有一定之规，对我的行为不理解者有之，反感者有之。有的问我：“姜老师，我的儿子要是上了学，进不了厂，耽误了前途，你能负责么？”说实在的，我真负不了什么责，我也不可能知道五年后“四人帮”会倒台，“文化大革命”会被革命。我只能说，要看得远一些，学了知识，早晚能派上用场。因为费时费力，我一个星期天，顶多能串上五六家，被我说动的也就是一两个家长，可是还有三四十家没到呢，我心那个急啊！赶上“五一”节工厂放假，我很高兴，心想：我又多了一天时间。这一天我早早起来，吃完早饭，带上饭盒，就骑车出发了。我几个星期天找学生上学的事也在工人中传开了，他们通过议论，开始认真思考该不该让孩子复学的事。这一天，我收获颇丰，有四个家长同意让孩子复学。中国人难的是第一个吃螃蟹，人无头不走，鸟无头不飞；易的是从众，傻子过年看街比（邻居），一旦有人做了，就蜂拥而上，就像塑料布，没有口子很难撕开，一旦有了口子，哪怕很小，也会势如破竹。我的工作越来越顺利，加上工厂招工的事迟迟不见动静，小孩子老在家“放羊”也不是办法，几个星期下来，大部分退学的孩子都陆续复学了。

五年以后，“四人帮”倒台，“文革”结束，恢复高考。当年为避免因孩子上山下乡把家庭搞得分崩离析，被迫从大城市来到山沟的家长们都不甘心祖祖辈辈烂在山沟里，不约而同把孩子离开山沟的希望寄托在千军万马挤高考独木桥上，这时他们的孩子基本上都上了高中，获得了参加高考的资格，很多家长才回过梦来，见到我说：多亏当年听了您的话，否则，可是肠子都要悔青的。可他们不知道，为了他们的孩子有一天能挤上独木桥，我曾经翻下了独木桥，险些丧命。这说的是我在找学生的过程当中一次遇险的事。

我来兵工厂的时候，工厂没有房子给我住，我住在六七里外的农村，中间有一条三十多米宽的小河，上面只有一条不到一尺宽的木板桥，骑自行车上下班，过桥时要车骑人。山里的 5 月初，河面上的冰刚刚化净。有一个星期天傍晚，我当了一天苏秦，又累又饿，骑着自行车回家，扛着车走到桥中间，忽然来一阵大风，我猝不及防，连人带车掉到河里，幸亏我会游泳，扔了车游上了岸。虽然有河水的缓冲我没有摔伤，可被自行车砸得不轻，后腰青一块紫一块，右胳膊当即肿了起来，全身衣服湿透，成了名副其实的落汤鸡，冷得上下牙打架。那也舍不得把新买的自行车扔在河里呀，那可是我四个多月的工资啊，而且我还欠着给父母治病拉的饥荒等着还呢。没办法，我重演了二十多年前，我爹在寒冬腊月从砸漏子掉到河里的马车上抠黄豆袋子的一幕，返身跳回河里，费了九牛二虎之力，好歹把自行车拖了上来，赶紧骑上，飞车回家。

让更多的孩子知道北大

别看是闭塞的山沟，这里的大学毕业生还委实不少，厂里的技术人员很多还是“文革”前的老大学生，不少还是著名学府的，有哈工大的、厦门大学的、北京理工的等等，有的来自国家著名科研院所。我的到来，给这个小小兵工厂填补了一项空白：山沟里来了北大生！北大生就是不一样，没听说别的大学生有“赵工大”“钱厦大”“孙北理”之类的绰号，我进厂不久，就有了新称号“姜北大”。

我代表不了北大，但是我毕竟是北大人，不能辜负了从未名湖带出来的水滴，别让军工战士白叫咱一回“北大”。咱没别的能耐，就在全世界最小的“主任”（班主任）岗位和三尺讲台上敲打出北大人的不同凡响，让孩子们零距离接触北大人，通过我对北大有个感性的认知，并且受到鼓舞。我经常给孩子们介绍北大的历史和传统，北大人对国家、民族和人类的贡献。有机会就现身说法，介绍我从农村学校考上北大的经历，我家世世代代是农民，我能考上北大，他们或他们的子女有一天也能考上北大。我说，我希望在你们和你们子女中间能出现我的校友。

我当班主任，觉得当班主任好，能多一些施加北大影响的机会。我教语文，认为教语文好，语文属于人文学科，对人的思想感情的影响比其他科更有优势。我的班是子弟校第一个高中班，七十多号学生，以工厂职工子弟为主，还有附近林场职工、生产队农民的孩子。这批学生中小学都是读语录过来的，不是合格的初中毕业生。咱虽说不是师范科班毕业的，没读过凯洛夫，更不知道苏霍姆林斯基，没学过教育学、儿童心理学，没有那么多教学理论，只知道孔夫子、陶行知、蔡元培，但是咱没吃过肥猪肉却看过肥猪走，从小学到大学咱看过二十多位老师怎样带班，怎样上课；咱还有自己十多年学习的经验。理论少，也不全都是坏处，咱脑袋里没框框，一张白纸，可画最新最美的图画。

首先，要从实际出发，把班级引上正常的教学轨道。

学习本来就是苦差事，当时，“读书无用论”像幽灵一样在社会上兴风作浪，大学又不招生，学生不爱学习，成天打打闹闹，流血事件时有发生。我的说教被他们当成耳旁风。把这样的班级引上正常教学轨道并非易事。我有什么高招能踢好头三脚，打开班级局面呢？我想起了《水浒传》里鲁智深制服捣蛋鬼的故事，寻找机会给他们露两手，让他们服我。

机会还真来了。有一天，林场子弟王维民向我报案：他的新雨衣放在火墙里面不见了。那是他爸爸上工穿的雨衣，是新发的。当时条件下，有这么一件雨衣也不容易。王维民丢了雨衣怕爸爸发现打他，每天起早到地里干活。作为班主任，我有责任帮学生卸掉精神压力，更不能容忍偷盗之风在班内泛滥。可是明察暗访多日没有线索。我陷入破不了案的警员们那样的困扰中。苦苦思索中，有一天中午我偶然发现，王某和程某两人跑到草场南边桥底下吃午饭，第六感官告诉我：这里面有事。我没有惊动他们，继续观察，一连几天都是这样。这两个学生一个是林场的，一个是农村的，此前两个人关系一般，现在，他俩这么近乎一定有什么原因。会不会跟雨衣有关呢？可是，我毕竟不是寓言里那个丢斧子的人，几经试探，程确实表现失常。有一天，我故意把程叫出来，看见王在后尾随，且显出惊慌神色，这更加证实了我的猜测：他们俩的接近和雨衣有关。于是，我对程展开了心理攻势。跟他讲了一大堆如何做一个好人，不能在青年时期就留下污点之类的话之后，我突然话锋一转：“我问你：王维民的雨衣是不是你拿的？不是你拿的，你知道不知道谁拿的？你拿的就承认，老师不处分你；你没拿，你知道谁拿了，告诉老师，老师感谢你，给你保密。你没拿，也不知道谁拿了，你立刻回班。”程没有马上回班，也没回答我。我知道他陷入了思想斗争之中，于是趁热打铁，晓以利害，交代政策。程终于无处可逃，把王如何偷出雨衣，如何拿雨衣跟他做交易的事和盘托出，并且叫我放学后跟他到家里取雨衣。我拿到赃物，退还给失主，雨衣一案，成功告破。

初战告捷，学生们认为我确实有两下子，校长也说不简单，班上打闹之风大为收敛。第二个战役是大兴学习之风，主战场是课堂。对于青年学生，光讲大道理进行说教是远远不够的，还要激发他们的学习兴趣，用知识本身所具有的魅力吸引他们；用他们学到知识后的乐趣和成就感巩固他们学习的积极性和自觉性。

当时教科书里收了很多鲁迅的文章，鲁迅的文章固然好，但是和学生接受能力理解能力距离太远，学不进去，引不起兴趣，教材再好也没用。孔夫子没有教科书，很多学问的传授是通过解答学生的提问完成的。真正好的教师，脑袋里有总目标和教材库，根据不同的学生、不同的情境，灵活地选用教材，大概这就是因材施教吧。

和少林工夫一样，教师的基本功也有内功和外功之分，高尚师德、渊博知识、深厚理论、研究能力等属内功，面对学生的讲、写、批、导等属外功。讲是讲课能力，写是写作能力，批是批改作文的能力，实际上从属于写作能力，包括思想品德、思想方法、学习方法等方面的引导能力和组织班级活动等能力。我认为，语文教学流派虽然很多，但其共同点无外乎听、读、说、写、思五大能力的训练，兴趣、观察、自学、体验等方法和习惯的培养。任何语文教师都要在这些方面施展神通，终生努力，精益求精。讲是教师用得最多的一种功能，不会讲的教师也不是完美的老师。我当然也要讲，并且要讲究讲什么和怎么讲。我从学生们很熟悉的“老三篇”入手，避开了“中心思想，篇章结构，语言特点”这一个流行的套路，而是借题发挥，讲了一些中外寓言故事，讲了推翻三座大山的人和事，讲了柯棣华、马海德等援华外籍人士的事迹，也讲了各地华人对于所在国家的贡献，讲了现在一些为人民服务的人。学生们听得津津有味，一个故事结束，还央求着讲下一个。这样的讲法，不仅拓展了课文内容，还引起学生学习知识、由已知到未知的兴趣。

当时工厂和学校都找不到多少好书。国家出版的名著很少，像《红楼梦》、《资治通鉴》这类有价值的书得走后门才能买到。为了让学生多读到好书，我把“文革”前自己口饿肚攒省钱买的书统统拿到班上供学生课外阅读。《红楼梦》很受欢迎，我先后买了七套。为了买到好书，我想方设法跟五常书店的人交朋友，给学校图书室和学生买到不少好书，学生们接触好书的机会多了不少。

读说写结合是我常用的方法，学过《为人民服务》之后，我给学生布置这样的作业：一、从你身边找为人民服务的人，采访他们，讲一段你最感兴趣的故事；二、写一篇文章，题材：为人民服务；体裁不限，记叙、评论、诗歌、曲艺都可以。

我检查作业的方式是：先在课堂上开故事会，每个人都是队员，又是裁判员。同学们争先恐后讲自己采访亲属、邻居得来的真人真事，并且认真地给别人的故事打分，课堂气氛极其活跃。作文更是各显身手，百花齐放，记叙文、小评论、诗歌、鼓词都有。我检查作文也不限于亲自批改，往往先让同学们互评互改，推荐好文章。顾令德同学根据学工活动写了一个小话剧剧本《小木匠》，经我修改润色后，由学生们自己排成话剧，在全校演出，受到学校和厂宣传科领导表扬。

我还让学生当先生，上讲台，指导他们怎样备课、写教案，鼓励他们独出心裁。起初，他们觉得很难，憋得够呛，可是过后，他们反映很好，说难归难，可是效果好，收获大，学一篇，顶几篇。我还鼓励学生坚持写日记，多帮别人写信；每逢各种节日，我都鼓励学生收集、拟写标语、对联、谜语等，总之，引导学生读说写结合，书本和生活结合，学和用结合。我受命多次在保卫科组织的批判会上发言。我每次接受任务，都把素材告诉学生，让他们也写批判稿。有时学生不在会场，我也把我每次写的批判稿念给他们听，供他们和自己写的稿子对照，这对学生提高写作能力很有帮助。

我独特的教学方法非常受学生欢迎，他们说受益匪浅，我受到他们爱戴和崇拜。他们把"姜北大"传到他们所在的农村和林场，我成了这个山沟里的小名人。

在当时来说，这一届学生质量相当高，可惜大学不招生，他们毕业后，在农村的回农村，在林场的回林场，大部分都当上了民办教师；王瑞生、邹云龙应征入伍，都成了连里文艺骨干。大学恢复招生后，王桂华又回校复习，考上了哈师大数学系，现为大庆五十一中高级教师；本厂子弟多数接班进厂，当了工人；后来王宪考入呼兰师范学院，毕业后到七台河矿务局当教师后被提拔为教育科科长。

祝捷会场，一片呜咽

1973 年，兵工厂三个产品跑通关（形成生产线）结束，全场隆重召开三弹开花祝捷大会。在跑通关过程中，我不仅受宣传科领导之命，多次深入科室、车间，采访模范人物，撰写广播稿，还经常带领学生进车间跟工人一起劳动。军工战士们好人好事层出不穷。他们那种自觉的劳动热情、冲天干劲和忘我精神，我看在眼里，感动在心里。我写出来的通讯报道自然也感动了听众，为跑通关发挥了鼓舞士气的作用。

⊙ 2005 年 7 月游览九寨沟

我为祝捷大会写的《红小兵献词》属于文学作品，比新闻稿发挥文学才能的空间大得多。写稿子没费什么劲，很有点"下笔如有神"的感觉，两千多字的朗诵词一个多钟头就写完了。

就像全歼顽敌从战场上下来的战士一样，军工战士们奋战一年多，千辛万苦终于迎来"三弹开花”的一天，心情既自豪又兴奋。台上学生慷慨激昂朗诵的《红小兵献词》，句句说的都是他们做过的，想过的，他们潜伏的情感被点燃了。

多少个白天，
多少个夜晚，
我已经记不清了。
我上床睡觉，
还不见爸爸回家；
早晨我睁开眼睛，
到处找不到爸爸。

我们听说，
铸造车间主任尹大伯，
把行李搬到办公室，
三个多月没有回家。
头发长得能招来絮窝的乌鸦，
脸像个野人胡子拉碴，
身上大虱子到处爬，
有几次他打电话，
对方还没接听，
他抱着话筒就睡着了！

台下一片呜咽！

会后，厂党委书记让宣传科把《红小兵献词》印发全厂。有几个经常写批判稿的文友也赞赏有加，有的说看了三遍。宣传科搞板报的刘“画家”对我竟崇拜得五体投地，到处吹嘘我如何了得。他妻子和大姨姐是文登人，我到威海后，有一次偶然碰到她们娘家人，他们就像见了外星人一样：“你就是东风厂的姜北大？”

最小的大学校长

这个词组的结构是：最小的大学｜校长，不是：最小的｜大学校长。

我做了二十四年最小的主任（班主任），还做过最小的大学的校长，是那个兵工厂“七 二一大学”的校长。

毛泽东在 1968 年 7 月 21 日的批示中号召：“走上海机床厂从工人中培养技术人

员的道路。要从有实践经验的工人农民中间选拔学生，到学校学几年以后，又回到生产实践中去。”这就是所谓“七二一指示”，但是指示中没有说工厂自己办大学，我想大概是因为“文革”十年不招生，也不给工厂输送毕业生，工厂闹起技术人员荒，不得已自己办大学，此风从上海刮起，很快就在全国遍地开花。

1976 年春天，工厂把我从子弟校抽出来，筹办“七二一大学”。政治处王主任找我谈话，没有任命，只有任务。我一听就傻眼了，我到北大上课不到一年，让我筹办大学，这不是抓鸭子上架吗？可是办“七二一大学”是“最高指示”，毛主席挥手我前进；很像战场上战士听到班长下令：“姜北大，你去拿下那个山头！”我于是二话不说，走马上任。不知道是恭维还是揶揄，除了“姜北大”，我又多了一个称呼——“校长”！

这回还真得看看肥猪走。听说在南沟的兄弟厂 5505 厂已经办起了“七二一大学”，去取经吧。我坐森林小火车从东沟到南沟，找到 5505 厂。该厂“七二一大学”负责人跟我聊了半个钟头，介绍筹办、招生过程，然后吩咐打字员把文件、表格各给我拿一份。没遇见白骨精，也没大战牛魔王，我的南行取经顺利完成。回厂后，工厂派来一个书记——老李。我才意识到，我不是党员！党支部建在连上，大学可是上层建筑，没有党的领导怎么行？李书记很尊重我，让我放心大胆地干，“有什么主意尽管说，有什么困难尽管提，我给你做后盾”。我俩很快成了好朋友，配合默契。

没有纲要，没有规划，要做什么，怎么做全在脑子里。想好了就跟书记商量，分工合作。我们要解决如下问题：

设备问题。要办公室、教室、桌椅、绘图板等，书记跑一趟就落实了。

招生问题。招什么人，招多少，打个报告，批下来，发招生通知，申请报上来，审查，敲定，招了二十八个学员，都读过初中，都在三十岁以下，三分之一是转业兵。

课程问题。开什么课，各用多少课时，请教老大学生。粗略地写了一个教学计划。初步决定先开三门课程：政治、数学、机械制图。我这个人一向对政治很反感，本不想开政治课，可是“七二一指示”里有“无产阶级政治挂帅”啊，谁敢不开政治课？

课本问题。原则上谁讲课谁负责印讲义。

教师问题。我这个校长可以兼教政治课，毛泽东的四篇哲学著作我读过好几遍，也看过列宁的《哲学笔记》和艾思奇的《辩证唯物主义和历史唯物主义》，有这点哲学知识垫底，给这些学员上哲学课我信心满满。可是另两门课程特别是机械制图我就一窍不通了，非聘请教师不可。我请技术科长帮我物色教师，又二十四拜，逐一请求物色对象所在单位领导，找本人协商。幸亏我跟这些老大学生个人关系都不错，又有各级领导的支持，还有一个重要的原因，这些老大学生个个身怀绝技，满腹经纶，工厂那点技术活是牛刀杀鸡，他们英雄无用武之地，憋得慌，上讲台可以一显身手啊！所以原来我认为比较难的找老师这一关很顺利就通过了。

还有一个难题，就是上制图课没有制图仪。我跑到哈尔滨，找了很多仪器、文具店，都没货，请一位老同志带我去一趟齐齐哈尔，连买带借搞到十多套。后来又费不少周折，总算把绘图仪买全了。

这个大学没用两个月就筹备完成。

又是“五一”劳动节，没放假，在“大会堂”（职工食堂兼电影院）召开“国营隆华林业机械厂（厂名已改）七二一大学开学典礼”大会，全体职工参加。会场很隆重，主席台上高悬红布白纸的匾额，大厅两侧飘着很多彩旗，大喇叭传出《歌唱祖国》的乐曲。厂党委一把手王书记亲自主持会议。从他的开幕词中，我才知道，“七二一大学”校长是厂长兼任，我这个实际创办人什么也不是，我的名字他连提都没提。厂长兼大学校长代表大学筹备组汇报了我写的大学筹备过程，学员代表发言，各单位致贺词，最后王书记作总结。

我们那个挂名的校长是个地道的甩手掌柜，大学的事务他不闻不问，也从来不到大学来。有几次我向他请示汇报，他总和和气气地跟我说：“你们放手干吧！”一副“你办事我放心”的表情。大学的全部管理人员就只有书记老李和我两个人，全部运作都是我俩的事。我为人正直，敢说真话，敢做敢当，对人坦诚，乐于助人，不怕吃亏，办事公道，点子多，不怕吃苦，很能战斗，老李很是折服，明里暗里总在学员面前夸我；他请厂领导喝酒，也总叫上我。我的哲学课深入浅出，旁征博引，举例贴近生活，语言通俗生动，学员很爱听，对我的学问、口才都打心眼里佩服。我在学员心目中，是校长，是导师，也是朋友。虽然上面没下过什么文，可能在他们的心目中我是实际上的校长，所以，他们总是校长长校长短地叫我。我听了总是一笑了之，心里也真的觉得好笑。

教学过程平淡无奇，学员们学习努力刻苦，脱离又脏又累的体力劳动而变身为技术人员是他们主要的动力；教学人员虽然都是义务的，也因为能显示出自身价值而尽心尽力，乐此不疲。两年后，这批学员结业，成了兵工厂的技术骨干。

学员结业，“文革”结束，军品下马。工厂也不需要那么多技术人员了，大学也停办了。

姜国廷，1943 年生于吉林省榆树县。1965 年考入北大图书馆学系，1970 年 3 月离开北大，终生从教，中学高级教师。民主促进会会员，大庆市第三、四两届政协委员。

天涯何处无芳草

王春庭

分配前夕

1970年3月初的一天，我因感冒来到校医院。当时的北大医院是坐落在39号楼北边、第六食堂西边的一溜平房。进入中间的小厅，我把病历本放在一张桌子上排队，之后在附近徘徊。过了一会儿，西语系的几位男女生也来了。当一个同学把自己的病历本接在我的后面，突然惊叫:“啊，你们看，王春庭还在！”其他人也迅速围了过来，他们青春的脸上都露出惊喜的笑容。这一幕我看在眼里，暗中苦笑了一下，但不动声色，依然在附近静静地等待。其实彼此都不认识，他们可能是在三年前的校园里看到过国政系某些人张贴的要打倒我的大标语大字报，还有《王春庭日记摘抄》之类的东西。从他们的表情看来，他们是同情是喜悦，我心里涌起了一股暖流。从“文革”开始至今，北京大学已有不少“走资派”、学术权威，还有一些遭难的教师、学生，因为承受不了被无端批斗的命运，纷纷走上了不归路。但究竟有多少人死于非命，我无从统计。而我这个“炮打康生同志”“罪该万死”的人，却顽强地活下来了，正在等待分配离校，去迎接吉凶难卜的未来。

事情发生在1967年1月，我在北大红卫兵总部编辑《动态报》，同班同学李君从清华回来，转抄了几份清华大学井冈山兵团揭发批判反革命两面派康生的大字报。此前不久，在39栋宿舍楼南边墙上，曾经张贴了几张中央文革小组顾问康生批复北大技术物理系学生崔君等人给他写的一封信，具体内容记不得了。康生气急败坏以势压人的神态跃然纸上。我当时看了这封公开信，心里很不是滋味，觉得一个老革命，对待青年学生如此穷凶极恶，无限上纲，必欲置之死地而后快，实在令人惊讶，令人寒心。后来又接触了一些康生在延安时期的资料，对此人历史上的极“左”、内奸面目印象深刻。所以，看完清华的这些大字报抄件，立即引起我的强烈共鸣，决定在新一期的《动态报》上摘要转载，并且加了一段“编者按”。手摇油印机很快把这期的《动态报》印出来了，准备下发各个“战斗队”。《动态报》尚未下发，就接到陈伯达到清华大学灭火的消息，说康生是“毛主席司令部的人”，“不能炮打”，所有大字报要撕掉或者覆盖。北大红卫兵总部闻风而动，立即销毁了这一期的《动态报》。但此事不知怎的，被国政系的某些人知道了。6218的某人带了6418的几个人突然闯进我在39栋一楼的宿舍，强行打开我的抽屉，抄走了我的两本日记和所有信件，连我初恋的几张照片也明珠暗投了。我当时怒不可遏，当面抗议，并立即提笔写了一张《王春庭声明》的大字报，张贴在39栋出口的西墙上，谴责他们肆意抄家的违法行径。

⊙ 1968年和表哥表弟在天安门留影
从左到右：在北京钢铁学院读书的表哥、当兵的表弟、王春庭

过了几天，打倒我的大标语大字报突然铺天盖地，第六食堂前面墙壁和大字报栏里，贴满了“王××炮打康生同志罪该万死”，“王××炮打中央文革罪该万死”的大标语。同时还张贴了七八张《王春庭日记摘抄》的大字报。他们自觉心虚，不敢加上“反动”二字。因为在我的两本日记里，实在捞不到半根稻草，有的是一个农家子弟对党对人民对祖国的热爱与感恩之情，以及自己在成长过程中对进步和理想的追求留下的思想轨迹。但大量的可能是一些流水账以及赶潮追风的无病呻吟。不过有一则日记，是一次党史课堂讨论，我在当天的日记里写了一段感想：“理智的深渊，掩盖感情的火花飞溅。耐心地听，仔细地想，若无真知灼见，不动声色不发言。”这则日记，自以为是得意之笔，所以至今记忆犹新。他们在大字报里也转抄了这一段日记。批曰：“思想复杂阴暗”。可谓欲加之罪，何患无辞！其余日记我实在想不起来了。因为当年“平反”之后，我一怒之下把退还的两本日记付之一炬，发誓再也不写日记了。但四十年后，即2007年，我又未能免俗，写起了日记。不过不是个人日记，而是我孙女的《成长日记》，已经记了六年了，还要继续写下去，因为如今，我们处在一个风和日丽值得大书特书的好时代！本来，一个青年学生，甚至任何一个有点文化的人，把自己的生活经历和思想写进自己私密的日记里，十分正常，何罪之有？但在那个秃子撑伞、螃蟹赛跑的特殊年代，在全国各地，因非法被抄的个人日记而被定罪，被批斗甚至致死者何止万千！我的愤怒，我的抗议，显得多么无助和无奈。1979年，《人民日报》刊载了一篇《日记何罪？》的随笔，从法制的高度批判了这种强奸法律、践踏人权的罪恶行径，读后令人痛定思痛！

此事沸沸扬扬闹了将近一个月，系里的某些人终于要对我“开庭审理”了。在一间教室里召开了关于我、李君和吴君三人的所谓“批判会”。李君是因为转抄了清华反康生的大字报，吴君是因为转抄了伊林、涤西反林彪的大字报，而被一起列入批判的范围。当时是让我们三人坐在一边听他们批判。当批到某个人时，必须站起来接受批判。轮到李君，他不想站立，说：“我有肝炎。”话音刚落，6418的某人马上大吼：

“什么肝炎？你是狗肝，站起来！”李君只得艰难地起立。这是当时真实的场面，没有半点虚构和夸张。我们三人被剥夺了发言和申辩的权利，只能硬着头皮听他们狂吼。批判会开了约两个小时，以后也就不了了之。

后来据说，他们背地里炮制了我的黑材料，跑到公安局要求以“现行反革命罪”逮捕我，把我投进监狱，结果被公安局当场退回，未能得逞。他们又给我的家乡仙华大队发出“公函”，调查我的家庭背景。也许是整人心切，错把我的性别写成“女”。大队干部感到好笑，在公函上只签了十个字：“王春庭是男人，不是女人！”立即退回北大。这些都是事隔若干年后知情人告诉我的。我跟国民党有杀父之仇，共产党对我有救命之恩。我对党，对社会主义祖国的热爱是植根内心，坚定不移的。他们想把我整死打倒，只能是痴心妄想！

就在李君被校医院诊断为急性肝炎不久，校医也为我开具了一张“肝炎”的证明，让我休息两个月。我记得当时患肝炎的人中，有不少是受冲击遭迫害的青年学生。现在回想起来，是那些不知名的校医，用特殊的方式在保护我们，让我们脱离运动，集中隔离在37楼养病。在风雨如磐的艰难岁月里，人性的善良与崇高为我们这些落难之人提供了得以喘息的港湾，避免了某些人的骚扰与纠缠。

后来，校内两派武斗开始，我离开北大，住在北京钢铁学院的表哥那里。北钢是“延安公社”的天下，那里局势平静，没有武斗。我每天打球，游泳，看小说。每月15日到北大总务处领取17.50元的助学金，回到北钢买饭菜票入伙，“有时袖手观大报，偶尔冷眼对小丑。”（《北大“文革”记忆》之一）日子过得颇为逍遥自在。

1968年，首都军宣队工宣队进驻北大，两派武斗的局面结束了。我也从北钢回到学校，参加“复课闹革命”、“清理阶级队伍”。不久，系军、工宣队在国政系会议室召开了全系大会，为我们三人“平反”，指出是思想认识问题，是人民内部矛盾，批评了某些人混淆了两类不同性质的矛盾，退回被非法查抄的所有日记和信件，各自做了自我批评。此后，系军、工宣队的领导还几次找我谈话，要我振作起来，投入运动，不要背思想包袱。我感谢领导的关怀，但心如已灰之木，再也振作不起来了。在当时还有邪恶势力对我虎视眈眈的情况下，我决定继续保持沉默，因为沉默是金，沉默是银，沉默是对邪恶的最大蔑视，一直到离开北大。

1970年3月中旬，我系分配方案公布之后，住在我们宿舍的一个工宣队员，是木城涧煤矿的老工人，为人真诚坦率。临别前，他对我说：“他们整你的黑材料早已从你的个人档案中抽出销毁了，你可以轻松上阵，前去报到，不要有什么心理负担。”我心下感激，又有点半信半疑。但后来的考研、提职等一系列实践证明，他的话是真实的。我根红苗正，档案清白，没有遭到污染。

我要衷心感谢北大校医院那位不知名的医生朋友，感谢进驻国政系的8341军宣队和木城涧煤矿工宣队，是他们在那个特殊的年代里，用他们的博大胸怀、正义之心和巨大的魄力，顶住邪恶势力的不满和干扰，切切实实保护了我们，让我们有惊无险地走出恐怖的逆境。我还要感谢以团支书刘甘栗、班长韩龙为代表的6518的兄弟姐妹们，在我们落难之际，他们没有落井下石，而是始终和睦相处，从来没有把我们三人视为“另类”。这种同窗同袍之情，令我终生难忘。

农场岁月

1970年3月中旬，在春寒料峭之中，我系分配方案公布了，全班三十三人，只有一人留校，其余统统遣送祖国的四面八方，没有合影，也不发毕业证，扫地出门，各奔西东。“未名湖畔春草哭，燕南园里朔风怒。莘莘学子聚而散，南北东西奔前途。汽笛一声催人老，从今别却长安路。”这是我的《硕士研究生毕业感怀》诗的开头几句，概括了当时离校的情景。所谓“聚而散”，是指从1969年10月开始，6518先后去平谷县韩庄学农，到北京北郊木材厂学工，历时四个多月。1970年3月初匆匆回校，等待分配。我和张茅良、吴关和分配去江西。同时南下江西的北大人将近二百多人，包了几节车厢，由8341军宣队的一个女同志随车护送。每人发一张火车票，要求跟解放军一样，把自己的被子打背包上车，其他物品（不超过五十斤）办理托运。我不管三七二十一，把所有的物品，包括被子、衣服、书籍全部装进一个纸箱托运，总共不到二十斤，真正做到轻装上阵，两手空空，登车南下。前途茫茫，祸福难料，只有沉重单调的列车行进之声和偶尔的汽笛声震响耳边。

到了上海，我和张茅良、吴关和一起下车，到张茅良的亲戚家里逗留了一天。次日我一人继续南下。到了南昌，我们这批晚到的一百多名北大学子被分配到南昌西北约五十公里的安义县6011部队农场。农场坐落在一个平缓的山坡上，此前是劳改农场。先行到南昌报到的约一百名北大学子，已分去江西泰和县的0484部队农场。

我被分到农场的一个连队，也叫军马场。到了军马场，连队指导员和连长会见了我们，给我们介绍了农场的沿革和基本情况。军马场有二三十匹马、骡和驴，主要由解放军战士负责。大学生则是耕种农场的七八十亩水田和旱地，农闲时帮忙割草喂马。后来，南京邮电学院的一批学生也来了。队伍壮大了，也热闹了许多。学生们组成了两个排六个班，排长由解放军战士担任，副排长和班长由学生担任。也许是缘分，我和张茅良、吴关和又分在同一个排同一个班。农场的劳动强度很大，水田里又是蚂蟥肆虐的天下。同学们在拔秧插秧、割稻打稻的过程中，经常被蚂蟥咬得鲜血淋漓，但慢慢也就习以为常了。经常是一边端碗吃饭，一边伸着腿，让蚂蟥咬破的伤口继续流血。蚂蟥叮在腿上，很难拔掉；后来发现用清凉油一抹，蚂蟥就全身收缩，自动掉下来了，但伤口仍在滴血，云南白药也无济于事。

这里的气候有点恶劣，冬天冷得要命，夏天热得要死，劳动强度又大，但农场的伙食办得挺好。养了好几条大猪，偶尔还有马肉、骡肉。米饭、馒头任你吃饱，有时还有香喷喷的肉包子供应。所以尽管劳累，体力还撑得住，没有垮下来。加上每月还有42.50元的工资，除去伙食费，颇有节余。记得第一次领到工资，我马上步行十多里，跑到县邮局给家里汇款，汇款单的附言栏里只填了五个字："毛主席万岁！"以表达我的感恩之心。部队农场的人际关系还算和谐，从领导到普通士兵，并没有歧视我们。有一次一个战士半开玩笑地说："你们是臭老九，是来农场接受再教育的。"指导员知道了，当面批评了他。部队农场除了劳动，早晚还要组织学习时事政治。逢年过节，还会出板报，宣传好人好事，展示自己的文采。我在当年的几期板报上先后发了三四首诗，被战友们戏称"黑秀才"，还有点沾沾自喜。

部队农场的生活还算丰富多彩，不单是"男女搭配，干活不累"的问题。有时半夜拉练，哨子一响，大家立即起床，把被子打包背上，到操场整队集合。连长带头，走在最前面。黑灯瞎火，在狭窄的田间小路"行军"。不时听到有人踩进水田，"叭哒"一声，又赶紧抽脚入列。我是近视眼，但夜间的视力似乎特好。前面的人一入水田，我心里暗笑，小心前行。所以每次拉练，我总是两脚干净，没有拖泥带水。这大概就叫"前车之覆，后车之鉴"吧。

黎川中学

1971年10月，"九一三"事件过后一个月，命运的转机终于来了。场领导召开大会，宣布军训圆满结束，决定把大学生分到全省各个地区，再由地区进行第二次分配。我被分去抚州地区，先到进贤县集中待命。地区分配办的领导"发扬民主"，先让大家自报去向，再正式宣布分配地点。我报了进贤、东乡、资溪，都在铁路线上，去浙江或福建都较方便。但最后结果，是让我去黎川县报到。黎川不在铁路线上，交通不便。但分配办的人说，黎川离你们福建更近。

到了黎川，才知道一起来的有八位老五届大学生。黎川是革命老区，与福建西北的光泽县交界。当时的县城只有一条破旧的长街，两边都是木板房，是一个颇为落后偏僻的山区小城，坐落在武夷山西边。我们暂住县招待所，据说还要往下面公社中学分配。当天晚上，县革委会副主任兼县武装部政委亲切接见了我们，他面带笑容，讲话慢条斯理，很有水平。说是"黎川缺人才，你们这次来，我们很高兴，欢迎你们！经县委研究决定，你们八个人全部留在县城，到黎川中学（当时唯一的一所县城中学）任教，不到下面去了"。

我们都喜出望外，第二天上午，一起到黎川中学报到。同去的八个人中，北大三人，中国科大一人，同济大学一人，华东师大两人，厦门大学一人。全是重点大学毕业的，全是福建人，身高都在一米七以上，而且都是男的！虽经沧桑岁月，依然风华正茂，一到学校，就被学生们戏称为“八大金刚”。

刚到黎川中学，“文革”尚未结束，校内两派的对立情绪依然紧张，两派都想把“八大金刚”拉过来，以壮大自己的队伍。但我们都经历过大风大浪，不是轻易可以拉拢的。一次打牌，八人达成共识：我们都是外省人，对这里的“文革”历史一无所知，没有必要介入两派的纠纷。既要与他们友好共事，又要保持一定的距离。后来的实践证明，我们采取的原则立场是正确的，对立两派的头面人物也能理解我们，没有刁难。我们脚踏实地，教书育人，在各个学科的教学方面都是佼佼者，是当之无愧的教学骨干。

“八大金刚”的到来，对黎川中学的教学起了极大的推动作用。而且八个全国重点大学的毕业生同时到一所中学任教，这在黎川县甚至江西省可能也是前所未有的。四十年后，当年的黎川中学 1974 届高中毕业生十二人专程开车来漳州看望我，依然沉浸在美好的回忆里。他们告诉我，你们“八大金刚”后来考研的考研，回炉的回炉，调走的调走，全都走光了。你们到黎川，在黎川教育史上不仅空前而且绝后。如今，就是黎川中学考出去的全国重点大学的毕业生也一个都不肯回来了。听后我也十分感慨，这是发生在特殊年代的特殊事例，历史是很难重复的。

那个年代，黎川的副食品供应异常紧张，物资高度匮乏，市场十分萧条。每人每月二两食用油，半斤猪肉，两斤豆腐，都是凭票供应，还要清晨四五点钟起床排队购买。黎川中学的住宿条件也十分简陋，老教师每家每户住在操场边的一排平房里，每家半间教室，用木板隔开，走廊就是厨房。新教师则住在校内孔庙的走廊隔成一间一间的小房子里，面积不到六平方米。这是一座有几百年历史的建筑，也是黎川唯一的一座孔庙，“文革”破四旧，已经空空如也，只剩下一座空架子了。小房子上面又没有隔板，夜里饥鼠穿梭，蝙蝠翻飞，难以入眠。记得我当时找来一根长竹竿，熄掉煤油灯（那时连电灯都没有，每人发一盏煤油灯），坐在床前，两脚夹住竹竿下端，双手握竿拼命摇动，一个晚上，被摇死打伤的蝙蝠落了满地。

物质生活虽然艰苦，精神生活还算丰富。我们与学生们和睦相处，每天晚上，学生们都三五成群来我们单身宿舍玩耍聊天。我们与老表们（学生家长）也建立了密切的联系。每次下乡家访，老表们总是盛情接待，总要让你一醉方休。我学会喝酒，实自黎川始。

1973 年春天，我在黎川中学任政治教师，县里抽调我去抚州地区党校学习“三论”（列宁论马、恩，斯大林论马、恩、列，毛主席论马、恩、列、斯），前后一个多月，回来后在全县三级干部（县、公社、大队）会上作辅导报告，反响不错。二十四年后，我又进入福建省委党校，参加全省高校系部主任培训班，为时两个月。一个党外人士，一生中两次进入中共党校学习培训，无疑是十分幸运的。这也说明党对我这个毫无背景的农家子弟是多么重视信任和关爱啊。此生此世，我引以为荣。

1975年春天，我已改教中学语文。县教育局选调我去省教育组（教育厅）参加中小学语文教材的编写工作。我自然喜出望外，过完春节，就启程上路，来到南昌市东湖边的省中小学教材编写组报到，在那里工作了差不多半年时间。有时要下乡调研，征求意见，几乎跑遍了江西的山山水水。编写组组长许成仁先生，"文革"前是教育厅的一个处长。他五十多岁，特别和蔼可亲。他治学严谨，做事认真，深受同事的敬重和爱戴。他对我十分器重，经常虚心听取我的编写意见。在这里工作，我如鱼得水，平时的知识积累似乎有了用武之地。饭后茶余，漫步在东湖岸边，我想，如能在南昌这个地方工作生活，那该多好。这个偶然闪过的奇想，没想到三年后真的实现了。

两位恩师

1978年，党的十一届三中全会召开了，科学的春天来到了，整个社会的政治、经济、文化、教育等各个领域的明媚春天来到了，在邓小平同志为首的党中央正确领导下，中国这艘巨轮终于重新起锚扬帆出海了。拨乱反正，改革开放，促进社会生产力，改善人民生活，成为邓小平时代的主旋律。正式的高考制度恢复了，研究生招生考试也开始了。1978年3月，我到县教育局查阅研究生招考信息，考虑到原来的知识积累和对唐诗宋词的爱好，决定报考江西师范学院中文系唐宋文学专业研究生。然而，考研资料一无所有，考研的必备书《中国文学史》和《古代汉语》，我身边一本也没有。县新华书店买不到，校图书室、县图书馆也找不到。黎川中学那些中文科班出身的语文老师那里也借不到，不是不肯借，而是根本没有。怎么办？我只能采取笨办法。还好我教了几年中学语文，我把从初中到高中五个年级的十本语文课本全部找来，把里面的古文古诗全部精读思考一遍。为了弥补古汉语知识的不足，我把一本《新华字典》逐字逐页阅读，涉及古汉语的字词详做笔记，又把学校订阅的报纸杂志上刊载的有关文学、史学方面的文章仔细浏览、领会，把知识储存在自己的脑海里。其时妻子在中学资料室工作，老母帮我们带孩子。考上研究生之后，我只好把母亲和一岁的女儿送去福建老家，与哥哥一起生活。我白天上课，安排语文教研组的活动。只有晚上才有空挑灯苦读，有时要到下半夜一二点钟。两个多月，几乎天天如此。工夫不负有心人，我终于顺利考取了硕士研究生，成为江西师范学院中文系胡守仁教授与陶今雁教授的开门弟子。

我是"文革"前的最后一届大学生，也是"文革"后的第一届研究生，这是我深感幸运和自豪的。我感谢党，感谢人民，感谢这伟大的新时代。同时，我还要感谢德高望重、重才爱才的两位硕士生导师。他们都是江西人，对我这个素昧平生的福建游子始终关爱有加。他们视余如子，循循善诱，听其论道讲学，如沐春风。他们的渊博学识和正直人格，给我树立了做人和做学问的真正楷模。先生批改作业（小论文）总是那样一丝不苟。每阅到满意的句段，总喜欢在上面画一个个小红圈，以示鼓励与赞许。每学期末，先生常常出好题目，让我先做，提前让我回家。因为当时，我一家五口，分居三地，先生知道我的难处，总是给以无微不至的关照。

三年的研究生生活结束了，在恩师的精心指导下，我完成了一篇近五万字的硕士论文，答辩后获得文学硕士学位，留校任教。能够留在恩师身边，随时聆听恩师的教诲，我感到无比幸福。1983 年 6 月，我评上讲师。此后职称评审时评时停，一直到 1992 年 6 月，也就是讲师评定整整九年之后，才给我一个副教授职称。早在 1988 年，我已经发表了十几篇学术论文，有的被《新华文摘》转载，有的被人民大学报刊资料中心全文复印，无论是依据当时或现在的评审条件，完全可以在讲师评聘五年后顺利晋升副教授。但中文系的个别领导以我画线，一手遮天，竭力排挤，使我晚评了四年之久。对此，两位恩师看在眼里，急在心里，但无可奈何，只能安慰我。我知道“树挪死，人挪活”的道理，于是评聘副高的第二年，我离开江西，调去福建漳州师范学院中文系任教。两位恩师虽然心里不舍，但还是支持我的选择。临别之际，胡师赠诗，有“其间道路几坎坷，骅骝不得早腾骧。剑气自然射牛斗，金玉岂容终埋藏？一朝桑梓物色得，归去八闽增辉光”之语；陶师赠诗，有“赤心早誉鳣堂彦，彩笔将成翰苑雄。如子英才好珍重，高瞻前路似鹏翀”之句。两位恩师又是为我鸣不平，又是溢美鼓励，寄予厚望，盼我成才，其殷切之心，实在令我感动，催人奋进。

离开江西已经二十年了。这二十年中，世事沧桑，敬爱的陶今雁先生以八十岁高龄，敬爱的胡守仁先生以九十八岁高龄，先后驾鹤西去。井冈苍苍，赣水茫茫，先生之德，山高水长。先生的音容笑貌，先生的清风峻节，已长留我的心中。我在《唐宋文学论集》的后记中写道：“西北望南昌，可怜无数山。我的每一个进步与收获，都凝聚着两位恩师的点点心血。余生何幸？得遇恩师！”

如今，我已接近古稀之年，生命的蜡烛闪烁不了多久。回顾走过的路，我并没有多少遗憾多少怨恨，而是感到充实与欣慰。从告别未名湖走上社会四十多年来，在我的人生旅途上，总能遇到许许多多同情我关爱我保护我的好人。冥冥之中，似乎有一种无形的力量，为我撑起一把坚不可摧的保护伞，遮蔽狂风暴雨，阻挡明枪暗箭，助我闯过一道又一道难关。世上还是好人多，天涯何处无芳草！这些好人，是人类真善美的化身，代表了我们民族文化、社会生活和人际关系中光辉灿烂的一面，他们是整个社会的主导力量，决定了我们国家美好的未来。

我常常想，人的一生有逆境也有顺境，一生逆境或一生顺境者有，但不多。关键是身处逆境而不气馁，不丧志，不自弃；身处顺境而思奋发有为，感恩图报，这才是人生的真谛。

八年前，我给《中国文化报》写了几条格言，后来收录在中央文献出版社出版的

《中国当代人生格言》一书里。其中一条写道:“从某种意义上说,儿女是父母生命的延续,是父母生命的价值、意义和希望之所在,因此,教育好自己的儿女,不仅是为国家为民族造就人才,也是为自己延续的生命更加辉煌。”我从教一生,无怨无悔。我在江西和福建栽种了难以数计的“桃李”,如今已是花果满枝,蔚然成林了。我想,这无数已经成材、硕果累累的桃李,难道不是我生命的另一种形式的延续吗?

⊙ 2007 年在福建连城冠山豸留影

王春庭,笔名路剑,男,1946 年 2 月 10 日生于福建仙游。1965 年 9 月考入北京大学国际政治系,1970 年 3 月分配离校,到部队农场军训。1971 年 10 月第二次分配,去江西黎川中学任政治、语文教师。1978 年 9 月考取江西师范学院中文系唐宋文学专业研究生。1981 年 7 月毕业,获文学硕士学位,留校任教。1993 年 5 月调福建漳州师范学院(现改名闽南师范大学)任教,1995 年 5 月至 2006 年 6 月任中文系主任、教授,2004 年兼任硕士生导师,2010 年 9 月退休。

发表学术论文八十余篇,出版专著两部。1998 年被评为福建省优秀教师,1999 年获曾宪梓教育基金会高师优秀教师三等奖。2000 年编著《古今异义比较词典》获福建省政府第四届社会科学研究优秀成果三等奖。2002 年专著《醉里挑灯看剑——辛弃疾传》获漳州市政府第二届社科研究优秀成果二等奖。1983 年加入中国民主同盟,1988 年至 2006 年,先后任民盟江西省委常委、民盟福建省委常委。1996 年至 2006 年,当选福建省政协委员,漳州市政协常委。现居漳州九龙江畔,含饴弄孙,安度晚年。

第六辑

流年履踪

未名湖水映丹笔

刘广明

我怀着翻身农民的喜悦，从村舍私塾，开始了学海泛舟。沿途似有仙人指路，先是和庄稼地旁边的农村中学揖别，1962 年又从贫困小县来到首都北京，在风光旖旎的未名湖畔攻读法律。“文革”中毕业，被发配到塞外。我这个在华北平原长大的人，平生第一次踏进长白山深山老林。1969 年先被选配到辽宁省革委会，后到辽宁省高级人民法院工作。其间，具体工作单位几经变动，到 2001 年退休，政法工作一干就是几十年。《告别未名湖》编辑部，邀我写一写离开北大之后的人生轨迹。年逾古稀颐养天年的我，又一次开启了尘封的记忆。

难忘的诀别

在北大派性武斗的枪林弹雨中，工宣队进驻学校。平心而论，他们的进驻对制止武斗、平息学校“内战不息”的局面，作了不少有益的工作。但是他们对我们知识分子的估计，还是“文革”中的那一套。他们对复杂的毕业分配工作的简单做法，也实在不敢恭维。

毕业生分配，涉及毕业安置、用人单位协调、分配地区的照顾等复杂工程，涉及毕业生的切身利益，费时费力，比学校招生难度要大得多。可是，进行分配的却不是了解我们的老师，而是空降的工人师傅。工宣队采取的，是“快刀斩乱麻”的霹雳手段，由动员到走人只用了一周左右，实际上是不问青红皂白，把我们数千名毕业生统统赶出学校。

我和化学系一位女同学相恋多年，为了能够分配在一地，我们匆忙办理了结婚登记手续。但工宣队根本不听我们同地分配的合理要求，还给扣上“闹个人利益”帽子，被赶出系办公室。临出门还撂下一句话：“就你们这些资产阶级知识分子事多！”就这样，我被分配到吉林省舒兰县 3359 部队农场劳动，而爱人被安排到山西临汾军队农场劳动。我们刚结婚三天，就被拆散到千里之外的两地。

对现实的温馨迅即变成虚无的梦幻，我当时的确耿耿于怀。特别是当我怯生生找工宣队师傅求助时，他们对我们并不过分的要求，却恶言相向，实在太不近人情了。但是，随着时间的推移，我心中的郁结悄然释怀。因为这不过是“文革”中校园里再平常不过的一个普通镜头。比起国家之殇，民族之难，精英之劫，自己这点委屈就实在微不足道了。

我回家乡告别父母后，1968 年 9 月 10 日，随着列车呼啸，来到白山黑水之旁。从河南出发时，身着单衣。到哈尔滨换车时，气温骤降，大风搅着雪花。我掏空了行李，把棉衣都加在身上。我的先人曾经闯关东，未曾想到我离开北大，也踏上关东这块宝地。走出未名湖，没有奔向新生活的向往，也没有步入建设祖国行列的兴奋，有的是被无端抛弃的失落，而抛弃我们的却不是未名湖。前方路上，可有知己？一切都是未知数。

艰苦的锻炼

从哈尔滨东行，进入长白山腹地的一个农场，到 3359 部队所属一个团部报到。我们即将锻炼和生活的地方，只有几排坐落在山坡上的土坯茅草房。上面是森林，下面是山谷，夜里还能听到狼嚎。这里原来是一个废弃的劳改农场，我们在这里，冬天伐木，夏天种水稻。在这野岭荒山，冬天异常寒冷，夏天蚊虫猖獗，水田蚂蟥粘腿。我这个自幼劳作的农家子弟，自认为什么苦都尝过。但是到了这里，却尝到了未曾尝过的艰苦滋味。

春末 4 月份，田野寒风似刀。育秧时，我们扛着浸泡好的二百多斤稻种袋，在畦头步履蹒跚。泥浆顺着棉袄流淌，分不清汗水和泥水。5 月末插秧时，水田才解冻半尺深。双脚踏进泥里，脚底直挨冰底。半个小时后，下肢麻木失觉。更不堪的，上面还有小咬叮后背。林区肆虐的小咬，个大嘴长，能够隔衣叮肉。叮后奇痒难忍，让你终日坐卧不安。牛虻乱飞，更不食素，不把像口袋大的肚子吸满，它是不撒嘴的。你双手泥水，无法拍打。当时不知谁说，要是长个尾巴就好了。大家表面上一笑哈哈，心中不免泛起丝丝苦涩。

上山伐木，是另一种艰苦。学生连没有电锯，合抱之木全靠人工拉锯。两个人坐在雪地上，从盘根处开锯。一来一往，一会双臂酸麻。遇上夹锯，拉不动时，还得推树抡斧。抡斧比拉锯更费力，树倒地之后，去枝清蔓，全凭一把斧子。几斧下去，火花迸溅，手磨血泡，虎口震裂。风刀刮皱了面额，汗水湿透了棉衣。冰天雪地中，要将伐下的树木，在冰上滑运回农场，必须将树干由山下抬到山顶小道。树干上肩，吭呵发力。在陡滑的冰坡上，抓地不牢的脚一寸一寸艰难向上挪移，屡跌屡起，感天地而泣鬼神。大家滚得满身是雪，连眉毛胡子，也全被喘气凝结上白霜。当地农民和猎户看呆了，齐夸雪山上的学生是天将下凡。

雨雪天不出工，就以班为单位，学习文件，联系实际，对号入座，改造旧思想。适应环境后，劳动艰苦不再是什么问题。我们难以理解的是，将毛主席题字的最高学府，说成是封资修的堡垒，将共产党培养的一代学子，说成是“17年修正主义教育路线培养的末代子孙”，“修正主义苗子”，世界观也是资产阶级的。你说自己出身工农，他就说你“一年土，二年洋，三年忘记亲爹娘”。反正北大没有培养出来一个好人。说我们是资产阶级知识分子，是没有一个人服气的。于是，矛盾和冲突不时爆发。但面对严肃的军人，学生们谁也不敢造次。

东北无霜期短，为了和老天爷抢农时，学生连党支部号召开展劳动竞赛，学生们热烈响应。我们提议由教育方的部队，和接受再教育方的学生，各自推选几名代表，进行一场插秧友谊比赛。部队代表都是在职干部，虽然能干，但年龄偏大，脱离一线劳动时间较长。我是被推选出来的学生代表之一，我们几个代表，都是农村长大、适应了艰苦情势的棒小伙，而且早就憋了一肚子不服气，这次更是志在必得，比赛情势一望而知。开赛一声哨响，我们从容出手，经过你追我赶的相持，我们很快占了上风。在加油的呐喊声中，学生先后插到终点。我有幸成为胜方的第一名。其实，谁输谁赢，我们并不在乎，就是要以此证明我们这些“修正主义教育路线的宠儿”，并不是可以任人小觑的窝囊废。

艰苦的劳动锻炼，有助于清除“文革”派性，重拾艰苦奋斗的优良传统。这些，也可以作为离开学校正式步入社会的人生训练。按部队要求，学生连的连排干部，由解放军的军官担任，班长由学生担任。我任学生连九班班长，人称“老九”。身为班长，我要执行连排的管理和安排，向上反映学生的诉求，自觉“斗资批修”。作为学生，要抵制对知识分子的偏见，不赞成因生活上的些许小事对学生动辄进行“路线分析”，无限上纲，真切体会到向上级负责和对群众负责的一致性。加上自己能吃苦耐劳，以身作则，不偏不倚，不卑不亢，谦虚而不疏狂，有独立见解而不随波逐流，因此，在部队和学生中，很快获得了发言权，建立了威信。锻炼的同学拥护，部队的领导信任，“老九”开端良好。

1969年冬，我们结束了部队农场的劳动锻炼，正式走上工作岗位。当时辽宁省革委会筹备组派人到学生连。学生连优秀者不乏其人，也许是挑花了眼睛，几经筛选，我被挑到省革委会。先到毕业生工作办公室，后正式分配到“军管”的省人保组。后来法院恢复，又到法院作具体工作。

省毕业生工作办公室，又叫知青办，管理知识青年上山下乡，负责进行安置教育。办公室的主要领导，是部队一位三八式的老政委。他信任年轻人，对我们几个才毕业的学生，能够放手使用。常常派我们下去，独立调查研究总结经验，独立解决问题。基层开知识青年教育表彰会，也派我们代表上去表态讲话。对全省知识青年安置教育的条条杠杠，也由我们摸清情势后草拟。在知青办待了一年，我这个初出茅庐的年轻人，了解到国家机关的权力运行规制，学到了和学校里截然不同的知识，学会了和下乡知识青年交朋友，了解他们的希望，帮助他们、协商解决问题，从而迈出了从政的第一步。

在人保组司法组和法院刑庭期间，我主要是学习承办杀人、强奸、抢劫、盗窃、伤害、纵火、投毒等重大刑事案件。大学里老师讲刑法，偏重讲理论。办案中大量接触的，是具体法律实务。实践使我体会到，在学校学习、研究法律，和实践中运用法律，是两个不同的范畴。只有熟练地运用法律，才能真正懂得法律。几年刑事审判实践，我对法律服务于实践又指导实践，对重证据而不轻信口供，对不同情况区别对待，对立足挽救、惩中寓教等，都有了深切体会。案情重大，人命关天，不能有丝毫马虎，处理必须慎之又慎。为此，我开始了勤奋的适用法律研究，并在精神病犯罪责任能力问题上，大胆喊出减责和免责的几种不同情况。现在看来平平常常，但在当时背景下，也称得上冒险突破。

辛勤的工作

我的司法实践之路，也不是一马平川的坦途，同样充满艰难和险阻。长期以来司法机关存在轻视知识的思潮，分配到机关的大学生，仕途充满坎坷，有的被打成右派，多数下放偏远地区，长期在基层沉沦。我进入司法机关后，因为不了解规则，多说话，莽撞表态，遭遇过小报告，得罪过顶头上司，招来小小的灾祸，也曾被罚到山区蹲点。以后，我坚持多干少说。每天早上班，打水扫地。住独身时，节假日值班几乎全包下来。做内勤时，普通材料的撰写、卷宗的整理归档，打点得井井有条。业余时间没有电视，没有娱乐活动。每天晚上，不是在基层走访，就是在机关加班阅卷，很快就以自己的踏实肯干赢得了领导和同志的信任。并从事务的繁琐里，悟得业务细节真谛，明确了工作重点。

法院工作的业务面广，几乎涵盖了宪法、刑法、民法、诉讼法、婚姻法、行政法、公司法、商标法、专利法、劳动法、组织法等各个法律门类，涵盖了现代合同、金融、证券、期货、土地房产等现代经济的各个领域。审判实践中面对的形形色色的案件，让你费神费力。常见的合同套合同的连环案，利益交织，如丝如缕，难解难分，快刀难斩。要妥善了结这些千奇百怪的案件，考验你的司法智商和法律综合运用能力。我坚持在干中学习和研究，不仅处理了不少大案，也成了调查分析，起草文件、报告的重要写手。有时对一些业务纷争，讨论中能够平歧止争，统一认识。我一介书生，无职无权，靠理论解释令人信服。

当时的机关，实际上是分裂的机关。国家长期推行“以阶级斗争为纲”，机关你争我夺，内斗不息。“文革”中分为势不两立的两大派，就是长期纷争的表面化。粉碎“四人帮”后，表面联合，裂痕难消。两派都把新来乍到者作为争夺对象。研究工作，学习文件，民主生活会，都是两种意见针锋相对，搞得我们无所适从。我特别讨厌拉帮结伙，借势整人。冷静观察思考后，决定了应对之策：“宁为公众执言，不为派别当枪”；一切从实际出发，坚持实事求是；对派别纷争，一概不介入；涉及到原则问题，旗帜鲜明表明自己的态度。经过长期努力，终于以自己的客观、公正、敢言，赢得绝大多数同志的理解和支持。

1983 年我被任命为研究室副主任；1984 年被任命为抚顺中级人民法院副院长；接着，又被任命为中共辽宁省委政法委员会副秘书长，省法院副院长。作为一个农家子弟，一位普通的北大学子，只身到塞外工作。没有根基，没有后台，没有帮伙；有的只是党的培养，同志帮助，群众信任。在这个岗位上，我报效国家，服务人民。怀着敬畏之心，像足球守门员一样，滚爬跌打，一直干到退休。

为政的磨砺

走上法院领导岗位后，我主管过刑事审判、民事审判、行政审判、审判监督、计划财务、调查研究、机关党委、纪检监察等工作。1986 年后，分工抓日常工作。终日忙忙碌碌，上班有人找，下班有人堵。办公室电话铃声不断，从天明忙到天黑。职务的提升并不等于水平跟着提高，面对工作千头万绪，要破除尸位素餐，就必须争分夺秒学习和思考，才能保持头脑清醒，不陷入事务泥潭。我在思想指导上始终牢记，法院是为老百姓服务的，老百姓是审判权的来源。始终从宏观把握管理和决策，始终坚持以事实为根据，以法律为准绳，既要坚持对严重刑事犯罪从严惩处，又要严格依法办事，防止重蹈扩大化的覆辙。始终坚持运用法律手段，调处民事经济纠纷，维护贸易、金融、借贷等健康流转，保障市场经济秩序和人民群众的生活秩序。坚持以公开审判为重心的审判方式改革。有理讲在法庭，定案昭示天下，防止暗箱操作。无私、无畏、无邪、无欺、无偏，应是公正司法之魂。这些看法和作法，不同于学人坐守书斋谈经论道，而是伴随着实际工作中的反复探讨求索。总结经验，耕牛反刍，并获得如下感悟：

亲近群众，发扬民主，应是半生奋斗的第一感言。参加工作后，我先后在知青办等多个单位工作，也担任过抚顺中级法院、省委政法委、省法院等多个领导岗位。每到一个地方，都能和同志打成一片。每离开一个地方，大家总是依依不舍。我在成长进步过程里，曾经遇到过不民主者，对其飞扬跋扈的作风深恶痛绝，常将这种专制作风作为长鸣之钟。省里派我到抚顺中级法院锻炼，我也将中院领导岗位当成民主决策的试验田。我至今不能忘怀离开中院时，全院干部群众倾巢而出，冒着大风雪相送的动人场面。当时也有不解：我在岗期间，只是区区副手，既没有给谁加官晋爵，也没有为谁解决住房，大家为什么对我这么好？后来，中院几位老同志告诉我，关键是你这人没有架子，遇事能和大家商量，就连书记员都敢顶撞你。而你也真的能够听进他们的合理意见。这事对我感触很深，原来民主有这么大的魅力！以后不论在哪任职，都能够尊重人，虚心听取不同意见，群策群力把工作搞上去，从来不敢托大摆谱。有同志说我太“软”，我却依然我行我素。

无论是在党政部门，还是在司法部门，无论是在中级法院，还是在高级法院，我每天都是在忙忙碌碌中度过，家务事基本顾不上。单休日变成双休日时，开初还不习惯。每天成堆成摞的卷宗要签发，诸多约访者要接待，排序汇报的案件和要事要听取，繁琐的事务要处理，将召开的大会小会要准备。受命于国家和人民，工作从不敢懈怠疏忽。虽然有案牍劳形之苦，却也孕育着种种欢乐和愉快。一是最困难最棘手的事情办完时，有如释重负的轻松；二是欺压群众横行乡里的巨恶被惩办、群众燃炮庆祝时，有国法得彰、正义得伸的愉快；三是冲破阻力，纠正冤错，使无辜者得到昭雪时，有天地无私的感慨；四是重大经济纠纷得到妥处，各方的合法权益得到保护时，有对社会经济发展推波助澜的兴奋。作为居中的裁决者，我最切实感到法律的人民性、客观性、公正性、权威性浑然一体，公民之间、法人之间、公民与法人之间的根本利益和谐与统一。

身为国家公务员，在市场经济的大潮中，我经受了锻炼和考验。最权威的老师是我识字不多或根本不识字的父母。解放前，在河南大饥荒中，父母生下了我。又在忍饥挨饿的情况下，供我读书。一个普通农户，艰难地培养出一个北大学生，是很不容易的。参加工作后，父母怕我犯错误，常常教导我做人要清白，办事要公正，对人要宽容，吃亏要忍让。多年来，我时刻不忘父母教诲，在勤奋工作的同时，注意廉洁自律。同时，也重视抓好机关廉政建设，警惕商品交换原则侵入政治生活。注意摆正公仆和主人的关系，躬行为人民服务，警惕由社会公仆变成社会的主人。处理好权利和义务的关系，自觉履行各项义务，坚持权利和义务的统一。界定职权和特权的关系，警惕将为人民服务的职权变成为个人谋取私利的特权。多年来勤奋工作，忠于职守，为国家事业奋斗。虽然到退休时，没有多少钱，住房普普通通，子女的工作也一般化，但我无怨无悔。

我从一个不懂事的农家子弟成长为高级法官，由一个莽撞的少年成为司法工作者和研究者，从一个行政管理者变成文章诗词的创作者，都得益于田园农耕的滋养和北大人文氛围的熏陶。其中，农家生活的艰辛，农耕劳动的锻炼，父母做好人的朴实启蒙，是我的人生奠基。未名湖的人文蕴涵，法律文明的武装，使我脱离了幼稚和蒙昧。多年的审判实践和审判管理，开阔了我的视野和思维层次。余暇的诗文创作，则是未名湖浓郁的人文情结给予我的一份从容，既拓展了研究者的思想疆域，又赋予了执法者的一腔柔情。大半生的法官生涯，更使我体会到，公平公正、维护合法权益是法官的良知。洁身自爱，报效进取，是法官的品格。才艺、灵秀、多思，与时俱进，不断酿造新梦，心头才能缭绕一片祥云。

晚霞的铺陈

人生的每个阶段，都应有所追求。梦不止，行不尽。从2001年退休那天，我就合计着，晚年的奋斗目标是什么？有人劝我申办学会，好在那里喝茶看报。有人拉我办公司，利用余热挣点钱。我都摇头，几经踌躇，决定从晚年的实际出发，将从心灵上完善自我作为新的追求，借以克服寂寞和孤独，树立健康有为的情怀，积极进取的态度。“好趁夕阳赶一程”，再干些有益的事，使有限的生命再次焕发出亮丽色彩。为此，重操文墨，以文弘道，以文修身。并从总结思考、回眸人生、游戏吟咏等方面入手，同步写了三本新书。

第一本书是法律文集《法苑论丛》。半生司法，忙忙碌碌，有成绩也有不足。在同志们的帮助下，我从报刊和机关文档中收集了退休前自己写的论文、调查报告和部分讲稿，进行了全面分析梳理，从法理研讨、审判实践、司法行政、审视自我等几个方面，撰写和整理出六十万言的文集，由公安大学出版社出版发行。出版社的责任编辑认为，本书是他从事编审工作以来经手的最好的一本书。不少司法界、学术界的老同志也鼓励有加。本书出版不仅使本人的半生司法画上了完美句号，也为在法律科学崎岖道路上继续攀登者提供了一块可踏的阶石。

第二本书是散文集《绿野秋思》。我少时曾钟情文学，大学里阴差阳错未能如愿。退休后，才有机会从全程、全新的视角回眸人生。大人物写传，多用记叙手段，记的或是惊天的重大事件，或是动地的战争硝烟，不乏轰轰烈烈。小人物写传，多用散文体裁，绘声绘色记述生活中的小镜头，耳闻目睹的社会百态，不乏情趣和温馨。为写好这本书，我用了数年时间，按照文学史的顺序，专事文学经典的阅读和欣赏，实现了由逻辑思维到形象思维的转变。并以文学博客“陌上人家”为阵地，以亲为、亲历、亲见的花絮，从故里乡情，亲情人伦，书海寻梦，河山之恋，生活之思等方面，写出了平生第一部散文集。字里行间所浸的，有田园农乡的陶冶，茶余饭后的悠闲，繁琐小事的哲思，年历翻过的坦然。这本书受到素昧平生的辽宁文化界名流的赞誉，也受到广大读者的青睐。既丰富了我这个“政界书生”晚年生活，又圆了

“农乡少年”的文学旧梦。

第三本书是诗词集《松竹清韵》。诗词曲的创作，是和散文创作交错进行的，其题材也几乎和散文叠加。但是二者的成品却不会重复，因为中华文体，各呈千秋，同一选材，却有不同的艺术表达，故能编织出不同的文采，勾勒出不同的意境。由于篇幅所限，不能一一尽述。像我的论文、散文一样，这些诗词创作，不是在象牙塔里的苦思冥想，而是在生活实践里拈来练就，具有具体、鲜活的心灵形态。如果说生活是奔腾不息的泉流，诗词应是泉流里往来翕忽的鱼尾。所表现的可以是天地之大，也可以是节末之微。或咏或叹，或激昂或恬淡，或思虑的惆怅或欢愉，都宜融入乡野之气，草根之味。创作中应当竭力避免呆板、苦涩、程式化的空乏和言之无物。在恪守格律的同时，努力实现形象、鲜明、生动。“华屋一城梦，明月百年心”，应当成为不懈的艺术追求。

未名湖一鉴方塘，经过岁月洗礼，像风华绝代的美人，闪忽着点点秋波，亮丽、透彻、深邃，气象万千。三顾茅庐时，诸葛亮为刘备三分天下的设计，毕其一生，才得实现。未名湖见证的民主与科学的目标，更需要几代、十几代人的持续努力，不能急于求成，更不能浅尝辄止。如果说在历史面前，我们永远是长不大的孩子；那么在未名湖面前，我们则是永远毕不了业的学生。为政数十年，虽然上级、同事、部下赞赏，实际上，我还是燕园那个布衣书生。按书生自我检视，不尽如人意处不少。差距百条千条，概括起来不过是“平庸”二字。为了治平祛庸，晚年又再学习，再总结，再提高。游戏于键盘，仿佛置身青山绿水；书生著书立说，又重燃岁月激情。《法苑论丛》刚刚售罄，凝聚我岁月感悟、乡野陶醉的散文集《绿野秋思》、诗集《松竹清韵》又接连出版。目前诗文新集，正在紧锣密鼓。博雅塔似燃烧巨笔，为我谋章构篇。未名湖如清澈涟漪，为我洗文涤字。湖光塔影的缥缈，则为我编织新梦。梦也好幻也罢，觉得平生从未离开未名湖半步。北大的勤奋、严谨、求实、创新的精神，永远鼓舞我前进。

斯文落笔，晚钟已经敲响12时。思忆缠绵，毫无倦意。对未名湖的依恋，职场的报效，退休后的诗文生活，仍然历历在目。随以《返校》和《晚撰》为题，一气填得两曲“江城子”：

（一）

京华聚首话沧桑。燕园情，最难忘。湖光塔影，更是断人肠。上课聆听金玉论，书馆阁，读经忙。

峥嵘岁月少年郎。到如今，老何方？湖边顾影，颤颤鬓毛苍。塔下书生呼老伯，心默默，意惶惶。

（二）

黄河堤下小村童。野田中，度秋冬。春播苗绿，秋盼李桃红。孰料半生听讼事，明善恶，亦从容。

为伊憔悴诉情衷。老雕虫，又春风。众里寻她，几度影芳踪。花谢花开忘岁月，灯阑处，喜重逢。

2013年11月17日写于北京

刘广明，1940年11月生于河南省滑县，1960年5月加入中国共产党，1967年8月毕业于北京大学法律系。国家一级高级法官。系中华诗词学会会员，中国法官协会法院文化分会法官诗文社副社长。辽宁省作家协会会员，沈阳市诗词学会顾问。

主要法学著作有:《法苑论丛》、《惩治经济犯罪新编》、《公民在适用法律上一律平等》、《我国法院组织》、《宪法知识问答》、《公民法律意识》（与人合著）等。主要文学著作有：诗集《古原柳笛》、《天涯芳草》、《心海泛舟》、《松竹清韵》，散文集《绿野秋思》等。此外，尚有新的诗集《云淡风轻》即将付梓，新的散文集《世事如棋》（暂定名）也待字闺中。

逆境中的另类生活与奋斗

李习彬

作为“文化大革命”期间毕业、被扫地出门（不发毕业证）的大学生，许多人都经历了先是发配到农村、农场从事体力劳动，再分配当中学教员，“文革”终结后再逐步回归到本来应该从事的高等教育或科研岗位的过程。因此，关于毕业头七八年的回忆，最多的是苦楚、特殊环境中的奇特经历与趣闻。但是，在那种逆境中，北大人还有另外的一面——另类的生活、不甘沉沦的奋斗抗争以及在平凡岗位上的闪光发亮，而这些更凸现了北大人的特色。

世外桃源寻自在　“路线斗争”作笑谈

1970 年 3 月离开北大，我先是到河北省阜城县义和庄大队插队劳动，一年后到河北衡水县教中学，1975 年到河北晋县轴承厂当工人。“文化大革命”的这最后几年，虽然最高层还在继续上演一幕幕惊心动魄、你死我活的“路线斗争”，但是，在下面，由于干部群众早就被运动得筋疲力尽了，“文革”初期被煽动起的激情早已熄灭，所以我离开北京的政治漩涡，简直就像到了世外桃源。

在阜城县农村插队，朴实的贫下中农（包括村干部）没有人响应伟大领袖的号召对我们进行再教育。相反，由于我们在村子里只干活而不取分文，与社员没有任何利害冲突，所以与群众的关系非常融洽，我们过得非常自在——这点可能与到农场、特别是部队农场的同学有很大不同。我们自在到什么程度？早晨不出工[①]；除刚到时参加过几次大队、生产队的批判会、忆苦思甜会、政治学习会（当时全国正在开展“一打三反”，会议很多，特别是义和庄还是衡水地区的民兵试点大队）之外，后来就几乎不再参加任何会议；进县城办事、回（父母）家一切自便——我们同在义和庄插队的十一个同学[②]，最多时九人回家，留下两人看门。

在阜城县农村插队，吃着每月四十五斤的高定量，回家时可以随便领取全国粮

---

① 河北农村的习惯是每天早晨、上午、下午三次出工劳动。

② 当时同在义和庄插队的十一人是：物理系 1963 级的李耀纶和本人，1964 级的张知昌、庞大本、金大成、郭余庆、张梦娜，生物系 1963 级的杜长春、佟丽云，哲学系 1965 级的郑万耕，西语系 1965 级的林雪玲（李耀纶的女朋友）。

票[①]，生活散漫，这种“好待遇”看来与经过“文革”洗礼的北大同学的“痞”[②]有关。1970年7月到阜城插队的大批其他院校大学生（由于我们在靠近县城的西部，就把他们安排在县城的东部），不仅定量比我们低，政治学习、开会、劳动纪律等都比我们紧得多，据说还要出早操。

⊙ 1969年7月在北大西门内

在衡水县赵家圈中学当老师，能够少为政治干扰过得比较舒服，有两个密不可分的因素：一是有几位较有权威的老师，学校抓教学的气氛相对浓厚；二、更重要的是校长杜新海很开明。能够不开的政治性会议我们争取到尽量不开，有些必须开的会，又有一些时候被我们以“甩一把”（扑克）或“来一盘”（象棋）的借口把校长拉到我们宿舍娱乐[③]，大家都因此“忘了”开会而敷衍过去。

将近千人的河北晋县轴承厂有专门的政工干部，会议很多，有时上常白班的职工几乎是天天晚上开会。车间工人开会在工人宿舍里，一个小小的房间里总有六七个人同时抽烟，乌烟瘴气，我这不抽烟的人实在难耐，当然更重要的是对那些无聊会议的厌烦，于是我便开始逃会。很快，我就与那些政治学习和批判会无缘了——实际上是有关干部和工人都明白，少我一个开会对谁都没有半点不利影响。

逃避令人厌倦的政治会议，决不意味着对政治漠不关心。相反，那些年我一直密切关注着“文革”走势，保持着在北大造就的政治敏感性，当然最主要的是期盼给全国人民带来巨大灾难的“文革”快点告终。每当北大校友见面或聚会，总要交流来自北京的小道消息。在农村中学的日子里，我曾翻阅范文澜的《中国通史简编》，看历史上魏晋南北朝等最黑暗的统治时期能够持续多久。那几年发生的几件有可能终结国难、给国人带来希望的大事，如林彪事件、逮捕“四人帮”等，初闻时的欣喜若狂，我终生不会忘记。

---

① 当时在农村，没有特殊关系是难以换取全国粮票的。

② 这种“痞”的主要表现是对当地县里“大官”没有一般老百姓的敬畏。

③ 玩这把戏，大多数时候我只是“胁从”，而“主谋”是与我同寝室的王立恩老师——北大东语系1965级校友，我们同时分配到赵家圈中学。

西风恶枝垂叶萎　东风渐自沐峥嵘

报考北大物理系的同学，基本上都怀有当科学家、为科学事业做出杰出贡献的美梦。将这些矢志报效祖国的大学生发配到农村插队这种“创举”，惟有“文化大革命”时期才能够想得出、做得到。记得当时同年级陈昕同学调侃曰：我们应该庆幸，“就当放了一颗原子弹，我们没有死”。

我插队的河北阜城县，现属衡水地区，古属沧州。衡水与沧州，土地贫瘠，我的家乡（河北束鹿县，1984 年改为辛集市）人称其为“要饭的地方”。在去阜城县义和庄的路上，看到所经过的衡水地区的深县、衡水县、武邑县、阜城县，大地上到处浮现着一层像霜一样的盐碱土，上面长着盐碱地上独有的荆条①，心情格外的低沉。虽然自 50 年代实行统购统销，特别是农业集体化以来，我家乡的农民也是终年为温饱辛劳，但在更为贫穷的我插队地的老百姓看来，我的家乡即使不是天堂，也绝对是富庶之地。难怪我的房东大爷，几次提起要我在老家为其二女儿张罗个婆家。

在阜城农村插队，自在但无聊，这绝不是我们之所求。我们不能听天由命，必须与“命运”抗争。根据同在义和庄插队的物理系 1964 级几位同学的提议，我们物理系的几位同学给衡水地区负责人写信，建议创建生产电磁元件的工厂。大概是热切期望改变衡水地区落后面貌的良心所驱使，我们的建议很快有了回音，让我们到阜城县农机修配厂试办电磁车间。由于庞大本、金大成已在县邮电局帮助搞载波电话，于是任务落到了李耀纶、张知昌、郭余庆和我四个男生身上。真正的从零开始，回北大调研，购置和建设最基本的设备、设施，差不多半年，就做出了第一批试制品——磁罐。正在高兴之时，再分配的命令下达。在当时能够主宰我们分配的领导者看来，我们这些人只能、也只配到农村中学去当老师，所以这第一次创业顷刻烟消云散。但回顾那段时间大家废寝忘食工作，经常为不同方案争执得面红耳赤，作为“当地”人的我责无旁贷地去省会求购调压器等设备，并通过关系到有关工厂乞要不锈钢边角料等器材，也蛮有意思。如果不是上面强令我们离开，这第一次创业未必不能成功。

再分配把我分到衡水县赵家圈中学任教。几个月后，就发生了林彪摔死在蒙古温都尔汗的大快人心事。因“文革”而学业未竟、并对不能从事自己心仪的事业死不甘心的许多 1963、1964、1965 级学子，不约而同地发出了重返北大学习（回炉）的呼声。难以计数的同学，或集体、或个人给母校写了反映心声、情真意切的信，我亦在其列。记得还曾收到过原物理系党总支书记平秉权的一封热情洋溢的复信，非常理解、支持我们的愿望。可惜，1972 年出现的那次“回炉”机遇，因最高当局决心将

① 现在城市一些公园作为观赏树种植，称为柽柳。

实际上已破产的“文革”坚持下去而失去，直到六年后的1978年才得以实现。

1976年10月，“四人帮”的垮台彻底宣告了“文革”的结束。经过十年严冬摧残的科学教育界很快来到了春天，大多数高校和科研单位都在为重整旗鼓招兵买马。因此，在准备报考研究生与“回炉”的同时，我还分别到河北师范大学物理系与河北省科学院激光所各做过一次商调进去的探讨。一方面是有同学或熟人大力推荐，另一方面也是当时的教育科研单位风气正、领导者求贤若渴，两个单位都很快给予了肯定的答复，只是由于考取了研究生而未成行。

之所以在沉沦中稍露时机就能够抓住机会，无疑得益于不甘沉沦的心并时刻做着抓住机遇的准备。这方面我知道自己与许多校友相差甚远，他们有的在“文革”中离校前就自学了一两门外语或是阅读了大量的书籍。我主要是在衡水农村中学教书期间委托在北京的同学购买并阅读了一些新科技书籍，这些都在后来的工作拓展或寻找出路时派上了用场。如关于可控硅及电子线路设计方面的书籍，几年后就在轴承厂派上了用场；阅读《激光》一书所获知识，在后来联系河北省科学院激光所时起了作用；学习维纳在《控制论》中揭示的机器、人体和社会中共同的通讯与控制机制，对我研究生改学自动控制理论、并在随后的学习和工作中渐次转变为研究社会治理与政府管理，不仅仅是知识铺垫，更重要的是思想导引。

未名湖润俗气去　我辈岂是蓬蒿人

由于自50年代起，每次政治运动都整教师，特别是“文革”中，离“革命”激情最高涨、同时也是最无知的中学红卫兵最近的中小学教员处境最惨；所以，70年代，中小学教师是非农职业中最低等的工作——比不上普通工人和商店售货员。记得1971年7月住在衡水县招待所等待再分配时，该所一位高姓服务员[①]指着我们说:“你们这些人，只配当老师。”因此，我发配到衡水县赵家圈（公社）中学之初，情绪低落到了极点，比插队时还糟糕，因那时知道插队肯定不可能长久。同时分配到赵家圈近邻的郎子桥中学的常善魁老师[②]曾留下“落花赵家圈，流水郎子桥”的诗句。

尽管非常不情愿当农村中学老师，但既然到位，业务工作就必须兢兢业业——这是我辈从业的基本理念：不能误人子弟，要对得起自己的良心。这方面，我们与当时一些连课本都吃不透、整天吊儿郎当的“无知无畏”的老师，有很大差别。北大物理系毕业生当中学物理老师，知识基础应该是绰绰有余的，但我总是认真备课、授课和批改作业。除了课堂讲授外，我还尽量多做一些物理实验，其器材与设备，有的是学

① 再分配到赵家圈中学当老师后，这位服务员的一位弟弟是我的学生。那位学生很朴实，至今仍记得他的名字和相貌。

② 常善魁为南开大学中文系1963级，也是我高中河北辛集中学的同学。

校残留的[①],有的是我在大学"搞线路斗争"(自己装配电子管收音机和半导体收音机)时留下的，还有的是请在学校干活的木工师傅帮助制作的。正常的教学外，与一些同行业务切磋或交往中，我在北大所学知识及所受严格训练形成的严密、严谨的科学理性思维，也得以展现。

除了常常颠倒黑白的某些"政治"鼓动之外，总的说来，人心是向善的，所以，我的认真勤奋工作，很快便有了反响。1973 年全县高中物理统考出试题并拟标准答案的担子落到了我的肩上。我爱人在石家庄地区晋县工作，为解决两地分居问题，我多次要求调动,但衡水县教育组[②]一直不准。1975 年 5 月还在未征询我意见的情况下，强行将我调入当时衡水地区最受青睐的衡水中学[③]，这虽非我所愿，但无疑也表达了有关领导者对我教学工作的高度肯定及挽留的善意。学校师生对我教学的肯定自不待言，一些学生可以说到了崇拜的地步。三十年过后，杜新海校长还在电话中谈起当年手拿收音机到几里之外测试我制作的无线电发射台的功能时，他的情趣与欣悦。后来听说 1978 年恢复高考，赵家圈一个公社上线的人数，竟顶得上其他三四个公社。许多老师和学生都对那一段经历引以自豪，他们说:"当时赵家圈中学的教学质量全县首屈一指，超过衡中！"不知这些消息是否确切，但听到这些，对于我这个当年非常不情愿在那里却又敬业的老师，自然是欣慰超过苦涩。

1975 年 9 月我刚到河北晋县轴承厂时，领导认为我什么也干不了，干什么都得从头学起，接收我进厂只是因为我爱人在该厂当医生，且业务能力和工作态度都不错。所以，上班之初，安排我到装配车间干最简单的活。但是，一个月之后，我便成了厂里众所周知的"大能人"和厂长的大红人。缘由是这样：轴承属于精密机械，生产工艺流程严格，设备特别是加工轴承套圈的磨床自动化程度较高，而其中加工套圈端面的 M7475 平面磨床的电子控制线路常常出故障，成为厂里的卡脖子工序。该磨床发生故障，下面的所有工序就会陷入半停产甚至停产状态，而该磨床又故障频发，听说曾几次请设备生产厂家石家庄轴承设备厂的师傅来，也未能解决问题。因此，该磨床一旦发生故障，就成为全厂关注的大事，车间主任、主管生产的副厂长甚至厂长，都急得团团转。我进轴承厂不久，那平面磨床又出了故障，景况同前。由于电工中有我一个高中的校友，所以我有机会前去维修现场，并在旁边看到设备的电子控制线路图。啊！原来是先进的可控硅控制电路，这大概就是该设备故障难以修复的原因之所在。我虽然此前从未见过可控硅，但几年前曾看过这方面书，了解其工作原

---

① 赵家圈中学"文革"前是初级中学，1971 年改为高中，学制两年。

② 教育组为当时的县教育行政管理机构，相当于后来的教育局或教委。

③ 这次调动充分呈现了衡水县教育组挽留我的诚意，想来这事与当时教育组中唯一一位管教学的李俊如是物理老师出身有关。除了他肯定会从我的领导与同事那里了解我的业务能力之外，还有一次在他的魏姓同学的实验室里一起观察并分析魏老师所做实验，会使他对我的科学素养有直接感触和正面评价。

⊙ 李习彬与夫人 2008 年 12 月于海南岛三亚

理，再加上“文革”中自学的一些电子线路知识，我当即提出了一个修复建议，当场一试，故障立刻消除。这一下轰动了全厂，我从什么都不会干的人瞬间变成了厂里的“大能人”，立马调入电工队伍并任磨工车间的电工班长；厂长赵杏林要我搞技术革新，“要人、要钱、出去考察，你大胆提出来，全力支持”。

由于出名成了“能人”，有些不相干的事也找上门来。轴承厂当时有一辆黄河牌大卡车，是全厂最大、最新的运输车辆，由一位部队汽车兵专业的王银雪师傅开着。该车的计速表显示有问题，指针示数总是偏低。王师傅曾去过石家庄的几家汽车修理店（厂），都未找出原因。开着车不知道速度，王师傅甚感头痛，找汽车队长解决不了，最后他去找主管他们后勤方面的王忠德副厂长。王副厂长让他找我，并说：“李××能够琢磨，你找他试试看，就说是我让你找的。”那个年代我虽说坐过汽车，但都是坐在后面，从未注意过汽车的计速表。因此，当王师傅找到我并问会不会修汽车计速表时，我说：“我哪里会修，我都没仔细看过。”王师傅让我坐在副驾驶位子上，告诉我哪个是计速表，在马路上跑了几分钟并告诉我有什么不正常。我让他卸下计速表并打开表盖，立即判断出了问题之所在：计速表利用的是电磁阻尼原理，之所以指针示数偏低，是由于其内部脏导致阻尼过大。于是，我让他到试验室用酒精清洗一下，装回汽车，再上马路，“好啦！！”王师傅非常兴奋地高喊。前后不过二十分钟，解决了困扰王师傅许久的心头病。“李 ×× 真是了不起，汽车计速表他没见过也会修！”王师傅见人就说，再次使我名声大振。

我如此详细地叙述这两个让我“出名”的故事，决不是在自鸣得意。我这里把事情的原委（故障的现象、发生机理及其排除）讲出来，我想许多北大校友，起码物理系的同学，看到这里大多会说“我也做得到”。我相信事实确会如此，一些同学可能比我做得更好。所以，上述表述我是想表达这样一个亲身感受：北大的教育理念和教学环境，有其高明与独到之处；北大物理系教学中的严格、严密、严谨的科学思维训练①，有其过人之处。换句话说，凭借在北大学到的扎实的科学知识和受到的严格科学思维训练，只要有机会，北大人完全能够做出超越一般人，甚至也超过同行的卓越成绩。

上述是在一些科学含量较低的工作和问题中的感受，笔者后来在研究生学习和高等教育与科研工作中，特别是跨学科研究中，体会更为深刻与显著。

不做“蓬蒿人”，不是追求物质享受和名誉地位上高人一等，更不是做骑在人民头上作威作福的败类，而是要凭借在北大获得的先进理念和超常思维能力，超越第一层次的生理与安全需要，也超越第二层次的社交与尊敬需要，在自我实现的最高层次上，在科学发现、技术或思想创新等方面，力争做出超凡脱俗的贡献，从而不辜负国家稀缺资源（北大位子）的占有和湖光塔影下的修炼。

李习彬，1944 年 11 月生于河北束鹿，1963 年入北大物理系学习，1970 年 3 月“毕业”离开北大。之后的主要经历是：河北省阜城县义和庄大队插队劳动，阜城县农机修配厂办电磁车间；河北省衡水县赵家圈中学、河北衡水中学教员；河北省晋县轴承厂电工及“七二一大学”教师；北京工业学院研究生（1978 年 10 月—1981 年 11 月）；解放军军械工程学院任教（1992 年教授，1994 博士生导师）；国家行政学院任教（2008 年 12 月退休），同期（2002—2013）任北京大学政府管理学院博士生导师。科研与教学研究成果获国家级二等奖及省部级奖励多项，获军队二等功、全军优秀教师等荣誉，1993 年起享受国务院政府特殊津贴。

---

① 给我印象最深、感觉收获最大的是丛树桐先生的普通物理（力学部分）课和与之配套的韩汝琪老师的习题课。这或许与刚入大学、初接触这么严格的科学思维训练有关——也就是说，之后其他老师的精彩授课与严格训练，可能是由于有了前面的基础，接受相对容易了一些，因此印象也就没当初那么刻骨铭心了。

跌宕起伏的考古人生

欧潭生

未名湖神圣而美丽。

告别未名湖却那样凄惨和悲凉。

“文革”期间的1968年底，在一个灰蒙蒙的早晨，北大38斋304室的八位考古班同学正在酣睡。隔壁302室的同班同学王侠猛地推开门，对我们一扬手，说：“同学们，永别了！”砰的一声把门关上了。我们还没有反应过来，王侠就这样毕业分配走了。没有鲜花，没有欢送，没有校长，没有毕业典礼，我们也是这样灰溜溜地被甩到贫穷或边远省份的社会最底层。不幸的是，一语成谶，后来，王侠曾任吉林省考古研究所副所长，因病中年早逝，果然与同学们“永别了”！

部队锻炼

1968年12月31日，我被分配到河南商丘8181部队农场锻炼。从北京出发时，未婚妻韩霞（北师大女附中毕业，1963年考入北大生物系，因是六年制的理科，延至1970年才分配）陪我到前门大栅栏买了一件蓝色丝棉袄，在北京站随便吃了一碗北京烩饼，帮我挤上了南去的列车，便恋恋不舍地分别了。车到徐州停下来，我要在此转车。火车站候车室里挤满了滞留的人，臭气熏天，许多人光着膀子睡在水泥地上，就像电影《武训传》中丐帮的场景。街上不时还传来几声枪炮声。治安室后面的二楼阳台上，几个穿着军大衣、扎着红卫兵袖章的铁路治安人员用皮带抽打着什么人，令人不寒而栗。半夜两点多，终于听到了西行列车到站的广播，我和一大群旅客不顾一切地冲上月台。满载旅客的列车无法正常上下车，所有人都从窗口爬上去。我也双手托起玻璃窗，先把行李扔进去，再来一个单杠引体向上的动作，上半身钻进窗户后，右腿一跨就进入车厢了。可怜大部分旅客都无法上车，我看到夜幕中许许多多无奈的面孔在窗前闪过，内心感到悲哀，但又庆幸自己终于脱离了梦魇般的徐州火车站。在那个动乱年代，“人类文明”、“礼让三先”似乎成了不切实际的幻想。

来自全国各地的大学生被编成五个连队（五连为女生连），在商丘师部按新兵要求集训。我们报到后，领取了两个月工资，算是1968年12月参加工作。每月43.5元的临时工资一直拿了5年才转正为51元。这就是不正常年代的不正常待遇，算是干部中最低的24级（当时干部行政级别分为24级）。

新兵训练结束，春节临近，师部决定我们大学生三、四、五连从商丘步行近二百里地到太康县部队农场。我们四连连长和指导员是侦察连现役军官，走在队伍的最前面，连长的唯一特殊装备是斜挂在肩上的半导体收音机。班排长也是现役军人，带领着我们这支穿戴五花八门的队伍穿过城区和乡镇，引来许多好奇的目光。我被安排调到连部文艺宣传队，编排快板书、数来宝等沿途鼓劲加油。我后来被选送到师部文艺宣传队，可能就与此有关。行军途中的野餐，完全按照军事化的要求来演习。炊事班半小时内做好饭菜，班排轮流就餐的时间只有十分钟。我们好多人都来不及吃饱，只好端着半碗夹生饭边走边吃。这样的演习以后又进行过多次，许多人因此得了胃病，我也得了十二指肠球部溃疡。

除夕当天，接到命令，我被抽调到师部文艺宣传队。吃过早饭，我从太康县板桥公社河沿张大队赶往三十里外的农场总部。当天风雪交加，狂风吹着雪粒打在脸上生疼生疼。我背着行囊迎风赶路，新买的丝棉袄挡不住风寒，只好在路边捡一根草绳，紧紧地系在腰间，头戴一顶刚买的黑色线帽，就是那种只露出眼睛的套头帽，其形象不亚于当今抢银行的匪徒。豫东平原一望无际，大雪盖住路面，一片白茫茫。凭着年轻有力，一鼓作气走到了农场总部。师部文艺宣传队队长长得像雷锋，个子不高，温和英俊。我穿上他送来的带领章帽徽的战士军装，格外精神，威风无比。除夕夜的饺子很普通，但我见到了三十多位从五个大学生连队抽调来的文艺骨干，其中女生占一半。部队农场领导和我们一起过年，我第一次尝到了白酒——鹿邑大曲的味道。

经过短暂的排练，我们开始在一军所在地开封地区巡回演出，我们称之为“全军演出”。大学生们真是多才多艺，三十多人组成的宣传队中，有一支十多人的管弦乐队和民乐队，所有乐器都是学生自带的，有手风琴、大小提琴、大小号、萨克斯、长短笛、二胡、板胡、京胡、竹笛、芦笙、琵琶、月琴、扬琴等，演奏起来相当可观。上海交大舞蹈队队长是舞蹈总设计和导演，女生合唱和表演唱也颇具功力，还有京剧、豫剧清唱（我就是在这时候学会了样板戏《智取威虎山》李勇奇的唱段）。我和开封师院中文系毕业的一位河南老乡担任编剧，我们自编自演的独幕《腾房》反映贫下中农为我们大学生腾房住宿的感人故事，颇受大学生、农民和部队官兵的欢迎。在那文化荒芜的年代，我们这支土洋结合的文艺宣传队在开封地区大出

⊙ 1968年的欧潭生与韩霞

风头，引起轰动效应。每到一处演出，都受到盛情款待。记得在开封一军军部，我军在朝鲜战场著名的战神聂凤智军长还接见我们，并设盛宴招待。喝的什么酒忘记了，只是开封大米香软可口胜过天津小站米，给我留下了深刻的印象。

部队农场的劳动异常繁重。我所在的四连一排二班被派到窑场制砖烧窑。每天每人要拉五车黄土，自己和泥，自己倒砖坯，自己上架，每天的任务是900块砖。吃住均在窑场，逢到半夜下雨，还要全班总动员盖草帘子，以免未晾干的砖坯被淋湿。一开始，我们班住在废窑洞里，四面透风，寒冷无比。豫东平原风沙大，晴朗时月明星稀，后半夜却刮起大风，第二天起床一看，所有人的被子上都铺上一层厚厚的土灰。雨天更不得了，脸盆和鞋都会被流进窑洞的水流飘起来。轮到砖窑出砖，窑内温度很高，大学生们头捂毛巾，戴着手套还能感觉到烫，最多干10分钟就得换人，一个个灰头灰脸像怪物。夏天来了，我们二班也住上了自己盖的小平房。平房边有一口水井，劳动之余，在水井旁洗澡是一种享受。由于远离村庄，又是清一色的男生，高轩（高岗的儿子）带头在水井旁"裸浴"，络腮胡子加上陕北的高个头，被几桶井水冲刷后白里透红格外美，有点像意大利文艺复兴的雕塑"大卫"和"掷铁饼者"。傍晚，平原一望无际，通红的晚霞与翠绿的麦苗相逢在天地一线间。我经常登上窑顶，吹响横笛——"日落西山红霞飞，战士打靶把营归、把营归"。虽然我吹笛的技巧十分稚嫩，但悠扬的笛声传得很远很远……

1969年秋冬开展的"清理阶级队伍运动"，专门安排"大怀疑"阶段，把80%的大学生当成怀疑对象，上演了一场荒唐的闹剧。我曾经与连长公开辩论："我家三代贫农，我长在红旗下，靠人民助学金念到大学毕业，怎么就成了资产阶级知识分子了？"连长在全连晚点名时批判："有人到现在还不承认自己是资产阶级知识分子臭老九，接受再教育态度不端正。"许多同学被怀疑成现行反革命、"五一六"分子、军事特务，有的连队还整死了人。有人写信向周总理反映，才制止了这场整人运动。

执教岁月

1970年3月，我们结束了在部队锻炼的生活，进行再分配。我主动报名到大别山深山区——商城县长竹园公社新建大队锻炼。那是一个与湖北省交界的落后小山村。由于近亲结婚的缘故，村子里傻子、羊痫风和先天性心脏病患者很多。一位三十多岁木匠结婚，新娘很漂亮，仔细一打听，却是聋哑人。春荒时节，大队党支部研究救济粮分配方案，请我们大学生列席。有一个地主婆快饿死了，民兵营长认为不能给阶级敌人救济粮。大队支书征求我们的意见，我大胆表态："发放救济粮以不饿死人为原则，实行革命人道主义。"支书点头认可。大别山北麓的信阳地区是著名的"信阳事件"发生地。饿死二百万人的惨痛景象还历历在目，到了70年代竟然还是这般落后。虽然农村的生活要比部队农场轻松许多，但是，所学非所用的苦恼及未卜的前途让我们忧心忡忡。有一天，我突然接到未婚妻韩霞的电话，说她被分到相邻的驻马店地区。费了一番周折，总算把她调了过来。1970 年 5 月 1 日，我和韩霞就在这深山区举办了婚礼。大队党支书主持婚礼，山民们举着火把来看热闹。第二天我与韩霞就上山砍柴，肩挑柴火“夫妻双双把家还”。白天我们在村民家吃“派饭”吃不饱，夜晚我俩围着煤油炉煮鸡蛋、调葛根粉吃，别有一番情趣。“蜜月”还没过完，韩霞调到县广播站当播音员，我也告别长竹园，来到离县城较近的丰集公社继续锻炼。

1972 年春末，大学生再次分配尘埃落定，我和韩霞分配到商城县余集完中。所谓“完中”就是在初中学校的基础上，招收两个班的高中生，名为“完全中学”。余集位于商城、新县和湖北麻城县三县交界处，交通闭塞、文化落后，属于大别山山区小集镇。余集完中的杨校长是“文革”前商城一中的老校长。他非常看重我们这对北大毕业的夫妇，安排我教高中的语文和历史，韩霞教数学和英语，我们成了学校中的骨干教师。星期天，我和韩霞进行家访，体验到山区农民子弟上学的艰辛，更加增进了师生之间的情谊。我还发挥特长，主抓学校的文艺宣传队，代教过初中的音乐课，弹着脚踏风琴，教唱:“红米饭哟、南瓜汤哟，嘿啰嘿！”就像幼儿园的老师，忘了自己是北大考古专业的毕业生。

1974 年春，教育整顿，余集完中的高中部被撤销，我们夫妇俩被调到商城县高中。当年正逢“批林批孔”运动，举国上下批“师道尊严”，运动频繁，学生难教，我身心俱疲，坚定了调动工作的决心。1976 年春，我的机遇来了。我的恩师、北大苏秉琦教授给河南省文博部门领导写信推荐，河南省文化厅向信阳地区文化局做工作，商调我到郑州省直考古部门工作。信阳地区文化局闻讯便赶紧发函商调我到信阳工作。当年，教师统归宣传部管，他们不放。无奈之下，我闯入县委机关，在新任县委书记的办公室里，我申诉了调动的理由，报告了地区文化局的商调函已到县委，宣传部副部长却不肯放人的情况。开明的县委书记立即叫来那位副部长，问明情况后说道:“小局服从大局，下级服从上级，文物考古工作很重要，人家是北大考古专业毕业，应该放他走。”副部长一脸无奈，只好点头称是。他大概以为我与县委书记有什么关系，其实一点关系都没有。人的一生很有意思。机遇是给有准备有恒心的人的。俗话说:“谋事在人，成事在天。”

考古人生

1982 年我被任命为文物科长，1983 年升任地区文管会副主任兼办公室主任（副处级），专管文物考古工作，迎来了信阳地区文物考古事业的黄金时期，也是我考古人生的第一个高峰。我刚调来时，库房里没有一件文物，也无任何资料。我组织了全区文物普查和文物干部培训。河南固始侯古堆吴王夫差夫人墓及其陪葬椁室的发掘，是我们信阳文物工作的转折点。我的第一篇论文，就是考证出河南固始侯古堆大墓的女主人是吴王夫差当太子时在固始前线娶的夫人（宋景公的妹妹）。后来，这篇论文的观点被河南省文物研究所采用，收入他们所编撰的《固始侯古堆》考古专著。

此后，每年都有重大考古发现：从新石器时代淮滨沙塚龙山文化墓葬到罗山蟒张商代墓群；从春秋早期黄君孟夫妇合葬墓到战国楚文化。二百多件国宝级的商周青铜器出土轰动全省，闻名全国。北大著名考古学家苏秉琦先生经常对他的学生们说："你们毕业分配'抢北京、战上海'，不如像欧潭生那样去基层考古处女地——河南信阳，每年《文物》、《考古》和《考古学报》都有他执笔的信阳地区文管会的文章。"

蟒张奇遇

考古上的一些重大发现往往从一次偶然的机会开始。1979 年 4 月中旬的一天，我带领邵金宝、刘开国到罗山县文化馆检查库房安全，县委宣传部虎部长和罗山文化馆钱馆长陪我们喝酒。席间，钱馆长谈到前不久文化馆从废品仓库收到一件三条腿的铜器，上面有铭文。我立即断定是商代铜爵，要求看实物。当时，文物专干回家收麦子不在馆内，我请求钱馆长派人翻墙进库房，取出这件文物，果然是商代晚期铜爵，据说是罗山蟒张公社水利工地出土的，我要求立即赶往现场。班车只能开到公社所在地，我们下来步行约 20 里才能到达竹竿河边的水利工地。我们一行毫无准备，邵金宝太胖，走路走得大腿磨出血痕。我走到一半路程，突然满脸煞白，头冒虚汗，瘫坐地上。部队复员的刘开国很有经验，他立即跑到不远处农村供销社代销点，买了两毛钱水果糖，让我嚼碎吞下去。不一会儿，我恢复正常，刘开国说这是低血糖病，我们继续赶路。傍晚，我们到达水利工地，发现农民取土修灌渠的地方被挖成陡峭的黄土横断面，上面赫然暴露出土坑墓的墓边，长约 6 米、宽约 4 米、深约 3 米，是典型的商代中型井椁墓。我们立即责令工地停工，组织民工进行抢救性考古发掘。我们在供销社购买了毛巾、棉被、床单等生活用品，住在竹竿河边的水管站，连续三天的清理，发现青铜礼器鼎、甗、尊、卣、觚、爵等十几件，还有铜戈、铜矛、玉器等。连续工作一个月，第二年又工作一个月，前后共发掘商代晚期墓葬 22 座，出土商代晚期青铜器 219 件，还有 3000 年前的古酒（参阅 1987 年深圳首届酒文化研讨会论文集《三千年前古酒出土记》）。经考证，这是商代晚期息国墓地，年代相当于殷墟文化晚期。考古同行们赞扬我们发现了信阳地区的殷墟文化。至今，大学考古学教材中，提到商代晚期殷墟文化的分布，都离不开罗山蟒张天湖后李村这个地名（该墓地考古报告发表在《考古学报》1986 年第 2 期）。现在想起来，如果不是我们及时赶到水利工地，这处商代重要考古遗迹将荡然无存。

光山挖宝

1982 年冬，我们接到光山县文管会报告，光山宝相寺上官岗砖瓦厂取土时发现一座古墓，青铜器和玉器被哄抢，我们立即赶到现场，并报告地委行署。行署办公室主任陈其元和地委宣传部张文新副部长亲临现场，责成县公安局贴出布告，要求哄抢文物的农民24小时内上交文物。党政领导的重视形成强大的政治攻势，公安干警根据线索挨家挨户收缴，取得辉煌战果。在县委招待所，我们看到了春秋早期14件“黄君孟”铭文的青铜礼器和54件精美的玉器。光亮如新的铜鼎、铜豆、铜壶成双成对，都有铭文。还有锋利的铜戈、铜镞、铜削、玉器等。我在砖瓦厂现场敏锐地发现，被破坏哄抢的墓坑旁，相隔不到40厘米，还有一座墓坑的活土墓边，显系夫妇合葬墓。为保密起见，我只给陈其元主任和张文新副部长单独汇报，要求保护现场，等来年开春再组织考古发掘。张文新副部长半信半疑地问：“你有把握吗？可别耽误人家的生产。”我坚定地说：“请相信我。”1983年4月28日，地县党政领导成立古墓发掘领导小组，张文新副部长亲自坐镇指挥，我担任考古队队长，前后工作15天，完整地发掘了更为重要的黄君孟夫人墓，出土青铜器22件，均有铭文“黄子作黄夫人孟姬行器”。出土精美玉器128件。这座春秋早期黄君孟夫妇合葬墓出土青铜器和玉器被视为中国考古学春秋早期君王墓的标准器群，还作为故宫博物院“中国帝王文物展”到美国、日本巡回展出。中国社科院考古研究所一位资深校友对我说：“我们考古一辈子能遇上一次重要发现就不错，你接二连三主持重大考古发掘，真了不起！”

固始寻根

上世纪70年代末，台湾同胞掀起大陆寻根热。1982年4月2日，在我的策划下，中共信阳地委成立了台湾同胞祖根问题研究会。我写的调查报告《一千年前是一家——台闽豫祖根渊源初探》受到著名历史学家尹达重视，北京《中国史研究动态》、国台办《台声》杂志、《中州今古》和香港《文汇报》先后予以转载。该文归纳了历史上闽台与中原“四次人口大交流”。第一次是在汉武帝镇压闽越国反叛后“尽徙其民于江淮间，以虚其地”。第二次是晋代永嘉之乱“衣冠如闽者八族”。第三次是唐总章二年，河南固始人陈政、陈元光父子率五十八姓军校开辟漳州郡。第四次是唐末五代，河南固始人王潮、王审知率数万农民起义队伍占领福建全省，并于后来建立闽国。此中尤以第三、第四次南迁人口最多，影响最大，而且都以河南固始人为主。因此闽台族谱80%追溯唐朝先祖都来自河南光州固始。后来又发表再探和三探论文，促成河南固始与福建漳州结成友好城市，掀起台胞和海外侨胞的根亲文化热。至今，河南固始县和福建元宵县每年都要举办根亲文化节。福建省姓氏源流研究会经中央统战部和国台办特批，每年都要与台湾轮流举办“百（家）姓论坛”。

负函考证

日中文化交流协会会长井上靖先生是周恩来总理的生前好友，每次到中国访问都给予部长级待遇。1987年11月，我接到中共信阳地委秘书长的通知，告知几天后省外办主任要陪同井上靖先生访问信阳，主要想解决孔子周游列国曾到过的楚国负函原

⊙ 2010 年在美国旧金山渔人码头

址谜题。负函究竟在哪里？史无定论，对我也是一个新课题。我立即查找文献记载，并到信阳楚王城、罗山等地进行了考古调查，写出《孔子如楚到负函考》报给地委。地委书记赵凤羽十分重视，调来两部当年信阳地区最好的“蓝鸟”小轿车，让我坐一号车陪同井上靖先生及其翻译，他自己和省外办主任坐二号车，前面警车开道前往信阳县长台关楚王城（我考证春秋时叫负函，战国时叫城阳，南北朝后叫楚王城）。在地委招待所宴请井上靖先生的宴会上，八十多岁的井上靖先生激动地说：“我来中国几十次，这次刚动完食道癌手术，为写作《孔子》寻找楚国负函。这次总算如愿以偿。”后来，《人民日报》1989 年 11 月 23 日报道《耳顺迷〈论语〉 耄耋著〈孔子〉》，专门提到井上靖先生在河南考察负函城的收获，十分感谢当地一位“中年文史工作者”。中国孔子研究基金会主办的《孔子研究》学术刊物于 1990 年 4 期全文发表了我的调查报告《孔子如楚到负函考》。

从 1978 至 1988 年，我在信阳地区十年的文物考古工作从无到有，每年都有重大发现。河南省文物管理局局长曾评价：“欧潭生是一位对信阳地区文物考古工作有突出贡献的专家。”

福建创业

1988 年，我调到福建省博物馆。由于“调动工作综合征”，我在新单位坐了九年“冷板凳”。我在河南 1986 年就被评为副研，到福建十二年后的 1998 年才被评为正研，还经过古汉语考试（70 分）。逆境中，我独立完成了四篇重要考古论文。一是《楚文化入闽的考古证据——闽候庄边山九座墓的再认识》（收入 1989 年《中国考古学会第七次年会论文集》），二是《试论闽族及其考古学文化》（《江西文物》1991 年第 1 期），三是《福建华安仙字潭岩画新考》（《考古》1994 年第 2 期），四是《闽台考古渊远流长》（《中国文物报》1997 年 6 月 15 日）。一直到 1996 年福州新店古城考古，我作为考古领队，发掘了两千多年前的闽越国都城——冶。《中国文物报》头版进行报道，并引起时任福州市委书记赵学敏的重视，为福州建城二千二百年纪念活动提供了考古证据。考古发掘简报发表在《考古》2001 年第 3 期。1997 年，我又被省文化厅任命为福建省昙石山博物馆筹建办副主任，具体负责昙石山博物馆筹建工作。2000 年 3 月被正式任命为馆长，直到 2005 年退休。八年艰苦创业，使一个考古发掘现场从无到有，再现了福建五千年前历史文明。一个小小的遗址博物馆，获得了江泽民总书记题词："昙石山文化遗址"。贾庆林、李长春、黄菊三位政治局常委和许多省部级领导先后参观了该馆。我退休时，省委省政府拨款八千多万元重建昙石山博物馆。这是我考古人生的第二个高峰。

我年近古稀，除了北大福建校友会的工作外，福建省姓氏源流研究会欧氏委员会换届选举，又选我担任会长。福建师范大学还聘请我为兼职教授，为六名考古与博物馆学研究生上课，并带他（她）们野外考察。

今年，是我们1963级入学五十周年，回首往事，感慨万千，特赋诗一首：

话说北大老五届

北大老五届，
生不逢时，却一样厚积薄发。
他们上过山、下过乡，
学工学农又学军，
却难忘未名湖畔博雅塔。
告别未名湖，
没有鲜花，没有欢送，没有毕业典礼，
他们被甩到海角天涯，
历尽坎坷，抛洒青春，四海为家。
真金总要发光，
磨难也是财富，
阅尽人间疾苦，风雨过后现晚霞。
伴随改革开放的浪潮，
他们建功立业，立身立言立名，
无愧于社会，无愧于时代，无愧于心中的北大！

2013年11月11日于福州市江南水都寓所

欧潭生，福建福州人，1945年3月13日出生，1963年考入北京大学历史系，选择了考古专业，从此与文物考古结下不解之缘。发表论文200多篇，出版专著有《闽豫考古集》、《昙石山文化志》。新作《欧潭生考古丛谈》（50万字），争取再出续集《欧潭生考古人生》。

未名之路

徐印州

1970年2月，风寒料峭，我终于盼到了离校的日子。即将离开生活了将近六年的母校之际，却又五味杂陈，难舍难分。离校前的一晚，我沿着未名湖溜了一圈。六年前，我带着无限的憧憬来到北大化学系，第二天就跑到中关村中科院化学所附近遛弯，梦想着学成以后来这里工作。没想到六年来经历了那么多大风大浪，看过了那么多大起大伏，认识了那么多世态炎凉，蹉跎了那么多宝贵岁月，却怀着无限的惆怅，即将踏上一条未名之路。

黄河之梦

工宣队长对我说，我被"照顾"分配回河南老家，报到地点是当时的新乡地区。队长说:"挺好的，离郑州很近。"我就这样和一帮并不相识的北大同学一路到了新乡。新乡地区革委会政工组早做好了应对北大这批毕业生的准备，"一律下乡插队"。我被分配到位于大河之滨的温县。在县革委招待所住了一晚，染上一身虱子。第二天到县革委政工组听分配，我问政工："我们锻炼期是多久？"政工白了我一眼说："什么锻炼？看看你们的派遣证。"我这时才顾得上仔细看地革委政工组开出的派遣证，工作岗位一栏赫然写着三个字："当农民"。于是大家全部默然听宣布，我和一位哲学系的同届同学郭谨虎被派到赵堡公社南平皋大队。

温县，当时属于河南省新乡地区，现在归属焦作市。战国至秦汉之际，温县曾经是"富冠海内"的"天下名都"[①]。曹魏大都督、西晋司马炎追谥的宣皇帝司马懿，温人也。温县当时是一个农业县，主产小麦和玉米。温县还是著名的怀山中的极品铁棍山药的产地。不过在当时"以粮为纲"的政策之下，种植怀山也是走资本主义道路。那时候，温县百姓颇感满足，他们一年有三个月可以吃麦，八个月可以吃玉米，还有一个月有红薯吃。一位见过世面的温县人骄傲地对我说："温县，温县，咱温县温

① 西汉桓宽《盐铁论·通有第三》："大夫曰：燕之涿、蓟，赵之邯郸，魏之温轵，韩之荥阳，齐之临淄，楚之宛、陈，郑之阳翟，三川之二周，富冠海内，皆为天下名都。"

饱没问题。”需要说明的是，自曹雪芹著《红楼梦》以降，人们就把“怀山”错写成“淮山”。之所以应该称“怀山”，是因为山药，特别是铁棍山药的主产地古称“河内之地”，明清称怀庆府，“铁棍山药”因地得名。曹雪芹博古通今，却没有弄清楚怀山的来历，错将“怀山”为“淮山”，至今以讹传讹。

从地图上看，南平皋村就在黄河之滨，从字意分析应该是黄河岸边的一片较高的平地。南平皋西边数里之遥的陈家沟，就是名播中外的陈氏太极拳的祖庭。南平皋以南和以东的地面，在当地人的语境中全属于“黄河滩”。不过实际步行起来，从南平皋走到真正的黄河河床边，还有十多里路程。渡过黄河到对岸，就是东汉末年战乱时“三英战吕布”的虎牢关。由此再沿黄河岸往上游走二十多里，则是当年“楚河汉界”的鸿沟。

我被分到南平皋六队，郭谨虎在三队，我们要和贫下中农“同住同吃同劳动”。由于六队没有地主富农，我实际上要和全队所有的人家实行“三同”。

我被派住在郑有福家。我住坐北朝南的三间房，房顶铺瓦，墙角砖砌，墙身是土坯，当时已经是村里最好的房子，条件真不错了。我的房东家很有戏剧性，当家的有福是个小伙子，尚未娶妻，他把将来结婚用的北屋暂时让给我住，他则和母亲住在东厢房。他们一家对我都很好。有福家的成分是下中农，我决心好好地接受贫下中农再教育。有福是他母亲改嫁带过来，在母亲改嫁后随了继父的姓。有福有个哥哥，是继父的亲子，在另一公社的粮站工作，属于吃商品粮的“国家干部”，不在家住。母亲改嫁过来之后不久，继父去世，母亲背上“克夫”的恶名，为继父的亲子所不容，经常闹矛盾。这个当哥哥的命也不好，媳妇早逝，留下个没娘的孩子，乳名“得拉”。有福妈以德报怨，对毫无血缘关系的孙子百般呵护。本队喂牲口的老汉是个鳏夫，很关心有福母子，经常出入有福家。老汉的女儿尚未长成，已经许配给有福。有人告诉我，有福妈和老汉是相好的。他们都是善良的老人，值得同情。有福是个能干的小伙子，忠厚老实，听说后来继任了生产队长。

我并不在有福家吃饭，而是在六队所有的人家轮流吃“派饭”，吃过晚饭就给管饭的这家留下 3 角钱和 1 斤 2 两粮票。六队有 33 户，差不多一个月就会轮一遍，和每一家都有接触，可以更好地向贫下中农学习。有一次，我吃过晚饭将钱和粮票刚留到饭桌上，这家的孩子抓起钱就跑。我还以为孩子去买零食，结果是买了点灯的煤油和食盐。有些人家会给我做白面条吃，有些人家总是吃玉米粥，吃玉米粥的人家会对我说:“不是没有白面给你吃，是怕人家说咱有。”农民的淳朴和辛苦，使我深受教育。

劳动量很大，一天三晌，每天劳动的时间很长。天刚亮队长就敲钟，男女劳力集合到地里干活。干到太阳升空再回家吃早饭，吃了早饭再集体出工。午饭后有短暂的歇晌，听队长敲钟再干到日落西山。每天晚饭后都要到村边的打麦场上开会，宣讲形势，学习最新指示，忆苦思甜，布置任务，等等。只要不下雨，没有一天贻误。只要没有“国家干部”住队，都是队长讲话。麦秸垛和大树根是最好的席位，每次都被强劳力霸占。队长一开讲，这些男劳力的鼾声就响起，妇女低头纳鞋底做针线，小孩子们哭闹，但是队长照讲不误。在经常举行的忆苦思甜会上，他会提醒发言的人：“咋又跑题了，不是让你说1960年，让你说的是1942年！”一天夜晚，召集全队人开会，原本是讨论生产队干部换届。队长却在会上宣布：“这次队干部不改选，毛主席说了，一万年以后也是这样！”我听了大吃一惊，真佩服他“活学活用”的能力。

队长是逃荒“串房檐”来到本村的外乡人，落户以后，由于勤劳能干，人又聪明，赢得了本村人的信赖，渐渐树立起威信。队长起初以为我是知青，按妇女全劳力的工分标准给我定为7分。后来队长才知道我是拿工资的大学生，是来“住队”吃“派饭”的，开始对我起了戒心，可能以为我会取代他当队长吧。在一次生产队的会上，队长突然要我上去讲话，我不知要说些什么，张口结舌。队长当即在众人面前评价说：“你还是北京来的大学生，口才不中！”因为口才“不中”，队长从此消除了对我的戒备，以后就对我很好了。一天夜里我已经睡下，队长的儿子把我叫到他家。原来队长用雷管引爆用硝酸铵化肥、硫磺和木炭粉自制的爆炸瓶在黄河里炸了鱼，悄悄做好了黄焖鱼，喊我和他的孩子们一起吃。

我最喜欢到黄河滩干活，黄河滩是生产队的“小金库”。由于黄河的河床年年变化，河滩地亩没有定数，无需交公粮。收了麦子，还可以种豆，有了豆子就有豆腐吃，还能榨油。如果这一年河滩地没有被大水淹没，那么河滩地的收成就完全属于生产队了，所以河滩地是生产队的一块“宝地”。我到南平皋的第一年，河滩地丰收了。收麦子那天，全队的人都上滩地开镰割麦子。队里熬了一锅猪肉炖粉条，蒸了白面杠子馍，大家都吃个够。孩子们说，这真比过年还好。可是1971年，即我下乡的第二年，豆秧刚刚长成，黄河就涨水了。为了保护队里的河滩地，全体男劳力都上河滩抗洪。对于黄河来说这并不是发洪水，可是对本队的河滩地来说却是一场灾难。河滩里战洪水的场面蔚为壮观，参加抗洪的全是男人，除了我全部一丝不挂，大家裸着身体用麦秸堵河滩上的堤围，那场面令人终生难忘。遗憾的是洪水无情，已经长成的豆秧全被淹死了。直到9月初大水才消退，本可以再补种一茬豆子，可惜生产队连豆种都没了。

黄河滩抗洪回来，我大病一场，发高烧昏睡了两天，连做噩梦。我梦见刘关张率领一众裸体的兵士，从黄河对岸的虎牢关一路杀来，见人就砍，黄河滩上遍地都是裸尸……

回城之困

我从来没想过在农村扎根，一心想回到自己家所在的省城。可回城之路却扑朔迷离，充满变数。

公社干部对我们这批北京来的学生很不友善，刚下乡第一次到公社领工资就遭到公社干部的嫉恨。我和郭谨虎到公社储蓄所开户存钱，刚好遇上一个胖子，他凶巴巴地问储蓄所的人我们存了多少钱。没等我们离开就破口大骂："他娘的，他们存的钱比我一个月的工资还多。"胖子是公社革委会副主任，从此跟我们过不去。

开展"三夏"工作的时候，我们被抽调到公社帮忙。炎热的夏夜难以入睡，大家就在公社大院里聊天。哲学系毕业的郭谨虎说起恩格斯的《家庭私有制和国家的起源》，大家七嘴八舌说起各自的读后感。言者无心，听者有意。几天后全县插队的大学生被召集到县里开会，县革委的领导在大会上说：北京来了"五一六"反革命分子，我们已经掌握了他们一部分活动情况，现在正密切观察，大家要提高警惕，和"五一六"划清界限，检举揭发。还说：赵堡公社几个大学生找不到老婆，公然鼓吹"群婚杂居"。这一下全明白了，肯定是那位副主任听了我们谈论《家庭私有制和国家的起源》，断章取义，恶人告状。幸好我们没有其他的把柄好抓，但从此谨言慎行，学习马列的体会也不敢再当着公社干部谈了。

1971 年国庆节前，传来三叉戟（林彪）栽到温都尔汗的消息，已经传达到省一级了。这是确凿无疑的事实，我们就没有顾忌地议论起来。没想到那位副主任很快带着工作组下到南平皋大队，一来就办起我们两个人的"学习班"。天亮早起要到副主任的驻地报到学毛著，白天随队劳动，晚上向他汇报学习体会。副主任问我："你最近又散布什么了？"我说："黄吴李邱在报纸上不露面了。"他说："不露面怎么了？部队首长的行动要向你报告吗？"我说："都传达到省一级了。""你听传达了吗，你以为你是谁呀？中央文件不下来，林副主席还是我们的副统帅。"我无话可说了，被责令好好反省，不许胡说八道，还威胁说："如果在这里办学习班解决不了问题，那就去公社办，再不就办到县里，让你们改造一辈子。"第二天，副主任的工作组突然撤走了。没过几天，我们和他一起在县里听了关于林彪反革命事件的传达。

1971 年 11 月，传来插队大学生回城分配工作的风声。我心情开始忐忑不安，四处打探消息。1971 年年底之前的几天，全县大学生突然被召集到县里开会。县革委会主任兼武装部长宣布，除了个别不适合分配工作的人，全部分配到本县各公社中学。我被派到林肇公社中学，这简直是晴天霹雳，回省城的希望破灭了。

到林肇中学时已近期末，无课可上，也不给我分配下学期的任务，无事可做。本校的老师尤其是教化学的对我敬而远之，不理不睬。只有一同分来的张甦，毕业于师范学院英语系，一来就上英语课。虽然已是期末，张甦的英语却从第一课开始教，因为她来之前本校没有英语教师，英语课从未开过。我只认识她，就去听她的英语课打发时间。张甦是新乡市人，消息灵通，她的丈夫正在积极活动把她调回新乡，她势在必得，无忧无虑。据她说，省里本来要这批大学生回到省会郑州和各个地级市，但是县上将这批人“截留”了。因为这批人都是“国家干部”身份，有“皇粮”可支，取代各个中学里的民办教师，可节省地方经费开支，所以提前下手将我们这帮人“分配”了。原来如此——我们去了公社中学，人家民办教师的饭碗不保，哪有受欢迎的道理。春节回到郑州家中，局势渐渐明朗。省上不同意下面的作法，县里的分配无效。过了春节我就离开公社中学，终于回到郑州。

到郑州市政工组报到，一位面孔严肃的工作人员问每个人的所学专业。一位北大校友答曰：“地球物理。”政工白了他一眼：“什么地球物理，拽什么拽，你怎么不去月球上学物理？”这批满怀希望待分配的人，一时间哑口无言。

1972 年春节过后，我莫名其妙地被分到郑州市闹市区一所“著名”中学。之所以“著名”，是因为这所学校“才气”多，外校的学生甚至社会上的混混都到这里“挖才气”。所谓“才气”，是指长得有点模样的女学生，其校风如何，可想而知。我上的第一节化学课，利用实验室少得可怜的仪器和试剂，尽量演示各种明显的化学现象，比如气体发生、变色浑浊、沉淀溶解等等，为的是激发学生学习化学的兴趣。没承想得到的评价竟然是：新来了个会变戏法的老师。在上第二节课时，有学生拍着桌子大叫：“你快变戏法啊！”有一次，我被学生捣乱得无法继续上课，跑到教导主任那里诉委屈，竟然忘了男儿有泪不轻弹，大哭起来。

回城，回城，这就是我盼来的结果吗？

改行之惑

当时学校虽然“复课”，学生感兴趣的却是“闹革命”，老师们整天“批林批孔批周公”，也不怎么去管学生。我实在不愿意与这些顽童周旋，就联系校办工厂，想不如去那里混。校办工厂准备生产电风扇，厂长对我说，要想进来，必须搞到一部车床。我家邻居小孔在省机电公司工作，答应帮忙，于是一部小车床使我从教师岗位改行进了校办工厂当采购员。

采购员不好当，那时是计划经济，又物资极度短缺，送礼尚未成风，敬烟必不可少，到处求爷爷告奶奶。为了在校办工厂当采购，我看够白眼，受尽屈辱。一次出远差到广州，规定不许坐卧铺，一天的伙食补贴在广州不够吃一顿饭。从广州回来，坐了一天一夜硬座，眼睛出了毛病，视力下降，视物变形，得了中心性视网膜炎，被迫住院治疗。

得病休息期间，路遇在师范学校做校医的中学老同学，她知道我在“才气”中学，对我很是同情，告诉我她所在的师范学校正在筹办师专，“化学专业还缺人呢，你这北大化学系的高材生赶快调过来吧。”

意外的转机使我回到化学之路，从 1976 年起一直到 1982 年，我全力以赴投入到化学教育。编写讲义，建设实验室，参加化学学会，在《化学教育》上发表文章，我全情投入教书育人之中，为中学输送化学教师。

正当我的化学教育事业如日中天之际，我又走到事业的十字路口。1982 年，为了经济发展的需要，省里要在我所在的师范专科学校的基础上筹建财经学院，所有理科专业全部取消。为了保住辛辛苦苦建立起来的实验室，我建议设立一个文理都相关的商品学专业。因为属于财经类大学的中国人民大学有商品学这个专业，所以建议被采纳，我被派去人大贸易经济系学习。

1983 年起我在人大学了两个年头，在接到久违了十年的北大毕业证不久，又得到一张中国人民大学贸易经济系的毕业证。实验室保住了，不过已经被改造成商品化验和检验实验室。我游走在化学和贸易经济两个专业之间，努力探索两个专业之间的交叉点和融合点。我组织成立了省一级的商品学研究会，积极参加全国性的商品学专业交流。从 1987 起，开始为商业部门输送商品管理、养护、仓储和检验的专业人才。

在我一心一意办好商品学专业的同时，学校却一直认为商品学专业的成本太高，一个专业需要四个实验室，而本校其他财经类的专业只需要教室和黑板就能维持。取消一个商品学专业，每年可减少十多万元的实验经费，至少可腾出四个教室，扩大招生四个班级、二百多人。因此决定，从 1990 年起，停办商品学专业。这时我早已过不惑之年，却再度走到人生的十字路口。

1990 年，中国经济历经了 80 年代的大发展之后，遇到了市场疲软和前所未有的通货膨胀。政治风波过后，经济发展再度成为国家的头等大事。东南沿海改革风起云涌，开始“孔雀东南飞”，我却还在无尽的迷茫中徘徊，不知道未来的方向。实验室都取消了，我还如何坚守化学？都已经向经济专业领域转向了，却还是不能从一而终！

经过痛苦的思索，我决定放弃化学，放弃商品学，放弃在家乡发展，彻底转行，学凤凰涅槃，在浴火中重生。1991 年，我举家南迁，从河南财经学院（现河南财经政法大学）调到广东商学院（现广东财经大学），再度改换专业方向，彻底转向经济学专业领域。我不是科班出身，必须认真选择起点，才能在新的领域里不致太落后。市场学在国内起步不久，在大学里方兴未艾，鲜见科班出身，又和商品学有一定的联系，于是我选择改行市场学。

始料不及的是，全国大学专业目录的调整，又使我从一个专业领域转到另一个专业领域。市场学在专业目录调整以后，由经济学科进入我国新设立的管理学科。我的职称属于经济学，却从事管理学教学与研究。

人生之悟

“文革”一开始，我就意识到个人的命运自己是不能主宰的。告别未名湖以后几十年的经历，几度转行，几度迁徙，都充分说明这是无可抗拒的规律。其实，自从我来到燕园，走近未名湖，就开始走上一条未名之路。

在未名之路上必须适应和奋斗，一定要脚踏实地。我告诉我的每一个研究生：先学会适应环境，再说改造。作为半路出家的后学者，我在经济学和管理学领域只有勤奋地学习和刻苦地钻研，不能停步。我放弃化学不再做实验了，但是选择了经济学就必须紧跟时代脉搏，深入地了解社会，研究产业、市场和企业，并且笔耕不辍。自从改行，我发表的大小文章共有 200 多篇，出版了 10 多部著作，仅中国知网收录的就有 150 多篇文章。最令人欣慰的是，从事高教达 37 年之久，亦可谓桃李满天下了。

回首自己的一生，虽无太大的成就，但是面对不能预测的未来，在“未名”之路上总算没有懈怠，我总会不断地适应并努力去驾驭，在力所能及的范围之内尽最大的努力。我喝过未名湖畔博雅塔流出的水，受过北大人文传统的熏陶，我的努力和成果总算没有辱没北大学子的声誉。

2011 年已经退休，但我退而不休，又担任了广东省综合改革发展研究院院长，再为广东经济和社会的发展尽绵薄之力。我早已耳顺，已望七秩，该从心所欲了。我的人生感悟是：身体健康最重要，心情舒畅最关键，与人无争最开心，营养全面最合适。

2014 年已经来临，应北大校友之邀回忆起离开未名湖以后的未名之路，感慨万千，油然生情，写下一首小诗：

每一年都曾经是新年，
一瞬间就成过去的一年。
每个人都曾经翩翩少年，
青春易逝已到老年。
青涩的梦想谁都有过，
老之将至不忘当年。
只要我们的心不会变老，
总能够迎接一个又一个新年！

徐印州，教授，国务院特殊津贴专家，中共党员。1964 年入北京大学化学系，1970 年离校到河南省温县插队。1972 年回到郑州市，在一中学任化学教师。1976 年入郑州师范专科学校任化学教师。1982 年转为河南财经学院（现河南财经政法大学），筹建商品学专业，任贸易经济系副主任。1991 年转入广东商学院（现广东财经大学），先后任国际经济贸易系主任、校长助理、副校长，至 2011 年退休。退休后任广东省综合改革发展研究院院长，主要社会兼职有：中国商业经济学会副会长、广东省商业经济学会会长、商务部内贸专家等。

永远留在辽北大地上的一段“情缘”

王绵厚

2013年重阳节后的初冬时节，北大中文系学兄孙丕任来电话，告知校友会同仁拟编辑《告别未名湖》，邀我写一篇四十多年前分配至辽宁铁岭所经历的往事钩沉，这使我的回忆闪回定格在近半个世纪以来魂牵梦绕的龙首山下和柴河两岸。思来想去，我想用“大地情缘”这样一个题目，追寻那段特殊的蹉跎岁月中散淡的、而又难忘的记忆。

第一个“情缘”，是我与高句丽等东北古民族考古研究的因缘。这纯粹是一桩具有偶然性的“二律背反”的机缘。1970年3月下旬，春雪尚未消融，我与北京大学老五届毕业生一百五十余人，同一趟列车被拉到辽北铁岭，我被分配到开原县（现开原市）。因为我的老家在辽宁海城，所以弱冠读书海邑时，已早闻铁岭、开原是辽北历史名城。但在四十多年前的孟春时节，如同当年那个特殊的政治气候一样，表面喧闹的辽北春寒中略带有几分清冷和寂肃。在我们住在县招待所等待分配的几天里，除一些“小报”外，竟然连一份正经的报纸都没有。当年“革命”的狂热和文化的匮乏和贫困，使初到辽北的我们这些北大学子们心绪一片茫然。步出燕园后，徘徊、茫然、孤独、无助，是当时大多数同学不便袒露的共同心境。诚如当年流徙塞北的清代诗人杨瑄在《出塞诗》中所记，“同是天涯万里身，相依萍梗即为邻”。但我自幼是一个喜欢游历的人，加上北大考古专业几年熏陶的考古学情结，特别关注乡邦史迹，尤其对各代古城址情有独钟。记得好像是到开原的第三天，那天闲来无事，我打听招待所年轻的女服务员：开原古城还有什么古迹？服务员笑着回答：“在二十里外的老城。”于是我偷偷一个人花两毛钱公交车费，来到县城东北的开原老城。当我下了公共汽车，来到已残毁得面目斑驳的开原老城古塔（崇寿寺塔）前，伫立在老城西面的一道残垣断壁上，望着大清河缓缓西去，想到自己眼下流徙塞北，虽不是“天涯万里”，却也是“千里飘零”、命运未卜，顿生世态炎凉、即景生情之感。曾经随口吟咏七言绝句一首，后来被我命名为《荒城励志》：“步出燕园孺子身，独立荒城北国情。龟筮有灵终难卜，不哀命运靠酬勤。”

从老城归来两三天后，我与数力系赵瑞康同学，即一起分配到开原东部山区还没有通电的上肥地公社中学。当时的上肥地中学，可用“抗大式学校”的时髦语言来形容：煤油灯下，一排十间土坯房，就是它的主教室。一铺通炕、两把椅子和一张炕桌，就是我们的备课室兼食堂。冬天教室里取暖，学校买不起媒，需要学生们从十几里外的家里背着木柈子来烧炉子。半年后虽然土房变成了砖房，但困扰我们这些从城里来的大学生的难题，是冬季洗澡问题仍无法解决。记得我和住校的男教师赵瑞康、范志华等，曾经在深更半夜，把当时学校养猪熬猪食的大铁锅，刷净了烧温热水，痛快地享受着被我们戏称为特殊的“锅浴”……

在上肥地这个虽然清苦、偏僻，却山清水秀、民风朴实的山乡，我迎得的第一次机遇是 1970 年 9 月。当时铁岭地区革委会在西丰县凉泉中学召开教学改革经验交流会，我受校长刘庆泽委派，代表上肥地中学参加了会议。会上意外结识了开原县教师学校校长田树平先生。田先生年方五十余岁，曾多年担任中学校长，是县里德高望重的教育家。漫谈中他得知我是北大考古专业毕业生，便热心地介绍地方古迹，真使我感到有他乡遇知音之感。于是我顺便问了一句西丰有什么古迹，先生说凉泉就有高丽城。于是在会议结束的当天，田先生以他的影响和社交，借了一辆旧吉普，与我一起登上距离凉泉镇大约二十公里外参茸场内的城子山山城（后来我才知道名称）。这是我平生第一次登临如此雄峻、高大的山城。匆匆踏勘中，使我惊叹的是什么人、又在什么时代建造了如此雄峻的山城。两年后当我调入辽宁省博物馆后，才从老馆长李文信先生口中知道，这是东北地区独具特色的高句丽山城。

首次考察辽北高句丽山城，给我更多的是惊喜、震撼和兴趣。由于当时对高句丽考古一无所知，真正的专业收获并不大。因当时连一部老式照相机都没有，我只在当天的日记中记下几句颇感遗憾的文字，连一张黑白照片都没能留下。但它却引导我走上了对高句丽史迹等考古研究的道路。其后第二年，我被借调到开原县教育局（当时称教育组）后，又利用到各地考察教学工作的闲暇机会，先后考察了开原威远堡龙潭寺山城、明代边墙庆云堡、威远堡、南城子和马家寨高句丽山城等铁岭地区的几处重要古城。这是我平生几十年，与高句丽古城等东北历史地理和民族考古学研究真正“结缘”的开始。2008 年，我应中国文物报《我与文化遗产》征文之邀，曾撰有《踏寻高句丽古城四十年》，并获了奖。2008 年 8 月，我又在《辽沈晚报》铁岭版上，看到铁岭市博物馆副馆长周向永先生的一段报道，写道：上世纪 70 年代初的一个深秋，一个年轻学者模样的人，从下肥地乡来到马家寨，向当地人打听“高丽城”

⊙ 2006 年在辽海讲坛作“辽海长城史迹与长城文化”报告

在什么地方。……他沿着山城独自开始踏查，边走边作记录。这个人就是当时被下放到上肥地乡的北京大学考古系学生王绵厚。他是第一个以专业的考古工作者，调查发现马家寨山城的人。回沈后，他曾经担任辽宁省博物馆馆长。2002年北京文物出版社，出版了他的边疆考古学专著《高句丽古城研究》。后来在开原网的“文体名人”中，也有类似报道。上述这些难免过誉的文字，其实还隐藏着一段不为人知的插曲。当年我由下肥地出差回县城途经马家寨，本想看看分配到该公社中学的北大老同学，适逢其不在，喜欢寻访乡邦古迹的我，就顺便打听学校收发室的值班人，为什么此地叫“马家寨”，方知原来马家寨中学，当时就坐落在马家寨高句丽山城内，当地人称作“高丽城中”。承那位热心的校工引导，我踏查了环绕在马家寨中学四周的偌大的盆谷式山城。

当年我在辽北大地上留下的第二个“情缘”，是我在分配至开原的头一年（1970年），在柴河边上，即结识了老伴郑洪铃。这段姻缘虽然没有当下青年人灯红酒绿的浪漫，但在当年那个特殊岁月里，无论是在租借的老乡茅草屋中柴烟熏暖的土炕上的攀谈，还是在柴河渡口的沙滩漫步，或者是在上肥地山乡曲径的小路上冒雨奔波，晨昏朝暮，都永远留下了我们刻骨铭心难忘的履痕。因为1972年春，由于母校的推荐，我与姜念思同学同时被选调至辽宁省博物馆后，即开始了长达八年的“牛郎织女”生活。每当我告假回开原探亲返回沈阳时，常常看到妻子抱着年幼的女儿，在柴河边上驻足招手遥望，那种难以排解的离情别绪，只有与那种山情水意融为一体的亲历者方能感悟。

一晃近半个世纪过去了。当我在灯下整理完这段简短的回忆后，此时此刻，窗外缓缓飘落着零星的雪花，一弯晨月从云雾中初绽。霁雪初晴，淡月隐映，如同我几十年散淡飘零的思绪化解在晨霾中。停下键盘掩卷伏思，再有几天就是2014年元旦。按照中国的农历算法，我已步入七十高龄的“古稀之年”，这个年龄按照传统的习俗，是应当庆贺的“寿龄”。抚今追昔，面对离开燕园后风雨飘零，辗转漂泊数十载，从韶华壮游到雪染双鬓，在辽海大地上结下的不解“情缘”，我突发诗兴，遂想步当年初登开原老城时的旧韵，再以一首七言拙句，来结束这篇永远留在辽北大地上的回忆。

步出燕园浪迹身，辽海寻缘竟识君。
未名塔影留晚照，柴河晓渡忆别情。
育人灯昏曾卧胆，寻古沧桑已留痕。
转瞬半纪光阴远，青丝白发化年轮。

⊙ 王绵厚夫妇游长城

王绵厚，辽宁海城人，1945 年生。1969 年毕业于北京大学历史系考古专业，1983 年入吉林大学古文献研究班进修。历任辽宁省博物馆馆长、研究员，辽宁省博物馆学会理事长。曾兼任中国辽金史学会副会长、中国博物馆学会理事、东北师大和辽宁大学客座教授、辽宁社科院特邀研究员。沈阳文史研究馆馆员、辽宁省文物专家组和国家社科基金项目评审专家。为享受国务院特殊津贴专家。

多年从事东北历史考古和高句丽民族古地理、古民族、古文化等“三古”研究。在“七五”至“十二五”的三十年间，已承担完成国家级科研规划近十项，出版专著十余部，并在国内外发表学术论文一百二十余篇。其中《高句丽古城研究》和《辽宁文化通史》(秦汉卷）等，先后获辽宁省社会科学首届政府一等成就奖和二等奖。在《光明日报》发表的《论草原文化形成的三个标志》，在百度文库中，被选为“2013 年全国高考语文知识复习检测题标”之一。

独行特立写人生

姚成玉

历雨经风卌四载，独行特立写人生

光阴似箭催人老。不知不觉间告别未名湖已近44载，我们亦从风华正茂的青年步入儿孙绕膝的老年。回首来途，不胜歔欷：苦辣酸甜，浮沉荣辱，风刀霜剑，鲜花掌声，真是百味杂陈。

44年里，我是这样度过的——在桓仁教育局工作7年半；在辽宁省群众艺术馆辽宁群众文艺月刊社工作11年半，任副处长；1988年3月至今，任辽宁省诗词学会专职秘书长——常务副会长兼秘书长。学会挂靠在辽宁省文化厅——26年前，中共中央政治局前常委李长春在辽宁当省长时特批的一个辽宁省诗词学会专职秘书长编制。我工作过的几个单位，都对我有个一致的挺文学的评价：一个特立独行才华横溢的人！若说“特立独行”，我认；至于“才华横溢”，实不敢当！

参商两地摧肝碎

1970年3月，北大10个系27名同学（惜乎已有5名离世）分到辽宁东部隶属本溪管辖的山区县桓仁。彼时交通落后（至今不通火车），城建颓败：整个县城没有一条柏油路，只有一条用长方体小石头铺成的石头路，其余都是土路；汽车一过，尘土飞扬。路两旁大多是低矮的草房，砖房无多。没有地下管网，排水只是路两旁的土壕沟。仅有一栋楼房，是县革委会办公的日伪时期留下的灰白色二层楼。从车水马龙的大都市北京来到这穷乡僻壤的破县城桓仁，反差着实太强烈了。同学们就像霜打的茄子——蔫了！一个个躺在县招待所的床上，连呼：“倒了血霉了！”唯有我这个“被平反的现行反革命”处在能得到分配、有一份工作、能拿到一份工资的兴奋之中。听说我们都要当教师，于是，我走出县招待所，到县城红卫中学，自报家门地向教导处申恩弟老师了解全县各中学的分布、师资、学苗和设施等情况。我这一反常之举，可能给县领导留下了好印象。分配时，我和另外6人留在了县城（我留在教育局），其余同学都分到了各公社中学。

彼时，我全身心地投入到工作中，一心一意想入党，“成为党的人”，以便真正卸掉我头上的“政治错误”的紧箍咒。这里我必须插叙在校时被打成“现行反革命”，8341 军宣队给我平反为“犯有胡写乱画政治错误”的来龙去脉——

1968 年 10 月 16 日，在 38 斋 416 房间，我与 1963 级严智泽、母太平等几个同学闲侃。当时两派大联合不久，大家派性还很强。我自作聪明地给大家分析：听说俄文楼走廊墙上有一条“油炸江青”的“反动标语”。我们这派被围困在七座宿舍楼里，不能进出俄文楼，那肯定是对立派的人写的；他们不举报，不是包庇反革命吗？我边分析，边重复写了一遍。记得那是一张八开白纸，大家说到哪或我想到哪就写到哪，然后扔在桌子上就走人了。万万没想到，有个与我同派的 1963 级中国史专业的潘 ×× 将这张纸交给了工宣队邀功请赏。结果，我一夜间就成了“恶毒攻击文化大革命伟大旗手的反革命”！如果他不上交，波澜不惊天下太平；他一上交，谁也不敢压下来。因为谁压下，谁就是“包庇反革命的反革命”！于是，翌日，在北大东操场经万人大会批斗后，我被关进北大牛棚——与叛徒特务走资派资产阶级反动学术权威陆平、彭佩云、郝斌、邓广铭、周一良、魏建功等接受监改批斗。我引以自豪的是：无论我被“坐飞机”（指被摁下头，再架起双臂，人呈九十度大弯腰状，体力消耗极大的体罚方式）如何汗如雨下，无论八两窝头如何饥肠辘辘，无论白天刷洗厕所扫马路、夜晚烧锅炉如何疲惫不堪，我都坚信：我无罪，早晚得给我平反！我没有伤害任何一个人（当时议论江青的人多了去了）！我不想举报他人以求将功折罪，我只想用我的牺牲唤起人们的警觉：说话做事，可要慎之又慎。我每年过生日时都在海淀照相馆照一张寸照留念。这年，没等取回我就被专政了；便托一个好心的监改者取回，我题五律一首：“纛下廿三春，征衣杂战尘。立新连日夜，播火伴星辰。喷气摧心碎，炸雷（指呼口号）贯耳沉。期平囹圄恨，为国建奇勋！”

举报我的那个人物还是我的吉林省同乡。他做了这种伤天害理作损作孽的事，我没有“以牙还牙”地揭露他，报复他。就让他一辈子承受良心的谴责和道德法庭的审判吧！我更切齿憎恨的是“文化大革命”搞得国将不国，人已非人，把人的灵魂扭曲到如此可怜可悲可恶的地步！在我落难期间，穷凶极恶大打出手的，幸灾乐祸冷嘲热讽的，佯装愤慨极力表现的，都有之；反之，也有信立祥赵世超郭绍林刘建国刘敏等弟兄们对我的同情爱怜和保护！对恶者，我以德报怨；对善者，我感戴终生。在“文革”中，我们都曾是被人玩弄于股掌之上的青年学子。有几个像张志新、遇罗克等先知先觉者，把“文化大革命”看透的？所以我对积极参加“文化大革命”、对我有过伤害的对立派怀着宽容之心。8341 军宣队给我做的平反结论是：“犯有胡写乱画的政治错误。”应该说，“犯有胡写乱画的”这个前置词是很准确的，我感激军宣队实事求是地给我做的这个平反；但去掉“胡写乱画的”这个定语，就是“犯有政治错误”。在那个极“左”年代，一个“犯有政治错误”的人，等于政治生命被宣判了死刑。我感到压力很大，就去找北大军宣队队长、8341部队副政委王连龙。这个严重谢顶的慈祥老人耐心地静静听完我的陈述，语重心长地对我说："小伙子，我劝你还是接受这个结论吧。就凭你写的那四个字，怎么处罚你都不为过。所以这么给你定性，是因为毛主席有批示：'事出有因，查无实据，不宜做敌我矛盾处理。'"（毛主席抓的"六厂二校"之一北大清理阶级队伍第一条经验"严厉打击现行反革命"举了我这个案例，毛有如上批示。）王政委把话说到这份儿上，我还能再说什么呢？不期，我此举反馈到系里，班上那些大左派又给我加上了"反军宣队"的罪名。

⊙ 2008年5月摄于美国新泽西州儿子家庭院

说来着实可怜，别人要求入党，是为了做官。我要求入党，则是为了做一个正常的中华人民共和国公民！（当然，我不当反革命，也会积极要求入党。中国共产党对我这个出身贫苦的孩子恩重如山：在北大五六年，我全靠国家助学金生活，没花过家里的钱。）为此，我付出了沉重的代价——我与高中同学、北京化工大学的恋人，直拖到1972年7月才回吉林省老家合卺完婚。彼时，我那些小学同学的孩子都能打酱油了！就在新婚之夜，我还郑重其事地写了一份入党申请书（够另类的吧），以表明我对党的一片赤胆忠心。

1973年我们的儿子出生了，由妻子一人带着，我还在一门心思地想入党摘下"紧箍咒"，心甘情愿也无可奈何地放弃了几次调回省城的机缘。我也深知妻子一人带儿子上班的艰难，就让我体弱多病的母亲两次来沈帮她带孩子。第二次我老母亲自知自己自顾不暇，还带着我的老妹妹来帮忙。一年冬季，妻子带孩子回洮南娘家了，我妈和我老妹煤气中毒，差点要了一老一小的命。我曾在怀念母亲的文章中无比沉痛地写道："我为了成为党的儿子，而把多病的母亲推向生活的前沿，代我承受水深火热的熬煎！自私，不可原谅的自私；罪孽，不能饶恕的罪孽啊！"等我住房改善，母亲已告别人世，"子欲养而亲不待"了！这成了我终生的遗憾！

两地生活实在太艰难了，我一年也回不了几次家，而妻子五十六天产假后就得上班。在那阴暗潮湿的斗室里，儿子发育大受影响，十四个月才会走（而我俩共同带的女儿十一个月就会走了）。我曾写下百余首《两地情》的新旧体诗以述衷怀，其中一律为："人生喜聚却伤离，离聚于予何惨凄！月照蜗庐凉似水，情夺归旅热如漆。隔山隔水难隔意，思馔思居又思衣。一吻难成缘客众，未曾举步计归期！"为了减轻妻子的负担，我还将两岁多的儿子带到我工作的桓仁县数月；艰辛备尝，真是不堪回首。我在桓仁写下的各类经验总结、讲用稿、开闭幕词等等文字材料足有一纸箱子。时过境迁，都是一堆废纸。真是浪费青春、浪费生命啊！我在《告别桓仁》一律中，曾无可奈何地慨叹："参商两地摧肝碎，刀笔八年泣血红！"

中共正式非党员

如前所述，我曾强烈地要求入党，以期卸下"政治错误"的紧箍咒。入党申请书不知写了多少，最后一份还附着一首《衷曲——我渴望做一名真正的共产党员》的一百多行的长诗。全诗写得激情澎湃剖肝露胆！我用诗的形象语言诠释了我的入党渴望，我对党的深爱，我的困惑，最后表达了我的决心和意志。三十多年过去了，至今我还能背得出来。全诗的结构形式是每六行一节，再另加一行"我渴望，做一名真正的共产党员！"以强调我的入党的渴望和决心。

跋涉荒漠的骆驼渴念甘泉的滋润 / 浪迹天涯的游子企盼乡音的呼唤 / 堕入情网的恋人期待火热的重逢啊 / 置身林莽的羔羊祈求清脆的响鞭 / 大豆的胚芽渴盼土质的肥美 / 雏鹰的嫩羽向往蓝天的高远 /

任山长水远，我的爱是小溪对大海的憧憬 / 任昼夜更迭，我的爱是雄鸡对黎明的啼唤 / 任云卷云舒，我的爱是襁褓中的婴儿对乳娘的依恋啊 / 任潮涨潮落，我的爱是原子围绕原子核的旋转 / 我的爱，金刚石般坚硬，凌霄花般鲜艳！ /

我的爱，蒸馏水般纯净，爬山虎般缠绵 / 为了真理之树不再倾斜 / 为了正义之堤不再崩坍 / 为了道德之果不再霉烂 / 为了信仰之花不再萎蔫 / 为了回应老母亲的殷殷嘱托啊 / 为了正视小儿子的声声疑难 /

我是一柄锃亮锋利的剪刀 / 要剪断层层叠叠的裙带 / 我是一滴色泽纯正的染料 / 要把党旗失色的经纬全力浸染 / 我是一眼沸泉 ，要煮熟推诿懒散啊 / 我是一点美人痣，绝不给党丢脸！ /

我鄙薄那些缺少钙质的腰肢 / 大庭之上，专意展示身段的柔软 / 我敬畏彭老总的粗腔大嗓 / 高唱一曲为民请命的主旋 / 我憎恶某些舌头的特异功能 / 专意为上司的疮疖提供细腻和快感 / 我赞美张志新秀肩上扛着的头颅 / 填充无畏填充真理填充挑战 /

我蔑视那些随帮唱影的糊涂蛋 / 行尸走肉般只知道酣睡与美餐 / 我睥睨那些关系网的编织者 / 把自己的灵魂拍卖给某一位靠山 / 我崇拜鲁迅这株独立支撑的大树 / 让思想的根须扎牢党的沃土良原 /

我渴望党的铁砧对我万千次锻打 / 让党的尖端铣床冲尽我思想的点点疵斑 / 我迎着风暴洗刷自己的灵魂 / 绝不折断信仰的桅杆 / 我坚信党的磁场最终会搜走我这颗执着的螺钉 / 我将用忠诚与正直的钥匙开启这个庄严的门扇 /

我渴望做一名真正的共产党员！（下略）

此诗和申请书交给党支部以后，引起轩然大波。有人认为“姚莹（这是我毕业后发表诗文的笔名，真名已少为人知了）在向党发牢骚”，甚至上纲“攻击党”。党支部经过认真讨论，最后统一了认识：“这反映了姚莹的一颗赤子之心。这事只有姚莹能做得出，换个人，想做也做不来！”《辽宁日报》名记者王烨大姐对我说：“老弟，你说出了一个阶层的人想说又不敢说也说不出来的话，佩服！佩服！！”此诗经沈阳电台著名主持人、辽宁朗诵学会秘书长小白配乐朗诵，反响很好很大。此后，国家名刊《诗潮》原汁原味地发表了这首诗，就再没有人说我“攻击党”了；相反，倒说这是“一首激情四射文采飞扬的好诗”，获得了沈阳诗会的嘉奖。

经过从1970—1996年二十六年的考验，文化厅终于发给我一份入党志愿书，同时，党组织才告诉我，我原来是一个被“内控”的人，入党是根本不可能的！而此时，我的心已被蹂躏得生茧结痂了。再说面对世风日下，道德沦丧，斯文扫地，贪腐迭起，物欲横流，金钱至上的现实，我不想在“一锅里搅马勺”，就把这份入党志愿书压在抽屉里，当作一份恒久的忆念了。所以，我接受朋友们的调侃：“中共正式非党员”！

辽宁一品大百姓

我在政治上毫无发展，但在业务上，从来未居人后——在哪个单位都是干得挺出彩的。在桓仁，我编写的《农民业余教育教材》和宣传限制资产阶级法权、拿工分的县委书记王连生事迹的中学乡土教材都是全省第一家；我写的报道上过《人民日报》、《光明日报》、中央人民广播电台和辽宁省各大报刊台；发表于《光明日报》恢复“东风”副刊那一期的新诗《接背篓》（1969年被疏散在北京房山时创作），并被编入《辽宁中学语文课本》（当时还没有全国统编教材），教学参考书分析得天花乱坠无以复加。在全省编辑系列职称评定中，无论1981年评中级（我的俄语考试，在二三百个参评者中是两个一百分之一），还是1985年评副高（副编审）、1993年评正高（编审），我都是最年轻的。评副编审时，全艺术馆有编辑和群众文化系列十八人参评，而指标只有三个；竞争之激烈可见一斑。我把群众投票选出给我的名额让给了老同志：“我还年轻，我还有机会！”毅然放弃指标。后来，厅领导又向上级要了一个“带龙头”（明确给我，评不上缴回）的指标，解决了我的副编审职称。1994年，我又顺利地解决了正高（编审）职称。

本来在粉碎“四人帮”后，北大党委给我做了彻底的平反：“姚成玉受林彪四人帮反革命路线的迫害，现予彻底平反。”人们都说，这可是晋身及第的一大绝好的政治资本，可我从来没想过去当什么官。我对自己有清醒的认识：“为学腹笥自知空，从政不谙黑厚经。今世无缘成大象，只当安命做凡丁！”就在重视学历的年月，群众投票选我做副馆长，领导认为“姚莹优点明显，缺点也明显；但换个角度看，这缺点也可以说是优点，但他不适合做领导”。领导如此给我定位，我深感慰藉。在我改变住房条件的2000年，我已离开艺术馆十三年，艺术馆的老领导和老同志也都离休多年，都是七八十岁的老人了；我还千方百计煞费苦心把他们请到一起，在大酒店答谢他们（包括其夫人）在艺术馆十年所给予我的爱护、关照与包容。他们说：“现在除了儿女，没有人请我们吃饭了！”一个晨练教我打太极拳，不是我单位的，但与馆里这些老人都熟悉的省文化干校的干部丁宝林也被我邀请。宴后他说：“你是非常之人行非常之举！”是的，这些老领导在任时，我不知他们家门朝哪开；而老弱病残的职工夏天分啤酒，秋天分一筐六十斤苹果，我可以给她（他）送到家扛上楼。有人说：“你若是这样关心领导，什么都有了！”我说：“关心领导的人太多了，哪用得着我！”

在我解决正高职称两年后，文化厅人事处长许红英就让我申报国务院特殊津贴专家了。考虑到文化厅有六大艺术院团，还有图书馆、博物馆、群艺馆、辽南团等多家事业单位，而专家名额一年只有两三个，他们“自己人”还分得直打架，能轮到我这“挂靠”的学会的人吗？所以我连想都不想。直到2000年，《共产党员》杂志总编辑姜耀中求我为其诗词集撰写序言时，他突然问我是不是专家，我如实相告。他感慨万千地说：“我们省委大院那些刊物的专家还没有一个有你这水平的呢！”不期，下回他再来送增补的诗词稿时，竟给我带来一套专家申报表！并说：“这份表，来之不易，一定要填报。”箭在弦上，不得不发，否则我就拂逆了人家的美意。结果，厅长不阴不阳地说：“你找人事处长来，我和他谈！”我说：“人事处长是你的狗，你去找吧！”说完我拂袖摔门而去，从此再不提此事。直到四年后，人事厅针对“真正有真才实学的人只因与单位领导关系不好而被埋没”的情况，出台了新政策，下发了新文件：自由申报，两名专家推荐，不经过单位盖章就可以参评。于是，我坐在家里给辽宁文化名家文化精英拨电话，说明这一情况。他们是：辽宁大学博导、鲁迅文学奖得主王向峰，辽宁社科院副院长、鲁迅研究专家彭定安，省作协副主席、著名诗人诗评家阿红，辽宁省文联主席、著名诗人牟心海，巴金好友、著名散文家单复，沈阳市文联主席、著名诗人刘文玉，北京外交学院教授、著名诗人周笃文等七人。他们都十分认真地写来加盖名章的推荐书。我还将在评正高编审时，应高级职称评委会主任省新闻出版局局长于金兰之嘱，将人民鉴赏家杨仁恺、中华诗词学会会长孙轶青和当代著名散文家鲁迅文学奖得主王充闾为我九门口长城撰写的碑文的鉴定也一并附上报送给专家处，得知七十六个名额报了三四百人，没有一个不是单位推荐的。省专家处组织几十人的专家组成评审团，认真研究比较——我终于名至实归。

这时，只有这时，我在龙王府海鲜大酒楼像模像样地请这些专家赴宴，以答谢他们奖掖提携之恩。我深知“醋打哪酸，盐打哪咸”。我还专门请来把我从桓仁调进省城的省群艺馆白欣馆长。我献诗曰：“云淡风轻桃月天，高贤莅请我开颜。天高地厚无为谢，权以涓滴报涌泉！”我的“专家”与厅里毫无关系，我虽“在人家屋檐下”，厅长，我就是不请；不期该厅长不请自到，到我办公室对我说：“你是辽宁文化名人，我们得善待你啊！”我无言以对，只能回之一笑。

我是地地道道的一介平民百姓（我陆续接纳了外星族、绝缘体、武状元、缺项人、出土文物、自由战士等诸多都贴谱的外号）：我贫穷，但不低贱；我矮小，绝不卑微！我无权，偏生傲骨；我有爱，绝对温柔！我做人的信条是：俯仰无愧天地；心灵但求安宁；钱可少物可少精神高蹈；名可失利可失人格保值！我是“八非之人”：非党非团，非犬非官；非款非腕，非扁非圆！就是这个至为平常普通的我，却持有中华人民共和国国务院颁发的盖着钢印、编着号码的中华人民共和国专家证书。辽沈文艺界朋友为我高兴，戏谑我是“辽宁一品大百姓”！

标新领异事业兴

我主持辽宁省诗词学会工作二十四年来，创下多项全国第一：二十年前，首开海内外中华诗词大奖赛先河；首创匿名请评委打分，然后汇总计分决定名次的评奖办法，为后来各家大赛采纳；出版第一部海内外诗词大奖赛专辑；成立全国第一家青年诗词社团——辽宁青年诗词社，并为其筹集资金出版了第一部青年诗词集《辽宁青年诗词选》；第一次提出当代诗词创作要提倡思想新、题材新、感情新和音韵新的“四新”主张，现已成全国诗词界共识；将办刊宗旨“继承传统　振兴诗词　弘扬民族文化；培养新人　锐意改革　开创一代新风”刊于封面，现已为全国各大报刊普遍效法；第一次搞起网络诗词大赛。如此等等，都是标新立异，领风气之先的！目前，辽宁省诗词学会创立的东方诗书画论坛每天发帖量万八千，成了全国最大的诗词论坛，令外省诗家歆羡不已。

就个人创作来说，我也是特立独行、敢为人先的。譬如：呼吁为刘少奇平反的《忠魂祭》（七律五首），发表于1980年5月18日报道为刘少奇平反消息的《光明日报》上，中国新闻社对外播发，香港三家大报转发并加以评论。该报副总编辑马沛文撰文称：“这组诗妙语迭出，辞采纷呈，是很难得的旧体好诗；我所接触的人没有不交口称颂的。香港转发内地文章是常有的，而转发旧体诗是仅见的。这组好诗是任何一家报刊所不能比拟的。”在胡耀邦遽然离世时，我因与胡德平有些过从而大动感情，一夜写成《哭胡耀邦兼呈其哲嗣德平学友》的十首七律，马沛文嘱我将此组诗字号放大，他好推荐给《炎黄春秋》发表，说：“这组诗与《忠魂祭》有异曲同工之妙。”我为九门口长城撰写的文言体碑文，被给我散文集写序的单复老人誉为“与长城共存”！

如此等等，我的独行特立的一些诗句如悼念刘少奇控诉“文化大革命”的“国将不国家何在？人已非人鬼正狂”，“十年一幕荒唐剧，万户千家长恨歌”，“上苍有眼翻无眼，历史无情亦有情”；哭胡耀邦的“有谋兴国非贪位，无意防人偏惹仇”，“泪雨飘飘泅路软，灵车缓缓碾心凉”，“纵令刚身绝壮气，亦将绿梦染苍茫”，“上苍有眼歌英主，历史无情唤暮鸦”，“自古上昏招下佞，由来臣佞促君昏”；歌颂张志新的“断首断喉难断志，忧民忧国不忧私”，“奈何罹难蒙冤者，尽是直言刚正人”；歌颂文明礼貌月的“我愿长年花似锦，不独三月斗芳菲”；悼念咱北大殷晋培师兄的“雄才总为庸才算，傲骨时遭媚骨伤”；面对物价飞涨的“嫦娥应喜偷灵药，免受人间涨价忧”等诗句，有人叫好，有人揄扬，甚至有人引用，我甚感欣慰。我很赞赏小说随笔大家李国文所言：“多而滥不如少而精，少而精不如只言片句被人们永远地挂在嘴头上，这就叫不朽了。”另外，我的散文随笔、新诗和各类序，也获好评，与为新诗写序的阿红、给散文写序的单复，并称为“辽宁写序专业户”。我现在的生存状态是：不怒不愁，不怨不尤，无愧无悔，无虑无忧！

我有一儿一女。儿子北大一毕业即出国读博，如今已十八年，三十三岁就做大学金融专业博导了；儿媳也是北大毕业，现于美国新泽西州一家大公司工作。他们育有一儿一女。我孙女今秋升中学，孙子今秋入小学。姑娘是沈阳一家银行白领，姑爷是有一份高收入的电脑软件工程师，他们有一个五岁的可爱女儿，上幼儿园呢。两个小家庭都和和美美，其乐融融。国民党元老陈立夫有几句话很得我心：“开局好不如结局好……子孙好才是最大的财富。”老妻从沈阳高职院教务处长任上退休，身体健康，痴迷学英语，外加学琴跳舞唱歌打拳养花种菜，可是个大忙人呢！最后以五言小诗一首作结：

独行予特爱，特立我独怀；
忘老老不至，常乐乐常来！

姚成玉，笔名姚莹，1945 年 8 月 18 日生于吉林省洮南市。1964 年 9 月入北大历史系。1970 年 3 月—1977 年 9 月在桓仁教育局工作；1977 年 9 月—1988 年 3 月任《辽宁群众文艺》副主编。1988 年 3 月至今任辽宁省诗词学会秘书长——常务副会长兼秘书长，《辽海诗词》主编、编审，中国作家协会会员，中华诗词学会常务理事，辽宁作协理事，享受国务院特殊津贴。

岁月留痕

罗贤佑

时光易逝，仿佛一场春梦似的，不知不觉间自己即将迈入古稀之年了。某位哲人曾经说过：人生的旅途虽然漫长，但关键的地方往往只是一两步。回首前尘，自认为曾经迈过两次关键性步子：一是1964年考进号称我国最高学府的北京大学，意气风发地跨入景色旖旎的燕园；另一次就是经历了一番风雨沧桑之后，于1978年通过了研究生考试，从此踏上了一条至今仍未休止的治学之路。

当初，我们是在“雨横风狂三月暮，门掩黄昏，无计留春住”的政治氛围中匆匆告别北大的。记得是1970年3月末的一天，在40楼的一间工宣队办公室里，我被开门见山地告知：“经研究决定，分配你去安徽部队农场。”我回答：“好。”就出来马上收拾行装，准备启程。决定一个人前途、命运的过程就是如此简单，简单得令人不可思议。在“文革”那个极其特殊的年代里，这却是“司空见惯浑常事”，凡是从那个年代走过的人都会有类似的体会；当然也为今天的年轻人所难以理解，恐怕会觉得如天方夜谭般的荒唐、怪异乃至可笑。

我们一批人要去的目的地，是位于安徽西北部阜阳县插花庙的6377部队农场。临别之际，同我关系甚笃的张冠尧老师书赠绝句一首：“掩卷难成抱膝吟，曾忆当年绿绮琴；罗僧将赴插花去，淮原千里锁禅心。”依依惜别之情以戏谑性口吻道出，让人倍加黯然！在背着行李跨出北大校门的时候，我还是情所难禁地向校园望了最后一眼，不由得悲从中来，“别有一番滋味在心头”。是啊，尽管我们是被作为“再教育对象”而扫地出门的，经历了一场混乱动荡的北大所留下的也只是噩梦般的记忆，但这毕竟是我难以忘怀的母校啊。在入校头两年的正规学习生活中，我在这里度过了多少快乐无忧的美好时光！未名湖的湖光，博雅塔的塔影，临湖轩的修篁，红湖岸边的古松，俄文楼前的草坪，以及夜晚图书馆里的灯影，绿荫下树丛后飘动的琅琅书声……这一切的一切，都在我们这些莘莘学子心灵里留下了鲜活的影像，打上了永不磨灭的烙印。无论如何，没有北大母亲的哺育，我们是不会由一个青涩懵懂的少年男女长成为具有了一定专业知识的青年人的。如今，我们将风流云散，劳燕分飞，命运女神将把我们各自抛向天涯何处呢？当时，在我们，至少在我自己心中，确实有一种与北大就此永别的感觉。离开北大，告别未名湖，看来今生今世是再难重逢了。迈出校门之际，对北大的一股强烈的依恋之情油然而生。在以后的岁月里，无论飘零到何处，我总也难以割断对母校回忆的丝缕，真个是魂牵博雅塔，梦萦未名湖，而对母校的怀念与“我曾经是个北大人”的自豪感，也往往化为奋然前行的动力，不让自己松懈和倦怠，力争有所进步。

告别北大以后，我主要是在安徽淮北地区消磨了几年纷杂无序的光阴。先是在部队农场经受一场名为“脱胎换骨”实为“劳动惩罚”的艰苦锻炼（改造），一年后被分配到宿县地区师范学校中学部（后改称地区实验中学）任教。那几年的教师生涯是相当难捱、备受熬煎的，除了校园里无政府主义风气猖獗，师道毫无尊严，学生无法无天，老师噤若寒蝉之外，还常常被无端地调离课堂，去农村搞什么扫盲、普及教育、宣传党的十大路线、清理阶级队伍、“农业超纲要”、“建设大寨县”等等，名义五花八门，不一而足。本人在中学任教的七八年中，真正从事教学算起来不到一半时间，其余日子都是在灵璧、泗县、怀远等地农村的大小生产队度过的。称这段生活是蹉跎岁月，并不为过。然而如今想来，也还是不无所获的，至少让自己对于那个时期的中国社会底层尤其是农村社会，多少有了些切切实实的感性认识，正所谓目睹胜似耳闻。当时淮北农村的衰败，农业的凋敝，农具的原始，技术的滞后，大多数农民惊人的贫困，以及某些地方干部的颐指气使、横行无忌、仗势欺人等等，都真切地映入我的眼帘，深刻地印进我的脑海，曾经多少次引起我心灵上的震撼。当然，彼时自己还是二十五六岁的年纪，社会经验和思想水平还处在比较稚嫩的阶段，不可能深刻地认识到诸如滞后的生产关系束缚生产力发展等社会经济学问题，感受到的还仅仅是一些表面现象。但这也足以让一个自幼生长在大城市的年轻人自发地对社会万象进行一些思索，进而从历史角度来观察、探究当代的人生百态及其社会根源。以后自己所以选择了转行，以我国的民族历史研究作为终生的职业，这也是原因之一吧。

“文革”过后，人们都说被耽搁了，可耽搁在人生哪一阶段却大不一样。1971 至 1978 年，我就在淮北那个闭塞、枯寂的小城白白流逝了人生中最应努力上进、有所作为的那一段大好年华。生活在上世纪 70 年代前期的我们，能够选择的生活道路是极其狭窄的。那满怀抑郁、苦涩、彷徨、忿忿不甘的情绪，如何抒发呢？自我肯定和人生价值的困惑，又如何阐释呢？别无他法，只能徒唤奈何，心中一片茫然。其实仔细想来，我们那批形同发配的北大同学在无情造化的播弄下，又有谁不是罹遭如此命运呢？豹窥一斑，鼎尝一脔，我本人那一段不堪回首的人生坎坷沉浮，不正是吾辈同仁的一个缩影吗？

但在多如恒河沙数不得志于时的读书人中，我自觉又是相当幸运的一员了。因为，随着我们国家和人民命运的重大转机，我的个人命运也发生了根本性的改变。

印度哲人泰戈尔说过：“人类的历史向来是很忍耐地等待着被侮辱者的胜利。”天运转动，否极泰来，横行一时的“四人帮”终于轰然垮台，大地重现曙光。继 1977 年恢复高考之后，1978 年春初报刊上又发出国家将招收研究生的消息。几经思量，迟疑了许久，我终于下定决心背水一战，准备报考当代著名蒙元史专家翁独健先生的研究生。理由不外三点：一是翁先生是卓然成家的杰出学者，我早就仰慕先生大名，可说心仪已久；二是本人素来酷喜阅览史书，尤其偏好北方游牧民族史；三是自己大学本科读的是法语专业，而报考翁先生所考外语语种中即有法语。正是出于以上原因，我就再也不管自己根底有无或深浅如何，毅然决然地到招生办报了名。

当我决定报考的时候，距离5月初考试的日子已不到一个月了。校方虽然勉强同意我报考了，但要我不能放弃一天的工作（仅仅在考试的三天放了假，考毕立即上班）。回想备考的那段紧张日子，只能用孜孜兀兀、夜以继日、焚膏继晷、寸阴是竞来形容。以至现在想起来还对我的学生心怀愧疚——因为实在时间紧迫，我就在课堂上一面让学生抄黑板或读课文，一面心中默记外语单词或背诵历史年代，心思全不在讲课上了。夜晚的时间，更不敢丝毫放过，往往伏案苦读到晨曦初露、东方欲晓的时分。对我来说，此时此刻，宇宙万物都似乎不复存在，已经完完全全沉浸在应试备战当中了。现在回想起来，这哪里是备考，简直是玩命！当时真有“过河卒子无退路，置之死地而后生”的况味。好在当时自己正年富力强，精力充沛，身体毫发无损，一个月后仍然精神抖擞地步入考场，开始了决定人生命运的一搏。

说起来当年我们“乡试”考场实在可怜，借用的是一所小学校的教室，小学生们在上课前或课间活动时就聚拢在窗户外面指指点点、打打闹闹，搞得人心烦意乱，六神不安，考生倘若缺乏一股定力还真的难以承受。此外，我们这些成年人趴伏在小学生用的课桌上，身体被迫弯成虾米般模样，滋味也苦不堪言。桌面还让顽童们不知用何物弄得坑洼不平，笔尖在纸面划过常常一戳一个洞，写字时不得不小心翼翼，如履薄冰。至于我本人，还有另外一种对心理上的无端干扰。监考人恰是我曾借调在教育局工作时相熟悉的某人（当时在地区第一高中教语文），这位老兄可能是长时间干站着无聊，自开考以来就一直在旁边观看我如何答卷（外语考试除外，大概此君对此不大在行），尤其是考作文（题目是《论忽必烈》）时，近三个小时他寸步不离，开始时弄得我如同芒刺在背，怀里抱冰，好生不自在。后来索性牙一咬，心一横，爱看就看吧，老子不在乎了。于是旁若无人、心无旁骛，只管畅笔疾书，把他的存在也就忘怀了，时候到了顺利交卷，完事大吉。

由于报考的是全然不同的专业，理科、文科考生混坐在一个考场中，根本没有作弊犯科的因由，所以监考人员形同虚设，考试者答卷之余，也可以左顾右盼，并不存在瓜田李下之嫌。经过这次考试而“蟾宫折桂”的“年兄年弟”，好像寥寥无几。除了本人之外，据我所知，还有地区师范学校的物理教师甘骏人，这位上海才子考入了中国科学院自动控制研究所，后来成为卓有成就的科学家，据说现在定居美国。另外一位同样翘楚不凡，就是考试时坐在我后面的来自安徽农学院（当时该校由合肥下迁到宿县）的罗芃。其父是南京大学的已故文史大师罗根泽先生，其本人是“文革”前南京大学法语专业的高材生，他报考的是著名法国文学专家罗大冈先生的研究生，以优异的成绩顺利通过了考试。后来，罗芃卓有建树，目前已是我国法语界的领军人物。考场上也有些事令人可发一笑。例如，古文试卷答毕，我还有十分充裕的时间，又不想出风头早早交卷，就悠然旁观起我左面那位如何答卷来。看他手中的考题是《论唐诗》，他开头写了句："常言说：熟读唐诗三百首，不会吟诗也会吟"，我心说起始尚可，且看他下文如何分解。谁知他再也不曾下笔，一直发着愣枯坐到最后，纸上几乎一片空白，等于交了白卷。

⊙ 2001 年在法国巴黎

后来得知，当时专业课的考试题目都是翁独健先生亲自拟定的。翁先生认为，如果想成为一名研究历史的学者，知识面一定要广，不能只局限于自己所研究的领域。他的这一理念在试卷中得到了充分体现。就以专业课试卷中"名词解释"为例，除了"哈剌和林"、"上都"、"马可波罗"、"淝水之战"这些与蒙元史、北方民族史有关的名词之外，还有若干关于世界史、文化史的名词解释，比如"十字军东征"、"百年战争"、"文艺复兴"、"拜占庭"、"神曲"等。对我来说，这些知识早就贮藏于胸，根本没有难住我。这要受惠于当初在北大所受的教育。在正常上课时，我们必修的公共课就有西方文学史。这是我非常爱听的课。教材的主编是杨周翰、吴达元、赵萝蕤三位名家，水平属上乘自不待言；主讲的赵副教授也是声情并茂、旁征博引，将知识讲得深入浅出，极受学生的欢迎。另外，朱光潜、冯至、闻家驷等大名鼎鼎的学界泰斗也亲自给我们授过课，我至今还留有深刻的印象。想不到离开多年之后，当初在北大课堂上学到的不少知识这次还真的有了用武之地。说起来，北大诸位老师的教泽之深，真是无远弗届，我只有借用一句古诗表达感激之情："谁言寸草心，报得三春晖！"

收到复试通知书时的情景，我至今记忆犹新。在那个学期即将结束时的一个上午，我正在教室里"课徒授业"。传达室的杨大爷突然闯进来，用浓重的淮北话说："罗先生，你的挂号信！"接过一看，信封上"中国社会科学院民族研究所"几个红字赫然在目，这封挂号信还是厚厚的，似乎里面材料不少。直觉告诉自己："我中了！"但由于正在上课，尽管心中狂跳不已，面上还是佯作镇定。下课铃声一响，我就迫不及待地冲到走廊尽头，展开一看，果不其然！招生方面通知本人初试已经通过，以及进京复试的种种事项。信中还附有初试成绩：古文 91 分，作文 88 分，专业知识 86 分，外语 79 分，政治 67 分（入学后方知：该年考生的政治成绩普遍不好，所以定为 40 分即及格）。我所在的淮北小城大概从来没有过研究生的记录，加上彼时又是春回大地，万象更新，知识日益受到尊重的时期，所以我和同被录取又同住一个大院的甘骏人老师顿时成了中心人物，真心赞誉者有之，虚心讨教者有之，美言奉承者有之，心怀嫉妒者有之，甚至口出不逊之言者亦有之，尽管林林总总，不一而足，但还是态度友好者居多。数月之后，我们二人均接到正式录取通知书，联袂进京之际，相当多的教师和学生都来送行，众星捧月一般将我们拥到车站。在站台候车时更出现了戏剧性一幕：以女站长为首的车站领导和员工们，得知这批浩浩荡荡人马送人的缘由后，声称从来没有见过研究生的“庐山真面”，很想见识一下，要求我两个从人群中“脱颖而出”，当众亮一亮相。盛情难却，我们只得站将出来让大家“观赏”了一番。当时那种感觉，真好似当街耍狗熊一样，既尴尬又狼狈。上车之后，我们两个不由得相视大笑。如今想来，也不为怪，自来物以稀为贵，少见方才多怪。我们所经历的，也具有那个时代的特色。时光发展到今天“博士多如毛，教授满地走”的“文化盛世”，情况自然就不可同日而语了。

正是当年夏天到北京复试的时候，我初次面晤翁独健先生，地点就在中央民族学院（今中央民族大学）院内的中国社科院民族所三楼 321 室。翁先生给我的第一印象是威严、睿智，具有一派学者风度，令人肃然起敬。在谈话当中，他对我的通晓法语表现出很大的兴趣，问了许多这方面的问题，并问我除了法语还会什么语种。我回答通过自学还略通英语，但远远达不到熟练运用的程度。他微笑着点了点头。先生又询问我为什么选择这个专业，看过什么书，读过何人的文章等等，我老老实实地一一作答。当我说曾经读过《蒙古秘史》（谢再善译本）时，先生眼睛一亮，称许说在“文革”期间能读过这样的蒙古史名著十分难得，并鼓励我以后继续扩大阅读面，丰富有关的知识。最后他要我叙述一下北方民族发展演变的历史过程。这可是一个贯通数千年的庞大内容啊，怎样才能用最短的时间做最完满的表述呢？稍微整理了一下思路，我便从远古时的鬼方、猃狁讲起，一直说到蒙古，等到话头停住，我已是汗流浃背！看到翁先生露出满意的笑容，我一颗悬着的心才放下来。

面试之后，在民族所四楼的一间会议室里举行笔试，只做一篇作文，题目是《论成吉思汗》。在近些日子里，我又读了几本有关的书，积累了更多蒙古史知识，所以写起来得心应手，几乎是援笔立就，如有天助，自我感觉很是良好，于是对能考上又增长了几分信心和底气。

复试后过了一个多月，终于接到了正式录取通知书。1978 年金秋时分，我北上进京，正式列于翁独健先生门墙之下，就此掀开了个人历史上新的一页。当时的心情，真好似古代诗人所形容“春风得意马蹄疾，一日看尽长安花”及“千淘万漉虽辛苦，吹尽黄沙始到金”之情态，兴奋自不待言。

在攻读蒙元史硕士研究生的三年当中，翁先生对我勖勉备至，启迪甚殷，不仅引领我走上了治学之路，还以其言传身教对我的为人处事产生了重大的影响，使我受益终生。作为导师，先生以其博学多识与循循善诱，使我第一次领略到学术海洋的深广、丰富和淳美，向我展示了对中国民族历史文化全身心的沉潜、研治和体悟，可以达到怎样一种寻绎不尽的精妙境界。

从师翁独健先生的三年时光倏然而过，1981 年 8 月 6 日，我顺利地通过了学位论文答辩，获得了“文革”后由国家首次颁发的硕士学位证书。记得当天中午答辩会一结束，我就离开了民族研究所，骑车从魏公村去了北大。我首先走访了留在母校任教的同班同学齐彦芬，然后从朗润园她的住处出来，绕过未名湖，逶迤南行。当经过俄文楼前时，不由得停车驻足，站在一棵绿荫如盖的大树下，久久瞩望着这座中西合璧的建筑物，不由得心潮起伏，百感交集。当初，我们在北大求学时上专业课的主要场所，就是在俄文楼，几乎每天都要进出多次。在这座普普通通两层楼房里发生过的许多人和事，给我留下了毕生难忘的印象。今天我又来到这里，碧草依旧，亭榭犹新，只是物是人非。我的旧日同窗早已荡若云烟，有的分散在祖国的南北各地，有的远走高飞，到西欧、北非或大洋彼岸去了。年少时的梦想与轻狂、活力与张扬，许多东西都跟着我们的青春一起远去了，这些东西不仅是难忘的回忆，也是一个时代的标杆与象征。凝视着那间我们曾经上过课的教室，已逝的岁月如云影般从心底飘拂而过。一刹那间，人生的跌宕起伏，历史的沉浮兴衰，竟一齐涌上脑际。是啊，“人世有代谢，往来成古今”，每一件事、每一个物也包括我们每一个人，都得经过从青春年少到终老垂荒的春秋演绎，将生命的气息散发到缥缈的岁月之中，最终在苍茫的宇宙里凝结为永恒。伫立在北大校园中，我似乎看见光阴的年轮正缓缓地增长扩大，听见时代的波涛正发出奇异的回响。

罗贤佑，西语系法语专业 1969 年毕业生。作为“再教育”对象，在部队农场经历一段劳动锻炼的岁月后，分配在安徽省淮北地区任中学教员。1978 年考取研究生，再度负笈京华，师从翁独健先生，研习蒙元史及北方民族史，获得硕士学位。毕业后，入中国社会科学院民族研究所从事研究工作，曾担任民族历史研究室主任并兼任中国社会科学院研究生院博士生导师，享受国务院特殊津贴。2008 年退休。2013 年，被推选为中国民族史学会会长。

不能忘却，那些年……

朱听如

1970 到 1990 年的 20 年，我和我们的国家同步，经历了振幅和强度都堪称空前的大震荡。由于我们出身于北大，天庭上炮烙了“毒害最深”和“问题最大”的印记，因此而独享了最多的白眼和冷遇。生命的曲线如同丝麻，青春的轨迹若隐若现。虽然有许多老五届的北大人有着更多的磨难和挫折，甚至长眠在罕见的不公中，然而我到底不能忘记那些“如歌的慢板”一样的年月。

离开北大：毕业原来是遣散

燕南园“银杏王”的年轮刻到了 1969 年。从北大开始的“文革”经过了三年多，越来越看不到尽头，全国到处一团糟。这年 10 月，林彪的“一号命令”下达，北大各系被疏散到京郊，地球物理系到大兴县魏善庄公社。学生和教师分散住到农民家中，白天组织学习毛选和政治；12 月，被弄到北京无线电厂搞“教改”，就是跟班到车间劳动；1970 年 2 月突然招回学校，进行毕业分配。这次“分配”实际是给工农兵大学生腾地儿，我们是被扫地出门。

在极“左”路线下，作为“文革”的炮灰，整个北大毕业生分配方案非常差，但地球物理系例外。当时华北地震处于活跃期，已经发生数次较大的破坏性地震（邢台、塘沽等地），北京都有强烈震感。为加强中科院各地球物理研究机构的力量，并筹建国家地震局，我们系毕业生二百多人，分配到国家地震局和中科院地球物理研究所、兰州所、昆明所、武汉测量所等单位的有八十多个名额。我被分配在中科院长沙中南大地构造研究室。毕业前夕，我和西语系 1965 级的黄淑珍已经确定了恋爱关系。宣传队听了我的报告后，把我的方案和同班的史某某同学调换，改为和黄淑珍一起去安徽。

1970 年 3 月 17 日，分配到安徽的近二百名北大同学乘火车离京南下，次日凌晨抵达蚌埠，然后由部队安排运送生猪的卡车把我们送到地处阜阳县插花庙（现称插花镇，隶属阜阳市颍东区）的 6377 部队一个团建制的部队农场，开始了接受“再教育”的生活。

农场生活：插花庙并不妙

6377部队是安徽省军区独立一师下属第三（农垦）团，团部在插花庙原安徽劳动大学旧址，只有在田野包围中的一片平房。1970年3月起，陆续分配到安徽的北大、清华、人大、北京体院、北京广院、中央财院、北京政法学院、北京语言学院等300余名大学毕业生先后来到这里；北大人最多，有250多人。学生营为三个连队：有女生的连队84分队在团部；我所在的82分队在离团部约4里的地方；81分队在离团部约50里的利辛县胡集公社。我们在这里度过了艰辛的一年。

我们82分队，住的是泥地平房，一间房6个人，睡在用土坯支撑起来的木板上，没有桌椅，一开始也没有电灯，煤油灯照明。一般每天早晨都要出操，按时下地劳动、吃饭、学习毛著（叫“天天读”，并且“雷打不动”）。晚上轮流到野外站岗放哨（学生仅是徒手待着，没有武器），一小时一轮班。在农闲时，经常在半夜紧急集合，要在5分钟内穿好服装、打好背包、集合好，有时还要迷迷糊糊地出去跑一圈，有时一个晚上两次紧急集合，但第二天作息照旧。军事训练包括实弹的射击和投手榴弹。一次，我投的那颗手榴弹在空中就爆炸了。

在部队农场主要是干农活，在农活不忙时，安排临时性劳动或军训。为了便于劳动，部队优待学生每人可以买一套“堪用品”军装，即部队已经用旧了的土黄色平布军装，劳动时穿着，与现役军人在一起时可以区分明显。

我们82分队主要是种小麦、黄豆，还种了一块水稻试验田。还有挖渠、挖河、运水泥电杆等活也不轻，劳动强度对于我们这些大学生来讲常常是超负荷的。

3月的淮北天气还很凉，我们就穿着单衣短裤挖生活用井。在当地，要挖通下面十分坚硬的砂礓层，才能出水。春天开始试种水稻。淮北的沙性土壤（当地人称“漏土壤”）存不住水，但部队一定要种，几个月不停地向田里灌水，最终收成不错，但成本太大了，只是没人算这个账。

收割小麦和黄豆的任务很重，非常艰苦。收小麦时，总是天不亮就下地干活，早、中饭甚至晚饭都是送到地里吃，一直干到星星出来。有的同学跪在地上割麦子，一天干下来，腰酸背痛。收黄豆的活是从傍晚开始，这是为了防止太阳下豆子爆开掉在田里。收割下来的豆子要立即送到停在田边的脱粒机里。往往一干一个通宵，第二天太阳出来，同学们相对而视，发现个个都成了“毛猴”，每个人脸上都是一层黄豆荚上的黄毛毛。收回来的小麦和黄豆还要晒后立即入库，200多斤的麻袋要不停地搬来扛去。

一次，82分队还被派去阜阳以西的另一部队营房，为那里运送输送高压电的水泥电杆。晚上下雨了才出发，四五十里的泥泞路，走了大半夜才送到目的地。个个浑身湿漉漉的，睡地铺过夜。从第二天开始，每3—4人一个小组，配一辆马车（没有马，人当马），到30里以外的阜阳县城装上两根水泥电杆，拉到营房附近的指定坑位上。每天带几个冷馒头，一壶冷开水，来回60里，早出晚归。回到营房还要“天天读”。这样干了一个星期。

挖河和挖渠是重活，特别是挖到砂礓层，砂礓又硬又滑，下面又有泥水，我们没有合适的鞋子和工具，往往事倍功半。挖出来的泥和砂礓石块还要抬上来。我的左脚曾被扎出一个大口子，鲜血不止。

夏天，部队组织学生营到阜阳县口孜集沙河进行游泳集训。按部队要求，不论女生男生，要求每人每天必须游满1万米方能上岸。这种超负荷的训练，使不少同学落下病根。隆冬，部队进行冬训拉练，要求学生营一起参加。我们没有合适的装备，没有雨衣、球鞋，不少人是老棉花被子，服装各异。三个学生营夹在正规部队的行军队伍里，难怪经过涡阳县城时，当地居民用异样的眼光看我们，说这大概是一批“劳改犯”吧。

这次拉练21天，对我们来说是一次巨大的磨难。从插花庙驻地出发，经利辛、蒙城北上，经双集、宿县、符离集，终点是肖县；返回时路经濉溪、涡阳、利辛再回到驻地，共计行程800余里。一般每日步行60里，走得最多的是返程的2月21日，下午6点冒着雨从郭庄出发，一直走到22日下午2点，到达石弓集，走了20小时150里路。在拉练的路上，风餐露宿，风雨兼程，绝大部分同学脚上打了泡，甚至是泡里套泡，有的还化了脓，走路刺骨的痛，但不能掉队。同学们相互搀扶着，唱着《长征组歌》相互鼓励。炊事班的同学更辛苦，走到哪里就要在哪里挖地灶做饭，就地做饭吃饭，带的铝盆既用来做饭做菜，又用来洗脸烫脚。有时刚端上饭就吹号出发了，只能边走边吃几口，剩下的饭就埋在地里。女生连在行军途中，只能在她们自己围起来的人墙中“方便”。有时晚上住宿在磨坊或马厩里，又潮又臭，下面铺上塑料布，被子一半垫一半盖。拉练结束，体力透支到极端。拉练对学生营来说，是一次身心的摧残。

在农场，只要广播电台播出新的“最高指示”，部队就要求学生连连夜到周围的村子里去把睡梦中的农民唤起，向大家报喜、宣讲。村里连电灯都没有，可怜睡眼惺忪的农民能听懂什么呢？

部队的“军用粮票”可以到任何粮站买粮。我们刚到农场不久，部队要我们每个学生带一条长裤，裤管扎紧，到插花庙镇粮站装满一裤子米，把裤腰扎紧后，挎在背上背回来。相距8—9里地，来回一趟要半天。这样既浪费人力又浪费粮食，后来改为借用隔壁部队机炮连的马车（不借马），找我们几个身强力壮的学生驾辕推车把米运回来。我是连里最强劳力之一，每次必去，并且驾辕，有一次驾着一车米回营房时车速较快，过一道坎时被压趴在地上，幸好没有受伤。

农场一年，是极“左”路线下对大学生的身心折磨。这段日子永世难忘！我们也意识到：不管怎样，必须先要把这一关过去。在那非正常、高强度的劳动折腾和对前途一片迷茫的一年中，我们还了解了中国的军队，多次听到关于该部队军官、士兵违法违纪事件的通报；还亲眼看到了60年代初困难时期受害最深的安徽阜阳地区农村的状况和当地农民的极度贫困。我们也隐约感到，即使是离开这个鬼地方，迎接我们的可能是另一种不妙的前景！虽然看不到前途，但面对艰难也学会了坚持和斗争。

社会底层：到安徽“西伯利亚”当教书匠

在部队农场劳动的一年终于过去了。1971年3月，对北大、清华毕业生的再分配完全由部队一手操作。分配方案本身就是极“左”的，绝大部分同学去公社中学教书，极少数到城市、工厂。具体方案的确定，部队定了这样的原则：从城市考进大学的学生到农村去教书，其实有些部队干部印象不好的学生也是这个下场。我和女朋友黄淑珍等共四十余位同学被分配到安徽省最为贫困的阜阳地区下属各县，并在分配通知中明确规定：只能“在县以下（即公社以下）中学教书”。我们俩被分配到与河南省沈丘县相邻的临泉县。我们的心情糟透了。我大哭一场，无奈和四十多位同学一起到阜阳地区教育局报到。一起被分配到阜阳地区下属各县的公社中学教书的同学们，对这样的安排强烈反对，还集体到省革委会教育领导小组上访申诉，要求改变分配方案，但被蛮横拒绝。

由于在农场长期过度劳累和心情不好，我一离开农场就病倒了，长期低烧不退，浑身无力。阜阳地区医院诊断为风湿性关节炎。我住在阜阳的旅馆里，条件简陋。记得邵国培（数力系1964级，阜阳人，被分配在利辛县教书）几次送来他家里用热水瓶焐出来的大米粥，给我改善伙食。我的病一直不见好，黄淑珍陪我到上海去看病，住在魏亚逸（同一分队的，历史系1964级，上海人，被分配在凤台县教书）的父母家里。从上海治病返回阜阳后，1971年5月，我和黄淑珍被分配到凤台县高皇公社中学教书（原来要安排我们到高皇公社下属生产大队，即现在的行政村戴帽小学去教书，因学校没有食堂我们不会做饭而“照顾”到高皇中学）。从此，开始了我们的中学教师生涯。

高皇中学：天高皇帝远

高皇中学是一所完全中学。在高皇中学，我除了做班主任外，还先后担任初中、高中的物理、数学、语文、体育等课程的教师。那时的高中物理课只有三机（发电机、柴油发动机、手扶拖拉机）、一泵（水泵）的内容。我曾经教学生驾驶手扶拖拉机。1974年起，我参照"文革"前高中物理课本内容，把牛顿力学三定律、气体三定律、电磁学、光学等章节内容编成教材，请人刻钢板油印出来发给学生，以此授课。这些学生在几年后恢复高考时大大受益。

我当班主任时，经常骑车到学生家进行家访，亲眼目睹这些农村孩子家庭生活的艰辛和读书的不易。有的学生家离校有十里，每天上学来回路上要两个多小时，雨天泥地就更困难了。因为经济上很困难，不少学生中午不得不带米到学校，请食堂代蒸，吃些咸菜就了事。星期天他们要担着自家种的菜到集上去卖，看到我去买菜，常常会塞不少菜到我的篮子里。

到高皇中学后的头几年，为了改变现状，我们做了大量的工作。当得知安徽省有安排法语专业毕业生进修的消息后，黄淑珍作了努力，但未能如愿。我多次去省人事局、省气象局、淮南市气象站等处，介绍自己的情况，争取同情，请求帮助改变现状，但到处碰壁，一切努力都白费。可以说：我们当时处在社会的"锅底"，感到社会太不公平了。

1972年7月17日（学校放暑假），我和黄淑珍到高皇公社登记结婚。公社秘书黎文斗（同龄人，安徽农学院毕业，后任淮南市农委主任）为我们出具了结婚证书，没有添一样家具，没有请一人吃饭，甚至连一颗糖也没有发，两人的行李一并，放到两间打通的小茅草屋里，就结婚了。

1975年6月，我们的儿子出生。农村的条件虽然艰苦，我们总想着能给他好一点的照顾。孩子的健康成长给我们沉闷的生活带来了生机。我当时就说：我们不会一辈子待在高皇中学的，如真是在此一生，中国就完了。

1976年春节后（2月22日），淮南市人事局突然调我到新组建的淮南市地震办公室工作，当天下午我就离开了高皇中学，到淮南市科委报到。

两年"回炉"：回到原地

1978年5月，北大决定通过考试招收部分老五届学生回校继续完成课程（称为"回炉"），进修两年后主要做大学师资，为"文革"后即将恢复的大学发展高潮做准备。我抓紧时间准备，7月在安徽大学考试，9月发榜。我被录取了！在北大地球物理系进修班学习两年，基本学完了地球物理专业的专业基础课程。1980年夏，进修结业，面临再分配。中央民族学院给了我商调函，拟安排我去物理系任教，但淮南市人事局不同意。为了争取进修后工作能安排得对口一点，我写信给当时的安徽省委书记。结果是：省人事局文件安排我到阜阳师范学院教书。我没有接受这样的安排，要求对口到中国科技大学教书，被蛮横拒绝。

最后我仍回淮南市地震办公室工作，继续从事地震专业技术工作。1983 年 12 月，我被任命为地震办公室主任。1984 年 3 月，设立淮南市地震局，我被任命为副局长（主持工作）。1988 年政府换届，我被市人大任命为局长。1990 年，淮南市地震局被评为全国地震工作先进集体。

叶落归根：往者不可追

1990 年，我父亲去世，无锡老家 75 岁的母亲需要照顾。1991 年，我们全家三口调回无锡。我先在一家省属研究所工作，后到一家进出口公司，直至 2006 年退休。

据报载：中国人均受教育年限：1982 年统计为 5.5 年，2005 年统计为 7.83 年。我读了三个学校：幼儿园 2 年加小学 6 年，共 8 年在无锡师范附小；中学 6 年在无锡市二中；大学 6 年加进修 2 年，8 年在北大，共计 22 年。1970 年离开北大后，先后在安徽、无锡两地的四个单位工作（部队农场劳动一年不计在内）。到 60 周岁退休时，我为社会贡献服务的时间仅占 55%，而成长和知识储备花费了 45%的时间，我觉得这是对我个人生命的巨大浪费，对我们这样一个并不富裕的国家也是不小的浪费，因为有成千上万，甚至更多的人有着和我类似的遭遇。

从“文革”开始到我退休，这 40 年，在天翻地覆的变化中，我们在谎言中被愚忠，在漩涡中被裹胁，在冷落中被发落。但也学会了反思，在艰难中学会了坚守，在逆境中学会了奋斗，在厄运中学会了抗争。这些都不能忘却！都在说要“以史为鉴”，首先这个“史”必须如实记载下来，才有可能“为鉴”。要真能“为鉴”，还只能靠觉悟了的公民。多么希望我们的子子孙孙永远不要在我们所经历的环境下生活！

朱昕如，江苏无锡人，北大地球物理系 1964 级学生。1970 年 3 月毕业被分配到安徽省军区 6377 农场接受“再教育”，后在凤台县高皇中学做教师。曾任安徽省淮南市地震局副局长、局长。1991 年调江苏省无锡市，先后在省属一研究所、一进出口公司工作，2006 年退休。

我的投笔从戎生涯

毛子成

特招入伍

我是1969年3月珍宝岛事件后，按国务院和中央军委文件，于1970年3月由北大俄语系特招入伍进入空军部队的。1969年下半年，出于对苏军事斗争的需要，外语系早已有大批高年级同学特招入伍。1969年11月，我本人也曾经过一次海军选招，只是因为色弱未被选中。1970年3月，空军也来招人，俄语系高年级都已选过，只剩下低年级（1964、1965级）的同学可选。那时征兵，看重的是“根红苗正”，出身好。空军从俄语系1964、1965级选中了包括我在内的五名同学，四男一女。另外还有中学学过俄语的非俄语系同学两人。

入伍后经过短暂集训，就用军车把我们直接拉到了雁北某城一小院里。接着是为期一年多的教导队集训：入伍教育、频繁的政治思想教育（包括忆苦思甜）、队列训练、紧急集合、野外拉练，生产劳动，以及业务训练。集训中，给我印象最深的要数紧急集合和长途野外拉练。

那时战备紧，三天两头紧急集合，时间大多选在意想不到的休息时间和夜间。每次集合号一吹，大家都心惊肉跳，迅速穿好着装，打好背包，到达指定地点集合。速度慢的，着装和举止不合格的，都要出列示众。那种衣装不整、丢盔卸甲的狼狈相是经过许多次的磨炼才纠正过来的。

最难的还是野外拉练。其中1970年冬季的一次，在雁北几个县之间拉练半个多月，至今令人难忘。这次拉练我担任文书，每天几十公里的山路，背负着被装、口粮等全套装具，足有二十多斤，有时还要替连队首长携带部分装具。天天行军，不时还要穿插强行军，要在最短的时间内赶到目的地，那种苦和累是从来没有经过的。时而走路，时而跑步，身上的衣服湿了干，干了又湿；走到双脚起了泡，磨出了血，一直到两条腿都走得僵硬，走着路像是踩着棉花团，一边走着一边打起了瞌睡……尽管这样，我还是一直咬着牙，从没被收容过。一到目的地，别人可以歇下了，我还得负责联系住宿，为各排各班号房、分房，分头通知各班、排长开会，写当天的拉练日记……

1970年5月，我们连同从其他学校和部队选调的学员一起，经过分配各奔东西。这一分不要紧，北大来的七人中，六人分在山西、河北分部，我最年轻，单独分到了人烟稀少，离内蒙古二连浩特还有一百多里的一片荒漠中的一个小山头上，四顾茫茫，不见一个老百姓，离最近的一个居民点还有五里之遥。

由于家庭困难，从小学到大学，我一直享有国家最高等级的助学金，毕业后奔赴边疆，我自认正是报效祖国的好地方。因而，虽然身处荒漠，我的内心并没有失落感，相反，还增添了几分豪情。

边疆生活

我被分配的还是山头分部的一支机动分队，长年累月都在边防线上流动，条件更是十分艰苦：没有自备井，饮水要到老百姓的牧羊井中取。每天好几个人前拉后推，用铁罐车从几里外拉回来，而且，取的都是常年敞着口的浅井地表水，碱性大，泥沙多，还常有野猫野兔淹死其中。地处偏远，做饭经常没有煤，分队就发动大家捡牛粪烧。经常机动，常年少见青菜，吃的主食是二米（糙米和陈小米混合）加挂面，副食多是黄豆、咸菜和海带。记得有一阵，我们就是靠一坛子上面漂着密密麻麻一层蛆的酱豆腐下饭的。还记得一次黑灯瞎火吃晚饭，吃的是清水下挂面，好几个人竟然从一锅面条里吃到了一只只还没长毛的小耗子。做饭的小战士从未经过培训，烹调技术谈不上，连淘米也不会，再加上那时供应的二米总带很多的沙子，这样一来，煳饭、夹生饭、掺沙饭就成了家常便饭。当然也有吃好的时候，身在内蒙古，手扒肉就是部队经常能吃到的，只可惜，炊事员不会做，也没有多余的水可以冲刷，常常是把内脏尚未去净的整羊拿来，大卸成几大块，洗也不洗，直接加水加盐加辣椒一煮了事，好几次我们吃到了整段整段带羊粪蛋的羊肠子。

我们远离常驻营地，临时住的多是帐篷和仓库，吃不好，睡不好，夏天风吹日晒蚊子咬，冬天冷得整宿整宿地当“团长”，冻得直打牙。即使住在砖房里，在内蒙古零下二十来度的严寒冬季，房间里烧着大火炉，围着火炉一圈的大通铺，四周的墙上照样结厚厚的一层冰。地处边疆，交通不便，除了偶尔放场电影，其他文体和娱乐活动都非常缺乏，常常十天半月，甚至一个月见不到一次报纸和家信。

工农兵干全了

入伍后，同学纷纷来信，末尾总不忘写上一句：“向解放军学习！向解放军致敬！”我的内心也充满了自豪。入伍教育中，部队首长训话告诉我们的是，对敌斗争急需我们，前方正等着我们。我就想，虽然我的俄语只是中学的基础上，外加在北大学了不到一年，在教导队“快班”的几个月训练，但总算是有了用武之地。可事实是，到了前方，并不是战斗值班的开始，而是接受再教育的继续。具体工作包括：种菜、种稻，加放羊；打眼、放炮在采石场；拉砖、拉砂、盖营房；外加紧急集合和拉练，还要下井挖煤炭……总之，工农兵都干全了。

记不清是哪一年的春天，又一次在河北蔚县的部队农场劳动，地上还有霜雪，水田里的冰层尚未消融，我们就开始了翻地种菜，赤脚下到没膝的水田中育秧、插秧。凉水泡，加上冷风吹，手脚都裂了大口子，鲜血直流，要点胶布一贴接着干。也就是那时，我得了腰肌劳损。

秋季，稻谷丰收入了仓。白天劳作，夜里还得加岗加哨，谨防周边饥饿的百姓抢粮。那个年头，老百姓的饥饿是常态，部队驻地三天两头有人来要饭，有时是老人，有时是老人领着衣衫褴褛的孩子。

1972年底1973年初让我放羊，内蒙古边防正是冰天雪地，我和另一位战士一起，天天顶着白毛风、黄毛风，赶着一大群羊，放牧六七小时，中午就靠两个干馒头和几片榨菜，外加一铝壶热水充饥。初春是羊群产羔的季节，除了白天放牧外，夜里还要一宿一宿地守候在羊圈里，侍候着母羊产仔。虽然身着翻毛大衣，头戴羊皮帽，脚穿翻毛大头鞋，走着热得出身汗，一停下来立马透凉。不几天，我的手脚都长了冻疮。好在这一年，我们放牧的羊群羔仔成活率达到了98%以上，部队给了我一个嘉奖。

后来部队盖营房，我们跟着汽车拉砖、拉砂子、拉水泥，连装带卸都是人工，一车四五个人，中间只有开车的十来分钟可以休息。每天来回十几趟，个个累得直不起腰。我的腰伤多次复发，痛起来直不起身，躺下了坐不起来，连翻个身都成天大的难事……

这样的改造持续了七八年。在部队首长的心目中，我们都是臭知识分子，是“臭老九”，不经过长期艰苦的劳动锻炼，是难以担负起保卫祖国重任的。

过了八年才入党

接受“劳动改造”，我在思想上比较自觉，行动上也还努力。但想不到的是：尽管接受了很长时间的再教育，地方院校入伍的大学生的入党还是成了大难题。

入伍第二年，我就被所在支部列为入党培养对象，同时当上了团支部副书记（书记由分队党支部委员、副指导员兼任）。但是，眼看着我们分队的战士一批批入党了，一批批又复员了，团支部的战士委员都先后入了党，我这个团支部副书记却一直徘徊在门外。

那个时候战士入伍，通常是一年后列入发展对象名单，第二年放到炊事班锻炼，第三年就吸收入党。与战士入党的情况迥异，我们这些从地方大学入伍的大学生却一个个长期被拒之门外。我本人几乎年年受到嘉奖，但入党是入伍八年以后的事。我们同批入伍的大学生，有不少十年八年以后转业时还是非党群众。

1974 年，应该是我差一点入党的时候。我所在分队的支部书记力主吸收我入党，而一位支部委员，也就是团支部书记——我的顶头上司，却因为一直与书记闹不和，连团支部的工作都撒手不管，书记只得将团的工作直接交由我这个非党副书记主持。我带领团支部一班人开展了形式多样的活动，辛辛苦苦工作，却成了风箱里的老鼠，两头受气。书记交的工作我不能不接，直接上司给的脸色还不能不看。两头受气，两头不讨好。这位支委向我下了绊子，无论如何不同意我入党。他这么一闹，支部形不成决议，只能拖，加上我经常不定期地去团部、军部、北空机关临时出差几天乃至几个月，又不转关系，回到本单位，考察又得重新开始，我的入党问题就一拖再拖，拖了八年。直到粉碎“四人帮”以后，极“左”思潮逐步受到清理，部队工作一步步走上正轨，1977 年还是 1978 年，所在分队的领导班子换了人，来了新的正、副指导员，1978 年的 3 月，我的入党问题才得以解决。

“三喜临门”

我们这批大学生入伍近十年，一直享受排级干部待遇。到 1979 年春，部队开始落实知识分子政策。3 月，我部开始为地方入伍的大学生定级。起初，有两人被定为正连级，我是其中之一，其他的定为副连级。过了一个礼拜，北空派来工作组，说原先的级别定得偏低，表现优秀的可以定得更高一点。这样，又把我从正连级改为副营级。

长时间以来大学生都是排级干部，一夜间调了连、营级，与所在分队的领导平起平坐了，不仅有的领导想不通，而且同批入伍的大学生也产生了不小的思想波动。有的就直接撂挑子：“这事我干不了，以后你们就找某某处理吧。”这样一来，我的压力也很大，一点高兴不起来。我连续三次找领导，直至找到北空派来的工作组，找到团副政委，要求把我的级别降下来，回归正连级，但领导就是一句话：要正确对待，以更积极的姿态投入工作。这算是我的一喜。

第二喜是 3 月 9 日，我的预备党员顺利转正。

第三喜是 3 月中旬，我结婚五年后，终于迎来了女儿降生，只是因为部队战备忙，没时间休假，没能回家照顾她们母女俩。更意外的是，产后一个礼拜，爱人和女儿先后得了病毒性感冒和新生儿败血症。爱人是发着四十二度的高烧，烧到迷糊不醒被抬进医院，而且是和重症尿毒症病人住在一起。女儿是因为接生时动了刀，碰破了头皮，得了新生儿败血病，也是发着高烧住进另一家医院的。入院后，医生就告诉家属说“症状挺悬”，要求做好各种准备。万幸的是，两位都命大，前后住了四十多天，都平安出院了。

虽然磨难多多，但好事来得是如此集中。为此，所在分队专门为我祝贺：加菜，上酒，祝贺我“三喜临门”。

只是搞业务的料

1982 年我调入机关，被任命为一个分队的主要负责人，协助首长规划、指导和检查全所的作战、训练。由业务干部提拔为指挥干部，部队有一套严格的程序。内查外调，到北大俄语系和北大党委，查我在北大“文革”中的表现是否属于“三种人”。可能与我从不整人的一贯态度有关，虽然“文革”中我搞过多位领导的专案，但北大俄语系和校办公室一路为我开了绿灯。

那时，部队上上下下都在补习文化课，从小学补到中学，从中学补到大学。我手下的几名参谋也不例外，只有我文凭齐全（其实大学文凭也是后来补的），因此，除了履行自身职责，做好日常工作，担负指挥所值班外，还得常常为属下参谋替班，还要承担起部分文化课教员的职责。好在那时家属未随军，单身一个，一人吃饱全家不饿，真正是一门心思扑在了工作上。我是办公室、食堂、指挥所三点成一线，每天都要加班到深夜。

我虽然付出了辛苦的劳动，但工作效益并不很高，而且年龄也不轻了，慢慢感到自己并不是适合当官的料，还是回归专业更好。就这样，1983 年底，我调到了机关某业务分队，开始了我的军事翻译和军事研究工作。

在北大时，我的专业水平应该算是平平。这次重新捡起老本行，我倒有一种如鱼得水的感觉。经过几年的努力，不仅外语水平提高很快，翻译中基本没有什么难题可以难倒我，而且工作中做出了成绩，负责翻译和审定了包括《×× 雷达兵战斗条令》、《××× 空军歼击航空兵分队战术》在内的多部译著，为总部机关完成了多个重大研究专题，受到了上级机关的表彰，并连连在军内外报纸杂志发表一些文章。为此，1986 年立了三等功，同年被授予专业技术中校军衔，1989 年被吸收为中国翻译工作者协会中央和国家机关分会会员，1993 年开始，相继受聘担任空军、北京军区和中国人民解放军军事科学院某部特邀研究员，特约撰稿人，尔后又被纳入空军专家级人才库。有多部译（著）作出版，有数十篇专业论文被《外国军事学术》等军内刊物采用。

提前退休

历次考核我都是优。到了 2003 年，我是所在部队司令部机关干部考核中唯一免

⊙ 2009 年 3 月摄于北京植物园

述职、免评议的人。9 月，北空机关如期为我下达了新的任职命令。

部队同样有“闹乌龙”的事。2003 年冬，正赶上我部整编。下半年，北空机关在我部进行的干部考核，我被列为业务干部晋升排序中的第一人。按照当时的政策，这种晋升是按比例择优进行的，通常不超过三分之一。

整编中，我部从北空直属转为空军直属，我的命运也来了个一百八十度大转弯。上级机关干部部门给我来电话说，如果按选优政策，不一定能保证我按时晋升，相反，如果我主动递交退休申请，可以为我办“双下”，也就是技术级别晋升一级再安排退休。就这样，在他们的动员下，我递交了退休申请。后来的情况果如他们所说的那样：2003 年 10 月，我上调了技术级别；2004 年 3 月，为我下达了退休命令。这时，我还在外地出公差，到 6 月底我回到本部还照样上班，领导也没有告诉我退休的消息，直到一位同事向我透露，我向干部部门求证，才得知了退休通知。我提前三年结束了戎马生涯。

正式接到退休命令，我有一种如释重负的感觉，写下七律诗一首：

退休有感

退休“双下”欲何求？半日耕耘半日休。
窗下观书凭快意，林间舞鹤竞风流。
人生俯仰随机处，股海沉浮顺势游。
脱却羁縻名利累，享得自在好春秋。

毛子成，曾用名毛子城、午达。1947年生，浙江省浦江县人。北大俄语系1965级，1970年3月毕业即入伍进入空军部队，从事俄语翻译和军事研究工作，衔至大校。2004年退休。1989年被吸收为中国翻译工作者协会中央和国家机关分会会员，1993年后先后受聘担任空军、北京军区和中国人民解放军军事科学院某部特邀研究员、特约撰稿人。有《×× 雷达兵战斗条令》、《××× 空军歼击航空兵分队战术》、《中国周边国家概况》、《外汇市场基本面分析》、《创建自己的交易系统》等译（著）作出版；有数十篇专业论文在军内外刊物发表。

⊙ 1967年摄于未名湖

一个史学工作者的求索之路

赵世超

我是一个很普通的老师，很普通的史学工作者。随着年龄的增长，王国维先生的两句诗常常萦绕在我的脑际：“人生过处唯存悔，知识增时徒益疑。”意思是说人到了老年的时候，脑子里边留下来的只有两个字：“悔”与“疑”。我想我目前就是这样一种思想状态。“悔”，既有对公事的“悔”，也有对家事私事的“悔”；“疑”，既有学术上的“疑”，也有思想上的“疑”，年龄越大，怀疑越多。自己尚处在“悔”和“疑”的状态，却要应《告别未名湖》编委会之约，来谈毕业后的经历和经验，与其说是与校友们分享自己走过的人生治学路，倒不如说是把我自己在学术上、思想上的“疑惑”、“疑难”提出来，与大家共同“释疑”。

与史学研究的结缘

我年轻的时候就比较喜欢历史，老实说更喜欢的还是文学。我在念初中的时候，当时有个比较著名的作家叫李凖，著有小说《李双双小传》，拍成电影，风靡全国。他曾经到我所在的中学去访问，对我影响颇大，也激发了一个十几岁少年的文学梦。所以我一直想从事文学写作，当个作家。高中毕业填报志愿的时候，我所选择的十个高校第一志愿全部填的是中文系，准备交表时，遇到了我高中二年级的班主任。这个班主任是教历史的，他看了我的表以后就说，你这个娃啥都不懂，大学的中文系不是培养作家的，大学的中文系主要是两个专业，一个是文学专业，主干课程是文学史；另一个是语言专业，讲的主要是音韵、文字、训诂、语法这些东西，很枯燥的，学这干啥呢？历史不一样啊，是人文学科的基础，你把历史学好了，将来往哪个方向发展都可以。说着便亲自动手把我的十个第一志愿改成了历史系。

于是，1965 年我被北京大学录取时，就进了历史系。那时候北大历史系的主任是翦伯赞，副主任是周一良、张芝联，齐思和、邓广铭、邵循正、杨人楩等一批知名教授都活跃在教学的第一线，像汪篯、田余庆、张传玺、魏杞文、王文清等都曾为我们授课，马克垚还兼任我们这个年级世界史班的辅导员。可以说，北大历史系名师荟萃，学习条件很好。非常遗憾的是，我进校刚刚一年就开始了“文化大革命”，老师们不能上课了。但我们并没有停止对学问的渴望与追求，大家都在偷偷地读书，到图书馆随便地选择自己喜欢的书，或者读同学当中传阅的书籍，而且是对什么感兴趣就读什么。这样一种读书方式自有它的好处，就是有助于拓宽知识面，调动大家学习的积极性和主动性。但也有弊端，就是缺乏严格、科学、系统的训练。从后一点说，由于“文化大革命”的原因，我的大学五年，在一定程度上是虚度了，每当想起这些，我都感到非常遗憾。

⊙ 赵世超（右）与郭绍林

1970年我毕业离开北大，到河北省定县接受“贫下中农再教育”。随后在定县“三支两军”（支左、支工、支农、军管、军训）办公室和革命委员会承担文字工作。但自己内心仍非常渴望从事历史方面的学术研究，并且一直为此寻找机会。当时全国都在开展“农业学大寨”，各地在修梯田、平整土地、兴修水利的过程中，大量古代的遗址和墓葬被发现，也有严重破坏，所以急需进行抢救性的发掘和整理。为此，省文物局特派一名文物干部到定县，县里再出干部予以配合。我和我的同班同学信立祥就借此主动把配合清理文物的工作应承了下来。那段时间我们主要清理了一些塔基和小型墓葬，并在河北省文物工作队刘来成同志的带领下，参与了定县八角廊大型汉墓的发掘、清理和报告编写工作，同时参加了一个由河北省文物局在工地现场办的文物考古短期培训班，填补了自己在文物考古知识方面的空白。也许因为自己在考古方面干的时间较长，以至于后来有一次在成都遇到了俞伟超老师，被他误以为是考古专业毕业的，就对我说：“你也归队吧”，而我却以单位领导已另有安排为由，婉拒了俞老师的好意。至于为什么没有答应俞老师“归队”的要求，主要是经过几年实践，我个人感到考古工作要心细，而我的心比较粗，似乎不适合在这方面发展，所以最终没有走上考古这条路。

1976年，为了解决两地分居问题，我离开了定县，设法调入了开封师范学院，也就是后来的河南师范大学，现在已更名为河南大学。当时系里中国古代史的教研室主任朱绍侯老师安排我给孙作云教授做助手，我很高兴，因为孙作云教授曾跟闻一多先生作研究生，是《诗经》、《楚辞》和神话考古方面全国知名的专家。在孙先生的帮助下，我主要过了教学关，完成了几篇学术论文，初步掌握了从事科研的方法，收获很大。然而，还不到两年，孙先生竟溘然长逝，这令我感到非常悲痛，也顿时失去了学术研究上的依靠，自己陷入了彷徨与苦闷中。这时候，系里研究宋史的周宝珠老师跟我说，我们系的郭人民老师曾做过孙海波的助手，是先秦史方面的专家，你去找他，请教他，所以我就转而找郭人民老师来请教教学和学问上的疑难。当时郭先生的右派帽子已摘，但还没有获得彻底改正，因而被限定不准担任“阶级性”较强的历史课，只能教历史文选，颇有空余时间。他见我基础尚不坚牢，便主动提出要给我系统讲授一遍《左传》。在接下来的一年多里，每周三次，从不间断，边讲边议，到一部大经读完，郭先生长期积累的心得，也如春风化雨，融入我的胸中，使我在三方面得到了提高：一是提高了我的古文阅读能力；二是对先秦史有了系统、整体的了解；三是对先秦史方面存在争议的问题渐渐有了自己独立的看法，不再人云亦云，盲从别人。随着“四人帮”的覆灭，政治气氛终于轻松起来，郭先生的境况越来越好，也越来越忙了。他觉得百废待举，急需为学科建设培养人才，于是，就建议系上送我到外边去进修。

在郭老师的直接关心和支持下，我先后参加了教育部委托四川大学徐中舒教授主办的先秦史师资培训班和国家教委委托华中师大张舜徽教授主办的中国文献学研究班，从而得见大家风范，开阔了学术眼界。尤其是徐中舒教授，他是史学界重量级的人物，在培训班上更是以八十多岁的高龄坚持每个礼拜给我们上两次课，讲的都是他一生当中积累下来的、千锤百炼的学术结晶。对我影响最深的是这样一句话，他说：“在研究古代历史时，倘能取民族材料、考古材料、古文字材料同文献材料相互印证，便有左右逢源之乐。”这便是现在所谓的“多重证据法”。但在多重证据法中，徐老特别强调民族材料，我觉得这一点在我们内地的学校，特别是我们西北地区的学校，做得不够好，需要弥补。

徐老的这个研究方法和学术观点成了我努力去践行的一个目标，也很想多找一些机会跟他学习。1985 年，我又考回四川大学，做徐老的第二届博士生。然而，徐老的身体却大不如前。由于川大对博士培养高度重视，历史系成立了一个由伍仕谦、唐嘉弘、常正光、缪文远、罗世烈五位教授组成的指导小组，并指定罗世烈教授做我的论文指导教师，协助徐老来指导写作。在徐老的关怀和上述老师的具体帮助下，我于 1987 年底完成了二十多万字的博士论文《周代国野制度研究》。自己虽然投入了一定精力，但书中更多凝结了各位导师的心血，不少地方则是对郭人民先生学术观点的整理与归纳。

可以说，我走上先秦史研究的道路完全是仰赖于前辈学者的引领和帮助，他们中无论是卓然名世的大家，还是当时尚在盛年的学术骨干，都毫无例外有一个共同的特点，就是把培育人才当做他们最大的乐事，当做最大的享受，都愿意主动地来帮助青年人成长。所以相比之下，我觉得我们现在的校园里可能少了这些精神，多了一点市侩习气。

三十年的学术探索

我把 1974 年自己进入学术领域到 2004 年退出校长岗位这三十年的学术活动分成三个阶段。

第一阶段：1974—1985 年。这段时间主要是发表了《殷周大量使用青铜农具说质疑》、《殷周农业劳动组合演变略述》、《周代家长制家庭公社简论》等十几篇文章，进行了一定的学术积累。这十几篇文章一方面使自己初步地掌握了科研的方法，进入了学术研究的角色，另一方面也为博士论文的写作打下了基础。

第二阶段：1985—1988 年，也就是在川大读博的三年。我入校的时候是三十九岁，作为一名真正的老童生，那种时不我待的紧迫感很强烈，想趁着这三年认真做一个自成体系的东西。恩格斯研究过家庭、私有制和国家的起源，我以为还应继续研究家庭、私有制和国家起源之后的发展。因为家庭、私有制和国家实际上是人类早期社会的三鼎足，把它们的起源和发展弄清了，先秦史整体的面貌也就弄清了，这是一个很有意义的工作。基于这种考虑，我就以《周代国野制度研究》为题进行梳理，从国野问题入手来统领整个先秦史。这篇文章尽管存在很多缺陷，但是我觉得自己对家庭、私有制、国家早期形态的看法基本上得到了表达，而且这些看法到了今天还不过时。后来陕西人民出版社和台湾文津出版社分别出版了该论文的简体字本和繁体字本。我也曾在美国一所大学的图书馆看到了这本书，借阅的人还是很多的。

第三阶段：1988—2004 年。1988 年我从川大如期获得博士学位，应陕西师范大学斯维至教授和何清谷教授的约请，正式转来西安工作。当时的王国俊校长把我作为

⊙ 赵世超（右）、胡戟参观大唐西市博物馆

引进人才，在住房、职称、家属调动、孩子上学等方面给予了很多优待。而我也充分利用西安丰富的先秦史料，安心地在师大潜心于学术研究。因此，从1988年到1994年间，我又发表了十几篇文章，并在中国的史学界较早提出了“早期国家”这个概念，原想把这些研究补充到我的《周代国野制度研究》中，对这本书进行修订，让它真正成为自己安身立命的学术奠基之作。然而，正当学术思想渐趋成熟，准备在业务上进一步发展的时候，1994年，教育部突然任命我做校长，千头万绪的行政事务一起向身上压过来，致使我的学术活动受到了严重影响。待诸事粗定，才暗自定了个硬指标，即：至少一年完成一篇论文。从1994—2004年，我主要发表了《藏冰新解》、《浴日和御日》、《铸鼎象物说》和《天人合一论述》等文章，除后一篇接近两万字外，前三篇都稍短些，因为从行政工作的空隙里抢时间，只能“短促出击”。在写作过程中，我运用了詹·乔·弗雷泽的巫术理论，对张光直的断章取义做了批评，一些想法则得益于孙作云先生早年对我的教诲。

在三十年来的学术研究中，我也总结出一些感悟与体会，主要有四点。

第一个体会，通过这些年的学术活动，我认识到社会是很复杂的。在每一个社会发展阶段上都有多种文化因素并存，不是唯一的，这些因素大致上可以分为新和旧两大类，但是哪些是新的，哪些是旧的，我们往往很难确定，产生的原因也多种多样，新和旧两种因素并存，应当是我们观察社会、观察历史的一个切入点，两种因素此长彼消就构成了全部的人类社会史。因此，我们今天从事研究，应该将两类因素的消长和引起消长的原因作为重点。如果能够把两种因素的消长生动具体地描述出来，我们的研究对象也就活起来了，我们的历史也就活起来了。

第二个体会，一定的文化因素和各类文化因素之间的消长都与一定的社会环境相联系，有什么样的社会环境就有什么样的文化元素，社会环境变了，文化元素以及各种文化元素之间的结构也会随着发生变化。换句话说，旧因素的衰亡和消退，新因素的发展与产生，新旧之间的相互消长与走势都是取决于社会环境的变化和人民的最基本的需求。所以环境变了，我们的文化也要跟着改变，要具有一定的时代感。研究环境的变化，弄清变化的原因，对我们的学术工作很有好处。

第三个体会，一般来说，新因素要战胜旧因素，甚至要取代旧因素，社会才能够不断地向前走，才能够进步，这才符合最大多数人的最根本的利益，也才真正代表了历史前进的方向。历史上有很多杰出人物，他们后来被人怀念、被人肯定，我觉得主要就是因为他们在某一个领域为促进新因素的成长做出过有益的贡献。我们对历史人物和事件进行评价的时候，要看他究竟是支持了新因素还是维护了旧因素，这应该成为一个重要的标准，这样评价得出来的结论才能更加准确。但同时我通过研究，也赞成侯外庐先生的一个观点，即：中国的历史既是新旧消长的历史，同时也是一部“死的拖住活的”的历史，我们每前进一步都是非常困难的。“死的拖住活的”这句话，是侯外庐在《中国古代社会史论》里正式提出来的。“该死的”老不死，“活的”老是成长不起来，这是中国历史很独特的地方。另外，我们不仅要探索新和旧之间的消长及原因，同时，我们每个人对两种走势取何种立场，也应该作出正确的抉择，如果是没有抉择，或者是抉择错了，也会影响到论文的学术影响力及致用功能的发挥。

第四个体会，当前，特别是十七届六中全会以后，增强文化自觉意识的呼声确实很高，甚至说已经成为潮流。但我发现，有些人在讲文化自觉和文化建设的时候，并不知道我们要建设一种什么样的文化。六中全会的决定讲得很清楚，就是我们要建设的是面向现代化、面向世界、面向未来的，民族的、科学的、大众的社会主义文化。但是在我们一些学者的口中、文章中、著作中，我们看不到三个面向，甚至也看不到科学的、大众的，只剩下了一个民族的。“民族的才是世界的”、“儒教救国论”都不妥当，都经不起推敲。我觉得我们对待传统文化的态度应该回到六中全会决定上去，也就是回到我们党一贯坚持的“取其精华、去其糟粕、古为今用、推陈出新”的文化方针上，对各国优秀的文明成果也要积极地吸收，只有这样才是既不同于民族虚无主义，又不同于狭隘民族主义的历史唯物主义的立场和态度。

重拾知识分子的社会责任

1999 年，我得了非常严重的糖尿病，在治疗的过程中又发现了胃癌，感谢疾病，它让我下定了辞去行政职务的决心。几经周折，终于在 2004 年获得解脱。从领导岗位上退下来以后，我原来打算继续按照孙作云先生的方法，阐释一些古文化现象，选一些文化史方面的小题目做做算了。但是后来扪心自问，既然身体和思想还没有完全衰竭，为什么不去尽一点知识分子应尽的社会责任呢？因此我决定用历史来观照现实，发挥历史学经世致用的作用和功能。

从 2004 年到现在，除了一些应景之作，我主要发表了三篇论文。

第一篇文章叫做《夹缝中的自由》，四万五千字，学报张积玉主编建议我把题目改成《论战国时期的百家争鸣运动》，这篇文章一方面谈了战国时期百家争鸣的特征，即学术自由；另一方面谈了在战国百家争鸣这样一种学术自由中孕育出来的诸子文化，我认为诸子文化才是中国的原创文化。同时我还提出我们今天应该让诸子时代的自由精神在更高的层次上获得提升，而且是螺旋式的提升。更重要的是，在这篇文章里，我着力分析了战国时期学术自由产生的三个历史条件，其中最主要的一个是战国时期两种专制在交替，也就是说以礼乐制度为核心的古典式专制主义“崩坏”了，而以秦始皇为集中代表的新的中央集权式的专制主义还没有完全长成，还不成熟，所以政府的控制能力打了折扣，这才让战国诸子有了自由著述、自由讲学、自由批评、自由流动的可能。到了秦汉时期，新的集权统治逐渐成熟了，学术自由就被禁止了，所以百家争鸣成了中国历史上的绝唱。在我看来，这是一个很值得我们关注的焦点。

同时我还想到，在中国的近代史上也还有一个“夹缝”，就是从清王朝垮台、结束帝制到国民党党天下和训政的确立。这两个“夹缝”在时间的跨度上相差很远，但却有惊人的相似。主要的相似性有三点：一是这两个“夹缝”都处在新旧交替时期，旧制度垮台，新制度没有建立起来；二是这两个时期都是分裂割据时期，前一个是战国七雄，后一个是军阀割据；三是在这两个时期都出现了学术大家，前一个出现了诸子文化，后一个出现了我们今天所能够屈指而数的大师，从陈独秀、李大钊、胡适，到鲁迅、郭沫若，甚至包括刚才谈到的徐中舒先生，当然更有清华的陈寅恪、梁启超、王国维、赵元任四位教授，他们都是在第二个“夹缝”中产生的。

第二个“夹缝”过后，就进入了“没有大师的时代”。这就存在一个问题，究竟是统一好，还是分裂好呢？这是一个非常尖锐的问题，我觉得不能简单化轻置可否。统一，可以把人民从更加琐细的分裂和更加激烈的战争局面当中拯救出来，这是社会走向安定的一个重要前提，也是社会发展的重要前提，这点是不能动摇的，应当肯定统一。但是，我们也不能绝对化地赞美统一，绝对化地批判分裂。我们至少应该看到，在“天下事无大小，皆决于上”的高度集权统一下，会出现扼杀个性、扼杀学术自由的局面，相反，在分裂的状态当中，由于控制不严，由于不同政治势力都注重争夺人才，反而给学术自由提供了一定的环境和条件。因此我觉得我们应该这样来看：我们肯定统一，但是我们不主张绝对的高度集权的统一，我们要在坚持统一的前提下，给地方、给个人，尤其是给思想和内在行为留下自由的空间，如果不给地方、不给个人、不给思想和内在行为任何的自由，这种绝对化的高度集权的统一本身就埋藏着要将自己炸毁的火药桶，总有一天会使专制统一走向毁灭。“物极必反”，这是一个简单的哲学道理。我们中国历史上存在周期性的循环，原因就在于我们只有高度的集权，从而使事物走向了反面。

第二篇文章叫做《拨不开的迷雾》，约两万字，我列举了黄帝和炎帝两个案例来说明历史和文化既相互关联又有区别，不能把两者完全混同。文化简单说来是可以传播的，一切物化的崇拜对象，例如陵、庙，都是可以人造的，但是历史不能够伪造。在这样一个理念下，我经过分析，认为湖南的炎帝文化肯定与汉代阴阳五行学说流行起来以后把炎帝配成了“南方之帝”有关。浙江缙云县也有黄帝文化，则应是魏晋以后道教中心南移的产物，道教把黄帝封为大神，于是，在南方的浙江就造出了黄帝庙和许多黄帝的遗迹。我在这两个案例当中讲的这个道理并不深，甚至很浅显。很多学者都知道，但他就是不说话。我现在只看见葛剑雄教授对黄帝祭祀有所批评，其他的人都闷声不响，结果让历史和文化相混淆，几乎搅成一团乱麻，我觉得这个现象反映了我们学术界缺乏责任心，因此我认为现在存在着“迷雾”，而且是“迷雾”重重，很难拨得动，所以我这样命名这篇文章。尽管自己势单力薄，“迷雾”拨不动，但我还是拟了一些题目，将来准备在有机会时一个一个去作“拨雾见日”的工作，比如女娲、尧、舜、禹、诸葛亮、关羽等等，我准备一个一个去写。

第三篇文章叫《中国古代引礼入法的得与失》，五万字。战国法家通过改革致力于构建“法治”统治，可以说是中国法治史上的一个进步，但他们彻底否定了教化的作用，这就太片面了，并且它主张“以刑去刑，以杀去杀”，主张轻罪重罚，也过于严酷，已经背离了刑罪相应的原则。因此，大规模的战争环境结束以后，自汉代开始，就通过“引礼入法”来矫正先秦法治的失误，经西汉、东汉、魏晋南北朝发展到隋唐，基本上实现了礼与法的结合。法学界认为礼法结合，以礼统法，这是中国古代法律的基本特征。这个特征好不好呢？也是不能简单回答的。好的地方是有，主要是纠正了先秦苛法过于严酷的一面，既有主观的善意，也有巨大的实践意义，甚至提出了刑罪相应的司法理念。但也带来了新问题：第一个问题，就是“引礼入法”以后出现了双重标准，礼也是个判断标准，法也是个判断标准。既然是两个标准，就造成了司法过程中的随意性，形成了有法而不循法的情况。第二个问题，就是“引礼入法”以后，规定要“准五服以制罪”，造成了“抑卑幼以奉尊长”，断案时按血缘关系，按五服图来治罪。犯了同样的罪，如果是尊长伤害了卑幼，可以减轻处罚，甚至可以减轻到杀人而不处死，但如果是卑幼上犯了尊长，反而要加重处罚，所以中国古代的法律有着严重的血缘性，主要是用压制卑幼的办法来巩固尊长的地位。第三个问题，就是它通过八议、爵减、官当、收赎这四种手段使一些权贵得不到惩处。有爵、有官、是贵族可以免罪，家里有钱也可以赎罪，“急于黎庶，缓于权贵”，对权贵温柔轻缓，对普通老百姓则极端严厉，这就是等级性的特点。第四个问题，就是中国“引礼入法”以后，法律变成道德警察，干涉人们的日常生活，更造出了大量的文字狱，甚至还有“腹诽”罪，不仅管人的外在行为，也管人的内在行为。这篇文章发表以后，在《中国社会科学文摘》、《新华文摘》和《高等学校文科学报文摘》都予摘登，产生了一定影响。

除了发表的这三篇，还有一篇我正在做，是关于等级制的，初步拟了一个题目，叫《挡不住的诱惑》。我们既要批判身份等级，又不能否定由管理和社会分工形成的层级结构，尺度不好把握。但是有一点应当认识到，中国古代十分强调划分等级的必要性，只重视“以财物为用，以贵贱为文，以多少为异，以隆杀为要”来体现和强化这种等级，从来没有出台过限制、削弱等级特权的措施，更没有出现去等级化的历史过程，所以合理的社会分工和层级结构往往会固化为身份等级，成为阻碍社会进步的痼疾。由于等级和财物的多少、待遇的隆杀是紧密地联系在一起的，上一个台阶就是一个新天地，这样的诱惑力一般人挡不住。正因为有社会分工和管理层面的层级结构固化为身份等级的问题，所以才有“官二代”这种说法的出现。因为材料太多，涉及的问题太多，需要长期准备，基本的看法是：等级制是摆脱野蛮、进入文明的推进器，后来，也充当过历史进步的“不自觉的工具”，但却建立在对劳动者阶层压榨剥削的基础上，其本质是恶，不是善。同时，民主的要义是承认可以通过谈判和让步达成妥协，解决问题，这就必须有一个最基本的前提，即双方理应处在平等的地位上，否则，任何谈判都不会成功。所以，我们即便还不能完全消除等级，也要限制等级，而不是肯定和赞赏等级。估计这篇文章做完我就七十岁了，接下来是修订我的《周代国野制度研究》呢，还是接着做文化史方面的小题目呢，还是把我上述这四篇论文扩充成书呢？现在还没有盘算好，一切都要视自己的身体状况和精神状态而定。但不管做什么，北大的精神不能丢，科学、民主的传统不能丢。不然，就太对不起母校的培养了。

赵世超，河南南阳人。1946年生。1965年考入北京大学历史系。1970年毕业，曾在河北定县接受贫下中农“再教育”，又“就地消化”到县革命委员会任宣传干事。1976年调入开封师范学院历史系任教。1979至1980年，参加教育部委托四川大学徐中舒教授主办的先秦史师资培训班。1983至1984年，参加教育部委托华中师大张舜徽教授主办的文献学研究班。1985至1988年，回四川大学随徐中舒、罗世烈教授攻读博士学位。通过答辩后分配到陕西师范大学工作。曾任历史系副主任、主任、陕西师范大学校长，现任中国史学会理事、中国先秦史学会副会长、陕西省社会科学联合会主席。

乡村货郎创业记

王千梅

1970 年 3 月，我们四十多名北大清华的毕业生被发配到贵州黔东南苗族侗族自治州。我和同班同学王文鸣、张幼杰黯然告别未名湖，手持学校发的不可退换的单程火车票，向着一个地图上找不到的目标“谷陇”进发。

报到之旅

我们经株洲转车一路向西，颠簸三十多个小时，到达谷陇已是半夜，昏暗的站台上空无一物，天下着小雨，寒风刺骨。我们摸索着找到一间客栈，蜷缩在发潮的被子里等待天明。第二天坐汽车前往报到地凯里，汽车一路在大山里盘旋了五个小时，翻山越岭两百多公里到达凯里。然而这还不是我们报到的终点。

凯里是黔东南州政府的所在地，是全州的政治、经济、文化中心，虽然只有几条简陋的街道，但算是黔东南最大的城市了。我们这批北大清华分来的毕业生，绝大多数还要分到下面十五个更边远的县，再由县安排到下面的公社甚至大队，只有到了那里，才算是正式完成报到。我们在凯里等待十多天，州政府的一位干部宣布了分配方案，我分到最边远的岑巩县。在这里我要特别提到张幼杰，他则辗转去了铜仁地区的松桃县。他是上海人，在贵州基层十余年，生活艰苦，身体不好，但仍然努力工作，勤勉有加，担任铜仁地区建设银行行长干得很出色，多次受到嘉奖。后来因病调回青浦，前年病故了。在此我谨以这段文字纪念这位为贵州人民作出贡献的北大学子，并致以崇高的敬意。

和我一起分到岑巩的还有两位北大校友：数学力学系的刘启元和技术物理系的丁兴富。宣布分配方案的第二天，我们三人拿着州委组织部的分配通知，搭乘凯里—岑巩的客运汽车前往岑巩。由于道路十分险峻，车行如蚁，过河靠人撑的排船摆渡，一百多公里的路程走了将近七个小时。县委组织部派人来接站，说州里的文件还没到，先安排我们在县招待所住下等候通知。

岑巩是贵州最东部的一个县，位于湘黔两省交界处，与湘西的新晃接壤。当时全县总人口不到八万人，少数民族主要有侗族、苗族、布依族，县城居民五千人，以汉族为主。公路从南到北穿城而过，是全城唯一的街道，两旁散落着一些低矮的房屋，多为木头板式结构。

县里对我们的到来非常重视，过去很少有大学生分到这里，北京来人更是第一次。县委组织部的领导到招待所来看望我们，说县委专门研究了，我们三个人都安排在县城的工厂劳动锻炼：丁兴富和刘启元在县农机厂，我在水果加工厂。说是加工厂，实际上就是一个十几个人的小作坊，收购新鲜水果洗、晒、切片，腌制加工成果脯蜜饯，全是手工操作。厂里派了两个工人到招待所接我，厂长亲自安排我的食宿，厂里请了一个阿姨煮饭，伙食标准每人每月五元。睡觉则暂时安排在仓库里，和工人一起睡地铺，地上铺了厚厚的稻草。至此，经过二十多天的辗转，行程数千公里，我终于完成了从未名湖到黔东南的报到之旅，获得了人生的第一份工作：水果加工厂仓库保管员。

乡村货郎

我在水果加工厂的劳动锻炼没有按规定干满一年，就被提前正式分配到县供销社(当时叫“贸易革委”）工作，原因是贸易革委的戴主任找到县委主管大学生分配的领导点名要我，说这个北京来的娃子表现不错，老待在那个破厂里干什么，到他那里去锻炼吧。戴主任是南下干部，老资格，他开了口，县委只好同意了。

戴主任的老家是山东，1949 年他随部队南下，参加湘西剿匪立功，当了营长，后来转业到岑巩，安排他负责筹办供销合作社，一直干到现在，机构的名称变了多次，但他的职务没有动过，虽然不识字，脾气倔，但为人耿直，敢做敢当，在群众中威信很高。他在供销社实行的是准军事化管理，每天早上 6 点半职工到供销社大院里集合跑步，一周三晚集中学习读报。“文革”初期，岑巩中学的红卫兵要到供销社大院“造反”，戴主任拿着他那一米多长的大烟杆守在大门口不让进，说你们这几个娃娃崽要造我的反，先回家问问你爹妈同意不？好多家长闻讯赶来把自己的孩子拉回家，告诉他们戴主任是打土匪的英雄，没有他，我们还不知道在哪里呢！从此再也没有人去供销社造反了。后来许多单位成立革委会，原来的当权派都被打倒了，只有贸易革委还是戴主任领导大家抓革命促生产。

我带着县委组织部的通知去贸易革委报到，戴主任正在办公室等我。他拿着那一米多长的大烟杆，就着面前的烘炉子抽烟，辛辣的土烟味弥漫在空中，屋子里陈设极为简单，没有多余的凳子，我就站着听他一边抽烟一边说话。他说我们这一行做的是农村的生意，吃农民的饭，赚农民的钱。这里的农民很辛苦，一年到头在山上转，我们就不能像城市里那样坐在家里等人上门，要当行商，走乡串寨，送货上门，还要去帮农民发展生产，农民生产搞好了，才有东西卖给我们，也才有钱买我们的东西，我们也才有饭吃。第一次见面，这个没有多少文化的老头用朴素的语言给我上了一堂生

⊙ 退而不休，热心培养青年创业者

动的农村商业经济课，简明，实在，带着浓浓的土烟味。在随后的五年时间里，我反复实践着戴主任的商业理论，成了一名合格的“乡村货郎“。五年中，我们走遍了全县九个公社一百多个大队，或在农村集市摆摊设点，或挑着箩筐走村串寨，送去食盐、布匹和各种日用品，收购干果、蚕丝、中药材等各种山货土产。此外还包干定点帮扶生产队放养柞蚕、种植经济作物和经济林木，开展多种经营。

油桐是一种经济价值较高的树木，木材可用作家具，果实（桐籽）可以榨油。但以前桐子树都是自然生长，自生自灭，产量低，每家每户每年仅收个几十斤，然后要翻山越岭走上整整一天，送到镇上供销社卖掉，换回点针头线脑、油盐酱醋。我包干的一个大队适宜发展油桐，我就请来县里的农艺师在全大队推广人工种桐，帮助农民利用当地丰富的山地资源发展经济林木。几年工夫，原来散乱杂生的山坡变成了成片的人工桐林，油桐产量大幅提高，农民收入增加，供销社的购销业务也成倍增长。这件事后来作为基层供销社抓生产促流通的经验登上了黔东南州供销系统的工作简报。

我在岑巩工作生活十年，大部分时间在农村，和农民打交道，生活虽然清苦，倒也觉得还算充实，收获良多。这一段农村基层工作经历至少在两个方面对我后来的发展产生了积极的影响：一是艰苦的工作环境锻炼了我独当一面的工作能力和不断追求勇于创新的精神，为后来的创业成功打下了坚实的基础；二是熟悉了农村，特别是亲身感受了自然生态环境的破坏给农村经济带来的危害，后来我选择生态经济学作为学术研究方向并小有成就，跟这段经历密不可分。

学者生涯

1979 年秋天，我告别生活了十年的岑巩，重新走进教室攻读研究生课程，1981 年毕业，分配到贵州省社会科学院经济研究所从事经济研究工作。我选择自己熟悉的农村经济作为研究方向。我用两年多的时间调查考察贵州山区的生态状况，搜集了大量实证资料和典型案例，写了一系列论文和调研报告。

1983 年 3 月，全国生态经济学术研讨会在北京召开，我提交的论文《森林生态系统在山区农业中的地位》，通过对贵州山区深入考察获得的大量实证资料，运用系统论方法分析森林的重要作用和毁林开荒对农业生态环境的危害，提出经济发展必须与生态环境相适应，这是生态经济规律的客观要求。山区生态系统本来就十分脆弱，毁林开荒种地、围湖造田等急功近利的行为，破坏生态环境，无异于杀鸡取卵。生态平衡破坏越严重，生产越搞不上去，“愈垦愈穷，愈穷愈垦”，形成恶性循环，导致贫困加剧，这是贵州乃至整个西南地区农村一直不能解决温饱的根本症结所在。只有遵循生态经济规律的要求，合理开发利用自然资源，维护生态系统的稳定，实现经济与生态的协调发展，才是山区农村脱贫致富的正途。这篇文章引起了与会学者的重视和热议，并得到中国经济学界颇具权威的著名经济学家，中国社会科学院副院长许涤新教授高度评价，认为“观点新颖，资料翔实，论证有力，具有较高的学术价值和现实意义”，并将文章推荐给由他担任主编的权威经济学术刊物《经济研究》发表。随后不久，《人民日报》全文转载，并加了编者按，呼吁摒弃以粮为纲毁林开荒的老路，尊重自然规律，维护生态平衡。这在当时确实引起了不小的反响，同时也增强了我在学术领域不断探索的信心，从此一发不可收，先后完成了一批重点研究课题和学术专著，其中《生态经济理论与实践》获得贵州省哲学社会科学优秀成果最高奖一等奖，《简明农业生态经济学》被列为大专院校的教材或参考书目，《生态经济设计》则被一些地方用来指导生态农业建设。1992 年，我破格晋升研究员，1993 年被评为国家级有突出贡献专家，获得国务院颁发的特殊津贴。

特区创业

我骨子里是一个不安分的人，大学里学的是理论经济，却幻想将来能有机会去搞实体经济，毕业后当过工人、货郎、公务员，读研做学问，虽说成绩不俗，但内心并不满足，仍然放不下原先的想法。1987 年当了所长，我以经济研究所为依托正式注册成立贵州企业发展咨询服务中心，我兼做法人代表，为政府部门和企业提供战略咨询、规划制订、企业诊断、课题研究等有偿服务，公司持续了三年，搞得有模有样，后来清理整顿不让搞了。这次创业实践为我后来去特区创业积累了经验。

1993 年 5 月，我作为交流学者，应邀到香港中文大学访问讲学。途经深圳时，应经济界朋友邀请，在深圳逗留了几天。此时正逢小平南行讲话后兴起的第二次创业热潮，深圳到处呈现一派欣欣向荣的景象，吸引着全国各地的人才来特区发展。见此情景，我也不禁怦然心动，勾起从前的创业梦想。但我的这个念头一说出，立即遭到所有人的质疑和反对，说你在这里已经功成名就了，又正处在上升的势头，况且都这把年纪了，何必再冒着风险到深圳闯荡？我考虑了几个月，决定先去深圳试一试，看看能不能适应。我请了两个月学术假，经朋友介绍，应聘到深圳市投资管理公司调研部工作，月薪五百元。每天挤公交上班，吃大食堂，住集体宿舍，仿佛又回到了学生时代，一开始不免有些失落，后来工作一忙起来，也就顾不上伤感了。

两个多月下来，我感觉还能适应深圳的节奏，工作能力也得到公司领导的认可，同意接受为正式员工。试工结束，我带着深圳人事局的商调函回贵州办理调动手续。调动颇费周折。一方面，贵州不放人，有高级职称者不能出省；另一方面，深圳限制从“老、少、边、穷”地区进人。时任中建四局局长的北大校友李金顺关键时刻出面，帮我把关系转到四局，完成了“曲线调动”。

1994年7月，我告别生活工作了二十多年的贵州，以“知天命”的年龄只身南下深圳，开始我的创业之旅。在投资管理公司工作六年，从最底层做起，历任公司业务员、部门经理、总经理助理、总经济师。2000年6月，我受命担任深圳高新技术投资担保公司（高新投）董事长兼总经理，带领公司员工艰苦创业，将一个经营困难的小企业发展成为拥有十多亿资产、年利润过亿的企业集团，高新投已成为全国担保行业的知名品牌。2005年，我被中国企业家协会授予“高级职业经理人”称号，过去的乡村货郎终于实现了创业的梦想和愿望。

王干梅，湖南湘阴人，1946年3月生，1970年北大经济系毕业，分配到贵州省黔东南苗族侗族自治州岑巩县工作，当过工人、供销社业务员、宣传干事。1979年考取研究生，1981年毕业分配到贵州省社会科学院经济研究所工作，历任助理研究员、副研究员、研究员，出版著作8种，发表论文50篇，获奖7项。1993被评为国家级有突出贡献专家，享受国务院特殊津贴。1994年7月辞去所有职务，调入深圳市投资管理公司，历任业务员、部门经理、总经理助理、总经济师。2000年6月任深圳市高新技术投资担保公司董事长，2008年6月退休。担任的社会职务：中国创业家联合会会长，深圳市创业投资公会副会长，深圳创新总裁俱乐部副会长，深圳高交会项目评审专家等。2005年入选“深圳十大高级职业经理人”，2008年获评“深圳30年财经风云人物”称号。

第七辑

碎影散记

我特殊的待分配经历

李国治

一

1968年8月，武斗后的北大校园里满目疮痍、一片狼藉。根据上面的安排，进驻学校的工宣队将开始着手对各系1967届毕业生进行分配。这一招很有效，它让原来势不两立的两派同学不得不坐到了一起等待分配方案的公布。说心里话，当时绝大多数同学，不管是哪一派的，对校园里无休止的派仗或无所事事的逍遥都产生了极端厌恶的情绪，巴不得早点离开这块曾经让他们充满热恋与梦幻、如今却是多难之地的燕园，许多人渴望着换一个环境，哪怕是到最艰苦的地方去干点有意义的实事！而且，还有一个重要因素：分配了工作每月至少就有了420大毛，那是当年“老九”们毕业后转正前的最低待遇，有了这几十元就可以自己养活自己，就可以赡养家里的老人了！所以大家都希望早一天公布方案，早点拿到报到证，早一天离开学校！当时正在内蒙古姐姐家逍遥的我，就是在接到同学告知即将分配的消息后，于8月初风急火燎地从包头赶回了学校。

然而走进数力系29斋103室那间熟悉的宿舍，见到的，竟是一幅历经劫掠的情景，抛撒一地的被褥、杂物，烟头、纸屑……原来摆放整齐的书架已变得杂乱无章。坐下来仔细一看更有惊人的发现。原来，自3月29日凌晨北大武斗发生后，仓皇中我没有来得及带任何东西就逃离了宿舍，一直漂泊在校外，这期间宿舍经历了什么灾难全然不知！现在回来，发现除一些行李不翼而飞外，更让人诧异的是，放在书架上的几个笔记本似乎曾被人仔细翻过，其中一个自己以前用来记古诗词的硬皮本，在“文革”开始破四旧时，为避免麻烦，我把一些页面的边缘用浆糊粘封起来，这样，平时是无法看到里面内容的。但现在，原来粘住的页已被人用刀一页页划开了！苏轼的《石钟山记》、诸葛亮的《与群下教》、范仲淹的《岳阳楼记》又一一呈现在我的面前，这时，我不由得倒吸一口凉气，心想，如果此前我在这个本上写下哪怕一句对“文革”不满或犯上的“反动言论”，再结合自己父亲解放前曾任国民党傅作义部队的军医，“文革”初期惨遭红卫兵批斗罹难的背景，恐怕这次只要我一踏进29斋的门就会立即被实施无产阶级专政，等待我的将不是什么毕业分配而是进劳改队！在我正暗自庆幸逃过一劫时，却又发现了一件令人沮丧的事，一本珍藏了十多年的集邮册从书架上消失了！那里面保存的是我从 1956 年上初中开始一张张收集来的许多珍贵邮票，包括班上两位华侨同学送我的柬埔寨、泰国邮票，还有 1958 年五一节我专门去北京中国集邮公司，用平时省吃俭用的一点钱买下的神往已久的那套共和国成立一周年的国旗邮票、一套印有和平鸽的三角邮票及两套精美的匈牙利邮票……它们都珍藏在这本邮册里！可现在，却不知竟被哪位同学拿走了！当时心里真有说不出的难过！直到几十年后，我都曾梦想着当年替我保存了这份东西的同学能让它回到主人身边，那个集邮册上有我的俄文名字 ЛиГожи。

二

8 月末，外出躲避武斗的同学陆续返回学校，数力系分配工作开始了：先成立了由工宣队和当时系里掌权的教工及学生组成的三结合分配领导小组，其后召开了分配动员会，接下来具体管事的就是班里分配小组的同学了。我们 1962 级计算班两派近三十个同学要在一起开会讨论，可当时连个集会的教室都找不到，常常就围坐在一教后面土坡上的一块大石头旁完成这些事情。由此可见当时北大的环境被一场武斗糟蹋成什么样子！一番讨论并交上自我总结后，开始由班里的分配领导小组给每个人做“文革”表现鉴定并填写毕业生登记表。现在来看，当时这项工作的经办者对填写那份即将进入我们个人档案的毕业登记表这样严肃的事情似乎一点也不专业，甚至是漫不经心。之所以这样说，是因为，在将近三十年后的 1995 年，一次调动工作时，深圳人事部门在审查我的档案后发现，我的毕业生登记表竟是一张没有盖北大任何部门公章的白表！为此人家对我北大毕业生身份的真实性产生了怀疑，以致最后竟然闹出了接收方让我必须回北大补盖这枚缺失近三十年的公章，否则便不予调动的“笑话”。

经过冗长的讨论酝酿，终于等到了 9 月上旬的一天下午，分配小组向 1962 级数学和计算数学专业的同学公布了预分方案。从后来的去向看，我们计算班的情况大体是，几个出身好的同学被分到了国防科工委或部队及国家气象局等机要单位。其余同学有两个被分到化工部在青海的化工厂，还有几个分到四川等省中央部委所属工厂，两个分到鞍钢，两个留北京（没有具体单位），两个分到内蒙古地质局。其中除分到鞍钢和内蒙古的同学直接去接收单位报到外，绝大多数分到工厂和北京市的同学都需先去不同省份的军垦农场劳动锻炼。出人意料的是，当念到留在北京的两个名额时，竟然是我和另一个家也在北京的女同学！那时，这个预分结果对我这样家庭出身的人来说确实相当意外！然而，能分到北京的兴奋心情仅仅维持了十几个小时，到第二天上午，工宣队在同一间教室公布最后敲定的正式分配方案时，多数同学的去向都没什么变化，而我，却出现在待分配的名单中！真是晴天霹雳！这意味着我连去最艰苦最偏远地方的资格都没有了！我暂时失去了被分配工作的权利，只能继续困守在学校！让我不明白的是，为什么一夜之间对我的分配结果会出现如此大的起落？我此时虽然心中一头雾水，却不敢去找任何人问问原委，只能对自己说，都是因为你家庭出身不好。因为，在所有同学眼里，待分配被看做是最糟糕的结果，全年级共有七个被待分配的同学，要么是曾因"炮打中央文革"受过批判的，要么是家庭出身不好、"文革"中被视为修正主义苗子的，还有就是患肝炎未痊愈、暂不宜分配或其他原因的。总之，那时大家普遍的想法是，不管方案好坏，早走为上！可厄运偏偏降临在自己头上，此刻也只能面对现实了。

在最终分配方案公布后的当天中午，我和宿舍同学打了招呼，离开学校准备回通县。我想应该向家中母亲和姐弟汇报一下分配情况，让他们有个思想准备。回到通县已经是下午 6 点多了，可一进家门，母亲就告诉我说通县公安局的人来找过我，让我若回来马上到公安局去一趟，听到这里我又是一头雾水，通县公安局找我会有什么事？自"文革"开始不久，由于父亲的非正常死亡问题，为了自保，也为了不连累别人，我基本处在游离于运动之外的逍遥状态，后来北大出现了对立的两派，虽然自己也有观点，但并未参加任何一派，所以运动中没任何小辫子可抓，公安局找我作甚？尽管心中满腹狐疑，我还是决定尽快去问个究竟。出门时母亲不放心我一个人去，便吩咐当时正在家里的一个弟弟陪我同去，我想也好，万一我被公安局扣下也有个回家通风报信的人了。我们兄弟两个急匆匆赶到县公安局，见到一位负责人，当他听我报出身份后，什么也没说就让一位工作人员把我俩领进了一间偌大的屋子，让我们在那里等，说过一会儿有人来跟我们谈。于是我们哥俩便坐在屋角的一个长椅上开始等，虽然此时身在公安局，由于心底坦然所以并没有太多的紧张，我们聊了一会，抬眼望去，发现大屋中央摆着一张乒乓球台，台上还放着球拍和球，看到这些，哥俩几乎同时说道："咱们打球吧！"此时我似乎忘了自己被局里"传唤"的身份，立刻和弟弟乒乓起来。谁知才打了十几分钟，有人进来说：别打了，你们回去吧。我吃惊地问，不是还要和我谈话吗？那人说不用谈了。于是，我们就这样糊里糊涂依然满腹狐疑地离开公安局回到家里。当晚跟母亲讲了在学校被待分配的经过，母亲倒是想得开，只说了句，那就等呗。妈妈这句话给我当时苦闷焦灼的心很大的慰藉。至今难忘！

我在家里只住了一晚，第二天便赶回了学校，刚一进宿舍，班里就有人通知我，说工宣队要找我谈话。此时深陷迷茫的我正想问问自己待分配的事，于是马上去了三楼工宣队办公室。一进门，刚报完自己的名字，一位工宣队员劈头就问：知道党的政策是什么吗？我说，党的政策有好多，你要问哪一条？他说，还能是哪一条，当然是坦白从宽抗拒从严啦！我说，我没有什么可坦白的，关于我父亲的历史问题和"文革"初期的情况我早就向班团支部说清楚了，没有任何隐瞒！不信你们可以去调查！听到这里，又看到我镇定的神态，他们可能觉得硬诈是诈不出什么东西来了，于是直截了当问道，最近你收到过什么人的信吗？我想了一下，马上记起前几天曾收到过住在北京东城的姐姐写给我的一张明信片，于是便告诉了他们，这时，那个工宣队又厉声问道，信里写的什么？我说，明信片上只写了一句话："暖瓶漏水，速来看。"工宣队又问，这句话是什么意思？我说，就是上面写的意思啊！具体情况是，上个星期天，我因为想到自己毕业了可能要离开北京，所以就用平时省吃俭用攒下的几块钱买了个暖瓶，作为临别纪念送给了姐姐，可谁知因为暖瓶的装配质量太差，底盖没有旋紧，姐姐刚用两天就发现瓶底严重漏水，她不明就里，所以急忙给我发了那张明信片，让我去帮她处理。情况就是这样。并且我趁前天回通县路过姐姐那里时已经帮她把暖瓶修好了！听我讲完这些话，几个工宣队员面面相觑，没有再问任何问题便结束了这场"审问"，说，你可以走了。在走出工宣队办公室的那一刻，我忽然明白了，我之所以被待分配，我之所以被通县公安局"传唤"，就是因为：在我收到姐姐寄来的那张言简意赅只有我们姐弟俩才能立解其意的明信片之前，不知先被哪位革命警惕性超高的同学看过，并将它当成特务用来联络的密信交给了工宣队，并且，工宣队也就真的认可了那个荒唐岁月里这位同学的"检举"行为，于是连夜将我由预分北京改为待分配，同时还想通过通县公安局从我这里挖出一个"特务集团"。而通县公安局告诉他们的结论显然是，此人没有问题！但北大工宣队在收到通县公安局的结论后并未死心，于是又上演了我从通县回到学校后在工宣队办公室挨审的那一幕。

我的"特嫌"被排除了，然而我的待分配却是木已成舟无法更改，北京那个名额早已被别人顶替，而其他方案亦无空缺，于是我便和年级的其他六位同学进入了漫长难熬的三个多月待分配的日子！

三

时间到了9月中旬，班里其他同学在拿到派遣证后开始陆续离开学校去外地报到，那些日子我们几个待分配同学的活动常常是，先去海淀的长征饭店与即将远行的同学撮一顿，然后怀着此一别不知何时何地再相逢的悲凉心情将他们送到北京站，望着远行的列车，洒泪而别！就这样，一拨拨地送，日子持续了十多天。接近9月底，该走的同学都走了，系里对宿舍重新做了调整，我们待分配的七个人（来自两个专业，三个不同的班），有四个被统一安排到29斋的428室，其他三个因肝炎等原因住到别的地方去了。这时，真正的待分配生活开始了！那段苦涩日子，心情大多是沮丧和灰暗的，但偶尔也有苦中作乐云开日出的时候。四个人除我之外三个都是烟鬼，每天吞云吐雾，屋子若几天不打扫，地上几乎能被烟头盖满！但幸好几个人观点都是一派的，所以在一起还说得来，并且随着相互间的了解，大家慢慢变得豁达起来，常常想办法自寻开心。

当时，对我们来说最关心的是待分配方案何时能下来。于是去找工宣队问，他们说，你们的分配方案是国家计委定的，现在只能等。后来我们每天去问，把工宣队问烦了，他们讲，你们可以自己直接找计委大学生分配办公室去催。这一说，我们可有事干了，从10月中旬开始，我们几乎每周都要往复兴门外三里河国家计委跑两趟，去打探待分配方案。说来也怪，在学校里觉得待分配低人一头，但去中央部委找人问事却一点也不胆怯，那时，计委的人对我们这些学生倒是挺客气。每次去都和颜悦色地告诉我们，还没下来，先回去等吧，方案下来马上会通知学校。这样的态度倒是增加了我们跑计委的兴趣和等待的耐心。

我们开始注意提高自己待分配的生活质量，不再总是吃饭、睡觉无所事事地浪费时间了。白天，有人围在桌边对着棋谱研究围棋，有人坐在床上看小说。棋下烦了，小说看累了，于是就由我们待分配中的一员、1962年北京市数学竞赛第一名、“修正主义苗子”唐守文同学给我们上课，讲授他无师自通的《概率论》(在北大数力系混了六年，数学、计算专业的学生竟还没学过概率，听起来似乎是笑话，但却是实情)。有时课听腻了，他又会讲点电工知识，教我们动手装装日光灯等。那时，我们这些读理科的书呆子对能动手操作的活充满了好奇心，都学得很认真呢。到夜晚躺在床上便开始侃大山、讲故事，有人讲杰克·伦敦的《海狼》，有人讲英国作家马因·里德的《无头骑士》……就这样，转眼一个多月过去了。

11月的北京天高气爽，正是郊游踏秋的好时节。待分配让我们成了时间的富翁，大家自然跃跃欲试，商量的结果，第一个想到要去的地方竟是昌平200号。那是因为，“文革”开始前，我们数力系的数学和计算数学专业以及无线电系已经搬迁到昌平新校区（对外称200号），到1966年5月22日，数力系1962级的两个专业在河北正定县“四清”结束，便直接回了200号并开始做四清总结。当时中央已在党内发出“五一六通知”，“文革”序幕拉开，接着北大又出了“五二五”大字报，而这时200号里的师生大多对此全然不知，直到6月1号晚上，聂元梓等人的大字报被中央台广播，北大和全国的运动形势出现巨变，海淀校区里的形势更是风起云涌，每天都有刺激人的消息从报纸广播传来，面对如此形势，200号的师生如梦初醒，强烈要求回海淀校区参加运动！结果，6月3号学校便派车把昌平的师生接回海淀。离开昌平时，大部分同学只带了简单的行李及日用品，其他东西特别是学习用品则全部留在了200号。这种情况一直持续到1968年9月的毕业分配。到9月中开始发派遣证，短促的报到期限使很多人根本无暇顾及去找回那些似乎再也用不着的书本。而此时已经被待分配一个多月的我们却想起了应该去200号收拾一下自己遗留在那里的物品，于是一天上午，四个人借了三辆自行车从海淀骑到昌平，一路正好观风赏景，当我们到达200号时，发现校园里一片荒凉，宿舍楼的大小门几乎都是敞开的，看得出1966年撤走时仓促中留下的片片狼藉，最显眼的是，差不多每间屋里都堆着一些落满灰尘的各种各样的书（不乏数学专著）。看到这些，我们四个人都觉得与其让这些书最终被当成垃圾扔掉，不如将其带走，让它们再发挥点余热。于是，我们除了把自己原来扔在宿舍里的一些东西带走外，还把几个宿舍里的书整理了一番，选了一些样子好、大小一致的捆了两捆，驮在两辆自行车的后座上带到了昌平镇，先找了家旧书店，可人家不收这些当时根本没人看的书，无奈最后只好当废纸卖了，好像卖了几块钱，拿着那几块钱，饥肠辘辘的四个人立即到附近的小饭馆开了顿午餐，还喝了点小酒！

从200号回来后，我们就老想着去远点的地方游，可出去远一点就需坐车、吃饭，口袋里得有点钱才行，然而本来早应毕业拿工资的我们现在却一文不名，囊中羞涩可想而知。后来，学校根据我们的申请，同意从9月份起给1967届在校待分配的学生每月发19.5元的生活补贴（相当于当时的甲等助学金，并说好将来分配后从补发的工资里扣），这下，我们不再像原来那样拮据了，不但不用再向家人伸手，甚至还可以省下点小钱补贴家用。更奢侈的是，我们趁一位分配到四川的同学回北大出差的机会，终于实现了去鹫峰远游并野餐的计划。

那是11月初一个晴朗的日子，我们四个人（本来应该是五个，同宿舍有位上海同学回家未归），带着早就准备好的碗筷锅勺和头天买来的挂面、鸡蛋以及北京同学从家里带来的葱姜油盐酱油味精等，一应俱全，又背上一大捆上好的柴火（那是北大武斗修工事时被拆烂的桌凳腿），太阳刚露头就登上了开往鹫峰方向的公交车。下了车还要步行几里路。那个年月里，往鹫峰去的路上人迹罕见，我们倒落个清静。一路上高谈阔论大声喧哗，享受着少有的自在，其间已经工作的朱以文同学讲了不少去四川后的见闻和感受，他的话似乎让我们几个的心随他一起别了未名湖，离开燕园去了一个未知的地方……谈笑间到了山顶，放眼望去，但见四周苍松翠柏，景色绝佳。小憩片刻，寻得一块背风有遮挡的空地，捡来几块石头和一些引柴，便开始垒灶埋锅，

⊙ 鹫峰野餐。右起：张家瑞、唐守文、李国治，摄影朱以文

然后由我掌勺，点火做饭。所谓的饭就是先用猪油姜末葱花加酱油炝锅，再加水（山下带来的泉水），烧开后加香菜味精煮的鸡蛋挂面，这饭看似简单，但做起来工序火候却颇有讲究，本人自幼看惯母亲做这道经济实惠的快餐，对操作要领熟记在心，这次露一小手，自然没让大家失望！四个人吃得相当开心！更开心的是，那天出差回京的以文同学用他的135相机记录下了这个难忘的时刻，留下了今天还可以看见的影像。就这样，我们度过了待分配这个特殊时期里最轻松的一段时光。

四

随着12月的临近，大家增加了去国家计委打探消息的频率，终于有一天被告知，方案已送到学校！记得是12月16日晚，我们七个同学在工宣队的一间宿舍里听宣布分配方案。负责分配的人首先说明，这次待分方案全部没有具体接收单位，除到江苏苏北两个名额是去县革委报到外，其余的都是先到省或自治区革委会报到。接着宣布分配结果，我们宿舍四个人的去向是：我到贵州，其余三个分别是内蒙古、河南和甘肃。另外那三个同学，两名曾患肝炎的被分到苏北，另一名四川籍的被分到湖南。从工宣队宿舍出来，我们七个都到了428室，算是分别前的小聚，也趁此对这个期盼已久的分配结果发发感想和议论。大家觉得，和9月已分配的同学相比，待分方案好像不算太差，只是觉得我从北京去贵州，离家有点远。这时，有同学拿出全国地图开始研究将要去报到的地方该怎么走。看着看着我们几个都发现，从四川到贵阳比从四川到长沙直线距离要近很多！显然，如果分到湖南的四川籍明昭同学与分到贵州的我对换方案，将是一个双赢的结果！于是，我和明昭很快达成共识，第二天一早我们就去找到工宣队要求互换方案，听完我们陈述的理由，工宣队认为合乎情理，立刻就同意了。这样，一夜之间我从贵州（贵阳）到了湖南（长沙），一下子离北京近了一千多里！不过，当时大家总的想法是，再差的方案也比继续困在学校里强！

就这样，待分配的日子快要结束了！一起厮混了三个多月的伙伴不久就要各奔东西。与那些9月份离京的同学相比，如今的我们没有出发前的聚餐，更没有车站分别的惆怅，因为再没有同学为我们送行，待分配者大多是身单影孤地离开了北京。好在我与分配去河南的守文同学相约，一起乘坐12月27日晚开往广州方向的47次特快离开北京。那一天，我们在拥挤的硬座车厢里又度过了难忘的几个小时。在车上，守文送了我一本那个年代为赤脚医生编写、厚达近千页、当时十分抢手的《农村医生手册》。后来，当我从长沙到了地广人稀、缺医少药的洞庭湖军垦农场时，才发现这本书有多么珍贵！我已记不清它曾被多少同学借阅过，更记不清它曾自诊自治过多少人的伤痛疾患，我只记得这本书被当时我们广州军区47军6939部队学九连的同学戏称为“活命哲学”。至今，四十六年过去了，这本“活命哲学”虽然纸已变黄发脆，封

⊙ 李国治（后排右一）60 岁时和姐弟们与 91 岁的母亲合影

面封底已残缺不全，但它仍静静地立在我的书柜中，与我一起见证着那段令人心酸的年月！ 28 日凌晨，列车到郑州，站台上我与守文互道珍重，正是：此地一为别，孤寂分豫湘。挥手自兹去，呜呜长车响。后来才知道，这一别竟是十年。

列车继续南行，靠着椅背，朦胧中，望着车窗外一片沉沉的冬夜和冬夜中疾驰而去的点点灯光，我不知道天何时能亮，更不知道前面等着我的将是怎样的一条路。

李国治，男，1944 年生于北京，籍贯河北唐山。1962 年北京通州潞河中学毕业，同年考入北大数学力学系。1968 年 12 月历经三个多月的待分配后被发配到湖南沅江洞庭湖军垦农场劳动锻炼。1970 年 3 月再分配到湘潭地区浏阳县供电公司当电工近十年，1979 落实政策后被调往湘潭大学计算机系任教。曾获湖南省优秀教师称号。1987 年调华北电力学院（现华北电力大学）电子系，任计算机教研室主任，1991 年晋升为副教授。1992 去深圳进修（国内高访学者），1995 年正式调深圳，曾在多家高科技公司从事软件开发、技术培训等工作。1999 年重回教师队伍，在深圳一民办高校计算机系任教。2004 年退休后仍未离开三尺讲台，至今已有十年。

成立中国残疾人福利基金会的片断回忆

胡德平

“文革”结束，全国人民快步跨入一种新的生活，上山下乡的知青一批一批返城回家；不少耽误了学业的青年人又拿起课本，准备报考大专院校；落实了政策的广大干部、知识分子重新回到自己的工作岗位；农村的生产经营活动正酝酿着一场意义深远的改革。唯有就业问题一时很难解决，家长们望着孩子没有工作的这种愁闷，谁不是“才下眉头，又上心头”。那时关于残疾人的福利和就业问题并没有引起重视。由于一些历史的偶然因素，致使残疾人事业至少提前二十年摆上国家的议事日程。这是我国改革事业中一项极其重要的工作。感谢中国残疾人福利基金会和《三月风》杂志对我的采访，我只能对采访做些点滴片断的回忆，以表达对我国残疾事业体现的人道、人权崇高精神的敬意！

上世纪70年代即将结束的某年一天下午，我骑车经过景山后街，忽然看见邓朴方坐着轮椅，由照顾他生活的周师傅推着过马路，他神情专注地用双手驱轮发力。我知道朴方已在东风电视机厂上班了，他已有了新的工作。以前几次去朴方家看他，都看见他躺在床上给弟弟辅导功课。他虽然身体高位截瘫，仍然充满着工作、生活的活力。现在他躺在床上打发时光的日子终于结束了，真是让人高兴。我没有上前打招呼，因为心中还存着一丝歉意。

“文革”前，我们都在北京大学读书，经过北大经济系俞敏声同学的热情介绍，我们得以相识，对很多问题的认识比较一致。“文革”初期，我和周围熟悉的同学、朋友，思想上都处于一种极端亢奋、极不冷静的状态，几乎每个人都抱着防止资本主义复辟的激情，投身“文革”，批判教育系统的“修正主义路线”。我的发言、大字报火药味十足，似乎只有我自己最革命，组织的战斗队还曾用过“无产阶级革命纵火队”的名号，思想上认同“怀疑一切”，并公开宣传过，还曾在看管翦伯赞副校长的一天夜晚向他请教过。但同时也极力反对武斗，对侮辱人格的种种恶行行动上是抵制的。北大“六一八事件”发生后，我和几个同学很快写了一张大字报，由于驻校工作组对“六一八事件”的表态，部分同学对我们写的大字报竟引起了一场不大不小的争论。朴方看后，很不服气，抄了我们写的大字报，回家拿给他父亲看，他父亲看完后说：“告诉德平，不要紧张，没事。”今天想起来，邓小平同志和当时工作组的态度也并不完全一致。

“文革”的演变越来越混乱，我自己的思想也越来越混乱，但想的问题并未减少。1968年春天，北大两派武斗，大部分同学离开学校，我也回家居住，有段宝贵的时间让紧张的神经松弛一下，也是好事。这段时间很想读读书，也想看看“文革”所禁的图书。我知道朴方家藏书很多，一次相遇时提出借书的要求，他很爽快地答应了。先借的是一套俄国名著《安娜·卡列尼娜》。一天上午，我在家中后院闲坐，朴方从我家前院找到后院，带来我想借的书。我很感动，他当时的处境比我要困难得多，危险得多，已快到吃饭时间，总该留人吃顿饭吧？这段时间，一些受到冲击的干部的子弟在家吃饭也是常事，但我胆怯了，未张口挽留。这是留在我心中的歉意。没过多久，听说朴方被红色政权的学校革委会关押期间纵身坠楼致残，同时还听说，樊立勤同学被抓后，竟被人在膝盖上钉上钉子，哲学系的何青同学被打得流产，地理系刘玮同志被打死。武斗中打死打伤人数没有精确统计，仅因各种原因非正常死亡人数就有六十三人，北大所谓的黑帮大院关满了各系的学者、教授。谁会想到全国最高学府，在“文革”中竟会变成这样一个残酷恐怖的“反修”战场，竟是这样一幅“巴黎公社”的景象？

章鸿远是我认识的一位中医名家子弟。他和陈玉书先生曾为残疾人办过一些事，我带他见过邓朴方，以后两人经常接触。朴方在1980年得到加拿大康复中心的阿姆斯特朗医生精心治疗，身体大有好转，并萌发了在中国为残疾人建立康复中心的心愿，立志惠及更多残疾人朋友。1983年初的某一天，鸿远告诉我：加拿大总理特鲁多给朴方来信，说及加拿大残疾人有很好的福利保障，而且很多加拿大残疾人都有很坚强的生活意志，在社会的关心、关爱、关怀下，同样能就业、参加运动、结婚，歧视残疾人是要受社会谴责的。建议中国政府和加拿大合作，加强这方面的工作，同时也希望朴方发挥他沟通两国之间的桥梁作用。朴方接受了这一建议，并积极努力付诸行动。他和王鲁光一起成立了一个基金会，为残疾人服务。从建立康复中心再到建立基金会，作为一项崇高的人道主义事业，谁不支持呢？为此，这年春天，我们还在香山曹雪芹故居附近聚会过一次。

当时，我正全身心投入曹雪芹生平的研究。曹雪芹不但是中国古代文学史上一位伟大的作家，而且也是一位伟大的工艺美术大师。他的人道主义精神、人文主义情怀既反映在他的巨著《红楼梦》中，也体现在他创作的工艺美术的专著中。他有一部巨著《废艺斋集稿》的残抄本传世，就是专门为残疾人学艺谋生而撰写的。在残文中保留了曹雪芹自己的故事：“〔因〕思古之世，鳏寡孤独废疾者有养也，今〔则〕如〔老〕于其人，一旦伤足，不能自活，其不转乎沟壑〔也〕几〔希〕。”曹雪芹因此教会了老于——于叔度一门扎糊风筝的手艺，教他以艺谋生，并推此及彼，遍于大众，其专著的目的则为：“〔将〕以为今之有废疾而无告者，谋其以自养之道也。”当时朝中大臣，御前供奉董邦达为书作序曰：“愚以为济人以财，只能解其燃眉之急；济人以艺，斯足养其数口之家矣，是以知此书之必传也。”邓朴方、王鲁光要做的事业和我心中敬仰的曹雪芹晚年的事业如出一辙，怎能不令人感动？所以我也常去帮点忙，因基金会在策划期间人手不够，我又请了张亚利、章立凡去那里做义工。

在经办基金会的过程中，我又常想起朴方的一段往事。那是他住在北京清河福利院时，当知道他的党员登记被取消之后，他竟手摇三轮车，从清河驱车到北京中南海西门外，希望反映他的党籍问题。往返几十公里，真不知他哪来那么大的力量，那么强烈的追求对待他的政治生命，尽管那时的党已是被摧残、被侮辱的形象。我相信，建立基金会的工作，不管遇到什么困难，他都会坚持下去。

党中央的同志支持残疾人基金会的工作绝不是短见的、应景的孤立行为。可能基金会的筹建也产生了不小的社会影响，1983 年，团中央发现山东团省委报来张海迪的材料，及时派出了调查小组去山东核实情况，领队人是当时团中央宣传部副部长江泓和郗杰英、丁岗等同志。他们调查用了一个月的时间，反复核实了情况，因为还有一些争论，调查小组还向王兆国、胡锦涛同志专门作了汇报。团中央又派出第二批人去核查，在山东省委的帮助下，终于形成了统一意见。最后中共中央做出决定，由中宣部负责宣传残疾青年张海迪勇敢向厄运、死亡做斗争的感人事迹。这种事迹感染了很多残疾青年，影响了更多中国的青少年立志图强。今天国际上在奥林匹克运动会之后，又会召开专为残疾人举办的世界残疾人奥林匹克运动会。我们国家残疾人编排的音乐舞蹈还在世界各地巡回演出。2008 年邓朴方卸任中国残疾人联合会主席，并由张海迪接任，完成了中国残疾人联合会的圆满换届。

中国残疾人福利基金会成立至今已有三十年的历史了，对我国残疾人事业的发展起到了牵引火车头的作用。一次父亲和我谈话，说到残疾人基金会的事，他说邓朴方以后可以参加全国政协的工作。我理解他的意思是政协需要有像基金会这类的社会组织，才能更加活跃，更有生命力。当基金会会刊创刊时，父亲应会刊所请题词，他高兴地题写了：“新社会对残疾人实行革命友爱，残疾人对自己抱乐观主义精神”，时为 1984 年 9 月 9 日。1985 年，朴方在《人民日报》上专门发表了关于革命人道主义的文章，阐述基金会的理念。人道主义是人类一个宽泛的伦理、哲学、社会进步文明的命题，既涉及到人性问题，更和现代的人权观念联系，各种观点都有。

随着我国改革开放事业的深入。我发现父亲关于人权的观点也逐渐发生着改变。他在 1979 年对人权还持一种警觉、批判的态度，认为“这是资产阶级向我们进攻的一个口号”。在 1985 年，父亲对人权的内容有了新说法：“至于讲到人权问题，我们确实要保护 99.9% 的遵守国家法律的公民由宪法所赋予的权利。讲到人权，我们与西方是有所不同的。”1986 年 9 月 23 日，父亲对美国《华盛顿邮报》董事长凯瑟琳·格雷厄姆又讲到中国的形象问题：“一个是经济发展不快；一个是政治上出了些毛病，在处理民主、人权等方面有缺点。恢复形象没有别的办法，只有靠我们自己努力工作，不能靠化妆。”

1985年年底，中央书记处成立了精神文明建设文件起草组。据中央书记处研究室调研员郝怀明介绍：胡耀邦同志责成起草组成员分别就妇女、儿童、城乡困难群体、民族、宗教等界别进行调查研究，听取他们的意见。这时残疾人基金会已成为一支重要的民间力量，成为我国社团组织中一颗新星。邓朴方在接受采访时说：“现在人道主义是多了，还是少了？是强调我们和资产阶级人道主义的区别，还是更多地强调连续性？为什么不看人道主义的积极因素？它积极因素更多一点，是调节人与人关系基本的东西，可以作为道德的基础思想，作为社会主义的基础思想……”他的意见反映了残疾人、社会对精神文明建设的企盼和支持。

20年以后的2004年3月14日，在第十届全国人民代表大会第二次会议上，代表们以2863张赞成票通过了我国宪法的修正案，将“国家尊重和保护人权”条文写入宪法。此时此刻，会场报以长时间的热烈掌声。我国宪法承认人权，这是全国人民对人道主义认识上的重大突破。它不但使残疾人事业的发展更有尊严，而且还将赋予全体公民今后全面发展的，任何人也不可剥夺的法律权利。非常荣幸，我作为该届人大的代表，也曾投下过一张神圣的赞成票。

胡德平，生于1942年11月，湖南浏阳人，1962年考入北京大学历史系。曾任中共中央统战部副部长，中华全国工商业联合会党组书记，中华全国工商业联合会第一副主席，十届全国人大常委、内务司法委员会委员，十一届全国政协常委、经济委员会副主任委员。

留学散记

董正筑

1970年3月阴冷的初春，在校六年半，我所在的数力系力学专业学生终于从北大汉中分校分配离校。离校时郑茂玉同学先走，给我留下了一个纸条，三个字，“永别了”。我分到绵阳专区，先是文教局，后到农机局工作。1976年我爱人周继芳在医疗活动中认识了从北京迁到四川合川的原北京矿业学院的校医院王心竹大夫，通过她，我们调入了四川矿业学院。1981年四川矿业学院迁往徐州，更名中国矿业学院。

出国选拔和培训

大约是1982年，同班同学、在山东省煤炭设计院工作的蒋胜舫到我校参加煤炭部出国选拔考试。在这之前，出国参加选拔的人都是上面指定的，一般是“根红苗正”的。我的家庭出身虽然不算太差，但父亲早年东渡日本，30年代随当地华侨集体参加过某党，算是有点历史问题，也没有想过参加选拔。蒋胜舫来过以后，我一想蒋胜舫的出身比我还高，他都可以参加选拔，于是乎在他的启发下，我参加了后来的选拔考试，考试一是英语，二是数学。煤炭部参加出国考试的，老五届的很少，除少数工农兵学员外，大多数是1977和1978级毕业后留校或分配到煤炭系统的。留校的有些学生我还教过他们，如今和他们在一个考场了。出国选拔考试通过后，我进入了煤炭部的集训班。集训班办在阜新矿院，有二十多位学员。

后来我被改派联邦德国，1985年到上海外国语学院出国培训部学习了几个月德语，获得联邦德国艾伯特奖学金，1986年和蒋胜舫先后去了德国，我在南边的斯图加特，他在北边的不来梅。同期在德国的还有同班的谢根栓，人在柏林，以及同年级拿洪堡奖学金的李安民和陈静秋同学。

在语言学习期间，我们开始联系联邦德国的接受学校，联系中需要过去大学期间的成绩单。我们在校期间只有寥寥几门课的成绩，不大像样。在和原数力系联系时，我们希望能够多写上几门课，系里不同意，这也是情理之中的事。班上施永江同学在往系里要成绩单时，当时的系主任签署的意见是“没有学完”。这是事实，而且这几乎成了我们“文革”中老五届的致命伤。解放后，历经各次运动，北大各年级学业都不同程度地被耽误了。我们没有“学完”，对所学专业缺乏了解，更何况出校后，下了基层，大多没有了继续学习的条件。1978 年少部分人到北大“回炉”，或读研究生，才补上了这一课。1976 年我到四川矿业学院时，别人问及有限元法，我是一无所知。边上课边补课，从微分方程补起，不大好意思去请教别的老师，怕别人说：“还是北大毕业的，连这都不知道。”好在在北大两年多的学习奠定了较好的基础，补起来还不是太难。

歌德学院

1986 年 4 月，我们一行十人，从首都机场出发，乘坐中国民航到达法兰克福机场，机场有艾伯特基金会的人接待，将我们送至曼海姆。我们将在曼海姆歌德学院学习半年德语，然后分别去各自的大学。一路上，我们小心翼翼，生怕走丢了。一方面人生地不熟，二是我们十个人，上面给我们就只有二百马克，都集中放在一个人手中，其他九个人手里没有一个芬尼。到曼海姆的第二天就开始上课，主要负责我们班的老师叫 Tuter，她拿出一个大蛋糕，出乎意料的为我办了个生日庆祝，原来这天是阳历 4 月 10 号（惯例按阴历算）。这样我在四十岁生日的这天，开始了异国的学习和生活。

我们从中级班开始学习。每个班二十多人，其中有一半是中国学生。大家围坐一圈，老师在中间。讲课基本是 Tuter 夫人一个人唱独角戏，从早上 8 点到中午 1 点。Tuter 夫人讲课非常认真，其敬业精神值得敬佩。中国人学外语，语法是强项，差的是听说能力，我的听说能力历来比较差。我是在四川长大的，口音很重，发音比较弱。Tuter 夫人老说我“L”“N”这两个发音分不清。我心想，在中国话里这两个音我都分不清，德语更是没门了。四十岁了，新学德语，虽然单词量三个月已达三千，语法也没有什么问题，可说和听总不是那么好。后来又分了一下班，年轻的几个同学去了另外的班，我们这个班的岁数都稍大一些。“矬子里拔大个”，我就成了班上的“好学生”了。一天，其他班出去参观，我们班不出去，我就问我们可以去吗，Tuter 夫人迟疑了一会说，你可以去。

德国人是一个追求哲理而又做事特别认真的民族，要是不习惯他们的文化，理解起来就比较困难。这个时候，北大学生杂学的优势就显出来了。一次听写，我交完作业出去转了一大圈，回来多半同学还在那里写。最后结业考试，成绩好的发给德语的 PNDS 水平测试及格证书。考试分三部分，第一部分是语法，第二部分是听写。听写的内容是有关智者的，那天我是超水平发挥，听了几句，就知道主题是什么，后来的内容就在自己的预料之中。第三部分的内容是面试，面试内容自己在给定的一些材料中选，有十分钟的准备时间。我抽了一份，看了五分钟，没有看懂，心想坏了，要另选个题目吧，时间来不及了。只好硬着头皮再看一遍，突然看懂了，是关于工会的，这一遍只花了两分钟，这时 Tuter 夫人进来问怎么样了，我说可以了，于是进入考场，面对三个考官。心想德国工会我不熟悉，中国工会你们不熟悉，于是就中国工会说了一通，他们也很感兴趣，很顺利就过了。出来后，和其他还没有考试的同学们交流了经验，好些同学于是都选这个题目。到下午这个题目就被拿下来了。考试结束，中国同学中只有少数拿到了 PNDS 及格证书。最后结业时，每班有一本画册，抽签。正好我抽到，Tuter 夫人说很巧，考分我也是全班最高的。

斯图加特大学

在曼海姆歌德学院学习结束后，我到了斯图加特大学。斯图加特是位处南方的巴登符腾堡州的首府，奔驰总部就在这里，电子工业等新兴工业比较发达。北方鲁尔等重工业逐渐式微的时候，这里就成了打工学生的天堂。我到斯图加特大学进修选的是该大学的地基与土力学所。该所的所长斯莫尔切克教授十分友好，我去的时候，学生宿舍需要等候，暂时没有住房，他就让我先住到他家里去，在他家住了快一个月，才住到学生宿舍去，这是非常罕见的。因为是基金会资助，又有 PNDS 证书，注册学习都很顺利。所里德国同事都很友好，与我同一办公室的是一位博士生。

在这里主要学习的是计算机的使用。国内那时学的还是穿孔机，程序输入需要从卡片读入，打孔。计算结果也要从打孔纸带中读取。这一点和德国差距很大。那时 PC 机还不多，所里使用的是大型计算机的终端，其中 CARY 大型机，中国以及一些被视为美国敌对国家的学生，如利比亚，不能使用。德国同事给我解释这是美国人的规定，说的时候还用手做手枪状对着头，意思是该死的美国佬。有些课我也去听。土力学课当时听课的人很多，大阶梯教室差不多坐满了，说明当时搞建筑的人还比较多。十二年后我重访时，只有四分之一在上课了。整个德国建筑行业也是大大萎缩，只有柏林因为迁都的缘故，还在修建。所里大门、个人办公室、资料室、实验室，一把钥匙都能开。我住的学生宿舍离所里只有五分钟的路程。现场参观去过一个隧道，工作人员不多，机械化程度高，其中检测仪器很多，边施工边检测，给后来的研究提供了丰富的原始资料。图书资料除大学图书馆外，本专业的资料，所里已很齐全。土力学方面的期刊杂志应有尽有（除中文外），尤其是国际会议的文集很全，这一点国内图书馆和资料室是望尘莫及的。德国注重本科学习，本科生学习一般需要六年，没有硕士，拿到本科学历后要继续读，就直接上博士了。本科生实习阶段时间较长，而且和专业学习密切结合，为将来毕业后的就业打下了良好的基础。土建类的课程，结构力学学时很多，基础打得很扎实。德国的课程学习比较重视实用，而不是技巧。和我同办公室的博士生有一次问我一个常微方程的求解，我给出了一个积分形式的封闭解，这应当是很理想的结果了。他又问我，这个积分怎么办，而这个积分是不能直接积出来的，只能通过数值积分，他反问道，那么不是从开始就可以通过微分方程的数值解求解了吗？可见他们对于一些必要的技巧性的东西的训练不够，比较重视大的方面。

所里有时组织郊游，在森林里步行，斯莫尔切克教授当年五十八岁，走起路来一点不比年轻人差。有一次活动，住地有乒乓球台。我一进去，他们就说冠军来了，我的乒乓球虽然也能抽几下，不过完全是初级水平，和他们比起来也还说得过去罢了。

斯莫尔切克教授对中国文化也很有兴趣，让我帮他找些中国建筑方面的图片。我通过中国驻德使馆教育处借了一些照片，加了注解给他，他看过后，特别问赵州桥修建年代是公元前还是公元后，虽然我已经注明了是公元后，但他可能以为中华古国，是不是应该早些。1999 年，我重返斯图加特大学作高访时，所长已由费梅尔教授接替。他让我帮他找一张红军长征的路线图，他在学术报告中引用了“不到长城非好汉”，来比喻学术上追求客观规律的过程。

在斯图加特大学期间，我参加了中国学生学者联谊会的工作。当时在斯图加特的中国留学生有一百多人（2000 年我重返时已有上千人了）。组织的大型活动之一就是春节聚餐。1988 年春节，通过大连工学院来的孙德华，我们借用了学生食堂组织了一次大的聚餐会，各所的中国学生邀请了所里的教授们，好几百人，声势浩大，组织有序，给教授们留下了很好的印象。还组织过一次去法国巴黎，一次去瑞士的旅游。1987 年我们斯图加特学生联谊会组织到波恩，在和东亚司司长（其祖父是青岛啤酒

⊙ 斯图加特大学学生宿舍

厂厂长）座谈中，当问及中德贸易逆差时，他说主要是中国没有更多的商品进入德国市场，中国目前需要考虑的是1995年以后哪些商品能够进入德国市场。当时在超市中可以见到的中国出口商品极少。

上世纪90年代左右，有一个国内被称为教育家的人物在全校大会上讲演，说他挺着胸走在巴黎的大街上。之前我也走在巴黎的大街上，可没有这种感觉。个人挺着胸有什么用，只有国家富强了，个人才有点自豪的资本。从1978年改革开放到如今，经过几代人的努力，其中也包括我们老五届在内，已经是今非昔比了。在美国的沃尔玛超市中80%的商品都是中国产的，名牌服装大多也是中国国内加工的，美国本土加工只有Marshelfield等少数几个牌子了。2012年夏天我随团去北欧旅游，团里有几位北京退休的普通大妈，就会说几句“Let’s go”之类的英语，也敢周游世界了，当年第一批出国的留学生连易拉罐都不知道怎么开，这世道真是变了。

董正筑，1946年4月生于贵州独山，籍贯浙江瑞安。1963年入北大数学力学系学习，1970年3月分配到四川省潼南县，先后在县文教局、农机局工作。1976年调入四川矿业学院（原北京矿业学院，搬迁至四川合川，现位于江苏徐州，现名中国矿业大学）任教至今，从事力学教学和科研工作，教授。1990—2001年任数力系副主任，1995—2005年为教育部基础力学教学指导委员会委员，江苏省固体力学专业委员会副主任委员。江苏省优秀教育工作者。2011年9月退休。

北大是学术的黄埔，优秀而有追求的学子聚集在这美丽的校园里。在北大六年半的时光里，真正学习专业只有两年多一点，但老师的教诲和指引、同学间真挚的友情伴随终身。

鹭岛未名情

邱曙熙

自1963年考入北京大学，我就和燕园结下了不解的情缘，几经波折，历时七年毕业离开北京大学。平心而论，真正静心坐下读书其实只有两年时间。但是，在校七年的浸淫塑造了我们北大人的性格。扎实的基础知识打造了我坚实的学术起点，教师的群体教育效果练就了我的科学思维方法，美丽的校园和集体生活纯洁、净化了我的心灵，校园氛围的熏陶使我接受了北大人文的精神文明。从另一角度看，也许是我在入学北大和在校期间所受的挫折，使得我更加珍惜北大学子情缘。

我的母校情缘

2012年5月13日，在参加福建校友会活动时，我叙述了三件本人在校时值得庆幸的事：一是1963年刚入学体检复查不合格休学回家，1964年病愈得以复学。二是一次食堂加餐，我手持一盆扣肉小站米饭回宿舍上楼时，饭盆掉下，翻360度后着地无大碍，该餐饭吃起来特香。我来自南方厦门市，体弱食欲不振，在学校食堂吃不惯粗粮、面食，好不容易盼来一餐米饭，怎能失去呢？三是“文革”初期被大字报指为“特嫌”，因张承先工作组挨批而幸免于难，逃过一大劫。

1985年底，我与北大老同学辜建德见面时提出创办厦门北大校友会的想法，他大力支持并让我出面召集。于是我在《厦门日报》刊登了联络北大校友的广告，大约得到180位校友的回应。在厦门市政协校友联络处备案后，我们于1986年4月13日在厦大计算机与系统科学系会议室召开了北京大学厦门校友会成立大会，从此开始了我的校友会工作生涯。校友会成立之初我任秘书长，2006年7月任副会长兼秘书长；2011年开始任常务副会长兼秘书长至今。

向北大宣传厦门

北京大学厦门校友会现有成员四百多名，常规性活动每年有三至四次：每年的农历正月初四上午举办春节茶话会；每年于5月4日相近的周末举办北京大学校庆纪念活动日；每年的中秋与国庆节间常举行一次校友联谊活动；特别是每年7月底、8月初组织召开北京大学厦门新生座谈会，为厦门北大新生颁发入学奖学金。

1. 积极主动筹备母校百周年校庆活动

1997年12月27日至29日，时任母校百周年校庆筹委会主任的副校长陈章良率领北京大学百年校庆巡讲团旅厦，宣讲北大百周年校庆事宜。之前，厦门有一国企准备投资生物工程项目，我会抓紧时机将此信息通过传真告知陈章良副校长。经陈副校长与厦门领导多次洽商，在厦门市政府的大力支持下，厦门北大之路生物工程有限公司于1998年12月宣告成立，该公司主要股东为北大未名集团和金晖控股集团，是北大未名集团六大产业集团中生物制药集团的核心企业，公司位于厦门金尚路80号的北大生物园内。现在公司是国家高技术产业化示范工程和厦门市高新技术企业，同时也是国家人事部批准的博士后科研工作站。

⊙ 1970年3月于北大校内留影

我会早在北京大学百年校庆巡讲团访问厦门之前，于1997年10月12日成立了厦门校友会北大百周年校庆筹备领导小组，迎接母校百周年庆。在筹备会议上，我会对母校百周年庆活动做了详尽规划，相应地组织项目组，由秘书长即笔者统一指挥实施。我们计划了下列活动：一是向母校百周年庆典赠送礼品——“狮子石雕”一对。二是组织一百多位校友包飞机参加母校百周年庆典活动。三是在厦门开展一系列的对应配套活动：① 召开纪念母校建校百周年的庆典大会；② 印制一册《百周年校庆纪念册》；③ 由厦门邮局设计发行“北京大学百周年校庆纪念邮票四方联”邮折；④ 在厦门电视台安排“庆祝北京大学百年华诞”点歌活动。

1998年借着母校百周年庆东风，我会筹集了大约80万元的款项，顺利地完成预定计划。

2. 向母校赠送礼品、组团参加母校百周年庆典

1998年为庆祝北京大学建校一百周年，北大厦门校友会向母校赠送石头狮子一对，置放于新图书馆前。石狮的原料选用闽南特有的“青石”，以便与图书馆前的草地颜色协调，聘请惠安石雕师傅参照北大西校门的石狮式样进行设计，将图样送北大后勤部门审批后才正式动工。在制作石狮期间，我会几位主要负责人辜建德、李振群、本人以及后任会长程汉良共计七次前往惠安监制。我们还特请北大后勤部门两位石雕专家到厦门和我们一起前往惠安指导、验收。在运送石狮前往北京时，考虑到母

校百周年庆典前夕工作繁忙，我会决定通过常务副会长李振群聘请其管辖下的一工程队，开上带有大吊车的载重卡车，由一位经理带队运送石狮，历时一周抵达北京。经由北大后勤部与北京交通管理部门协调，工程车得以在夜间穿过北京城，将一对十吨重的石狮子运入北大校园，顺利安放在新图书馆前。我会几位负责人随后奔赴北大参加向母校捐赠石狮的揭幕仪式，该照片刊登在《北京大学百年庆典》画册中。

最为激动人心的是我会组织一百多位校友包飞机参加母校百周年校庆典活动。5月3日晚，全体赴京校友参加母校在静园草坪举行的百周年校庆纪念晚会。晚会散场时，我会部分负责人路遇北大党委书记任彦申教授，交谈中得知我们来自厦门，任书记随即说道："厦门北京大学校友会是最优秀的校友会之一。"5月4日当天，我会部分校友还参加了在人民大会堂举行的庆祝北京大学建校一百周年大会。

2008年，我们又组织厦门部分校友参加母校110周年校庆，后又赠送"中华玉龙雕"一座，现置于母校百周年讲堂入门正对面右侧的厅墙边。

3. 主动与母校联系，接待母校领导

1997年，借北大校友专家到厦门参加会议之机，我会接待了院士姜伯驹、刘应明、丁伟岳，另有一位我不认识的院士，还有我和李振群在北大时的年级辅导员许忠勤教授，他当时是国家自然科学基金数理组的负责人。与会者还有数学学会会长、北大兼职教授马志明，他与笔者早在1990年于日本召开的国际数学家大会上已经相识。刘应明院士就对我说："老邱，我也是北大厦门校友会的，我们是不是应当请个客？"于是当晚北大厦门校友会在当时厦门较高档次的舒友海鲜大酒楼宴请北京一行人，这是我直接操办的学术阵容最大的晚宴，一次宴请了五位中科院院士。

我会还积极寻找时机，借母校领导访厦期间组织聚会，表达厦门北大学子对母校感激之情，也扩大厦门校友会的影响力。例如，北京大学原校长、时任全国人大常委会副委员长丁石孙是我和辜建德、李振群在北大读书时的任课老师，他曾两次到厦门访问，期间我们三人和厦门校友会会长程汉良都曾前去拜访过丁老校长。

2001年4月某一天，全国人大常委会副委员长何鲁丽接见了北大厦门校友会部分校友。

2004年大年初一，时任全国政协副主席、北大原副校长罗豪才路过厦门，其秘书通知我会名誉会长、市政协副主席、罗豪才的学生林智忠。于

⊙ 2004年春节与罗副主席合影

是我会几位主要负责人陈汉良、辜建德、李振群和我也立即一起前往拜年，并与罗副主席一一合影。早在 1992 年 5 月，罗副校长就曾到过厦门与北大校友一起欢度母校校庆纪念活动日。

北大百周年庆典后，我会还接待访厦的母校领导和校友中的国家领导人，其中有北京大学党委书记王德炳，校长许智宏，副校长迟惠生、郝平；北大校友（现任全国政协副主席）徐继春。

2013 年 2 月 27 日，我和李振群应邀与现任全国政协文史和学习委员会副主任毛福民在厦门鹭江宾馆共进晚餐，毛福民是我们北大数力系的同学，十几年前曾在厦门和我们小聚过。再次聚会显得分外兴奋，见面时大家回忆往事，介绍近况，还有一个意想不到的交谈主题是烹调。席间我介绍了厦门名点小吃的制作方法，毛福民的秘书听得非常专注。毛福民开玩笑说："你们看，他们从来没有这么认真听过我讲话。"我应道："咱们一个样，我上高等数学课时学生也没认真听过我讲课。"后来我将所谈的内容编写成《厦门名小吃制作》一文，传给他的秘书。

向厦门宣传北大

1. 成立教育基金奖励厦门籍北大学生

根据常务副会长李振群等人的提议，1998 年在社会募捐得到一笔经费的基础上，我会内部设立教育基金委员会，其宗旨是：在厦门地区宣传北京大学，协助招生组向北京大学输送优质生源；资助厦门籍的北京大学学生；协助北京大学毕业生赴厦门参加四化建设，以此促进厦门特区经济与文化教育事业的发展。北大新生座谈会是该委员会一年一度的重头戏。

厦门校友会以此教育基金为切入点，在理事长辜建德校友的领导下，展开了卓有成效的工作，为北大在厦门招生方面扩大了影响，在提高生源的质量和数量上取得了很好的效果。

2. 不定期举办北京大学"鹭岛之夏"文艺演出会

为向厦门各界宣传北京大学，我会邀请北大校领导偕同学生艺术小分队，赴厦举办北京大学"鹭岛之夏"文艺演出会。作为校友会的秘书长，我直接策划了三场演出会。演出会的主要目的是向厦门中学生宣传北京大学，为母校争取更多更好的高考生源。

1999 年 7 月 21 日，我会在厦门人民会堂举办了第一次"鹭岛之夏"文艺演出晚会，该会的命名是母校当年宣传部长赵为民教授提议的。演出会起因于 7 月 18 日在福建琅岐岛举办的首次北大－清华赛艇对抗赛。时任北大副书记赵存生、副校长马树孚、林金竞、宣传部长赵为民等率领北大学生文艺小分队到赛场为北大赛艇队呐喊加油。赛后一行人赴厦门看望北大校友，因为经过北大百周年校庆，厦门校友会在母校已颇有影响。经厦门教育局同意，我会邀请厦门一中、双十中学、厦门六中、外国语学校共几百名高二学生参加晚会。

2006 年 7 月 21 日至 7 月 22 日，为庆祝北京大学厦门校友会成立二十周年，我会组织了一系列庆祝活动。北大校长许智宏在宣传部长兼新闻发言人赵为民教授、北大校友总会副秘书长张向英的陪同下应邀亲临厦门，并带领北大学生艺术团的小分队参加厦门校友会成立二十周年庆典活动。退休在厦的北大原副校长马树孚和北大福建校友会会长马长冰、总干事欧潭生也应邀参加全部活动。

2011 年适逢我会成立二十五周年，与 2006 年夏天一样，我们把北大厦门新生颁奖、“鹭岛之夏”文艺演出会和北京大学厦门校友会换届会议三者结合起来，并邀请北京大学校务委员会副主任、校友会副会长王丽梅率领学生文艺小分队参加本次活动。赴会的母校领导和教师有赵为民、郑清文、张向英、曾婧娴；与会的还有厦门市人大副主任、北京大学校友何清秋，以及厦门市教育局领导、厦门五所中学校领导等。一千多座位的大礼堂坐满了北大厦门校友、北京大学 2011 年厦门新生和来自厦门五所中学的高二学生。

大会在北大厦门校友会名誉会长、集美大学原校长辜建德的主持下进行。在本人宣读 2011 年北大厦门新生名单后，大会进行颁奖。该年厦门进入北大学习的本科学生达三十名，又是历史最高纪录。接着是第三次“鹭岛之夏”文艺演出会，北大学生文艺小分队和集美大学、诚毅学院以及与会各个中学共同奉献了一台精彩的文艺节目。当天晚上，北大厦门新生座谈会的顺利召开宣告本次活动成功闭幕、圆满结束。

3. 做“北大－清华赛艇邀请赛”母校代表队的坚强后盾

2006 年 4 月 17 日上午我接到通知，北京大学与清华大学赛艇对抗赛的赛场即将转移到厦门，让我陪同访厦的北大副校长岳素兰参加赛事接洽会。洽谈结果将赛事改名为“海峡两岸高校赛艇挑战赛暨北大－清华赛艇邀请赛”，赛场为景色秀丽的筼筜湖。

接洽会后，我被北大厦门校友会任命为拉拉队总指挥与接待工作的总负责人。经现场察看，我确定了八个拉拉队助威点，并绘制了“联络图”发给每个助威点负责人，其上注明总指挥的联络移动电话等，一目了然，方便及时通信联络。拉拉队助威点的横幅、旗杆、大鼓以及人员统一穿着的印有“北大加油”字样的汗衫都是我直接操办的。

2006年比赛期间，我会拉拉队高举标语牌，敲响锣鼓，大声呐喊，为北京大学赛艇队加油助威。北京大学赛艇队不负众望最终赢得比赛。当天中午，厦门市党政领导中的北大校友为北大赛艇队摆宴庆功，作为主持人的我在讲完贺词后脱口而出：“厦门是北大母校赛艇队的福地！”立即迎来持续长久的热烈掌声。一位北大运动员的发言点明了拉拉队的功绩：“我们在筋疲力尽之时听到两岸校友的‘北大加油’高昂的呐喊，大家为之精神大振，奋力再搏，终于险胜对手。”当天晚上是厦门市政府举办的联欢晚宴。市领导挨桌敬酒，来到北大校友会的坐席上时，赞扬我们：“北大校友会的拉拉队真精彩！”接着的2007年和2008年的两次比赛情况与2006年大同小异。厦门赛区两校赛艇赛共进行三次，北京大学赛艇队获得“北大－清华赛艇邀请赛”三连冠。

结束语

北京大学厦门校友会近30年来的努力使得母校在厦门人民的心中占有厚重的分量，其效果主要反映在招生工作上。最能说明厦门北大人母校情结的是2011年8月7日《厦门日报》第7版之题为《未进大学校门就收到师兄“红包”》的报道，文中插有名为“北大赛艇队在北大－清华赛艇邀请赛上的英姿”照片，将厦门北大学子所做的三项热爱母校之不凡举措——包飞机北上参加母校百周年校庆、向母校赠送10吨重的石狮子、向母校赠送13吨重的中华玉龙雕——称为“‘惊世骇俗’之举”。进而报道中还说：“今年北大在福建实际录取人数达96人。在这96名新生中，30名来自厦门，占据总人数的近三分之一。”

2013年北大厦门新生共37名，再次刷新历史最高纪录。

北京大学厦门校友会通过向母校北京大学宣传家乡厦门，向家乡厦门宣传母校北京大学，表达了北大厦门校友对母校的拳拳之心，这里有着笔者一份奉献。2001年本人获得首届北京大学校友会优秀校友工作者称号。

邱曙熙，1945 年出生于厦门市。中共党员，教授。

1963 年 9 月考入北京大学数学力学系，休学一年后转入 1964 级。1970 年 2 月毕业分配到江西省武山 0484 部队农场锻炼。1971 年 12 月至 1978 年 9 月为江西省弋阳中学教师。1978 年 10 月后为厦门大学数学系研究生、教师，2005 年 6 月退休。从事数学教学、科研工作。发表论文 20 多篇；出版专著、教材共 5 部；任《数学辞海》总编委；参加《中国大百科全书·数学卷》位势论条目编写；参加 1990 年日本举行的第 21 届国际数学家大会。退休后曾任厦门两所高职学院副院长，现任北京大学校友会理事。

往事三记

何开四

告别未名湖，忽忽已近半个世纪。其间所经所历，感慨良多。兹录下三则，以记雪泥鸿爪云尔。

郑朝宗先生和我的硕士论文

历史真的翻开了新的一页。十一届三中全会使共和国新生。一代知识分子无不感佩于心。从1977年开始的高考，是中国改革开放的一个前奏，改变了一代知识分子的命运，其规模之大，涉及之广，影响之深，都是共和国历史上浓墨重彩的一笔。我正是这一改革大潮的受益者。此前我曾多次联系调动单位，仅仅希望专业对口，但在“文革”那个蔑视知识、仇恨知识的年代，均以失败告终；扼腕江渚，感慨莫名。

研究生考试的恢复是在1978年。粉碎“四人帮”后，我在学校的处境有了变化，被委任为高三教师。因为抓高考，我推迟了考试。由于在北大奠定了坚实的文科基础，1979年我考上了厦门大学中文系文艺理论研究生，我人生的航船，重新挂起了风帆。

我的导师是钱钟书的朋友、德高望重的郑朝宗先生。他1957年被划为右派，现在终于平反了，获得新生，重新执教于杏坛，而且在国内首开“钱学”研究的先河。当时我已是三十四岁的人了，由于家远在四川泸州，每学期“迟到早退”的事时有发生。郑先生对我们这批“老童生”很理解，也很宽容，以他的仁慈之心善待我们。但他毕竟是系主任，也不能放手不管。临毕业的1982年春天，已经是4月中旬了我才返校。在去图书馆的路上，我和郑先生邂逅了。这一次郑先生脸上没有了粲然的笑容，他严肃地对我说：“开四，你老这样迟到，我就不给你硕士学位了！”我自知理亏，但嘴上却冒出了这样一句：“郑先生，论文都还未写，你怎么知道我就不够硕士学位呢？”郑先生没说话，一转身走了。望着先生略有些佝偻的背影，我心中的歉意油然而生。

接着，就真的开始写硕士论文了。我报的题目是《钱钟书美学思想的历史演进》。要梳理钱先生的美学思想“肇端于《谈艺录》，发扬于《宋诗选注》，集大成于《管锥编》”这一流程，难度确实很大。特别是《谈艺录》部分，当时只有开明书店出的旧版，字很小又是连排，读起来十分不易，又没有什么现成的参考资料；所以当我把论文的第一部分交给郑先生审看时，心里颇有些惴惴不安。一星期后，郑先生召集了我们四个研究生开了一个小会，讲评了他审稿的意见，谈到我的那篇，郑先生直言不讳地说："不行，重写！"我当时觉得很没有"面子"，但要有"面子"得靠努力和实力，接下来，我真的就"发愤著书"了。第二次评审会上，郑先生把我关于《谈艺录》的论文着实夸奖了一番，我的自信心才又重新树立起来。

由于在《谈艺录》部分花的时间太多，好比下围棋，已经到了"读秒"阶段，放假前交稿是不可能了。暑假看来是回不成家了，我便留校继续写论文。那时我们住在新建的研究生宿舍的七楼，环境幽雅，但全无凭海临风的雅兴，整整两个月的苦读苦写，我终于完成了长达十万字的论文，开学时我把打印好的稿子如期交给了郑先生。

接下来就是等待论文评语的到来和准备答辩，其期盼的程度不亚于等待高考的录取通知书。大约是在10月中旬吧，那一天很热，天蓝蓝，海蓝蓝的，郑先生突然来到了我们住的七楼，脸上写满了笑意，穿的那件铁灰色衬衫都给汗浸透了。我们都有些惊讶，不知是有什么事情，郑先生也不说什么，慈祥的目光在我们几个研究生身上扫过来扫过去，还特意对我点了点头。临走时才说了句："好好准备答辩。"

以后的答辩进行得相当顺利。几位专家都高度评价郑先生带的四位"钱学"研究生的论文。其中宣读我的论文评语时，周振甫先生这样写道："何开四论述《谈艺录》'人事之法天，人定之胜天，人心之通天'极为精辟，对钱先生美学思想之'希声'而为'大音'当有昭若发朦之用，仅此一章即可获得硕士学位而足有余。"评述完《宋诗选注》和《管锥编》以后，还意犹未尽地补上一句："论文三章，任其一章均可获得硕士学位而有余。"至此，我才明白了那一天为什么郑先生到七楼会那么高兴，因为他呕心沥血开创的"钱学"研究事业终于得到了学界的认同。不过郑先生的"组织纪律"观念确实太强了，对论文评语就是滴水不漏。以后，郑先生把我们的四篇论文编成了《〈管锥编〉研究论文集》，并把《钱钟书美学思想的历史演进》放在了首篇。尽管此书出版颇经周折，但最终还是问世了。

几年后，我在原论文的基础上写出了《碧海掣鲸录》的钱学研究专著。郑先生写来热情洋溢的序言，并回顾了我论文写作的经过，兹摘录如次：

> 1979年秋季，厦门大学中文系开始招收研究生，由我负责指导毕业论文者四人，开四即其中之一，他是四川人，出身于北京大学图书馆学系，精力充沛，辩才无碍，颇有其乡先辈苏长公之风。那年钱钟书先生的巨著《管锥编》问世，我与诸研究生共攻读此书，以后即决定以钱著为研究对象，各撰毕业论文。开始时，我让开四自作文，未加指导。他的重点是放在《谈艺录》上，稿成后，稍嫌简略，因嘱重写。开四毫无难色，竭数十昼夜之力，辛苦经营，果然面目

一新。我看出他是很有潜力的。

郑先生对我的教诲和鼓励，我当永远铭记于心。现在郑先生已归道山，今天写下这点粗疏的回忆文字，也算是对先师的深切悼念吧。

我的都江缘

厦门大学毕业后，从1983年起，我回到四川省作家协会工作，开始了我的编辑和创作生涯。如果略作比较，“文革”前后真是两重天。“文革”十年，文坛沦为沙漠，除了八个样板戏，人们的精神生活一片空白。我虽然有些写作才能，居然没有一篇文章问世。为了不被别人抓住把柄，连日记也不敢写。改革开放，我们迎来了新时期的文艺复兴。文坛百花齐放，欣欣向荣，出现了前所未有的繁荣局面。碑赋这一古老的文体也得到新生。迄今，我已撰写了两百余篇碑赋，刊刻立石者约在一半左右。而我的碑赋发轫则在都江堰。

我和都江堰的缘分始于1994年。是年为都江堰灌区建堰2250周年，又是灌区灌溉突破1000万亩纪念，水利部和四川省政府决定立碑纪念。我受朋友推荐，也是撰写者的候选人之一。人家找到我，我一点没有客气，开场白就说：“你们幸好找到了我，这篇文章还非我莫属！”对这种书生大言，人家当然不解。我针对他们的疑惑作了三点解释：第一，我是研究钱钟书出身的，对传统文化不陌生，有国学基础，这种碑文没有大文化的视野和相应的学养很难胜任。第二，我长期从事《当代文坛》编辑工作，思想不会陈旧，会写出现代感。第三，我的写作速度很快，有足够的时间根据你们的意见修改；而且我还可以断言，一稿就会成功。我这样一讲，人家不信也得相信了。他们慨然决定请我写，但要先写一个草稿，时间是一个月。实际上不到一星期，草稿就完成了。先由省里审定，再电传水利部批准，一切都很顺利。我撰写的《都江堰实灌一千万亩碑记》很快在人字堤上建亭刊刻立表，至今依然为都江堰的一个重要景点。碑记的主要文字为以下一段：

古蜀多水患，成都平原尤甚。历代治蜀者均以治水为重。爰及秦时，李冰守蜀，慧眼独具，乃于岷江出山口凿离堆以建堰。设鱼嘴分其江，筑飞沙堰溢其洪，开宝瓶口引其水，三位一体，道法自然，势若蟠龙首尾相应；以图惠施于当时，泽被于后世。其设计之精密，营构之宏伟，实创科学治水之先例，建华夏文明之奇观；征之四海，亦无出其右者。自秦以降，都江历经修整，治堰代不乏人，“深淘滩，低筑堰”；“遇湾截角，逢正抽心”，世代承传。由是，水宴河清，岁岁安澜，自流灌溉三百万亩；川西沃野千里，水旱从人，禾黍连云，稻粳如金；有唐一代，“扬一益二”称于天下，水能兴邦，此之谓也。

上述文字，除了对都江堰的沿革作了概括外，重要的是指出了都江堰和道家文化的关系。水孕育了生命，水孕育了人类，人类和水有不解之缘。古语谓“上善若水”，但水也是一把双刃剑，也会给人类带来巨大的威胁。大凡文明古国的创世纪都有洪水为虐的记载。正因为如此，治水乃各民族之要务。在纪元前世界古老的著名水利工程中，建于幼发拉底河上的纳尔－汉墣拉比渠和古罗马的人工渠道，都曾闻名于世，但如今均淹没于草野，惟中国之都江堰历万世而弥新，至今还浇灌着川西沃土，堪称世界奇观。何以如斯？这当中原因很多，但也和文化有关。都江堰可谓“道法自然”的一项实践。李冰治水时并没有现成的水利理论，但他天才地感悟到人和自然的依存关系，更具体地说，那就是以不破坏自然资源，充分利用自然资源为人类服务为前提，让人、地、水三者高度协调统一，乘势利导，无坝引水。都江堰的渠首工程就生动地展示了这一点。渠首工程共分为三个部分：鱼嘴自然地把岷江分为内外江，飞沙堰起到排洪和排沙的作用，宝瓶口则引水灌溉成都平原，真可谓“三位一体，道法自然，势若蟠龙首尾相应”，从而形成了一个生态工程，共同保证了都江堰防洪、灌溉、水运和社会用水综合效益的充分发挥。因而我们可以说，都江堰的成功，其内蕴正是植根于深厚的中国文化，特别是道家文化。因为碑文有深厚的思想，所以至今得到好评。

这篇碑文对我的写作生涯发生了很大的影响。由此滥觞，我开始了碑赋的创作，至今一发不可收拾。就在都江堰一地，我又先后撰写了《鹤翔山庄碑记》、《都江堰申报世界文化遗产两周年纪念碑》、《玉垒阁赋》和《青山逸品赋》。汶川地震后我又为都江堰撰写了反映抗震救灾的《青山记》，均刻石立碑。看来我和都江堰的缘分很深。

我因多次为都江堰和青城山撰写碑文，深感荣幸。这也影响到我的孩子，他也以此为荣。孩子是经商的。有一次，他陪德国商人汉斯游都江堰。在为汉斯解释完《都江堰实灌一千万亩碑记》后，不禁洋洋自得，告诉汉斯说：“这碑文是我父亲写的！”汉斯则说：“下次你到德国来，我带你去看汉堡的水渠，那是我父亲设计的，你不知道有多棒！”不过，有机会我会告诉汉斯：若论造汽车，我们自然还不能和奔驰、宝马相比；但谈到治水，汉堡的水渠比都江堰就差远了。因为你们德国的地理学家李希霍芬（Richthofen）在 19 世纪末叶看了都江堰就说过：“都江堰灌溉方法之完善，世界各地无与伦比。”

我和《大唐华章》

1995年起，我开始为一些大型晚会策划和撰稿。其中值得一说的是2003年的大型诗乐舞《大唐华章》。《大唐华章》是全方位反映唐代文化的舞台作品，其创作时间之紧迫匪夷所思。5月撰稿，8月就要赴京演出。此前甲方也曾找过一些大腕，人家也感兴趣，因为这是大题材大制作。但认为创作时间少则半年，多则年多。如果这样，8月还演什么呢？甲方找到我的时候，我因为当时正忙于另外的事，不想参与，但心里的构想已经出来了。以后经不住朋友的再三做工作，终于出山。这么一个大型的歌舞作品，就在五一放假期间完成了。人们怎么也不会相信，这么大型的歌舞的撰稿会在一周内出台，按照常规，就是组织专家搞一个创作班子，没有几个月的时间也是拿不下来的。但和那些专业的舞台撰稿者比较，我恰恰是得益于自己的理论功底和对作品结构的思考，而在北大图书馆学系学习时对各类知识的融会贯通，也使我具备独到的比较优势。

文艺是讲求意蕴的，它应该有自己的思想容量。而一般的晚会演出，对此多有忽略。所以尽管演员阵容强大，有巨额投资，也能轰动一时，但不会有长久的生命力，往往成为过眼烟云。有鉴于此，我在为《大唐华章》撰稿时，对它主题的确立颇费了一番思量。最后，把它的意蕴概括为八个字，即“盛世、开放、文化、青春”。具体阐释如次：

> 唐朝是中国历史上最辉煌的时期，政治、经济、军事文化都位居世界前列。国富民强，万邦朝贺，商贾云集，海晏河清。其文治武功之显赫，疆域之广大，境内民族之众多，可称空前。此盛世之谓也。唐朝又是一个大开放的社会，有海纳百川的气概，不仅在国内有其相对开明的政治，甚至有个人欲望释放的空间和较为宽松的环境，同时开创了中西交流史无前例的辉煌，成为世界历史上文明融会的盛举和楷模。此其开放之谓也。唐朝也是中国历史上文化艺术最发达的时期，诗歌、音乐、舞蹈及整个社会的审美文化水平，都达到璀璨耀人的境界。唐代文化以其成熟、大气、雍容华贵和经典迭出的气势和特点成为中华文化当之无愧的代表。此其文化之谓也。青春则是指唐代充满活力，生机勃郁，洋溢着生命的激情，以及浪漫情怀、前所未有的想象力和创造活力，从而使人和社会都呈现出健康的形态。马克思在《政治经济学》导言中谈到古希腊艺术的永恒魅力时，曾称“希腊人是正常的儿童”。那么，我们也可以说，唐代是中国封建社会发展过程中健康的青春期。另一方面青春则指唐代文化历久弥新，

精神不朽，在今天仍然有着强大的活力。总而言之，唐朝是中国历史上的极盛，在一定意义上讲，它就是中国的指代和最富于活力的象征符号，无论是过去，还是现在、未来都会对我们民族产生潜在的积极的影响；对于今天正在进行着伟大民族复兴的变革时代尤其具有非凡的意义。

这一主题和基本理念在撰稿时予以了强化，并贯穿了整场演出，成为《大唐华章》的内在气韵和晚会各种元素组合的精神统率。正因为能高屋建瓴地对唐代文化作理论的审视和概括，定位准确，也就为作品的品位奠定了坚实的基础。如果我不是学理论的，那就很难做到这一点。

但是，单是如此是不能成功的。《大唐华章》还得益于其独到的结构。在创作和文化领域，竞争实际上是很激烈的。一个电视片、一台大型演出、一个文化策划乃至一篇碑文，以中国之大，人才之多，甲方永远是卖方市场。你要胜出，因素很多，如果排除了非竞争因素，也就是说大家都遵守游戏规则，公正透明，那么我可以说，谁的结构意识强，谁就可能先拔头筹。人家请你做事，你是乙方，做什么是甲方的事，也就是做的题材、内容、目标都是甲方既定的，你做不了主，乙方主要是怎么做的问题。而怎么做的一个中心环节是结构问题，而结构说到底还是一个理论问题。

表现唐代文化这是甲方的要求，对于我是如何体现和反映的问题，也就是怎么做的问题。为什么别人要半年才能做的事，我一周就能完成？因为别人面对浩如烟海的唐代文化，好比天狗吃月，不知如何下手。我则上来就是结构开路，先搭框架，结构一通，处处畅通。从舞台艺术的具体情况而言，在结构上我一般是从两个方面考虑。一是时空问题，二是所做题材的内部联系问题。舞台是一个空间，但在这个空间里又蕴含了时间的因素。一般表现这种历史题材，人们习惯于以时间为线索演绎，也不乏成功的例子。如果我要依样画葫芦，肯定落入俗套，不会有新意，何况从初唐到晚唐这样做下去，也着实费工夫，吃力不讨好，你不累，观众还嫌累；于是就只得从另一个角度考量。时间不行就从空间切入，这样一想，豁然贯通。管他唐代文化说千道万，我就用三个典型的空间片段扫而包之。为了在空间中演绎时间，注入历史内容，我在歌舞的引子用了《秦王破阵乐》，大约有李世民玄武门之变的暗示。这样就由单纯的空间向度变为“时空连续体”，颇有点“相对论”的意思，后来一个记者采访我，就说《大唐华章》的结构灵感来自于爱因斯坦的相对论，当然你就姑妄听之了。在这个基础上，根据唐代文化这一特定题材，我把三个空间片段作了内容上的逻辑勾连，分别为“盛世民风”、“唐宫雅韵”和“万方乐奏”。何以如斯？其理由如次：

所以要以“盛世民风”打头，因为这是一个基础。唐代社会生活的丰富多彩，这首先应该在民间有广阔的反映。而这一点在以往的类似演出中往往忽略。而且，民间的东西富于活力，充满生机，一个社会的形态在民间最能反映出来。像“巴渝舞竹枝词”、“长安市井图”这样的节目，不仅具有原创性，而且本身就是唐代民风的艺术写照。这种处理，除了它自身存在的合理性外，也为下面的两个章节做了铺垫。

与此相应，第二章“唐宫雅韵”正是承接而来。因为宫廷的艺术归根到底是来自民间，无非是在民间艺术的基础上加以润色，使之精致化华美化而已。比如“唐宫雅韵”中压阵的“霓裳羽衣舞”,其原作就有道教和佛教文化的色彩。至于“燕乐鼓舞”、“绿腰舞”更是来自民间。正因为有了“盛世民风”前引，“唐宫雅韵”的出现才称得上自然和有明显的发展轨迹。

而唐代又是一个开放的社会，有海纳百川的气概，是历史上世界文明融汇的一个高峰。中西交通，万邦朝贺。在唐代的十部乐中，就有九部具有异域和国外的色彩。因而第三章表现中西文化的交流也顺理成章。“万方乐奏”囊括了东亚、南亚、中东、西亚等地域的音乐舞蹈艺术，并使之形成演出的一个高潮，这也是晚会发展的一个必然结果。

这样，看起来三个独立的空间片段，实际上注入了文艺发展的内在规律，使观众在接受的过程中感到自然，毫不突兀；从而把作为形式的结构因素，转化为内容，成为有意味的形式。当然，一个成功的结构还可以作多种理解。如果从文化角度来讲，《大唐华章》的结构还暗合了《诗经》风雅颂的格局。

《大唐华章》于8月如期在北京保利剧院上演，好评如潮，以后又陆续在全国巡回演出，长演不衰，并受到国际文化界的瞩目，雅典奥运会也曾邀请它参加文化演出，尽管因为种种原因未能成行，已足见其影响。以后在俄罗斯的巡演同样大获成功。2004年《大唐华章》获全国“文华奖”，这绝非偶然，因为它是文化炼成的，是理论炼成的，也是结构炼成的。

现在我已退休。我所在的班级每年都有聚会，一起回忆在北大的岁月，已经坚持了十年。就我的心愿而言，很愿意写一篇《北大赋》，以表示对母校的情愫吧。

何开四，1968年毕业于北京大学图书馆学系。曾任四川省作家协会副主席、四川省文艺评论家协会主席，为国务院政府特殊津贴获得者、全国鲁迅文学奖评委、全国茅盾文学奖评委、全国少数民族文学“骏马”奖评委。现已退休。

走访教育部信访室

胡　戟

1959年起，我在北大历史系读本科，1964年我考上研究生，留在北大历史系继续学习。“文革”中1968年分配时，我实践1964年毕业时的诺言：哪儿远我去哪儿。在已经成立革委会，可以接收分配学生的五个省里，青海最远，我说我去青海。已在老家找好对象的姚德明和我商量说，他对象愿意去青海。（多年后知道，青海的指标是青海日报社，姚德明在那里干得不错，做到报社总编辑。）剩下的指标，内蒙古最远，我改报内蒙古。赵春晨告诉我，河北平泉还有一个指标，我想也没想，决定还是到边疆去。

那时，学化学的研究生分到酱油厂就算专业对口。我是到海勃湾市政治部报到，我声明不愿去中学（那时还没复课，学校乱着），要求当工人。正好要成立公乌素煤炭指挥部，那是设计年产300万吨的，有露天，有斜井的大型煤矿，据说是政治局批的项目。于是我和内蒙古大学、内蒙古医学院、山西医学院毕业的三个大学生一起分到公乌素矿区去了，如愿成了没能“领导一切”的工人阶级的一员。

上班后第一项任务是和一位技术员去地质勘探大队取坐标，两个人都签了字，拿着就回来了。回来以后领导告诉我，那是国家机密，苏修拿到了，用导弹打，一打一个准，泄露出去就坐牢。

而后，从拉建材当装卸工做起，钳工、车工、掘进工、垒石盖锅炉房、修铁路，啥都干过。下井时，最喜欢打眼放炮，天天琢磨掘进头打几个炮眼，怎么分布，放多少药，先点哪个，后点哪个，总想放得整整齐齐。最后棚顶的活也总是我上，看上面空间的情况，马上判断出棚顶的方案，点着要两头厚薄粗细不同的板皮，递到我手里，几下子就弄好，打上楔子就下工。顺利时，两个小时就能把一个班的活干完。我还挑头搞过竞赛，一天掘进1.2米的任务，我们打了4.8米。没想到对手王朋义组竟打了5.2米，我们还是输了。那时处于“文革”中，到处停工停产，矿工们这样热心响应和参与竞赛，真是很难得。

生活也很艰难，基本上是吃粗粮，一点点白面，竟是发芽麦子磨的，下锅就糊成一锅粥。哪个月买到能擀面条吃的面——加拿大面，那就很高兴了。有一次我去商店，能吃的东西只有海带和盐两样东西。修铁路时，在拉僧庙能买到鸡蛋，天天用鸡蛋充饥，到后来一闻鸡蛋，无论是炒的煮的还是蒸的，都是鸡屎味，很长时间不能碰。那时都不怎么好好干活——没啥吃的，可以理解——我写了一首打油诗："八点上班九点到，十点才去拉僧庙，下午三点往回跑，中间还要睡一觉。"全矿修路基的进度很慢，军管会又搞了一次竞赛，我完成挑土方17方多，是全矿第一。那时能够双肩挑，右肩上鼓起来的肌肉，像个小馒头，那是在学校里锻炼的。上大学时下乡劳动多，年级评比先进，总拉不下我。念研究生时，在十三陵劳动，挑水上山浇树，一挑要一个小时。我坚持挑水上山一步不歇，把满满一挑水挑上去，一天总共挑了7挑水。大家各挑各的，山大树多，谁都不见面，干活凭良心，也算是"慎独"吧。

在学校时劳动锻炼我一直是自觉努力的，在矿上也一样。有一次在井上翻车，就是把绞车从井下拉上来的矿车，前面摘钩溜过来后，我把车里的石头翻倒出去。有个矿车掉道了，我们两个人把它抬起来，我站在道间好使劲，没注意后面一辆矿车溜过来撞了我，大腿让两个矿车头重重挤撞了一下。得亏当时我正使着劲，大腿肌肉绷得紧，竟然抗住了冲击，后面的车戛然停住，我大腿内侧的肉肿起来，成一死疙瘩，好多天走路别扭。要是当时偷懒，肌肉松着，那就挤撞得粉碎，落残疾了。那天的确有点后怕，但更为自己的钢筋铁骨自豪。

劳动之余专业还是放不下。在那里十一年，没进过一次图书馆，除了大姐寄我的四卷本《列宁选集》，没借到过一本书、一篇文章。好在自己隋唐史的基本书还有，都是上学时节省吃饭钱买的线装书，装了七个炸药箱带下去了，我坚持夜读。老钳工靳师傅深夜加班后从我窗前过，看我在读书，说："老胡别把身体熬坏啊！"

劳动生活累点苦点没啥，心里却为将来学术怎么办担心。1972年或1973年的一天，我心血来潮去了教育部的信访室。小小的接待室有一位男士在接待，他就是听一听记一记挤满了屋子的来人的诉求。轮到我的时候，我说我们这些在北大读了五年本科又上了研究生的人，本来就没有多少——我记得一个一千的数字，记不清是全国每年招一千个研究生，还是在学的几届一共一千个——现在都不搞专业，对我们自己来说没啥，可学科怎么办？将来不是还要像陈寅恪先生说的那样，中国人的历史要去问日本人，"群趋东邻受国史"吗？那位接待员听了很感动，说别人都是为自己的冤屈、为自己的工作或工资找来的，你还为国家操这个心！他认真听了记了，要了我的地址，态度格外好。当然，在读书越多越反动、文科不要办大学的思维下，我的上访没有下文，没有任何结果，也是不奇怪的。

"文革"结束后，我在公乌素主持一个在煤炭部里挂了号的腐殖酸项目，成了矿务局的科技标兵、市里的先进。正做得高兴时，北大邓广铭老师把我的情

况告诉了内蒙古大学的一位副校长，他是自治区科协的主席，到我们那个城市（现在叫乌海市）作报告时，替我说了一句：“你们把北大的一个研究生扣在这里搞腐殖酸，胡闹！”借此机会，矿务局的主管书记李颖给我开了放行的绿灯，我归队到了西北大学。可是我 27 岁到 38 岁的 11 年岁月流逝了，我知道在只靠长期读书积累的历史学中，我在专业上注定是没有希望了。从 1962 年（大学四年级）起，我分在隋唐史专业，到读研究生时，一直带我的汪篯先生曾和我商量以后做什么，他提出了四件事，第一件就是写一部中国史，但是需要四代人的努力。第一代陈寅恪先生，没能正常工作下去；第二代汪篯先生，没能活下去；第三代，我们长期离岗而去；第四代，欠缺童子功。牟发松告诉我，上大学前，他没上过一堂历史课。四代人这样走过来，一部好的中国史能在哪里啊！

胡戟，上海市人，汉族，1941 年生。

1959—1967 年为北京大学历史系本科、隋唐史研究生。

1968—1979 年在内蒙古海勃湾矿务局公乌素矿区工作。

1979 年以后调西北大学、陕西师范大学任教。长期从事隋唐史的教学、研究。在《历史研究》、《历史学家茶座》等权威、核心期刊上发表论文多篇，出版了 8 部专著和主编、参编的图书。先后担任中国唐史学会秘书长、副会长，中国敦煌吐鲁番学会理事等。

留校北大经历的“斗、批、改”

赵章元

1970 年 3 月，我们这些 1969 届所谓因北大“文化大革命”的需要尚未离校的学生，在一片口号声中，开始了毕业分配：“到祖国最需要的地方去”、“四个面向：面向基层，面向边疆，面向农村，面向工矿”。我们唱的歌是“哪里需要到哪里去”，“哪里艰苦哪安家”。一天，一位军宣队领导突然通知我：“你的大批判专栏办得不错，经研究，你先留在学校继续搞‘斗、批、改’吧！”我当即习惯性地表态说：“坚决服从分配！我愿意先到艰苦的基层去锻炼！”其实，后来留在学校里参加和见识的一场场斗、批、改任务，不可谓不艰苦，内容可以说丰富多彩！

北大的“五一六分子”在哪里？

“文化大革命”进入后期，所有干部都靠边站了，地、富、反、坏、右早已被批斗了，继刘（少奇）、邓（小平）、陶（铸）被揪之后，杨（成武）、余（立金）、傅（崇碧）也被揪出来了，臭老九们也去接受贫下中农的再教育了……那么，下一步还该如何再继续革命呢？革命造反派们无不在思考着此类问题。

在后期的一段时间内，红卫兵组织中的少数人（大概主要是首都钢铁学院的部分红卫兵），曾经出现了无政府主义极“左”思潮，开始怀疑一切，把矛头竟然指向了周恩来总理（可能背后有人暗示）。他们逐渐发展成了秘密活动的组织，称“五一六分子”。毛泽东主席曾经及时作出过指示：“对红卫兵要进行教育”，要着重正面引导，没有必要扩大追查范围，要尽快进入“斗、批、改”新阶段。然而，由于广大群众对这些肆意攻击周恩来总理的恶劣行径极为气愤，强烈要求严惩，又掀起了一场轰轰烈烈的清查运动。所有骨干分子很快就被公安机关抓捕了。

1970 年的寒冬，北大也开始了这场严肃的清查“五一六分子”的运动。当时，我只是觉得事情来得很突然，也不知北大的“五一六分子”究竟在哪里？大家都感到“说不清”。就只好凭着“文化大革命”四年多来“六厂二校”红卫兵围剿“牛鬼蛇神”的经验，普遍地给进攻对象大讲政策，搞攻心战，迫使他们自己交代问题。然而，给谁去讲？由谁来讲？并不清楚。

当时，正值工农兵学员被招进高校大搞“上、管、改”阶段，即工农兵学员“上大学、管大学、用毛泽东思想改造大学”（未经考试而直接通过推荐选拔上大学，文化程度参差不齐，有的甚至不到初中毕业水平）。学校里最年轻的运动主力军自然也就换成了工农兵学员，就被定为“讲政策者”了。可是，该讲给谁去听呢？自然要在“文化大革命”中的活跃分子或受极“左”思潮严重影响的人中去找了。很明显，那就只有当年的红卫兵小将（该美名是毛泽东主席亲自给的封号）是主要被审查对象了。就这样，形成了一种工农兵学员给红卫兵小将来讲政策的局面。

这下可就乱套了。一个个聪明伶俐的北大红卫兵小将，在停课闹革命时专门学习训练给“走资派”大讲政策长达四年多了，政策语言背诵得滚瓜烂熟，个个都有丰富经验，不料今天却变成了被审查对象。那些工农兵学员刚刚进校不久，就去给这些老红卫兵小将讲政策，他们哪里是对手啊！

作为当年老红卫兵小将的我，当时被安排在北大200号（昌平分校）去攻关百万次计算机的工作任务。白天搞生产劳动，晚上就被审查，搞运动。每次讲政策都是由几个年轻的工农兵学员来对付我一个，轮番作战。“党的政策是，坦白从宽、抗拒从严”……重复多遍。我深感枯燥无味。每次都是以我给他们挑出些政策语句的错误而告终，心中暗自发笑。一直讲了一两周，啥“罪行”都没促使我交代出来，便强加给我一顶“不老实”、“态度傲慢”的帽子。

为了打压我们的士气，就开始在大会上施“高压”了。一名军宣队员（某排长）高声斥责：“××班的老红卫兵（几乎点名了）至今还是在挑衅式地对待我们的工农兵学员，这不就是跳出来了吗？！如果你心里没鬼，那你跳什么呢？”会场上气氛顿时紧张起来。大家你瞅我，我瞅你。然而，我们心里一直很坦然，就坚持“不做亏心事，不怕鬼叫门”的训条，一直沉默到会议结束。

一周、两周地过去了，在北大200号还是未揪出一个“五一六分子”。那么“五一六分子”究竟在哪里？在北大校园里究竟揪出来几个？鬼才知道。至今没有交代过。

我心想，这可真是“革命不是请客吃饭”，自己要“既会作革命动力，又可作革命对象”。在文化革命中，先去革了别人的命，后面别人再来革自己的命。不是你斗别人，就是别来人斗你。这就是斗、批、改，人人有份！不输不赢，最后总算摆平了！这也是“文化大革命”的重要内容啊！

“人性论”真有毒吗？

“五一六分子”究竟在哪里？在偌大的运动中不能没有交代。这是否他们的攻守同盟太牢？还是总有人通风报信？在“向纵深发展”的清查阶段，北大200号开始更加猛烈地扫荡“文革”中的最活跃分子了。如果把老红卫兵小将或当年“造反派”成员都赶出来排队，这样就打击面太宽了。于是，他们就在北大“井冈山兵团”中的激进派“红旗飘飘”——全校有名的铁杆造反派身上大做文章了，这些成员就成了主要审查对象，他们中的多数人开始被隔离审查了。

一天，我完全出于好奇心地去看望了一位朋友，200 号的审查对象罗 ××，这是我较为熟悉的同学，一位性格开朗而善良的女性。我主观判断她是一位好人，听到她被审查很惊奇，就想探个究竟出来。实际上，见面后只有五分钟的谈话，她简短的回答是“根本就不了解五一六分子”。我心想，也许情况很复杂？还是等情况明朗后再说，就先少说为佳吧！

没想到，就这样简单的动作便又迎来了一场更加严肃的革命大批判！

第二天，200 号军宣队、党支部在大会上十分严厉地指出：“现在阶级斗争更加复杂化了，有人直接去找审查对象见面了。是去通风报信吗？还是受刘少奇的‘人性论’毒害太深？希望你要争取主动交代为好！”虽然还没有点名，可我的脸上顿时就红得发烫起来。

散会后，一位我熟悉的支部委员找我谈话了。他最后要我好好写一篇关于“人性论”的批评稿。很明确，果然是认为我跟熟人划不清界限，中了“人性论”毒害。于是，我开始了对“人性论”的学习和认识，主动批判头脑中的“人性论”。

到了第三天，广播台就播放出我写的自我批判稿，响彻了 200 号分校的天空：

“世界上没有无缘无故的爱，也没有无缘无故的恨！”

“我们只有阶级的爱！我们无产阶级不能去爱资产阶级，我们不能去爱敌人！”

“人性论是没有阶级斗争观念的表现！”

“要斗私批修！”

……

我在反复学习中才体会到，原来任何爱都是有阶级性的，我们不能爱“五一六分子”，也不能去接近被审查的“五一六”嫌疑人。尽管我的这个同学最后并未查出属于“五一六分子”，但有好长时间我总不想再去见她。心里很不是滋味！

然而，此事在我的后半生中一直耿耿于怀。我总感到，这个“人类之爱”思想迟迟没有离去。我不仅对我的所有亲友们，而且对老同学们、老校友们，一直友好相待，接触时从来没考虑他们是哪个阶级的。在后来从事的环保工作中，考虑的是全人类的整个环境问题，更是从不去区分我保护的环境是属于哪个阶级的。尤其是近年来，全国各地，大批被垃圾填埋场污染、被油田污染、被工业三废污染的民众、企业等纷纷向我咨询环保问题时，我也从不去区分其阶级性，而且似乎与他们之间的感情还在日益深厚！说也奇怪，就像吸了鸦片似的，我受“人性论”的毒害怎么会越来越深呀？

种瓜人能吃瓜吗?

1974年年初，为响应毛主席关于知识分子要走“五七道路”的号召，我被安排到北大“五七干校”(大兴县庞各庄附近)，参加为期一年的轮训，主要任务是通过参加干校农田内的基本农业劳动，来体验劳动人民的艰苦生活过程和思想感情，改造知识分子好逸恶劳的恶习。这应该也属于“斗、批、改”的内容吧!

大概是由于我来自农村、对农活比较熟悉的缘故，我被分配到干校种菜班，当了生产班长。我负责组织全班“五七战士”在十来亩土地上种植蔬菜和西瓜，供应全校食用。播种，施肥，浇水，掏粪……忙个不停。一本《蔬菜栽培学》教科书，让我爱不释手，成了我的救命稻草。遇到脏活累活，五七战士们都能争先恐后地去干；有时遇到实在过不去的技术问题，如西瓜的压蔓、打杈技术，我们就把附近的老农请过来，向他虚心求教，能学到好多书本上没有的知识。

在我们全班五七战士（皆为中老年教师）的奋战下，我们种植的三十多种蔬菜和七亩西瓜喜获丰收。满地的大西瓜着实可爱!

一天上午，我们高兴地开始了收获西瓜，大田班的五七战友们也前来助阵。我们刚刚把一堆西瓜集中放进临时瓜棚里，突然迎来了一场大风雨。大家只好挤在瓜棚里避雨。我们看着自己亲手采摘下来的大西瓜，无不流露出内心的喜悦。我看到有几个西瓜在忙碌搬运中被摔裂，就不假思索地把瓜切开，分给大家吃，以表示对战友们助阵的谢意。大家高兴极了！不料，防不胜防，此事竟然又引来一场严肃的“革命大批判”。

中午时分，“五七干校”广播台就开始了大批判播音，题目是《种瓜人就能擅自吃瓜吗?》:“今天上午种菜班在收西瓜时，把摔裂的西瓜擅自分发给五七战士们吃掉了，还谈笑风生，腐蚀思想！试问：这是一种什么思想？全校五七战士立即组织讨论！提高思想，要对事不对人。”

听到广播后，我被惊呆了。做事一直小心谨慎的我，怎么又犯错误了？我便回到种菜班来参加讨论，自然成了被批判的重点人物。会上，大家的发言都使我深受教育。同志们说:“我们五七战士的主要任务是来改造思想、改造世界观的，不能有任何贪图享受的思想。”“五七战士只有种瓜的权利，而没有吃瓜的权利和自行分瓜的权利!”

我想来想去，当即就表了态：我真是感到各位五七战士的思想境界比我高尚得多啊！我还需要再斗私批修，加强组织观念！继续好好改造自己的思想。

我班五七战士们看到我态度还算比较诚恳，便又语重心长地替我开脱说：小赵（我在菜班年龄最小）虽然是擅自把裂瓜分给大家吃了，但他自己并没有吃！还算不上“贪图享受”，自我检讨一下就可以了，对事不对人，就原谅他一次吧！并当即向干校党支部做了汇报。我就这样过关了！

我想，幸亏我当时多了个心眼，留了一手，就只是谦让别人吃瓜，自己并不敢吃，怕万一出事。我在那思想改造的一瞬间，战胜了贪吃的旧思想！此后，我做事就更加谨小慎微起来，以至于后半生再也未出现过被人揪出来批判的事情。

回顾这一场场斗、批、改任务，一幕幕令人难忘的情节，真是“丰富多彩”！正如当时最流行的话：“共产党的哲学就是斗争哲学！”“不破不立，要在破中立新！”我已习惯于批评别人和自我批评，也从不怕别人批判我。比如近年来我在处理一些环保问题时批评过不少污染者，也曾经得罪过不少官员，一些被问责的高官甚至还跑到环保部去告我，但只要我们做事留有充分的余地，是真心为民众利益考虑的，最终总是会被众人理解的。尤其近年来，我深深感到，越来越多的民众对我都很好！令人欣慰！

如今谈起“文革”来，给孩子们随便描述一段事实，都能把他们逗笑。这段历史，就留着用来给后人讲故事吧，或许还有些借鉴作用。

赵章元，中国环境科学研究院研究员。1943年生，河北定兴人。1964年入北京大学地质地理系学习，毕业后留校任教，后调任中国环境科学研究院湖泊环境研究室和近海环境研究室主任，兼中国地球物理学会理事、环境专业委员会副主任及秘书长。曾率团赴泰、俄等国参加制定联合国环境署关于东亚海（EAS）和西北太平洋（NOWPAP）地区“防止陆源污染海洋行动计划”。曾荣获1998年省部级环保科技进步二等奖。

发表了有关古地磁和水环境方面的论文共四十余篇。主要著作有《交通环境学概论》、《中国近岸海域环境分区分级管理战略》和《中国近岸海域环境功能区》。

在中国驻亚美尼亚大使馆工作的几个片段

杨 闯

苏联解体后，我和爱人初少华两次由外交部借调，派往中国驻独联体国家使馆工作：一次是 1993 年至 1996 年在中国驻亚美尼亚大使馆，另一次是 2000 年至 2002 年在中国驻乌克兰大使馆。

到驻外使馆工作的缘由与艰辛

1991 年 12 月 25 日，苏联国旗从克里姆林宫降下，苏联从一个国家变成十五个国家。除了 1991 年 9 月中国与波罗的海三国建交，俄罗斯联邦成为国际法意义上的苏联继承者外，中国面临与其他十一个新独立国家谈判建交的关键时刻。为了应对苏联解体的国际形势突变和出现的政治真空，1991 年 9 月，中国派出外交部常务副部长田曾佩为特使的代表团①，旋风般地访问波罗的海三国，顺利建立外交关系。1992 年初，李岚清和田曾佩作为特使与这些新独立国家就建交问题谈判，达成相互承认的建交协议，发表国家间联合公报。在独联体国家建馆工作开始后，驻外使馆的任务加重了，原来一个国家就派了两名外交官，显然不适应工作的要求。外交部在部内、国内各单位招聘和借调俄语较好、有专业知识背景的干部。我本科在北大学习俄语，研究生在北大国际政治系研究苏联问题，自然有了一个用武的机会。

1993 年 5 月，我持外交部干部司的介绍信，奉命到驻亚美尼亚使馆上任，被任命为使馆党委委员，首席馆员。到了使馆，我才知道，新建的大使馆人数不多，除了商务处的三位同志，外交部派出的就是赵希迪大使夫妇、办公室老陈和会计小李、研究室小曹。新建馆的编制人都不多，但各方面的工作都要开展，因此要求一人多能。我不仅分工搞调研，也兼领事工作。我爱人初少华也是一秘，分在办公室工作。

人们往往以为外交官很风光，西装革履，谈判，出席宴会等等，实际上在艰苦条件下的外交官的工作与生活，远不如在国内方便。但这里是外交前沿阵地，需要我们克服各种困难，忠于职守，坚守国家的外交阵地。

初到使馆，我感到工作和生活不方便之处，就是埃里温的生活保障极不正常，特

---

① 时为外经贸部部长的李岚清和中国驻俄罗斯联邦大使王荩卿也作为特使参加独联体相关国家的建交谈判。

别是供电、供水、供暖不正常。由于亚美尼亚与阿塞拜疆发生纳卡战争，亚美尼亚被阿塞拜疆和土耳其封锁，铁路交通中断，苏联时期形成的天然气和电力管网被卡断。埃里温市靠拉兹丹河上的一个小水电站和一个靠重油发电的火力发电厂供电，不能满足基本需求，只能分区轮流供电，一个区一天供电只有3—4个小时。夜晚的埃里温是漆黑一片，只有自家发电的星星点点的灯火。家用冰箱不能正常使用，使馆的传真机要靠自己的备用发电机发电。蜡烛、手电是我们主要的照明用品。埃里温冬季比较冷，居民没有公共供暖，公园里的树木被偷偷砍伐，很多半截树桩在寒冷的冬天矗立着，似乎向行人述说着凄凉。埃里温街边的树上常有黑布条悬挂，这是告诉人们，家里有人战死了，黑布条寄托家庭对自己亲人的哀思，也显示亚美尼亚处于交战的气氛。

1993年到1995年，我们出差去莫斯科是经常的事，差不多每月都要派两位同志当信使，到莫斯科取文件、送文件，在莫斯科滞留机场是经常事，有时候需要等七八个小时。在候机厅贵宾室里，看到别的航班都正常起飞，我们孤零零地等待，真是很无奈，也是对我们意志的考验。

每次去莫斯科出差，我们都要买很多面包，因为亚美尼亚供应不正常。我们住在埃里温的拉兹丹宾馆时，宾馆给予照顾，每天给我们留面包。后来我们搬出来了，也就没有这种便利条件了。我们的日常生活用品，主要都是到市场上购买。

对于新建馆的外交干部，我们也要干一些国内没有干过的繁重体力劳动。比如使馆和大使官邸两次搬家，都少不了搬运，我们都当过搬运工。使馆很多东西不能让当地人经手，既不能雇人搬，也不能让外秘动手，都是我们使馆的中国外交官自己搬上搬下。年轻人都很累，我是五十岁左右的人，其劳累更可想而知。

使馆调研重于泰山

在公众眼里，外交官充满神秘与神圣感，这是可以理解的。外交官是国家派出的代表，代表派遣国在国外工作。在公开场合，外交官西装革履，出席宴会，参加谈判，会见朋友。有时还要奉国内指示，与驻在国外交部办理外交交涉，提交照会等。接待国内的重要代表团组访问也是非常重要的工作。驻在国的国家元首访问中国，需要机场送行和迎接。使团之间也相互拜会，出席驻在国和其他国家使馆的国庆招待会等等。这些工作我都多次经历过，因此我与亚美尼亚外交部亚太局和领事司的官员，都保持非常好的关系。作为使馆代表，我还参加了两国外交部门关于领事关系条约的谈判。

我在使馆，主业是调研，自然对亚美尼亚的了解要多一些，多了解情况，有了材料和对比，才能看到新独立国家经历的艰辛。苏联时期的亚美尼亚工业比较发达，但也是多灾多难。1988 年 12 月 7 日上午 11 时，亚美尼亚北部的斯皮塔克和第二大城市列宁纳坎（现改名久姆里）发生 8.8 级大地震，两个城市夷为废墟，官方统计资料公布地震死亡人数是 2.5 万人，另有统计数字称死亡 5.5 万人，其他材料统计死亡人数比官方多 2—3 倍。而纳卡冲突发生也是在 1988 年，造成了从阿塞拜疆逃回亚美尼亚的难民有 20 多万人。

尽管亚美尼亚国内党派林立，争斗不休，但在对华关系上，亚美尼亚人还是一致的，对中国非常友好。亚美尼亚外交部礼宾局的官员经常讲，亚美尼亚的人口是 300 万加 13 亿。为什么这么说？他们讲起历史故事，说历史上亚美尼亚曾是从里海到黑海的大国，后来遭到波斯人入侵。在亚美尼亚人最困难的时期，是从中国来的三兄弟帮助亚美尼亚人打败了波斯人。在亚美尼亚的油画市场上，能看到画家创作的反映这一战场图景的油画作品。介绍亚美尼亚的旅游指导书籍，也将这一历史传说写到公开出版物中。

根据 1961 年《维也纳外交关系公约》的规定，“以一切合法手段调查接受国之状况及发展情形，向派遣国政府具报”是使馆基本职务之一。我们主要是看媒体报道，走访，有时要到下面去了解情况。首都自然是了解情况的主要窗口。亚美尼亚人经常在埃里温剧院广场集会，我们只是去听，从不表态。除了研究驻在国的国内政治、经济形势，外交政策、双边关系、总统与议会之间的关系之外，了解亚美尼亚私有化政策和当时正在进行的纳卡冲突是调研重点。

⊙ 炮打白宫事件后出差莫斯科

作为负责使馆调研的主要干部，我通过走访，到书店购买书籍，每天读亚美尼亚和俄罗斯的俄文报纸，将内政外交的事件梳理清楚，并将每天的纳卡战事进展写成大事记，综合分析各方立场报告国内。

1993年至1994年是纳卡冲突正打得激烈的时期，联合国安理会经常讨论亚美尼亚与阿塞拜疆的武装冲突与解决方案。作为安理会的常任理事国的中国代表，每天都要对国际事务表态，自然需要身处第一线的使馆的调研报告。我们每天都要跟踪研究纳卡战争的变化，将使馆对于亚美尼亚对国际调停的态度、立场的分析，如何解决纳卡冲突的建议，发回国内和中国常驻联合国外交使团。

如何面对纳卡问题，是一个敏感问题。中国政府同哪一方的过分接近，都会引起对立的另一方的警觉。亚美尼亚和阿塞拜疆都呼吁中国对其支持。中国政府一直秉持公正态度。作为第一线的外交官，我们都是根据国内的指示，在各种场合，表明中国政府通过外交谈判解决冲突的立场。一次，亚方外交部要我去看亚美尼亚在前线获得的中国制造的武器。我们事先一点也不知道这一情况，只能根据口径回答，中国不会向冲突任何一方出售武器，至于阿方的武器怎么来的，确实是不了解。

具体搞调研工作的外交官是很辛苦的，白天晚上都要看新闻，追踪驻在国的内政与外交变化。我也养成了写大事记的习惯，有些重要材料，一时用不上，也都留着备用。每天都要看很多俄文报纸，没有那么多的时间逐条细看，首先浏览大标题，对有关的文章才重点阅读，理出头绪，拿出看法。亚美尼亚根据当时的国际环境，提出要发展同俄、美、欧盟和中国等大国关系，并发展同北约的关系，对周边政策提出“第比利斯—埃里温—德黑兰”结盟的对外战略。我们将这些观点与看法及时报回国内。这些政策至今还是亚美尼亚的外交基石。

建馆出差几经险境

外交官享有外交豁免权，但在国外环境中，你的脑门没有写你是外交官，不时会遇到安全威胁。有一次，亚美尼亚外交部组织使团到纳卡前线视察，大使派我去。当天早上，我已经准备停当，正要和司机一起走，赵希迪大使临时改变主意，他说我们不参加这次活动。后来听说，使团到达纳卡冲突前线，阿塞拜疆的军队对使团的车辆从对面射击，也许就是示警，没有人员伤亡。

一次，我和会计小李到莫斯科出差，所乘飞机是一架图-154客机，飞到孙子机场上空，飞机起落架没有放下来，在孙子机场上空盘旋多圈，乘客已经发现了这种异常，但是飞机上的乘务员没有告知乘客，大家都提心吊胆。最后机长排除故障，才降落到机场。

还有一次去土耳其出差，我们也遇到险情。大使安排我和会计小李出差土耳其，去了伊斯坦布尔和特拉布宗。从特拉布宗返程时，我们特意起了个大早，后半夜动身。在离开特拉布宗往东的一个小城加油站加油时遇到了险情。这个加油站后半夜只有一个人，我们用美元加完油，他找回土耳其货币里拉，按当时外汇比价，还差相当于几百块人民币的里拉。会计小李用英语与其交涉，对方不肯给。我进去，用俄语与他交流，说明我们的身份。他见我们人多，回身进了里屋，拿出一支枪，把一点里拉交给小李，数目还有差距。我是带队的，一看对方还满口酒气，不好与他沟通，为了安全，决定就算了。

我生平坐过多种机型客机，但第一次乘安 -12 运输飞机，印象非常深刻。使馆的一号车由德国奔驰公司运到莫斯科，放在中国驻俄罗斯联邦使馆的院子里，使馆修缮用的专用建筑材料由国内运来，也放在那里。由于亚美尼亚与俄罗斯的陆路交通被封锁，不能走公路运输和铁路运输，只能租用运输飞机。外秘阿拉姆帮我们联系好俄罗斯的运输航空公司，租了一架安 -12 货机，办好一切有关手续。货机要从莫斯科的灶王爷机场（也是中国外交官根据俄文的含义起的中国名称）起飞，定好起飞的时间，也租好了运往机场的大卡车。但运输方没有带起重工具，无法吊到卡车里。时间不等人，我没有别的办法，跑到大街上拦截有起吊设备的卡车。那天，我还真是走运，碰到了起重卡车经过，拦下来，说明情况，请司机帮忙。这一位俄罗斯司机真够朋友，跟我开到列宁山友谊大街 6 号的驻俄罗斯使馆的院内，俄方的警卫也没有找麻烦。我们顺利装上车，而后直接开往灶王爷机场。飞机需要押运，我被安排坐在安 -12 飞机驾驶舱的后面的空间里，系好安全带。飞机发动后，噪声非常大，我没有思想准备，也没有护耳的材料可找，只能捂住耳朵，张开嘴巴，靠生理保护。飞机飞了两个多小时，到达埃里温机场，我才如释重负，长长出了口气。

使馆家具在土耳其做好之后，需要运到使馆。我们乘坐有使馆外交牌照的尼桑吉普车进入格鲁吉亚，再出巴统港进入土耳其，路途虽远，但还比较顺利。在特拉布宗要雇佣当地的卡车，卡车司机听说要到亚美尼亚，很担心人身安全，要求我坐到副驾驶位置上，与他坐在一起，回来时从埃里温到格鲁吉亚边界，要我们护送。我都答应了他的要求。他的担心也不无道理，土耳其和亚美尼亚没有外交关系。在土耳其出境时自然要排队、等待，总的比较顺利。但进入格鲁吉亚境内，就遇到麻烦了。巴统海关非要对运货的卡车打开苫布，上去查看。尽管我出示了事先办理的格鲁吉亚海关委员会的批复文件，但是他们坚持，大使馆的有外交牌照的车可以不检查，但土耳其牌照的卡车要检查，不是检查货物，而是担心卡车上是否藏人。我一听就乐了，这一点我们完全不必担心。之前之所以与他们理论，我是依照外交豁免权的规定，维护国家尊严；说要检查土耳其牌照的车辆，完全没有问题。但我还是对他们说，如果没有问题，我要到第比利斯告你们。格鲁吉亚海关的官员上车检查结果，自然没有问题。检查完，他们马上换了一副面孔。先前是海关副关长出面，现在关长出面了，邀请我到关长办公室，拿出酒水和香肠，要和我喝酒。我看了他们的态度转好，也就就此打住，和他们喝酒、聊天、谈友谊。我们的车辆最后顺利放行。

临时代办责任沉重

我在驻亚美尼亚大使馆工作期间，两次担任临时代办，都是1993—1994年赵希迪大使的休假期间。我是首席馆员，大使因故不在使馆期间，自然由负责政务的最高级别的外交官担任临时代办。担任临时代办是很紧张的，因为外交无小事。大使不在期间，我是中国大使馆的临时馆长，除了原来的调研和领事业务外，一般的馆务要抓起来，礼宾活动自然要多起来。最主要的是参加美国大使举办的为俄罗斯临时代办的告别宴会和亚美尼亚大主教的葬礼活动。

美国大使馆与中国驻亚美尼亚大使馆都处在巴格拉米扬元帅大街上，相距不远。美国大使是一位资深外交官，到任时间比中国首任大使晚，很注意礼宾礼节。在参加1994年4月23日亚美尼亚大屠杀纪念日的国丧活动时，美国大使的司机抢在中国大使的座车前面。回来时，他特别致歉，并让中国大使的专车走在前面。因此可以看出，他是训练有素的职业外交官。他对使团的活动很热心，俄罗斯驻亚美尼亚大使馆临时代办任满回国前夕，他设宴举行招待会，就在大使官邸。但美国大使官邸与美国使馆同处一个院，除了亚美尼亚的警察警卫外，还有美国海军陆战队把守，安检十分严格。有一次，由美国大使馆召集使团会议，办公室主任老陈因为拒绝接受安检，没有参加会议。美国大使对此非常重视。这一次举行招待宴会，为了避免惹出枝节麻烦，他亲自到门口迎接，而没有走安检的门。

亚美尼亚大主教瓦兹根一世1994年8月18日因病去世。瓦兹根一世，世俗全名为列翁·阿伯拉莫维奇·巴尔齐扬，1908年10月3日出生于布加勒斯特一个鞋匠家庭。1955年就当选为全亚美尼亚人大主教，在位近四十年，在亚美尼亚人中的威望很高。1994年7月，被授予亚美尼亚国家英雄称号。① 亚美尼亚决定在8月28日举行安葬悼念活动，亚美尼亚教会邀请俄罗斯大主教、中东、欧洲等地的各主教区的都主教参加葬礼。因是国葬，亚美尼亚外交部还邀请各国驻亚美尼亚各国大使馆代表参加。当时恰逢赵希迪大使回国休假，外交部干部司来文任命我为临时代办。对使馆报回的驻在国外交部要求参加国丧事，国内要求使馆报大主教个人材料。我因平时积累有原文的材料，一边翻译，一边整理成报告，电报发回外交部。后得到外交部明确答复，可以参加悼念活动。我随驻亚美尼亚外交使团全程参加了亚方的国丧活动。我也是第一次参加宗教丧礼活动，礼宾习惯也不很明白，就在外交官员的座位区，尊重

① 此材料来自于亚美尼亚共和国驻华大使馆领事阿尔森·柯坦江提供的网站。

驻在国的礼宾习惯，随着其他国家使节不停地站起来，又坐下。中国使馆的代表应邀出席这次重大的丧礼活动，满足了亚美尼亚官方的要求，自然对加强两国关系是有益的。

领事认证成全一桩异国恋情

为山东省荣成市青年邓忠刚办理婚姻认证，是我遇到的一件很曲折的领事认证工作。在亚美尼亚中部的拉兹丹市，有胶东半岛的农民按照劳务合同租地种菜和种小麦。我作为使馆领事，曾和商务处的刘学乐一秘多次去看望祖国来的亲人。这是领事工作的一部分，一方面是看望他们，给他们送去国内报纸与杂志，丰富他们的精神生活，一方面还要介绍驻在国的形势，提醒他们应该注意的安全问题。通过接触，我也了解到，他们之间有不团结的问题，也做了劝说工作。

青年农民邓忠刚因发烧住院和拉兹丹医院的护士努内谈上恋爱。1995 年 7 月，邓忠刚和努内双双来使馆要求登记结婚。我了解情况后，对他们说，婚姻登记只能在亚美尼亚婚姻登记部门，大使馆领事部只对男方的婚姻状况做认证书，提供给亚美尼亚有关方面。但邓忠刚提交的山东省荣成公证处的婚姻公证书说他是未婚，这与我了解到的情况不符。他是结过婚的，但是离婚了，还有一个孩子归了前妻。我不能在这

⊙ 杨闯夫妇在埃里温卫国战争纪念碑前

个公证书上做认证，要邓忠刚重新开一个公证书，但是他没有开来。女方很着急，因为她怀孕了。亚美尼亚家庭对女儿都管得很严，她已经被家里赶了出来。我只好请示大使，向威海市外事办公室发传真电报，由威海市外办发来符合邓忠刚实际婚姻状况的威海法律公证处的公证书。我为其加急办理认证书，并经请示大使杨克容免收了认证费用。使馆出具的领事认证自然起了作用，为这位山东青年在国外登记结婚提供了法律保障。这一对夫妇后来生下双胞胎女儿，回国发展，在荣成市石岛港还开设了努内咖啡屋，接待国内外的船员，非常有名气。中央电视台的记者在春节节目中，讲述过他们的异国恋情故事。

周恩来总理生前说，外交官是不穿军装的解放军。我在艰苦的条件下，牢记外交官的使命，在驻亚美尼亚使馆工作了三年四个月，应该说也像军人一样，报效了国家。

杨闯，外交学院教授，博士生导师。汉族，1944年生，籍贯辽宁。1964年入北京大学俄语系，1969年毕业，1970年3月离校。1978—1981年为北京大学国际政治系国际政治专业研究生，获北京大学法学硕士学位。任中国高等教育学会国际政治专业委员会常务理事、学术委员会副主任；中国俄罗斯东欧中亚学会理事；中国中亚友好协会理事；中共北京市委讲师团专家团成员;《中国高新技术企业》期刊社学术顾问；东北师范大学兼职教授、浙江大学非传统安全研究中心兼职教授等；俄罗斯远东大学高级访问学者；获莫斯科国际关系学院功勋勋章。

曾任银川一中教师、宁夏人民广播电台记者、宁夏回族自治区对台工作领导小组办公室干事；外交学院科研处副处长、处长。1993—1996年任中国驻亚美尼亚大使馆一等秘书、首席馆员、临时代办；2000—2002年任中国驻乌克兰大使馆政治处主任。独著、合著和主编《百年中俄关系》、《外交学概论》、《外交学》等著作多部，发表论文数十篇，且有多篇获奖。

印尼军舰上的五天五夜

滕宗元

引　言

1997年2月，我舟山渔业公司的16条渔船连同船上的301名船员被印尼海军扣押在印尼的马鲁古海域，原因是不持有合法的捕鱼证，又悬挂了印尼国旗，违犯了印尼法律。我使馆在接到舟山市政府的报告后，即多次与印尼外交部及有关部门交涉，时间长达7个月之久，但如泥牛入海。该渔业合作项目的印尼方始终拿不到捕鱼手续，又无力去协调与海军及其他相关各方的关系。而当时的印尼之对中国关系，名义上虽已复交5年，但由于断交时间太久，隔阂成见极深，呈“外热内冷”状态。对此事件，印尼方根本无视我使馆的交涉，肆意久拖不决。而我们的渔民已经滞留在海中近7个月之久，炎热酷暑，断水断粮，苦不堪言，此外，还要承受印尼军警的不断骚扰与敲诈。

在中方的一再强烈要求下，印尼外交部终于正式通知我使馆启动遣返程序。对此，使馆除要求印尼方绝对保证每一位中国船员的人身安全外，还要求保障中方的船舶及财产的安全。此外，为了争取主动，使馆还决定派领事部刘永固参赞带一秘滕宗元和商务三秘郝伟组成了三人工作组，与印尼的政府联合小组一道去马鲁古现场实施遣返，以监督保证遣返的合法有序，并在其中尽力保护中方船员的人身安全及合法权益。我和郝伟奉命随船同行，参与并见证了整个遣返过程，陪伴我们的船员在爪哇海的印尼军舰上度过了五天五夜。

事发当时的中、印尼两国关系正处于极度的低温冷对。这样的形势对护侨工作极其不利。在这样不利的环境下，使馆果断决定派出工作组去现场实施领事保护，力求因势利导，化被动为主动，是难能可贵的。而我们的301名船员能够全部平安回国，16条船最终也完好无损地“完璧归赵”，这个领事保护的成果在当时的那个形势下实属不易。

1997.09.19 周五 凌晨三点半，北大三校友直奔机场

昨天，印尼司法部会议决定：派政府联合小组去东部马鲁古省的杜阿尔县（Tual）现场解决扣船事件，并通知中国使馆派员随同前往协助参与。使馆决定派领事部刘永固参赞带领我，还有商务处三秘郝伟三人一同前往。我们三人都是北大校友，又都是印尼语专业：刘参赞是1960级，我是1964级，而郝伟则是1990级，可以说工作语言无障碍，也可以说是北大老少三届印尼语学友的一次合作。

5时20分，我们乘坐的鸽航A310宽体客机起飞。两个小时后，飞机在南苏拉威西首府望加锡（Makasar）降落，结束了第一航段。8点整，我们登上了福克28客机，开始第二段航程，一个半小时后降落在马鲁古省府安汶（Ambon）。11时30分，我们和印尼政府官员分乘两架印尼空军的螺旋桨飞机前往最后目的地——马鲁古省的杜阿尔县。

在这第三航段里，我身体出现了极度不适，恶心，头晕。这架飞机很旧，机舱地板有裂缝，虽然用胶带粘住了，但还是可以透过缝隙看到地面，心里不免有些紧张。我坐在飞行员身后，他的飞行服可能因已多时未洗而散发着股股臭味，熏得我直要呕吐。我的呼吸急促，透不过气，赶紧抹风油精，吃了四片黄连素，全力坚持。一路上，一前一后两架飞机上的两个驾驶员互开玩笑，前面飞机上的印尼官员太太还不停地向我们招手。印尼政府官员很讲究，也就是几天的出差，而且是去那遥远荒凉的海岛，也要携太太共同前往。两小时后的下午1点30分，飞机终于降落在杜阿尔军用机场，顺利地结束了三个航段的飞行。

⊙ 1974年8月1日于上海黄浦江畔留影

抵达杜阿尔军用机场，军方有六辆吉普车来机场迎接，我们住进了当地最好的酒店。约下午4点半，刘参赞与早已在此等候的舟山渔业公司经理面谈，通报使馆与印尼政府会谈结果，以及舟山市政府的指示，其主要内容是：除船长轮机长外，其他船员立即下船回国。该经理对此决定立马表示反对，认为“难以执行”。我和郝伟提出要求上军舰去看看，印尼军方面有难色，但最终还是同意了。一个海军上尉陪我俩乘吉普车去了码头。在车里，这位海军军官一脸严肃，为了活跃气氛，我用印尼语讲

了笑话还唱了好几首印尼民歌，但却做了无用功，毫无效果。在登上了这艘拟用来运送船员的德国造二手坦克登陆舰时，这位军官终于打开了话匣子，详细介绍舰况以及为了这次遣返任务而对舰体的改造情况，可以说还算开诚布公。

刘参赞晚饭后一直在外奔波，四处斡旋，作最后的努力争取取消遣返。约半夜11点，刘参赞风尘仆仆归来，我们赶紧给他泡了杯茶。他说已经尽了最大努力，但于事无补，斡旋失败，明天仍旧实施遣返！

1997.09.20 周六 遣返过程险象环生，军舰终于下午起锚

早饭前，印尼方突然提出，为了见证遣返的公正和语言沟通的方便，要求使馆派员随船同行。为方便遇事商量和互相照顾，刘参赞希望我和郝伟秘书二人同行。在征求我的意见时，刘参赞还有些顾虑担心，怕我有想法。答案当然是同意，这个任务毫无疑问属于我，责无旁贷。郝伟秘书也立马表示同意，不说二话。

早8点，舟山的周经理带我们上船去传达国内决定以及关于船员回国的具体安排。由于16条渔船已被扣押在海上达7个月之久，船员早就归心似箭，一听说要回国，高兴得雀跃欢呼。但新的问题出现了，就是印尼法院要求16位船长作为证人必须留下，待最终司法裁定后再回国。不知何故，这位周经理没有传达舟山市委关于“要服从使馆决定”的指示，一下子就把我们使馆三人推上了风口浪尖。这16位船长马上暴跳如雷，大骂使馆，他们把刘参赞围起来，要把刘参赞扣下当人质，叫喊“不让他下船”，“誓与刘参赞共存亡”。刘参赞被围困，那些船长们根本不管他有许多涉及遣返的事情需要处理。一段对峙后，船员最后提出也可把我和小郝留下作替代人质，刘参赞怕我不同意，问我怎么办，我说:“没问题，你放心去吧，一切由我承担”，但小郝心里有点没底。

我为什么敢于如此坦然面对，而且还大包大揽？这是因为我有一段鲜为使馆同仁所知的与海洋渔业有关的经历。

早在1973年，我就陪同印尼学员在烟台渔船上学习航海，在我国东海进行为期一年的边捕捞边实习，对海洋，对渔船乃至船员都有深刻的了解，难怪刘参赞看到已经53岁的我上下船的动作非常利落敏捷时感到惊异！而在1985年，我所在的公司参与开发远洋渔业，我不但出席了第一次远洋渔业工作会议，还去福州马尾港为第一支远洋渔业船队送行。1987至1989年，我又去西非冈比亚实施渔业合作，作为公司副经理参与领导捕鱼作业，与船员同甘共苦，亲历远洋渔业达两年之久。1995年3月，还被评为全国远洋渔业先进工作者（全国50名），有这样的实践阅历，可以说我最熟悉了解我们的船员了，我也最善于做他们的思想工作。

刘参赞下船了，我马上亮出了我的海洋渔业史的招牌，这一招果然见效，16位

船长的激动情绪不那么暴烈了。事不宜迟，我马上把当前严峻的形势，印尼当局的司法决定以及我使馆在为保护船员生命安全、中方的财产安全方面作了哪些努力等等，一一作了介绍，尤其解释了为啥船长必须要留下的原因，希望他们拿出船长的气魄来，克服困难，顾全大局。这一席话果然奏效，他们都沉默无语了。看到大势所趋，船长们开始纷纷离去回到各自的船上，抓紧时间给家人准备东西和写信，准备托回国的人带回。这个犹如风口浪尖的风波竟然这么快就峰回路转，偃旗息鼓了，整个过程三秘郝伟看得目瞪口呆，如处“云雾山中”，百思不得其解。

事态平息了，船员忙于收拾行装，我俩也大功告成，该回去准备行囊了。我们坐上吉普车赶回宾馆，结算房费，买了方便面和矿泉水各一箱，就抓紧赶回了军舰，时间已是下午 1 点半。

这时，码头上已戒备森严。军舰被荷枪实弹的防暴警察包围。舰上甲板站着成排的头戴红贝雷帽、手持冲锋枪的海军陆战队士兵。几挺机关枪的枪口在驾驶台上虎视眈眈地对准船员……移民官员正逐一核对身份证件，如没有问题，再由警察搜身后就过关了。气氛如此紧张，空气似已凝固，令人恐怖！我感到窒息，也为我们的船员而难过，因为他们确实是无辜的。同时也十分气愤和无奈，进而鄙视印尼当局的借题发挥，小题大做的愚蠢做法。核实身份让人揪心，这是因为有些船员拿着别人的海员证就过来了，自己也不知道他借用的海员证上对应的名字。而一旦名字与本人对不上号，他就会被当成非法移民送入监狱，那可就麻烦大了。好在事先做了工作，虽然麻烦不断，险象环生，还出现了几次大的“卡壳”，但万幸都是有惊无险，总算顺利过关了。还有几个船长竟悄悄地混入船员中想蒙混过关，被印尼移民局官员发现并给予警告，他们真的是在添乱！刘参赞自始至终在印尼移民局官员身旁，神经紧绷，精神高度紧张，满头大汗跑前跑后地忙活着。我深深知道他的责任和困难程度，因为我毕竟是使馆的领事官员。

船员登舰后由移民局官员再次核实人数，验明正身无误后，舰长便下令起锚。分别的时刻到了：除了船长、轮机长等 49 人需留下照看船只等待法律程序外，其余船员全部上了船。下午 5：50，载有 252 名中国船员的印尼军舰鸣笛起锚，开始了为期五天五夜的沿着爪哇海西行，驶向雅加达。

开船后，我和小郝马上和船上领队吴轮机长商谈工作。我还代表使馆向全体船员讲了注意事项，因为他们已知道我的身份，又是渔业同行，彼此距离拉近了，讲话很受他们的欢迎。

1997.09.21 周日 军舰颠簸爬行，智斗印尼舰长

凌晨4点，我起身到甲板上去看望船员。为预防中国船员袭击，印尼士兵把舱门全部锁上了，我先去找他们拿到钥匙才打开的门。由于甲板太小，252人只有横躺竖卧，有些人还不能伸直双腿。大家情绪还算好，空气还算新鲜。但驾驶台上方的机关枪仍阴森森地对着甲板上的船员，让人很不舒服。是该找舰长谈谈了。早饭后，我和郝伟约见了舰长哈多诺少校。

首先，我对印尼海军及舰长先生在处理事件过程中的积极努力表示感谢，同时有如下的要求：

一、中方船员不是非法移民，更没有违犯印尼法律，他们是被印尼合作方骗来的，他们是无辜的，不应生活在机枪口下，强烈要求撤掉机关枪。

二、船周的围帐打开，通风以防瘟疫。甲板面积太小，能否使用坦克舱分流一部分人。

三、伙食开水要保证承诺，一旦出现病号就很麻烦。

舰长听完我的话后表示，需要请示上级才能答复我，他保证尽快请示。为表示友好，我送给舰长两桶茶叶和六盒果脯（这是当时使馆自备的唯一礼品，很寒酸），还有我空军特制的领带夹，他很高兴并表示非常喜欢。舰长问他身边的那两个人这些礼品是否可以收下，这就帮我确认了那两个人是印尼国家安全机构派来实施监督的特务。此前我已和他们过了招：我曾突然发问他们是哪来的，他们支吾了半天，苦笑了一番，摊摊手，面色十分尴尬。

下午奇热，赤道的阳光紫外线太毒，船上的帆布顶棚已不管用。船员们喊热。我要求船员互相支援清凉油和藿香正气水，共同防止生病。晚上也要互相支援铺盖，共度时艰。

晚饭前，舰长约我俩谈话，答复我上午的问题。出乎意料，处理问题的进度还算挺快！

一、观察两天，如船员无异常再考虑撤掉机关枪。

二、撤掉围帐，允许船员走动，但坦克舱不准动用。

三、保证印尼士兵吃啥中国船员吃啥，绝无差别，欢迎监督。

面对一脸不高兴的我，他表示他有难处，我随后也就理解了：特务们已经监督到船上了，难道不是吗？

这一天又将过去了，住宿的舱内空调制冷效果差，一个劲地冒汗，难以入睡。一天的感情压抑，像一块砖头重重地压在我心上，需要用写日记来释放，卸掉它：

一艘印尼军舰在赤道的茫茫大海中航行，
船上押运的是我二百五十二名同胞弟兄。
横躺竖卧，昼暑夜寒苦不堪言，
还有荷枪实弹的印尼军警虎视眈眈。
随舰同行的还有我俩外交官，
虽受礼遇内心苦痛心不甘。
同胞受辱不能施救心如刀绞，
怒火在胸泪水下咽受命于危难。
只盼祖国更加强大实力无比，
甘为保护每一位同胞而不惜代价。
愿受难同胞理解我的心境，
一个小小的外交官还能做些啥？！

1997.09.22 周一 海浪溅上甲板，船员沟通谈心

军舰逆浪夜行，我估计船体可能上浪了，果然，到甲板上一看，部分船员的铺盖已被海水打湿了。

因没有食欲，我已经吃了好几顿方便面，今晨决定去餐厅吃饭，顺便与舰长沟通情况。按照舰上规定，即使饭菜上齐了，人员也到全了，但舰长不到不能开饭，因此，舰上官兵常常吃凉饭。今天舰长基本准时。他照例饭前祈祷，要求大家按照各自的信仰祈祷一分钟，然后开饭。之所以“要按照各自的信仰”，是因为印尼是多宗教并存的国家，提倡尊重不同的信仰。舰长的饭菜确实和中方船员吃的一样：每人一条炸鱼，一盘汤菜。我表扬了舰长言行一致。谁知竟引出舰长的一番表白，他说：“不光吃饭，因为军舰五天不靠岸，不能补淡水，你们不能洗澡，我也一样不能洗澡，说到做到。”印尼的海军军官必须是海军院校毕业，文化素质较高。我知道印尼人民的贫穷，基本没有家用电器。我借机说我们的船员家里都有彩电冰箱，人员素质也不低。我的话题他没有接下去，这是由于我们的船员在外大多穿戴破旧，文化又有限，常常举止失雅，大多给人以穷人的印象。

饭后，他主动带我去看坦克舱，里面积满了污水，还有刺鼻的柴油味，真的是难以安排船员入住。看到实况，我也就死心了。回来的路上，我意外地发现对准船员的机关枪已撤掉了，船员们尊严恢复了。我们如释重负，打心眼里高兴。

去甲板与船员聊天，再也不用担心头顶上的机关枪，心里顺畅多了。通过交谈，我了解到他们中间有一半还是文盲，船长也不是水产专科毕业的，没有一个懂英语的。我真的暗暗吃惊。我国从 1985 年开始国外远洋渔业合作，已经 12 年历史了，可

这支队伍的人员素质竟还如此之差，可以说他们连出国工作的基本资格都不具备，怎么还能远涉重洋，与外国人打交道呢！我鼓励大家回国后一定要抓紧学习文化和外语，待准备好了再出来。后来的实践证明，我说的那些真的是“多余的话”：没有半年，这批人基本上是一个不落，“全员”又回到了印尼。这时，一位上尉大副打断了我们的谈话，说是要联系雅加达，问我是否有需要和使馆沟通的事情。我回答说船员到岸后必须马上洗澡，否则可能生病遭瘟疫。

这里，我要特别提一下我的隔代北大校友郝伟秘书。他第一次坐船，晕船晕海，一直伴有恶心呕吐感，失眠乏力，但他坚持每天三次上甲板看望船员，作为一个年青的外交官能这样严于律己实属不易，令我钦佩。

1997.09.23　周二　行至苏腊巴亚，体力消耗殆尽

一个大的涌浪，船体极度倾斜，把桌子上的东西哗啦啦地打到地上，也把我们的睡眠打黄了：爪哇海的涌浪还真厉害！我连续几夜都睡不好，不但乏力，腰还痛得厉害。

船员讲述这许多天来船停在海上，印尼军人常来搜查，警察也不断骚扰，要钱要物，感到很无助。我给他们讲述在西非的我国渔船都有类似遭遇，只不过大同小异罢了。我在西非冈比亚捕鱼期间，只要赶上节日，冈比亚海军就要登船查违章并罚款，搞点钱好过节。现在能到外国捕鱼是改革开放以后的新事物，困难重重是一定的。我表扬了舟山船员刻苦的意志和顾全大局的好品德，这是在国外工作的人所必须具备的。

我们住的房号是B10，是配给二副级的，上下床，配有一张写字台。床垫很软，害得我们睡不好觉。有时干脆在地板上躺躺，但又凉又潮。没有水洗澡，头奇痒，我找来一个小桶，在洗脸池接点水洗洗头，因水少洗不透，头洗完了仍黏糊糊的。小郝也难受到了极点，他天生是个乐天派，还开玩笑对我说：“怕坚持不下来，要留下遗嘱。”

下午，舰长说可以发电报了，小郝起草电文，内容：一是靠岸后马上安排船员洗澡；二是他们的多余物品（被褥、凉席等）的丢弃问题。舰长仍把电报交给那个特务去发。此刻，军舰已进入印尼东爪哇的苏腊巴亚海域。

1997.09.24　周三　终于见到曙光，船位已到西爪哇

早饭前，大副告诉我们，现在的船位已在中爪哇的三宝垄海域，今晚计划在雅加达外海站锚。快到家了！我们高兴得简直要跳起来。已经胜利在望，舰上改善伙食，

我食欲也大增，吃了好几个鸡蛋饼。

上午9点半，我俩在餐厅照相，还在甲板上以大海为背景合影留念。三秘小郝也有了饥饿感，吃了两包方便面和一块巧克力，真是快到家了！

船员们更是兴奋无比，收整被褥，有人想把东西扔到海里，舰长派人通报不得往海里扔垃圾，靠岸后也不允许。因晚上还要睡在船上，我劝大家被褥不能扔。舰长说明因移民事务安排的原因，虽然船在夜里已经靠近雅加达军港，但只能在港外站锚，不能靠岸。我要求安排和使馆通话，但不知何故，没有下文。

我们这一对北大校友，我是1969届，郝伟是1993届，年龄相差27岁，算两代人。在这一重要事件中我们接受了锻炼和考验，面对苦尽甘来的胜利，都百感交集，我即兴写了一首小诗赠与他：

不辱使命护同胞，他国夷舰共飘摇。
艰难险阻何所惧，劈波斩浪我自傲。
北大校友情可贵，五四传统价更高。
患难时刻真情在，护侨重担我俩挑。

凌晨1点整，军舰稳稳地停在了雅加达北面的锚地。

1997.09.25 周四 军舰终于停靠雅加达丹戎不碌港

7点，军舰起锚，驶向雅加达的丹戎不碌港的军用码头。

利用这个空闲，我俩和军官们聊天话别，笑声不断。几天的相处，彼此距离都已拉近。他们向郝伟打听我在使馆是干啥的，小郝满脸认真地告诉他们说，我是专门给印尼人去中国签发入境签证的，包括总统和外长阿拉塔斯的签证申请："没有滕秘书的签字批准，任何一个印尼人都去不了中国！"郝秘书的印尼语用得很绝："Orang Indonesia，barang siapa saja……"军官们都惊奇地睁大了眼睛看着我，以为我是能人，权力极大，很了不起。他们自然是少见多怪，"外行看热闹"！

当军舰靠岸时，已经早晨8点多了，我以为肯定会有使馆人员在码头上迎接。但却很令人失望，只有印尼移民局官员和治安警察到场，我分析可能是因为信息不畅，使馆未能接到通知。我俩找到领队吴轮机长，商定在得到使馆指示前大家不要擅自行动，原地待命。由于通讯不畅，我俩需马上回使馆去汇报情况，估计使馆马上就会派人来。

我俩告别舰长，带着提包和外交护照，走下军舰，没有遇到任何阻拦。但当我俩走到军港门卫时被拦住了。我出示了外交护照，并说明是在军舰上执行公务的。一个

⊙ 1996 年春节使馆放假，携夫人在巴厘岛旅游

军官模样的人对门卫说："已接到通知，船上确实有中国使馆两位外交官，现已下船。"闻此言门卫马上就做了个可以放行的手势。这时，一群记者围上来又是照相又是提问。我俩事先有准备，只回答"无可奉告"，一路急行冲出人墙，坐上出租车直奔我使馆。

进入使馆前厅，由于我蓬头垢面，满脸胡须，正在值班的老伴没有认出我来，竟然问我"有何需要帮助的"！（我妻李秀君是北大印尼语同班，任使馆二秘，负责前厅接待。）

五天五夜的护侨任务结束了，后来听说这次经历很不一般，在我国驻印尼使馆的馆史上是一件很大很重要的事件。

后　记

这次领事保护案件已经过去 15 年了，但记忆之新，犹如昨日。此次护侨的特点是案情复杂，拖的时间太长，被扣人数太多，遣返工具又是条旧军舰，路途遥远，变数太大。这些，在我驻印尼使馆的历史中都极其少见。我个人最最担心的就是两点，一是遇地震引发海啸，二是人员拥挤发生瘟疫。所幸二者都没有发生。由于我们做了大量工作，让印尼军警更多地了解了中国；耐心地说服了舰长，维护了中方船员的人格尊严。

我不是外交部的职业外交官，只是有机会被借调体验了六年的外交生涯而已。对于外交官的职业感受没有资格去谈，只能谈点个人体会罢了。有句老话“弱国无外交”，实为“穷国无外交”更中的。我们国家属发展中的人口大国，底子薄，经济弱，能用于使馆开支的费用本来就很有限，而能用于领事保护的经费则更是少之又少，因而所设的相关条条框框也就多些。这就令当时的我们这些外交官腰杆子有些硬不起来，执行任务时倍感力不从心，“欲干不能，欲罢不忍”，有时有种“窝囊感”，“委屈感”……当然，随着国力的不断增强，我们的这些弱点会不断减少。我坚信，随着国富民强的实现和人性化的日渐到位，我国未来的外交官们的说话底气一定会越来越足，腰杆子自然也会越来越硬：谨向他们表示祝福！

滕宗元，1964年考入北京大学东语系。1970年3月离校去济南军区腊山农场锻炼，对未来实在迷茫，后来就在山东安家落了户。因为中国和印尼于三年前的1967年断交了，我的印尼语专业的前景几乎落空。在之后的二十年的时间里，我有两次进入政府部门工作（省外贸局和省建委），但水土不服不适应，又转换到公司企业去寻找出路，但仍是业绩平平。1990年中国和印尼两国复交了，又重新燃起了我对印尼语专业的渴望。在机遇的惠顾下，1995年我们夫妇一起被外交部借调到中国驻印尼使馆领事部，工作了两年多。任期结束后又被外经贸部借调到驻印尼使馆商务处工作了三年多。使馆的商务处与领事部分别隶属于中央两个部门，一个人能先后被两个部门借调的机遇少之又少。时任驻印尼使馆公使衔参赞的傅莹（后来任外交部副部长）说：“这很不易，你们是我所知道的第一个。”

退休三年后的2007年，到广西民族大学印尼语专业任教。可以说，我几乎一生都念念不忘北大的专业印尼语，追求那个被人瞧不起的翻译行当，追求到最后，终于如愿以偿。

劫后劫

肖必凡

1966 年 5 月 20 日，班团支部召开学习毛主席著作座谈会。个别通天的同学引用了林彪讲的“毛主席的话，句句是真理，一句顶一万句”。我不知道这是林彪的话，书呆子似的说：“这话不符合马克思主义真理观，任何真理都有相对性。无论谁的话，不可能句句是真理。”当时也无人反驳，此事就过去了。几天之后，大饭厅贴出一张大字报，“文化大革命”全面爆发了。

1968 年开始清理阶级队伍，我被打成“反革命小爬虫”，被工宣队关进 37 斋二楼的一个房间。他们要我交代“反对毛主席、反林副主席”的罪行。农村长大的伢子，脾气犟，一口咬定我出身好，没有反对毛主席和林副主席，而且态度“嚣张”。工宣队说我是个“死硬分子”，一定要攻下我这个“顽固堡垒”。他们用车轮战术审问我，让我通夜不能睡觉。他们说，只要我承认了就可以得到宽大处理。但我知道，如果承认了，马上就会被警察抓走坐牢了。我被关了四十多天后，我的湖南老乡蒯伯赞夫妇自杀了，引起了中央重视。于是，原工宣队撤走了，8341 部队进驻学校，政策放宽了，我也被放出来了。

8341 部队不再治我的“罪”了，还让我负责出版宣传栏和写标语，首长还很欣赏我的字。

1970 年 3 月，北大、清华两校的学生率先分配，1964 级和 1965 级同时“毕业”。我们的去向是到农村、下部队，接受再教育，我们戏称为“劳改”。

3 月 16 日，我们 98 名同学，告别未名湖，来到江西省泰和县一个叫武山的山岭上，0484 部队收容了我们。

我们在这荒山野岭上“劳改”了将近两年。每个人的心都惴惴不安，无限感伤，彷徨。还要“劳改”多久，路在何方？谁也不知道。

1971 年底，我们终于再分配了。江西省萍乡市一下子收容了我们 81 人。除了 3 个党员留在政府机关之外，其他人都到了城乡的中学。我被安置在萍乡二中。

我们 81 人分到萍乡市后，有人感到有了归宿，在此结婚生子；有人找关系调回了上海、福州、南昌；有人被提升为政府官员，直达市级，成为高官。唯有我又经历了一场浩劫。我如一颗掉在桌子底下的珍珠，被当作垃圾扫地出门，扔进了垃圾箱。虽然后来再次被人拾起，但那上面已是锈迹斑斑，被当作陈年旧物了。

我在萍乡二中，当高一年级的班主任，教七个班的政治课。学校有个农村班，我有一种亲农情结，所以带了这个班。我根本没有想到调往别的地方，唯一欣慰的是把家眷迁到了萍乡。

⊙ 肖必凡幸福的一家

我与学生相处得非常融洽，从他们那儿得到了快乐。我对学生如弟妹、朋友，星期天都去农村学生家里家访。

学生对我非常好。在我爱人没来的两年里，我每月 41.5 元的工资，寄给爱人 20 元，剩下的买 15 元餐券。我的餐券和钱就丢在桌子上，而且房门没关没锁，学生可以随时进出我的房间，可以在我的房间睡觉。农村学生在学校吃午饭，就拿我的餐券或钱去用餐，第二天又如数还回来。他们毕业时问我是否不见过钱，我说没有发现过，他们这才将实情告诉我。

学生对我也是情深义重。他们见我用手缝小孩子的衣服，就凑钱买了部缝纫机给我（至今还在用），我无师自通，用来缝制全家人的衣服；见我用建筑废木料制作家具，于是几个学生拿了木工器具帮我做了床、柜子、木沙发。他们毕业后，我和他们如亲戚般走动，直到如今。

1974 年，开展批林批孔。学校领导为了寻找批判对象，采取引蛇出洞，动员学生打破师道尊严，向领导和老师提意见。我带的农村班学生认为学校对农村学生有歧视，请我转达他们的意见。我采用了书面形式转达。校革委会主任（校长）看了，认为“蛇”终于引出“洞”来了，也大为恼火，抓住“失学”和“县官不如现管”大做文章，把我列为批孔对象。他说我不懂失学的含义，新社会只有退学，不存在失学，我把旧中国独有的现象强加给社会主义中国，混淆了两种社会制度的本质区别，是反社会主义的。县官，是旧中国对封建官吏的称号，如今的县长和过去的县官，虽一字之差，却具有本质区别，我把共产党的县级干部比喻为封建县官，是明显的反党行为。我听了一头雾水，佩服他的“学问”之深。我这才知道，历史上的文字狱是怎么兴起的了，也知道 1957 年为什么会有那么多右派了。

领导马上采取行动，将我从高中调到初中一年级教数学，高中的政治课由一位工宣队员来执教，称作“工农兵上讲台”。学校多次开批斗会，要我交代反党反社会主义的“罪行”。我不服气，指责他们无知，用“莫须有”的罪名加害于我，并冲出了批斗会。学生被激怒了，写大字报为我申辩，于是我又多了一条“煽动学生闹事”的罪行。

那时，除了学生和个别教师之外，都把我当成了十恶不赦的“反革命”，连烧水的工人也恣意骂我，一位老师的儿子寻衅到我家里揍了我一顿。当时，我写了一首悲愤诗：

一纸意见起风波，目光如箭讥如梭。
儆告锁门相伴走，小小庙堂鬼魅多。

不料这首诗被领导看到，对我更加迫害，说我把领导和革命群众比作鬼魅，恶毒至极。

学校派办公室黄主任去我老家调查，黄主任回校后主动找我说：“肖老师，我去你老家调查了，听到的全是赞许之声，都说你早就该当大官了。我还搜到了好多你的雷锋事迹。放心吧，他们整不了你。”不久，黄主任被撤职并调离了。

接着，副校长又去我老家调查，回校后没有任何反应。革委会主任还不甘心，亲自去我家乡调查，被我知道后反而质问他。他说：“我们取的是你的红材料。”

我说：“黑材料没取到，你失望了吧。”就这样，学校再也不批斗我了。

但是，1975 年下学期，学校派我去离城二十多里的一个山头，那山上有个废弃了的牛棚，让我住在里面。要我干什么，没有交代。很明显，那是将我流放了，我当“屈原”了。

学校给我一部板车。因我爱人在萍乡一中教书却住在二中，所以我用板车拉着孩子和生活用品住进了那个牛棚。牛棚里没有电，我买了一盏煤油灯。我没有劳动任务，就自己种菜，教孩子识字、算数、背唐诗，我写诗、写文章。写了一百多万字，有一本四十万字的小说《千古罪人》已经送到萍乡市一个出版社去了，被学校知道后拿去审查，后来就遗失了。

那种艰苦的生活，我是过惯了的，对我无任何惩罚作用。一年半时间，学校没有任何人找过我。我是被学校“甩”掉了。不过，工资照发，待遇不减，我倒落得个逍遥快活。于是，我在树上挂了块牌子，上面写着“快活林”。

我每星期回家一次。每次回校，没有任何人与我打招呼。我拉回了不少蔬菜，减轻了经济负担。星期一，我又拉着板车载着孩子去“上工”。我一路上唱着号子，看惯了的路边农民对我有着各种猜测。

“四人帮”倒台后，有的老师说我“比四人帮还四人帮”，应当押回学校批斗。估计学校领导拿我没办法，仍然让我留在那个荒山上。在这儿，七百多天，我真的快活无比。

⊙ 肖必凡夫妇

1977年恢复高考，中学最缺的是专职政治课教师。以前的政治课全是念毛主席著作，如今上面发下《政治经济学常识》和《辩证唯物主义常识》两本书，作为高考的政治科内容，原来的工农兵教师讲不了。这时学校想起了我，马上将我叫回学校为学生补上这两本书。当年高考，各省自行出题，我则瞎猫碰着死耗子，竟把最后二十五分的论述题给猜中了，使得萍乡二中学生的政治分数夺冠。这下子我“出名”了，无人再说我“反党反社会主义”了，并要我继续教高中毕业班。

后几年的高考，萍乡二中的政治分数均在前列，我被推为萍乡市高考阅卷政治科的负责人。后来实行全省统一阅卷，我又被推为全省高考阅卷政治科的负责人之一。

1981年，我调到省重点中学萍乡一中，学校领导对我特别器重。

经过两年的请调，1986年我终于调回湖南，成为新建的中国保险管理干部学院的创始人之一。

我一生没有当过官、得过奖，一文莫名，有人笑说是因为我叫“必凡”的缘故。

我已七十三岁了，不知前路几何。不过，我乐观，无忧无虑，对以往的不幸没有追悔，对以往的幸运无比珍惜。什么是幸福，各人有各人的评度。世人以位高、名重、家豪为尺度，我则与我的兄姐、小学和中学的大多数同学、社会上的许多农村孤儿来相比，我非常满足，感到无比幸福。我仍然是个彻底的“无产者”，至今身不带分文。以前我有多少工资，如今有多少退休金，家中的钱是怎么用的，到银行怎么取钱，我一概不知，全由我能干的老伴操持。但我要什么，老伴都会为我买来。我的儿女对我也很孝顺。我认为，家中管钱是最大的劳碌。所以我是天底下最轻松最幸福的人。

人总是要死的，如果把死也当作一个劫数的话，我也只剩这一劫后劫了。不过，这一劫，我会含笑领受。

我为学院死去的老同事都写了挽联，而且也把自己的挽联写好了：

无官无权无名无利都是实实有一万弟子
有情有爱有德有义总成空空享 ×× 年华

肖必凡，男，1941 年生，湖南华容县人，经济系 1964 级。1970 年 3 月离校，在 0484 部队接受再教育，1971 年 12 月再分配于江西萍乡教中学，1986 年 8 月调回湖南长沙，在中国保险管理干部学院任教，经济学副教授，2001 年退休。已出版的有《企业文化辞典》(副主编)，《中国经济增长理论与实证》(主编)，本院教材《政治经济学》(主编)、《哲学》(主编)、《中国社会主义经济建设》(独编)及论文十多篇。未出版的有诗一千多首，对联五百多副，其他类文章共约一百五十多万字。

心灵的洗礼

——我与奥运和世博

王智钧

作为一名为残疾人服务的工作者，我有幸参与了2008年在北京举办的第二十九届奥运会、第十三届残奥会，2007年在上海举办的第十二届世界夏季特殊奥林匹克运动会和2010年在上海举办的世界博览会生命阳光馆的申办、筹备、运作的全过程。其间走了不少地方，认识了不少人，经历了不少事。国人对实现奥运、世博百年梦想的喜悦和骄傲，社会对残疾人态度的改变，残疾人对社会文明做出的贡献、对生命尊严和价值的追求都在这三个舞台上得到充分展现。我置身其中，心灵一次次受到洗礼。这也是我作为“北大人”感到无比自豪的一段人生经历。

上海特奥会：你行我也行

特奥是舶来品。特奥运动的创始人尤妮丝·肯尼迪·施莱佛女士是美国前总统肯尼迪的妹妹。肯尼迪总统还有一个妹妹是智障人。尤妮丝·肯尼迪·施莱佛女士发现体育运动能改善智障人的生存状况，提高他们参与社会生活的能力，1963年6月在她的家乡马里兰州为智障人士举办夏令营，开展体育娱乐活动。到2003年，特奥运动已由最初的美国和加拿大两个国家发展到一百五十多个国家和地区。

“勇敢尝试、争取胜利”是特奥运动员的口号。特奥运动以平等参与为宗旨，凡参加比赛的运动员都会获得一个奖，前三名是金、银、铜牌，第四、五、六、七名是各色绶带。1999年美国北卡第十届世界夏季特奥会期间，一位来自辽宁的特奥运动员刘佳星，从小失去父母，重度智障，是奶奶一手把他拉扯大的。他在前几日比赛中得到一条绶带，一位队友恶作剧，说他得的是金牌，他高兴了好几天，后来知道那不是金牌，他伤心地哭了。问他为什么，他说来时答应了奶奶，一定要为奶奶拿回去一枚金牌。也是天遂人愿，比赛结束前，他参加4×100米接力获得第一，四个人一人一块金牌，他终于转忧为喜。特奥运动员的喜怒哀乐都表现在脸上，比起我们健全人，他们更坦荡。

邓朴方是国际特奥会董事，作为贵宾出席了1999年在美国举办的第十届世界夏季特奥会。国际特奥会与朴方商量了两件事，一是能否由中国承办一届世界夏季特奥会，二是中国有 1000 多万智障人，当时参加特奥运动的只有 5 万人，能否在 2005 年发展到 50 万人。2000 年，在国际特奥会的支持下，我们同国家体育总局、北京市政府等一起在北京、上海、深圳举行了声势浩大的中国特奥世纪行活动。阿诺·施瓦辛格和我国特奥运动员在长城居庸关共同点燃了特奥圣火。

2001 年，北京奥运会残奥会申办成功后，国际特奥会官员容德根再次同我谈起希望由我国申办特奥会一事。容先生是位华人，说起这件事总有一腔同胞的情义。我报告朴方和郭建模（时任中国残联理事长，也是北大老五届同学）后，中国残联经过认真研究，商上海市政府同意，决定向国务院报告，由我国上海申办第十二届世界夏季特奥运动会。朱镕基总理很快批复同意。朴方和上海申办的同志参加了国际特奥会在英国举行的董事会，上海在全球十四个申办城市中一次胜出。胡锦涛在会见国际特奥代表团时，指示我们一定要办好上海世界特奥会，说 2007 年上海世界特奥会和 2008 年北京奥运会、残奥会是中国政府承诺的三个重要国际体育赛事，希望上海开个好头。

为在我国发展特奥运动，同时为 2007 年在上海举办世界夏季特奥运动会做预演，2002、2006 年中国残联、国家体育总局和中国特奥会先后在陕西西安和黑龙江哈尔滨举办了第三、四届全国特奥运动会。运动员们的出色表现和他们家人的殷切期盼都给我上了人生的重要一课，至今仍历历在目。谢晋、王铁成、秦怡等著名电影导演和深受观众爱戴的影星，平常我们只看到他们光彩照人的一面，很少知道他们的辛酸。他们都有一个需要照顾、监护的智障孩子。王铁成最担心的就是他和老伴百年之后，孩子无人照顾。秦怡的儿子迷性时暴打秦怡，但作为母亲，她依然对儿子关怀备至，

⊙ 王智钧在特奥运动会

演出时最放不下心的是儿子。儿子病逝后，她念念不忘的还是自己的儿子。谢晋讲他的智障儿子他最喜欢，因为儿子每次都能准确地记得他出差回家的日子，到他回来时会给他放好拖鞋，站在门口迎接他。“文化大革命”中，他挨批斗、戴高帽子时没掉过眼泪，但有一次回家时看到街道里几个不懂事的孩子将儿子压倒在地上，往他嘴里塞垃圾，当即伤心地哭了。他们三人在陕西第三届全国特奥运动会深情地朗诵了他们心中的诗，呼吁人们用伟大的爱为孩子们编织理想的翅膀。“幼吾幼以及人之幼”，他们把对自己孩子的爱给了天下所有的智障孩子。

智障孩子自有他们天真可爱的一面。于昭鸿是内蒙古的一位特奥运动员，西安参赛期间，我在赛场碰到他，关心地问他参加什么项目，他反问我一句：“你参加什么项目？”我答道：“和你同一个项目，到时你可得帮我呀！”他说：“没问题，肯定帮你。”有次朴方见到我，突然笑着问我：“你什么项目？”我马上反应过来，答道：“和你同一个项目。”大家哈哈大笑。这虽是一个笑话，但从中可以看到特奥运动员潜意识中对人人平等的渴望。陕西特奥会圣火传递仪式时值盛夏，骄阳似火，站在主席台上的领导多穿西服扎领带，汗流不止，事后听说有几位特奥运动员议论：“台上只有那两个穿短袖衫的人不傻，其余的都是傻子，天这么热，穿那么多干吗？”细想一下，不能说他们讲的没道理。

我在担任上海特奥组委副主席期间，协助中国残联、国家体育总局、上海市主要领导分管中国代表团的组团和与国际特奥会的协调工作。朴方作为上海特奥组委会执行主席，对筹备工作高度关注。2005 年 11 月 14 日，朴方在北京“快来参加特奥”活动仪式上向全世界宣布：中国已有 50 万人参加特奥运动，实现了中国特奥会对国际特奥会的承诺！他还发表了一篇热情洋溢的讲话：“特奥运动是人道的事业，它向世人宣示，不管你是否有残缺，你的人格和尊严都应同样受到尊重。特奥运动是爱心的事业，它把相互关爱和帮助给了最需要的人。特奥运动是勇敢的事业，它告诉遭遇困难的人，你要有信心，你不是不能，你一定能。特奥运动是希望的事业，它使我们感到，真善美就在人们的心里，当我们每个人把它充分展现时，世界将会多么美好。”从中可以看出特奥在朴方心中的分量，看出朴方对智障孩子们的一颗滚烫的心。

2007 年上海世界夏季特奥运动会的主题是“你行我也行”，反映了广大智障人要求走出家门、参与社会的强烈愿望。上海特奥会促生的“阳光之家”也给智障人及其家庭带来了福音。2007 年上海世界夏季特奥运动会按照时任上海市委书记习近平“办出上海特色，办出中国水平，办出国际声誉”的要求，办得圆满、精彩、成功，宣传了大气谦和、追求卓越的上海精神，提升了我国的国际形象。全球有八十多个国家直播了大会开幕式。国际特奥会主席蒂姆·施莱佛在闭幕式上称赞：“中国为世界做出了榜样。”

2008 年 3 月 29 日晚，我以中国特奥会主席的身份，作为嘉宾和颁奖人出席了在北大百年纪念讲堂隆重举行的“2007 影响世界华人盛典”。我颁奖的对象是乔美丽。

她参加日本长野冬季特奥会时，曾向大会嘉宾、美国前总统克林顿当面提问，给人们留下了深刻印象。2007年中国特奥代表团授旗仪式上，她作为主持，在介绍回良玉副总理时，一句“敬爱的回副周总理”让现场气氛一下子活跃了起来，从中也可以看出周总理在她心目中的崇高位置。她是上海特奥会大使、全球特奥领袖，荣获“希望之星”殊荣，用行动向所有人展示了上海特奥会主题“你行，我也行”的内涵。同乔美丽一起获“2007影响世界华人奖”的还有袁隆平、姚明、成龙、巩俐、赵小兰、郝蔚民、关颖珊、林怀民、中国维和警察部队和西藏登山队。一个智障女孩能和他们站在一起，以前是不可设想的。

那天我正巧和北大许智宏校长坐在一起，我告诉他有不少北大校友在中国残联工作，并说中国的残疾人事业在朴方的领导下，取得了举世瞩目的成就，2003年联合国授予邓朴方人权奖。许校长由衷地为北大校友在人道主义事业方面取得的成就感到高兴。

北京残奥会：让国歌的旋律在我心中奏响

残奥运动始于第二次世界大战结束后的1948年。当时，英国神经外科医生路德维格·格特曼爵士和一些热心于残疾人事业的人士，在伦敦奥运会期间组织轮椅运动员（多为脊椎伤残的二战老兵）进行比赛。经路德维格·格特曼爵士和意大利安东尼亚·马里奥教授策划，1960年在意大利罗马举行了首届残奥会。

从1984年我国重回奥运大家庭开始，我国残疾健儿的运动成绩一届好过一届。2000年我率团参加在悉尼举办的第十一届残奥会。回国后一大批优秀运动员被授予全国劳动模范、五一劳动奖章获得者、三八红旗手等荣誉称号。在人民大会堂召开的总结表彰大会上，我做了题为《祖国在我心中》的总结汇报。2000年悉尼残奥会的一个重要贡献，就是国际奥委会和国际残奥会决定此后两个奥运会必须在同一个城市由同一个组委会举办。真正意义上的实施是在2008年北京奥运会和残奥会上。

2001年7月13日夜，建模带着我们十几个人守在中国残联机关的电视机前，屏神静气地注视着远在几千里之外的莫斯科国际奥委会投票的结果。看到北京胜出的消息后，在场的许多同志都激动得流了眼泪，大家一起拥抱、欢唱、跳跃。我们决定集全系统之力，立即启动残奥会的筹备工作。同时充分利用办残奥会的机遇，为我国残疾人体育事业的发展创造一些基础性的条件。

建模在校时是品学兼优的好学生，北大毕业后在基层工作表现突出，后来又考上北大中文系文艺理论专业的研究生。1982年研究生毕业后任教育部《高教战线》编辑、《中国教育报》文艺部主任，1984年调残疾人福利基金会工作。我1988年调北京华夏出版社工作时，他已是中国残联的理事，除担任华夏出版社副社长副总编辑外，还担任康艺音像公司董事长、总经理和《三月风》杂志的副总编辑。他本身是一位残疾人，又患有心脏病，但从不叫苦叫累，如牛负重，凡是他做的事都做得很实在、很出色。我们一见如故。他是残联的大笔杆子，人品又正，无论在工作上还是生活方面，他都给了我许多支持和关心。我们俩在华夏出版社时同坐一个办公室。2003年他从中国残联领导岗位退出后，又在同一个办公室工作。在我的心目中，他是一位好兄长、好领导、好朋友。他放弃自己所钟爱的文学事业调来残联，参与了《残疾人保障法》和《残疾人教育条例》等重要残疾人法规的起草制订，为中国残疾人事业做出了重大的贡献。2003 年他主动提出从领导岗位上退下来。

建模曾任中国残疾人体育协会主席，还是中华体育协会的副主席，他为北京残奥会的申办和筹备付出了很多心血。2005 年 5 月 1 日下午他还和我通电话，说过几天一起去外地参加残疾人作家联谊活动。不料 5 月 2 日一早，残联办公厅通知我说建模正在医院抢救，朴方和我们分头赶到时，医生还在给建模做胸外心脏按压，时间一秒钟一秒钟地过去，建模的心脏却再也没有跳动起来。他太累了，我们眼睁睁地看着他走了。记得 2005 年春节他心脏病第三次复发住院，我去医院看他时建议他是否可以考虑搭个支架，他说医生讲可搭可不搭。考虑搭一个支架就要花好几万，残联的钱也不容易，他说就算了。其实就在此前不久，他因对“联合国亚太残疾人十年”活动做出特别贡献而获得“系贺一雄奖”，还有一笔奖金，他把奖金全捐给残疾人福利基金会，自己一分钱也没留。2008 年 4 月 30 日，在他去世三周年的前夕，参加完 2008 年北京奥运会倒计时 100 天誓师动员大会后，我立即赶到八宝山公墓，向他的遗像献了花，告诉他北京残奥会的进展情况。

2003 年我从一线退下来，协助党组分管残疾人体育工作。2004 年我国残疾人体育代表团在雅典残奥会金牌数位居第二，2008 年在北京残奥会获得金牌和奖牌数双第一的优异成就。残疾人运动员顽强拼搏的精神再一次让国人受到鼓舞，让我的心灵受到震撼。多次获得世界残奥举重冠军的边建欣，是一个内蒙古的女孩子，患小儿麻痹后遗症，自己不能行走。为了练举重，她父亲用自行车推着她去离家很远的场馆，遇到大风雪，父女俩经常摔到沟里。盲人跳远运动员李端，原是解放军体育队的篮球运动员，一次意外事故双目失明。失明后，他从残疾人体育中找到自己的人生价值。2000 年悉尼残奥会他获得一块银牌。在人民大会堂做报告时，他说：“获银牌只升国旗，获金牌才既升国旗又奏国歌。我看不见国旗的升起，只能听到国歌。我一定努力争取获得金牌，让国歌的旋律在我心中奏响！”他的愿望终于在雅典和北京实现了。多届残奥会男子跳高冠军获得者侯斌，2008 年北京残奥会上担任主火炬手，看着他双手攀绳，把自己和所坐的轮椅提升至高矗在鸟巢上方的主火炬台，点燃残奥圣火的那一刹那，我的眼泪不禁流了出来。

作为北京奥组委执委、委员，我参与了北京残奥会的全过程。北京残奥会的会徽由中央美院一位教授设计，执委会审议通过后，给它起个什么名字，一时难住了大家。北京奥运会的会徽是一方中国印，叫“舞动的北京”，惟妙惟肖。北京残奥会的会徽造型是一个“之”字，我查了各种工具书，其意义有几十种之多。为了它的命名，朴方专门召集北京奥组委几位分管领导开会讨论。先后十多个方案，大家都不满意。山穷水尽疑无路时，一个新的念头在我脑际萌生了：“之”字上面这一点是红颜色，可以代表太阳；中间一折是蓝色，可以代表蓝天；下面这一捺是绿色，可以代表大地；整个形象像一个正在飞奔的运动员，这不就是个人吗？《易》曰：“天行健，君子以自强不息。”“地势坤，君子以厚德载物。”“天地人！”听完我的想法后，大家都一致赞同。朴方当时还半开玩笑地说：谁说北大不行，“天地人”这个名字不就是我们北大人给起的吗？！

上海世博会生命阳光馆：消除歧视摆脱贫穷

“城市，让生活更美好”，是上海世博会的主题。这其中包括让全世界 6 亿 5000 万残疾人生活更美好的涵义。159 年世博历史上首个残疾人馆——生命阳光馆，从一个侧面诠释这个主题，演绎这个主题，宣传这个主题，对推进残疾人事业发挥了重要的作用。

2007 年上海特奥会结束不久，传来上海政协委员建议在世博会设立残疾人展馆的消息。中国残联立即致函上海世博局商议，并指派我参与此事。2008 年 7 月，中国残联与上海世博局在北京签署了生命阳光馆的参展协议。中国残联成立了世博中国关爱生命共享阳光组织委员会及工作机构，我被任命为副秘书长兼专家组组长。从 2007 年末到 2010 年上海世博会结束，整整三年中，我大部分时间是在上海，和生命阳光馆馆长、上海市残联原党组书记曹子平一起具体负责生命阳光馆的筹备展出工作。

为设计参展方案，我们请教了许多专家学者和残疾人代表。北京的邓友梅、舒乙、史铁生，上海的叶辛、王安忆、赵丽宏，中国残联各专门协会的领导和文化新闻出版单位的编辑、记者先后有四五十人参加了方案的研讨。与此同时，我们与国内及日本、德国、丹麦、荷兰等国的残疾人辅助器具生产厂家多方联系，引进其先进理念和器具，其中有智能居室、电肌机器人、升降卫浴设备、人工耳蜗、能爬楼并帮助高位截瘫病人升降的电动轮椅等，都深受残疾人喜爱，让观众叹为观止。特别值得一提的是，日本花鸟园株式会社嘉茂先生向生命阳光馆捐赠了布满鲜花的“空中花园”，成为馆里一大亮点。

生命阳光馆由序厅、阳光天地、生命舞台、体验空间、智能居室和爱心走廊六部分组成，半年间共接待国内外观众 214 万人，在国内外产生了极大的影响。联合国秘书长潘基文发来贺信，称“上海世博会的生命阳光馆开世界博览会近 160 年历史之先河，具有重大意义”。国际展览局秘书长洛塞泰斯三次走进生命阳光馆，赞扬说：“你们做了一件很伟大的事！生命阳光馆的意义非同寻常，其经验也是世博会宝贵的精神财富之一，值得在今后办博中借鉴。”

在生命阳光馆的筹备和展出当中，我同许多残疾人成了很好的朋友。盲人孙岩十多年前在朴方和钢琴家刘诗昆的亲自关怀下进入中央音乐学院附中学习，后成为中央音乐学院钢琴系主任杨峻教授的研究生。他得知生命阳光馆设立生命舞台并请他来馆演奏的消息后，和杨峻教授商量，准备在馆日活动时为观众表演四手联弹。不意杨峻在世博会开展前突然病逝，孙岩怀着巨大的悲痛向刘诗昆先生求助，刘诗昆欣然允诺，师徒二人在世博会上演绎了一曲生命的协奏。

《生命墙》大型雕塑是生命阳光馆的镇馆之宝。生命影院循环播放反映古今中外12位著名残疾人业绩的专题片《生命的奇迹》，270度环幕背面的大面积墙面没有实际内容，我感到太可惜。设想过镌刻《残疾人权利公约》、著名残疾人名录等，但都不理想。后来，我想到了奥斯陆，想到了雕塑大家维格兰的生命公园。子平赞同支持我的想法，还托人去上海图书馆找相关资料，最后由上海聋人雕塑家曹瑞强依据维格兰生命之柱再创造完成。曹瑞强和他夫人、聋人画家谢璐在青浦乡下找了一间库房，顶着上海冬天的湿冷严寒制作，单是做坏的紫砂泥就用去50多吨。

我过去虽然知道上海的无手书法家、徐汇中学书法教师郑阶平的名字，见过他的书法作品，也知道江泽民给他题过词，未见过他本人。这次他也作为残疾人艺术家应邀到生命阳光馆进行才艺展示。看他用两只残臂夹着毛笔，蘸墨挥毫，酣畅淋漓，如鬼使神差一般。从他身上，我感到生命的神奇和伟力。我写了一首诗送他：“阶平失双手，临卷似神召。秉笔挟雷电，挥毫任海涛。书香润草绿，颐养润三焦。相见恨晚矣，自兹做知交。”这首诗，后来收在我的诗集《世博诗草》中。《世博诗草》的书名，也是我请他题写的。去年他来北京参加一个书法展，我去看他，他还说要写一幅字赠我。今年5月我去上海时，他却因患肝癌不治去世。

2010年10月30日，生命阳光馆获得国际展览局颁发的“国际展览奖章”银奖。在所有中方的参展馆中，生命阳光馆是唯一获奖的展馆。2010年12月27日，中国2010年上海世博会总结表彰大会在人民大会堂举行，生命阳光馆被授予上海世博会先进集体称号。

生命阳光馆之所以能在世博史上写下浓墨重彩的一笔，除方方面面的努力外，主要得益于有一个思想深刻、意义深远的主题。朴方审视方案时做了两条重要批示：一是要高度重视，加强力量，充分认识和发挥生命阳光馆对推进中国及国际残疾人事务的作用；二是在主题设计上要强调消除歧视、摆脱贫穷是残疾人事业领域的两项主要任务。

朴方1983年创立中国残疾人康复研究中心和中国残疾人福利基金会伊始，就把人道主义作为中国残疾人事业的旗帜，把消除歧视、摆脱贫穷，实现平等、参与、共享作为残疾人事业的奋斗目标。他这样要求残疾人工作者，自己也是这样做的。对残疾人，他发自内心地尊重。对帮助过残联的人，他由衷地表示感谢。智障人指挥舟舟在京首场演出结束，他和舟舟亲切拥抱后，转身向交响乐团的健全人艺术家们深深地鞠了一躬，感谢他们为一位智障人配合演出。“文化大革命”中北大工宣队的王凤梧师傅，在他最困难的时候关心帮助过他，每逢年节他一定要去王师傅家看望。王师傅因病住院，他得知后马上去医院探视。王师傅病逝后，他亲往八宝山送别，并在留言簿上写了十六个字：“有情有义，民族品格；无私无畏，工人本色”。

朴方在中国残联第六次全国代表大会闭幕式上讲：“能够得到大家的信任，让我担任中国残联的名誉主席，我非常感动，谢谢大家！我愿意和大家一起进一步为残疾人工作，为残疾人过上更好的、更有尊严、更幸福的生活而努力！我永远是大家的战友，永远是大家的朋友，永远是大家的亲人，也永远是大家的后盾！”他的肺腑之言，我们这些已退下来的老残疾人工作者听了倍感欣慰。

“亦余心之所善兮，虽九死其犹未悔。”我到残联工作不知不觉已有二十五个年头。二十五年来，总有一些好心的朋友不解地问我：“你又不是残疾人，去残联，钱没多挣，活没少干，整天和残疾人混到一块儿，图的是啥呢？”我说：“在为残疾人服务的过程中，是残疾人让我的心更善良、更纯净，让我更加懂得生命的价值和意义。我可能失去一些东西，但那都是身外之物；我得到的是人世间最珍贵的东西——人与人之间的友爱和情谊。”

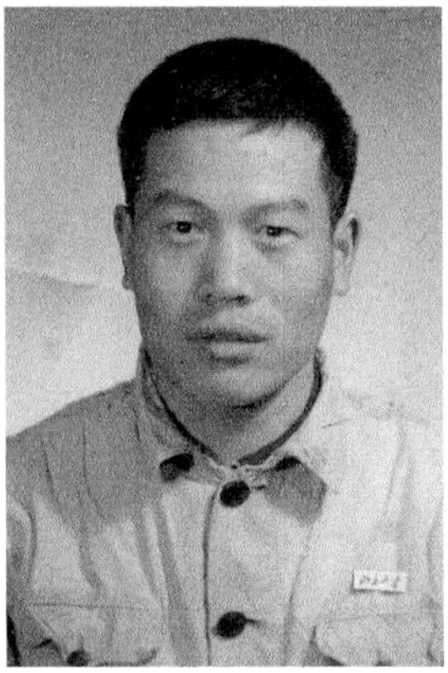

王智钧，陕西咸阳人，1946年出生。1965年考入北大化学系。1970年至1978年在陕西第二针织厂工作。1978年至1988年，任陕西人民出版社科技编辑室编辑、主任，陕西科技出版社社长、总编辑，其间1984年9月至1986年7月在中央党校培训部学习。1988年调北京，任华夏出版社副社长、副总编辑，社长兼总编辑。1997年至2003年任中国残疾人联合会党组成员、副理事长。2007年退休。编审职称，享受国务院专家特殊津贴。

曾任上海特奥组委副主席，北京奥组委执委、委员，中国特奥委员会主席，国际特奥会董事，世博中国关爱生命共享阳光组织委员会副秘书长、专家组组长，中国特奥委员会顾问。

有《世博诗草》、《三奥诗丛》、《世博诗草》英汉对照配图版、《嘤鸣集》、《三叶草》等诗集出版。

终生的愧疚

夏清和

又到深秋。

四十二年前的深秋，我正在豫西山区一个县里，作为整党工作队员参加一个大队的整党工作。

那是1970年3月告别未名湖“毕业”离校到农村劳动锻炼的第二年。当时，我还不是中共党员。但是，按那时的政策，大学本科毕业生享受国家行政二十三级干部的待遇，我们是带着工资下乡劳动的。所以，名义上是去劳动锻炼，“接受贫下中农再教育”，可在老百姓心目中，凡是拿工资的都是“公家人”，是干部。而在县领导眼中，虽知道这些人都是“臭老九”，不是什么正儿八经的干部，但农村工作很繁杂，人手不够，加之整党是个辛苦事，得成天住在村里，于是就便宜行事，山高皇帝远，管他什么政策规定不规定，把我们这些非党员编入整党工作队，参加农村整党工作。估计当时全县有百十个老五届大学生，大概都以非党员身份参加了整党工作队。

要说这已经是我参加的第二个整党工作队了。当初说是下乡劳动两年，其实，真正以大学毕业生身份直接参加劳动也就是刚去的前半年，半年以后就被抽到公社去写材料。所谓写材料就是给公社写新闻报道稿件。大约三个月后便被抽调参加整党。

记得第一个工作队的队长是公社革委会姓曹的一个副主任，一位慈祥朴实的老同志，包括我在内三个人一队。半年时间在金湾大队整党结束，人员重组，加入第二个工作队。这个工作队一共四人。队长姓赵，是县水利局的干部，记不得名字了，很和善正派的一位中年人。一个队员叫毛留声，普通的公社干部，四十多岁，身体不好，患有严重的哮喘病，说不了几句话就得停下来喘几口气。但人很好，工作踏实认真。另一个叫李有余，应该四十出头，是县兽医站的兽医。也是个老实人，但能力有点差，文化水平也低。记得有一次在公社开会，公社治保主任老雷讲话，通报近期社会治安情况，说到“上个月破获偷盗次数共五起……”时，老李忽然接嘴：“咋？偷槭树？”老雷说：“不是偷槭树，是盗窃次数。”老李还没明白过来，又问：“啥？刺树……？偷杨槐树？”因为杨槐树有刺。一问一答，把会场里的人笑得前仰后合。这么一个人员组成情况，我这个非党员无形之中成了主力队员，而且是少壮派。

那时正是“文化大革命”中期，农村整党的主要任务就是强化阶级斗争，要批斗走资派，批判“三自一包”（自负盈亏、自由市场、自留地和包产到户），清理阶级队伍，把党内外的坏人揪出来。同时，开展农业学大寨，大修大寨田。我们进驻的这个大队，紧挨洛河，有一半水浇地，旱涝保收，生产条件其实不错。只是因为先是搞了严重破坏生产力的人民公社，又开展祸国殃民的“文化大革命”，使得民生凋敝，老百姓越过越穷。整党工作队进村以后，一边继续批斗已被打倒的原大队支部书记，同时审核原先的揭发材料，确定谁是坏人。这是针对少数人的。一边开展批判“三自一包”，发动社员“割资本主义尾巴”。这是针对多数人的。所谓“资本主义尾巴”指的是有些社员不好好参加集体生产，一心个人发家致富。比如做个小买卖，养个鸡啊，羊啊到集市上去卖钱。这就不行，必须取缔，以免有人穷，有人富。大家穷也要穷在一块。

这个县洛河南岸的村子有一个共同的“资本主义尾巴”，那就是社员到山里偷砍树木到集市上卖钱。这与此县的地形地貌有关。一条洛水穿境而过，紧挨河边的两岸是比较平坦的黄土高原，适合农耕。再远，北边是崤山，基本是荒山秃岭；而南边，则是秦岭余脉，山上长满原始森林。那时，由于实行平均主义大锅饭的分配制度，老百姓没有一点儿生产积极性，谁也不想好好干活，生产队收成很差。平常年景，小麦亩产只有一二百斤。结果，年底结算，有些生产队一个工分只值六分钱。那时一般以一天十个工分为标准，那就是说，一个青壮年一天的劳动只能创造六角钱的价值。所以，一年下来，除了每家都多少分到勉强够吃一年的一点口粮之外，现金就少得可怜了，有得几十元钱就不错了。没钱花怎么办？于是，人们便打起深山里树木的主意。许多青壮年深更半夜到一二十里外的大山里去偷砍树木，去掉枝丫，修成圆木，连夜扛下山，等到十天一集的时候，再拉到集市上卖几个钱补贴家用。由于人的体力有限，一般人一次只能偷砍一根碗口粗的小树，盖房子可以做檩条用，所以，人们把这种盗树行为叫做“背格檩”。那个“格”字只是个读音，没有实际意思。那个年代，洛河南岸各村的青壮年可以说很少有人没去背过“格檩”。

在咱们国家，偷砍树木从来都是大罪名，更何况在“文革”期间？那是完全可以让人进监狱的。然而，由于“背格檩“的人太多，法不责众，很多时候大队干部睁一眼，闭一眼，能过去的就过去了。何况不少大队干部的亲戚也去背呢。但是，整党期间，这事就不能不管了。于是，工作队便以这个破坏国家林业生产，滋生资本主义萌芽的“背格檩”行为为重点，开展大揭发，大批判，不管是谁，有一个查一个，查到谁处理谁。所谓的处理无非让他把卖的钱交出来，别的也没什么招儿。他就是一个普通社员，你总不能开除他的社籍。

那时整党，白天得“促生产”，全体社员上工去修“大寨田”，就是把小块土地合起来拼成大块，加以平整，再砌上边堰，好让下雨天留住雨水。这是很累的活儿。晚上，就得“抓革命”了。常常开会到深夜，发动社员人人揭发，把那些背过“格檩”的，尤其是最近几个月背过的人检举出来。都是乡里乡亲的，而且大多数都干过，怎么揭发？谁揭发谁？所以，工作迟迟没有进展。当时自己二十几岁，正是年轻气盛，再加上自以为真理在手，对这种盗窃国家财产的行为有什么客气的？于是，便事事比工作队长还较真。逼着没被打倒的几个大队干部下去做工作，一定要把背过“格檩”的人都查出来。就这么搞着，搞着，快到春节了。最后，好歹揪出二十多个人来。基本上是那些人缘不好或家庭成分比较高的，比如中农，富裕中农，还有家里有历史问题的人，等等。人既然查出来了，下一步就是退赔了。可怜这些农民，卖那几个钱大部分早就花完了，拿什么来退钱？可在那阶级斗争的高压气氛下，谁敢不赔？于是纷纷东挪西借，把钱交上来，有的实在挪借不到，就把买回来准备过年的东西交出来。有交锅、盆的，有交衣服、鞋袜的。我清楚地记得，在大队干部送来的物品中有一双童鞋，就是三四岁小孩穿的小鞋，式样是那种当年流行的解放式胶鞋，黄色的鞋面，估计也就值个两三元钱。

事情过去了整整四十二年，可是那双小鞋却从未从我心中消失。一个可怜的农民辛苦一年，想让自己的心肝宝贝过年穿上一双再普通不过的新鞋的梦想，就这样被包括我在内的几个人以公权力的名义打破了。这里的是非有人能说得清吗？当时的我，还未娶妻生子，看到那双小鞋时虽然心里也有一点儿触动，但总觉得那是他们犯法在先，正义还得伸张嘛。然而，随着年龄的增长，阅历的增加，先是为人父，如今又为人姥爷，今天，看着活泼可爱的小外孙，看见女儿为他买的十几双鞋子，每双的价值都在几十元甚至二三百元，心里便感到一阵阵的愧疚。我无法想象当年那个父亲交鞋时的心情，无法想象那个孩子会哭成什么样子，更无法想象 1972 年春节，这个农民一家是怎么度过一年中中国人最重大的传统节日的。我那时怎么那样冷酷，那样没有人性？真的是追悔莫及。

然而，这一切都是谁之过？

不过，不管该由谁来承担这一切，扪心自问，我毕竟有一份责任。因此，这种愧疚无疑将伴随我一生。

夏清和，地球物理系 1965 级。1970—1972 年在河南省洛宁县劳动锻炼。1972—1976 年在洛阳市第一中学当教师。1976 年调入洛阳矿山机器厂（现中信重机公司）中学任教。教过多年高中语文。后来任中学校长，技校校长，职工大学校长，职工教育处处长。2005 年在公司教育处处长岗位退休。

第八辑

师友情深

师长风范　终生楷模

阮祖望

前几年曾在书店看到两本书，一本叫《在清华学做事》，另一本叫《在北大学做人》。两本书名突然触动了我，我也问了自己一个问题：“我在北大究竟学到了什么？”仔细想了一下，收益最深的当数“做人”了，特别是老一代学者的品格风范给我留下了深刻的印象，影响了我大半生的行为操守。在这里只想和大家分享几个刻骨铭心的事例。

事情要从1980年我申请自费去美国普度大学留学说起。当年申请留学和现在有很大不同。首先，当年国内还没有承办过TOEFL和GRE考试，申请人只能给校方写信说明无法提供这两个成绩的原因。其次，几乎所有的申请人除了需要录取通知外，还必须同时获得校方资助的承诺。因为除了在海外有亲友赞助的少数考生之外，当年在国内还没有人能承担得起留学的费用。因此，必须要有校方提供的TA（教学助理）、RA（研究助理）或Fellowship（奖学金）。

但是，有几家学校能在既看不到GRE成绩、更没有面试机会的情况下就给考生承诺资助呢？那时，我们这些申请人所能提供的只有三样东西：毕业证书、大学成绩单和大学教授的推荐信。

成绩单好办。我在大学时担任过班长，常去系办公室送考勤表，和系办的老师混个脸熟。我到了系办公室，正好姜景熙老师在。虽然多年不见，他还认识我。那时系里还没有复印机，他给了我一张空白的成绩单，让我把成绩誊写一遍，他盖了公章就解决了。毕业证书遇到了一点小麻烦。我毕业时拿到的“毕业证书”落款的单位是“北京大学文化革命委员会”。毕业时已是工宣队掌权了，盖的是“首都工人毛泽东思想宣传队”的章。公证处不否认这个证书的真实性，但不承认其合法性；那时又特别讲究“内外有别”，公证处说不能让这种不伦不类的东西拿到国外去“现眼”。于是只好再去北大一趟，上缴了不合法的“毕业证书”，换成了合法的“学历证明”才算了事。

毕业证书和成绩单都是看不出任何个性的“死材料”，重中之重的材料当数推荐信了。为了让推荐信能起到一锤定音的效果，我硬着头皮去找了在国际数学界享有盛誉的段学复先生和程民德先生。

段先生是深受全系师生敬重的系主任。他见到我来十分高兴，一方面对我放弃

⊙ 阮祖望（前排右）毕业离京去农场前

在北大读研的机会表示惋惜，另一方面也支持我到国外的天地去闯荡。段先生高度近视，必须摘掉眼镜，把纸贴到鼻尖上才能看清字。他认真地看了普度大学寄给我的推荐表，忽然莞尔一笑，说："呵，还有这洋玩意儿呢。"原来，推荐表上有一栏是请推荐人注明此推荐信是否让被推荐人看过，校方可据此掂量该推荐信的可信度。段先生之所以笑，他显然是知道洋人制定的这个规则在中国这样的人情社会是根本行不通的。但笑归笑，他依然尊重这个形同虚设的规则。他告诉我他把推荐信写好后会封好，让我第二天来取。

次日，我来到段先生家，他已经把信封好了，但似乎有些不安。他说："我对你业务学习的情况是知道的，但你的英语水平我实在不了解。"他随手从书架上取下一本英文书，随便翻到一页，说："这么办吧，你给我读一读。"我当时的英语，尤其是口语，是相当差的，估计很让段先生失望。他拿着封好的信又摸索地回到里屋，重新改好封上后再出来交给我。虽然段先生可能是调低了给我英语的打分，但我心里更踏实了，因为他挤干了在推荐信中的水分。我对段先生也愈加崇敬，因为他给我上了一堂生动的课：实事求是是做人的根本。

"文革"期间，曾有人"揭发"批判段先生在谈论德育时说的一句话，即："什么是德？德就是不缺德！"没有经历过那个时代的人很难理解这句话的内涵。早在"文革"之前，德育、智育的目标就已定格在"又红又专"这四个字上，而"红"和"专"，又被当年的教育部长、清华校长蒋南翔通俗地解释为"听话"、"出活"。何谓"听话"？说得冠冕堂皇一点，叫"做驯服工具"；说得更直白一点，则是对领导的意图"不理解也要执行"。正直耿介的段先生是以他那句直白的大实话抨击当年那种阉割德育的奴化教育。他不仅如是说，而且如此做，在任何情况下都坚守了道德的底线。

程民德先生是在“文革”中受迫害最为深重的老教授之一。程先生一生爱国，追求进步。由于青年时代参加过不是由共产党领导的抗日游击队，竟被诬蔑为是“胡传魁的部下”（胡传魁是样板戏《沙家浜》中的反面人物）；因为他曾任系党总支副书记，在“文革”中成了一身兼具“党内走资本主义道路的当权派”、“反动学术权威”、“历史反革命”三重身份的“三反分子”。程先生能活着熬过十年浩劫本身就是一个奇迹。然而，刚刚重获人身自由，他立即重新焕发起科技攻关的激情。程先生率先和模式识别的开山鼻祖、美国普度大学的华裔教授傅京孙先生建立联系，并把石青云等多位年轻有为的教师派到傅先生身边学习、工作。石青云不负师望，后来在指纹识别、癌细胞识别等多个课题获得突破，被遴选为院士。那时“文革”尘埃初定，国门甫开，有机会出国的人都往国内带彩电、录音机等国内稀缺的电子产品。程先生从国外带回来的是一部小巧的手动打字机——那时还没有个人电脑和互联网，国际长途电话费又十分昂贵，国内外联络主要靠写信，因此，打字机是不可或缺的对外联络工具。

程先生见到我，劈头就问：“你的肺怎么样了？”原来我在“文革”期间积郁成疾，曾染上过肺结核。程先生从来没有教过我，我只是系里一名普通学生，居然他也记得这件事！我的眼眶顿时湿润了，感觉在我面前的不仅是一位德高望重的学者，更像是自己的一个亲人、长辈。他就用他那从国外背回来的打字机一个字母、一个标点地给我敲打推荐信。听说我要去普度大学，他不仅让我给傅先生带了口信，而且特地嘱咐石青云老师关照我。

那时出国留学生面临的困难是现在的学子们无法想象的，首要的问题是没有地方可以兑换到外币。我的一个中学同学想方设法给我换来了二十五美元，我就是怀揣这二十五美元去的美国（那时更不会有信用卡）。石青云老师给我在由几位大陆访问学者和港台留学生合租的公寓内找了一个床位，并让我和那几位朋友一起搭伙吃饭，到了月底我领到系里发的 TA 工资后才还上一个月来赊欠的食宿费。没有石老师给我的精心安排，那二十五美元是绝对不够活一个月的。那时，石青云老师和物理系的两位老师陶如玉、虞宝珠住在一起，三位大姐都对我有所关照。遗憾的是，石青云老师遭到癌细胞的报复（石老师自嘲之语），尚在盛年就被癌症夺去了生命。

我在不同场合下曾和很多人讲过北大前辈学者的品格风范对我的教益。后来，为了到国外求学或求职来找我写推荐信的年轻人也很多，一般都是怕麻烦我，事先打印好了来请我签字。我就给他们讲段先生考我英语的故事，对他们说我支持他们，信我一定自己写，而且决不使用夸大不实之词。他们听了都十分感慨，认为当下中国缺少的就是像段先生那样的正直和诚实。

我在摩托罗拉公司工作多年，该公司专门有一门叫做 Ethics（道德准则）的课。这门课，不仅是入职培训的一部分，而且员工每五年还得重修一遍。公司会不断更新

⊙ 百年校庆时与数力系 1962 级同学合影前瞬间。左起：丁石孙、段学复、冷生明、程民德、阮祖望

其内容和案例，还要求管理层的人员兼职讲授该课。我在摩托罗拉期间学过、也讲过多次这门课。该课的第一个互动环节就是让每个学员和大家分享其心目中的道德楷模。在国外，有人把曼德拉总统或特蕾莎修女当作偶像；在中国，不少人崇拜周恩来总理的人格；而我就讲段学复先生的故事。后来有一天公司人力资源部的人告诉我，在某一次课上有一位员工把我列为她心目中的道德楷模。这位员工和我不在同一部门，没有任何利害关系，可以完全排除阿谀奉承之嫌。对此，我十分欣慰，因为我没有辜负母校前辈师长对我如何做人的言传身教。

阮祖望，男，1945 年 1 月生于北京。1962 年考入北京大学数学力学系，1968 年毕业到吉林省舒兰县小城子部队农场劳动，1969 年分配到沈阳市 126 中学任教，1976 年调到中国科学院沈阳计算所工作。1981 年到美国普度大学读研究生，1986 年获计算机科学博士。毕业后曾先后在贝尔实验室、摩托罗拉公司工作，并兼任北京大学软件与微电子学院教授。在美国期间曾担任旅美中国科学家工程师协会会长、北京大学美中地区校友会会长。现已退休，居亚特兰大。

未名湖，我心中永远的痛

——怀念我的舅舅董怀允

唐逸民

“文革”恶剧祸人伦，舍生精英多少人。
昆明难没国维节，未名湖畔悼英魂。

1962年春夏之交，我正在河北省唐山市开滦一中读书，已经到高三下学期，高中三年正当长身体的时候却遭遇到困难时期，吃不饱饭。但尽管饥肠辘辘，我还知道努力学习，各科成绩都很好，也没有特别偏爱的课程，同时担任班上化学课和俄语课两门学科的课代表。那时很幼稚，消息闭塞，孤陋寡闻，对大学里的情况一无所知。临近高考报名了，我给当时在北京大学当讲师的二舅写了一封信（因母亲1955年早逝，所以就很少和在北京的姥姥家联系，这是我给舅舅写的第一封信），告诉舅舅我的学习情况和高考报名的困惑，以及想报考化学学科的想法。很快舅舅就回信了，说根据我的成绩来看，报考哪里都可以，如果真的很喜欢化学的话，就报清华的工程化学系，并给我介绍说现在国内力学发展的势头正盛，可以考虑报北大或清华的数学力学系，于是我就遵从舅舅的意见报考了北京大学，被北大数学力学系录取。接到录取通知书后，又收到了舅舅用毛笔书写的一封热情洋溢的信，内容就是一些祝贺和鼓励的话，我爷爷看到后说：看看你二舅写的行书多漂亮！只不过当时我还没有那个欣赏水平，并未留意。

临近开学了，从未出过远门的我，只身带着简单的行李，提前几天来到位于东直门内的姥姥家，次日便乘32路公共汽车来到北大。从西门进来，踏上小石桥，桥下流水潺潺，办公楼迎面而立，雕梁画栋，粉壁朱门，像大殿一样肃穆庄严，楼前草坪上两个汉白玉的华表格外抢眼，华丽、神圣，外文楼和物理北楼分立两厢，一字儿的古典式风格的建筑，典雅的园林，美不胜收。我从没见过这样美丽的校园，像刘姥姥进大观园一样，心想这就是我的学校了，美滋滋的，好兴奋！暑假未尽，人员稀少，循着干干净净的甬路，漫步在修剪得整整齐齐的湛绿的松墙之间，一路走过德斋、才斋、均斋、备斋，都是大屋顶的古典式建筑，红柱、白墙、格子窗，像宫殿一样。转过一个小亭子的体斋，后边便是健斋了，健斋的风格与德、才、均、备斋不同，东西走向，南面正面对未名湖。二舅正在健斋102等我。学校分配他一个人住在健斋102，室内陈设很简单，东边有一张单人床，西墙下则是两个很大的书架，架上的书摆得满满当当，中间是一张堆着许多书的写字台，紧靠在南面的带有木雕格子的窗子下面，从室内向窗外望去，首先映入眼帘的是一片绿绿的草坪，绵延到环湖的水泥路，路的南面就是宽阔秀美的未名湖了。水色潋滟，波光粼粼，微风吹起层层涟漪，阳光下还有些耀眼，景色秀丽优美，这是我第一次见到北大的标志性的景色——难忘的未名湖！

1962年国家第一次推出分段录取、宁缺毋滥的招生政策，北大数学力学系1962级新生中人才济济，当年北京市数学竞赛的前三名，还有一些省的高考状元，都汇聚于此！学校为我们安排了最强的大师级的教师阵容：冷生明、丁石孙、程庆民……经历了短暂的兴奋和新鲜感之后，大家都投入到紧张的学习之中。北大的社团活动很多，我参加了管弦乐队、摩托车队，还要为系学生会办《卫生与健康》的板报，占用时间很多。由于精力过于分散，影响了学习，所以学习成绩平平。我家兄弟姐妹多，自幼养成了独立的性格，遇到困难往往是自己想办法克服，根本没想过利用舅舅这层关系，同学也鲜有人知我在系里有亲戚。舅舅工作很忙，甥舅虽然同在北大，其实见面机会并不很多。

记得大一下学期的一个晚上，舅舅买了些京白梨到28斋我的宿舍来看我，恰好被来宿舍辅导我们数学分析的王文娟老师看到，后来王老师问我："唐逸民，你认识董公吗？""他是我舅舅。""哦……"从老师的问话中我知道舅舅在系里很受人尊重，年纪轻轻就被人尊称为"公"了。对有成就的年纪大些的专家、教授、大师尊称为某某老，年纪轻一些的尊称为某某公，大概这也是北大的习惯吧！大二冬季的一天，我去未名湖滑冰，过后带着滑冰鞋去健斋102看望舅舅，他问了问我的生活学习情况，让我少参加一些社团活动，把时间投入到学习上，出乎意料地还和我提起了刚刚开始流行的接班人的五个条件，上起了"政治课"。我很意外，当时的社会上已经开始流行说假话了，令人厌烦的政治学习，大会小会不断，会后要讨论，不得不说一些言不由衷的话，不但没有说话的自由，甚至连不说话的自由都没有。我很反感这些政治学习，犯怵说假话和言不由衷的发言，迫于形势，但也无奈。从做学问的二舅口中听到这些流行语，我感到新奇，从此对他在亲情之上又增添了一丝敬畏的成分。

二舅出身书香门第，诗书继世，忠厚传家。外祖父董嘏忱在抗日战争后期曾在河北省唐山市的胥各庄镇中学任过校长，当时杨秀峰（建国初期任高教部长、最高法院院长）也在该校任教员。外祖父得到日本人要抓他的信息，迅速告诉他，使他得以逃遁。外祖父在全国解放前夕举家迁到北京，解放后不久便病逝了。外祖母很有趣，虽然没上过学，受外祖父影响，也能认识一些字，还会背唐诗三百首，写简单的信。家中一本《唐诗三百首》是被姥姥当作字典来用的，有不会写的字就循着音从那本都快翻烂了的唐诗中找同音字。我母亲是长女；大舅董若允，也是清华大学毕业，因家境不够宽裕，于清华求学前还曾在铁路部门工作过一个时期，毕业后留在清华大学任教，还时常到钱伟长先生家中请教问题，1952年院系调整时调到太原工学院任教授；二舅读书时很清苦，买不起钢笔就买沾水笔尖，插在高粱秆上再用线绳绑起来代替，但很用功，成绩优异；三舅董冀允，1948年在北京二中读书时加入中共地下党，解放前夕与老姨一起随解放军南下，1953年被派往苏联留学，学习汽车制造，1957年回国被安排在北京汽车厂工作，是检阅红卫兵使用的212吉普车的主要设计者之一。这么一个善良清苦的知识分子家庭，学问最好又最关心人的还数二舅。

对我们来说“文革”来得很突然。1966年初，大四下学期，学校派我们以“四清”工作队员的身份到四川省资阳县去做农村的“四清”工作，为时半年，虽然耽误了半年的功课，但也开阔了眼界，受到了磨炼。6月1日在返回北京的专列上，我听到了关于聂元梓大字报的广播，平时不大关心政治，听到广播也不明就里，不知道大祸即将降临，毁灭性的打击就在眼前！回到学校后，我马上投入运动。学校成了大字报的海洋，到处是打倒陆平黑帮的大字报，数力系也揪出十个“黑帮”人物。我很关心舅舅的情况，找遍校园，只见到不多几份关于他的大字报，内容无非就是两条：一条说他是国际饭店会议上反攻倒算的急先锋（国际饭店会议是指1965年北大在北京国际饭店召开的清算北大“四清”运动中的错误的会议）；二是说他培养修正主义苗子，指责他单独为1956级函数班学习好的七位同学（包括杨乐和张广厚）开小灶（即开设讨论班），给他们“吃偏饭”，培养的都是修正主义苗子。看过大字报我心里反倒踏实多了！专门批他的大字报不多，且翻来覆去就是这点事。按当时的所谓“罪过”、“民愤”、“问题”的大小排排队，我估计在数力系他的问题得排到三十以外去了。况且在他们那代知识分子之中，他的出身还算比较好的！当时有工作组在，数力系所谓“罪过”最重的十个黑帮分子已经被安排到“劳改队”监督劳动，不能再参加所谓群众运动了；但随时可能被“革命群众”揪斗和批判。二舅被工作组定为重点人，要求他自己回到宿舍去反省交代和揭发问题，并没有被监督劳动，还可以参加会议，与“黑帮”分子是有很大区别的。根据我参加四川“四清”工作队的经验：在运动初期首先要发动群众，揭发问题，大轰大嗡，宁可过火，到运动后期组织处理时就要认真查证落实，相当慎重了。因此我当时就觉得二舅这点事算不了什么，也就忽略了跟他的交流。再者，他还给我上政治课教训我呢，外甥哪敢开导舅舅呀！这件事我太迂腐了！有一天晚上在200号（即北大昌平分校）看大字报时正巧碰到二舅，他和我说：“我是重点人，别来找我，否则对你影响不好。”简单几句，便匆匆离去，没想到竟成永别！我当时还毫无察觉！

工作组在学校时还有些秩序，6月18日在北大曾发生了所谓“六一八”事件（当日一些激进的组织和个人在38楼前揪斗所谓的黑帮分子、牛鬼蛇神、反动学术权威，

⊙ 唐逸民近照

并对这些人实施所谓革命的暴力，殴打、体罚、凌辱，手段令人发指），之后对此事的性质争论了很久，对被批判对象实施暴力的程度自此日甚。二舅对此耳闻目睹，曾与人言："我可受不了这些！" 1966 年 7 月 26 日，中央文革在北大召开的大会上突然宣布撤销工作组，次日数力系在学生二食堂召开全体师生大会，选举校文革（文化革命委员会）。我们年级的某学生党员主持会议，选举前有人往主席台递条子，说黑帮分子不应该给选举权；接着又递了不少条子，大约点了三十余人的名字，包括董怀允；然后宣布，这些人都不给选举权，立即退场，回去打扫楼道卫生。我没见到二舅退场，也没引起注意，根本没想到要发生什么事情，太麻木了！

第二天晚饭前，班长告诉我董怀允上吊自杀了，遗体早弄走了。怎么可能呢？哪有的事啊，这事怎么也轮不到他呀！我当时就懵了，不知该做些什么！到底是怎么回事？具体情况无人可问，无人可以倾诉！不知所往，不知何为！欲哭无泪，欲喊无声，无助无奈，天地不应！好像一脚踩空突然跌入万丈深渊，思想停滞了，当天都不知是怎么度过的。第三天下午三舅来了，带我一起去了健斋 102，一进门看到室内一片狼藉，满地的烂纸和书籍，再细看地上还有不少白色的宣纸碎片，上面画的都是墨竹，像是画了不少墨竹又都撕碎了。二舅喜欢竹子，喜欢竹子的性格：未出土时便有节，到凌云处也虚心。所以宁可食无肉，不可室无竹。在生命的最后时刻，他一定经历了一场激烈的、痛苦的、反复的思想斗争，最终还是气节占了上风。三舅收拾完遗物，剩下一些书籍嘱咐我去海淀卖了。我从中选了几本有二舅字迹的书作纪念：一本是英文原版的拓扑学，扉页上写着"江老赠书，1954"；一本也是英文原版书 *Algebra Topology*，扉页上也有几行字："买来天书一本　购于北大岛亭 1955"，下面还有一行字："破除迷信，并非天书，1956"；还有厚厚的两本俄文的数学史。余下的装了两提包拿到海淀当废纸卖了。为此我还差点受到批斗，我们年级有两位同学不明真相，贴出大字报，说我继承董怀允的遗产，要揪斗我。幸亏我在班里人缘不错，有班长的护佑，才得以幸免！二舅离世后，高等数学教研室有男女两位左派为了表示自己“革命”，大会小会上还在不断痛批“反革命分子董怀允”，试看文化革命把人们的精神扭曲成什么样子！还有一点人性吗？人家已经舍生取义而去，这些苟活的小人为达到个人的卑鄙目的还要糟蹋死去的人，猪狗不如啊！如今这些人也成了教授了！嗨！人啊！世啊！

董怀允走了，他是北大数学力学系在“文革”中第一个不堪凌辱被迫害而死的教师。对于他的离世，很多人不解，他为何在风华正茂时采用自尽的方式离去，这成了一个永久的迷！当然在“文革”中受到迫害、凌辱，迫于当时环境的压力，是无可置疑的主要原因！如果没有“文革”，以他的学问、才气和勤奋一定会在数学科学上做出贡献！近五十年来我一直在思索，是否他过于洁身自好？他是否不堪虐待，不肯受辱，才去寻求一片净土？他十九岁清华大学数学系毕业，在校学习时品学兼优，毕业后留校任教（清华大学张比先生网文《关于钱伟长先生二三事》）。1952 年院系调整后他来到北大，很受老一辈数学家的垂爱，江老 (江泽涵) 有书相赠并且说过：“中国年青的数学家南方有谷超豪、夏道行，北方是丁石孙和董怀允。”1956 年他与闵嗣鹤、程民德一起翻译了前苏联普里瓦洛夫著的《复变函数引论》。1955 年协助华罗庚、陆启铿在中科院数学所推广、讲授多复变函数与酉几何。1956 年便开始涉足代数拓扑学的研究……他会英、俄、德、日四国语言，学问好，人品好，是“又红又专”的典型。他年轻有为，历任系教学秘书、高等数学教研室主任、党支部书记，处处受到礼遇和尊重。他怎能在中国历史上最黑暗的时期——“文化大革命”的凌辱中生存？王国维为保持气节，舍生取义，投昆明湖自尽时，身上留有遗书：“五十之年，只欠一死，经此世变，义无再辱……”清华的人没有不知道王国维和陈寅恪的，二舅是否受到他们的影响，步了王国维的后尘，去神圣的天国，寻觅那片净土去了？……我常常想，如果我及时地去开导开导他，是否能挽救他？但事前没有一点蛛丝马迹，而且他是舅舅啊，总是高高在上地教育人，受到传统教育束缚的我哪敢那！在离他最近的地方却没能挽救他的性命，这是我一生最大的遗憾！我一生都在忏悔中度过，悔恨自己的迟钝、大意和软弱！从此我再也没有心情欣赏未名湖的美景，不愿回北大，不愿再见到未名湖及湖畔健斋 102 的小窗，未名湖，成了我心中永远的痛！

毕业了，我的厄运才刚刚开始，与命运的抗争也一直延续至今。

舅舅自杀，父亲在“文革”中受冲击，必然影响到我的毕业分配。没有资格挑选，没有权利抗争，1968 年我被分配到天津市。当年分配到天津的七百多名大学毕业生都被赶到塘沽盐场，所谓“接受工人阶级的再教育”，其中也不乏趣事。我们五位大学毕业生（一个北大，两个南开，一个人民大学，一个北京体院）被分配到有四十多个工人的一个小组中，从事特重体力劳动，一个月配给九十斤的粮食定量，可见劳动强度之大！那时年轻，累一点也能挺住，最烦每次开会总要我们表态，要扎根盐场干革命。人民大学哲学系毕业生赵春来发言说："我决心在塘沽盐场干一辈子，星期日去东沽时我把坟地都看好了，死也死在这儿！永远也不走了！"引得哄堂大笑，主持人也哭笑不得。

到了1970年再分配，不论学校，不论专业，只分工科和文理科，工科毕业生到各局，文理科的到四个郊区。我和北大国际政治系的校友王伟良被分派到离天津市五十公里的上古林公社小学，他教文科我教理科，二人心有灵犀，配合默契，沦落古林数年，相交甚笃。领导我们的田同志，是一位小学没有毕业的复员军人，大会上宣读五年计划的指标时，竟把煤炭念成煤灰。那时我到南郊区教育局要求专业对口，想调回家乡唐山市，主管人竟说：八里台公社学校某某人是北航高空侦察机专业毕业的，在那儿教物理，很好嘛，你怎么不对口？拒绝了我的调动要求。直至1976年唐山大地震方肯放我回乡。这些都是"文革"期间发生在我们身上的荒唐事，没有经历过的年轻人是无法想象和难以置信的。

唐山地震后，百废待兴，1977年我调回唐山，工作一段时间，不甘现状，1979年考入中国矿业大学陈至达教授门下，进行弹塑性大变形力学问题的研究学习。陈先生品德高尚，学问深厚，所创理论，自成一派。他是钱伟长先生的首届研究生，1957年反右派运动中受到不公正待遇才从清华"发配"到此，去世后中国矿业大学在校园中为他树立塑像，以示彰显和纪念。由于过度清苦和劳累，我在硕士研究生毕业前夕患了肝炎，但仍坚持完成了学业。受身体、经济和家室的拖累，未能继续留在先生身边从事学习和研究，乃我此生又一大憾事！当时我全家四口还蜗居在不足十平方米的抗震棚内，油毡为顶，塑料糊窗，坚持已达五年之久。唐山地震时，受极"左"思想影响，强调自力更生，河北省内支援，力度有限，复建工作缓慢，百姓苦不堪言。地震前我还在天津工作，回唐山度假，当晚到家，次日凌晨，睡梦之中，闻隆隆之声，山摇地动，先颠后摇，不及反应，便被埋于瓦砾之中。昏昏迷迷，漫游另一世界五个小时后，经家人救助，得以生还。人说大难不死，必有后福，对我则不过人生所历另一劫难而已！

毕业回到唐山，华北煤炭医学院分配给我二室一厅的住房一套，孩子们自幼蜗居地震棚，见到新房，欢呼跳跃，喜不自胜。但好景不长，半年之后，发现长女日渐无力，下蹲无力站起，无法抬臂梳头，渐渐发展到吞咽困难，呼吸受阻……检查发现她不幸患上了罕见的自身免疫性疾病——皮肌炎（时年11岁，此病发病率10万分之一，未用激素之前，两年内死亡率50%，医学文献中说，如果治疗护理得好，能得到较长的缓解期，没有治愈之说）。从此就开始了漫长的求医救女之路。中西医并举，遍历京津，对看病难，因病致贫，有了深切体验。求医治病，始终坚持不殆，历时20载，总算苍天有眼，治愈了女儿顽疾，为其完婚，喜生孙女，尽到了为人之父的责任。一生践行"负责"二字！为挽救女儿性命，我在医学院不得不割舍所学专业，医得眼前疮，挖却心头肉，忍痛割爱，不得已尔。后来应朋友之约，到唐山电视大学从事教学科研管理，直至2002年退休。

2002年退休后，我应聘到北京圆明园学院任教，又以花甲之年，加入了“北漂”的行列，有人说人生自60始，于是又开始了新的奋斗人生，辗转就教于北京圆明园学院、北京人文大学、北京科技职业学院等学校。受益于北大的教诲，我教学认真严谨、循循善诱，深入浅出，注重基本概念和能力培养，所到之处，深受学生欢迎和喜爱，2006年荣获首届北京民办高校百名优秀园丁称号。退休之后，又得辉煌。至2010年发现右手颤抖，患上了帕金森症，始得回乡。回顾一生，历经坎坷，饱受磨难，不懈坚守，抗争不断。我喜欢爬山，喜欢大山的巍峨庄严，做人就应当像大山一样坚强！我一生从事教育工作，受北大教育，受益匪浅；但未名湖畔，还是留下遗憾！2003年在京郊凤凰岭下圆明园学院任教时，曾赋七言绝句一首，借以抒怀。

咏阳台山

——观阳台山山峰积雪有感

2003年深秋，清晨，置身京郊聂各庄圆明园学院操场，西眺凤凰岭主峰阳台山，山间岚气未尽，山腰薄雾轻云，山巅霜雪皑皑，旭日朝晖相映，色彩熠熠，有感。

一生舛运欲何求，历尽坎坷已退休，
愿添明园书声琅，更爱西山献白头。

2014年1月31日正月初一

唐逸民，男，1944年生，1962年9月入北京大学数学力学系力学专业学习，1968年7月毕业。当年分配到塘沽盐场劳动，1970年又分配到上古林公社学校任教。1979年考入中国矿业大学北京研究生院，师从陈至达教授，1981年毕业，获硕士学位。同年至华北煤炭医学院任教师、教研室主任，1994年到唐山广播电视大学任教学科研处处长、教授，2002年退休。一生命途多舛，历尽坎坷，青年时代，饱受政治歧视和迫害，中年遭遇唐山大地震灾难，正当壮年女儿又患绝症……尽管打击接踵而至，但始终没放弃努力奋斗，顽强拼搏，坚持操守，终于战胜各种困难，迎来曙光，在平凡的工作中为毕生所从事的教育事业做出了杰出的贡献。

北大的仁爱护佑了我

廖光玲

1962年秋季我入学北京大学。开学第一周，在校医院对新生的全面体检中，我被确诊为“严重发育不良”，而被“勒令”每周三下午去校医院注射胎盘组织液。在校医院大约两年的精心护理下，我从一个“严重发育不良”的人，好转为起码在表征上看似发育正常的人。但到1965年中期，我病倒了。校医院、北医三院和西苑中医院对我的怪病都束手无策。天天吃药，西药中药吃了好多！女同学孟培丽、钱晓松、黄小尤、徐慧敏等都替我或陪我去海淀中药铺取过煎好的中药水，徐慧敏至今记得那是约500毫升一瓶分装的。几个月之后，病情没有好转，反而恶化，被北医三院诊断为“典型管状视野”，而被迫转学到历史系中国史班，降了两级。此后，我仍经常犯病，两腿麻木，不听使唤；肚子痛起来，在床上地上乱打滚，打吗啡针也止不住疼，几乎要我的命。当时校工作组的彭佩云女士，历史系的系领导们和班主任马林彪老师，都曾到病床前看望和鼓励我。同学们无论男女都帮助和照顾过我。在三九严冬，赵会生同学和李胜利同学背着犯病的我徒步去昌平医院看急诊！“文革”大动乱开始后，历史系领导决定送我回家治病。中国史班徐博东同学冒着“阶级界限不清”等等罪名，每月给我寄送13.5元的助学金和为我报销医药费用。老师和同学的博大仁爱和切实帮助，使我在与病魔的搏斗之中，立于不败之地！在四川的两年左右治病期间，得益于一位87岁的个体户老中医武师夔爷爷诊治，我竟神奇地逐渐恢复了健康。

1968年8月底，我返校参加毕业分配。12月，我被分配到河北省邯郸地区成安县化肥厂，当了约5年的筛煤渣工人。1973年，在专业对口的大形势下，四川省原子核应用技术研究所接纳了我。1976年，因照顾夫妻关系，我被调到成都电讯工程学院（现成都电子科大），先后教授过成电子弟校初中学生的政治课，成电工农兵大学生的高等数学课和电磁场理论课。1979年，我从成都电讯工程学院考入中国科学院生物物理所读研究生。据悉，在杨福愉老师的四个获得面试资格的研究生候选人中，所考4科（有机化学、生物化学、外语和政治），我的总得分最高。然而，如果不计政治课，我的得分则略低于当时北大生物系的一位青年教师候选人。我在4名候选人中，年龄最大（36岁），又是外地户口，而且还是两个小孩（2岁和4岁）的妈妈，一切条件都不如北大的那位年轻男教师好。为什么杨福愉老师收了我呢？直到8年之后的1987年，我回北大教务处办理高考成绩单赴美国留学时，才间接地知道了其中的原因：是生物系李秀茹老师的仁爱护佑了我！原来，杨福愉老师在做决定之前，专门走访了赵邦悌老师的家（他们是留苏时的先后同学）。赵邦悌老师连我的名字都不知道（我在生物系就读时，他还在苏联求学，没有回中国）！就在这千钧一发的关键时刻，赵老师的妻子李秀茹老师从里屋走了出来，自告奋勇地介绍了她当专职系团委书记时，我在她手下当系团委宣传委员和系刊《争上游》总编辑的工作情况，并且准确无误地介绍了我在1962年的高考成绩：在所考6科（化学、物理、数学、外语、政治和中文）中，我的最低得分是91，最高得分是99，总得分是560，在满分600中仅仅丢失了40分，以及我的其他学业成绩。于是，杨福愉老师欣慰地收我做了他的大龄研究生。李秀茹老师如果没有对学生广博的仁和深厚的爱，是不可能冒着"推荐失误"的风险，主动向杨老师介绍我的情况；更不可能将一个普通学生的高考成绩，在17年之后，还记得如此丝毫不差！正是李秀茹老师的大仁大爱护佑了我，使我这只偏离航线多年的独木小舟，重新回到了从事生命科学研究的原始航线上。

1986年初，年已42岁的我，公开与当时中国科学院动物研究所所长刘树森教授"三击掌"，以放弃中科院论资排辈出国深造的排名（道听途说，我被排在1997年）和放弃"保留工资和奖金，公费培训英语半年"的优惠为条件，换取到保留工资、没有奖金、在家自修英语的半年光阴。 在这破釜沉舟、背水一战的半年之中，我得到丈夫和两个女儿的全力支持和鼓励，得到父母兄姊在经济上的援助，我每天读书和听英语磁带长达12到16个小时。苍天不负勤奋人，我通过了TOFEL和GRE考试，被位于美国德州休斯敦市的赖斯大学（Rice University）录取。其中发生了一个小插

⊙ 半个世纪的友谊——廖光玲（中）在陈德明和李静涵先生家中

曲。根据我的三科英语考试成绩和我的研究生业务成绩，我自信有 80% 的可能性被录取。然而，到了美国秋季开学后的 10 月份，我还没有收到任何通知。碰巧，美国费城的一位台湾籍教授，当时来到我曾经工作过的四川省原子核应用技术研究所讲学和商谈合作项目，我请求他回美国后，打个电话向我申请的导师 Dr. Palmer 问声好。直到那时，Dr. Palmer 才知道，系里在 8 月初就寄发到中科院动物所的录取通知书，不翼而飞了！他立即发来电报，要求我即刻回电，表明我的入学态度。收到这封电报后，我诚惶诚恐。我害怕对电报理解有误，更担心回电不准确，错失良机。于是，我拜访了陈德明教授和李静涵教授的家，受到热情接待。时间已经是晚上 8 点多，陈先生不顾一天的劳累，戴上老花眼镜，一字一句地为我解释来电内容，并随即草拟回电。陈先生几经斟酌，确保了回电既准确又简洁。晚上 10 点左右，我才走出他们的家门。临行时，两位老师极其关切地对我说："发这封电报，大约要花 100 元人民币。如果你没有带这么多钱，先从我们这里拿去。最好今夜就去西单电报局发走。"顿时，一股暖流涌遍我的全身，亲情、温馨、激动、感谢汇集在一起，那种真切的感受，难以用任何语言来描述。（我当时是助理研究员，每月工资只有 107 元人民币。那天，我正巧领了工资，身上总共有 115 元人民币，发那封电报实际花了 109 元。）钱是小，情是大！古语曰："一日为师，终身为父。"陈李两位老师真正做到了像父母一样地疼爱我。我好幸福，我好幸运，我有如此恩师！！！正是他们的博仁宏义与深慈厚爱，全力护佑我进入了美国的生命科学研究领域。

在此，我也要诚挚地感谢在我申请来美国深造过程中为我写过推荐信的所有老师们：北大的陈德明老师和翟中和老师，中科院的杨福愉老师和刘树森老师，以及清华大学的赵南铭老师（他邀请我去清华大学指导了一名硕士研究生的毕业论文）。我也要诚挚地感谢动物所的丰美福女士，是她慷慨地兑换美元给我，解决了我最后一次 TOFEL 考试的报名费用。

1987 年 3 月底，我踏上了美国的土地。在不到半年的时间里，我把丈夫和两个女儿接到了美国，至今，已经 25 年了。我始终是一名勤奋耕耘在生命科学研究领域中的小卒，一步一步，脚踏实地地往前行或横着走，从来没有松懈过。我在国际性一、二级学术期刊上发表过 40 来篇学术论文，但是，终究没有突破性的成绩和贡献，我自己结评为"忙碌而中庸的职业生涯"，不必在此赘述。只有一件事，我要特别写在这里。我在加州大学 Santa Cruse 分校工作时的 1999 年年底，我注意到我的课题经费有宽裕，立即想到要回报我的母国。于是，给赵淑萍同学和王玉萍同学发了信，探索由我的课题出钱，合作做些疾病普查与预防的科普研究项目的可能性。两位老同学热情响应，一切进展顺利。 然而，晴天一个霹雳，夭折了一切美好计划。我的先生在千禧年（2000 年）2 月被诊断出双耳患上了癌症！如果不及时手术，最多还能活一年。癌细胞穿过脑膜后，连神仙也无能为力。那时，我的两个女儿都就读于休斯敦市，我的丈夫就留在了休斯敦工作和照顾她们。但是，我丈夫的医疗保险一直是跟随我的。要么，我丈夫来加州做手术；要么，我回休斯敦去。如此生命攸关的大手术，自然是以全世界最好的医疗中心休斯敦作为第一选择。为了维护家庭的和谐幸福，就像1987年我的先生毫不犹豫地丢弃了在中国的正教授头衔和教研室主任等等虚名，心甘情愿地到休斯敦来当一名技术员一样（他是学俄语的），我当机立断"尽快回休斯敦"去。我又一次得到了天佑神助，在不到一个月的时间里，我回到了休斯敦，并且得到了在4月中旬就为我先生做手术的预约，代价是职业上的降职减薪和课题经费的丧失。在混乱与匆忙之中，我没有忘记给老同学赵淑萍和王玉萍去信，"报喜不报忧"的初衷使我没有告诉她们实情，只简单写道："我找到了一个更好的工作，马上要回休斯敦。我们的合作不能继续了，敬请原谅"之类的话。事后反省，此举多有不妥。换了我在两位老同学的位置上，也会有"玩世不恭"的看法。毕竟，她们的热情加实干，已经做了大量的工作啊！这十多年来，我曾几次提笔写信，想解释一下，但终未果。在此，我诚心诚意地向赵淑萍同学和王玉萍同学致以深深的歉意，并请求两位老同学的谅解。我丈夫的手术长达14个小时，两个外耳郭都被割了下来，在清洗完癌细胞后，又缝上去。在术后的恢复期中，他曾数度陷于昏迷。我和两个女儿轮番守护，他终于活了过来。12年过去了，我的丈夫仍然快活得像个"老顽童"，和我一同过着都市中"农家乐"式的半田园生活。"知足常乐"，我夫复何求？！

从小，我外婆就教导我们"心记不如淡墨"，培养了我"把所见所闻所想写下来"的习惯和兴趣。在少年时期就要以手工编织毛衣来帮助家用的苦涩经历，使我失去了无忧无虑、甜甜蜜蜜、快乐活泼、轻歌曼舞的梦幻年月，却养成了我"坐得住"的习惯和功力。那段时间，我读了较多的各类书籍，对我中文素养的提高颇有裨益。在重庆南开中学读高中时，我的三篇作文被作为范文在学校广播和展出。我的高考作文《说不怕鬼》得了92分。进入北大后，我就参加了生物系系刊《争上游》的编辑工作。我写过有关平谷县支农和保定学军的纪实报导，均由严先进同学抄写成海报，张贴在生物系系楼的正面墙上。严先进同学的颜体字写得很漂亮，我记忆犹新。北大校刊《红湖》也登载过我的文章《看〈不夜城〉电影后感》。在十年大动乱中，我写过科普短文《请慎用鸡血疗法》在上海《文汇报》上发表。工作之后，受工作单位的指派，写过《辐射育种是培育水稻高产良种的新途径》、《钴60辐照在人工培育淡水珍珠中的功效》和《辐照保鲜的深远意义》等文章发表在《四川日报》上。来到美国后，我在美国四川同乡会期刊《四川人》上发表过多篇科普短文、旅游游记和古诗古词，起到了调节生活与丰富生活的作用。1997年初，我的文章《浅谈中国的孝道》（约1.2万字，我写手稿，两个女儿加夜班，为我用电脑打字成印刷版）参加了由台湾大学三民主义研究所和中国青年团结会共同发起的全球征文活动，侥幸中选，于1997年7月被邀请免费去台湾参加名为"新世纪新视界学术论文研讨会"的会议并环岛旅游，总共 25 天。与会者约有 50 人，东道主和会议服务人员（台湾大学和辅仁大学的研究生）约有 80 人，乘坐三辆大型旅游车进行各种活动。研讨会的最后一天，我受到与会同仁们的错爱，被推举为该学术研讨会的结评人。

2004 年夏天，一个偶然的机会，我得知中国国际广播电台正在举办征集四川省青城山对联的有奖活动，我参加了，得了奖，而且，还被中国国际广播电台邀请为该台台刊——全球发行的《华人桥》杂志的特约撰稿人，从此与该台结下了不解之缘。那以后，我为《华人桥》撰写了数篇文章，篇篇都得以发表。中国国际广播电台为了肯定和表彰我的无偿奉献，在 2008 年 11 月，以“美在广西知识竞赛特等奖”获得者的名义，邀请我作为全球的十位贵宾之一，去广西和北京旅游了半个月。中国国际广播电台的王明华副台长是领队，陪同的记者（每位贵宾有一位知晓同种语言的记者全程陪同）、领导和各种工作人员约 35 人，乘坐一辆大型旅游车和一辆中型轿车进行各种活动。王明华副台长还为我们 9 位嘉宾（一位嘉宾因故未到）一一颁了奖。至今，我仍然和该台保持着密切联系，做着一些信息交流及反馈的工作。

廖光玲，女，1943 年底出生于重庆市。1962 年从重庆南开中学毕业，并进入北京大学生物系生物物理专业。1968 年从北大毕业后，在县级工厂当过筛煤渣的工人、机修工和化验工。上个世纪 80 年代，在中国科学院生物物理所取得硕士学位；90 年代在美国德州休斯敦市的赖斯大学（Rice University）获博士学位。现在，在休斯敦大学药学系从事对抗致病真菌的药物研究。

⊙ 美国休斯敦大学药学系致病真菌药物治疗研究组同仁

历历往事寸草心

陶富源

一

古人云：“岁月如梭，光阴似箭。”年轻时不以为意，及至年老，方有所悟。1964年8月下旬，我从江苏海安的乡下，带着母亲和乡亲的殷殷嘱托，怀揣北大录取通知书，背着行李，步行到县城，坐汽车、过长江轮渡，从镇江上火车，一路兴奋，于25日下午抵达北京。从北大东南门入，大饭厅前，绿树一片，蓊蓊郁郁，偌多青年男女，散坐其下，或专注阅读，或掩卷沉思，或细语轻谈。书香氤氲，青春气象，此如画一幕，突入眼帘，我不禁为之一振，此乃读书之胜地也！这是北大给我的第一印象。弹指五十年过去，恍若梦幻，似在昨天。

在北大的五年零九个月里，生活学习在6411（一）班，不敢说青春无悔。因为正常的上课学习时间仅一年稍多，其余时间被下厂下乡、“四清”、“文革”占用，学业耽误过甚，此为终身憾事。不过也有另外一面，即了解社会，经受锻炼，也是人生的另类财富。在北大的几年，我得到许多关爱，结下真挚情谊，奠定了未来发展的基础。北大是我的精神家园，学术旅程的起锚之地。特别是许多老师的教诲、榜样和鼓励，使我终身受益，没齿难忘。这里不能不谈到黄枬森、许全兴、杨克明、施德福、孙伯鍨等诸位先生对我的影响。

二

刚进北大时，我还保留着中学时的学习习惯，即围绕着教科书打转转，死记硬背，把考试成绩看得很重。但不久，在读什么书和如何读书的问题上，我受到两点启蒙。一是来自黄枬森先生；二是来自许全兴先生。说来都有些偶然。

开始，我作为班团支部书记，往系办公室跑得比较多，顺便也到系资料室走走。几乎每次都能碰到黄枬森（又名黄楠森）先生。后来熟识了，不时向先生请教，黄先生待人诚恳，每次都热情指点。所谈内容大多忘却，然有一点至今铭记。有一次，黄先生问我，在看什么书，我说在看艾思奇编的哲学教科书，他说，作为哲学系学生，学习马克思主义哲学，不能仅读教科书，重要的还要读马克思主义原著。从此“读原著”三个字，深深印入脑中。许多年后我才知道，黄先生在那些年中，正带领一些老师对列宁的《哲学笔记》及《唯物主义和经验批判主义》展开深入研究。可见，当年黄先生所言，并非随口一说，而是经验之谈。

许全兴先生1964年毕业于北大哲学系，后留系任教，曾担任我们班一个多月的班主任。因住房一时尚未落实，于是有几天在学生宿舍与我同住一室，故而接触较多。我看到许先生读书认真，还不时在本子上记着什么，于是向前探问。原来是在写读书笔记。这是我生平第一次听说，读书还要做笔记。许先生还给我讲了做读书笔记的重要性和如何做读书笔记。

黄先生的点拨和许先生的榜样对我的意义非同小可，它促使我真正告别了中学时代，开启了一扇通过自我求索走上学术之路的门户。从那时起，遵循黄先生的教导，我开始学习马克思主义原著。在北大自学的第一本马克思主义著作是恩格斯的《反杜林论》。也是从那时起，我开始学着许先生的样，做起读书笔记来。后来走上高校教学岗位，更是系统阅读了大量马克思主义原著和其他著作，作了许多读书笔记，写下了不少心得体会。这件事做起来繁琐、费力，但我坚持做了几十年，而且乐此不疲。到目前为止，已写下读书笔记一百几十种，从而也就为我的科学研究奠定了比较坚实的学术功底。回顾以往，我之所以能在学术上取得一些成绩，得益于此多矣！

我自己大量读书、做读书笔记，也指导学生这么做。不仅如此，还注意总结其中的经验教训，继而把内容加以扩充，并以此作为讲义，主动给本科生开了一门选修课：“文献检索与论文写作”。这门课连续讲了十几年，受到学生好评。我又把这门课的讲义整理成一本书：《学术论文写作通鉴》，由安徽大学出版社于2005年出版。该书书稿写成以后，我第一个想到许先生，想请他写序。不出所料，许先生欣然应允。在序中，许先生不仅认为我先前出版的《形上智慧论》、《实践主导论》、《终极关怀论》等三大著作，“构成了一家之言”，而且还认为《学术论文写作通鉴》“是一本视野开阔、立意高远、系统论述学术论文写作规律、富于实际操作性和具有学术个性的学术论文写作学著作”。

毕业以后，由于多方面的原因，我与黄先生联系中断，直到2003年11月在上海召开的一次人学会议上，才与先生不期而遇。接下来的几天会议，我与黄先生朝夕相伴，交谈甚欢，谈及北大受到的教诲，先生欣然。后来黄先生还主动为我的《终极关怀论》一书作序，认为该书“是一本时代气息浓郁、内容翔实、学术品味醇厚的，对人学理论进行了深入系统研究的力作”。许先生和黄先生对我作品的肯定，使我十分感动。我自知，上述两本小书缺陷不少，二位先生有些过誉。不过，已是海内名哲的二位先生的肯定和鼓励，对我的促进和鞭策是很大的。

三

杨克明先生，又名杨适，是我班的第二位班主任，也是我们年级的马克思主义哲学课教师。杨先生很有才情。我们进校不久，他就在北京市委宣传部主办的《前线》第16期上发表了《一分为二和阶级分析》一文。当年刚刚三十出头的杨先生发表学术论文这件事，在我们班引起了轰动。大家认为杨先生有能耐，了不起。不由自主，我在头脑中也萌生了这样一个念头：如果将来在高校当教师，也应像杨先生那样，既搞教学，又搞科研。这个念头，在当代人看来，似乎比较平常，可能算不得什么。可在随后到来的那个“臭老九”帽子满天飞的年代，正是这样一个简单的念头，曾在毕业以后的一些年中，影响了我的人生选择。

⊙ 2010 年 7 月 18 日于玉门关

1970 年 3 月我离开北大，到安徽省 6377 部队阜阳县插花庙农场劳动锻炼。一年后，于 1971 年 2 月到芜湖市教育局报道。当时面临两种选择：一是留在生活较为方便的芜湖市内，到中学当教师；二是到条件较为艰苦、地处芜湖远郊的芜湖师专任教。当年一起到芜湖报到的九位农场战友中，只有我和同年级的郑庆林同学，为了学有所用和能有机会从事科研的缘故，而毅然选择去芜湖师专任教。

“文革”后期的芜湖师专，说其破败也不为过。在入口处，两根水泥立柱权当校门，园内荒草丛生。走的是泥巴路，用的是池塘水，竟然还有一些老师在用毛竹搭成的简易棚子里办公。学校没有围墙，外人随便出入。学校的篮球场、足球场分别成了附近农民的晒谷场和放牧场。另外，寄信、买粮、买油都要到离学校六七里外的小镇上，工作生活极为不便。不少老师忍受不了这份辛劳，于是纷纷调离，但我和郑庆林坚持了下来，我们与学生为友，以教书为乐，相互激励，积极进行学术研究。可以说，是我们两位和中文系两位老师，共同开创了芜湖师专科研风气之先。

在“文革”风波尚未消去的那个年代，要进行学术研究还是要冒一些风险的。记得那时该校一位分管教学的副校长就曾在全校教职工大会上宣称：“教授就是要教，讲师就是要讲。”言下之意，你们这几个人搞科研是不务正业。不过，我们对此没有理会，照样我行我素。之所以有如此胆气，说到底，还是受益于在北大受到的教育和北大老师的榜样。

由于在学术研究方面先行一步，也庆幸论资排辈陋习的破除，我和郑庆林于1980年破格晋升讲师，1986年评为副教授，1991年跃升教授。我们俩是当年安徽省最年轻的讲师，也是当年最年轻的副教授、教授。人生的这样几步，相对同辈人而言，在时间上可能提前了至少五年，在有限的人生中，这五年可不是一个小数字!

由于有了一些声望，加以山中无虎，猴子当家，1984年，我在复旦大学进修，在毫不知情的情况下，被群众民主推荐（后来名曰“海选”），当上了芜湖师专校长。尽管毫无思想准备，也从未有过此种念头，但我还是服从了组织的安排。在担任校长期间，夙兴夜寐，除旧布新，与学校领导班子成员共同努力，不仅使“文革”遗留下来的许多问题得以妥善解决，而且还迅速打开局面，使学校工作上了一个新台阶，为该校后来被表彰为省“优秀师专”和被评为芜湖市“花园式单位”奠定了一定基础。当学校工作步入正轨，能够健康地前进时，我主动辞去了校长职务，继续留在该校当一名普通老师。当时不少朋友表示不解，说:“校长当得好好的，怎么说不干就不干呢?”还有人说，放弃校长（副厅级）142元工资不拿，却心甘情愿去拿讲师的97元工资（“文革”后第一次工资改革），这不犯傻吗?其实有什么傻不傻的，就是情系讲台，志在科研，不忍割舍。1995年调入安徽师大以后，也曾有两次从政的机会，但都被我婉言谢绝。在我看来，从事教学科研是我的兴趣所在，快乐所在，更能实现我的人生价值，人生几十年，我不能把自己放错了位置，不然会死不瞑目。

多少年来，不论是以往左的年代，还是躁动、喧嚣的当今，我都孜孜矻矻，不敢懈怠，一直在教学科研园地上辛勤耕耘。俗话说，天道酬勤，故而也有一些不错的收获。到目前为止，共主持国家社科基金项目3项，著有《形上智慧论》、《实践主导论》、《终极关怀论》、《中国特色协商民主论》、《青年马克思与费尔巴哈》、《唯物史观在当代》、《唯物辩证法与实践智慧》等著作12部，其中独撰7部，主编教材4部。发表论文180多篇，其中，在《哲学研究》发表8篇。共获得省部级科研成果一等奖1项，二等奖3项，三等奖2项。

四

如前所说，我在北大得到许多关爱。比如，我在班上享受的是一等助学金：19.5元；在得肝炎期间，得到了校医院的医生、护士和同年级不少同学的照顾、体贴。使我不能忘怀的，还有施德福和孙伯鍨两位先生的关心。施先生有古仁者之风，他是我们班的第三位班主任，是到宿舍看望学生次数最多的人，对我们这些来自农家的贫困学生，先生更是呵护有加。孙先生是（二）班的班主任，他与学生关系亲密，视生如子。一年夏天，孙先生到学生宿舍来看望大家，有人带头打起了孙先生的“秋风”，要孙先生拿钱请客，孙先生笑称忘记带钱。一女生表示不信，竟伸手掏起了孙先生的

腰包。可孙先生不以为忤，相反还脸挂笑容，结果还真有斩获。师生间如此融洽，实在难得！后来孙先生调南大任教，我常去看望，得孙先生教益甚多。他也曾主动给我的《实践主导论》一书写序，给予肯定和鼓励，使我心中暖如春阳。

点点滴滴，滋润心田，化为我对教育工作的投入和对学生的挚爱，由此我也得到了来自学生的认可和尊重。有几位我所教过的毕业生曾先后在《安徽师大报》(1998.1.8)、《教育文汇》(2009.10)、《安徽报业集团·DM》(2003.3) 等报刊上发文，给予我鼓励性的肯定和赞扬。诚然，我作为安徽师大马克思主义哲学学科带头人，还是做了一些事的。比如，组织领导该学科于2001年成功晋升为省级重点学科，并以我为首于2005年成功申报了马克思主义基本原理博士点。我所指导的博士生，在读期间，其毕业论文有三分之一获国家社科基金的立项资助，另有三分之一获教育部科研基金的立项资助。由于在教学科研、学科建设、人才培养等方面做出了一些成绩，曾获得国务院特殊津贴享受者、全国模范教师、国家社科基金评审专家、曾宪梓教育基金高等学校教师奖三等奖、二级教授、省级教学名师、省优秀教师、省十大杰出教师、省五一劳动奖章获得者、北京大学优秀校友等称号和荣誉。

在评上教授以后，我被不少高校，包括南京大学聘为兼职教授，也不时被一些高校请去给学生讲学。按照惯例，在开讲以前，主持人总要把我介绍一番，以表敬意。然而在介绍的众多“名号”中，惟“北京大学高材生”这一称谓最为学生看重，因而获掌声也最为热烈。起初我有些不解，后转念一想，释然！我所取得的这些成绩、所表现的所谓“精彩”，不都是仰北大之赐吗？

行文至此，赋诗一首，以为总结：“历历往事寸草心，悠悠思绪燕园情，心怀学坛桃李梦，情喜九州生气盈。”最后，祝燕园更加美丽，祝祖国更加繁荣！

陶富源，哲学系1964级，安徽师范大学教授，江苏海安人。1991年始任教授，1996年始任硕士生导师，2006年始任博士生导师。著有《形上智慧论》、《实践主导论》、《终极关怀论》等著作13部；主编教材4部；发表论文180多篇。曾获全国模范教师、国务院特殊津贴享受者、省级教学名师、省优秀教师、省十大杰出教师和五一劳动奖章等荣誉称号；获省部级教学科研成果奖一等奖1项，二等奖3项，三等奖2项。

檄文永在　风范长存

——深切怀念李永长同学

李平安

编者按：母校刊物《北大人》2013 年第 4 期刊登了校友李平安的文章《檄文永在　风范长存——深切怀念李永长同学》，以及李永长 1965 年 12 月 27 日发表在《北京大学》校报上的批判姚文元的文章。现将两文收入本书。

据了解，北京大学党委领导对此文忆及的人和事很重视，明确表示：正是千千万万像李永长这样的学长和校友，传承了民族精神、北大传统，为党和人民的事业奉献了一辈子，也使北大和北大人的精神延续和光大！作为北大校友，我们衷心感谢母校领导的关怀，也衷心为亲爱的母校祝福！

衷心感谢《北大人》编辑部寄刊物给我！每收到一期刊物，就像回了一趟燕园，一份刊物把我们与母校紧紧连在了一起。刊物栏目丰富，内容亲切，特别是那些忆昔文字，从不同侧面、不同角度映现了母校发展的历程，也不能不引起我们每个人对“当年”的回忆。在我的记忆中，有件事似乎值得一提，对于北大校刊自身的历史而言，大概也应记上一笔的。

那是四十八年前的 1965 年 11 月 10 日，“文化大革命”爆发前夕，后来成为“四人帮”成员的姚文元在《文汇报》发表了题为《评新编历史剧〈海瑞罢官〉》的文章，在史学界、理论界引起极大震动与惶惑。后来人们一般认为此文是拿吴晗先生的《海瑞罢官》开刀，而为“文革”造势的。迫于当时的政治压力，尽管大多数人（特别是那些心有良知、学有根底的学者、大家）对姚氏这篇不讲理的霸道文章非常反感，但大多数敢怒而不敢言，即使有些不同声音，也多是在“学术”争论的框子里申辩几声；而随声附和则渐成“常态”、“主流”。就是在这种黑云压顶的情况下，《北京大学》校报却于当年 12 月 27 日发表了《对〈评新编历史剧《海瑞罢官》〉一文的几点疑问》的文章，向姚文元叫阵。在我的记忆中，当时敢于公开发表这样观点鲜明、一针见血、直截了当揭露批判姚文元文章的只有北大；而北大的批姚文章中，此篇最为全面、深刻，最具代表性。此文公开为吴晗先生辩护，对姚氏进行批驳；不仅驳斥姚氏的观点，而且痛斥其“捕风捉影、牵强附会”、“主观武断”等恶劣文风，并且揭露其给作者吴晗扣政治帽子、欲将作者一棍子打死的险恶用心。文章有理有据，义正词严，可说是一篇讨姚檄文，即使今日读来，依然会感到凛然正气充溢文间。

⊙ 1965 年秋李平安、马士林、李永长于未名湖畔

《北京大学》校报发表这样的文章，也算是胆大包天，这在当时的媒体应该是绝无仅有的。当然，发表之时是煞费苦心的：把此文置于“次席”，还要配上“主流”声音。但能将此文公开发表（不是作为“内参”），全文发表（不是作为“摘编”），就足以说明是成全此文并传播此文了。而且，编辑部还答应作者要求，不暴露作者的真实身份，允许用化名“方史”，直到后来《人民日报》摘发了此文的观点进行批判（批判文章同时发表）后，由《人民日报》编辑部给作者寄来信件等，信寄到作者单位，这才“真相暴露”。我认为，这篇批姚文章及校刊编辑部对此文的态度，也从一定程度上说明，即使在那样的气氛下、环境中，代代传承的北大精神也没有灭绝！

这篇讨姚文章的作者，其实是一位实实在在的小人物：图书馆学系二年级（1964级）学生李永长。他曾担任班长，后又担任班学习委员，学习刻苦，肯于钻研，热心公事，不拘小节。他有着那个年代青年学生共有的特点，满脑子国家大事，对社会、对未来充满热情甚至激情。为向革命前辈学习，深入工农，锻炼自己，有一段时间他曾组织一些同学，每周六下午到学校煤场参加一两个钟头的劳动。在我的记忆中，校医院以西隔一条南北道直到学校西围墙的墙根，是一片稻田，同学们称那里是“稻香村”，煤场仿佛就在这“稻香村”的西北角。永长对政、经情有独钟，课余时间，总抱着一部多数人感到吃力的《资本论》在那里啃，还把一般的政治课“政治经济学（资本主义部分）”当成了他的主修课。当时在班上他属于才高笔健、善思敏行一类。他爱读书、涉猎面广，对马列、毛泽东、鲁迅的著作尤有兴趣，特别是论战性文章，不仅自己读，还常向同学推荐；而对于一般人喜欢的诗词之类则不以为然，认为那是雕虫小技。擅写议论文，且文笔犀利；与人辩论，则雄辩滔滔。他善于独立思考而很少考虑后果，有时在讨论中还公开对有的教科书和权威文章提出自己的想法。他看到姚文元的文章后，就连连摇头，表示“我要向姚文元放一箭！”应该说，能写出这样的批姚文章，也是受到当时给我们讲授中国通史的顾文璧先生等老师的直接启发的。有的思想、观点出于先生们之口而入于学生之心，出于义愤或感于责任，便成文发表，一箭射向姚氏了。此文的署名“方史”，便是由“放矢”、“方矢”最终演化而来的。

笔者如何知道此情？因为笔者当时就是李永长的同班同学。还有一位同学马士林，是李永长的好友，比笔者知道得更清楚。当时马士林担任我们班的汉语写作和中国文学史的课代表，写得一手好诗、文，被校刊编辑部确定为在我们系的通讯员。1965 年 12 月中旬，学校发动文科学生参加关于《海瑞罢官》的讨论，校刊编辑部让通讯员们在本单位组织相关文章，当时李永长、马士林和我三人学习情趣较投合，常在一起，马士林便先向我们俩讲了。李永长才思敏捷，很快成文，并经马士林之手送交《北京大学》校报，遂被刊出。这就是此文刊出的大致经过。

李永长发表此文，是否受了影响不得而知。只是他原籍武汉，身体单薄，在那个严寒的冬季毕业分配时，他被派往冰天雪地的内蒙古巴林左旗（当时属于辽宁）某工厂劳动。但金子在哪里都会闪光，终于有一天被慧眼识走，成了新华社记者，先后在辽宁分社、湖北分社、亚太总分社等单位工作，并曾担任分社领导多年，工作颇有建树。李永长富于激情，勇于创新；愿干事，能干事，也干得成事，而且急公好义，关心部下。但人无完人。他年轻时的锋芒毕露、过于刚断，倘能在后半生经过磨砺，或许会给他减少许多不必要的麻烦。

大学毕业后，我们都被分到社会底层去劳动锻炼，接受再教育。我与李永长天各一方。只是在他刚到巴林左旗时，怕他孤独，我给他写过一信；若干年后，看到他写的反映长江葛洲坝工程的文章，又给他写过一信。但皆无回音。1999 年 4 月我出差到深圳，从马士林同学处得到李永长的电话（其时他已在亚太总分社工作，驻香港），给他通了电话。他很快从香港过来，在一起喝了杯咖啡。他套一件夹克，一条发旧的牛仔裤，短小精干的身材已显发胖，额上已经没有了那卷蓬松的桀骜不驯的头发，清秀而白皙的脸也有点圆了，那双炯炯有神且总是闪出挑战精神的大眼睛似乎透出几分疲惫（这也许只是在老朋友面前才有的）……这是我们离校三十年之后的第一次相逢，没想到这也是此生的最后一面！

2009 年 11 月，我出差武汉，住在粤汉码头旁边的一座楼上。打听李永长的消息，才知他已于 2008 年 10 月病逝！此前他已回到湖北分社。他单位的许多人怀念他，有同志晚上赶过来向我介绍了李永长这些年的工作情况。回京后我即找来有关报道，其中《湖北日报》2008 年 10 月 24 日的消息《中央省市新闻界送别李永长》一文中说：“中央在汉和省、武汉市新闻界及社会各界代表 200 多人，23 日在武昌殡仪馆举行简短悼念仪式，送别新华社高级记者，享受国务院政府特殊津贴专家李永长。中国共产党党员，新华社湖北分社原社长、党组书记，新华社亚太总分社原副社长，湖北省新闻工作者协会原副主席李永长同志因病医治无效，于 2008 年 10 月 21 日在武汉逝世，享年 62 岁……李永长同志在记者岗位上忠于职守，坚持真理。作为中央在汉新闻界的知名人物，李永长在长江葛洲坝工程、武汉市城市综合改革等重大战役性报道中，采写了一批在全国有较大影响的报道，有力推动了湖北省、武汉市乃至全国的改革开放。”李永长逝世后，新华社社长、总编辑，国务院新闻办副主任，中央有关部门和当地省市的有关领导送了花圈。这充分说明，李永长工作出色，并得到各方充分肯定。

同时，有同志也向我讲了他经历的艰辛，这包括他在单位工作发展、改革中曾遇到的麻烦，以及他个人的不幸身世。原来，他小时候生活艰难，在他拿到北大录取通知书那天，母亲去世！后来在他工作发生变动以及在他病重、病危之时，都有亲人相继遇到不幸！他的夫人也是穷苦人家的孩子，他们既是中学同学，也是苦命人同命相怜走到了一起！我哪里知道这些！当年我只看到一个刚强的李永长，一个不懈奋斗的勇士，从未感觉到就更谈不上为他分担心灵上的痛苦，当然不配做他的朋友！这些年没有音信，可能在他心中我早非“同道”。但在我，年轻时的那段相知之情却总也抹不去；而且得知他病逝之后十分难过，心上总是沉甸甸的。这天晚上听说了李永长的这些情况之后，我彻夜难眠！我拉开窗帘，呆立窗前，对面不远处就是奔腾不息的大江，如今已笼罩在沉沉夜色之中。右前方的长江大桥上尚灯火闪烁。当年李永长曾告诉我，他家在汉口的硚口区，应该离长江大桥不远吧？他就是从那里某个窄小拥挤的房子里，走到北京，走进北大，又走向广阔的社会，用他那支充满激情的笔，指点江山，激扬文字……可叹苍天怜才，这么早就将他收走！我不由又想起当年我们一起相处的日子，从入学到毕业，几乎每个细节，都一一浮现眼前……第二天凌晨，我从楼上下来，出门就是沿江大道，跨过大道，对面就是粤汉码头。其时尚早，四下寂无人声。在这清晨凛凛的寒风中，码头附近的杨柳落叶飘飘。我迎着寒风继续前行，走到江岸，下到水边，江边滩涂上芦荻萧萧。幽暗的灯光下，那浑浊的江水从上游滚滚而来，又向下游滔滔而去。忽然一声汽笛，是哪艘夜泊的船儿重新起锚？然而远行的李永长，始终存于我心的朋友，我们再也见不到你！我折下一枝芦花，轻轻放入江流。我的心好像突然被什么东西触动，便急急回身上楼，把此刻的心情记下：

江岸，杨柳落叶飘飘，
江滩，寒风芦荻萧萧。
夜泊的船儿，重新鸣笛起锚，
远行的人儿，早已音容渺渺……

朋友啊，你这大江的儿子，
如何去那严寒的地方：
那里冰天雪地，路远山高！
朋友啊，你那消瘦的肩膀，

怎能承受那沉沉重压，
到头来心力交瘁，备受煎熬！

四十年风云变幻，
四十年东奔西跑。
你见过了落潮涨潮，
也历过了热闹寂寥。
终于有一天，累了，倦了，
又回到大江温暖的怀抱！

看落叶飘飘，听芦荻萧萧；
望江水滔滔，念斯人渺渺……
我折一枝芦花，放入江流，
愿带去我的思念、我的祈祷：
朋友啊，走好！

⊙ 1979 年春，时在沧州工作的李平安（左二）出差北京路过廊坊，下车拜访在廊坊工作的同班同学赵华（左六）、刘小易（左三）夫妇、本系三年级李陆大姐（左五）和中文系二年级同学张树藩（左四）、赵联惠（左一）夫妇

我知道，这种哀伤之情难以与李永长那拼搏勇气和献身精神相配；我头脑清醒时或许也不该发出这种低沉之音。但这是我当时的真实感受！回京之后，我不顾一切地把它寄给了远在西安的马士林同学，愿同他一起，共同承受这失友的悲痛！

当年马士林毕业后到了兰州军区的农场接受再教育，后留在部队，也从事新闻工作，转业时回到陕西。他原籍陕北榆林，算是回到故乡。他曾告诉过我，他高中时的一位语文老师叫沈泽宜，1957 年“反右”时正在北大中文系读三年级，据说这位沈老师当时和同班同学张元勋一起，写了那份惊天动地的大字报诗《是时候了！》，很快被打成右派。沈老师是浙江人，被分派到寒冷荒僻的陕北。也许是受了这位老师的影响，马士林高考时选择了北大。如今，马士林的一个孩子在国外工作，有一次他去探亲，什么也没带，只背了一套《鲁迅全集》。探亲数月，足不出户，又把《鲁迅全集》狠狠地重读一遍。他退休在西安，当年与李永长同学友情最深。这些年我们常通电话，上述情况有些就是我们共同的回忆。有不妥之处，还可请马士林同学补正。

另外，恳切希望咱《北大人》能在适合时机重登李永长当年那篇批姚文章。这不仅意在缅怀在那个特殊年代作出特殊贡献的北大人，更在于让我们牢记历史，珍惜今天，明确责任，走向未来！

李平安，汉族，1946 年生，冀中人。中共党员，研究员，中国作协会员。1968 年底北大图书馆学系毕业后，被分配到位于渤海之滨的河北省沧州地区中捷农场四分场第十三生产队劳动锻炼、“接受再教育”。在当年这荒凉的“苦海沿边”，和农工们一道，喝过坑水，出过河工。两年的重体力劳动致腰椎压缩性骨折，得到诚朴、仗义的乡亲们多方关怀、照顾，此情终生难忘。从此沧州成为第二故乡。1971 年到报社做记者工作；1979 年起，先后到不同单位分别从事农村政策研究、编辑、出版等工作。2006 年退休。

附

对《评新编历史剧〈海瑞罢官〉》一文的几点疑问

方史（李永长）

读了姚文元同志的《评新编历史剧〈海瑞罢官〉》一文后，又对照着看了几遍吴晗同志的《海瑞罢官》的剧本，觉得姚文元同志的有些评论是正确的。譬如剧本把海瑞描写得非常高大，甚至成了人民过好日子的“救星”，以及把人民描写得软弱无力，只会乞怜于“清官”等等。但是，对于姚文元同志文章中的某些论点和提法还颇为不解，有一些疑问。现在提出来，希望能在同志们的帮助下“解惑”，特别是希望对姚文元同志的文章持完全赞同意见的同志们能不吝赐教。

一、怎样看历史上的“清官”

姚文元同志认为：“从根本上说，不论‘清官’，‘好官’多么‘清’，多么‘好’，他们毕竟只是地主阶级对农民实行专政的‘清官’，‘好官’，而不可能相反。”这岂不是说，只要是历史上封建地主阶级的人物，不论是王安石还是司马光；不论是岳飞，还是秦桧；不论是海瑞，还是徐阶；不论是林则徐，还是琦善。总之，不论他们是“清官”还是“贪官”，统统都是一路货色，都应该划上等号吗？！

如果按照姚文元同志的这种逻辑，那么我们还有什么必要研究历史，“给历史以一定的科学地位”呢？因为古人的地位，姚文元同志早给确定好了，都是半斤八两，一模一样。

而且，姚文元同志还认为：“清官”是地主阶级用来“麻痹农民的觉悟”“掩盖统治阶级本质的工具”，“是削弱农民的反抗”，“当作武装镇压，对农民进行阶级斗争的重要手段。”照此看来，“清官”比起贪官来，要更坏，更恶毒了。因为贪官污吏的残酷压迫会更快地引起农民的反抗，燃起农民起义的烈火。而“清官”的改良措施，缓和了阶级矛盾，削弱了农民的反抗，延长了统治阶级的寿命。乍一看来，姚文元同志言之成理。可是，要按此推理，会得出什么结论来呢？既然贪官污吏要比“清官”好，那么，且让历史上尽是杀人不眨眼的贪官污吏，实行的尽是使农民毫无活路的剥削和压榨，而农民只好不停息地举行起义好了。但是，在封建社会，农民的起义和斗争又不可能推翻封建地主阶级的统治而取得彻底胜利，不能改变旧的生产关系。请问：照此办理，封建社会的生产如何发展？封建社会的这一段历史又如何向前推进？

抹杀“清官”的阶级本质，甚至把“清官”说成代表人民利益的“救星”，显然是严重的原则的错误。但是，姚文元同志对“清官”，“贪官”一概而论，全盘否定，甚至把清官说得比贪官更坏，恐怕也是不正确的吧。毛主席在《论联合政府》一文中指出：“中国一切政党的政策及其实践在中国人民中所表现的作用的好坏、大小，归根到底，看它对于中国人民的生产力的发展是否有帮助及其帮助之大小，看它是束缚生产力的，还是解放生产力的。”同样的，看待封建社会里的“清官”，不也应该这样看吗？海瑞在当时抑制兼并，打击豪强，退田（姑且就按姚文元同志的“考证”，田是退给了中小地主和富农，但不也在一定程度上有利于生产的发展么？）平冤狱，修治吴淞江，难道对当时江南地区的人民和生产毫无好处吗？列宁在《民粹主义的经济内容》一文中说：“不能满足于资产阶级进步的‘微小努力’，决不等于完全否定局部的改良。马克思主义者决不否定这些措施的某些（虽然是微不足道的）好处，这就是它们能使劳动者的生活得到某些（虽然是微不足道的）改善……”姚文元同志对于海瑞的这些局部改良，对于他所实行的一些“措施的某些（虽然是微不足道的）好处”为什么要攻其一点，不及其余的“完全否定”呢？

二、古人的某些精神要不要学习和传承

姚文元同志批评吴晗同志把海瑞的“刚直不阿”“不畏强暴”的精神“同无产阶级的革命性，战斗性混为一谈”。我看，这个批评不太符合事实。吴晗同志在《海瑞罢官》中没有这样讲过。相反，在《论海瑞》一文中却清清楚楚地写道：海瑞的不屈不挠，言行一致，刚直不阿……等品质“都是我们今天所需要学习和提倡的，而且只有社会主义时代，这些品质才能得到充分的发扬，虽然我们今天需要的海瑞和封建时代的海瑞在社会内容上有原则的不同”。这一点，姚文元同志为什么视而不见，要乱扣帽子呢？

而且，姚文元同志还认为，古人的一些优秀品质，譬如“刚直不阿”，“不畏强暴”，“言行一致”，“敢于承认错误”等等，都有“它们具体的阶级内容”而不能“抽象化”。其具体意思也就是说，这些“刚直不阿，言行一致……”，都是隶属于万恶的封建地主阶级的，统统应该摒弃，万万学不得（哪怕是首先要进行批判，赋予它们新

的、更高的含义），难道古人就这么一无是处，没有一点值得学习和继承的东西吗？毛主席说过："我们这个民族有数千年的历史，有它的特点，有它的许多珍贵品。对于这些，我们还是小学生。今天的中国是历史的中国的一个发展；我们是马克思主义的历史主义者，我们不应当割断历史。从孔夫子到孙中山，我们应当给以总结，承继着一份珍贵的遗产。"（《中国共产党在民族战争中的地位》）而且，毛主席在《反对本本主义》一文中还要求我们"学个孔夫子的'每事问'"。对于这些，姚文元同志又该作何解释呢？

三、海瑞当时是不是受到人民的尊敬和热爱

姚文元同志在自己的文章中，论据不足时，就穿凿附会，钻牛角尖，凭主观想象进行推理，得出自己需要的结论，以达到驳倒对方的目的。现举一例说明。史书上记载，海瑞死后，"小民罢市，丧出江上，白衣冠送者夹岸，酹而哭者，百里不绝"。吴晗同志据此认为当时广大人民是尊敬和热爱海瑞的。姚文元同志为了驳倒这一点，证明海瑞并没有得到"真正广大人民"的尊敬和热爱，竟然作如下的推理："只要我们想一想，在解放前，广大贫苦农民在地主阶级残酷剥削下，穷得连衣服都穿不上，许多农民几代人穿一件破衣裳，自己家里死了亲人都没有丧服穿，就知道那时候能穿体体面面的'白衣冠'来路祭的人，决不是贫农，决不是吴晗同志说的'广大人民'，而只能是地主、富农和商人中的某些人。"好一个"想一想……就知道……"！？众所周知，屈原是深受我国人民（从古到今）的尊敬和爱戴的。他投汨罗江自杀后，广大人民在每年五月五日划龙船（竞渡），缚粽子来表示悼念。如果按照姚文元同志的这个"想一想"：在解放前（具体一点，古代）广大人民自己吃饭都成问题，哪里还有闲情逸致去划船，哪会有赢粮而且还是上好的糯米扔到江里喂鱼呢？那么，岂不是"就知道"那时候怀念、热爱屈原的人，"决不是""广大人民""而只能是地主、富农和商人中的某些人"。岂不是可以由此得出结论，屈原并不受我国真正的"广大人民"的热爱吗！？

显然，只能我们"想一想""就知道"姚文元同志这种立论是没有道理，站不住脚的！

四、怎样看待《海瑞罢官》的现实意义

姚文元同志在他的文章的最后一段里，说什么《海瑞罢官》要人们去学习"退田""平冤狱"等等。这种理解，不禁使人大吃一惊。姚文元同志并不是天真无知的小朋友，看了《三剑客》就拿起棍棒去格斗；看了《飞刀华》就拾石子到处扔；难

道看了《海瑞罢官》就要去扯着公社社长的衣襟闹“退田”，抱住法院院长的大腿要“平冤狱”？！

姚文元同志认为分析一个作品，应该把它同当时的现实生活联系起来。这一点，我完全同意。可是，姚文元同志据此硬把《海瑞罢官》中的“退田”“平冤狱”等情节和六一年的“单干风”“翻案风”扯在一起，断定《海瑞罢官》是当时“资产阶级反对无产阶级专政和社会主义革命”的“阶级斗争的一种形式的反映”，这恐怕有些不合情理。

只要认真地把《海瑞罢官》读一读，想一想，就知道“退田”“平冤狱”并不是该剧要表现的主要内容，而不过是借以渲染海瑞的部分情节而已。显然不能认为剧作者是要人们去学习“退田”“平冤狱”而去搞“单干”，闹“翻案”。退一步而论，且按姚文元同志这样的生搬硬套，《海瑞罢官》中尚有海瑞组织人民修吴淞江，治水防灾的情节。姚文元同志为什么不认为这是要人们在困难时期去兴修水利，防止天灾，克服困难呢?

同样也是在困难时期，曹禺同志写了新编历史剧《胆剑篇》，姚文元同志难道能够指责著作者是“借古讽今”，要被打倒的地富反坏“卧薪尝胆”，待机复辟吗?

我觉得，《海瑞罢官》主要是渲染海瑞刚直不阿，不畏强暴，敢于斗争的精神。(作者在这方面，犯有原则性的错误——拔高了海瑞，模糊了他的阶级本质，贬低了人民的斗争性等。这一些，如前所述，我同意姚文元同志的意见。）在困难时期，正当国内外阶级敌人乘机兴风作浪，向社会主义发动猖狂进攻的时候，为什么不能把此剧理解为旨在启发、教育人们敢于坚持真理，敢于同困难斗争，敢于同坏人坏事，同阶级敌人斗争呢?

对于这一点，姚文元同志捕风捉影，牵强附会，把自己的主观臆断武断地说成剧作者写剧的主观意旨，恐怕不是无产阶级应有的“严肃的战斗的科学态度”吧。

上述意见，不当之处，希望得到同志们的批评。

与彭守义相处的日子

胡昌贵

1978年秋，我回到了阔别八年的母校北京大学“回炉”进修，见到了技术物理系的老同学，心情无比激动。当我听到了彭守义同学为救他人以身殉职的消息，悲伤不已。他是我们班里最早离世的同学，人生才享受了三十一个春秋……

在北大，我们朝夕与共，心意相通。他身高不到一米七，显得瘦小。1969年夏天，全校学生献血，他因体重不足五十公斤，体检不合格，成了当时班里善意的笑话。他清瘦，文而不弱，在排球场上他是二传手，和班上的大个子主攻手姜稚清配合默契。他俩不仅是排球场上的好搭档，还是同宿舍四年多的好室友，棋逢对手的棋友。

1966年底，“文革”经过近半年的喧嚣和躁动，北大校园里略显平静。“文革”怎么发展？我们该干什么？普通大学生根本不知道。我们很想上课，但是不敢讲出来。不上课，也得干点什么事，学点什么东西呀！一天，我和彭守义碰在一起，谈了共同的感受。他提出要到工厂去，问我是否愿意和他一起去，我立即同意。1967年元旦过后，彭守义办好了相关手续，我们来到北京市针织总厂（即后来大名鼎鼎的“六厂”之一）。厂里安排给我们的工作是熨烫，即把织好缝好的背心套在模板上，用熨斗将背心熨平，翻过来，再把另一面熨平，然后印上标签，最后抽出背心，将它叠好码堆。标签是印在背心前襟的左或右下方，这一步很关键，印倒了就剔出当次品。头几天，我不够专心，把标签印倒了好几件。彭守义出的错比我少多了，他很专心，很有定力。我们住在厂里的工人宿舍，这是一个很小的套间，里间住着一位四十岁左右的师傅，我俩就住在外间。除八个小时上班以外，我们几乎都窝在宿舍里，因为外面冷，不敢在外面转悠。工厂宿舍是蒸气供暖，要比北大的热水供暖暖和多了，以至于臭虫都爬到墙上寻凉。我们把它们捏死，结果雪白的墙上留下一个个污血点子，挺恶心的，后来我们也就不干这傻事了，随它们去吧。在宿舍里下棋聊天。我和他对弈，时间长的一盘要下个把小时，短的一盘十几分钟就决出胜负。他总赢，我要他让子，他不允，说:“那样没意思。”不过他经常会指点我，也让我悔棋。他和师傅对弈，也总是赢，可见他的棋艺颇高。聊天，也有天然丰富的题材，彭守义来自四川，我来自浙江，师傅是本地（京或冀）人，三地相距数千里，各自家乡的风土人情，就是谈资，就够聊的了，无须论及大事。

但是，“文化大革命”是大事，人人需要面对。那时，势不可挡的“造反”洪流已经席卷全国的城市乡村。虽然当时北京针织总厂的生产还算正常，但一些群众组织已经酝酿成立。我们是北大学生，在工厂里目标自然很明显。有人想接近我们，也有人提防我们。我们该怎么办？在进厂前，彭守义就和我约定：一定不介入工厂的运动，既不找人了解，也不听人介绍厂里的情况。我们只管上班，参加生产，只和生产线上的工人交流。在厂里的一个多月时间里，我们始终遵守了这个约定，从而避免了许多麻烦。事后想起来，我们觉得这样做是明智的。彭守义和我都只是大一学生，从农村来，经历单纯，既没有煽风点火的能力，也没有鼓动操纵的谋略。夹起尾巴低姿态做人，既保护了自己，也不遗患于他人。

1967年初春，得到消息：校文革要我们技术物理系部分学生到陕西汉中北大分校参加那边的运动，我们回到了学校。在和彭守义密切相处的不长时间里，我加深了对他品格的了解。他坦荡正直，机智幽默。与之初交，谈上几句就会留下深刻的印象。他是四川德阳孝泉镇人，上有两个兄长，还有一弟一妹。他不太谈起父母的情况。后来才知道：他父亲早逝；母亲在1965年底病逝，当时家里穷，没有奔丧的路费，家里人没有告诉远在北京的彭守义。可以想象，他事后得知母亲去世时的极度悲痛；更难为的是：他还强忍着，没有让同学们知道。

在北大百多年的历史上，培养出十余万计的毕业生，在这些校友中，谋谟庙堂者多矣，富埒陶朱者多矣，而如彭守义者舍生取义能有几何？彭守义离世已近四十年，他的事迹虽感动天地却于世无闻，虽惊泣鬼神而人间不彰，此诚可扼腕叹息也。几十年来，一抔黄土掩义骨，几块山石伴忠魂，此正应了所谓“古来圣贤多寂寞”。彭守义，你出自草根，入于壤土，在短暂的生命中曾耀眼一闪，旋复本色；无所争，无所索，你完成了自己名字所赋予的使命：守义取义，有何憾哉！ 你用年轻的生命向母校做了壮烈的汇报，我们永远把你铭记在心里！

胡昌贵，浙江人，1946年生。1965年9月—1970年3月在北京大学技术物理系原子核物理专业学习。1970年4月—1971年3月在安徽省阜阳6377部队农场81分队劳动锻炼。1971年4月—1978年8月在安徽省蚌埠市第十中学任教。1978年9月—1980年8月回炉在北京大学技术物理系原子核物理专业学习。1980年9月—2006年8月在安徽省滁州学院任教，副教授。

缅怀彭守义同学

组栋林

⊙ 彭守义

2014年春节前夕，侯碧辉同学告知我：她打听到了彭守义的事迹，她本人在学校时与彭守义接触很少，建议我为他写点文字，以表怀念，还说和我们所谓的事业有成相比，彭守义是用生命向母校汇报，是一个英雄。侯碧辉曾给四川平武县委书记写信询问情况，转由彭守义当年插队的阔达乡党委书记刘玉成回了信，确认彭守义是在一次偶发事件中见义勇为，在沼气池中救人英勇牺牲。接着侯碧辉又给平武中学校长写信，询问当年彭守义牺牲的具体细节。

1970年3月毕业我留校工作后，头三个月我回复同学来信（五个年级都有）不下百封，到1970年7月13日因意外事故，我遭受钴60放射性超大剂量照射后身体不支病倒，之后基本不再写回信。1971后断断续续有书信来往的同班同学只有彭守义、马学坤、胡昌贵、徐力生等。1977年彭守义计划暑假带女儿来北大汉中分校看我，不期收到他夫人贾秀辉来信，报告彭守义已经遇难。记得当时信上说彭守义的学生不知是游泳还是落水，其他同学先后下去救，救不上来，最后彭守义亲自跳下水去救，也没救上来，那一次死掉四五个人。事后分析，水塘里有沼气。失去丈夫、孩子很小，妻子痛苦万分，领导照顾把她调到自己兄长身边工作。我当时病魔缠身，在大难之中挣扎，自顾不暇，无力相顾，后来就没有联系了，只是向班里有联系的同学作了通报。

对于彭守义的过早牺牲，我心里一直感到心痛、难受、惋惜，但难于言表，总觉得这是一个悲剧。侯碧辉催促我写纪念文章，但我一方面手上有一部专业著作的清样正在校对，一方面感觉有些细节不甚清楚，具体日期也不明确。由于多次搬家，70年代的信件都没有保存，我只是在一个本子上还记着彭守义妻子贾秀辉的通信地址，把此线索告诉了侯碧辉，侯碧辉马上委托当年一起在贵州兴义农村插队劳动的北大校友郁开北打听贾秀辉的下落。郁开北满腔热情，通过当地公安系统查到确有此人，但个人信息不能随便外泄，必须提供相关证明材料。幸好我还有照片，一张是1966年我们班的一张合影，虽然不全，但其中有彭守义、侯碧辉、组栋林等，这可以证明我们是同学关系，另外一张是彭守义和贾秀辉夫妇合影照片。我把这些照片扫描后转发给郁开北，凭此从温江公安局获得贾秀辉电话，我立即与贾秀辉通了电话。经过核实，我把1977年事件错记成了1975年；另外，彭守义施救的对象不是学生而是工人和教员同事。

侯碧辉建议胡昌贵也写一点纪念文字，老胡忠厚无比，虽患眼疾，自己口述，由别人代笔立即写成。至此，彭守义事迹的核实工作已经完成，我马上动笔。

彭守义于1946年7月7日诞生在四川省德阳县孝泉镇，父亲去世较早，母亲是手工业者，哥哥是裁缝。1965年德阳中学毕业，考入北大技术物理系核物理专业，1969年10月，林彪“一号命令”下达后北大技术物理系搬迁至汉中分校，1970年3月毕业分配。彭守义被分配到四川平武县大桥镇新乾公社接受贫下中农“再教育”，劳动一年后再分配到平武县公安局工作。1972年与川师毕业的高中同学贾秀辉结婚。由于没有受过公安专业训练，在刑事案件侦破方面难有造就，1973年2月主动要求调入平武中学教物理。1974年1月生女儿彭璟，1977年5月22日生儿子彭珂，妻子还在休产假，7月16日彭守义不幸遇难，年仅三十一岁。事情经过如下：

1977年7月16日，临近放暑假，下午学校召开学习大会。平武中学挖了一个很大的沼气池，准备启用，请来绵阳的沼气工人进行检查。校长邓万友让彭守义带几名学生去协助，把进料口的草全部捞上来，以免再堵塞出气管口，工作已接近完工。见池内有一块木板浮起，担心以后堵塞管道，沼气工人搭了一木梯下去捡木板（水面离地面不到两米深），刚一下去就栽到水里了。一位老师说下去拉他起来，彭守义叫他捆根绳子。他说来不及了，匆忙下去，结果也栽到水里。旁边的学生说要下去，彭守义阻拦不让学生下去，自己抓了一根绳子绕在右手上但没有打结就匆匆下去救人，没有意识到有沼气，想拿绳子捆住落水者拽上来，同样一下去也栽倒在了水里。没有别的选择，又下去了一位体育老师……万般无奈，学生赶紧跑去喊校长，校长急匆匆跑来一看情景，立即断定是沼气中毒，决定不能再下去人，马上命人搞来鼓风机向下鼓风，随即抢起四人，但中毒加溺水窒息时间太长了，四人已全部牺牲。

此事件惊动县、地教育局及绵阳地委，被定为重大安全事故，彭守义是舍己救人因公殉职，虽然没有定为烈士，但两个子女由国家负担一半，每人每月十四元抚养到十八岁。鉴于其爱人陷入万分悲痛之中，孩子又小，困难很大，给予特殊照顾。根据个人要求，遗孀贾秀辉调到自己兄长身边工作，便于亲人给予照顾和安慰。1977年11月贾秀辉离开平武中学调到温江中学工作，她随身把彭守义的骨灰盒带到温江，葬在一个公墓群。贾秀辉1981年再婚，现任丈夫蔡校长是她中学的老师，很理解妻子与彭守义的感情，也很敬重彭守义的人品，每年清明节都陪妻女去祭拜。蔡校长对妻子、孩子都特别关爱。目前女儿蔡璟在成都印钞公司上班，只可惜儿子彭珂九岁时不幸溺水而亡。

彭守义奋不顾身、舍己救人，献出了自己宝贵的年轻生命。壮志未酬身先死，彭守义的英年早逝让我心痛几十年。我由于放射损伤和折磨，成为终身残疾，回忆往事思绪万千，翻江倒海，难以平复，夜不能寐。

在大学期间，我与彭守义密切相处将近两年时间，成为推心置腹的朋友。大学期间，彭守义已经成长为一个有信仰有独立人格的人。虽然不能左右大势，但可以把握自己，1970 年毕业分配走向社会，他在给我的来信中从没有消极抱怨过，永远是积极向上的。彭守义为救人而献身，我失去了一位患难与共的好朋友、好兄弟！守义，你永远活在我心里！

俎栋林，1946 年生，山东人，北京大学物理学院重离子物理研究所教授，博士生导师。1965 年考入北京大学技术物理系学习；1970 年毕业留校任教；1990—1991 在美国 CORNELL 大学做访问学者一年；2009 年退休。主讲“电动力学”、研究生“核磁共振成像学”课十五届，在国内外杂志及国际会议发表学术论文近百篇，2004 年出版《核磁共振成像学》(高教出版社)，2006 年出版《电动力学》(清华出版社)，2014 年将出版学术专著三册（计一百五十万字，北大出版社等），兼任 MRI 公司技术顾问十年。

追寻彭守义事迹和遗属的经过

侯碧辉

上个世纪 80 年代我从一位同学那里得知我们班的彭守义因公殉职了。对此我一直感到惋惜和痛心，同时也十分想知道事件的详情和他亲属后代的境况，以及我们能否给予必要的帮助。可是问了许多人，都不知道具体情况，都只是听说而已。那时信息不发达，很难查询。2013 年底阅读了《告别未名湖》，想到彭守义，就给我们系 1963 级的张从（主编之一）写了一信，希望编委会能为彭守义的事迹组稿，编委会的几位主编都很支持，鼓励我们尽快调查撰写。

1970 年 3 月，彭守义被分在四川平武县阔达公社全光堡二队。我上网去查找，在网上看到有平武县县委“书记信箱”，于是，2014 年 1 月 18 日我给平武县的县委书记周涛写了一封信。1 月 25 日，接到阔达乡书记刘玉成的电话。1977 年刘玉成就读于平武中学，是彭守义的学生。据他描述，学校建沼气池，一名工人掉入，彭守义和另外两位教师奋不顾身跳下去救人，不幸四人都牺牲了。他说还会继续了解此事。

在贵州兴义时我认识了地球物理系的校友郁开北。后来，他是中科院成都有机所的研究员，退休后受聘于北京理工大学。今年春节他要回成都，1 月 26 日我们夫妇俩为他饯行。席间谈到此事，他为彭守义的事迹所感动，自告奋勇回成都去查一查。

1 月 28 日刘玉成给我回信说：“在调查走访中，了解到确有彭守义老师这个人，曾在县公安局工作过，后来到平武中学教书，在一次突发事件中（平武中学沼气池事件），见义勇为，在沼气池中抢救工人，因甲烷中毒英勇牺牲，建议你与平武中学联系。”当时是寒假期间，平武中学方面不好联系。而郁开北得知此事基本属实后，立即开始了他的调查行动。

1 月 29 日我向能联系上的同学通报了彭守义的上述情况，第一个回信的是俎栋林。我寻找了一大圈，原来留校的俎栋林是当年知情的第一人。他说当年是彭夫人写信向他通报彭守义牺牲这一噩耗的。他也希望找到彭守义的遗孀，核实情况，并提供了彭守义爱人的姓名和在罗江的地址。

春节刚过，2 月 7 日，郁开北从罗江东街 ××× 号入手，与罗江公安局万安派出所取得联系，获得支持。在公安系统掌握的信息中，恰好有一位来自温江叫贾秀辉的女性，2 月 6 日入住罗江某宾馆，2 月 7 日退房，估计她是春节来罗江探亲的。从有关线索初步认定这位女性应是我们要找的彭夫人贾秀辉，她的户籍在温江。为了保护公民隐私，公安局要求提供与贾秀辉的亲属关系证明。我立即告诉俎栋林，要他把当年贾秀辉的信件扫描寄去。俎栋林提醒我：“你去找贾秀辉，你有没有想过：对她来说回忆彭守义是非常痛苦的事情，很深的伤口已经结痂，你忍心去揭开这痂，露出鲜润的噙着血的肉吗，不是很痛吗？除非你有抚平这伤口的良药！”我不知所措，立即让郁开北暂停，并将进展情况通报张从。我和张从至今没见过面，可是为了这事，每每遇到疑难时都能得到他的支持和推动。

⊙ 彭守义和贾秀辉夫妇合影（俎栋林保存）

2 月 11 日郁开北来信说：“我想，还是可以找，至于找到后如何后续，再作打算。事情也许没有俎说的那么可怕。……你们作为彭的同学，想得知他的亲属后代境况如何也是人之常情。”旧事重提，对贾秀辉来说无疑是非常痛苦的，这也让我们着实纠结了一番。俎栋林经反复考虑，改变了主意。2 月 12 日俎栋林直接给郁开北写了一封长信，请郁开北继续寻找贾秀辉；70 年代他们往来的信件没有保存，传给郁开北的是他珍存了四十多年的彭守义夫妻的照片及 1966 年班级同学的照片。2 月 13 日，郁开北请中科院成都有机所保卫科负责人出面，到公安局派出所交涉查找。此后又经过一些周折，于 2 月 19 日最终确定贾秀辉是温江中学的退休教师，并得到了她的联系电话。当天俎栋林就与贾秀辉通了电话，之后他告诉我，可以与贾通话。我与贾秀辉通电话时，她告诉我，其实，早在我写信给平武县委书记时，平武县教育局有她的学生，就打电话告诉她，北大有人在找她，所以后来俎栋林给她打电话，是她预料中的事。最关键的是郁开北四处奔走，帮了大忙。在核实了彭守义的事迹、了解详情的基础上，我们班两位同学写下了前述怀念文章。

2 月 25 日郁开北和我们班的黄有书去看望了贾秀辉一家。贾秀辉回忆说：舍己救人舍身为公是彭守义一贯的品格，在平武中学期间他曾跳入涪江抢救游泳溺水的学生，也曾冲进火海抢搬国家财物，1976 年积极参与松潘平武大地震的救援工作……另外，不幸的是，后来儿子彭珂又意外溺水身亡。贾秀辉的前半生的经历可谓十分坎坷，令人唏嘘。她现在家境还不错，女儿已工作，外孙在上中学，家庭关系也很好，我们感到欣慰。我们今天撰文回忆他，对彭守义的在天之灵也是一种告慰。

附　读《告别未名湖》感赋

编者按：《告别未名湖》第一集出版后，在北大老五届校友中引起强烈反响，一些同学挥笔赋诗，抒发感慨。北大化学系 1965 级校友，原华夏出版社社长、中国残疾人联合会副理事长王智钧率先赋诗一首，随之谷世宁、刘庆华、姚兴元、张从、徐枢、姜国廷、王培刚等校友群起唱和，掀起一重诗浪。张从另有《老马歌》一首，抚今追昔，感叹老五届命运，抒发人生感怀。现辑录众位诗作，以飨读者。

读《告别未名湖》感赋

王智钧

九千学子诉离忧，五届同窗风雨舟。
心系未名桃李劫，魂归另类栋梁羞。
酸甜苦辣通三昧，南北东西入九流。
民主无存科学死，苍天不语子何求？

和王智钧之感赋

谷世宁（北大物理系 1963 级，天津）

水能载舟亦覆舟，上下离心已堪忧。
岂止燕园遭浩劫，更使华夏蒙耻羞。
刻骨九儒愁滋味，铭心五洲泪泗流。
不到黄河心未死，启蒙之风遍全球。

之二

摸石过河不用舟，水深湍急令人忧。
不是当年身遭劫，怎肯转头也“变修”。
改开初试方知味，德赛毕竟刚入流。
屈子忠魂犹未死，碧落黄泉上下求。

读王智钧学长诗，感其伤怀，反其意而步其韵和之

刘庆华（北大地质地理系 1964 级，四川）

同窗学子喜共舟，位卑未敢忘国忧。
纵然粉身罹万劫，不令民主再蒙羞。
回炉考研炼三昧，未名湖水润风流。
科学强国书生愿，苍天可鉴复何求。

癸巳年重阳于成都

和谷世宁学长第二首

刘庆华

不摸石头不渡舟，褪下征袍享乐悠。
即便当年曾遭劫，回眸一笑怨恨休。

深化改革气正牛，德赛至今难入流。
韬光养晦需忍性，锋芒毕露非我求。

和王智钧《读〈告别未名湖〉感赋》次韵

姚兴元（北大中文系 1962 级古典文献专业，沈阳）

难怨当年逆水舟，虽遭放逐喜兼忧。
文章未尽青春苦，成绩毋遗母校羞。
既有吟玩残岁月，何妨推助大潮流。
未名湖影心波漾，随处新知可探求。

读《告别未名湖》毕仍步韵诸同窗

姚兴元

同放今生不系舟，残年相顾唱离忧[①]。
苦辛行迹皆财富，佳美篇什比庶羞[②]。
拼死成功眉可展，捐生失志泪当流。
未名曾照青春影，葆此辉光不另求。

① 离忧：《史记·屈原列传》："离骚者，犹离忧也。"
② 庶羞：多种美味。《仪礼·公食大夫礼》："上大夫庶羞二十。"

和王智钧《读〈告别未名湖〉感赋》

张从（北大技术物理系 1963 级，北京）

风狂雨骤欲倾舟，四海飘零为民忧。
空叹神州遭浩劫，更耻燕园蒙巨羞。
卧薪尝胆丹心炼，忍辱负重血泪流。
待到乌云扫尽日，宏图再展更何求！

步王智钧《读〈告别未名湖〉感赋》诗韵唱和

徐枢（北大数学系 1965 级，广州校友会常务会长）

登程别绪命堪忧，往事伤怀漂泊舟。
一代才华音貌杳，十年浩劫未名羞。
几多壮志红潮灭，满腹愁肠黑雨流。
溯往回眸珍过影，燕园痛史复何求。

奉和智钧、世宁、张从诸校友

姜国廷（图书馆学系 1965 级，威海）

未名湖上荡同舟，北大精神何止忧。
独立自由难遁劫，科学民主易抛休。
掺砂改造变滋味，歌功颂德方入流。
地下有知蔡校长，长哭救校计何求。

奉和《读〈告别未名湖〉感赋》三首

——步韵诸学兄

王培刚（北大中文系 1965 级，湖南永州）

（一）

未名济济四海舟，学子修习千古忧。
传承德赛奉圣神，拱卫江山革惧羞。
赤诚推新转浩劫，洪波逆反化浊流。
笔伐口诛复逍遥，虚实真幻梦里求。

（二）

西辞日边苦作舟，但见人间万民忧。
果腹谷蔬唯缺脂，裸身童稚不识羞。
寒门犹余名份好，混种岂敢涕泗流。
鲁难已矣清朗日，德赛重向未名求。

（三）

喜看新浪遏飞舟，潇湘蓑翁唱乐忧。
五尺案头民意涌，六部腑脏热血流。
劳神劳力心交瘁，事成事败颜带羞。
唯愿后继游未名，还将德赛真谛求。

老马歌

张从

读《告别未名湖》后，感慨良多，马年春节作《老马歌》，祈请诸位校友指正。

昔有骏马方出枥，精神抖擞多意气。
夜行八百日千里，欲为国家效其力。
奈何天时不如意，伯乐不见君王弃，
一朝贬至蛮荒地，驾辕负重服劳役。
缺粮断草腹内饥，夜卧柴棚寒风厉，
稍不如意遭鞭笞，鞭痕累累血淋漓，
鬃毛脱落形销立，仰天长啸空呜泣。
忽如一夜春风至，乌云扫尽终见日，
骏马重回军营地，为国征战建功绩，
不待扬鞭自奋起，驰骋疆场不惜力。
春风秋雨匆匆去，如今骏马成老骥，
雄心犹在志未已，奈何年迈身无力。
老马识途言不虚，寄语后人应须记：
骏马还须伯乐识，革故鼎新应有制，
壮年为国多驰驱，莫待马老空悲戚！

跋　一代风华家国情

丁广举　孙兰芝

2013年8月，九州出版社出版了《告别未名湖——北大老五届行迹》一书，该书由北京大学前校长陈佳洱院士题写书名，著名人文学者、北京大学中文系教授钱理群老师作序。钱老师在序文中说，《告别未名湖》一书记录了一段“不可遗忘的历史”：包括“不可遗忘的苦难记忆”，“不可遗忘的精神坚守”，“不可遗忘的底层体验”。[①]

“老五届”，泛指“文革”前考入高校、“文革”开始时（1966年6月）还在校的大学生（即应于1966—1970年毕业的五届大学生）。因当时北大理科实行6年学制，文科实行5年学制（个别专业除外），故北大老五届包括：理科1960—1965年入学、文科1961—1965年入学的本科生和“文革”开始时还没有毕业的研究生。这些当年的学子，在校期间和毕业以后经历了“文革”的全过程。这是一段“左”的路线统领、知识分子横遭厄运的年代。可以说：北大老五届是共和国培养成长起来的一代优秀可爱、意气风发的青年！然而，他们在“文革”时期严重受到极“左”思想路线的愚弄和作践；“毕业”离校后，绝大多数运交华盖，沉入社会底层，历经各种磨难，时势沉浮，不懈努力，奋斗有成。北大人崇尚科学、民主，酷爱自由、平等，常被局外人误认为是游民浪子。恰恰是，北大人心中怀着对中华民族深沉的爱，愈是时势板荡，愈能显示出这种忠心赤忱。可以说，世上鲜见一所大学，能像北大一样，与自己的国家、民族命运如此安危相系，休戚与共！运蹇时乖的北大老五届学子，虽然历尽困厄，但对国家与民族的爱心，从来没有改变，在坚守中奋发，在顺势中努力，与时代同步，做出了这一代北大人的贡献！

《告别未名湖》问世以来，受到社会各界，特别是北大校友们的热切关注，认为“这是做了一件非常有社会历史意义和文化意义的事情”，填补了我国反映老五届知识分子生活的一段历史空白。老五届之前的“右派文学”，特别是“知青文学”，可以说是铺天盖地，各种报告文学、小说、诗歌、电影、电视连续剧等，层出叠见，目不暇接；但缺少反映50多万老五届知识分子生活的作品，极少看到老五届的形象，甚至连“老五届”这个词都难于见到。《告别未名湖》则以纪实并抒情的散文体式，书写出这一群体经历的诸种磨难、精神坚守和顽强抗争，从而树立起老五届知识分子群体

---

① 参阅钱理群为《告别未名湖》所作之序《不可遗忘的历史》，九州出版社2013年8月出版。

的鲜明形象！

众多报刊和网络媒体转载了钱老师所写的序和文集中的部分文章。北大校友会不仅在校友网上刊登了书讯，而且在《北大人》杂志上作为“特别推荐”介绍了本书，并特别指出：“在近年出版的众多与北大相关的优秀文集中，之所以‘特别推荐’这本书，不仅因为在北大历史研究以及现代知识分子命运史研究中，‘老五届’是一段被遗忘的历史，不仅因为对‘老五届’所遭遇的苦难历程的回顾对于今天‘红潮’涌动的社会现实有特别深刻的警示意义，还因为渗透于书中的对生命、自然和知识的热爱，以及基层人民所怀有的对他人朴素的温情和关爱，具有穿透时间的永恒价值。”多位校友阅读该书后感慨不已，奋笔赋诗，以抒情怀。校友们普遍认为：应该把我们的经历、磨炼和思考留给母校，留给后人，留给历史。这是我们的历史责任，责无旁贷！

根据一些校友和朋友的建议，原编委会的几位校友商定：立即组织编辑《告别未名湖——北大老五届行迹2》，并迅即于2013年10月18日发出《征文启事》。徐志仁校友（经济系1962级学生，北大山西校友会前会长）主持的山西北大校友会会刊《山西北大人》2013年第3期刊发了该《征文启事》，并全文刊载了钱老师所写的序与奚学瑶、张从两位校友的跋，以及一些校友读《告别未名湖》）一书后所赋的部分诗作。

《告别未名湖2》的编辑宗旨与第1集完全一致，以“毕业”离开北大后的经历为主题，以“毕业”后前十年的境况为重点，真实记录“文革”期间被发配到边疆、农村、农场、工矿接受“再教育”、从事繁重体力劳动，到边远乡村教书，经受心灵煎熬的种种经历。此项工作，得到广大校友踊跃而热烈的响应。从《征文启事》发出之日起，到2014年1月31日截稿，仅仅百余天，就收到短信几百则，文稿百余篇。这些文稿书写了以在苦难中奋斗为主调的色彩斑斓的历史，可谓是：跌宕起伏人生路，含泪泣血报国篇。

这些信，这些文，用爱心，用真情，用热血，把你带回一段艰难的岁月，带回美丽的校园，带回师友的身边；那是滴血带泪的诉说，有苦有乐的回忆，激情燃烧的感慨——那些朴实、幽默、真诚、深邃的文字，或让你感动涕零，或让你荡气回肠，或让你唏嘘不已！

这些信，这些文，真诚、华美、不落俗套！文如其人：北大人敏慧、睿智、倔强、刚毅！北大人有境界，即使“处江湖之远”；不忘恩，永远感念母校！今天的社会是有等级的，很多事不公平，抱怨没有用；我们不能决定自己的人生道路，但是可以决定自己的人生态度，即在逆境中坚持，坚持自己最基本的原则，充实自己，不断地学习，一直前行，永不停步！青春不再，情怀不改！

这些文章，从各种不同的角度叙述了个人所经历的思想困惑、身心磨难、奋斗历程和事业成就。可以说，这些文章是一曲曲壮歌，足堪告慰母校，告慰师友，告慰平生。少量文章涉及了在“文革”期间自己或他人受到创伤的悲情经历。

说到“文革”，我们深感痛心。“一个民族应该把自己最令人痛心的教训当作一面镜子，时时擦拭，时时映照，以便一代又一代的人不重犯历史性的失误，使整个民族能够持续进步。”[①]“文革”是我们中国人的一场噩梦。美国人的噩梦是越战。美国人在首都华盛顿建了一个越南战争纪念碑，以追悔其教训和怀念战死在越南的美国军人。他们有勇气真诚地诉说自己民族的罪恶。而我们的国家、民族，也应当有这个胸襟和勇气。遗憾的是：直到现在，人们对“文革”还有许多混乱的看法，甚至讳莫如深。

作为一代北大学子，虽然我们均已年届畹晚，但是永远感念未名湖赋予我们的道德情怀和理性精神，始终珍视知识分子发挥社会反思与守望的作用，期待“以人为本”的理念带给人民更多的福祉。出版这套书，也是期望能在读者的心中碰撞出火花，从而树立起反思“文革”的纪念碑。

为编辑出版《告别未名湖2》，2013年10月以来，编委会安排六次聚会，先后有二十多位校友出席，谋划、商讨组稿、审稿、编辑、经费筹措等事宜；2014年3月18日聚会，特别约请了为本书作序的高放老师莅临。

著作等身、在学术界被誉为“思想高度解放”的学者，国内出版的多部辞书和书刊称为马克思主义理论家、社会主义学家、国际共运史学家、政治学家、思想家[②]，德高望重的高放先生为本书作序，我们深感荣幸。高放先生1927年生于福建省福州市；1946—1948年是北大学生；1973—1978年是北大教师；1990年以后，受聘北大国际关系学院讲座教授。因缘际会，高老师与北大学子可谓师生缘深，是我们的师长。87岁的高老师能为本书作序，我们倍感亲切和欣慰。在此，衷心感谢和祝福高老师！

在此，我们也衷心感谢九州出版社有关领导和编辑等人士的热情支持。《告别未名湖》1、2集的编辑、发行工作具有连续性，这里要特别感谢汪惠民、郭俊杰校友和清华大学校友、现清华艺友科技文化发展有限公司总经理杨世盐先生给予的有力资助；感谢同侪同舟同命的清华大学老五届校友们的关注和支持；同时，对关心、支持该书出版的各地北大校友会、所有校友及社会人士深表谢忱。

“及时当勉励，岁月不待人。”[③]在此，我们心情沉重地报告：为《告别未名湖》第1集撰文的刘蓓蓓、马洪路、王玉珍和为本集供稿的牛辉林等4位校友在2013年先后谢世。他们的德才和为人处事诸多方面都令人敬佩；他们悲天悯人，努力工作，成绩斐然，值得赞赏！广袤神州，茫茫人海，我们有缘共享过燕园一片天！我们深切地怀念他们！

---

① 王沪宁：《“文革”反思与政治体制改革》，原载《世界经济导报》1986年5月，又见2012年2月24日财经网。

② 参阅《马克思主义与社会主义新论》作者简介，黑龙江人民出版社2012年12月出版。

③ 引自北京大学校长、校友会会长王恩哥在北京大学116周年校庆之际写给海内外校友的信。

北大“老五届”是近万人的群体，如今分散在海内外各地，有大量值得书写的人和事，一部文集不可能囊括以尽。在《告别未名湖》第1集的跋中已说到：作者来自北大当年18个系中的15个，由于信息所限，许多同学未能知晓并参与此项活动，难免有遗珠之憾。这次收文覆盖了当年全校所有18个系，所有的年级，不仅限于本科生，也有研究生，有了更广泛的代表性。

全书编入80篇文稿和多首古体诗，分为“边塞风霜、乡村岁月、厂矿纪事、军垦忆往、杏坛耕耘、流年履踪、碎影散记、师友情深、读《告别未名湖》感赋”等几部分。文稿的排序：大体按文稿的内容，“对号入座”；各部分的文稿，基本从高年级到低年级排序；同一届者，按各系当年的代码先后排序，即01数力系在前；同系同届女生在前；同系同届同性，按姓氏笔画从少到多排列。鉴于一部书的容量有限，对部分赐稿忍痛割爱，诚望见谅。在此，再次衷心感谢各位校友的热情参与、理解和支持！

文集编委会的组成，各系都有代表；根据实际工作的需要，协商安排了主编、副主编和常务编委。

我们的编辑工作，限于水平，定有不当，欢迎读者批评指谬。

2014年6月

出版时间：2013 年 8 月

书号：978-7-5108-2160-8

定价：49.80 元

老五届是历史研究、文学书写必须面对的一个重大课题，是一段“不可遗忘”的历史。……当我们遗忘了“狼活活吃掉大学生的时代”，以至今天的年轻人已经不相信曾经有过这样的年代，这就意味着那个时代正在回归：今天，各种形态的“狼吃人”的悲剧，难道还少吗？

——钱理群